Fora de jogo

AVERY KEELAN

SÉRIE REGRAS DO JOGO **1**

Fora de jogo

TRADUÇÃO: Vanessa Thiago

GUTENBERG

Título original: *Offside*

Classificação indicativa: para maiores de 18 anos.

EDITORA RESPONSÁVEL
Flavia Lago

EDITORAS ASSISTENTES
Samira Vilela
Natália Chagas Máximo

PREPARAÇÃO DE TEXTO
Julia Sousa

REVISÃO
Natália Chagas Máximo

ILUSTRAÇÃO DE CAPA
Andra Murarasu

ADAPTAÇÃO DE CAPA
Alberto Bittencourt

DIAGRAMAÇÃO
Waldênia Alvarenga

Dados Internacionais de Catalogação na Publicação (CIP)
Câmara Brasileira do Livro, SP, Brasil

Keelan, Avery
Fora de jogo / Avery Keelan ; tradução Vanessa Thiago. -- 1. ed. -- São Paulo : Gutenberg, 2025. -- (Série Regras do Jogo ; 1)

Título original: Offside
ISBN 978-85-8235-817-7

1. Romance canadense I. Título. II. Série.

25-269397 CDD-C813

Índices para catálogo sistemático:
1. Romances : Literatura canadense em inglês C813

Eliete Marques da Silva - Bibliotecária - CRB-8/9380

A **GUTENBERG** É UMA EDITORA DO **GRUPO AUTÊNTICA**

São Paulo
Av. Paulista, 2.073 . Conjunto Nacional
Horsa I . Salas 404-406 . Bela Vista
01311-940 . São Paulo . SP
Tel.: (55 11) 3034 4468

Belo Horizonte
Rua Carlos Turner, 420
Silveira . 31140-520
Belo Horizonte . MG
Tel.: (55 31) 3465 4500

www.editoragutenberg.com.br
SAC: atendimentoleitor@grupoautentica.com.br

Para qualquer pessoa que já teve um Luke.

1

Pega de surpresa

Bailey

Eu me sentia, oficialmente, um peixe fora d'água.

– Quer beber algo? – perguntou Luke, seus olhos azuis brilhando bem-humorados à luz de velas. Ele usava um terno cinza e camisa branca com o botão de cima aberto; seus cabelos loiros estavam penteados para trás com perfeição. – Quer dizer, agora você é maior de idade.

– Claro – respondi. – Hum, pode escolher algo.

Estávamos comemorando meu aniversário de 21 anos em um dos restaurantes mais chiques da cidade. Eu quase não bebia e não conseguiria pronunciar a maioria dos nomes da carta de vinhos.

Como filho único de dois bem-sucedidos advogados de Chicago, Luke cresceu frequentando restaurantes como este todo fim de semana. Já eu, a caçula dos quatro filhos de uma enfermeira e de um professor e criada nos arredores de Mineápolis, estava fora da minha zona de conforto neste lugar. A ideia de sair para jantar da minha família chegava no máximo ao Applebee's – e mesmo assim teríamos que ficar dentro do orçamento.

– Vou pedir um vinho – disse ele, concordando e pegando a carta.

Luke passou as páginas, olhando a seleção com a intensidade de alguém que compra um carro novo, enquanto eu me remexia em meu assento, desejando não ter pedido os sapatos de salto da Amelia emprestados. Eram um número a menos do que eu usava e estavam esmagando meus dedos.

Antes de calçar esses instrumentos de tortura, passei boa parte da tarde me maquiando e me arrumando. Minha colega de quarto quase arrancou meus olhos me ajudando a colar os cílios postiços. Foi um martírio que jurei nunca mais repetir.

Cruzei minhas pernas e passei os olhos pelo restaurante para me distrair, reparando nos opulentos detalhes dourados e nas obras de arte emolduradas que revestiam as paredes. Uma grande parte das outras mesas estava ocupada por pessoas que eram pelo menos dez anos mais velhas que nós, todas bem-vestidas e elegantes. Eu não teria escolhido este lugar, dada a ocasião, mas Luke me fez uma surpresa. É a intenção que conta, não é?

Um minuto mais tarde, ele fechou o menu e o deixou de lado. Como se tivesse sido invocado, nosso atendente reapareceu imediatamente. Ele era muito alto e magricelo, dando a impressão de que voaria se batesse uma brisa mais forte.

– O que gostariam de pedir pra começar? – Ele nos lançou um sorriso cortês, daqueles que deixam claro quando alguém duvida que você pertence ao lugar. Era meio verdade.

– Queremos uma garrafa de River Estate Cabernet Sauvignon – respondeu Luke, estendendo ao garçom a carta de vinhos.

– Excelente escolha. – O atendente assentiu antes de se virar e se afastar.

Torci para que ele voltasse logo para podermos pedir nossos pratos. Depois de um mês comendo sanduíche de pasta de amendoim para economizar para o vestidinho preto que eu estava usando, só de olhar para uma fatia de pão de forma ou um pote dessa pasta já me dava enjoo. Agora eu estava faminta por comida de verdade, embora o cardápio estivesse em francês – um idioma que eu não falava, muito menos lia.

Luke se esticou por cima da toalha de mesa cor de marfim e pegou minha mão.

– Tenho pensado muito sobre o que fazer depois da formatura – disse, acariciando o dorso com o polegar.

– Você tem notícias? – A empolgação me deu um frio na barriga. Inclinei-me para mais perto, estudando seu rosto à luz de velas. – Quem o Gavin acha que vai levar essa?

Como capitão dos Bulldogs, o time de hóquei da primeira divisão de Callingwood, Luke manteve um desempenho consistente ao longo do último ano. Diversos times da NHL apareceram interessados em contratá-lo, o que lhe dava um poder de barganha e tornava quase certa sua entrada na liga.

A grande questão era com qual time ele assinaria. Especificamente, de qual time seu agente, Gavin Harper, poderia arrancar a melhor oferta.

Ele deu um suspiro e me dirigiu um sorriso tenso.

– Era sobre isso que eu queria conversar com você.

– Tá. – Meu estômago revirou.

Era isso. Enfim faríamos um plano. Relacionamento à distância pode ser difícil, mas nós conseguiríamos. Faltava só um ano para eu terminar a faculdade. Eu voaria até ele, ele viria para cá, e fora da temporada nós poderíamos ficar na mesma cidade. Além disso, dava para fazer FaceTime todo dia. Supermanejável.

O garçom reapareceu, servindo uma pequena quantidade de vinho tinto em nossas taças e esperando, atento. Levei um minuto para entender que ele estava esperando que provássemos, mas eu não sabia como deveria fazer isso para começo de conversa. Observei que Luke girou o líquido vermelho escuro na taça e bebericou, acenando em aprovação. O garçom serviu nossas taças até a metade antes de se retirar outra vez.

– Parece que será Tampa ou Dallas – começou Luke.

– Que ótimo. – Dei um gole no meu vinho, evitando fazer uma careta. Era rascante, como uvas azedas e tristeza. Como alguém poderia gostar daquilo? – Sei que você estava esperando por isso.

– Eu estava, mas... – Ele parou.

– O que foi?

Era uma questão de grana? Ou não estava de acordo com algum dos termos? Luke queria uma cláusula no contrato assegurando que ele teria um lugar nos *playoffs* no primeiro ano se o time chegasse longe. Mas nem todas as equipes concordam com isso.

– Acho que a gente deveria dar um tempo.

– Um tempo? – Senti minha boca secar.

Luke assentiu.

– Vou partir em breve. Não vamos deixar as coisas mais difíceis do que precisam ser.

Pisquei, tentando processar suas palavras, mas meu cérebro congelou igual a um computador com defeito. *Erro: falha no sistema.*

– Você não vai embora até o fim do ano letivo.

– Mas você sabe como as coisas são... não é? – Sua expressão era algo entre pena e incredulidade.

Eu não conseguia respirar, e meus olhos arderam com as lágrimas. Claro, eu não sabia. Se soubesse, teria me enfiado nesse vestido sexy e moderninho que eu não podia bancar, calçado esses malditos saltos da Amelia e passado esse tanto de maquiagem? Inferno, estou até usando batom. *Batom.*

Claro, eu pensei que falaríamos sobre compromisso, não que iríamos terminar.

– Espera. – Franzi a testa, processando as entrelinhas do que ele dissera. – Está pedindo um tempo? Ou terminando comigo?

– O segundo, eu acho. – Ele hesitou.

– Você *acha*? – Minha voz subiu uma oitava, chamando a atenção das pessoas que jantavam a nossa volta. Alguns se viraram e olharam. Uns poucos encararam. – Já passamos por isso antes, Luke. Dessa vez vai ser permanente.

Luke se encolheu, fazendo um movimento para baixo com as mãos.

– Não vamos fazer uma cena, B.

– Ah, desculpe. – Agarrei meu vinho e tomei um gole nem um pouco delicado. *Tosco*. Bati a taça na mesa, lançando a ele um olhar fulminante. – Estou te deixando envergonhado enquanto você termina comigo em público no *meu aniversário*? Foi por isso que escolheu este lugar? Aí eu não poderia fazer uma cena? – Senti as lágrimas quentes outra vez. Cerrei meus dentes e engoli. Naquele momento, era mais fácil ser louca do que triste.

– Não, não foi... eu não queria que saísse desse jeito. – Ele suspirou, esfregando a ponta do nariz. – Estou pensando nisso faz um tempo e minha intenção era ser justo com você. Não queria te iludir.

– Certo. – Ri com frieza. Saber que Luke já vinha pensando nisso há algum tempo foi como jogar um punhado de sal em uma ferida aberta. Eu estava até usando lingerie de renda por baixo do vestido. Tinha planejado dormir com ele mais tarde, enquanto ele estava buscando uma saída estratégica. Como pude ser tão idiota?

– Não posso acreditar que está agindo assim depois de me implorar pra voltarmos este verão.

– Mas é justamente isso – disse ele. – Ficamos juntos por muito tempo. Logo a liga vai dominar minha vida. Onde eu vivo, onde jogo e o que eu como, tudo. Preciso de um tempo pra mim.

– Aham. – Tentei disfarçar a hesitação em minha voz. – Tempo de aproveitar e caçar algumas Marias-patins, você quer dizer? Igualzinho às últimas duas vezes.

Durante os outros dois "rompimentos", fiquei esperando enquanto ele dormia com pelo menos uma outra pessoa. Luke rastejou para que o aceitasse de volta em ambas as ocasiões, e, muito idiota, eu o perdoei. Achei que ele tinha mudado de verdade.

– Não é a mesma coisa.

– Tá bom – zombei, cruzando meus braços e piscando para conter as lágrimas. De jeito nenhum deixaria que ele me visse chorar. – Se não é a mesma coisa, o que é então? Deve ter uma razão pra essa virada de cento e oitenta graus. Você tem outra pessoa?

Ele fechou a cara.

– Não posso acreditar que você sequer pense assim.

– Bem, não acredito que você faria isso, então acho que estamos quites. – Peguei o guardanapo de linho no meu colo e o joguei no prato vazio. Apoiando as palmas das mãos na mesa, levantei-me, empurrando a cadeira de veludo vermelho para trás. – Preciso ir.

– Não vá – implorou Luke, pegando meu braço. – Podemos jantar juntos, não é? Ainda quero ser seu amigo.

Parecia mais que ele queria ficar bem com o meu irmão, já que jogaram juntos no Callingwood Bulldogs. Dar um pé na bunda na irmã caçula do defensor Derek James com certeza deixaria um clima estranho no vestiário antes do próximo jogo.

Por outro lado, meu irmão nunca me defendeu. Por que faria isso agora? Para alguém que era tão forte no gelo, Derek era um completo bunda mole na vida real. Ele tinha a coragem de um rato.

Puxei o braço do aperto de Luke.

– Sem a menor chance.

– Bailey, não fica assim.

Senti um aperto no coração. Ficar como? Chateada por ter sido pega de surpresa? Qualquer pessoa na minha posição ficaria arrasada.

– Deixa eu te levar pra casa, pelo menos.

– Obrigada, mas não. Você já fez o suficiente.

Passaram-se segundos, e eu continuava em frente à mesa, querendo sair, mas incapaz de fazer meu corpo obedecer. Meus pés permaneceram colados ao chão, presos em alguma força de negação maligna. Isso não poderia estar acontecendo. Este era Luke. Meu Luke.

Observei seu rosto, traçando as características que eu conhecia melhor do que as minhas. Olhos azul-claros, emoldurados por cílios grossos, mandíbula forte, covinha no queixo e um nariz aquilino ligeiramente torto por ter sido quebrado em uma partida de hóquei amador. Eu sempre disse que isso adicionava personalidade a sua fisionomia, que fora esse detalhe era perfeito.

Era a primeira coisa que eu via ao acordar. Um amigo que já tinha me visto nos meus piores dias. Um amante que foi testemunha dos meus momentos mais vulneráveis.

Mas o homem sentado à minha frente era um estranho.

– Você ainda vai no jogo amanhã à noite, não é?

Minha tristeza profunda se transformou em raiva. Mesmo agora, Luke me queria como uma tiete.

– Você tá de brincadeira. – Peguei minha bolsa na cadeira ao meu lado. – Estarei no jogo, mas por causa do Derek. Não por sua causa. Eu torceria contra você se pudesse.

◆ ◆ ◆

Na manhã seguinte, sentei-me na ilha da cozinha com uma xícara de café e um prato de comida, para o qual eu não tinha o menor apetite. Fiquei com o estômago embrulhado enquanto empurrava as torradas e o ovo mexido, agora frio, de um lado para o outro do prato, tentando reunir vontade para comer.

De acordo com o relógio digital do forno, eram 8h15, o que significava que eu estava enrolando havia quase uma hora. Minha mãe sempre falou que um café da manhã saudável é a chave para começar o dia com o pé direito, mas, por mais que comesse, nada apagaria os eventos da noite passada. Nada ia funcionar, a não ser uma varinha de condão.

– Bom dia!

Minha colega de quarto, Amelia, entrou na cozinha, indo direto para a cafeteira. Era evidente que o dia dela estava começando melhor do que o meu. Ela já estava vestida com um suéter rosa curto e jeans surrados, os cabelos castanhos crespos presos em uma trança grossa. Eu ainda não tinha tomado banho, estava usando um pijama roxo velho, meus cabelos longos pareciam um ninho. Minha pele estava manchada; meus olhos, inchados; e meu coração, vazio.

A ideia de estar solteira de novo depois de um ano e meio era semelhante a estar à deriva, perdida no mar, sem uma bússola. Não sabia mais quem eu era sem Luke. E não queria saber.

De costas, Amelia se serviu de uma bela caneca de café forte, estilo francês e, então, foi até a geladeira pegar creme de baunilha.

– Como foi seu jantar de aniversário ontem? – perguntou, fechando a porta da geladeira com o quadril.

– Bem… – As palavras ficaram presas em minha garganta. – Nada bem.

Amelia riu e mexeu o café, a colher tilintando contra a caneca de cerâmica.

– Por quê? Luke te deixou acordada a noite toda?

Foi como ser esfaqueada no coração e no estômago ao mesmo tempo.

Ela se virou para me encarar. Seus olhos de chocolate me sondando por cima da caneca rosa.

– Você parece bem cansada.

Considerando que eu tinha sido atropelada por um ônibus desgovernado, tenho certeza de que parecia muito mais do que cansada. Eu devia estar parecendo um zumbi.

– Hum, não exatamente.

Ela tomou um gole de seu café, arqueando as sobrancelhas.

– Aliás, onde ele está? Ainda dormindo?

Outra punhalada.

– Ele não está aqui. – Mas deveria estar.

– Ah. – Ela enrugou a testa, mostrando uma leve confusão. – Tinha treino essa manhã? Achei que o Paul tinha dito que não teriam treino de força hoje.

– Não – respondi. – Ele me largou.

A caneca rosa-claro de Amelia congelou a meio caminho da boca.

– *O quê*? – Seus olhos rapidamente procuraram os meus.

– Sim.

Olhei para o meu prato e dei uma mordida na torrada murcha. Como a alternativa a comer era discutir o término, meu apetite voltou de repente. Amelia me olhava com os olhos arregalados. Eu queria poder distribuir panfletos com um resumo da situação, em vez de repetir cada detalhe doloroso... tipo um boletim de notícias.

– Ele disse que deveríamos "dar um tempo". – Engoli em seco e acrescentei: – Então virou um término.

Parte de mim ainda não acreditava que era verdade, mas outra parte – uma bem grande – já estava conformada.

– Querida. – Ela pousou a xícara e rodeou a ilha. Sentando-se no banco ao meu lado, examinou meu rosto com preocupação e tocou meu braço com gentileza. – Sinto muito.

– Tá tudo bem.

– O que aconteceu? Não entendo.

Nem eu, mas não importava. E, agora, teria que relembrar toda aquela conversa horrível de rompimento várias vezes com todos os meus amigos e meu irmão, e ainda com meus pais. Dar a notícia, testemunhar suas reações chocadas e suportar aquela pena constrangedora. Eu não queria simpatia. Não queria abraços. Não queria falar sobre isso... de jeito nenhum.

– A gente se distanciou, acho.

– Mesmo assim, você deve estar acabada. Sinto muitíssimo por você, B.

Eu morava com Amelia havia mais de seis meses, e a gente se dava muito bem, trocando roupas, compartilhando maquiagem e maratonando séries ruins na Netflix. Mas nos conhecemos porque Paul e Luke jogavam juntos, o que significava que a vida dela, assim como a minha, girava em torno do time. Agora ela me olhava com um misto de choque e terror que se esperava da notícia de uma morte.

Estava mesmo preocupada comigo? Ou com a possibilidade de que ela e Paul fossem os *próximos*? Seriam mesmo? Assim como Luke, Paul era um aluno de terceiro ano aspirante a NHL. Talvez tenham feito um pacto de se livrarem das namoradas e aproveitarem a vida no último ano da faculdade.

Ou talvez eu fosse o único peso morto.

– É, bem... acontece. – Evitando seus olhos, peguei meu prato e me levantei, empurrando o banquinho para longe do balcão. – Mas agora preciso tomar banho e ir à biblioteca. Tenho um artigo pra terminar antes do jogo hoje à noite.

Como se fosse possível ter concentração para escrever agora. Essa parte pode ser um exagero. Ou pode ser uma boa fuga. Eu poderia me manter longe da realidade e ignorar que minha vida amorosa tinha acabado de implodir.

– E você ainda vai?

A pergunta me atingiu como um tapa, mesmo sabendo que Amelia não teve a intenção de me ferir.

– Tenho que ir – respondi. – Derek nunca me perdoaria se eu boicotasse os jogos deles assim de repente.

Além disso, não sabia o que faria para preencher meu tempo se eu não fosse.

2

Tudo o que faço é vencer

Chase

Nosso ritual de pré-jogo para partidas em casa era sagrado. Andar de skate na Arena Northridge, tirar uma soneca em casa, comer no Ironwood Grill, aí voltávamos para o rinque cedo para aquecer e jogar conversa fora. Ensaboar, enxaguar e repetir.

Não que fôssemos supersticiosos, mas quebrar essa sequência de eventos costumava resultar em derrotas.

Tá bom, talvez fôssemos um pouco supersticiosos.

As apostas estavam especialmente altas esta noite porque iríamos jogar contra nossos rivais, os Callingwood Bulldogs. Eu não suportava esse time, em especial o capitão, e mal podia esperar para acabar com ele.

– Dia de jogo, cambada! – Nosso goleiro, Tyler, alongou, puxando suas mãos por cima de sua cabeça. Flexionou os bíceps cobertos de tatuagens, que desciam até seu antebraço esquerdo. – É bom que estejam preparados.

– Diz o sujeito que vive perdendo o disco no treino. – Bufei. – Já vi postes defenderem mais do que você.

– Defendi todos os seus ataques, então, o que isso diz sobre você?

Embora a ala esquerda fosse tecnicamente uma posição ofensiva, pontuar não era meu objetivo principal – pelo menos, não no gelo. Minhas especialidades eram a disputa pelo disco, o fortalecimento das laterais e a defesa no caso de penalidade em que ficávamos em desvantagem. E, claro, provocar o outro lado para ferrar com suas cabeças e fazer com que fossem penalizados – e eu achava essas duas coisas muito gratificantes.

E também dava umas cabeçadas ocasionais. Tá, isso acontecia com uma certa frequência.

– Aliás – disse Dallas, ignorando nossas alfinetadas –, vamos colar no XS hoje à noite. Incluindo você – continuou, apontando para mim com seu garfo.

– O que diabos é XS? – perguntei, bancando o bobo. – É um tamanho de camiseta? Vou precisar pelo menos de uma grande, cara.

Ele me deu um olhar fulminante.

– É uma balada nova. Abriu no último fim de semana. Parece que tá cheia de gostosas.

Claro, entendi o que ele queria dizer.

Dallas era o bonitão da equipe – o capitão, garoto de ouro do time; Tyler era o goleiro *bad boy* tatuado; e, bem, eu era o idiota encrenqueiro. Éramos colegas de quarto, colegas de time e formávamos um trio um tanto incansável no que dizia respeito a conquistar garotas.

Mas casas noturnas são um saco. Eu poderia conseguir o mesmo em casa com uma luz piscando e bebida aguada e ainda economizaria no cover artístico e na carona para casa.

No que diz respeito às mulheres, eu já tinha o suficiente para abrir o meu próprio serviço de Pau por Assinatura.

Peguei meu taco de frango do prato.

– Tive uma ideia melhor.

– E qual é? – Dallas levantou os olhos do prato de *fettuccine* Alfredo, com as sobrancelhas arqueadas.

– Podemos fazer qualquer outra coisa.

Por que eles ainda se dão ao trabalho de tentar me convencer? Já sabiam que eu era teimoso. Quando coloco uma ideia na cabeça, é impossível me fazer voltar atrás. O treinador Miller podia confirmar isso.

Tyler se recostou na cadeira.

– Desde quando você é tão empata-foda? Achei que se interessaria.

Empata-foda era a última coisa que alguém usaria para me descrever. Eu nunca abriria mão de encher a cara, trepar ou me meter em problemas. Só que não seria em uma balada. Com certeza, escolheria outro jeito de relaxar depois de um jogo física e mentalmente desgastante.

– Me interessa muito a festa, sim. Um bar, okay. Mas casas noturnas são um saco – falei. – Música ruim, bebidas caríssimas e homem demais atrapalhando. E, além de tudo, são bregas pra caralho.

– Exatamente. – Ty gesticulou, como se fosse óbvio. – Garotas adoram uma breguice. Especialmente as gostosas.

– Legal – respondi. – Divirtam-se. – Eu tinha muitas opções de entretenimento noturno, que incluíam garotas gostosas. Eles poderiam seguir seu caminho feliz; e eu, o meu.

– Vamos lá, cara. – Ele olhou para mim, dando uma mordida em seu hambúrguer.

A garçonete voltou e completou nossos copos com água gelada antes de desaparecer de novo.

– Para que precisam de mim? Não conseguem pegar alguém sem que eu esteja junto?

– Claro que não é pelo prazer de sua companhia. – Dallas me olhou sem qualquer emoção.

Dei de ombros.

– Vamos chamar umas pessoas pra nossa casa.

– Já fazemos isso todo fim de semana – resmungou Tyler, inclinando a cabeça para trás e olhando para o teto. Ele passou a mão em seus cabelos escuros, e seu olhar se voltou para o meu. – Preciso de uma mudança de cenário.

Pessoalmente, eu gosto disso. A festa vem até nós. E, quando fico entediado, posso ir para meu quarto dormir... ou fazer outras coisas.

Eu ri. "Cenário" era uma maneira educada de colocar a situação.

– Então finalmente ficou sem garotas pra transar em Boyd.

– Isso também. Preciso renovar o ciclo.

As pessoas sempre me criticavam por minha reputação, mas Tyler me fazia parecer o Tom Hanks.

– De qualquer forma, estou a fim de algo diferente. Vou conseguir. E você vem junto, seu filho da puta. – Dallas mirou seu gélido olhar azul na minha direção. Poderia derreter as calcinhas das garotas, mas tinha menos poder de persuasão sobre mim.

– Por que se importa, Ward? – Apontei o queixo em sua direção. – Vai acabar ficando com a Shiv mais tarde de qualquer jeito, e você sabe disso.

– Talvez sim, talvez não. – Ele deu de ombros. – Depende do que rolar à noite.

Bobagem. Tinha noventa e oito por cento de chances de ele ir atrás de Siobhan por volta de 1h da manhã. Dallas falava demais, mas nunca saía com outra pessoa, mesmo que não fossem tecnicamente exclusivos. Era uma dinâmica estranha que eu não entendia, embora gostasse de Shiv.

Por outro lado, quando não estavam tão bem, às vezes ele saía em busca de uma distração. Não para pegar garotas, mas para passar o tempo. Talvez fosse o caso agora.

– Tudo bem – disse eu, mergulhando uma batata frita no ketchup e gesticulando com ela. – Já que as duas rainhas da noite estão determinadas, vamos deixar isso interessante.

– Como assim? – perguntou Dallas.

– Uma aposta.

– Continue falando – disse Tyler, arqueando uma sobrancelha escura.

– Se vencermos sem sofrer gols hoje à noite contra os Bulldogs, vamos para a XS.

A chance de isso ocorrer era bem pequena. Se acontecesse, legal, nós esmagaríamos o time que eu mais odiava. Se não, tudo bem também, eu não precisaria ir para aquela maldita casa noturna.

Mas precisávamos ganhar, claro. Essa parte era inegociável.

Vencer ou morrer tentando. Nós éramos as únicas faculdades na primeira divisão em nosso estado, o que significava que a rivalidade era intensa. Estava banhada em décadas de ódio e ressentimento. Boyd tinha mais títulos no total, apesar de Callingwood ter sido um oponente mais forte na última década. Por mais que me doa admitir, estávamos pau a pau nos três anos que estou na Boyd.

De qualquer forma, nossos jogos eram sempre de incendiar a arena. E eles odiaram a derrota que sofreram nos *playoffs*, na primavera passada. Eu mal podia esperar para acabar com eles esta noite, especialmente o capitão, Morrison. Ele dava entradas desleais, só aparecia para marcar ponto fácil e era um completo imbecil.

– E se não conseguirmos? – Dallas deu uma mordida na torrada de alho, me olhando, questionador.

– Aí a gente encontra algo melhor pra fazer com nosso tempo. – Como em outras ocasiões.

– Tudo bem – respondeu ele, dando de ombros.

– O quê? – Tyler se inclinou para a frente, apoiando-se nos cotovelos, e fez uma careta. – De jeito nenhum. Isso coloca tudo nas minhas costas.

– Na verdade, não. – Apontei para Dallas. – Seu garoto ali tem que marcar para vencermos.

Essa parte já estava certa. A pontuação de Dallas estava no topo da liga. Suas estatísticas eram um pouco mais impressionantes do que as minhas, que caíram um pouco pelas penalidades que recebi e provoquei. Mais tempo de suspensão significava menos tempo no gelo. Mas cada um tinha seu papel, e eu desempenhava bem o meu.

– Eu teria que ficar plantando bananeira por três períodos pra conseguir não pontuar – esnobou Ty. – E, mesmo assim, se um de vocês fizesse um gol, a gente venceria.

– Tudo bem. – Suspirei. – Podemos aumentar a aposta. Eles não podem pontuar e temos que marcar três gols ou mais. Pelo menos um gol tem que ser do Ward.

– Moleza. De olhos fechados e plantando bananeira. – Dallas tomou um gole de sua água gelada. – Vou fazer dois.

Era como se ele estivesse fazendo o trabalho por mim.

– Vão se ferrar – resmungou Tyler. – Ele só precisa lançar uma ou duas vezes no Mendez enquanto eu tenho que defender, tipo, uma centena de lances do time inteiro deles.

Dramático, como sempre. Os ataques ao gol hoje à noite provavelmente não chegariam nem à metade disso, se não menos. Mas goleiros não eram conhecidos por serem pessoas equilibradas; tinham seu tipo especial de loucura. E precisavam mesmo ser assim, para conseguir engolir sua frustração e voltar ao rinque depois de tomar um gol. O esforço mental que atuar no gol exigia era intenso.

– O que foi? – Dallas sorriu, provocando. – Acha que não vai conseguir fazer isso?

– Claro que consigo – zombou Ty. – E vou mostrar já, já.

Os pontos fracos de Tyler incluíam ser orgulhoso demais, o que o tornava fácil de manipular.

– Ouvi dizer que os Bulldogs se deram mal nos jogos de pré-temporada – acrescentou Dallas. – Uma vitória, quatro derrotas e um empate. Acho que não vai ser difícil.

◆ ◆ ◆

Se soubesse que o desafio seria tão fácil de ganhar, eu teria sido mais criativo.

Com três minutos de jogo, o goleiro dos Bulldogs falhou em bloquear um passe direto que passou bem no meio de suas pernas. Como se tivesse desligado no meio do lance. E, então, tudo desandou para eles. Só no primeiro período, levaram um monte de penalidades leves, incluindo obstrução, golpe com o taco, encontrões, e uma por excesso de homens no gelo, porque, ao que parece, além de se esquecerem de como se patina, também se esqueceram de como contar.

Quando o segundo período começou, estávamos em ótimo humor. Enquanto isso, os Bulldogs levavam uma surra.

Assisti ao lance invertido de Dallas, que errou por pouco a rede, batendo nas placas e ricocheteando no canto. Um dos defensores dos Bulldogs, Derek James, venceu a disputa e pegou o disco, mas se enroscou, congelando no lugar. Em vez de se acalmar e se soltar, Derek entrou em pânico e tentou dar um passe para seu colega de time. O arremesso saiu torto, e eu interceptei o disco em frente à rede. Com um movimento rápido de pulso, mandei para o gol – a campainha soou outra vez.

Lindo.

Com um soco no ar, deslizei pelo gelo e rumei até o banco de reservas do time.

– Sensacional esse gol – Dallas riu, dando um tapinha nas minhas costas –, mas sabe que acabou de selar seu destino.

Nem dois minutos do segundo período e o placar já estava três a zero a nosso favor, o que cumpria os termos de nossa aposta. Talvez eu devesse ter deixado o desafio mais complexo. Mas, para ser justo, não esperava que os Bulldogs facilitassem tanto para a gente.

Agora, a primeira linha ofensiva dos Bulldogs patinava sem rumo, como se precisasse de um mapa para encontrar a direção da rede. Uma bússola também poderia ser útil a Morrison.

A vaca não só foi para o brejo; levou a fazenda inteira.

Foi glorioso pra caramba.

– Tyler ainda tem que segurar o zero no placar – eu disse.

Talvez os adversários encontrassem um rumo e marcassem um gol para que eu não tivesse que ir para aquela porcaria de balada. Espera, não. Que porra é essa? Me odiei por cogitar isso. Quanto maior fosse a humilhação para Callingwood, melhor.

– Ah, fala sério. Viu o que ele está fazendo hoje? – Dallas apontou em direção à nossa rede com o queixo. – É um paredão.

– Veremos.

– Começa a pensar em sua roupa e no penteado – disse ele. – Você vai.

Puta merda. Eu era vítima do meu próprio sucesso.

– Tá bom. – Eu me inclinei para pegar minha garrafa de água. – Bora pra frente. Se é pra perder essa aposta idiota, que seja acabando eles primeiro.

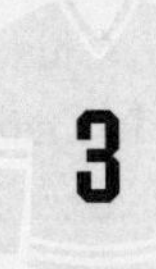

3

Quem diabos é você?

Bailey

Aplausos romperam da multidão quando a campainha tocou e o placar mudou. Para minha consternação, agora o letreiro iluminado marcava um quatro e um zero, Falcons.

Ser do time visitante era sempre um saco, mas era ainda pior quando tínhamos nossos traseiros chutados daquele jeito.

Nosso goleiro, Eddie Mendez, jogou seu bastão para o lado e começou a desfiar um rosário de palavrões que ecoaram na arena. Prendi a respiração, esperando para ver se o treinador Brown o tiraria do gelo, mas ele continuou. Meu irmão Derek tirou as luvas azuis e brancas e patinou até o banco visitante, balançando a cabeça. Estava chateado com o próprio desempenho na defesa, e não com Mendez por ter tomado os gols.

Ao lado da rede, Chase Carter – ala esquerda dos Falcons – deu um soquinho em comemoração e deslizou até o banco de reservas para celebrar com seus companheiros de equipe e se gabar, como sempre fazia.

– Odeio esse cara – resmunguei.

– Eu também – concordou Amelia. – Ele é o pior.

Eu não tinha uma reação emocional muito forte a muitos jogadores, bons ou maus, mas Carter era uma exceção. Ele era a definição de detestável. Arrogância em uniforme vermelho.

Presunção sobre patins.

Claro, ele era bom – um ala de primeira ou segunda categoria destemido na primeira divisão –, mas seu ego inflado era desproporcional ao seu nível de habilidade. Era conhecido por falar besteira e causar confusão entre as equipes. Especificamente, por começar discussões que terminavam conosco cumprindo suspensões e os Falcons marcando enquanto tínhamos menos jogadores no gelo.

Ele não era apenas irritante, era totalmente maldoso.

No fim do último tempo regular, Carter e Derek se cruzaram no segundo período. Apesar da clara provocação do Carter, Derek recebeu uma penalidade por má conduta em jogo enquanto Carter saiu impune.

Perder meu irmão foi um problema, já que o time estava com vários defensores a menos devido a lesões. No final, perdemos por um gol – o que nos custou a classificação para os *playoffs*. Derek ainda guardava rancor de Carter. E eu também.

Ficamos caladas mais uma vez, observando o massacre no gelo continuar. Ou Amelia, pelo menos. Eu não conseguia tirar os olhos de Luke. Mesmo quando ele estava no banco, era impossível focar em qualquer outro lugar que não nele por mais de alguns segundos.

– Tem certeza de que está bem? – perguntou Amelia, me cutucando com o cotovelo.

– Sim. – Envolvi meu corpo com meus braços, desejando ter colocado uma jaqueta sobre meu moletom cinza. A arena da Boyd University, em Northridge Center, era sempre muito fria, mas eu estava tão atordoada que não me lembrei disso quando saí.

– Vocês já conversaram?

– Mais ou menos – respondi. – Na verdade, não.

Luke enviou uma série de mensagens de desculpas cada vez mais frenéticas esta tarde. Não tentando me ter de volta – era mais um tipo de redução de danos, ecoando os apelos da noite passada sobre continuarmos amigos. No começo, ignorei, mas depois da quinta mensagem eu enfim cedi e respondi, dizendo que estava tudo bem (óbvio que não) e que eu só precisava de um tempo (tipo, para sempre). Em parte, porque eu era uma molenga, e em parte porque não queria que o drama entre nós tirasse sua atenção do jogo desta noite. Não importava como eu me sentia de verdade, precisava acalmá-lo para que ele não ferrasse o resto do time.

Apesar disso, Luke estava quase irreconhecível no gelo – lento, distraído e meio que inútil. Ele já tinha tomado mais suspensões do que em qualquer jogo da última temporada. E eram penalidades idiotas, como cotoveladas ou por erguer o taco. Eu nem podia culpar Carter por isso.

O restante da equipe não estava se saindo muito melhor. Dava para perceber que estavam irritados com o desempenho ruim – e essa frustração só piorava ainda mais o jogo.

Eu estava surtando.

Amelia se inclinou para a frente, estreitando os olhos em direção ao banco dos jogadores.

– Afe, e agora?

Paul e Carter estavam engajados em um tipo de bate-boca através do acrílico que separava os bancos. Carter disse algo e, em resposta, Paul se levantou e jogou sua garrafa por cima da barreira, mirando na cabeça de Carter. Ele se esquivou no último segundo e, discretamente, mostrou o dedo do meio para Paul enquanto os técnicos não estavam olhando. Mas é claro que os treinadores viram o arremesso da garrafa de água.

Como eu disse: maldoso.

Brown balançou a cabeça e correu até Paul, apontando para o corredor que levava ao vestiário. Droga, parece que ele ia para o chuveiro mais cedo.

Carter jogou a cabeça para trás e riu, depois deu um soquinho em Ward, que estava ao seu lado. O treinador dos Falcons lançou um olhar de advertência, e suas expressões ficaram mais sérias – mas juro que ainda dava para ver o sorriso no rosto de Carter, mesmo do outro lado da pista de gelo, assim que o seu treinador se virou.

– De novo o Carter. – Amelia bufou. – Idiota.

– Mas entram na dele – comentei. – E ele os manipula como se fossem marionetes.

– Eu sei. Foi bom que a Jillian teve que trabalhar – disse ela. – Assim não teve que ver esse desastre.

Jillian era nossa outra colega de quarto e namorava o goleiro dos Bulldogs, Mendez, havia oito meses. Mendez não estava se saindo bem esta noite, então provavelmente era melhor que ela não estivesse aqui para testemunhar o massacre.

Quatro minutos depois, a campainha tocou, e o jogo terminou com um placar de cinco a zero. Já era ruim demais perder para o nosso maior rival, mas de lavada adicionava um insulto à injúria. Em especial porque Luke geralmente era um de nossos artilheiros.

◆ ◆ ◆

Amelia e eu saímos das arquibancadas e esperamos pelo time no saguão, comendo pipoca. Demorou mais do que o normal para se trocarem e acabarem as conversas pós-jogo, provavelmente pelo sermão que deveriam estar levando do treinador Brown. Com razão.

Paul foi um dos primeiros a sair do vestiário, com os ombros caídos e o rosto contraído.

Amelia me lançou um olhar de desculpas.

– Sinto muito, preciso falar com ele por um segundo.

– Tudo bem. – Acenei para ela. Só porque meu relacionamento tinha acabado não significava que eu esperava que Amelia largasse o dela.

Ela correu na direção dele, e Paul se abaixou, abraçando-a com um aperto firme que fez meu coração doer. Cerrei os dentes e reprimi a tristeza. O que era difícil de ignorar é que agora eu estava sozinha no saguão, como uma espécie de *stalker*. Outros jogadores dos Bulldogs apareceram, um após o outro, mas ninguém se aproximou de mim.

Ninguém sequer acenou ou disse um "oi".

Senti meu estômago revirar. Qual, exatamente, era meu objetivo aqui? Eu achava mesmo que ia sair com eles depois que o Luke terminou comigo?

Peguei meu celular e fiquei rolando a tela no automático, enquanto decidia se deveria esperar por Derek ou chamar um Uber e cair fora. Prendi a respiração quando vi Luke saindo do vestiário, o cabelo loiro ainda úmido, a expressão dura. Ele olhou para o grupo de pessoas – seus amigos, que, até hoje, jurava que eram meus também – e depois para onde eu estava sozinha. Nossos olhos se encontraram, mas ele ficou onde estava.

Depois de alguns segundos esquisitos em que me olhou e eu o olhei, ele caminhou até mim, relutante.

Cada passo era tão lendo que dava a impressão de arrastar os pés.

– Ei.

– Ei. – Bloqueei o celular e o coloquei no bolso de trás. – As coisas não deram muito certo hoje, mas valeu o esforço.

Ele deu de ombros, mas sua expressão tensa falava por si.

– Nós os pegaremos na próxima vez.

– Com certeza. E então...

Ficamos parados, mergulhados em um silêncio doloroso, pelo que pareceu uma hora, mas provavelmente foi menos de um minuto. A humilhação cresceu em meu peito. Por que eu tinha vindo? Por que pensei que Luke mudaria de ideia? Ou que ia perceber que tinha cometido um erro?

A errada era eu.

Começando por ele.

– Vamos, Morrison! – gritou Mendez, acenando para ele com impaciência.

O time estava reunido perto das portas da frente, cercado por namoradas e puxa-sacos, indo em direção à saída. Há apenas dois dias, eu também estaria lá.

– Já vou – respondeu Luke, olhando por cima do ombro. Ele olhou para mim. – Hum, tenho que ir.

– Tudo bem.

Eu ainda não tinha visto Derek. Ele sempre era um dos últimos a sair do vestiário. Mas, quando saísse, iria direto atrás deles. Sabia onde a lealdade do meu irmão estava – e não era comigo. De qualquer forma, não era como se ele pudesse fazer alguma coisa. Ir junto estava fora de questão, o que significava que eu iria para casa chorar e comer um pote de sorvete, assistindo às reprises de *Grey's Anatomy*.

Eu não precisava de companhia para isso.

– Te envio uma mensagem – disse Luke.

Eu queria dizer que não precisava, mas só assenti e me afastei em direção ao banheiro feminino. Eu poderia me esconder ali até que eles fossem embora.

Quando abri a porta vaivém, meu celular vibrou com uma mensagem.

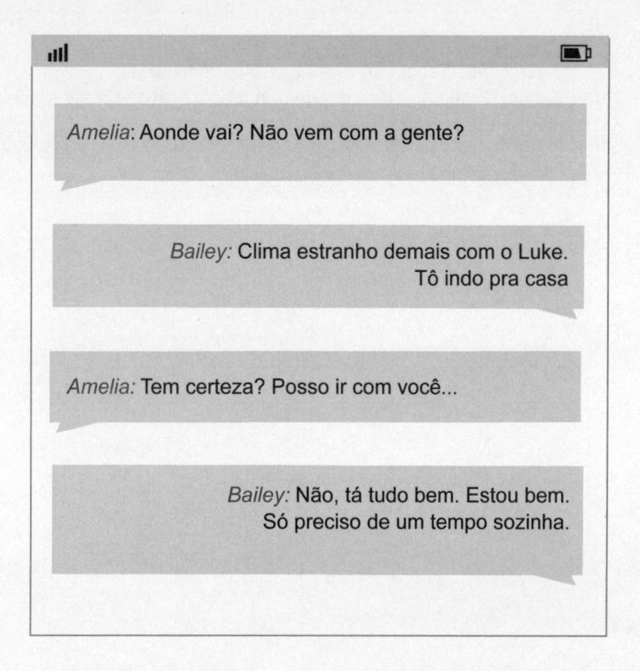

Usei o banheiro e lavei as mãos o mais devagar possível, tentando garantir que já tivessem dado o fora quando eu saísse. Mal tinha jogado o papel no lixo quando Zara me mandou uma mensagem, respondendo a uma que eu tinha enviado mais cedo sobre Luke.

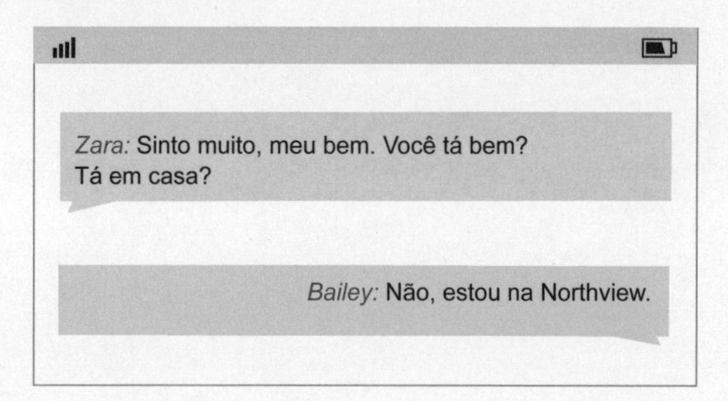

Zara não fazia ideia do que aquilo significava – ela era uma colega do Jornalismo, fazia parte do jornal da faculdade, e era uma das poucas amigas que não estavam envolvidas no mundo do hóquei –, então expliquei melhor.

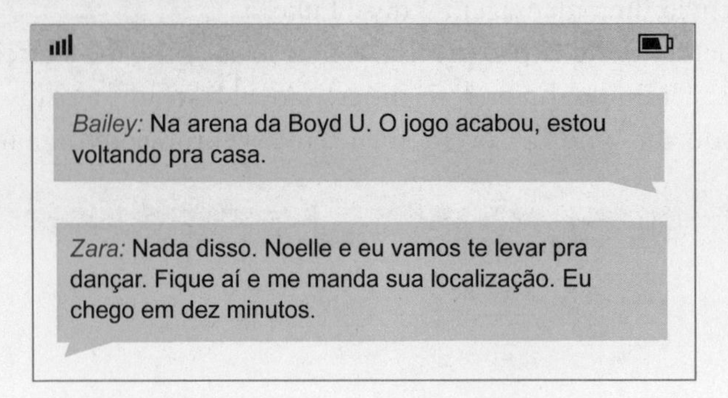

4

Controladora de tráfego aéreo

Bailey

Uma hora depois, eu estava espremida dentro de uma minissaia emprestada e parada no meio de uma casa noturna. O fato de estar usando saltos e maquiagem pela segunda noite seguida ilustrava como minha vida tinha saído dos trilhos.

– Ah, meu Deus. Isso é nojento. – Bati com o copo vazio no bar, estremecendo. O sabor acre do álcool ficou na minha língua e desceu queimando pela minha garganta.

Noelle riu, me entregando minha bebida.

– É só tequila, B.

– É horrível, se quer saber. – Bebi sôfrega minha água gaseificada de framboesa, tentando me livrar do gosto terrível que ficou na boca.

– Desculpa – disse Zara, pegando uma mecha do cabelo ruivo e colocando atrás de sua orelha. – Esqueci que você não é boa de copo. Da próxima vez, tentaremos algo mais leve, como um Lagoa Azul.

– Lagoa Azul? – Fiz uma careta. – Soa ainda pior.

– Que nada. É Malibu e mais algumas coisas. Mas é uma delícia. Nem tem gosto de álcool.

– Se você diz...

O grave da música vibrava no meu corpo, e eu balancei no lugar ao som do remix do DJ. Elas me arrastaram para outra casa noturna chamada XS, do outro lado da cidade. Como tecnicamente era considerada território dos Falcons, era o tipo de lugar que eu evitaria – o que o tornava perfeito para afogar minhas mágoas. Não tinha a menor chance do Luke aparecer ali. Aliás, ninguém do time. E, naquela noite, o anonimato tinha um ar de liberdade.

Conforme o álcool subia, aquecendo minhas veias, pensamentos sobre o jogo desta noite e a devastação da noite anterior desapareciam. Talvez beber tenha tornado minha situação atual mais *tolerável.*

Zara se apoiou no bar, colocando os cotovelos no balcão e observando, atenta, a multidão.

– Acho que você precisa colocar outro na jogada, Bails. – Ela arqueou as sobrancelhas, me olhando enquanto bebia seu rum com Coca-Cola por um canudinho amarelo. – Sabe o que dizem: nada melhor pra curar um amor do que outro.

Ajeitei minha saia preta, que subia a cada dois segundos. Era de Noelle, e era uns oito centímetros mais curta do que eu gostaria.

– Zara, eu acabei de terminar.

– Exatamente – concordou Noelle de uma forma enfática, seus olhos sérios cor de água-marinha. – Você tem que sair na frente nessa corrida.

Fiquei enjoada com a ideia de que Luke também estaria envolvido nessa tarefa de encontrar alguém em um futuro próximo. Talvez eu precisasse de um Lagoa Azul, no fim das contas.

– Sem chance. Do jeito que ando com sorte, vou acabar indo pra casa com um *serial killer*.

– Talvez a culpa do seu azar seja do Luke. – Zara deu de ombros. – Qual foi a última vez que vocês transaram?

Fazia mais tempo do que gostaria de admitir. Ele estava ocupado com os treinos e as aulas, e eu estava atolada até o pescoço de trabalhos e provas. Disse a mim mesma que era só uma fase, mas a verdade é que o sexo tinha se tornado mais uma obrigação do que qualquer outra coisa.

Pensando bem, eu não me lembrava da última vez que tínhamos transado. Talvez depois da festa na casa de lago dos pais do Paul, em agosto? Foi há mais de um mês... Mas isso era normal, não era? Casais têm altos e baixos. Mesmo que alguns dos baixos durem um tempo.

– Não sei – menti. Senti meu rosto ficar vermelho. – Faz um tempo.

– Exato. E provavelmente dá um azar danado que Luke tenha sido o único... – Ela gesticulou para minha área pélvica, comprimindo os lábios – ..."passageiro".

Contra a minha vontade – e provavelmente por culpa da tequila – acabei rindo.

– Minha vagina não é um terminal de aeroporto, Zar.

– O que é isso, agora? – interrompeu uma voz profunda, atrás de mim.

Eu me virei e pulei, surpresa ao dar de cara com o corpo imponente de Chase Carter encostado no bar, com uma expressão divertida estampada em seu lindo rosto.

O encrenqueiro dos Falcons, líder da liga em penalidades marcadas na temporada passada – e a penúltima pessoa que eu gostaria de ver.

Claramente, ele tinha ouvido tudo, até o comentário sobre a minha vagina. Tinha sido uma semana de merda, então nem fiquei surpresa. Quem sabe eu não seria atingida por um raio em seguida?

– E por falar em colocar outro na jogada... – sussurrou Zara. – *Olá.*

Eu a ignorei e lancei a Chase um olhar fulminante.

– Isso não é da sua conta.

Ele arqueou as sobrancelhas, arregalando os olhos com uma inocência fingida.

– Mas estou morrendo de vontade de saber mais sobre pousos e decolagens.

Noelle riu, e Zara engasgou com o gole de Cuba-libre, tossindo sem parar.

– Meu Deus. – Revirei os olhos, virando-me para encarar minhas amigas.

– Desculpa – disse Zara, ainda um pouco engasgada, batendo com o punho no peito.

– E como estão as condições da pista hoje? – pressionou Chase.

Olhei para a área do bar, em busca de armas em potencial, mas não encontrei nada.

– Acha que seria considerado um assassinato de primeiro ou segundo grau se eu te matasse com uma colher de misturar bebidas? Dá pra argumentar que foi no calor do momento, já que eu usaria uma arma improvisada, mas tenho *pensado* nisso há um bom tempo.

Chase deu um passo em minha direção, os cantos de seus lábios carnudos se curvando em um sorriso.

– E por que faria isso? A gente nem se conhece. Ou se conhece? – Ele inclinou a cabeça, estudando meu rosto. – Você me parece familiar. Nós já...

– Não. – Fiz uma careta. Pelo que eu tinha ouvido, não era uma surpresa que ele não conseguisse se lembrar de sua lista de conquistas. – Deus me livre, não! Quis dizer que todo mundo de Callingwood te odeia.

– Ah, é? – Ele largou a pose e exibiu um sorriso largo e presunçoso, sem nem mesmo disfarçar sua satisfação.

Meu nível de aborrecimento estava chegando às alturas. Esse cara tinha 1,91m – de acordo com a comunidade de notícias sobre esportes – de músculos sólidos, mas o maior deles era seu ego.

Ele era um provocador nato.

Zara, agora recuperada, nos observava, mas sem intervir. Os olhos de Noelle saltavam de um para o outro, como se estivesse acompanhando uma partida de tênis. Nenhuma delas sabia quem era Chase e, sem o contexto adequado, provavelmente teriam caído no feitiço de sua boa aparência.

Diziam por aí que a maioria das mulheres caía na dele.

Na verdade, o boato era que o encanto ia muito além da aparência – mais especificamente, envolvia seu pênis lendário e "mágico". Segundo a lenda, ele seduziu uma bela professora adjunta em seu primeiro ano de faculdade, e ela ficou tão arrasada quando o relacionamento terminou que se transferiu para uma universidade na Costa Oeste. Depois disso, o cara dormiu com a equipe de líderes de torcida da BU e com metade do time de hóquei feminino antes de avançar sobre o restante das estudantes do campus – incluindo algumas do meu curso.

Isso porque, embora eu o odiasse, nem todas da Callingwood tinham lealdade por nossas equipes esportivas.

E, apesar da personalidade de Chase, que, convenhamos, deixava muito a desejar, diziam que todas voltavam querendo um repeteco porque – supostamente – ele era muito bom de cama.

Sem falar que era muito bom de se olhar.

O barman voltou, e Chase debruçou no bar, pedindo outra bebida. Eu me virei para Zara e Noelle, ansiosa para escapar.

– Por que não vamos dançar?

– Claro. – Zara dançava com a batida. – Amo essa música.

Graças a Deus. Agarrei a mão dela, com a intenção de arrastá-la para longe, com Noelle as seguindo.

– Espera aí. – Zara parou de repente e colocou sua bebida no balcão. Ela remexeu na bolsa, tirando o celular. Franziu a testa enquanto olhava a tela iluminada. – Minha mãe está me ligando por vídeo. Tenho que atender. Cuida da minha bebida pra mim? Já volto. – Ela apertou meu braço e correu para o banheiro.

Noelle inclinou a cabeça, com uma expressão intrigante no rosto.

– Quer saber? Vou ver se está tudo bem com ela. – E seguiu Zara, deixando-me em pé, ao lado do bar, com Chase, o sr. Aspirante a controlador de tráfego aéreo.

Traidoras.

Por outro lado, eu poderia só me afastar. Não era como se ele estivesse me forçando a nada. Então, acho que isso me tornava uma traidora também.

Chase se virou para mim, os olhos escuros como a noite percorrendo meu rosto.

– Você realmente é familiar. Estuda na Callingwood? Qual é seu nome mesmo?

– Dou essa informação somente quando necessário, e definitivamente não é esse o caso.

Dando um gole na minha bebida, desviei o olhar para as luzes multicoloridas que iluminavam a pista de dança, piscando em um padrão de vermelho, verde e azul. Ele, claramente, estava dando em cima de mim – e meu pobre ego estava tão ferido que gostei da atenção. Quase.

Além disso, Luke ficaria muito irritado se soubesse, que era o que meu ex merecia agora. Mas flertar com Chase seria trair meu irmão e nossos amigos. E ficar com ele estava fora de questão… né?

Apesar disso, eu estava recém-solteira, não morta – e ele era um gostoso. Também ajudava o fato de a camiseta preta cair perfeitamente sobre os ombros largos dele, com as mangas justas deixando à mostra os braços fortes – do tipo que, com certeza, conseguiriam me levantar e me prensar contra uma parede sem esforço nenhum.

Não que isso passasse por meus pensamentos.

– Não parece muito justo você saber quem eu sou e nem ao menos me dizer o seu nome.

– É, você sabe muito sobre ser justo – disse eu. – Já te vi jogando.

Embora injusto não fosse a palavra que eu usaria para descrever o seu estilo de jogo. Tecnicamente, Chase não quebrava as regras, pelo menos na maior parte do tempo. Ele provocava o suficiente para fazer o outro time perder a cabeça e cometer penalidades. Como o que tinha acontecido com Paul mais cedo.

Ele era um instigador.

E um destruidor de corações.

– Não sabia que você era tão fã, Callingwood.

– E não sou. – Meus olhos varreram o salão, procurando por alguém. Qualquer um. Mas a pista de dança estava lotada de corpos se contorcendo, suas identidades obscurecidas pelas luzes estroboscópicas e pela névoa artificial. Além disso, eu não conhecia ninguém ali. Estávamos no território de Chase.

Ele tomou um longo gole de sua cerveja, com um olhar divertido no rosto. Agarrei minha bebida com força, controlando a vontade de despejá-la sobre sua cabeça.

– É um espaço aéreo de segurança máxima ou algo assim?

Olhei feito para ele.

– Você é um idiota.

– Me fala, como é a pista de pouso? – Seus ombros largos tremeram de tanto rir.

– Com certeza sua aeronave é pequena demais pra descobrir. – Me parabenizei mentalmente pela minha jogada rápida.

Ele me deu um sorriso torto, como se pudesse ver o quanto eu estava orgulhosa da minha resposta.

– Nada mal. – Chase deu mais um passo em minha direção, baixando a voz, que ficou mais rouca. – Mas, definitivamente, é um Airbus.

Airbus? Quer dizer, eu meio que suspeitava baseada nos rumores que tinha ouvido. Mas ele estava exagerando, né? Levando em consideração os boatos e a maneira como se portava, talvez não estivesse. Sem o uniforme de hóquei, ele tinha um peitoral perfeito, mas quanto ao que vinha junto...

Deus me ajude, agora eu estava mesmo pensando sobre o que ele escondia dentro da calça. Eu tinha perdido a cabeça? Era o Chase Carter. Corpo impressionante à parte, eu o odiava. Era basicamente uma exigência. A rivalidade entre nossas faculdades era pesada.

O pensamento me trouxe de volta ao presente, em que ele estava em pé, ao meu lado, com os olhos escuros atentos. Seu olhar pesava sobre mim, esperando por uma resposta.

Parei de morder o canto da boca.

– Ah.

Ele se apoiou na outra perna, se aproximando. Senti o perfume dele – que era muito bom –, e meu estômago revirou.

Algo despertou entre minhas pernas, uma sensação que eu não sentia havia séculos. Nem mesmo com Luke.

– Você parece um pouco confusa – disse Chase.

– É mais como uma repulsa.

Mas, para ser honesta, era um pouco dos dois. Era perturbador como minha mente e meu corpo agiam em desacordo quando se tratava dele. Claramente eu só estava o usando como tapa-buraco emocional. E um pouco bêbada.

Chase deu outro gole em sua cerveja, me olhando com atenção.

– Espero que não seja uma apostadora. Você não saberia blefar nem se sua vida dependesse disso.

Uma onda de irritação percorreu meu corpo, misturada com uma repentina autoconsciência. Senti minhas bochechas esquentarem. Eu esperava que a iluminação estivesse fraca o suficiente para disfarçar.

– Acho que quem tá se enrolando é você.

– Talvez um pouco – disse ele, arqueando uma sobrancelha.

– Bem, de qualquer modo... – Pigarreei, limpando a garganta e endireitando os ombros – ...o terminal está fechado. Por tempo indeterminado. Faltam pilotos qualificados.

– Ah, acho que você me acharia muito qualificado. – Sua voz ficou mais profunda, o som virando uma combinação de cascalho e seda.

Meu coração disparou, e o calor das minhas bochechas inundou o resto do meu corpo. Por um momento, fiquei olhando para ele, boquiaberta, sem conseguir dizer uma palavra. Foi então que Noelle e Zara voltaram. Zara tinha uma expressão confusa no rosto, alheia ao desastre de insinuações em que estava prestes a entrar.

– Acho que minha mãe ligou por vídeo enquanto estava sonâmbula. – Gesticulou, agitando as mãos. – Isso é normal? Acha que indutores de sono pode fazer isso?

Noelle deu de ombros.

– Sei lá. Uma vez comi um bolo inteiro depois de tomar remédio pra dormir e nem lembrei no dia seguinte.

– É melhor eu voltar para o pessoal do time. – Chase pigarreou, assentindo em minha direção e acrescentando: – Pense no que eu disse.

Ele se afastou, como se sempre tivesse conversas cheias de insinuações com garotas desconhecidas em um bar. Não era grande coisa.

Na verdade, provavelmente tinha.

– Pensar no quê? – Zara arregalou os olhos.

– Ah, nada. Só o lenga-lenga desagradável de sempre dos Falcons – respondi.

– Era ele, então? – perguntou Noelle, esticando o pescoço enquanto o observava desaparecer na multidão. Ela ficava à margem do mundo do hóquei, mal entendia as regras mais básicas, e o que sabia era graças à minha amizade.

– Aham. – Virei o resto da minha bebida. – O inimigo.

– Inimigo gostoso.

Zara assentiu.

– Eu subiria nele sem pensar duas vezes.

– Não – respondi. – Ele é um idiota.

Uma notificação apareceu no meu celular. Era uma atualização do *Linha Lateral*, um site de fofocas sobre os atletas da nossa faculdade. Se tinha um boato circulando, o *Linha Lateral* iria cobrir. Tudo, desde quem estava se drogando – supostamente – até quem tinha acabado de assinar um bom contrato profissional.

Eu seguia aquele site estúpido devido a minha paranoia de que, um dia, uma das histórias poderia ser sobre mim. Com o término recente, meus temores poderiam enfim ter se concretizados. Com as mãos tremendo, toquei na notificação e mordi meu lábio inferior enquanto a página carregava.

Linha Lateral

A fila andou? Qual membro solteiro dos Bulldogs foi flagrado dando uns amassos com uma nova garota na festa pós-jogo de hoje à noite? Fico imaginando o que a ex dele deve achar de ser descartada e trocada em menos de um fim de semana.

Senti o sangue ferver enquanto agarrava meu celular. 86 era o número do Luke. Não que eu precisasse da dica, era o único Bulldog recém-solteiro.

E já estava com alguém.

Sequer hesitou.

Mas com quem ele tinha se envolvido tão rápido? Então me ocorreu… Sophie. Sophie Crier. Eu já tinha desconfiado daquelas noites no começo do semestre, quando os dois ficavam até tarde "trabalhando no projeto em grupo de marketing". Quando o confrontei, no entanto, Luke fez com que eu me sentisse uma namorada louca e ciumenta. Mas isso explicava tudo, incluindo sua mudança repentina.

– Bailey? – chamou Zara. – Terra chamando Bailey!

Olhei para o celular, a tela ficando borrada.

– Me dá um segundo.

A negação começou a tomar conta de mim, me tentando como um canto de sereia. Talvez não fosse verdade. Talvez o *Linha Lateral* tivesse inventado a história, como às vezes faziam. Tinha que ser falso, né? Luke nunca faria isso comigo. Ou, pelo menos, não de novo.

Tirei um *print* da tela e mandei para Luke.

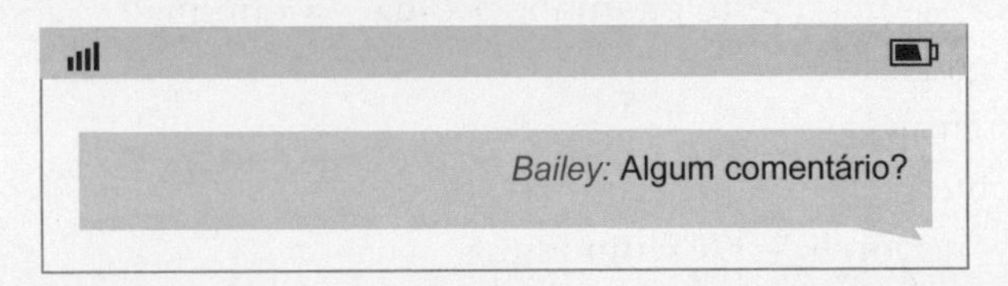

Três pontinhos cinza apareceram. E então desapareceram. E apareceram de novo. Desapareceram… e não voltaram. Cinco minutos depois, eu estava na pista de dança com as garotas quando meu celular vibrou.

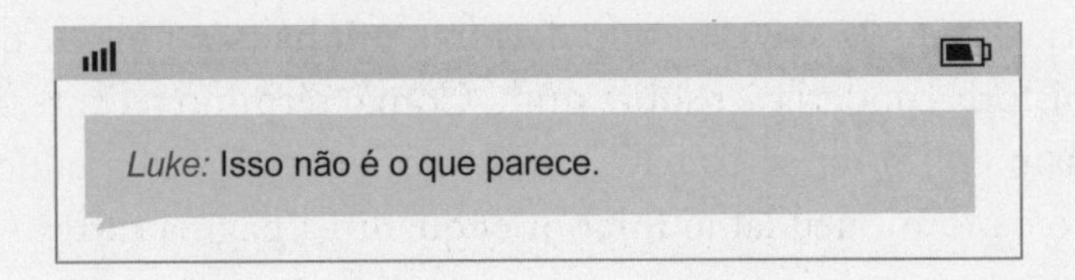

O que significava que era *exatamente* o que parecia.

Dois podiam jogar esse jogo. Mas, primeiro, eu precisava pegar outra bebida.

5

Claro, vamos chamar assim

Chase

Atualização de *status*: eu ainda odeio casas noturnas. Estava, até agora, um tanto desapontado com essa tal XS. Era um lugar pequeno, úmido e o DJ era péssimo. As cervejas também eram ridiculamente caras. Quinze dólares por uma local? Vai se foder.

Claro, eu estava aqui por termos conseguido uma vitória com a defesa invicta contra os Bulldogs, o que aliviava meu nível atual de irritação. Ver o olhar de derrota dos caras de Callingwood quando saíram do gelo foi impagável. Otários.

Mas a única coisa interessante que aconteceu desde que chegamos foi conhecer a loira esquentadinha da faculdade deles. Não deu em nada, mas eu tinha outras opções. Era hora de dar o fora. Estava sóbrio demais para esse lugar.

– Você jogou muito hoje – disse a morena baixinha perto de mim, batendo os cílios. O nome dela era Morgan. Ou Meghan, talvez. Não entendi muito bem por causa da música alta e, para falar a verdade, não me interessava.

– Você é fã de hóquei? – perguntei.

Tinha certeza de que ela não sabia nada de hóquei. Era provável que nem estivesse na arena mais cedo. Mas eu tinha mandado bem no jogo esta noite, então acho que ela estava certa.

– Adoro. – Assentiu ela.

– Hoje foi complicado, né? Pensei que teríamos rebatidas extras. Estava bem equilibrado até a gente conseguir aquele último *touchdown*.

– Com certeza. – Ela fez um beicinho. – Estou feliz por você ter vencido.

Não disse? Ela não entendia merda nenhuma de hóquei.

E ainda acham que eu sou o superficial.

Endireitando os ombros, ela empinou o peito para chamar a atenção para seu vestido de renda com decote V e o volume que ele continha.

– Quer ir pra um lugar mais tranquilo?

Ela usava muita maquiagem, o que provavelmente mancharia meus lençóis. Mas era bonita o suficiente e dava a impressão de ser animada na cama, então, por que não?

– Hum, sim. Espera aí. – Olhei por cima do ombro dela procurando por Dallas e Tyler, mas não consegui encontrá-los na multidão. Que seja, eu ia embora com ou sem eles.

Morgan/Meghan acariciou meu braço com suas unhas vermelhas longas e afiadas.

– Claro. – Suas mãos estavam geladas pra caralho. Torci para que esquentassem antes de chegarem ao meu pau.

Mas antes que eu pudesse abrir a boca para dizer qualquer outra coisa, uma mão macia pousou em meu antebraço.

– Aí está você. – A voz dela era doce.

Olhei para a esquerda, dando de cara com a minha tentativa frustrada de flerte anterior. Cabelos longos cor de mel, algumas sardas no nariz e olhos de uma mistura louca de verde e âmbar que eu nem conseguiria descrever.

Callingwood.

Nossos olhares se encontraram, e ela inclinou a cabeça.

– Estava procurando por você em todos os lugares – disse, colocando uma mecha do cabelo loiro caramelo atrás da orelha e me dando um sorriso familiar, como se nos conhecêssemos bem. Como se não tivéssemos acabado de nos conhecer.

Morgan se afastou, tirando a mão de mim com uma expressão carrancuda.

– É sua namorada?

– Claro. Digamos que sim.

Callingwood sorriu, espantando Morgan para longe, como se fosse um inseto. Ela era uns quinze centímetros mais alta do que Morgan, o que só piorava a situação.

– Sério isso? – Morgan me encarou. – Você é um imbecil. Boa sorte com esse aí, queridinha. – Ela bufou e girou em seu salto agulha vermelho antes de desaparecer em meio às pessoas.

E lá se foram as opções…

– Hum, oi? – Virei-me para Callingwood com uma careta.

Que porra é essa? Ela voltou só para ser uma empata-foda?

Eu não sabia se a garota tinha mudado de ideia ou se só estava determinada a garantir que eu fosse para casa sozinho esta noite.

Imperturbável com minha recepção ruim, ela gesticulou para suas amigas.

– Zara e Noelle, lembram do Carter? Quer dizer, do Chase. Chase, estas são Zara e Noelle. Tenho certeza de que você tem uns amigos fofos pra apresentar a elas, né?

Certo. Elas formavam um trio de garotas lindas. Meus amigos ficariam doidos. Zara era curvilínea, com longos cabelos castanho-avermelhados quase até a cintura. E Noelle era mais angular. Ela tinha o cabelo curto e preto, e sua pele era bronzeada. As duas eram muito atraentes, para ser direto, mas Callingwood era, de longe, a mais gostosa.

– Claro. – Mantive minha atenção fixa nela. – Obrigado pelas apresentações, mas ainda não sei o seu nome.

Estava meio irritado, meio intrigado e torcendo para entender isso. Eu gostava de um desafio. Era disfuncional nesse nível.

Zara riu, passando a mão em seu longo cabelo ruivo.

– Não sei por que ela está sendo tão misteriosa. O nome dela é Bailey.

Bailey. Não me soou familiar. E não me lembrava de onde a conhecia, e isso estava me deixando louco.

– Você tem um sobrenome, Bailey? Ou é uma *superstar* de um nome só, tipo a Rihanna?

Bailey desviou o olhar, dando um gole em sua bebida.

– James.

Igual ao Derek James, da defesa dos Bulldogs? Puta merda. Era por isso que ela me odiava. Não faltavam motivos.

– Derek é seu irmão?

– Sim – disse ela, sibilando no "S".

– Ah… – Assenti, tentando manter minha expressão neutra.

Isso é que era uma reviravolta. Derek era um cara com a aparência bem mediana, até um pouco desengonçado. Mas a irmã dele era uma baita de uma gostosa. Atlética, mas cheia de curvas, com o bastante para agarrar. Era alta também – em seus saltos, não era muito mais baixa que eu.

Eu estava a fim. Completamente.

Noelle se inclinou, abaixando a voz em um tom de conspiração.

– Bailey está solteira e pronta para tirar o atraso. Aliás, solteira desde ontem, pra falar a verdade.

Bailey a silenciou, as bochechas ficando coradas.

– Não precisamos falar sobre isso.

– O quê? – Zara deu de ombros. – Quem perdeu foi o Luke.

Luke… Luke. Então tudo fez sentido. Bailey era a namorada do Morrison. Ou ex-namorada, pelo que parecia. Era por isso que era tão familiar. Provavelmente eu já a tinha visto nas arquibancadas.

Mas ela estava torcendo para o lado errado.

– Ele é um idiota, não é? – disse Noelle, entrando na conversa.

– Com toda certeza – concordei. Em mais de um ponto, na verdade. Tanto por ter terminado com ela, quanto por ser um maldito de um idiota total. Luke Morrison era o pior tipo de jogador de hóquei, que dava golpes baixos e não admitia depois.

– Ei, filho da puta. Achei que tinha ido embora. – Tyler se aproximou, segurando uma bebida em cada mão. Ele não tinha a intenção de me dar uma, estava só virando as duas ao mesmo tempo.

– Estas são Bailey, Noelle e Zara. – Fiz um gesto com a minha cerveja. – Este é o Tyler, um dos nossos goleiros.

– Prazer em conhecer vocês. – Tyler abriu um sorriso. Ele se aproximou de Zara e Noelle e as conduziu alguns passos para longe, iniciando uma conversa particular. Provavelmente me viu falando com Bailey e ligou as pontas. Era um ótimo cúmplice, mas não era disso que eu precisava no momento. Eu nem tinha certeza do que precisava, na verdade.

Voltei minha atenção para Bailey, que estava piscando, esperando que eu falasse. Ela era gostosa pra caramba, de um jeito que me dizia que continuaria gostosa na manhã seguinte.

Mas isso não importava; eu não passava a noite com ninguém.

Transar com ela depois de dizimar o time deles naquela mesma noite seria tornar a humilhação ainda maior. A menos que eu quisesse criar o clima para uma guerra declarada em nossa próxima partida, eu deveria correr para bem longe e nunca olhar para trás.

Mas nunca fui bom em fazer o que era certo.

– Quer dançar? – perguntei.

– Vamos beber alguma coisa primeiro.

Olhei para a cerveja que tinha acabado de pegar na minha mão e para sua bebida quase cheia, mas sabia que era melhor não discutir. Depois da recepção fria que tive antes, ela estava mais calorosa, e eu não queria arruinar tudo.

Bailey agarrou minha mão e se virou, abrindo caminho através da multidão enquanto eu a seguia. Nós nos esprememos por um grupo de pessoas aglomeradas em frente ao bar. Ela ficou na ponta dos pés e se debruçou sobre o balcão, procurando o barman. Sua minissaia subiu, revelando pernas longas e panturrilhas definidas. Eu mencionei pernas perfeitas? Eu era um cara de pernas, e as dela eram perfeitas pra cacete. Elas ficariam incríveis sobre meus ombros.

Ela era muito gostosa.

Infelizmente, depois de notar como ela caminhou até o bar, tive a sensação de que também estava bêbada.

– Então... – Bailey se virou para me encarar e deu um passo em minha direção. Seus olhos estavam vidrados. Ela traçou meu torso com o dedo, parando acima do meu jeans. – A oferta está de pé?

Eu queria falar sim. Eu queria, queria de verdade.

– Depende – falei, olhando para ela com atenção. – Quão bêbada você está?

Eu tinha alguns limites rígidos, como tirar vantagem de garotas bêbadas. E eu tinha a impressão de que ela já estava bem além do ponto.

Bailey me encarou, como se tivesse sido insultada.

– O que é? Vai me fazer soprar num bafômetro?

– Preciso? Você parece bem bêbada.

– Talvez um pouco altinha. – Bailey oscilou, confirmando minhas suspeitas de que estava mais embriagada do que em nosso outro primeiro encontro. Agarrando a beirada do balcão, ela se apoiou, olhando a superfície.

– Okay, talvez mais do que um pouco. Essa última dose me pegou de jeito.

– Quer uma água?

– Não, eu acho que quero ir embora – disse, franzindo os lábios em uma careta. – Estou ficando cansada.

Tenho certeza de que "cansada" era um código para "zonza", mas não fui rude o bastante para apontar isso.

– Suas amigas parecem um pouco ocupadas. – Acenei com a cabeça na direção de Tyler e Zara se agarrando no canto da pista de dança, acompanhados de Noelle e nosso jogador de defesa, o Gabe. – Quer que eu vá lá interromper pra que elas possam ir embora com você?

Bailey deu uma olhada e parou, franzindo o cenho.

– Não... não quero arruinar a noite delas. – Ela soluçou. – Vou chamar um Uber.

Em outras palavras, a garota preferiu estragar a minha noite do que a de Zara e Noelle, porque eu definitivamente não deixaria ela ir embora sozinha. Seria uma surpresa se ela conseguisse chegar em casa.

– Não pode sair daqui sozinha.

– Claro que posso – respondeu ela, pegando sua bolsa no balcão. – Fique olhando.

– Eu vou com você – disse, balançando minha cabeça.

– Por que você quer me levar pra cama? – Ela deu um sorriso tímido e tropeçou nos próprios pés. Eu a segurei pelo cotovelo, para que não caísse.

– Não, porque quero ter certeza de que não vai morrer.

Ela deu de ombros, jogando seu longo cabelo loiro por cima do ombro.

– É, acho que funciona pra mim.

Ela pegou seu celular e digitou uma mensagem rápida. Um momento depois, da pista de dança, Zara checou seu telefone e olhou em nossa direção.

Bailey acenou para as amigas, apontando para a saída e dando um tchau.

Noelle lançou um olhar questionador, gesticulando como se perguntasse o que tinha ocorrido.

Bailey acenou e fez um sinal com o polegar para cima, o que pareceu acalmá-la.

– Elas estão bem com isso de você ir embora comigo? – perguntei.

– Ah, eu disse a elas quem é você – disse ela. – Se alguma coisa acontecer comigo, vão saber quem foi o culpado.

Lógica de bêbado, com certeza, mas tanto faz, o que importa é que funcionou.

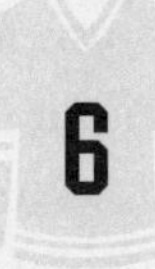

6

Esta noite não

Chase

Bailey era sempre assim desajeitada, ou isso era só um reflexo do tanto de álcool que tinha consumido? De qualquer forma, tive que segurá-la três vezes antes de conseguirmos sair da casa noturna, uma das quais foi por pouco, depois que um idiota bêbado esbarrou nela.

Quando enfim chegamos ao guarda-volumes, pegamos nossos casacos e saímos para a rua. O barulho do trânsito e o ar frio da noite nos receberam, um alívio bem-vindo depois dos remixes pop cafonas e do cheiro de corpos suados lá de dentro. Bailey umedeceu os lábios e parou perto da porta, hesitando, como se de repente estivesse repensando a ideia de sair comigo. Mas deixar que ela voltasse para dentro naquele estado era muito mais arriscado. Ela seria um alvo para qualquer canalha que aparecesse.

– Vamos caminhar – disse eu, apontando com o queixo. – O ar fresco vai ser bom pra você. Posso chamar um Uber no caminho.

Ironicamente, este era o resultado que eu tinha almejado antes – ir para casa com ela –, só que sem a diversão que eu esperava ter depois.

Mas agora que pensei nisso, a situação não parecia inocente. Levar a irmã de Derek James para casa quando ela estava bêbada daquele jeito parecia muito incriminador, mesmo que as minhas intenções fossem boas.

– Tá bom. – Ela me seguiu até chegarmos à esquina, e acionei o botão de pedestres para atravessarmos a rua. Os sons de buzinas e sirenes ecoavam à distância enquanto esperávamos. A luz verde acendeu, e dei um passo para a rua.

– Espera – disse Bailey, segurando minha mão. Ela fechou os olhos e engoliu em seco. Ainda congelada no lugar, inspirou profundamente e soltou o ar, franzindo os lábios.

Por favor, que ela não vomite.

Voltei para a calçada.

– O quanto você bebeu? – perguntei.

Ela abriu seus grandes olhos azuis-esverdeados. Seus cílios longos tremendo quando piscava, tentando focar em mim.

– Não sei. – Ela deu de ombros, franzindo a testa. – Duas vodcas e dois *shots* de tequila. Não, três *shots*. Um deles tinha algo a mais, acho que Malibu.

– Você não bebe muito, não é? – questionei.

– Por que acha isso?

– Só um palpite.

– Na verdade, não – admitiu ela. – Fiz 21 ontem.

Isso significava que Morrison lhe deu um pé na bunda no dia do aniversário dela. Não era para menos que a garota estivesse bêbada. Boa jogada, imbecil. Não que eu estivesse surpreso.

Retomamos a caminhada a passos de tartaruga enquanto ela fazia um esforço considerável para caminhar ereta. Ótimo. Nessa velocidade, iríamos andar mais ou menos um quarteirão por hora. De repente, uma leve garoa começou a cair. Não era o suficiente para nos deixar molhados, mas o bastante para nos deixar úmidos de um jeito pegajoso e desagradável.

– Precisamos ir pra sua casa. – Puxei o celular para pedir um Uber. – Qual o endereço?

– Estou nos prédios de arenito... – Bailey parou de repente, colocando a mão sobre a boca. Virando-se, engasgou e começou a vomitar no canteiro de sebes altas e verdes. Guardei meu celular no bolso, pensando se tinha que ajudar de alguma forma ou só ficar fora do caminho. Antes que eu pudesse tomar uma atitude, ela se endireitou, limpando a boca com as costas da mão. – Na Park Lane, 303 – completou, cambaleando um pouco. – Perto do campus sul.

Baseado na maneira como ela balançava de um lado para o outro, como se estivesse em um barco, aquela não seria a última vez que veríamos vômito. Eu poderia apostar nisso.

– Vamos nos sentar um pouco. – Guiei Bailey até um banco baixo de madeira, sob um conjunto de árvores, onde ficaríamos abrigados da chuva. Assim que nos sentamos, ela se inclinou para o lado e vomitou de novo. Senti empatia: já tinha passado por aquilo antes, e foi horrível.

– Vem cá. – Aproximei-me e segurei seus longos cabelos loiros, tirando-os do caminho.

Ela choramingou algo que parecia um "obrigada", mas era difícil dizer com certeza, já que foi interrompida por um engasgo.

Um grupinho barulhento e bêbado apareceu na esquina. Desloquei meu corpo para esconder Bailey da visão deles, tentando lhe dar um pouco de privacidade. Ou, pelo menos, o quanto é possível ter de privacidade enquanto se vomita na rua.

– Você está... – Pausei enquanto ela tinha ânsia –, está bem?

Geralmente, eu era a pessoa que escutava essa pergunta. As coisas ficavam terríveis quando eu era o acompanhante.

– Acho que sim – murmurou Bailey, ficando em pé, com minha ajuda. Assim que me convenci de que estava estável, soltei-a, mas ela imediatamente tombou.

Coloquei meu braço em volta da cintura dela.

– Quer que eu ligue para o seu irmão?

– Não – disse ela, com os olhos arregalados. – Ele ficaria louco se me visse assim. Ainda mais com você do meu lado.

Bom ponto.

Bailey vasculhou sua bolsinha preta, tirando de lá lenços de papel e chiclete. Limpou o rosto e começou a mascar, sem me oferecer um, o que, provavelmente, era melhor. Tive a impressão de que ela iria vomitar de novo e precisaria dele para si mesma.

Enquanto caminhávamos pela segunda rua, a chuva começou a engrossar, ensopando nossas roupas. A casa de Bailey ficava a uns bons vinte minutos de carro, mas ela não aguentaria tanto tempo de movimento antes de esvaziar o que restava em seu estômago. E, se continuássemos nesse ritmo, chegaríamos lá com as roupas encharcadas.

– Venha – chamei, guiando-a pelo braço e mudando de direção. Minha casa ficava a cinco minutos dali. Era a única opção. Pelo menos até ela parar de vomitar.

Mas e então? Eu não podia colocá-la em um carro de aplicativo naquelas condições. Levá-la para seu apartamento naquela hora da noite também não era viável, principalmente depois de ter esmagado Callingwood hoje. Haveria torcedores dos Bulldogs, bêbados e furiosos, rondando o campus, e eu precisava de meus membros em condições de uso.

– Para onde?

– Você me pediu pra ir para casa com você. Então é o que vamos fazer. Nós vamos pra minha casa.

Bailey fez uma cara feia.

– Tá bom, eu só... – Ela ficou em silêncio por um momento. – Aí podemos transar?

– Prefiro minhas parceiras sóbrias o suficiente pra pelo menos se lembrarem do nosso encontro no dia seguinte – respondi, seco.

– Estou bem, só estou... – Ela parou e agarrou o meu braço. Vomitou de novo, mas, desta vez, não se virou rápido o bastante. Ela errou os arbustos, respingando em meus sapatos. Um dos *shots* deve ter sido azul. Encantador.

– Pois é – disse eu. – Isso é um não.

– Eu vou me recuperar.

– Olha. – Eu a segurei para que me encarasse. Ela me olhou inocentemente, seus lábios em um beicinho. De alguma forma, continuava supergostosa. – Não tem jeito disso acontecer hoje.

Outra noite a história poderia ser diferente. Eu não tinha certeza do que isso dizia sobre mim, mas, mesmo depois de ter visto ela vomitar uma noite inteira na calçada, eu ainda pegava. Pegava de frente, de costas, do jeito que fosse.

– Mas você vai pra cama com qualquer uma que tenha um par de peitos.

– Bem, isso não é inteiramente...

O beicinho aumentou.

– Não sou bonita o suficiente pra você? Pensei que tinha gostado mais cedo.

– Você é uma gata – afirmei, lutando contra o sorriso. – E eu não falei nunca, falei que esta noite não. Não com você neste estado. Quando te pegar, se eu pegar, você vai se lembrar.

– Hum. Você é gostoso de verdade. – Bailey suspirou, sonhadora, e correu suas mãos por meu peito, sentindo os músculos embaixo da minha camiseta.

Meu pau se animou em resposta. Mas, para minha tristeza, seus serviços não seriam solicitados naquela noite.

– Pena que você é um idiota. – Ela perdeu o equilíbrio e cambaleou para o lado.

Eu a segurei pela cintura e impedi que caísse do meio-fio quando um carro passou zunindo.

– Pena que você é tão grossa.

– Tô mais pra sincera.

– Você sempre é tão sem filtro ou é a bebida falando?

Ela jogou a cabeça para trás e riu.

– Não tenho ideia. – Depois de um momento, ficou séria, curiosa. Com seus límpidos olhos fixos nos meus, perguntou: – Você é tão bom como todo mundo fala?

– Já me viu jogando. – Dei de ombros.

– Não foi isso que perguntei. – Ela baixou a voz para quase um sussurro. – Quero dizer *na cama*.

Ela com certeza sabia como acariciar o ego de um cara. Pena que era a única coisa que seria acariciada naquela noite.

– Ah, acho que vai ter que descobrir isso por si mesma outra hora.

Depois de uma caminhada conturbada para casa que levou vinte minutos a mais que o normal, repleta de conversa fiada e insinuações sexuais que chegaram a me deixar vermelho, chegamos à casa que eu dividia com Dallas e Tyler.

– Uau, que chique – disse ela, impressionada com a estrutura moderna de estuque cinza. – Como dá conta disso? Família rica?

Meio que isso, mas não a minha. A família de Dallas, no entanto, era podre de rica, daí o casarão. Guiei-a com cuidado pelos três degraus da porta da frente.

– Algo assim.

Destranquei a porta e a empurrei com o quadril enquanto a amparava com um braço. Ela cambaleou para dentro, largando o casaco no chão. Então, se jogou ao lado do capacho e desfez as tiras dos saltos altos. Quando conseguiu tirar os dois sapatos, se levantou, descalça.

Seus ombros se ergueram com um suspiro cansado.

– Quero dormir.

– É pra já – concordei –, mas não vai poder dormir desse jeito. – Apontei para sua roupa molhada da chuva. Assim como meus sapatos, a regata branca dela também tinha sido vítima dos respingos de vômito azul.

Ela cheirava a problema. Literalmente.

– Mas eu não tenho outra roupa pra vestir. – Bailey fechou a cara.

– Não seja por isso.

Subimos as escadas, e eu a levei até o meu quarto. Liguei a luz no banheiro para que pudéssemos ver sem sermos ofuscados pela luz do teto. Qualquer uma das minhas calças ficaria caindo da cintura dela, então uma camiseta era tudo que eu poderia oferecer.

Abri a gaveta de cima da cômoda, peguei uma camiseta vermelha surrada dos Falcons, e entreguei a ela. Claro, eu tinha outras, mas dar esta para que ela usasse me deu um gostinho de vingança contra aquele idiota do Morrison.

– Aqui – disse. – Pode se trocar no banheiro. Tem toalhas de rosto embaixo da pia. E enxaguante bucal.

Bailey ficou parada, olhando para a cama. Ela se virou para mim, com os olhos arregalados como os de um cervo pego por faróis.

– Vai dormir na cama também? – perguntou, tremendamente escandalizada para alguém que tinha perguntado se podia sentar na minha cara uns vinte minutos atrás.

– Bem, sim. Os outros quartos são do Dallas, que provavelmente está lá com a Shiv, e do Tyler. E, por razões que não quero discutir, eu não tocaria em nada lá, nem com uma vara de três metros. E eu não caibo no nosso sofá. – Gesticulei, apontando para o meu corpo e movendo com a palma aberta acima da minha cabeça, como se mostrasse minha altura. – Mas você pode dormir lá se quiser. Já vou avisando que não é nada confortável.

O estúpido sofá quadrado moderno de Dallas parecia legal, mas tinha uns apoios de braço estranhos e duros, e era tão confortável quanto um saco de pedras. Meu traseiro sempre doía depois de jogar videogame naquela coisa.

– Eu não sei... – Bailey mordeu o lábio. Seu olhar ia da cama pra mim, como se estivesse fazendo algum tipo de análise de risco mental.

– Posso garantir que não vou tentar nada.

– Tá bom. – Ela bocejou, esfregando os olhos. – Confio em você. Não sei por que, mas confio.

– Vou pegar água pra você.

Quando voltei da cozinha, com o copo na mão, ela tinha trocado de roupa e estava sobre as cobertas, desmaiada na diagonal. Roncando.

Bailey

A luz passou pelas frestas da cortina, ficando cada vez mais brilhante. Estava morrendo de sede. Cada músculo do meu corpo estava dolorido, como se eu tivesse corrido uma maratona. E minha cabeça latejava tal qual se alguém a estivesse golpeando com um taco de hóquei.

Gemi e cobri a cabeça com a coberta, tentando bloquear a luz – e a realidade. Se pudesse voltar a dormir, talvez me desse conta mais tarde de que tinha sido um pesadelo. Que horas eram, afinal? Mal abri o olho para descobrir que eu estava sob um edredom cinza, não branco, como o meu, e tinha... cheiro de colônia.

Uma colônia realmente deliciosa.

Onde diabos eu estava?

Flashes da noite anterior vinham devagar. Luke me ignorando no jogo, a ida à casa noturna com Zara e Noelle, o encontro com Chase Carter... Ai, meu Deus... Carter. Joguei o edredom longe e arfei. Eu estava vestindo uma camiseta carmesim dos Falcons.

O uniforme do inimigo.

Fechei os olhos bem apertados, contando lentamente até cinco. Talvez estivesse alucinando por conta do estresse. Abri um olho e espiei ao redor. Para minha tristeza, ainda estava no mesmo lugar: o quarto de Chase Carter. Não, não seu quarto. Sua masmorra sexual.

Tá, tudo bem, não parecia uma masmorra sexual, não que eu soubesse como era uma. As paredes eram de um branco puro e limpo; os lençóis, de algodão macio; e o edredom, cinza-escuro. Tinha uma televisão pequena de tela plana na parede, uma mesa de vidro com um notebook e um violão no canto. No geral, tudo era *clean* e minimalista. Não gritava "garoto de fraternidade" igual eu esperava. Na verdade, era mais legal que o quarto do Luke.

Mas eu não era a primeira – e nem seria a última – garota a acordar aqui. Provavelmente era a hóspede 238, com uma fila ao redor do quarteirão para pegar meu lugar. Peguem um ingresso e fiquem em fila, senhoritas.

– Bom dia, Bela Adormecida. – Chase apareceu na porta e se apoiou no batente, segurando uma caneca preta. Ele tinha acabado de tomar banho e usava um moletom cinza e uma camiseta branca com gola V, com o cabelo escuro ainda úmido. E, caramba, ele era gostoso. Parecia um modelo de roupa esportiva ou algo igualmente atraente.

Eu não queria nem pensar em meu estado, mas sei que não estava bom. Ou atraente.

Ele acenou com a cabeça para minha camiseta.

– Vermelho fica bem em você.

Eu me endireitei, puxando o edredom até o queixo. Estava usando camiseta e calcinha, e essa camiseta não era muito comprida em mim. Sem calças. Nem mesmo shorts. Isso significava que tínhamos transado? Ah, não. Não, não, não.

Senti náuseas, e não era pela ressaca.

– Nós...? – perguntei, envergonhada demais para terminar a frase.

– Não – respondeu ele, balançando a cabeça.

Olhei para ele com suspeita, hiperconsciente da minha parte inferior nua sob as cobertas. Ele dormiu ao meu lado, embaixo do mesmo edredom, na noite passada? A bunda dele encostou na minha? Eu ronquei? Ai, meu Deus.

– Eu não tiro vantagem de garotas bêbadas. – Chase desencostou do batente da porta e deu uns passos largos para ficar ao pé da cama.

Fiquei sem fôlego, meu coração acelerou. De alguma forma, eu me senti ainda mais nua com ele assim, tão perto de mim.

– Embora, neste caso, eu ache que você tenha tentado abusar de mim, James – acrescentou.

– Sabe meu sobrenome?

– Claro – respondeu. – Você tentou me levar pra cama.

– Tentei o quê? – Fiz uma careta, repassando mentalmente os eventos da noite anterior. O começo foi ótimo, claro, mas aí começou a ficar cada vez mais embaçado. Mesmo assim, eu não fiz *isso*. – Não, você é quem deu em cima de mim com aquelas insinuações idiotas sobre aeroportos.

– Isso foi antes de você ficar caindo de bêbada. Você se aproximou mais tarde e me encontrou. Aliás, foi uma empata-foda, devo acrescentar. – Ele arqueou uma sobrancelha para ressaltar a informação. – Aí você quis ir pra casa, mas não era seguro deixar que fosse sozinha no estado que estava, então eu trouxe você pra cá. Não aconteceu nada.

– Tem certeza? – Estreitei os olhos.

– Nós não transamos. Nem sequer teve beijo.

– Obrigada... acho – resmunguei. Chase Carter, um perfeito cavalheiro? Quem diria...

– Ah, não me agradeça. – Seus lábios se curvaram. – Tivemos uma conversa fascinante no caminho.

Meu estômago deu um salto em direção a minha garganta.

– O que eu falei? – Eu não bebia muito, e por uma boa razão. Quando estava altinha, tinha a tendência de tagarelar para qualquer um que pudesse ouvir. A história da minha vida, meus anseios mais secretos, tudo entrava em jogo. E não demorava muito para chegar a esse ponto, porque eu ficava tonta só com o cheiro de álcool.

– Você é meio desbocada. Fez alguns pedidos bem explícitos. – Chase sorriu e tomou um gole do café antes de continuar. – Deu a impressão de que o Morrison não estava dando conta do recado na cama.

Eu queria me esconder sob as cobertas. Ou talvez morrer. Morrer soava muito bem no momento.

– Mas não, eu não aceitei suas ofertas muito atraentes. Poderia ser tentador, tirando o fato de você mal conseguir andar direito. E de ter vomitado em meus sapatos.

– Me desculpa. – Eu me encolhi. – Vou pagar um par novo pra você.

– Não esquenta com isso. Acho que limpei quase tudo. – Ele acenou com a cabeça para o pé da cama, onde minha saia e a regata estavam cuidadosamente dobradas. – Suas roupas estão aqui. Eu lavei.

– Você não precisava...

– Ah, acredite em mim, precisava, sim. Se não fizesse, esse quarto estaria fedendo a vômito e Malibu.

7

Sem evidência, sem crime

Chase

O TREINADOR MILLER provavelmente marcou o treino de força para o nascer do Sol da segunda-feira com a intenção de estragar o meu começo de semana. De todos os jogadores do time, eu era o que mais odiava as primeiras horas da manhã, e Miller sabia disso. Nós estávamos sempre nos alfinetando, e ele amava me torturar. Ou "formar caráter", de acordo com as palavras dele.

Pelo menos tinha acabado por hoje. Ele tinha até pegado leve nos *burpees* pela primeira vez. Agora, tudo o que eu tinha que fazer era alongar, passar pelo rolo para massagear os músculos, tomar uma ducha e ir para casa tirar um cochilo antes da primeira aula, às 10h30. Talvez passar em um drive-thru em algum momento. Então, voltar ao rinque às 16 horas. Quando acabarem os compromissos, vou estar cansado demais para qualquer outra coisa – o que, acho, era a intenção do Miller.

Dallas e eu mancamos até a área de alongamento e nos esparramamos nos colchonetes vermelhos, ainda sem fôlego pelo treino. Ele se inclinou sobre a panturrilha, puxando os cadarços dos tênis Nike pretos para alongar o tendão.

– A ex do Morrison? Era quem estava no seu quarto no sábado à noite? – Ele assoviou baixo, inclinando-se mais. – Está tentando dificultar a sua vida? Agora os Bulldogs vão realmente pegar no seu pé no próximo fim de semana.

Já viriam para cima de mim de qualquer jeito. Eu era o inimigo número um, o que estava muito bom para mim. Isso tornava mais fácil de fazer com que perdessem a cabeça, igual no último fim de semana. Era como lançar o disco em uma rede vazia.

– Você não me deixou terminar. Não aconteceu nada. – Levantei-me, peguei um rolo de espuma preto do suporte e voltei ao colchonete. – Ela estava muito bêbada.

– Vai ligar pra ela? Tentar um repeteco?

Respirei fundo enquanto me apoiava no cotovelo, rolando o glúteo no rolo. O lado esquerdo da minha bunda estava cheio de nós doloridos. Eu mal conseguia colocar peso nele sem estremecer. Não ajudou que Bailey tivesse se esparramado na cama, me deixando com um canto minúsculo porque eu queria dar espaço a ela. Dormir naquela posição acabou com as minhas costas.

– Não peguei o número dela. – *Movimento idiota, Carter.*

Mas, também, ela estava ocupada demais vomitando na calçada. E aí, no domingo de manhã, estava assustada por ter acordado na minha cama. Quando eu a levei para casa, ela ficou em silêncio e olhou pela janela o tempo todo. Mal estacionei a caminhonete, e a garota saiu correndo. Não começamos exatamente com o pé direto.

Além disso, tinha toda aquela coisa da Bailey me odiar.

Dallas mudou de lado, pegando o outro pé com um gemido.

– Talvez seja melhor assim. O treinador não gostaria que você atiçasse esse fogo. Já se meteu em confusões o suficiente.

Ele não estava errado, mas ela era tão gostosa que eu ainda estaria disposto a correr o risco se a oportunidade surgisse de novo.

Bom, eu nunca disse que fazia boas escolhas.

– Mas e as amigas dela? – perguntei. – Tyler pegou ou não?

– Acho que uma das ex-namoradas dele apareceu, e elas caíram fora logo depois de vocês. Mas conhecemos outras garotas e fomos a uma festa numa cobertura no centro. Então, XS foi uma boa.

– Não entendo como sua reputação continua tão boa – resmunguei. – Você não é nenhum santo.

– Eu só sou mais esperto. Já ouviu a palavra *discrição*? – Ele arqueou as sobrancelhas, incisivo, secando sua testa com a toalha vermelha e branca dos Falcons. Presunçoso de merda.

– Tanto faz – comentei. – Não podemos ser perfeitos como você.

Ao contrário do meu jeito relaxado e preguiçoso, Dallas era o astro do nosso time – completo dentro e fora do gelo. Ele tinha um jogo altamente técnico, acumulava toneladas de pontos e podia colocar qualquer um da divisão no bolso. Resumindo, era como se tivesse sido geneticamente modificado para jogar. Era um Stephen Curry do hóquei universitário.

Infelizmente, isso também colocava um alvo enorme nas costas dele. Mas o cara não era briguento e raramente perdia as estribeiras. Essa era minha função, me certificar de que quem jogue sujo tenha uma resposta à altura.

– Perfeição pode ser algo um pouco irreal pra você – disse ele. – Estou pensando mais em andar na linha e ficar fora da cadeia.

– Sim, sim. – Acenei para ele. Estremecendo, ajustei o ângulo do meu glúteo no rolo de espuma, mas isso fez doer ainda mais. Talvez eu pudesse receber uma massagem esportiva esta semana. Aquele instrumento de tortura cilíndrico não estava ajudando.

– Ah – Dallas projetou o queixo em direção à porta da sala de treinamento –, o treinador me disse que quer te ver antes que vá embora.

Falando em tortura. Dane-se.

◆ ◆ ◆

A coisa boa sobre Boyd U era que nosso programa de hóquei da Divisão I era de primeira. O lado ruim é que o treinador Miller era um tirano. E ninguém nunca era chamado ao escritório para receber cumprimentos por ter feito algo certo.

Depois de uma longa ducha, levei o meu tempo para me trocar e finalmente me arrastei pelo corredor até o escritório. O treinador Miller estava em sua mesa com seus óculos de leitura de aro de metal, imerso em seu telefone. Seu guarda-roupa consistia em calças de tactel pretas e moletons dos Falcons em preto, cinza, vermelho e branco. A escolha de hoje tinha sido o preto, o que eu esperava não ser um mau presságio.

– Ei, treinador. – Bati no batente de metal cinza da porta e fiquei na soleira, rezando para que ele me dispensasse. – Ward me disse que queria me ver.

– Sente-se. – Ele apontou para a poltrona à frente dele sem tirar os olhos do celular.

Droga.

Não apenas não estava a fim de receber críticas, como também estava tendo meu tempo de cochilo prejudicado. Talvez pudesse arrumar uma desculpa sobre ter aula em breve. Não. Depois do meu segundo ano turbulento, Miller estava sempre em cima de mim. Tenho certeza de que sabia os meus horários de cor. Ele provavelmente até fazia verificações pontuais para garantir que eu estivesse nas aulas.

Mas eu não tive escolha, então obedeci, sentando-me na poltrona de couro preto desgastado em frente à sua mesa de carvalho maciço. Ele continuou a navegar em seu celular, o rosto contorcido em uma careta azeda. Examinei as paredes do escritório, repletas de troféus e fotos de torneios e campeonatos dos últimos vinte anos. Cara, o Miller costumava ter um cabelo castanho grosso e ondulado bem bonito. Talvez por isso andasse emburrado o tempo todo. Eu também ficaria assim se estivesse ficando careca.

Depois de mais um minuto, ele colocou seu telefone de lado, com a tela para baixo. Posicionando os cotovelos em cima da mesa, me estudou com cautela por baixo do boné vermelho dos Falcons.

– Terminei a checagem do semestre com seus professores.

– Tá bem... – A conversa não ia acabar bem, visto que ele tinha feito toda a checagem às 8 horas da manhã de uma segunda-feira.

– Para encurtar a conversa, você está sob observação.

– Sob observação? – Ecoei.

Nós tínhamos passado por isso na primavera passada, e foi um desperdício de tempo. Depois de mais ou menos um mês, eu melhorei minhas notas o suficiente para deixá-los tranquilos e seguimos a vida. A teatralidade e a droga da papelada eram desnecessárias. Por que estávamos passando por isso de novo?

– Não oficialmente, ainda bem – disse ele, olhando para o teto. – Porque aí eu não teria escolha a não ser tirar você da linha.

– Ufa – disse, me reclinando na poltrona e cruzando o tornozelo sobre o joelho.

– Não, Carter – retrucou ele, me detendo com um olhar frio. – Não tem *ufa*. Você continua em condicional comigo. Com o programa. Conversei com o diretor de atletismo sobre esse assunto. Estamos tentando mantê-lo fora do radar desta vez porque entrar repetidas vezes em observação é ruim pra você *e* para o programa.

– E qual o motivo de eu entrar em observação?

– Você realmente não sabe? Suas notas estão indo pelo ralo. Igual ao ano passado.

Bem, isso não era uma surpresa. Desde que começaram as aulas, há três semanas, eu dediquei por volta de vinte minutos para estudar e fazer as tarefas. Era o meu último ano na Boyd. Eu não ficaria para me formar, então não dava a mínima para minhas notas.

A graduação era só um desvio irritante em meu caminho para a liga. Pelo menos eu não precisava me preocupar em perder a bolsa de estudos, já que eu mesmo pagava a faculdade.

– Vou dar um jeito nas minhas notas – afirmei.

– Bom mesmo. – Ele gesticulou para o celular. – Você já se deu mal em dois testes de História. E tem um trabalho de conclusão de curso para entregar mês que vem que vale um terço da sua nota. Espero que se esforce pra garantir que não seja reprovado na disciplina.

– Vou me esforçar. – Fazer um esforço para que outra pessoa escreva o trabalho por mim, talvez. Aquela aula de História era absolutamente inútil.

– Falando de comportamento problemático, ouvi rumores sobre a festinha de fim de ano letivo que você deu na primavera.

O que ele tinha ouvido, especificamente? O treinador teria diversas coisas para criticar, algumas que não eram exatamente legais. Pedir que discorresse não seria uma boa ideia. Ou ele começaria a cavar informações.

– Tenho certeza de que o que você ouviu é um exagero.

Ele lançou um olhar tão intenso em minha direção que minha pele arrepiou.

– Me falaram que existem fotos. Melhor você torcer pra que não seja o caso.

Merda. Talvez precisássemos confiscar os celulares na porta. Sem provas, sem crime, não é?

– Tenho olhos em todos os lugares, Carter. Se algo acontece, saiba que vai chegar até mim.

É fofo o jeito que ele tentava me assustar, mas, se a última afirmação fosse verdadeira, eu teria sido expulso no meu primeiro ano.

– Pare de andar por aí com garotas, de se meter em brigas e de agir como um idiota adolescente – acrescentou ele.

Quase apontei que, aos 21 anos, eu não era mais um adolescente. Aí entendi que esse era o ponto. Em vez disso, assenti. O silêncio era a saída mais segura nessas situações.

– Olha – continuou ele, com o tom um pouco menos hostil –, você agrega muito ao time. Eu aprecio o seu talento pra entrar na cabeça de seus oponentes, mas tem que se esforçar mais fora do gelo, ou pode arruinar todo esse trabalho duro. Entendeu?

– Tá – murmurei. – Entendi.

– Não vai conseguir impressionar os olheiros fora do gelo, Carter. Tome jeito ou vá para o banco. Está dispensado.

– Sim, senhor. – Fiquei em pé e joguei minha bolsa de treino por cima do ombro antes de sair pela porta. Ainda tinha tempo para um cochilo antes da aula.

– E Carter...

– Sim, treinador? – Virei o rosto para encará-lo.

Ele arrancou uma caneta do suporte, com uma força preocupante.

– Considere este o seu primeiro, último e único aviso.

8
Você pensou nisso

Bailey

NÃO OUSEI CONTAR a Jillian e Amelia onde tinha passado a noite de sábado. Quando cheguei em casa na manhã de domingo, elas presumiram que eu tinha ficado com Zara e Noelle, e eu não as corrigi. Zara e Noelle concordaram em me cobrir também, anjos que eram.

Além disso, ninguém sabia o que tinha acontecido com o Chase. Então, para que mexer com o que estava quieto?

Mesmo sem contar a Jillian e Amelia sobre Chase, as coisas estavam tensas em casa, como se nenhuma delas soubesse como agir em relação a mim, agora que eu não era mais namorada do Luke. Eu não tinha percebido que, para a maior parte dos meus "amigos", essa era a minha identidade.

Agora eu era mais uma estranha, e não uma colega de quarto ou amiga. Era como se eu tivesse uma doença contagiosa, e as duas estivessem preocupadas em pegar *pé-na-bundite*.

Talvez eu devesse me mudar para o escritório do *Callingwood Daily* e viver por lá.

◆ ◆ ◆

Consegui evitar o Luke com sucesso na primeira metade da semana, o que exigiu um esforço considerável, dada a sobreposição de nossas vidas. No meu caminho para a aula de Literatura Inglesa, na terça, quase esbarrei com ele no pátio. Por sorte, eu tinha reflexos de ninja e me abaixei atrás de uma árvore para que Luke não me visse. Pelo menos ele estava sozinho.

Você poderia dizer que eu estava levando tudo isso de afastamento pós--término ao extremo. Se não estava em aula, estava enfurnada no escritório do *Callingwood Daily.* Eu nem me acomodava para estudar no campus com medo de Luke passar por ali. Mas já era quarta-feira, e o contato seria inevitável, porque fazer uma matéria com o namorado parecia uma ótima ideia até que de repente ele não fosse mais seu namorado.

Com o coração acelerado e as mãos suadas, abri a porta da sala de aula para ASTR201 – Introdução à Astronomia: Estrelas e galáxias. Luke e eu nos matriculamos juntos na primavera passada, porque nós dois precisávamos cumprir um crédito de Ciência de nível introdutório. Astronomia parecia melhor do que Biologia, com suas dissecções, ou Química, com toda aquela matemática. E, como uma tola, até pensei que seria romântico ir observar estrelas para uma tarefa.

Agora me arrependia profundamente dessa decisão. Eu preferiria ter cortado centenas de sapos (desculpem, sapos) ou resolver um milhão de equações do que ter que ficar trancada em uma sala com Luke para uma aula de oitenta minutos.

Se ao menos ele fosse sugado por um buraco negro...

Senti a pulsação do meu coração em meus ouvidos, parei na porta, analisando as bancadas laminadas com assentos fixos, procurando por seu familiar cabelo loiro e seu moletom com zíper azul-marinho dos Bulldogs. Quando não o vi, dei um suspiro de alívio. Ele ainda não tinha chegado. Talvez não viesse. Peguei um lugar na lateral, na parte de trás, garantindo uma boa visão da sala, mas sem ser facilmente notada. Então esperei, como uma mola firmemente enrolada, mas a aula começou e ele não apareceu. Graças a Deus. Deve ter desistido. Eu estava pensando nisso, mas não daria conta de pagar a mensalidade como ele.

Enquanto guardava minhas coisas no fim da aula, meu celular vibrou com um *Sinto muito pelo término* sem muito entusiasmo do meu irmão. Isso quase cinco dias atrasado e sem o conforto – e sinceridade – que eu esperaria de um irmão sobre um término. Mas talvez ele sentisse que estava em conflito, já que Luke não era só seu colega de time, mas um de seus amigos mais chegados. Afinal, foi assim que nos conhecemos.

◆ ◆ ◆

Depois da aula de Astronomia, voltei para o escritório do *Callingwood Daily*, meu lar improvisado naqueles dias, para completar um trabalho do jornal e colocar algumas tarefas do curso em dia.

Zara, Noelle e eu nos sentamos em volta de uma mesa, revisando artigos para a pauta de amanhã, enquanto comíamos besteiras e bebíamos café. Alguns outros estudantes que também trabalhavam no jornal circulavam pelo escritório, copiando documentos e fazendo tarefas administrativas.

Zara ergueu os olhos do MacBook prateado.

– A propósito, você pode cobrir o jogo dos Hawks na sexta-feira? Liam ligou avisando que está doente.

– Hoje é quarta – respondi, mordendo minha barra de granola com gotas de chocolate. – Ele já sabe que vai estar doente na sexta? Que conveniente.

– Eu sei, tá? – Noelle tomou um gole de seu café gelado com baunilha francesa, revirando os olhos.

– Eu queria que ele entendesse que fazer a coluna esportiva significa que precisa que cobrir *todos* os esportes – falei. – Não só os que ele gosta.

Cravei meus dentes na barra de cereais que estava segurando, descontando minha irritação na comida. Por algum motivo – provavelmente misoginia – Liam tinha uma birra com esportes femininos. Ele também não gostava de vôlei. Quando os dois coincidiam, como era o caso do time de vôlei de Callingwood nesta sexta-feira, ele sempre não conseguia ir por uma variedade de razões: uma virose estomacal, sinusite, membro torcido e/ou quebrado, trânsito pesado, ressaca demais, dia da saúde mental, emergência dental, pneu furado, compromisso familiar, funeral de parente e um número suspeito de doenças e/ou morte de *pets*.

Engraçado como isso funcionava.

Nem preciso dizer que Liam não se dedicava muito ao jornal. Ele deveria ter sido chutado da sessão de esportes havia muito tempo. Mas nosso orientador, o professor Johnson, era bem indiferente – o que, na maioria dos casos, era uma boa coisa – e tinha a tendência de evitar intervir. Como uma equipe gerida por alunos, a menos que realmente quiséssemos arrumar problemas com a administração, não tinha muito mais o que pudéssemos fazer a não ser tolerar o cara e fazer contagem regressiva até que ele fosse embora.

– O lado bom – disse ela – é que ele sai ano que vem. Então toda a cobertura esportiva pode ser o seu bebê.

– Mal posso esperar. – Suspirei, melancolicamente.

Hóquei era uma religião na minha casa enquanto eu crescia. Derek e eu aprendemos a patinar antes de aprender a andar. Papai construía uma pista de gelo no quintal todo inverno, e passávamos o dia todo nela. Nós dois jogamos hóquei quando ficamos mais velhos. Infelizmente, o hóquei era uma atividade cara, e nossa família só podia pagar para um de nós. Como Derek era melhor, ele venceu, e tive que parar no Ensino Médio.

Mas eu continuava amando o esporte, o que significava que era obcecada por hóquei até hoje. Estatísticas, prêmios, recordes, novatos no gelo e pontuações. Eu acompanhava tudo. Pontos, gols, assistências, o que fosse. Era uma fã ferrenha de esportes no geral. Eu podia – e frequentemente o fazia – dar uma aula para o Liam sobre estatísticas a qualquer dia da semana.

Eu me ressentia profundamente que Liam cuidasse da coluna esportiva só porque tinha entrado em cena um ano antes de mim. Se a escolha fosse por mérito, o cargo seria meu.

Zara se espreguiçou, apoiando os pés na cadeira vazia ao meu lado.

– Terminou aquela inscrição para a bolsa de estudos?

– Ainda não. Eles querem saber minha vida inteira. Estou surpresa que ainda não pediram uma amostra do meu DNA.

– Estou torcendo por você. Acho que tem uma boa chance. – Ela juntou a cabeleira ruiva, torcendo-a e prendendo com dois lápis. Nela, isso ficava um coque chique bagunçado. Quando tentei, fiquei parecendo uma professora maluca.

Dei um meio-sorriso.

– Espero que sim.

Era difícil avaliar quais eram minhas chances, de verdade, com um processo tão complicado. Atingi a média mínima, mas isso era apenas um dos zilhões de fatores. A inscrição incluía um formulário longo, uma redação de apresentação pessoal, referências acadêmicas e pessoais, currículo, biografia e envio de histórico escolar completo.

E essa era só a etapa inicial, em que reduziriam para cinco finalistas. Se eu chegasse à próxima, seria entrevistada por uma banca do corpo docente de jornalismo, vários dos quais receberam prêmios de prestígio em muitas ocasiões em suas carreiras.

Dizer que era intimidador seria um eufemismo.

Para ser justa, a quantidade de trabalho era justificada, tendo em vista o valor da bolsa. Era robusta, do tipo que poderia me manter despreocupada com dinheiro no próximo ano inteiro – e eu poderia até ter um respiro financeiramente, por mais difícil que fosse imaginar. E definitivamente ajudaria a aliviar meu fardo do empréstimo estudantil quando me formasse.

Eu queria essa bolsa desesperadamente. E precisava dela desesperadamente. Esperava ser a sortuda entre inúmeros candidatos que a conseguiriam, mas sabia que tinha uma chance remota, então estava tentando acalmar minhas expectativas.

Conforme se aproximava da hora do jantar, outros estudantes começaram a deixar o escritório. Logo, nós três éramos as únicas que restavam. Noelle estava fazendo um trabalho de Inglês, Zara estava pesquisando para um projeto de Psicologia, e eu estava *tentando* focar no meu livro sobre produção de vídeo e áudio. Mas minha mente continuava a voltar para o fim de semana, e não era por causa do Luke.

– E então? – Zara olhou em volta para verificar se a barra estava limpa e se inclinou sobre a mesa. Ela arqueou as sobrancelhas perfeitamente esculpidas. – Como ele é?

– Quem? – Banquei a tonta, lutando contra a onda reveladora de calor que subia pelo meu pescoço.

– O cara supergostoso com quem você foi pra casa, sua boba. Chase?

– Não sei dizer. Não dormimos juntos – respondi. – Graças a Deus.

– Por que não? – Ela gesticulou dramaticamente. – Era o cara perfeito. Alto, moreno e tarado.

– Eu estava bêbada demais, pra começar. Vomitei no caminho pra casa. Várias vezes, de acordo com ele. Para falar a verdade, não me lembro de muita coisa. – Especificamente, eu não fazia ideia do que tinha dito e tinha uma forte suspeita de que havia contado alguns podres. A única dúvida era qual.

– Ah, não! – Zara se encolheu e respirou fundo.

– Sinto muito, B. – Noelle estremeceu.

– As duas últimas bebidas foram ideia minha, então, se tenho alguém pra culpar, sou eu mesma.

– Vai se encontrar com ele de novo? – perguntou Zara.

Com a sorte que eu tinha, era provável que sim, mas planejei evitar partidas de hóquei o máximo possível daqui para a frente. Eu já estava pensando em desculpas para não ir ao jogo de volta contra os Falcons em nosso rinque. Estava em dúvida entre uma virose de um dia inteiro ou uma tarefa em grupo inadiável. Isso porque a ideia de ver Luke *e* Chase no gelo era, francamente, aterrorizante.

– De jeito nenhum – falei, balançando a cabeça. – Ele é um otário.

– Tem certeza disso? – perguntou Zara, inclinando seu queixo, pensativamente. – Pelo que entendi, ele te ajudou a chegar em casa e não se aproveitou de você.

– Era o mínimo, não acha? – perguntei.

Ela deu de ombros.

– Talvez, mas ainda é mais do que poderia esperar de metade dos caras que conheço.

– Tudo bem – concordei. – Então ele não é um aproveitador, mas continua sendo um idiota. E um jogador.

Com ênfase nessa última parte.

– Que pena. – Noelle refletiu, batendo nos lábios brilhantes com sua caneta roxa. – Ele parece total ter EPG.

– EPG? – repeti, confusa.

– Energia de Pau Grande.

– Eca, que nojento. – Escondi o rosto em minhas mãos. – Não deveria ter perguntado.

Zara me cutucou com o lápis.

– Tá na cara que pensou sobre isso também.

Trechos da nossa conversa sobre terminal de aeroporto voltaram a minha mente. Especialmente a parte do Airbus. Meu rosto esquentou contra meus dedos.

– Definitivamente, não.

E aí tudo mudou

Bailey

O SÁBADO À TARDE CHEGOU ANTES QUE EU PERCEBESSE, me acertando em cheio. Tentei desistir de ir à partida de volta no rinque dos Falcons, às 15 horas. De verdade, de verdade eu tentei. Eu *não* queria ver o Luke e não tinha certeza de que poderia encarar o Chase depois do último fim de semana. Infelizmente, apesar dos meus melhores esforços, Derek fez com que eu me sentisse culpada de não ir.

– Não acho que seja uma boa ideia – falei.

– Você tem que vir – disse ele. – Você traz boa sorte, Bails.

Sem pressão.

Porque, se eu trazia a droga da boa sorte, por que os Bulldogs perderam os três últimos jogos a que fui? Mantive essa questão para mim mesma, para não bagunçar a cabeça do Derek antes do jogo.

Pateticamente, eu não tinha outros planos mesmo. Se eu não fosse, teria que lavar roupas e ficar no meu quarto vendo Netflix. Passar algumas horas assistindo ao jogo do meu irmão não seria um sacrifício. Eu ia fingir que estávamos outra vez em meu ano de caloura – antes de conhecer o Luke.

Queria que fosse assim.

Desta vez, pelo menos, eu cairia fora assim que o jogo terminasse para evitar o constrangimento. Ia começar assim, aí quem sabe com o tempo eu poderia começar a sair mais cedo e, depois, parar de ir. Se fosse parando aos poucos, talvez Derek não sentisse muito.

Ou talvez as coisas ficassem menos estranhas com Luke. Mas provavelmente isso não aconteceria.

◆ ◆ ◆

Dizer que nossa temporada começou mal era um eufemismo. No começo do terceiro período, os Falcons estavam de novo na frente do placar, por quatro a dois. Não era ótimo, mas pelo menos aparecíamos no placar.

Dallas Ward tomou o disco do Paul, voando para nossa zona de gol como um raio. Ele desviou dos esforços defensivos de Derek, deixando-o no gelo e passando para o Carter, que estava perfeitamente posicionado, como sempre. O cara tinha o QI de hóquei de um gênio. Era irritante.

Carter deslizou pelo gelo como uma máquina e foi até a rede antes que alguém pudesse se aproximar dele. Preparou-se e afundou o disco no canto inferior esquerdo com um lance de pulso limpo, levantando seu taco em vitória conforme o disco entrava.

Foi uma jogada linda, executada com tanta velocidade que Mendez não teve a chance de defender. Era o terceiro gol de Carter naquela noite, um *hat-trick*. Os fãs dos Falcons na arquibancada enlouqueceram, assoviando e gritando o nome dele. Gritos de "dezenove" ecoavam pela arena enquanto os reservas do time o cumprimentavam com batidas de punho e toques de capacete.

Eca.

Tanto Carter quanto Ward estavam jogando muito bem esta noite. Nosso time, nem tanto. Mas um placar de cinco a dois com quinze minutos restantes significava que ainda tínhamos uma chance de luta – em teoria. Jogos podem virar em um piscar de olhos. Se tudo desse certo, era mais do que possível marcar dois gols consecutivos no intervalo de um ou dois minutos. Aí, tudo o que precisariam era de mais um para empatar.

Tudo se resumia a se os Bulldogs ficariam concentrados ou se deixariam o quinto gol os abalar. Infelizmente, eu tinha a sensação de que seria a segunda opção.

– Droga – gemeu Amelia, cobrindo o rosto. Suas unhas em um tom vibrante de vermelho esconderam sua expressão angustiada. – Esse placar está indo para o lugar errado.

– Ainda é melhor do que o da semana passada – eu disse.

Chase voltou para o gelo para outro período. Nossos olhares se encontraram, e um choque elétrico percorreu meu corpo. Arrepios passaram por meus braços, por baixo da minha *parka* preta fofinha. Ele me lançou um sorriso arrogante pra caramba e piscou, antes de patinar para o outro lado.

– Hum, o Carter piscou pra você? – perguntou Jillian, me cutucando na costela.

Meu estômago deu uma cambalhota, o coração batendo contra a caixa torácica. Ele piscou. Definitivamente, piscou. O que diabos ele estava pensando?

– O quê? – gritei, minha voz estranhamente alta. – Não. Deve ter alguma Maria-patins por perto. – Eu me virei, fingindo examinar as fileiras de assentos atrás de nós. As únicas outras pessoas sentadas ali eram uma família de cinco pessoas com um bebê e um casal idoso. Jillian e Amelia se viraram para olhar também, confirmando isso.

– Hum – murmurou Jillian, mordendo o lábio inferior com batom coral. – Acho que não. E, sem dúvida, não foi pra mim ou pra Amelia. Nós nem conhecemos ele.

– Nem eu – menti.

E eu, com certeza, não dormi na cama dele no fim de semana passado.

– Acho mesmo que ele piscou pra você, B – Amelia concordou, inclinando-se um pouco mais para perto. – Que estranho. Acha que está tentando irritar o Luke?

– E por que Luke se importaria? – perguntei, indiferente. – Foi ele quem terminou comigo.

– Ah, para! – Ela bufou. – Você e Carter? Você sabe que ele ficaria doido.

◆ ◆ ◆

Quando as arquibancadas ficaram vazias depois do jogo, eu me despedi de Jillian e Amelia e fui para as escadas laterais para sair mais rápido. Estava um dia lindo lá fora para o final de setembro, o que significava que a caminhada de vinte minutos até minha casa seria agradável, graças ao sol e, mais importante, à ausência de Luke.

– Bailey! – chamou Jillian. Seus longos cachos escuros balançavam enquanto ela acenava freneticamente para mim. – Vem cá rapidinho.

Droga, Jill. Não sei o que teríamos para conversar que já não tivéssemos discutido durante duas horas e meia de jogo. Talvez eu possa fingir que não a ouvi? Não, tarde demais. Ela chamou minha atenção. Com relutância, virei e fui em sua direção.

– Que foi?

Eu enfiei as mãos no bolso e balancei sobre os calcanhares, lançando um olhar nervoso ao corredor iluminado por luzes fluorescentes que levava aos vestiários. Me senti como uma bomba-relógio por estar aqui. Melhor que ela fosse rápida.

Jillian respirou fundo, falando rápido:

– Eu me esqueci de perguntar sobre amanhã. Que horas que ir ao shopping pra pegar aquelas...

Antes que ela pudesse terminar, Luke surgiu, virando o corredor – com Sophie ao seu lado. Jillian parou, boquiaberta e congelada no lugar. Meu estômago apertou quando meu olhar pousou nas mãos entrelaçadas. Terminamos há tão pouco tempo que era como se outra garota estivesse com o meu namorado. Só que ele não era mais meu namorado. Os dois pareciam tão carinhosos, de um jeito que, antes de sexta-feira, Luke e eu não éramos há séculos… se é que alguma vez fomos assim.

De repente, ficou difícil de respirar. Isso não estava acontecendo. Não podia estar acontecendo.

Eles nos ignoraram e caminharam para se juntar ao grupo, alguns passos à frente. Os olhos da Jillian dispararam para os dois e depois voltaram para mim.

– Ai, sinto muito, Bails. Eu não sabia que ela estava aqui. Juro.

Mas ela sabia que eles estavam juntos, não sabia?

Todo mundo sabia. Há quanto tempo isso vinha acontecendo? Era duro de acreditar que não tinha começado antes do término. Estavam escondendo de mim?

E, se estavam… meu irmão sabia?

Como se o tivesse invocado acidentalmente, Derek saiu dos vestiários e veio direto até onde eu estava com Jill. Ele deu uma olhada na direção do Luke, mas não reagiu ao ver o amigo com a Sophie. Quase como se já estivesse acostumado com a cena.

Derek deu um suspiro, passando a mão por seus cabelos castanho-claros.

– E aí, B. e Jill.

– E aí. – Eu quase comecei a falar da questão do Luke, mas sabia que não era o momento.

– Hum… bom jogo.

Normalmente eu tinha algo um pouco mais construtivo para dizer, mas meu cérebro estava em curto. Olhei por cima do ombro de Derek para Luke e Sophie. Eu não pude evitar, era como um desastre de trem do qual não conseguia desviar os olhos. Sophie era tudo o que eu não era: pequena, meiga e feminina. Ela usava saias o tempo todo, tinha os cílios mais longos que eu já tinha visto e não sabia diferenciar ameaçar com o bastão de espetar o oponente.

– Na verdade, não foi. – Derek balançou a cabeça, o maxilar tenso. – Não sei o que está acontecendo ultimamente. Parece que não conseguimos nos reerguer.

– Todos os times passam por uma crise de vez em quando – disse eu, puxando a alça da minha bolsa para o ombro. – Logo vai passar. De qualquer forma, eu estava de saída. Tenho um prazo pra cumprir. – Não era verdade, mas era mais fácil do que fingir que tinha um motivo para estar em outro lugar.

– Te mando uma mensagem sobre amanhã – disse Jillian, com uma expressão de desculpas.

– Combinado.

Meus olhos pousaram em Luke e Sophie de novo, parando ali em alguma forma distorcida de automartírio. Com seu tamanho compacto e o longo cabelo loiro platinado, ela realmente parecia uma Barbie da vida real, e ele era o Ken dela. Provavelmente eram um casal melhor do que ele e eu jamais seríamos. O que significava que o último um ano e meio que passamos juntos foi um desperdício total e completo de tempo.

Senti um nó se formar em minha garganta. Eu precisava cair fora dali, rápido. A boa notícia era que eu conseguia ver a saída. A má era que, para chegar lá, eu precisava passar por todo o time, incluindo Luke e Sophie. Uma tarefa necessária, mas desagradável.

Assim que comecei minha fuga, Derek murmurou:

– Aí vem o Carter. – Apontou com o queixo para a saída do vestiário. – O que esse idiota quer?

De repente, Luke era o menor dos meus problemas. Parei bruscamente, girando na direção que Derek havia indicado. Lá estava ele, em toda sua bela glória arrogante. Ombros largos em um terno azul-marinho bem cortado, com uma expressão determinada. Chase Carter.

E ele vinha em minha direção.

Chase serpenteou pelo saguão lotado, desviando dos espectadores que se aglomeravam. Algumas garotas pararam para olhar, sem nem mesmo tentar esconder que o estavam secando. Uma ou duas tentaram conversar com ele, mas ficaram sem palavras. Até mesmo alguns dos caras pelos quais ele passou ficaram visivelmente deslumbrados com sua presença.

Era igual à cena de um maldito filme. Tudo o que Chase precisava era de um holofote e de sua própria trilha sonora.

Ele era magnético. Hipnótico. Totalmente viciante de se olhar.

Conforme se aproximava, as conversas ao meu redor desapareceram, e um silêncio assustador caiu sobre o grupo. Ele parou ao meu lado, passando um braço pelos meus ombros.

– Pronta, James? – Ele estourou a bola de chiclete, me dando uma piscadela.

Foi o equivalente a uma bomba atômica explodindo minha vida pessoal. Todos nos encararam, com olhos arregalados, mas não falaram nada. Poderíamos ouvir um disco de hóquei caindo a quinze metros de distância.

Jillian e Amelia me olharam como se eu fosse um fantasma. Derek fixava o olhar em Chase com cautela, o que não era totalmente injustificado, dada a sua reputação. Luke cerrou o maxilar, seu rosto ficando mais vermelho que a camisa titular dos Falcons. Sophie o fitava, curiosa, mas os olhos dele estavam fixos em nós.

Não bem em nós. Em Chase.

Chase lançou um sorriso a Luke e balançou a cabeça em um cumprimento. Sua expressão parecia cordial, mas, na verdade, seu olhar era mais presunçoso do que amigável, o que era o ápice do passivo-agressivo. Era um sorriso de "O que vai fazer com isso?". Claro, a provocação teve o efeito desejado. Luke olhou para ele com raiva, uma expressão assassina no rosto, mas não falou nada. Afinal, o que poderia dizer?

– Vamos – disse Chase, inclinando a cabeça em direção à porta.

– Ah, claro. – Eu me virei de novo para Amelia e Jillian, já prevendo o interrogatório ao qual seria submetida quando chegasse em casa. – Vejo vocês mais tarde.

– Okay – elas ecoaram em uníssono, com as cabeças inclinadas e as vozes carregadas de confusão.

E não eram as únicas que estavam confusas.

Acenei desajeitadamente para o grupo de testemunhas atordoadas enquanto Chase me puxava para longe, com o braço ainda apoiado sobre meus ombros. Meu cérebro estava tendo dificuldades para processar tudo. E não ajudava nada o fato de eu estar tão perto dele, sentindo o efeito do seu perfume delicioso.

Ele ainda estava me tocando… e, para ser sincera, eu não estava odiando isso completamente.

Mesmo que eu ainda o odiasse. Óbvio.

Chase me guiou em silêncio pelo saguão lotado em direção à saída lateral, que levava até a área do estacionamento que os jogadores usavam.

– O que você está fazendo? – sibilei, dando uma olhada rápida para ele quando saímos do campo de visão dos meus amigos.

– Aparentemente, resgatando você.

– Não preciso ser resgatada.

Ele soltou uma risada baixa e profunda.

– Tem certeza?

Como amigo

Chase

– QUE DIABOS, CARTER! – Bailey se afastou de mim e parou na calçada do lado de fora da arena. Os olhos dela faiscavam de raiva. – Para onde tá me levando?

O sol do final da tarde refletia em seus cabelos loiro-escuros, realçando o verde e o dourado em seus olhos cor de avelã. Ao contrário da maioria das garotas que eu conheci em baladas, ela estava ainda mais atraente em uma situação normal e cotidiana, livre de toda a maquiagem e das roupas justas. E do mesmo modo que agiu quando me conheceu, no último fim de semana na XS, ela tinha voltado ao modo hostil.

Que sorte a minha: uma das gatas mais gostosas que já conheci me odiava. Ou ela era gostosa por que me odiava? Talvez um pouco dos dois.

Eu não queria pensar muito no assunto.

Mas, provavelmente, eram as duas coisas.

– Para minha caminhonete. – Apontei com as minhas chaves para o canto do estacionamento, onde minha picape F-150 preta estava parada, algumas vagas à frente.

– E depois?

Ela abriu o zíper da *parka* preta e a tirou, revelando uma camiseta *baby look* branca, de gola V, que deixava entrever um leve indício do caminho entre aqueles seios redondos. Mas eu consegui manter meus olhos acima da linha do ombro. Na maior parte do tempo.

– O que você quiser.

– Eu nem gosto de você – disse ela.

– Você nem me conhece.

– Conheço o suficiente. – Bailey respirou fundo e fez uma pausa, olhando para mim.

Eu não abri a boca. Só olhei para ela de volta e esperei.

Bailey pressionou a ponte nasal e soltou um suspiro derrotado:

– Tá bem.

Já recebi reações mais calorosas de mulheres, para dizer o mínimo.

Andamos em um caminho que era, ainda bem, muito mais rápido do que a excursão bêbada do fim de semana. Eu sempre ficava mais quente após os jogos devido ao esforço físico e pelo aumento metabólico que seguia a partida. Isso, combinado com o clima de outono quente, fora de época, e com o terno escuro, estava elevando a minha temperatura a uns mil graus. Afrouxei a gravata enquanto caminhávamos e a tirei, me livrando do paletó. Eu odiava o código de vestimenta para os jogos. Qual era o sentido daquilo?

– Vai ficar pelado agora? – questionou Bailey, secamente.

– Eu topo, se você quiser. – Desabotoei o colarinho e arregacei as mangas até os antebraços. Estava assando. Era nervosismo ou algo assim? O que estava acontecendo? – Mas vai ter que pagar por isso, e eu não sou barato.

– Não foi o que ouvi.

Bailey parou de repente em frente à minha caminhonete em vez de entrar nela. Ela olhou para mim, para o carro, e voltou para mim. A expressão em seu rosto endureceu.

– Mudei de ideia – disse ela, colocando as mãos na cintura. – Não vou a lugar algum com você.

Arqueei as sobrancelhas.

– Está dizendo que quer voltar lá pra dentro?

– Bem, agora não posso. Você ferrou a minha vida.

Sério? Parecia que a vida dela já estava ferrada desde, hum, aproximadamente a última sexta-feira. Só foi ladeira abaixo depois disso. Mas era mais fácil me culpar, suponho.

– Acho que tá exagerando.

– Nem um pouco. Todo mundo deve estar puto comigo.

– E por quê? Por seguir em frente? – Bufei. – Com certeza foi o que o Morrison fez, se quer saber.

Ela estremeceu de uma forma quase imperceptível. Logo me arrependi do que tinha dito, apesar de ser verdade – aquela garota com quem o Morrison estava não chegava nem aos pés da Bailey. Não estava nem no mesmo nível. Mas tato não era meu ponto forte, e ela pareceu vulnerável de uma forma com a qual eu não estava acostumado a lidar.

Bailey endireitou o corpo, me encarando.

– Não. Por dormir com o inimigo.

– Não acho que dormir, no real sentido da palavra, conte. – Passei por ela e abri a porta do passageiro, segurando-a para ela. – A menos que essa seja sua maneira de insinuar algo.

– Definitivamente, não.

Tudo o que eu queria era entrar na caminhonete e ligar o ar-condicionado direto na minha cara. Parar em casa para colocar uma camiseta e jeans, em vez desse terno ridículo. E aí mandar para dentro pelo menos três pratos de comida. Eu pensaria no resto mais tarde.

Se a companhia dela contribuísse com qualquer uma dessas tarefas, melhor ainda.

Infelizmente, a garota estava determinada a discutir comigo.

Ficamos ali, parados, presos em um impasse, enquanto eu assava sob o sol, esperando que ela entrasse no maldito veículo. Minha picape começou a apitar, alarmando pela porta aberta. James devia ser a única pessoa que eu conhecia que era menos teimosa quando bêbada.

Hora de acalmar um pouco a situação.

Dei alguns passos em sua direção e me detive quando estava a um braço de distância. Eu não a toquei, mas esse era o ponto.

– James. – Abaixei minha voz, falando em um tom suave.

– Que foi? – Bufou ela, cruzando os braços sobre o peito.

– Você tem outros planos pra hoje à noite?

– Não – respondeu, contraindo a boca.

– Então, qual é o problema?

– Tudo. – Ela gesticulou para meu peito e para o dela. – Você, eu, isso?

Abaixei minha cabeça, chamando sua atenção.

– Está com fome?

Era só um palpite, mas era hora de jantar, o que poderia explicar um pouco aquela irritação. E eu estava definitivamente faminto. Um hambúrguer gigante estava na minha lista de prioridades. Talvez dois.

Como se fosse uma deixa, o estômago dela roncou alto. As bochechas ficaram rosadas, o que era muito adorável. Ela ergueu o queixo, em desafio.

– Não.

– Ótimo – devolvi, ignorando a resposta. – O que está a fim de fazer?

Ela olhou para seu par de tênis pretos.

– Não sei. Pizza? Hambúrguer? Não sou exigente.

– Vamos passar na minha casa pra eu me trocar e depois podemos comer alguma coisa. Por minha conta.

– Tá bem – resmungou ela, enfim entrando na caminhonete.

◆ ◆ ◆

Depois de uma parada em casa, acabamos no Burger Bar, em uma famosa região de cervejarias ali perto. Pedimos os milkshakes alcoólicos da casa, hambúrgueres e fritas e, de alguma forma, eu a convenci a dividir uma porção de anéis de cebola comigo, embora estivesse preocupado de que ela envenenasse meu prato caso eu não prestasse atenção.

– Espero que saiba que não vou dormir com você. – Bailey deu um gole no milkshake de chocolate Kahlúa, me olhando cautelosamente do outro lado da mesa.

Peguei um anel de cebola no meu prato de entrada.

– Na teoria, você já fez isso.

– Se sair contando isso pra todo mundo, dando uma ideia falsa do que aconteceu, vou cortar o seu pescoço com uma lixa de unha.

– Relaxa, James. Estou brincando. Não achei que você dormiria comigo hoje.

A Bailey sóbria tinha sido clara o suficiente, no domingo de manhã, sobre não ser uma pessoa que tinha casos de uma só noite. Eu não tinha ilusões sobre mudanças na situação. Claro, se isso acontecesse, não a rejeitaria.

– Sério? – Ela arqueou as sobrancelhas loiras. – Então, o que foi toda aquela bobagem que disse no bar?

– Estava brincando. – Dei de ombros, mordendo o gigantesco anel de cebola. Ai, meu Deus. Foi quase orgástico. A comida tinha um gosto muito melhor depois dos jogos.

– Ah, sei.

Nossa garçonete voltou, entregando rapidamente nossos pratos. Ela deslizou o hambúrguer de frango com batatas fritas da Bailey para a frente dela, seguido do meu cheeseburguer duplo, também com batatas, e desapareceu novamente.

– Bem, essa é uma meia-verdade – disse eu, pegando meu hambúrguer. – Era uma provocação engraçadinha. E, claro, também estava dando em cima de você.

Não tinha sentido negar. Hostilidade à parte, ela era incrivelmente linda. Minha atração por Bailey só crescia a cada vez que nos encontrávamos. O que complicava as coisas era saber se sentia atração por mim agora, com a ausência da tequila.

Eu estava bem certo de que sim. Mas o olhar mortal me deixava em dúvida.

Bailey se inclinou sobre a mesa, com uma expressão intrigada. Ela baixou a voz, como se não quisesse que outras pessoas ouvissem.

– E isso realmente funciona com as outras garotas?

Ela queria a resposta honesta ou o quê? Acho que é algo que eu poderia contar.

– Na maioria das vezes – respondi, dando uma mordida na minha batata frita.

– É sério?

– Você voltou, né?

– Era a tequila agindo – retrucou.

Droga, a garota era fofa quando estava irritada.

– Hum. – Acariciei meu queixo. – Está tocando música country?

Ela colocou as mãos na mesa, apoiando a testa nelas.

– Você me dá nos nervos – resmungou.

– Digo o mesmo.

Só queria não gostar tanto disso. Achar a dinâmica que tínhamos legal era problemático, mas me divertia com o que era disfuncional, então não era uma grande surpresa. Bailey ergueu a cabeça, com uma cortina de cabelos caindo sobre seu rosto, e me encarou.

– Por que não está com seus amigos comemorando a vitória e seus três pontos no jogo?

– Não sei – respondi, honestamente. Na verdade, eu estava fora da festa que organizei em minha própria casa neste exato momento. Meu celular, no modo silencioso, estava explodindo. – Acho comemorar cansativo depois de um tempo.

– Como assim? Não gosta de uma multidão de fãs apaixonadas se jogando em você? Isso parece muito ser sua praia.

Para ser sincero, estar ali com ela, jogando conversa fora, era muito mais interessante que estar cercado por um bando de gente que nem me conhecia, mas dizia que eu era ótimo porque conseguia bater nas coisas com um taco.

Dei uma mordida no meu hambúrguer.

– Você não acha essas coisas... superficiais? Tudo isso – perguntei. – Estamos unidos pelo mesmo fio condutor, mas, se fosse outro cenário, não tenho certeza se a maioria de nós teria uma amizade.

Ela deveria saber, já que parecia prestes a ser excomungada pelo Capitão Otário. Já vi aquilo acontecer antes. Mas a garota ainda não tinha percebido o que estava por vir, o que fez com que eu me sentisse mal por ela. Bailey não merecia.

– Momento de reflexão, Carter – disse ela. – Achei que você era o sr. Alma da Festa. Todos os Falcons não te amam?

– Ah, não. Ward e eu somos amigos. Tyler é legal, por mais estranho que seja. Mas tenho certeza de que metade do time me jogaria embaixo da máquina de gelo se isso os ajudasse a entrar na liga.

Bailey piscou lentamente ao ouvir minha declaração.

– Entendo. – Ela balançou a cabeça, como se quisesse clareá-la. – Você me abordou no bar porque sabia quem eu era?

– Não, eu não sabia. Bem, não até você voltar.

– Mas hoje veio até mim pra irritar o time – disse ela.

– Sinceramente? – Eu fixei meu olhar no dela. – Em parte. Mas além disso, achei que você poderia precisar de um amigo.

Quando saí do vestiário, tudo o que eu conseguia ver era aquele olhar aflito em seu rosto. Aquilo me irritou, principalmente por ter sido o idiota do Morrison que a tinha colocado nessa. Eu tinha que fazer algo.

– Eu tenho amigos. – Ela se irritou.

– E qual foi a reação deles quando o seu ex estava desfilando com aquela garota na sua cara?

Outro estremecimento. Talvez eu devesse filtrar o que falava quando estivesse com ela. Eu nunca tinha tentado, mas acho que conseguiria aprender.

– Amelia e Jillian estão presas num fogo cruzado – respondeu ela, olhando para o prato. – Tenho certeza de que essa situação toda não é fácil pra elas.

Senti uma pontada estranha no estômago. Simpatia? Pena? Não era familiar, e eu não gostei. De qualquer forma, aquelas amigas dela eram uma droga.

– Legal que pense nos sentimentos delas – disse eu –, mas quem está pensando nos seus?

– Você pensou nos meus sentimentos quando me sequestrou na frente de todos? – perguntou, arqueando a sobrancelha.

– Seja honesta, de todas as maneiras que poderia ter deixado a arena esta tarde, não acha que foi o melhor cenário?

– Acho... – Ela se mexeu no lugar, evitando meus olhos. – Mas você estava tentando abalar o Luke. Não aja como se estivesse me fazendo um favor.

"Abalar" não era a palavra certa. Eu teria pagado uma boa grana para ter uma foto do Morrison quando passei meu braço pelos ombros dela. Era uma mistura perfeita de raiva, descrença e ciúmes. Por mais que ela proteste agora, duvido que não tenha gostado tanto quanto eu.

– Eu diria que é uma situação em que todo mundo sai ganhando, não acha?

Embora, tecnicamente, o que Bailey fizesse não fosse mais da conta do Morrison, eu conhecia bem o funcionamento da mente masculina, e, para ele, ela importava. Isso significava que tinha cem por cento de chance de ele estar enlouquecendo agora. O sorriso presunçoso que eu dei quando saímos garantiu isso.

Morrison não era uma ameaça direta no gelo, ele nem entrava em disputas quando era desafiado, muito menos as iniciava. Mas enviaria seus lacaios para cumprir suas ordens, o que significava que eu teria que lidar com o irmão da Bailey e alguns dos atacantes por um tempo.

Havia uma boa chance de uma confusão generalizada com a Callingwood no futuro, por causa das minhas ações.

Droga. Eu já tinha incêndios suficientes na minha própria vida, a maioria deles com ignição espontânea. E eu tinha jogado lenha na eterna rivalidade latente entre Falcons e Bulldogs.

O treinador Miller ia pedir minha cabeça.

– Por mais que o odeie agora – disse ela –, eu continuo torcendo para os Bulldogs.

Dei de ombros.

– O que precisar pra se sentir bem.

Parte de mim admirava seu sentimento de lealdade, por mais equivocada que estivesse.

◆ ◆ ◆

Quando Bailey se levantou para ir ao banheiro, eu dei uma olhada em minhas mensagens. Ignorando a maioria delas, respondi Dallas.

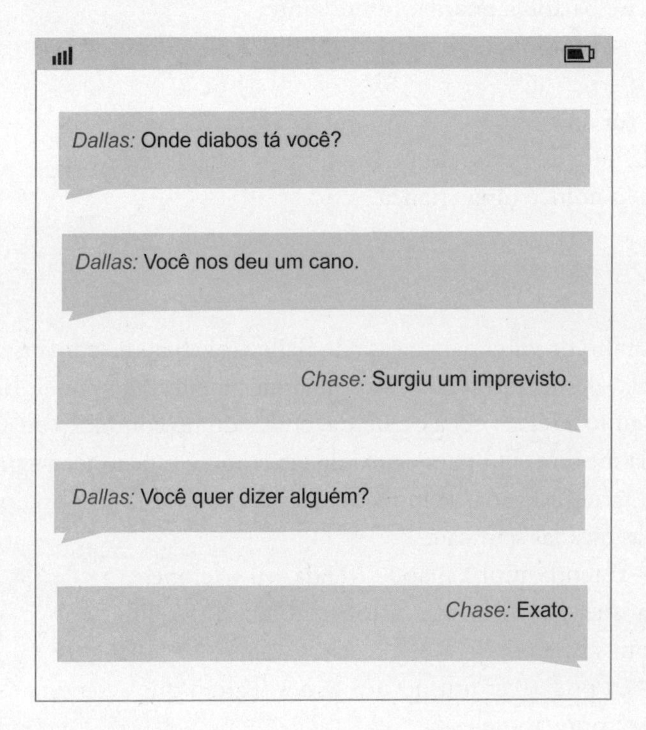

◆ ◆ ◆

A garçonete voltou com nossa conta, deixando o porta-comanda na ponta da mesa. Bailey ergueu a mão, como se fosse pegar.

Eu me inclinei e o puxei para longe do seu alcance antes que ela o alcançasse.

– Nem tente.

– Você não tem que pagar pra mim – disse ela, com as sobrancelhas loiras franzidas. – Isso não é um encontro.

– Eu sei. E mesmo assim não vou deixar que você pague.

– Não sei se agradeço ou se te estrangulo. – Suspirou Bailey, vestindo a *parka*. – Isso significa que estou em dívida com você?

Tirei meu cartão e entreguei à garçonete.

– Bem, você me agraciou com sua personalidade solar durante a refeição, então acho que estamos quites.

– Rá, rá – disse ela, revirando os olhos.

– Embora você pareça um pouco mais agradável agora que comeu. Perceba a ênfase em *um pouco*.

– Acho que eu estava um pouco faminta. Gastei meu dinheiro com... – Bailey parou e se encolheu. – Deixa pra lá.

Ela quase baixou a guarda. Interessante.

– Fala. – Pressionei, abaixando minha voz. – Prostitutas e cocaína? Eu também.

Bailey riu.

– Nada nem de perto tão interessante, infelizmente.

– Bem, a noite é uma criança.

◆ ◆ ◆

O caminho de volta para a casa de Bailey foi cheio de conversas. Era fácil falar com ela, desde que evitássemos qualquer menção a hóquei, Bulldogs ou Falcons. Dando a seta, virei à esquerda, entrando no complexo de apartamentos onde ela morava. Fui para a área de visitantes e estacionei a caminhonete, deixando a ignição ligada. Pelo menos desta vez ela estava sóbria o suficiente para subir as escadas sem cair.

– Ei. – Estendi minha mão. – Me dá seu telefone.

– Para quê? – Bailey se afastou e abraçou o celular contra seu corpo, olhando com suspeita.

– Para eu poder ver um pornô, James. Para o que acha que é? Eu quero gravar o meu número nele.

– Quem disse que eu quero o seu número?

– Para quem mais vai mandar mensagem quando as coisas ficarem esquisitas?

Ela soltou o cinto de segurança, ainda segundando o celular.

– E por que quer que eu escreva pra você?

– Talvez eu também precise de uma amiga.

– Você precisa de uma amiga?

– Por que não? – Dei de ombros. – Como eu disse, metade do time me jogaria embaixo de uma máquina de limpar gelo se tivesse a chance. Talvez três quartos. O treinador Miller pode até participar.

Bailey apertou os lábios enquanto examinava meu rosto. Arqueei as sobrancelhas, esperando.

– Tudo bem. – Ela desbloqueou o celular e o passou para mim. – Mas não vou te dar o meu.

Criei o meu contato rapidamente e devolvi.

– Me escreve qualquer hora.

– Como amiga.

– Certo – disse eu. – Como amiga.

11

Não me faça escolher

Bailey

O MOTOR DA PICAPE do Chase rugiu quando ele saiu do estacionamento e voltou para a rua. Atordoada, fui em direção à calçada e subi os três degraus que levavam à minha porta da frente. Minha cabeça girava, minhas mãos tremiam e eu questionava tudo o que achava que sabia.

Eu jantei com Chase Carter. E meio que gostei.

Era evidente que houve uma ruptura no contínuo espaço-tempo e que eu tinha sido transportada para um universo alternativo. Ou o apocalipse estava próximo. Um dos dois.

Destranquei a porta e prendi a respiração, rezando para que não tivesse ninguém em casa. Passava um pouco das 21 horas, então as chances estavam a meu favor. A porta azul-marinho abriu com um rangido, revelando a escuridão, o silêncio e, felizmente, um lugar livre de colegas de quarto. Pendurei minha *parka* e soltei um suspiro pesado, a tensão em meu corpo diminuindo. Talvez fosse um pouco triste estar em casa sozinha no sábado à noite, mas a solidão era um alívio bem-vindo frente ao interrogatório que eu sofreria em um futuro próximo.

Acendi a luz da varanda e fui até a cozinha pegar um copo de água antes de ir direto para cama. Amelia e Jillian provavelmente estavam na casa que Paul e Mendez dividiam com Luke, mas ainda havia chances de que voltassem hoje. E, se fizessem isso, eu definitivamente fingiria estar dormindo.

Subi as escadas, pegando meu celular para avaliar a extensão do dano. Não era uma surpresa que tivesse três chamadas perdidas e umas quinze mensagens. Eu já fazia ideia do que diriam, então não estava interessada em entrar em uma discussão sobre Chase, minha vida pessoal ou qualquer combinação dos dois. Marquei as mensagens como lidas sem nem abrir, apenas para indicar que haviam sido vistas e para mostrar a todos que eu ainda estava viva.

Não que se preocupassem com a minha segurança.

Era sobre lealdade.

◆ ◆ ◆

Na manhã seguinte, eu estava sentada na ilha da cozinha, comendo uma tigela de granola de morango com leite e pensando na vida, quando fui emboscada. Jillian e Amelia desceram as escadas juntas, como se estivessem seguindo uma estratégia militar. Chegaram à cozinha, me olhando de um jeito penetrante, me cercando como tubarões.

Fiquei com o estômago embrulhado, perdi o apetite. Jillian parou e encostou no balcão, à minha frente. Amelia continuou a andar em círculos nervosos, no piso de cerâmica. Suas roupas estavam combinando. As duas usavam suéteres pretos e jeans escuros. Quer o código de vestimenta tenha sido intencional ou não, claramente era uma intervenção.

Jillian tinha só 1,70 e uns 45 quilos, chutando alto, e Amelia não era muito maior, mas o efeito das duas combinadas era bem intimidador.

– Carter, B.? – Gesticulou Amelia, agitada, suas sobrancelhas perfeitamente arqueadas e unidas. – Que diabos está acontecendo?

Olhei para a minha tigela meio cheia e coloquei minha colher no leite rosa.

– Nós somos amigos – respondi. – Só isso.

– Por quê? – indagou Jillian, franzindo o nariz.

A raiva ferveu na boca do meu estômago, amarga e ardente. Não era como se, de repente, eu fizesse parte do fã-clube do Chase, mas aquele tom condescendente me irritou.

Especialmente quando todos viviam puxando o saco do Luke.

E mais ainda por ela não ter falado comigo a semana inteira.

– E por que não? – Dei um gole no meu café, sendo intencionalmente irritante.

Amelia piscou rapidamente os olhos, como uma metralhadora de descrença.

– Mas você odeia ele. Nós odiamos.

– E eu costumava gostar do Luke. Engraçado como as coisas mudam, né?

– Eu… – hesitou ela.

O Apple Watch branco da Jill vibrou, fazendo com que ela olhasse e franzisse a testa.

– Tenho que atender.

Ela correu escada acima, o rabo de cavalo balançando enquanto subia os degraus cobertos por carpete de dois em dois. *Algo estava errado.*

– Ela está brigando com o Mendez? – perguntei à Amelia.

Jill e Mendez estavam namorando há mais de um ano, mas o relacionamento tinha sido volátil desde o começo. Os dois eram ciumentos ao extremo e propensos a comportamentos tóxicos, como flertar com outras pessoas e dar chás de sumiço um no outro. Na primavera, passaram por uma fase tumultuada quando brigavam todo final de semana, com direito a explosões dramáticas, portas batendo e ligações interrompidas bruscamente. Houve muitas lágrimas regadas a álcool da parte dela. E, às vezes, dele. Mas as coisas pareciam mais estáveis ultimamente. Bem, um pouco.

Algo passou pelo rosto de Amelia que não consegui captar.

– Hum... não. Eles estão bem. Acho que é sobre trabalho.

Às 9 horas da manhã de um domingo? Jillian trabalhava em uma boutique de roupas de banho que nem abria até o meio-dia. Além disso, era vendedora, não uma gerente. Não fazia sentido.

– Não mude de assunto. – Amelia pegou uma caneca preta no armário e se serviu do café que eu tinha preparado mais cedo. – Sério, B., Chase Carter? Preciso me preocupar com você?

– Não, estou bem – respondi, alegremente. – Ótima.

E eu me sentia bem, considerando tudo. Mais cedo, naquela semana, Zara me falou de um truque que o seu antigo terapeuta tinha ensinado a ela: imaginar a pessoa que te fez mal usando fraldas, porque só bebês ou crianças pequenas agem assim, ou algo parecido. Admito que fiquei cética, soava como uma bobagem, para não dizer que era um pouco estranho. Mas tentei com Luke e, na verdade, meio que funcionou.

Ele era um homem-criança.

Apesar da forma horrível como tudo aconteceu, eu estava começando a considerar que tinha sido melhor assim. Parecia que um peso enorme tinha sido tirado dos meus ombros. Não precisava mais pisar em ovos, não precisava tentar agradá-lo nem, acima de tudo, me preocupar com o que ele fazia pelas minhas costas.

Estar apegada a alguém não era a mesma coisa que estar apaixonada por essa pessoa, mas eu não tinha percebido antes. Claro, não queria dizer que as consequências do término eram fáceis de engolir. Meu círculo social estava desmoronando à minha volta, e eu tinha um palpite de que Luke estava pressionando seus amigos para acelerar a destruição.

De qualquer forma, a preocupação de Amelia não parecia genuína, já que essa era a primeira vez que conversávamos longamente desde o último domingo. Eu tinha tentado iniciar uma conversa, mas ela sempre dava a desculpa de estar ocupada. Vendo as coisas por esse ângulo, começava a duvidar que alguém se importasse de verdade com o meu bem-estar; seus próprios compromissos pareciam sempre superar a lealdade que tinham para comigo.

– Se está dizendo. – Amelia estreitou os olhos.

– Mudando de assunto – disse eu –, quer assistir a um filme esta semana? Aquela comédia romântica, *Kiss me*, acabou de estrear. Parece superfofa.

Do jeito que as coisas andavam, eu bem que poderia aproveitar o escapismo de um final feliz, uma pipoca e um saco gigante de doces.

– Hum... não sei. – Ela desviou o olhar, colocando sua caneca no balcão. – Estou bem ocupada com esse projeto em grupo que tenho para Psicologia do Desenvolvimento, e tem um jogo na terça à noite. E acho que vou jantar com o Paul na quinta. Estou bem ocupada, B. Desculpa.

– Okay. E que tal fazermos algo amanhã ou na quarta então? – Dei uma colherada no meu cereal, terminando a granola e refletindo se ela me julgaria por beber o morango com leite da tigela. Então eu bebi, porque não me importava mais.

Ela mexeu na manga do suéter preto, tirando um fiapo com suas unhas pintadas de dourado.

– Eu tenho que fazer aquele trabalho também.

Aham.

Tudo bem. Eu podia chamar Zara e Noelle.

– Isso é sobre mim e Luke? – perguntei, colocando a tigela na bancada. – Términos não são contagiosos, Amelia. Você ainda pode sair comigo.

– Não... – Ela parou, estremecendo. Houve uma longa pausa antes que continuasse: – É que o Paul está chateado com todo esse lance do Carter.

Que diabos? Quem o Paul pensava que era para ficar bravo comigo por qualquer coisa? Nem éramos amigos.

– Com quem eu saio não é da conta do Paul. Tipo, literalmente zero.

– Ele acha que está sendo desleal ao time. – Amelia tomou um gole de café, escondendo-se atrás da caneca gigante, assim não precisaria me olhar nos olhos.

– Não sabia que fazia parte do time – comentei, cerrando os dentes. – Em que posição eu jogo?

– Você entendeu – disse ela. – Luke é um dos melhores amigos dele.

E eu deveria ser uma das dela.

– Mas está tudo bem o Luke ser desleal comigo? – Bufei. – Ele me deu um chute na bunda no meu aniversário, depois de, e isso é *quase* certo, me trair de novo? Eu não vi ninguém pegando no pé dele.

Claro que não fariam isso. Ele era o capitão do time, quase um deus para eles. Se fosse a dinâmica da panelinha do Ensino Médio, ele seria o líder. Então, percebi: Luke era a Menina Malvada dos Bulldogs. Era a Regina George. De patins de gelo.

– Por favor, não me coloque numa posição em que eu tenha que escolher, B.

Eu me levantei e coloquei minha tigela na máquina de lavar louça, batendo a porta com um pouco mais de força do que o necessário. Virei na direção dela.

– Não sou eu quem está fazendo isso – eu disse. – É o seu namorado.

12

Eu me lembro

Chase

A SEMANA JÁ IA PELA METADE, e eu ainda não tinha ouvido falar da Bailey. Talvez, nem fosse ouvir.

– Você se encontrou com ela de novo, não foi? – perguntou Tyler, vestindo sua camiseta preta. Mal nos víamos desde o jogo do sábado. Ele estava praticamente morando no campus, estudando depois das aulas para um trabalho em grupo de uma de suas matérias de Contabilidade. Ao contrário de mim, a dedicação dele por um bom desempenho no gelo se refletia também nas notas.

– Quem? – Lutei contra um bocejo. Os treinos matutinos eram brutais. Estar acordado às 6 horas da manhã era cedo demais, ainda mais no gelo.

– A garota da XS. Irmã do James.

– Como sabe disso?

– Vi você ir até ela depois do jogo, idiota. Foi por isso que nos deu um bolo? E nem foi encontrar com a gente no O'Connor's?

Evitando seu olhar questionador, peguei meu taco no suporte. Ele estava um lixo depois do jogo no sábado. Raspei-o no piso de borracha preta perto da porta, removendo todos os resíduos de fita da lâmina.

– Meio que isso. – Prendi a fita de tecido na curva do taco, perto da lâmina, e metodicamente a enrolei, protegendo toda a parte de baixo. – É uma longa história.

Na verdade, não era. Quando deixei Bailey em casa, não eram nem 22 horas, e meus amigos estavam esperando por mim. Mas eu não estava muito a fim de encher a cara enquanto gritava para ser ouvido em meio à música alta. Talvez estivesse sóbrio demais para ver graça nisso. Cheguei à metade do caminho, peguei um retorno e voltei para casa, e esse foi meu primeiro sábado à noite em casa em toda a minha vida universitária. E, sendo bem sincero, não foi ruim. Além disso, eu estava ótimo para o treinamento de força do domingo.

– Aposto que sim – disse ele, sorrindo.

– Não, não é isso. – Cortei a fita do rolo e esfreguei a ponta com o polegar para que ficasse bem rente à lâmina.

– Por que não? Não ficaram juntos?

Neguei com a cabeça, alisando cuidadosamente a fita.

– Esse não era o ponto. Nós saímos como amigos.

– Você? Amigo de uma gostosa? – Ele riu, deslizando o pé em um de seus patins. – Sei.

– Por que não?

– Quer os motivos em ordem alfabética ou cronológica?

– Hilário. – Devolvi o taco para o suporte perto da porta. Sentando-me no banco, tirei meus patins da bolsa de equipamentos e afrouxei os cadarços. – Aliás, como foi no O'Connor's?

– Bem. O mesmo de sempre. – Ele estendeu a mão, amarrando os patins à caneleira vermelha e branca. – Mas falando em "amigas", Kristen ficou chateada por você não ter aparecido.

– Por quê? – Prendi meus patins, olhando de volta para ele. – Não tínhamos nada marcado.

– Ela parecia pensar o contrário.

– Eu não falo com ela desde a primavera.

E isso tinha uns bons quatro meses, quase cinco. Não tivemos um relacionamento. Não tivemos nada, aliás. Por isso que ficar mais de uma vez com alguém era má ideia.

E depois do que a Kristen fez, ela garantiu que não teria uma outra vez.

– Eu nunca disse que garotas faziam sentido – disse Tyler, dando de ombros. – Só quis te avisar.

Nota mental: evitar Kristen. Ou continuar evitando, pelo menos.

– A propósito... – Ele se aproximou, baixando a voz – ...dizem que haverá alguns olheiros no jogo de sábado.

Olhei em volta para verificar se alguém mais tinha ouvido. Estavam prestando atenção à história que Julian, um defensor do segundo ano, estava contando. Algo que envolvia carne crua e nudez masculina. Eu não queria saber mais nada além disso.

– E como soube? – perguntei.

– Tenho olhos e ouvidos em toda parte.

E era verdade. Ty estava estranhamente em sintonia com o que acontecia no hóquei e na liga: lesões, olheiros e quem estava assinando com quem.

– Estou te avisando, caso a informação esteja correta. Não vou contar a mais ninguém, acho, então mantenha isso entre nós e o Ward.

– Entendido. – Jogaríamos contra a New England U nesse fim de semana. Eles estavam em um início de temporada quente até agora, mas talvez isso fosse bom. Eu jogava melhor contra times mais competitivos.

– Certifique-se de não meter os pés pelas mãos.

– Grato pela confiança – respondi, me levantando. – Você é um doce.

– Disponha.

◆ ◆ ◆

Depois da aula, fui ao Starbucks do centro encontrar minha mãe para um café. Ela havia sido chamada de última hora para uma emergência de trabalho. Engraçado como conseguia vir nesses casos, mas quase nunca para me ver. Já deveria ter me acostumado, mas a mágoa nunca passava completamente.

Andei até o canto, onde minha mãe tinha pegado uma mesa e duas cadeiras próximas a uma lareira. Ela já tinha pedido dois cafés.

– Oi, mãe.

Ela se levantou e me deu um abraço forte, infundido com seu familiar perfume floral.

– Como está, querido? – perguntou, me segurando com o braço estendido e me inspecionando por um momento antes de me soltar.

– Estou bem, e você?

Puxei a pequena cadeira de metal e me sentei. Meus joelhos batiam na parte inferior da mesa. O conjunto todo, feito para pessoas de tamanho médio, no máximo, era cerca de dois tamanhos menores para mim.

– Ah, me mantendo ocupada – disse ela. – Estou com muito trabalho, e Rick foi promovido mês passado.

– Que ótimo. – Tentei, e falhei em soar como se me importasse.

Meu padrasto, Rick, e eu não éramos exatamente parceiros de pôquer. Nunca nos demos bem. Tenho certeza de que ele preferiria que eu nem existisse. Mas o cara fazia minha mãe feliz – a maior parte do tempo, pelo menos –, e era isso que importava.

– Como estão os estudos?

Evitei os olhos dela, fingindo estar, de repente, fascinado pelo rótulo da minha bebida.

– Indo.

– E o hóquei?

– Bem. – Ela saberia mais se fosse aos meus jogos. Eles moravam a cerca de uma hora de distância e não frequentavam o rinque desde meu primeiro ano. Não precisavam vir todos os fins de semana, mas uma vez ou duas na temporada seria legal. Ocasionalmente, nossos jogos fora de casa eram ainda mais próximos a ela – mesmo assim, nada.

Talvez isso a lembre muito do meu pai.

– Sabe, vai completar dez anos em abril – disse ela, como se estivesse lendo minha mente.

– Eu sei. – Minha garganta apertou. *Estou bem ciente de que meu pai está morto há uma década, mãe.* Ela achou que eu esqueceria?

Houve uma pausa carregada.

– Você gostaria de fazer algo na data? Eu posso trazer Sera para o fim de semana. – Ela parou de falar.

Eu gostaria? Para ser honesto, não muito. Isso fazia com que eu fosse uma má pessoa? Não tenho certeza.

Sempre me lembrava do 21 de abril – só que fazia isso do meu jeito, que começava com a bebedeira na noite anterior. O momento era ideal, porque as provas estavam acabando, e todo mundo procurava uma desculpa para comemorar. Era a solução perfeita: anestesiar a dor por uma noite e ficar tão mal no dia seguinte que não conseguiria funcionar direito, quanto mais ter sentimentos.

Meus mecanismos de enfrentamento eram excelentes.

– Poderíamos fazer um pequeno memorial pra ele – acrescentou ela. – Plantar uma árvore em sua memória.

Essa sugestão de plantar uma árvore era muito inesperada. Embora ela estivesse fazendo algum esforço, o que era uma boa mudança. Não éramos uma família muito sentimental, nós mal comemorávamos aniversários. Talvez ela tivesse voltado à terapia. A ideia tinha toda a cara de ser um conselho de alguém.

– Estou bem com o que vocês dois decidirem. Vai ser legal ver a Sera se ela conseguir vir. – Embora eu duvidasse muito que minha irmã quisesse pegar um voo do Arizona só para fincar um graveto no chão.

Minha mãe deu um tapinha em minha mão, que estava apoiada na mesinha.

– Sabe, é importante falar e lembrar dele.

Enrijeci e apertei o meu copo de papel, sentindo o material ceder ligeiramente em minha mão. Respirando fundo, tentei acalmar a irritação que sentia.

– Eu sei, eu lembro. – Eu me lembrava bem dele.

Como meu pai me ensinou a patinar, a arremessar, a driblar no gelo e a levantar o disco. Eu me lembrava de vestir sua camisa e me esparramar na cama dos meus pais para assistir aos jogos dele.

E me lembro que a razão pela qual ele estava naquele maldito helicóptero era porque estava tentando chegar em casa para o meu torneio de hóquei.

◆ ◆ ◆

Quando cheguei em casa, poucos minutos após às 17 horas, Siobhan estava na cozinha, mexendo algo em uma enorme panela de inox que estava no fogão. Eu não tinha certeza se algum dia nós tivemos uma panela desse tamanho, mas talvez ela tenha trazido. A essa altura, Shiv era praticamente a quarta colega de apartamento.

Siobhan me olhou de relance quando passei pela porta.

– E aí, estranho – disse ela, pegando uma colherada de molho, assoprando e experimentando. Então franziu o cenho, pegando um moedor de pimenta no balcão de granito. O que quer que estivesse cozinhando tinha um cheiro delicioso, como alho e temperos italianos misturados com o paraíso.

– Perdi uma saída no sábado e vocês estão agindo como se eu estivesse defendendo o outro lado da guerra. – Abri a geladeira e peguei uma maçã na gaveta. – Cadê o Ward?

– Está lavando o meu carro.

Tarefa estranha para ele assumir, mas, claro, os dois estavam namorando – ou seja lá como se chamava isso – desde maio, e parei de tentar entender a dinâmica do casal pouco depois. Shiv nos alimentava e no geral era bacana, então não ia reclamar.

– Estou fazendo um espaguete – disse ela. – Fica pronto em mais ou menos meia hora.

– Legal. – Joguei a maçã para o alto e a peguei, parando na porta da cozinha. – Talvez você possa me dar um conselho.

– Você tem razão. – Ela mexeu o molho e me olhou de cima a baixo. – Essa camiseta e essa calça não combinam.

– Não é isso. – Olhei para meu jeans e minha camiseta preta. – Mas bom saber.

– Estou brincando. Você vive de jeans e camiseta, Carter. Está a salvo da polícia da moda. O que foi?

Hesitei. Talvez eu não devesse ter tocado no assunto.

– Espera. – Ela colocou a colher de pau de lado e estreitou os olhos azul-escuros. – É sobre aquela garota com quem você estava conversando?

Ai, meu Deus. Como é que todo mundo sabia?

– Quer saber? – Balancei a cabeça, saindo da cozinha. – Deixa pra lá. Eu nem sei o que iria perguntar, de qualquer forma.

Eu não sabia mesmo. Como fazer alguém me mandar uma mensagem? Era literalmente impossível. Tudo o que eu podia fazer era esperar, como estava fazendo, enquanto enlouquecia lentamente... como estava fazendo.

Não que eu estivesse a fim de estar com ela como algo mais do que uma amiga.

Uma amiga muito gostosa.

Droga.

– Eu não queria te deixar com vergonha.

– Não fiquei – resmunguei.

Ela inclinou a cabeça, me estudando.

– Quer saber? Esse seu jeito ficou bom em você. Está bem fofo.

– O quê?

– Você está caidinho – disse ela. – Não se preocupe, eu não vou falar para os meninos.

– Não, não estou. – Afastei meus olhos dela, cravando meus dentes na maçã.

– Tá bom... Se você tá dizendo.

◆ ◆ ◆

Após jantar com Dallas e Shiv, tomar outra ducha e gastar mais tempo do que deveria vendo estatísticas esportivas, eu abri, relutante, meu notebook para fazer o trabalho de História. O prazo de entrega era em um mês, o que significava que normalmente eu não olharia para ele por pelo menos vinte e nove dias. Mas deixar para o último minuto não era a estratégia ideal no que diz respeito a minhas notas.

Assim que abri o Word, a tela do meu celular acendeu ao meu lado. Peguei rápido. Eu deveria ignorar, mas talvez fosse importante.

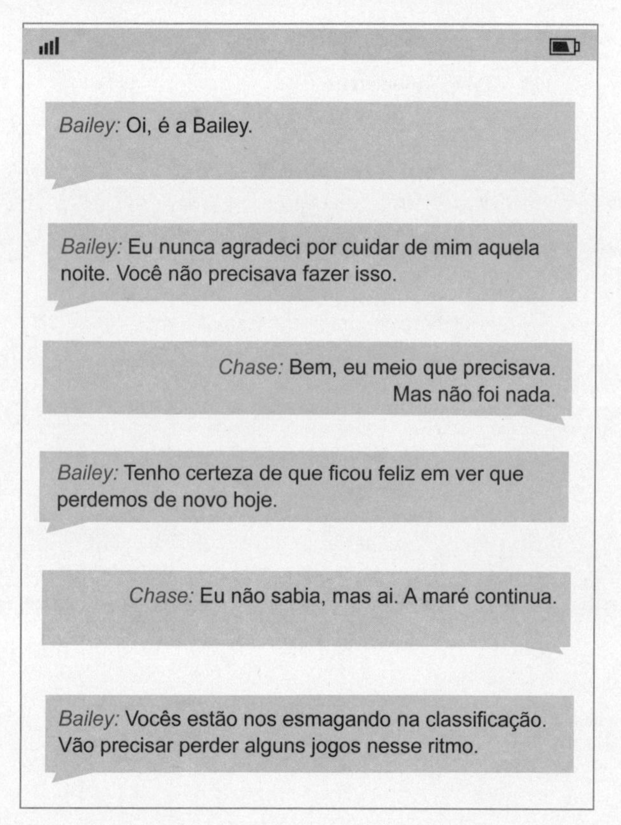

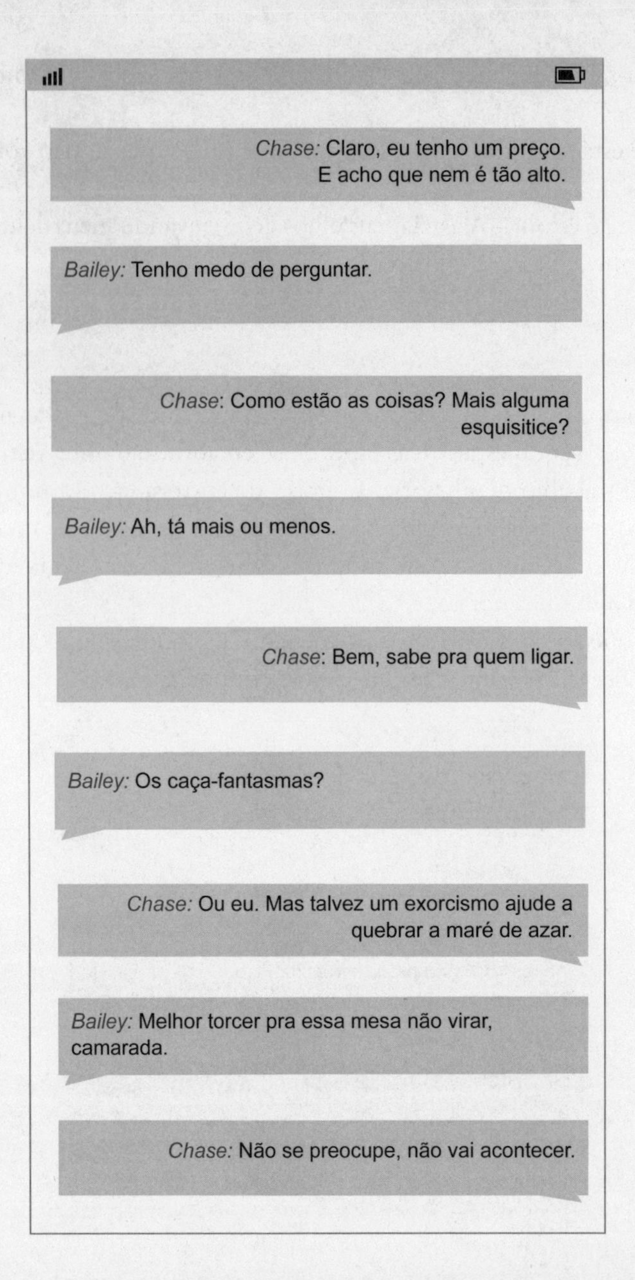

Fiquei olhando meu celular com um sorriso estúpido estampado na cara. Talvez Shiv estivesse certa. Eu estava caidinho. Mas não fazia ideia do que fazer com isso.

Melhor que você

Bailey

QUARTAS SÃO AS NOVAS SEGUNDAS-FEIRAS: o pior dia da semana. Porque às quartas tem aula de ASTR201 com o Luke voltando com força total. Não tinha como eu me livrar dele de novo.

Desde o momento em que acordei, uma nuvem escura de pavor pairava sobre mim. Até Zara e Noelle comentaram que eu parecia nervosa na aula de Métodos de Pesquisa. Depois de me separar delas, fui até o The Dish para um almoço tardio que eu não estava a fim, mas sabia ser necessário. Fiquei ali, comendo meu frango com arroz integral, enquanto o tempo passava em alta velocidade, me levando cada vez mais perto da aula de Astronomia.

Movida pela adrenalina, eu caminhei rápido até a sala e cheguei cedo, pegando o mesmo lugar – no canto, na parte de trás. Tirei minhas coisas da bolsa e rezei. A cada minuto que passava, meus nervos ficavam um pouco mais agitados. Esperei, balançando o pé e batendo a caneta na mesa, até que alguém que estava sentado à minha frente se virou para me olhar com cara feia.

O relógio marcou 14 horas, e o professor Walsh começou sua aula sobre as propriedades das estrelas. Nada de Luke ainda. Soltei um suspiro pesado, relaxando os músculos. Dei sorte de novo – ou assim pensei. Dois minutos depois, ele entrou correndo e encontrou um lugar vazio na frente. Assim que se acomodou, se virou, fazendo contato visual antes que eu pudesse desviar os olhos.

Os cabelos da minha nuca se arrepiaram durante toda a aula. Concentrei-me firmemente nas minhas anotações e nos slides que eram apresentados enquanto ignorava as tentativas de Luke de chamar a minha atenção. A aula terminou, e eu peguei meus livros e canetas correndo, deslizando-os para a minha bolsa com um movimento dos braços. Se eu pudesse sair rápido, daria para evitá-lo.

– Bailey – chamou Luke –, espera.

Ele escalou os degraus de dois em dois, desviando dos outros alunos para me alcançar.

Pior cenário confirmado. A necessidade desesperada de escapar tomou conta de mim, e a nuvem escura que me seguiu o dia inteiro se transformou em um furacão de raiva e pânico nível quatro. Andei rápido pelo corredor, indo direto para as portas do fundo. Infelizmente ele chegou primeiro e estava esperando quando cheguei lá.

– Se eu arremessar um graveto, você vai buscar? – perguntei, com o tom neutro.

– Eu vim falar oi – disse ele, olhando para mim. – Qual é o seu problema?

Além de você existir? Nenhum. Nenhum mesmo.

– Não fale comigo – respondi, passando por ele com a minha bolsa de livros enfiada entre nós. Seu perfume amadeirado flutuava ao meu redor, familiar e desagradável. – Na verdade, nem olhe pra mim. Finja que eu não existo, e farei o mesmo em retribuição.

Luke me seguiu, como uma sombra da qual eu não conseguia me livrar.

– O que diabos deu em você?

– Nossa, eu não sei! Talvez seja porque você arrumou outra namorada um dia depois de me largar. – Parei na saída enquanto as pessoas passavam por nós, então me virei para encará-lo. Se Luke não se importava de fazer uma cena, eu também não me importava. – Ou pode ser a parte em que tentou virar minhas amigas contra mim.

Quando terminei, as últimas pessoas tinham ido embora, e as portas se fecharam atrás delas com um baque sinistro. De repente éramos só nós dois em pé em um auditório vazio. Sozinhos na prisão de paredes beges sob uma luz fluorescente. Literalmente era o último lugar onde eu queria estar.

– Por que tá sendo tão hostil? – Ele abriu os braços, com as palmas para cima. – Sophie não tem problemas com você.

O que eu tinha visto nele? Era delirante, egocêntrico e arrogante.

– Está brincando comigo? Por que ela teria? Nunca fiz nada pra ela. – Balancei a cabeça, tirando o cabelo do rosto. – Você não perdeu tempo.

O maxilar quadrado de Luke cerrou-se, e ele deu um passo mais perto, os punhos cerrados. Poderia ter sido intimidador se não fosse pelo falo de sermos quase do mesmo tamanho. Mesmo que fosse um imbecil, eu não tinha medo dele no sentido físico.

O único dano que me infringiu foi emocional.

– Olha quem tá falando. – Sua voz assumiu um tom amargo. – Carter? O que diabos é isso?

– Não é da sua conta. – Ergui meu queixo.

– Ele… ele não é um cara legal – balbuciou Luke, um rubor vermelho inundando seu rosto. Era fácil irritá-lo, o que o tornava um alvo perfeito para Chase.

– E, ainda assim, ele é melhor do que você.

– Ele vai…

– Me magoar? – Eu sorri. – Depois de aturar você, acho que posso cuidar de mim mesma.

Eu me virei e empurrei as pesadas portas giratórias, deixando-as fechar atrás de mim com um estrondo.

Infelizmente, Luke não era bom em deixar as coisas quietas. Eu já tinha vivenciado isso em primeira mão muitas vezes. Quartas-feiras seriam o equivalente a *Feitiço do tempo* combinado com *Sexta-feira 13*. Um ciclo interminável de situações desagradáveis.

Talvez valesse a pena cancelar minha matrícula nessa matéria.

Segui pelo átrio de teto de vidro em direção à biblioteca. Meu celular soou e vi uma mensagem igualmente irritante do meu irmão que, ao que parece, tinha perdido a cabeça.

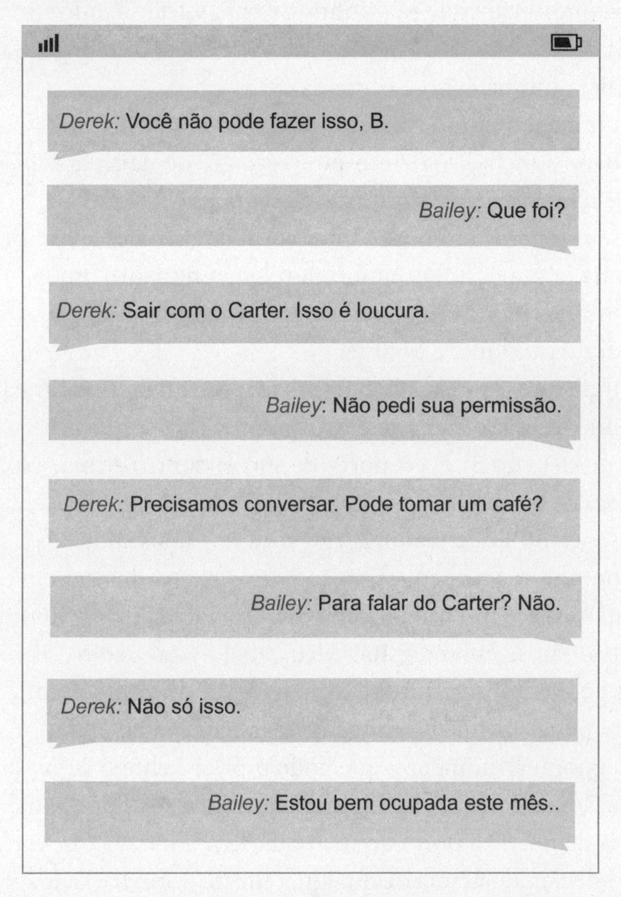

Estudantes passavam por mim, conversando, enquanto eu estava parada na entrada da biblioteca, olhando para o meu celular. Eu nem estava namorando o cara, mas era forçada a me defender. Estávamos em 1950? Precisava de um acompanhante ou algo assim? E Luke estava sendo pressionado por causa de Sophie? Claro que não. Minha vida era a única sob investigação.

Era irritante. Eu estava, de forma simultânea, sendo examinada e condenada ao ostracismo.

◆ ◆ ◆

Mais tarde, naquela noite, eu estava na cozinha, tirando uma caneca do armário para fazer um chá, quando a campainha tocou. Passos soaram, então não me preocupei em atender a porta. Eu não estava esperando nenhuma entrega, mas, por causa do vício da Jillian em compras on-line, recebíamos pacotes várias vezes por semana. Tinha dia que eu achava que ela bancava a Amazon sozinha.

Abri uma nova caixa de saquinhos de chá, selecionando uma mistura de camomila e laranja. Amelia passou correndo enquanto eu pegava a chaleira do fogão e enchia a minha caneca verde da sorte.

A porta rangeu quando ela abriu.

– Ei – disse Amelia, a voz um pouco alegre demais para ser natural. Era evidente que não era o entregador, como eu pensava.

Houve um coro de respostas enquanto várias vozes a cumprimentaram, incluindo uma voz masculina muito familiar. Enquanto estava me servindo, olhei para cima e errei a caneca, quase me queimando no processo. Lá estavam Paul e Mendez, com Luke e Sophie.

Aparentemente, Amelia e Jillian tinham convidado pessoas sem me avisar. Ou me incluir. Não que eu fosse participar.

Então me dei conta: era a porra de um encontro triplo. Noite de casais em nossa casa.

E a presença do Luke era uma vingança por mais cedo.

Para piorar a situação, eu estava com uma roupa de ficar em casa surrada, um moletom cinza velho e uma camiseta larga de show, o tipo de coisa que se usa quando não se espera visita. Meu cabelo estava solto, as ondas caindo bagunçadas pelos ombros. Eu era a imagem do desleixo e com certeza não estava pronta para ver meu ex com sua nova namorada.

Congelei por um momento, querendo morrer e chorar ao mesmo tempo. A autopreservação despertou. Peguei minha caneca e corri direto para o andar de cima. Depois de fechar a porta do meu quarto, eu me encostei nela, ofegante, meu coração disparado acima de qualquer limite normal e saudável. As risadas ecoavam pela saída do ar do aquecedor ao lado da minha mesa. Começaram a conversar ruidosamente na sala de estar, como se tudo estivesse normal. Mas nada disso era normal, pelo menos não para mim.

Era tarde demais para me transferir de faculdade? Até a Boyd seria melhor do que lidar com aquilo. Certo, talvez não. Ainda era bem difícil engolir os Falcons.

Sophie tinha o Luke, e, embora isso me incomodasse, doía ainda mais que tivesse assumido minha antiga vida. Meu lugar. Meu papel. Ela entrou e me substituiu, como se fôssemos peças intercambiáveis de um quebra-cabeça.

Eu realmente não sentia falta do Luke, mas sentia falta da sensação de pertencimento, como quando eu era parte do grupo. E definitivamente não gostava do meu novo *status* de pária social.

Na minha escrivaninha, meu celular acendeu. Coloquei meu chá perto dele, com o coração batendo pesado quando vi a mensagem.

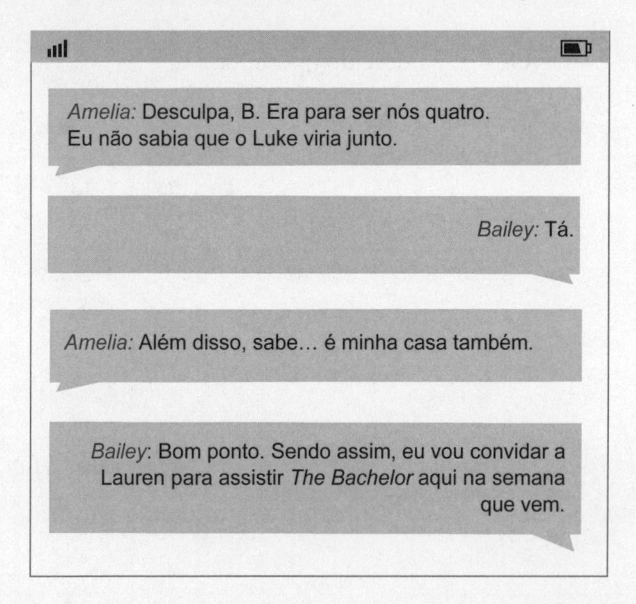

E daí se foi mesquinho? Lauren era uma colega do Jornalismo que conheci no meu primeiro ano, na aula de Introdução à Mídia On-line. Mas o mais importante era que Lauren e Paul saíram por um tempo antes de ele conhecer a Amelia, e, de acordo com o meu irmão, era apaixonado por ela. Diz a lenda que chorou, se recusando a sair do quarto por uma semana, sequer para tomar banho, quando a Lauren rompeu com ele.

Nem preciso dizer: Lauren era um assunto dolorido para Amelia, que nunca tinha provocado uma reação emocional tão forte em Paul. Ela uma vez ameaçou terminar com ele em uma briga, e o cara simplesmente deu de ombros e disse "Se você acha que precisa, vá em frente".

Eu me joguei na cama e passei pelas redes sociais em busca de distração, mas todos os destaques só me fizeram me sentir pior. Fotos de grupos sorridentes, noites de garotas e casais felizes eram um lembrete de tudo o que eu não tinha. Não ajudava que Noelle estivesse de anfitriã até o fim da noite e Zara estivesse em um encontro com um cara novo do Tinder, esgotando todas as minhas opções de amigas.

Normalmente, eu teria gostado de vagar por uma livraria, mas, tendo em vista a festa no andar de baixo para a qual eu não tinha sido convidada, até isso pareceu meio deprimente.

Deixando meu celular de lado, pulei da cama e abri meu armário. Vesti um jeans melhor e um suéter cinza fofo. Eu me senti menos desleixada, mas ainda estava presa no meu quarto. Queria desesperadamente sair de casa e distrair u pouco a cabeça, e não queria fazer isso sozinha.

Isso era loucura, totalmente insano. Mas, ainda assim, era melhor que continuar aqui.

E talvez, só talvez, fosse a desculpa perfeita.

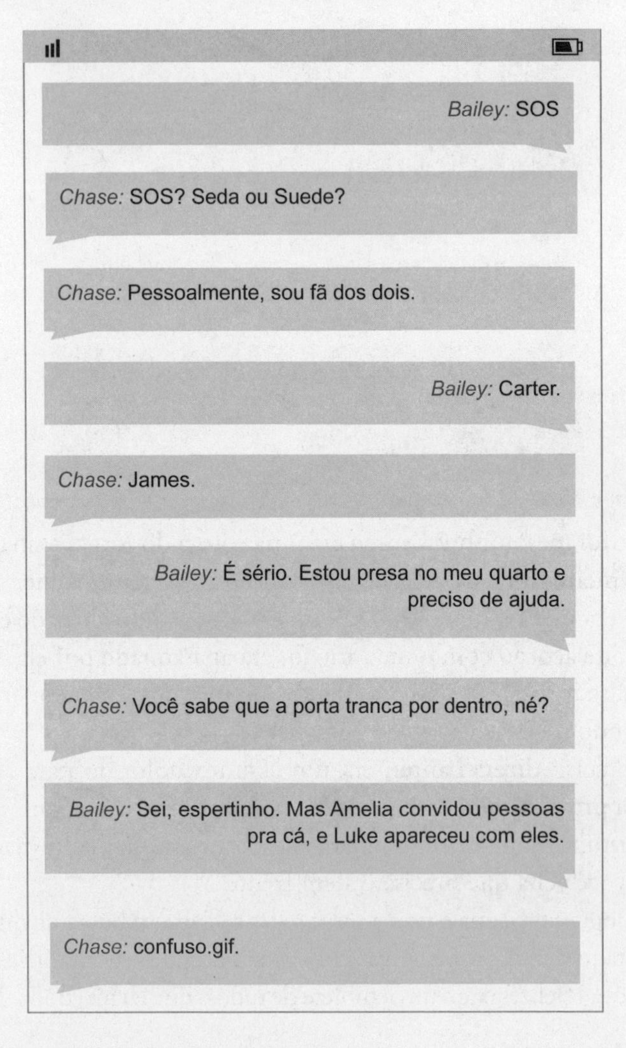

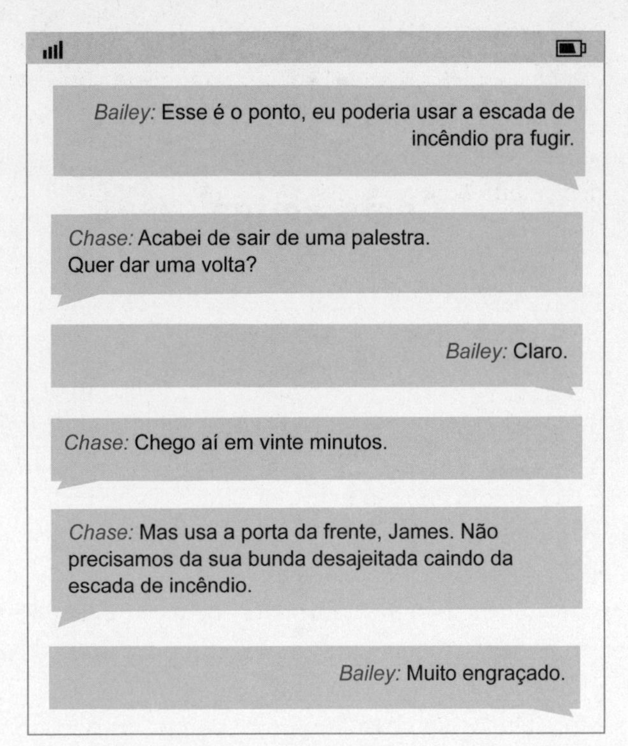

Senti uma euforia, como quando estamos em uma montanha-russa, e ela de repente começa a descer. Era excitante, efervescente e animador, ainda que desse medo.

Dois minutos mais tarde…

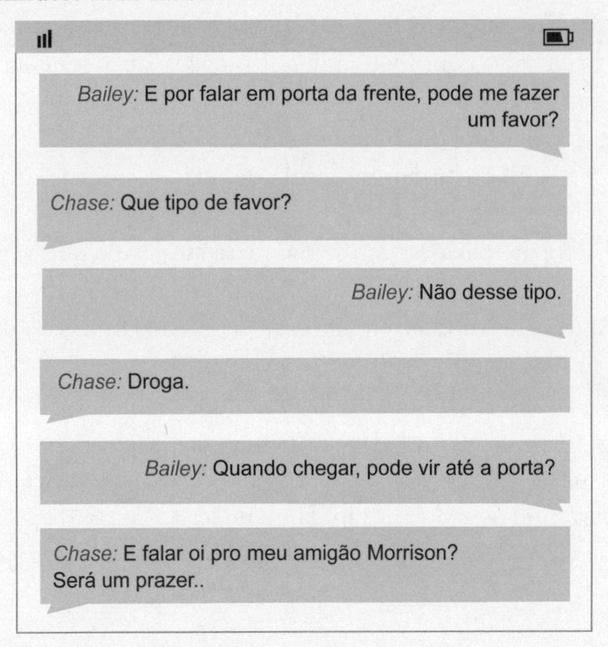

14 Como amiga

Bailey

Dezenove minutos mais tarde, depois de andar sem parar de um lado para o outro, de ter afofado o cabelo e de ter surtado de forma generalizada, a campainha tocou. Saí correndo do meu quarto e desci as escadas, tropeçando nos meus próprios pés na metade do caminho e quase caindo.

Não que eu estivesse nervosa ou algo assim.

Destrancando a porta da frente, abri para encontrar Chase vestindo uma camiseta branca que caía perfeitamente em seu corpo e um par de jeans surrados. Ele parecia um anúncio de perfumes ambulante. Não era justo que uma pessoa fosse sempre tão atraente. Todo mundo deveria ter dias ruins. Eu com certeza tenho.

– E aí – disse, me lançando um sorriso que causou algo decididamente não platônico no meu corpo.

Sorri de volta para ele como uma idiota, porque estava um pouco em pânico. E estranhamente sem fôlego. O cenário inteiro era surreal, como se estivéssemos brincando com fogo enquanto jogava querosene em cima para deixar tudo mais interessante.

Então, eu me lembrei de como se falava.

– Oi. – Meus olhos caíram na sacola de *delivery* que ele carregava. – O quê...?

Chase olhou para baixo, como se tivesse se esquecido que segurava algo.

– Ah, um entregador me entregou isso quando eu estava me aproximando das escadas. Aí ele saiu correndo – contou ele, com uma expressão de desculpas. – Disse que já estava pago.

Ah, então era um encontro triplo com jantar incluso. Que fofo. Vômito.

– Zero chances de eu entregar pessoalmente – falei. – Vou chamar uma delas. Entra e me dá um segundo. – Acenei para ele entrar e calcei minhas botas de couro, amarrando os cadarços rapidamente.

Antes que eu pudesse chamar alguém, ouvi passos e Amelia apareceu no corredor.

– Ouvi a campainha. É o nosso... – Ela parou de repente quando seus olhos pousaram em Chase.

Nem um segundo depois, o próprio Satanás apareceu, vestido com jeans escuros e uma polo azul-clara, com o cabelo penteado para trás. Ele ficou ao lado de Amelia com um brilho de malícia nos olhos, que fez com que o tom usual de azul-gelo ficasse dez vezes mais frio.

– Achei que tinha ouvido alguém. – Luke sorriu. – Tem um emprego de meio período, Carter? É sempre bom ter opções quando você não entra na liga.

– Pois é – zombou Chase. – Eu me inscrevi para ser um enorme otário primeiro, mas me disseram que você já tinha preenchido a vaga.

Sufoquei uma risada, tentando disfarçar como se estivesse tossindo. O sorriso de Luke desapareceu, enquanto suas bochechas coravam de raiva. Ele abriu a boca para falar algo, e aí fechou. Meu ex nunca tinha sido muito rápido com respostas – só quando dava o primeiro golpe ou tinha tempo de planejar o que diria – o que significava que, naquele momento, ele estava perdido.

– Dane-se, Carter – retrucou Luke, virando-se para entrar na sala de estar. – Idiota – resmungou.

Chase balançou a cabeça quando Luke saiu de vista. Sua mandíbula estava tensa, como se quisesse dizer algo e tivesse se controlado.

– Então – Corri a mão pelo meu cabelo, provavelmente desfazendo o penteado que tinha feito enquanto o esperava –, precisamos ir.

Amelia saiu de seu torpor e pegou a sacola de comida da mão de Chase.

– Hum, valeu – murmurou ela, sem olhar para qualquer um de nós e, em silêncio, se virou e desapareceu na sala de estar.

Minhas colegas de apartamento sempre foram assim tão horríveis? Ou isso era algo recente? De qualquer forma, elas mudaram comigo, indo de uma suposta boa amizade para quererem me evitar. Éramos como estranhas agora.

Talvez eu tenha subestimado quanta influência social me foi concedida só por ser a namorada do capitão do time. O que era bem nojento.

– Bem – O tom de Chase suavizou, e ele se apoiou no batente da porta –, pronta?

– Com certeza.

Peguei minha jaqueta verde-oliva no gancho e a vesti enquanto saíamos. Chase esperou enquanto eu me atrapalhava com as minhas chaves e trancava a fechadura.

– Tenho certeza de que eles estão nos olhando – falei, olhando para ele. – A janela da sala dá pra rua.

Ele arqueou a sobrancelha.

– Bem, sendo assim. – Ele passou seu braço ao redor dos meus ombros de novo, me envolvendo em calor masculino e em seu perfume inebriante.

Era um tipo de fragrância couro-baunilha, talvez misturado com algo limpo, como sabonete ou sabão em pó. Seja lá o que for, me dava vontade de enfiar meu rosto no seu pescoço por um bom tempo.

Aí eu me lembrei de como, até bem pouco tempo, eu pensava que odiava Chase. Eu estava ficando louca?

Descemos os três degraus que nos levavam à calçada. Com a diferença de altura, seu braço encaixava perfeitamente em meu corpo, ao contrário de Luke. Não que isso importasse, já que raramente dávamos demonstrações de carinho em público. Nem no privado, para falar a verdade... a menos que sexo ruim contasse.

– Isso foi muito legal. – Eu ri. – Viu a cara dele quando te viu parado ali?

– Nunca vi alguém ficar naquele tom de vermelho – respondeu ele. – Se eu tivesse te beijado, ele provavelmente teria explodido e se espalhado pelas paredes.

Bem, aí está uma ideia.

Dei uma olhada por sobre o ombro, em direção à janela enorme da varanda. Os contornos de algumas figuras sentadas no sofá eram visíveis. Meu senso de despeito atingiu seu máximo, anulando o meu bom senso.

– Tá bem – disse eu. – Vamos lá.

Chase me olhou com um brilho em seus profundos olhos castanhos.

– O quê? Sério?

– Claro. – Dei de ombros. – É só um beijo.

Eu acho.

Não era como se eu fosse beijá-lo de volta.

Certo?

Os lábios dele se curvaram em um meio-sorriso.

– Se você insiste.

O nervosismo me atravessou como uma bala. Fiquei tensa, esperando que Chase acabasse logo com aquilo. Mas ele manteve seu braço ao redor dos meus ombros e me guiou mais alguns passos até pararmos em frente ao lado do passageiro da caminhonete.

Em vez de abrir a porta, Chase agarrou meu quadril e me virou de frente para ele, em um movimento lento e deliberado. Minha respiração parou quando deu um passo à frente, me cercando com um abraço, me prendendo firme enquanto eu apoiava as costas contra o metal e o vidro da porta. Presa. Do melhor jeito possível.

Agora que eu estava dentro do seu campo gravitacional, a atração era impossível de resistir. Seus olhos escuros prenderam os meus por um momento antes de caírem em meus lábios. Chase fez uma pausa, e eu pude sentir o pulso acelerado na garganta dele. Meu coração falhou enquanto o observava, aguardando.

– O que está fazendo? – sussurrei.

– Beijando você. – Seu olhar voltou rapidamente a encontrar o meu. – Do jeito correto.

Ele pegou meu rosto em suas mãos. Minhas pálpebras se fecharam quando se aproximou e seus lábios encontraram os meus. Sem pensar, eu abri meus lábios, e ele inclinou a boca contra a minha, aprofundando o beijo. Tinha sabor de menta e coração partido. Todo o resto deixou de existir.

Abri meus dedos contra seu peito, então agarrei o tecido de sua camiseta branca. Um som baixo de apreciação soou de dentro de sua garganta em resposta. Ele passou a mão em minha nuca e puxou as raízes do meu cabelo, inclinando meu pescoço um pouco para cima e me pressionando contra a caminhonete.

Eu nunca fui beijada assim antes.

Era como se eu estivesse caindo.

Chase se afastou um pouco, seus lábios abrindo em um sorriso antes de cobrir minha boca com a sua outra vez. Era leve, questionador. Eu poderia ficar assim a noite toda – mordiscando, provando e provocando. Tinha me esquecido por que tínhamos começado isso, mas não importava, eu não queria parar.

Após mais alguns instantes, ele se afastou. Minha respiração estava irregular; meu coração, disparado. Estava tão zonza que o veículo atrás de mim era a única coisa que me mantinha em pé.

– Bem – disse ele –, acho que foi bem convincente.

Com certeza, eu estava convencida.

– É. Também acho – respondi, tentando manter minha voz nivelada

Chase

Olhar a cara do Morrison hoje à noite? Incrível.

Passar um tempo com a James? Melhor ainda.

Beijá-la? Droga, estou perdido.

Bailey

Pouco depois, estávamos dentro da caminhonete do Chase, saindo de onde ele tinha estacionado de forma irregular na rua. Meu cérebro continuava confuso pelo beijo, mas eu estava tentando me controlar para manter as aparências. O cara provavelmente beijava garotas assim o tempo todo. Eu duvidava que tinha sido diferente para ele.

Eu queria poder dizer o mesmo.

– Para deixar registrado – disse eu –, não sou desajeitada.

Chase me lançou um olhar de canto de olho, um sorriso brincando em seus lábios.

– E por isso você quase caiu do meio-fio do lado de fora da XS.

– Fiz muitas coisas não habituais naquela noite.

E, aparentemente, continuava fazendo. Mas não podia mais culpar o álcool.

– Okay, aonde vamos?

Chase sinalizou à esquerda e saiu para a rua principal.

Momentaneamente distraída com aquela mão grande segurando o volante e a memória da sensação dela em meu corpo, me esforcei para pensar em outra coisa, falhando miseravelmente.

– Acho que é sua vez de decidir.

– Eu tenho quase certeza de que decidi da última vez – disse ele. – Estava tentando ser legal, mas agora vou arrastar você pra onde eu quiser. Prepare-se para uma noite selvagem de aventura e crime.

– Você está brincando, né?

Ele deu de ombros.

– Vai ter que descobrir.

◆ ◆ ◆

Quinze minutos depois, passamos pela entrada de uma área de parque escondida, não muito longe da cidade.

Árvores ladeavam o estacionamento, estendendo-se por quilômetros em cada direção, com suas folhas em todo seu esplendor outonal, pintando a paisagem de laranja-queimado, marrom e dourado. Era de tirar o fôlego.

Chase estacionou e desligou o carro, pegou um casaco cinza no banco de trás antes de sair e trancar a picape. Eu desci, olhei a paisagem, curtindo o efeito calmante que o ar fresco tinha no meu cérebro exausto. Papear e a manter a distância física no caminho ajudou um pouco, mas eu ainda não tinha digerido totalmente aquele beijo.

E não tinha certeza se algum dia iria conseguir. Foi o tipo de beijo que eu provavelmente me lembraria para sempre.

Mesmo que não fosse real.

– Por aqui. – Chase acenou para a direita. Começamos a descer um caminho pavimentado em um trecho mais denso de árvores pintadas em ricos tons outonais, caminhando perto, mas sem nos tocarmos.

– Que lugar é esse, afinal? – perguntei, fechando o zíper do meu casaco enquanto caminhávamos. Tinha esfriado bastante desde a semana anterior. Havia um ar gelado, indicando que o inverno se aproximava.

– O nome real é Hammond Park, mas as pessoas chamam de Fim do Mundo – disse ele. – Algumas vezes eu venho aqui pra pensar.

– Ah, então não vem sempre.

– Ei, assim não.

Pouco tempo depois, uma construção com paredes de vidro apareceu à nossa frente em uma clareira, cercada por mesas e cadeiras de metal, como um bistrô. A placa em frente dizia "Uncommon Coffee Co.".

– Ah, não – disse eu, fazendo que não com a cabeça. – Se eu beber café tão tarde, não vou dormir.

– Relaxa, vovó. Não vamos tomar café.

Chase abriu a porta e gesticulou para que eu entrasse primeiro. Os cheiros celestiais de café e chocolate preenchiam o lugar, que era decorado com madeira de demolição, o que dava ao local um charme rústico e *hipster*. Um menu escrito em uma lousa exibia suas iguarias em tons pastéis do arco-íris, atrás do balcão.

– Estamos aqui pra isto – falou, apontando para o lado esquerdo, onde um letreiro dizia "Melhor chocolate quente do mundo". Abaixo, havia uma lista: original de chocolate amargo, chocolate branco, chocolate com hortelã, caramelo salgado, trufa de framboesa, manteiga de amendoim, coco queimado, avelã torrada e bolinho de gengibre.

– Que incrível!

Eu amava chocolate quente. A bebida me lembrava de pistas de patinação e fogueiras no inverno. De deslizar no gelo, vendo minha respiração se formar em vapor à minha frente, sob um céu repleto de estrelas. Daquela sensação feliz e fugaz de ser livre.

– O de caramelo salgado é quase tão bom quanto um boquete – declarou Chase.

Dei uma olhada rápida na direção dele.

– Informação demais, Carter.

– O quê? – Ele deu de ombros. – Só comentando.

– Precisamos providenciar um botão pra te silenciar.

– Bem, é tudo bom. Você pode pegar um chá ou algo nojento se quiser. – Ele acenou vagamente para o menu. – Mas eu não sei como alguém pode recusar um chocolate quente.

– Hum – murmurei, ainda em dúvida entre o original e o de caramelo.

Um barista cheio de piercings e tatuagens esperava pacientemente no balcão enquanto eu me decidia. As opções soavam bem, mas é difícil algo bater uma xícara de chocolate quente clássico realmente boa.

– Já sabe o que quer? – perguntou Chase, dirigindo-se ao caixa.

– Eu posso pagar. – Abri o zíper da minha bolsa de couro.

– Ah, não – respondeu ele. – O que eu peço pra você?

O que eu poderia fazer? Talvez eu tenha encontrado o único cara na terra mais teimoso do que eu.

– Caramelo salgado.

– Boa escolha – falou, me dando uma piscada.

Pegamos nossas bebidas e fomos nos sentar do lado de fora. A bebida estava tão boa quanto Chase tinha prometido; o doce do chocolate ao leite, perfeitamente equilibrado pelo leve toque salgado do caramelo.

Enquanto caminhávamos pela trilha, o sol começou a descer abaixo do horizonte, deixando o céu em tons de violeta-escuro e rosa-quente. Folhas estalavam sob nossos pés, e havia uma brisa farfalhando entre as árvores e bagunçando os meus cabelos.

– Esse é o segundo não encontro que temos – disse eu, segurando o copo de papel vermelho. Provavelmente era mais parecido com um encontro do que qualquer coisa que eu tenha feito com o Luke em muito tempo, agora que eu pensava nisso.

– É?

Ah, bobinho. Claro que ele não entenderia. Garotas vinham e se jogavam aos seus pés. Ou em outras partes de seu corpo. Sem bebidas ou jantares envolvidos.

– Deixa eu adivinhar – olhei para ele –, você não sai em encontros.

– Na verdade, não. – Ele deu um gole no chocolate quente, o cenho franzido. – Mas não é isso que você faria com suas amigas? Beber algo, ficar sentada, fofocar, essas coisas? Sabe, coisas de garotas.

– Acho que sim – respondi. – Você quer fazer coisas de garotas comigo?

– Por que não? Minha vida é uma overdose de testosterona a maior parte do tempo. Tá ficando chato. Além disso, os caras fedem. Dallas, depois de um jogo, pode ser considerado uma arma biológica.

Chegamos a uma bifurcação do caminho, e ele apontou para a esquerda. À frente havia uma escada frágil construída na encosta, de uma madeira cinzenta, desgastada pelo tempo. Dava a impressão de que não aguentaria o Chase, muito menos nós dois juntos, mas o cara sabia o que estava fazendo. Assim esperava.

– Este é o seu objetivo oculto? – perguntei, rindo. – Não é pra provocar o Luke, mas para fazermos as unhas e disputarmos guerras de travesseiros?

Ele arqueou uma sobrancelha, gesticulando para que eu subisse a escada primeiro.

– Só para constar, foi você que me mandou mensagem hoje à noite.

– E você me sequestrou na arena antes disso.

Dei um passo hesitante, testando o degrau embaixo do meu pé antes de me apoiar e começar a subir a escada íngreme. Chase me seguiu, sua linha de visão provavelmente em algum ponto da minha bunda. Minha mente voltou para o beijo, meus joelhos enfraqueceram com a lembrança.

– E antes disso você deu uma de empata-foda comigo na XS.

Dei uma olhada para ele.

– Você que começou, Senhor Aspirante a Piloto de Avião.

– Justo. – Ele sorriu. – Vou recusar fazer as unhas, mas estou dentro de uma guerra de travesseiros qualquer dia desses. Preferencialmente se você estiver de lingerie.

Ah.

Pensar no Chase de cueca não estava ajudando a minha mente a se organizar depois do beijo.

Ele se aproximou e ficou ao meu lado no patamar que ficava no meio da escadaria. Eu lhe dei um cutucão.

– Não seja sujo.

– O quê? – disse Chase, com falsa inocência. – Eu não disse nada.

Arqueei minhas sobrancelhas.

– Tá, eu disse. Mas a oferta está em pé.

15

Tempos de desespero

Chase

Bailey e eu terminamos de subir a escada de madeira construída na encosta e viramos uma esquina no topo, saindo por uma abertura nas árvores. Eu estava um pouco ofegante, não porque tinha acabado de subir dois lances de escadas – e fazia isso com o pé nas costas –, mas por minha proximidade com ela.

Estava perdendo o controle.

– Uau – Bailey inspirou –, dá pra ver todo o centro da cidade.

Ela me seguiu até o banco de ferro forjado que ficava na beira da encosta. À nossa frente, estava a cidade, suas luzes cintilando no crepúsculo roxo-escuro. Arranha-céus alinhavam-se no horizonte irregular, algumas das janelas com as luzes acesas. Um fluxo constante de carros se movia pelas estradas em um borrão vermelho e branco.

Eu ainda não sabia ao certo o porquê de trazê-la aqui, em um lugar que eu nunca trouxera ninguém antes – ou que sequer tivesse mencionado a alguém.

– A vista daqui é incrível. – Mudando o peso do corpo, ela cruzou as pernas.

Não pude deixar de olhar. Eram pernas longas e bem torneadas, e eu não conseguia parar de pensar nelas desde a XS.

– A vista de onde estou é muito bonita também.

Os lábios dela se curvaram, e suas bochechas ficaram coradas, quase imperceptivelmente naquela luz fraca. Bailey me lançou um olhar, deixando claro que não entendia se eu estava falando sério ou não, o que significava que minha cantada tinha ido para o brejo. Provavelmente por minha falta de prática e pela já mencionada ausência de controle.

– Como conheceu este lugar? – Os olhos redondos dela se fixaram nos meus, sua expressão ficando séria.

– Às vezes venho aqui entre as temporadas pra correr. Sabe, para dar uma variada e sair da esteira. – Estiquei minhas pernas para a frente, passando um braço ao longo do encosto do banco. – Aí eu paro e jogo fora todo o meu esforço com uma bebida cheia de açúcar. É tudo uma questão de equilíbrio.

– Deve estar valendo a pena, já que vocês estão bem na classificação.

– Acho que sim. – Dei de ombros. – Você deveria pular fora enquanto pode. Não é tarde pra se juntar a nós.

– Vai sonhando. – Ela riu, balançando a cabeça.

Ficamos em silêncio, olhando a vista, mas não era um silêncio constrangedor. Era legal estar com alguém que, como eu, não sentia a necessidade de preencher cada instante com conversa fiada. Depois de um momento, voltamos a falar sobre a faculdade, hóquei e outros assuntos apropriados para uma conversa entre amigos.

Até que o meu fluxo de pensamento se intrometeu antes que pudesse me conter.

– Sem querer ofender, mas não entendo essa coisa do Morrison – disse eu. – Você é legal. O cara tem tanta personalidade quanto uma caixa de leite.

– Ah, meu Deus. – Ela parou no meio de um gole e soltou um suspiro. – Essa descrição é perfeita.

Bebi o restante do meu chocolate.

– Sério, o que viu nele? Estou perguntando como amigo. – Parei. – Tá, esse amigo sou eu, um idiota intrometido.

Pensei sobre isso mais do que eu gostaria de admitir, e ainda assim soou estranho. Bailey era inteligente, gostosa e engraçada, ela podia pegar qualquer um. Eu não conseguia entender por que perderia tempo com aquele imbecil, muito menos namorá-lo por tanto tempo.

Assim que era o ciúme? Não gostei. Nem um pouco.

Bailey ficou séria, olhando para a paisagem urbana.

– Honestamente, não sei. Começamos a sair no primeiro ano. Acho que às vezes você se apega às pessoas e deixa as coisas irem mais longe do que deveriam. Eu era jovem e ingênua, acho.

– Sim, com certeza está amadurecendo agora. Vinte e um, caramba! – Respirei fundo. – Falando como uma anciã.

– Espera – ela olhou para mim –, quando é seu aniversário?

– Três de janeiro.

Quando criança, isso era um saco. Festas e presentes eram ofuscados pelo Natal e Ano-Novo. Mas era uma data incrível no que dizia respeito ao hóquei, porque eu era sempre o mais velho da divisão, pelo ano de aniversário. Combinado com o fato de ser mais alto que a média, isso me tornava um gigante entre os outros jogadores.

– Então você é mais velho do que eu – concluiu Bailey.

– Detalhes – respondi, acenando para ela.

– Estou ficando de cabelos brancos enquanto falamos, então, talvez, você esteja certo. – Ela pausou, franzindo o nariz. – Além disso, eu não te contei tudo sobre o Luke quando estava bêbada, divagando sobre a história da minha vida?

– Na verdade, não.

Ela só mencionou algumas coisas naquela noite: que o Morrison era um merdinha mulherengo, ruim de cama e que não a chupava, o que era revoltante. Não queria deixá-la constrangida, então não ia tocar no assunto agora – ou nunca, a menos que fosse muito relevante no momento.

Bem, eu esperava que se tornasse relevante com o tempo, mas eu não conseguia avaliar se essa seria uma possibilidade. Talvez eu tivesse decretado minha própria sentença ao me colocar na *friend zone*.

– Não tem história – disse ela, fechando a jaqueta verde-oliva até o topo e enterrando o rosto na gola. – Estávamos namorando, agora não estamos mais. Fim.

Dei um assovio baixo.

– Certo, a vida continua.

– Por que está me interrogando sobre minha vida amorosa? – Ela virou o corpo em minha direção e inclinou a cabeça, os olhos castanhos me prendendo. – Então posso te perguntar por que você é mulherengo?

Arqueei as sobrancelhas, devolvendo o olhar.

– Acho que acabou de perguntar.

Bem, *isso* não era um bom sinal para o futuro. Além disso, mulherengo era um pouco demais. Eu tinha alguns padrões. Eles eram só... amplos. Vamos falar sério. Eu era jovem, solteiro e as garotas se jogavam em mim, por que eu diria não?

Embora estivesse em meio a uma seca no momento – não exatamente intencional, mas por que todas as mensagens que apareciam em meu celular oferecendo uma trepada não eram de Bailey. Eu tinha pensado em tentar, só para ver se conseguia me livrar da confusão mental em que estava, mas eu realmente não *queria*.

Falando sério, não fazia sentido nenhum porque eu não tinha qualquer razão real para pensar que iríamos transar, muito menos em breve. Mas certas partes do meu corpo não se importavam muito com razão ou lógica, então era isso. Quase um virgem renascido.

E, claro, não falando a nenhuma alma sequer sobre isso.

– Então responda.

Dei de ombros. Não tinha uma boa resposta e me senti um pouco idiota por isso.

– Porque eu posso?

– Caras são tão diferentes – murmurou Bailey, olhando para o copo de papel vermelho.

– Por quê?

– Eu nunca poderia… fazer isso. Com alguém que eu não conheço.

Sabendo o que sei agora, eu estava grato por não termos ido para a cama naquela noite. Ela teria se arrependido, se arrependeria de mim.

– Não quero debater sua teoria, ou fazer julgamentos sobre o certo e o errado, mas muitas garotas fazem isso.

– Eu sei – cantarolou ela, colocando uma mecha de cabelo atrás da orelha. – Talvez seja uma coisa minha.

– Não é algo ruim – comentei.

– Não sei. Não acho que esteja funcionando.

Eu sabia exatamente o que ela estava falando, mas, de novo, não queria causar constrangimento. Saber das merdas que fiz enquanto ela não sabia que eu sabia me colocava em uma droga de um dilema moral. Era unilateral e injusto, mas eu não queria que a garota pensasse que eu estava provocando, ou que era um imbecil.

Bailey estremeceu, esfregando os braços.

– Eu deveria ter vestido um casaco mais quente.

– Está esfriando muito – falei. – Acho que deveríamos voltar. Talvez suas colegas tenham saído, ou as visitas tenham ido embora.

– Sonhar não custa nada.

Nós nos levantamos e fomos em direção à escada. Estava ainda mais escuro agora, com as luzes vindas dos postes do parque. Uma rajada de vento fez uma pilha de folhas mortas voarem em um redemoinho.

– Sabe, isso é meio assustador. – Ela começou a descer os degraus, e eu a segui de perto.

Falando em vista bonita, eu poderia segui-la para qualquer lugar, qualquer dia.

– O quê? Andar por uma floresta isolada com um cara que você não conhece muito bem? É, talvez um pouco.

– Bom lugar pra desovar um corpo – refletiu Bailey, segurando o corrimão enquanto descia. – Mas não teria sido mais fácil dar um fim em mim depois do bar?

– Eu prefiro manter minhas vítimas sob controle por um tempo.

– Ah, entendi.

No caminho de volta para o estacionamento, ela tropeçou em uma raiz de árvore que estava meio escondida no chão, perdendo o equilíbrio. Consegui agarrar seu cotovelo para firmá-la.

– Te peguei.

– Valeu – respondeu ela, um pouco sem fôlego.

Em vez de continuar a caminhada, congelamos no lugar, nos olhando por um tempo. A adrenalina me atingiu como uma descarga pós-gol. Ela me encarava, os lábios ligeiramente abertos, e então percebi que ainda estava segurando o seu braço. Era um momento de filme brega, quando os personagens se inclinavam e se beijavam, mas eu não ia forçar a sorte duas vezes no mesmo dia.

Mesmo que eu realmente quisesse.

Mesmo que ela tivesse me beijado de volta mais cedo.

– Estranho pra quem nem é desajeitada. – Gentilmente, soltei seu braço.

– Eu não sou – insistiu ela.

Eu me virei para ela, lutando contra um sorriso.

– Talvez só seja desajeitada ao meu lado.

– Talvez.

◆ ◆ ◆

As luzes da casa de Bailey estavam desligadas quando chegamos à rua. Parei em um lugar proibido de novo. Inclinando-me para o lado dela, abaixei a cabeça para olhar pela janela do passageiro.

– Parece que não tem ninguém em casa.

Bailey olhou para confirmar.

– Glória a Deus. – Soltando um suspiro de alívio, ela se virou para mim. – Obrigada por esta noite. Ajudou muito.

– Disponha.

O silêncio caiu entre nós de novo, mas, desta vez, foi estranho. Superestranho. Como se eu devesse abraçá-la, mas naquele espaço físico entre nós ficava muito difícil avaliar a reação dela à minha aproximação. Então, como um idiota, não fiz nada.

– Acho que agora estou te devendo uma – disse ela, soltando o cinto de segurança.

– E vou cobrar, com certeza.

Bailey pegou a bolsa e abaixou o queixo, me dirigindo um olhar severo.

– Está bancando o sacana de novo? – A voz dela era baixa, um pouco rouca, e definitivamente me fez querer ser sacana.

– Não – respondi. – A menos que você queira.

– Me manda uma mensagem, okay? – Os lábios dela se curvaram em um sorriso.

– Pode deixar.

◆ ◆ ◆

Quando chegou sexta à noite, Bailey e eu tínhamos trocado mensagens de texto o tempo todo, mas ainda não tinha conseguido uma oportunidade de vê-la outra vez. E isso estava me deixando distraído, o que era bem ruim, considerando os olheiros nas arquibancadas.

Estávamos levando uma surra, perdendo de dois a zero, então eu não era o único que estava tendo um dia ruim. O treinador Miller terminou o sermão e saiu, batendo a porta do vestiário. O resto de nós olhou um para o outro, cada expressão um misto de culpa e irritação com o restante do time.

Do meu lado, no banco, Dallas me estudou.

– O que você tem?

– Além do meu jogo estar uma merda?

– Sua configuração padrão é levemente irritado com o mundo. – Ele gesticulou em minha direção. – E, agora, está estranhamente tranquilo. Mesmo com esse jogo de bosta.

– Acho que estou preocupado. – Não ousei falar o motivo.

– Bem, se despreocupe, otário – disse ele. – Não consigo jogar sozinho.

Justo. Muitos dos caras estavam jogando no piloto automático esta noite, o que não ajudava a colocar minha cabeça no lugar. Mas isso também não era desculpa. Normalmente, eu seria o primeiro a dar uma bronca neles.

– E outra – ele baixou a voz –, olheiros, cara. Se recomponha. O que aconteceu com o fogo que você tinha nos outros jogos?

– Dois deles foram contra Callingwood, e eu odeio aqueles caras pra caramba, então...

Ajudava quando eu queria mesmo causar danos físicos em uma boa parte do outro time, especialmente no capitão. Eu não tinha nem de longe o mesmo ranço com o New England U.

– Então finja que está jogando contra eles. Fique irritado, mano. Preciso da sua cabeça nisso.

Concordei. Poderia funcionar. Eu fingiria que todos eram o Morrison e os esmagaria.

Poucos minutos depois, voltamos para o rinque, e Dallas e eu entramos no gelo na primeira linha. Palmer, um dos nossos caras da defesa, imediatamente levou uma penalidade por trombar no jogador do outro time. Idiota.

Entramos em um jogo de cinco a quatro. Fiquei em uma posição avançada para atrapalhar os passes cruzados e bloquear arremessos. O ponta direita dos Wolves se preparou e lançou para o jogador do centro. Hoje não, vadias. Patinei para interceptar, para bloquear o ataque... com a merda do meu tornozelo. Uma dor lancinante atravessou meu pé, irradiando por minha perna.

De algum jeito, consegui patinar para a frente e vencer o defensor no rebote, arremessando para o Ward, que se alinhou e afundou o disco no canto superior direito. Com um soco no ar, ele patinou para o nosso banco.

– Boa – disse eu, me sentando ao lado dele.

– Quando eu disse pra tentar, não quis dizer para você se matar, seu idiota.

– Tá tudo bem – menti. Estava latejando pra caramba, mas precisávamos daquele gol.

Dallas balançou a cabeça. Ele sabia que era besteira continuar.

– Vai convidar aquela garota para o aniversário do Ty no próximo fim de semana?

Eu não tinha pensado tão à frente. Será que a Bailey ia querer ir? Ela gostava de festas grandes? Além disso, estava tão longe. Se eu esperasse tanto tempo, levaria uma semana e meia para encontrar com ela de novo.

Então a ideia perfeita surgiu. Poderia envolver fazer meu dever de casa, mas, bem, tempos desesperados pedem medidas desesperadas.

Um pouquinho dramática

Bailey

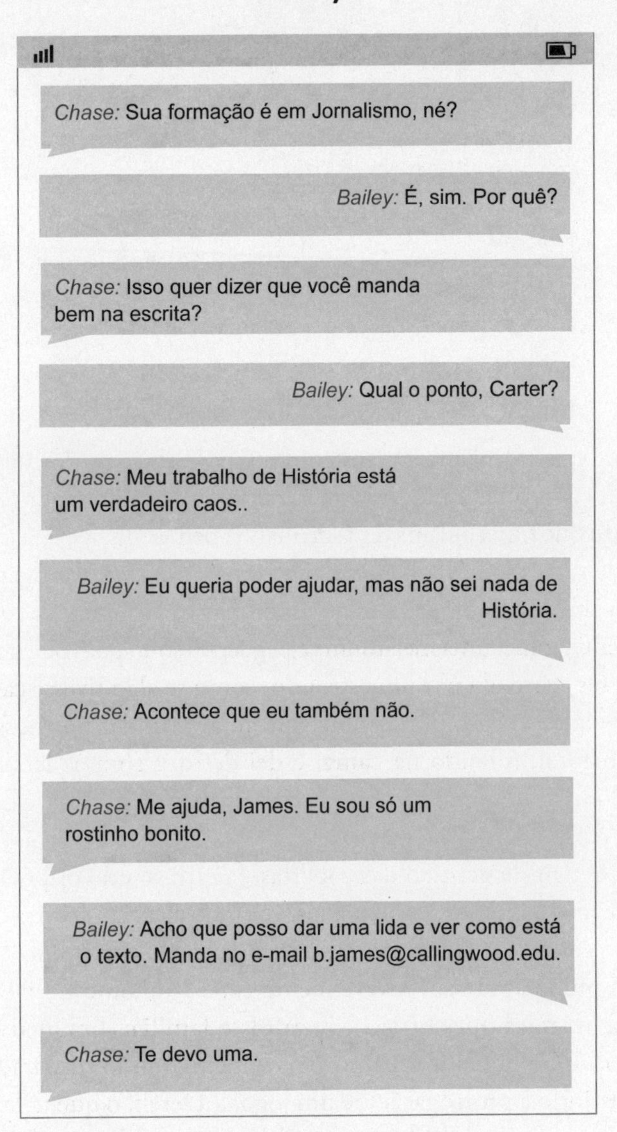

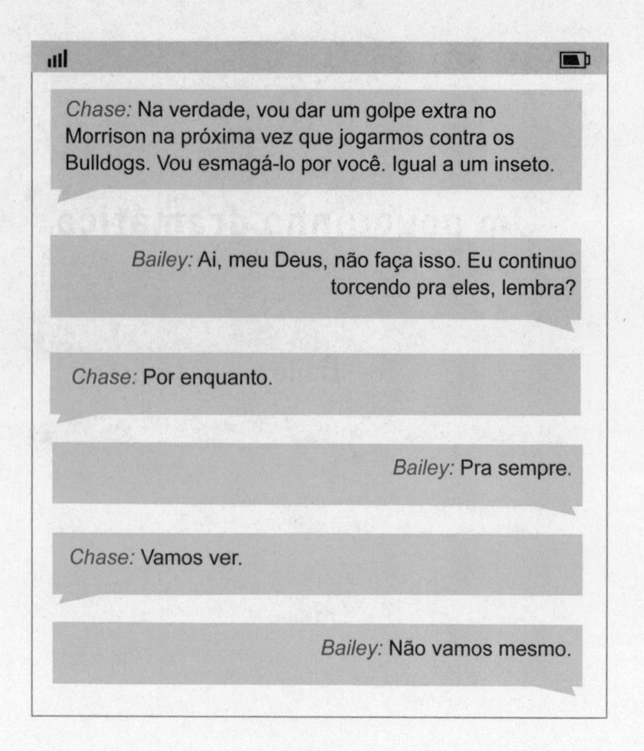

◆ ◆ ◆

Acontece que trocar mensagens com o Chase antes de dormir era o caminho certo para a insônia. Eu ficava agitada demais para conseguir pregar o olho. Considerando que tinha aula na terça de manhã bem cedo, isso era um problema real. Eu fiz de tudo, li um livro chato, assisti mais uma vez a programas de televisão, fiz um chá de camomila, mas nada acalmava a inquietação do meu corpo.

Finalmente, tomei uma melatonina e peguei no sono por volta de meia-noite, apenas para ser acordada por um estrondo, como se algo tivesse caído e batido no chão. Devia ser o gato do vizinho, que amava rondar por nossa escada de incêndio. Suspirei, rolando na cama, e dei de cara com as letras vermelhas brilhantes do meu despertador: 3h12. Já que estava acordada, poderia muito bem ir fazer xixi.

Depois de sair de debaixo das cobertas, fui arrastando os pés até a porta e pelo corredor, com os olhos semicerrados. Quando alcancei a porta do banheiro, ela se abriu e eu bati de frente com um grande corpo masculino.

Dei um pulo para trás. Provavelmente era o Paul ou o Eddie.

Mas, na luz fraca que entrava, vi um rosto familiar. Era meu irmão.

– Nossa. – Coloquei a mão no peito, meu coração disparado, como se estivesse assistindo à prorrogação de um jogo. – Derek, o que tá fazendo aqui?

– *Shiu* – disse ele, agarrando o meu braço. – Fala baixo.

– Você está no meu corredor no meio da noite e me mandando ficar quieta? – sussurrei, quase gritando. – Quero uma explicação.

Derek se inclinou ainda mais, sua voz baixa.

– Podemos ir lá pra baixo, pelo menos?

– Tá bom – sibilei.

Ele se virou e desceu a escada. Eu o segui e acendi a luz acima do fogão. Peguei um copo de água enquanto meu irmão se afundava em um banquinho da ilha, se debruçando desanimado sobre o balcão. Eu seguraria o xixi para mais tarde, agora precisava saber o que diabos estava acontecendo.

– Explique-se. – Apoiei os cotovelos no balcão, prendendo-o com o olhar.

Derek ergueu a cabeça, suas sobrancelhas franzidas. O cabelo loiro-escuro estava desarrumado, ele tinha olheiras sob os olhos castanhos e seu moletom estava amarrotado. Parecia ter acabado de acordar de uma noite péssima de sono.

– Eu estava com a Jill – disse, engolindo em seco.

– *Quê*?

O copo de água que eu estava segurando quase escorregou da minha mão. Sabia que algo suspeito estava acontecendo, mas ouvi-lo dizer isso em voz alta era uma história completamente diferente.

– Pode falar baixo? – Ele deu uma olhada para a escada, nervoso. – Não é pra ninguém saber.

Mas eu aposto que Amelia sabia.

Olhei para ele, minha respiração mais pesada. Senti uma mistura de mágoa, traição, decepção e raiva me queimando por dentro. Nossos pais não nos criaram para sermos o tipo de gente que faz isso. Derek sabia bem.

– Como pôde? Como ela pôde... – Balancei a cabeça. – Não entendo, o Eddie é seu amigo.

– Eu sei. – Derek abaixou a cabeça, a mandíbula cerrada. – É complicado.

– Disso eu tenho certeza. Há quanto tempo?

Ele voltou a me olhar e deu de ombros, a culpa passando por seu rosto.

– Desde agosto?

– Quer dizer que isso tá rolando há mais de um mês? Que inferno, Derek.

Aí me lembrei. Ah, meu Deus, aposto que aconteceu na casa do lago dos pais do Paul. Depois de uma briga homérica com a Jill na sexta de tarde, Eddie voltou para a cidade em vez de ficar conosco.

Jill ficou realmente chateada, chorando e levando a coisa toda a sério, mas logo foi dormir. Então, meu irmão fez o mesmo.

E eles sempre, sempre, flertaram.

– Eu sei.

– Ela está usando você – falei, deixando a raiva tomar conta das minhas outras emoções. – Não sei pra quê, mas é pra algo. Não tem como as intenções dela serem inocentes aqui. Você é um brinquedo.

Agora eu tinha que olhar para a cara dela todos os dias e fingir que não sabia? O quão distorcido era isso? Quantas pessoas estavam dando cobertura? Será que o Luke sabia e não me contou?

Meu irmão soltou um suspiro pesado.

– Eu gosto dela, tá? Não é tão simples.

– Você é o cúmplice de um crime – rebati, colocando o copo na lava-louça.

Sempre suspeitei de que meu irmão tinha uma quedinha pela Jill. Mas isso era mais profundo. Tão profundo que ele estava comprometendo seus princípios e sua ética e, potencialmente, prejudicando um dos seus amigos – e companheiros de time – por causa de uma garota.

Quanto à Jill? Sempre foi egocêntrica, mas isso era baixo, até mesmo para ela.

– E você? – A expressão de Derek endureceu. – Carter?

– Eu não sabia que ele tinha uma namorada. – Inclinei a cabeça. – Qual é o nome dela?

– Não é isso que eu quis dizer e você sabe.

Senti um arrepio. Claro que eu sabia. Só não ligava.

– Carter é um dos nossos piores inimigos, B. – acrescentou. – Meu e do time inteiro.

– Ah, vê se cresce – respondi. – É só hóquei.

– Hóquei é uma das coisas mais importantes da minha vida. Nem isso você respeita mais.

– Você tá pegando a namorada do seu amigo e criticando um relacionamento consensual entre duas pessoas solteiras? – perguntei, jogando as mãos para cima. – E no que diz respeito a mim, Chase foi dez vezes mais legal comigo do que o seu melhor amigo Luke já foi. Ou até mesmo você nos últimos tempos, para falar a verdade.

– Eu sei, tenho sido um merda. – Ele suspirou de novo, balançando a cabeça. – Estou preocupado com esse lance da Jill, andando com a cabeça nas nuvens.

Cruzei os braços sobre a blusinha rosa do meu pijama, lançando um olhar gélido.

– Fico contente que concordamos nisso.

– Estou evitando todo mundo com medo que descubram. – Seu tom era desolado, como se quisesse despertar pena, mas ele era o criador de seus próprios problemas.

– E deveria ter mesmo – completei. – Por que a Jill não termina com o Eddie? Estão com medo que isso atrapalhe o jogo dele?

Por mais ridículo que fosse, o hóquei vinha antes de qualquer coisa para o time, até dos relacionamentos. Era bem capaz que tenham escondido isso para conservar o goleiro.

– É mais complicado que isso.

Fiz uma expressão de surpresa.

Derek deu outra olhada em direção à escada, se aproximando e baixando a voz.

– Na última vez que Jill tentou terminar, ele ameaçou se matar.

Senti meu estômago revirar. Pisquei, tentando processar os detalhes.

– Que confusão.

– Eu sei – resmungou.

Embora fosse terrível pensar assim, parte de mim se perguntava se era verdade. Se essa história veio da Jill, provavelmente não era confiável. Ela estava brincando de marionete com meu irmão como uma profissional.

– Se isso for verdade, ele precisa de ajuda. – Limpei o balcão à minha frente. – Eles ficarem juntos só está alimentando o problema.

– Eu sei – repetiu ele, se defendendo.

Estudei seu rosto na luz indireta. Os olhos de nossa mãe, o nariz de nosso pai e o cabelo da mesma cor do meu. Eu nunca acreditaria que meu irmão fosse capaz de uma coisa dessas.

– Nem sei o que falar – disse a ele. – Estou muito decepcionada. É errado e você sabe.

– Não vai contar pra ninguém, né?

– Não – neguei. – Mas espero que você faça a coisa certa. Vou pra cama. Tranca a porta quando sair, por favor.

◆ ◆ ◆

Depois de conversarmos por mensagem na segunda-feira à noite, Chase me mandou uma cópia do seu trabalho e me convenceu a ir até lá para ajudá-lo no dia seguinte. E, por convencimento, quero dizer que ele foi insuportavelmente persistente até eu ceder. Ou seja, bem a cara dele.

Isso não quer dizer que eu não queria. Mas isso era outra história.

Além disso, era uma boa distração do caos da minha vida social e da novidade sobre Derek e Jill.

E foi assim que me encontrei no quarto do Chase pela segunda vez, embora em circunstâncias dramaticamente diferentes. Um quarto que exalava o delicioso aroma de couro e baunilha do perfume que ele usava. Será que o cara tinha passado antes de ir me buscar?

Somando isso às três trocas de roupa enquanto eu esperava por ele e o *gloss* rosa brilhante que passei nos lábios antes de sair, surgiam várias perguntas sobre o que, exatamente, estávamos fazendo.

Mas ainda não estava pronta para pensar nisso.

Eu me sentei na beira da cama, em frente à mesa do computador, vasculhando minha mochila atrás das folhas que eu havia impresso e marcado com sugestões. Chase me encarou, sentado na cadeira do computador. Virou o boné do Falcons para trás e se apoiou nos braços da cadeira.

– Eu editei um pouco.

Entreguei a cópia com as sugestões e correções marcadas em caneta vermelha. Usar o controle de alterações do Word seria menos trabalhoso para nós dois, mas, dessa forma, ele teria que suar, inserindo as alterações manualmente, em vez de só aceitar todas com um toque no mouse. Por mais que eu não me importasse de ajudar, também não ia facilitar.

Chase examinou a primeira página e me olhou, espantado, seus olhos arregalados como os de um cervo em frente a faróis.

– Puta merda. Não pensei que estivesse tão ruim.

– Não está. Você teve ideias ótimas, e as conclusões estão bem fundamentadas. Só está meio… confuso.

– O que é um jeito doce de dizer que tá uma droga.

– Meus rascunhos também são bagunçados. – Dei de ombros. – Você tem que revisar e reescrever pra polir.

– Afe…

Ele cruzou os braços de novo e abaixou a cabeça, suspirando, dramático. Seus antebraços se flexionaram, as veias surgindo em seu comprimento. Olhei fixamente, hipnotizada, por uma fração de segundo. Desde quando eu tinha desenvolvido essa tara por antebraços? E as mãos dele? Sempre foram tão grandes?

– É um trabalhão.

– É o objetivo de uma tarefa, Carter.

Chase era uma máquina – um dos jogadores mais destemidos dos Falcons, conhecido por seu jogo físico. Ele infernizava nossa defesa, arremessava corpos para fora do caminho para os atacantes marcarem e vencia disputas pelo disco com mais frequência do que perdia. Para alguém que era uma potência no gelo, era terrivelmente preguiçoso quando o assunto eram os estudos. Ele era inteligente, isso era óbvio, só precisava se dedicar.

– Não vou mentir, é bem difícil me importar com isso se não vai fazer diferença no futuro.

– Importa agora – respondi. – Achei que você estava sob observação.

– Estou. Idiotas. – Chase revirou os olhos.

– E se precisar concluir o curso mais tarde? Nunca se sabe. Você pode se machucar ou algo assim.

– Se isso acontecer, vou ter um problema maior do que uma formação. Eu sou praticamente inútil pra qualquer outra atividade. – Chase arqueou as sobrancelhas. – Consegue me imaginar vestindo calças cáqui e trabalhando num cubículo, James?

– Não – admiti. Era tão inadequado que parecia cômico.

– E, vamos encarar – disse ele –, eu sou corruptível demais pra ser um policial. Então, para o bem maior da sociedade, me ajuda a dar um jeito nessa porcaria pra manter minhas notas boas o suficiente para que eu continue no time. Preciso ser contratado. É isso ou morar na rua. Não há meio-termo.

– Alguém já disse que você é um pouco dramático? – Eu me mexi, cruzando as pernas.

– Prefiro pensar nisso como ter entusiasmo pela vida. – E deu um meio-sorriso.

– Você tem um ponto, com certeza.

Chase tinha um brilho nos olhos que dizia que definitivamente não estava tramando nada de bom.

– Vai ficar enquanto trabalho nisso, né? – Ele abaixou a voz, uma tática que usava, me dei conta, para entrar em minha cabeça... ou talvez em minhas calças. No entanto, mesmo tendo noção disso, a voz funcionou. Pelo menos na primeira parte. Possivelmente, um pouco na segunda.

Talvez fazer o trabalho no quarto dele não fosse uma boa ideia, no final das contas.

Arqueei as sobrancelhas, escondendo todos os meus pensamentos inapropriados com sarcasmo.

– Você foi me buscar, então não tenho certeza se tenho escolha.

– Verdade. Algum de nós tem realmente escolha? Ou o livre-arbítrio é apenas uma ilusão?

– Tenho uma prova pra estudar, então, se quiser companhia, não precisa ficar todo filosófico comigo. Tudo o que tem que fazer é pedir.

Peguei meu livro, meu fichário e me arrastei por sobre a cama, até chegar à cabeceira. Eu não estava tão ansiosa para passar um tempo na minha casa. As coisas estavam tensas com Amelia e Jillian, e elas eram totalmente hostis quando Paul estava por perto, o que era mais frequente do que quando não estava.

– Você é a melhor. – Ele se virou de frente para o computador, estalando os dedos e alongando o pescoço. – Vou terminar rapidinho.

Eu reprimi uma risada enquanto engolia uma piada suja. Talvez eu estivesse passando tempo demais com Chase, afinal.

17

Quase acidente

Bailey

– VAMOS DAR UMA PAUSA – anunciou Chase, empurrando o suporte de teclado de volta ao seu lugar. Ele arqueou o corpo para trás, na cadeira, esticando as longas pernas.

Olhei de cima da cama, onde estava esparramada de bruços lendo meu livro do curso de Jornalismo.

– Mas só estamos aqui há uma hora.

– São 17 horas, o que significa que é hora de comer. Precisamos de alimento para o cérebro, James. É ciência.

– Deixe-me adivinhar – gemi –, aí vamos precisar de um segundo jantar? E um lanche. E uma pausa pra apontar o lápis. Melhor ainda, talvez possamos ir cortar uma árvore e fazer alguns lápis artesanais para que você não precise terminar seu trabalho.

– Provavelmente – ele sorriu. – Mas vamos começar com pizza.

Largamos os materiais de estudo e fomos para o andar de baixo. Chase pulou no encosto do sofá, num tipo de *parkour*, e se sentou ao meu lado. Foi um movimento surpreendentemente ágil para um humano tão grande, até mesmo um atleta.

– A pizza chega em vinte e cinco minutos. Hora de... um jogo de videogame? – Ele se virou para mim, a cabeça inclinada.

– Claro. – Eu não poderia me concentrar no meu livro chato pra caramba sabendo que a comida estava a caminho.

– Sério? – Seus olhos brilharam. – Estava te testando, não achei que concordaria.

– Eu sei – respondi –, mas tenho três irmãos. Não tinha com quem brincar de boneca quando criança. Jogávamos NHL'07 o tempo todo.

Para o desgosto da minha mãe, eu nunca fui muito menininha. Quando ela descobriu a gravidez "surpresa" depois de ter três meninos, ficou animada com vestidos de babado, barbies e chazinhos de faz de conta. Aí eu nasci, odiando tudo que fosse cor-de-rosa e preferindo o caminhão de lixo do Derek às minhas bonecas. Cheguei a chorar com 5 anos porque o Papai Noel me trouxera um Lego rosa e lilás. Eu queria os Legos multicoloridos de "verdade" que o meu irmão tinha.

– Então tá dizendo que é boa no jogo? – Ele deu um sorrisinho.

– Ah, sou mais do que boa.

O Luke odiava isso. Para ele, ter um par de peitos era um fator desqualificante quando se tratava de jogar. Ele não ficava nada contente quando eu queria participar e se irritava ainda mais quando eu os vencia, o que acontecia com frequência. Meu ex sempre queria que eu fosse para a cozinha com as outras garotas, como uma boa namorada de jogador de hóquei deveria fazer.

– Que maneiro. – Ele se levantou e ligou o console. – Nenhuma das garotas que eu conheço quer jogar. Acho que a Shiv gostaria de estrangular o Dallas com o fio do controle.

– Quem é Shiv?

– Siobhan. Ela é a... bem, não sei o que ela e o Dallas são. Mas ela é legal. Vocês iam se dar bem.

Ele rolou para o menu de seleção de equipe e montamos nossas escalações.

– Você não vai gostar quando eu te der uma lição.

– Nem nos seus sonhos – zombou ele.

Quando a pizza chegou, eu já tinha vencido duas vezes.

– Quer saber? – Chase virou-se em minha direção. Um arrepio percorreu meu corpo. – Gostosa e nerd. Você é cheia de surpresas. – Aí ele colocou o controle de lado e foi atender a campainha.

Espera aí. Ele me chamou de gostosa?

...e de nerd?

– Ei, deixa que eu pago! – gritei, me levantando.

– Tarde demais. – Ele fechou a porta, com uma quantidade insana de comida nos braços. Duas pizzas grandes, asas de frango, palitos de pão, salada caesar e cookies de chocolate ainda quentes. Era bom, em contraste com a dieta restritiva de peito de frango e brócolis do Luke, um plano que ele pagou milhares de dólares para uma nutricionista montar. – Paguei on-line quando pedi. Nem pense em tentar deixar dinheiro escondido.

– Mas você pagou pelo jantar outro dia e pelo chocolate quente...

O Luke controlava tudo para garantir que nós revezássemos. Tudo tinha que ser sempre equilibrado.

– Você está me ajudando com meu trabalho, lembra? – Ele deu de ombros.

Eu o segui até a cozinha e apoiei meu quadril no balcão de granito preto enquanto ele arrumava as caixas de comida.

– Falando no seu trabalho – disse –, quanto conseguiu fazer?

– Quatro páginas. – Ele me passou um prato branco e quadrado que pegou no armário.

Reprimi um gemido. O trabalho tinha vinte páginas, e eu tinha a impressão de que não conseguiria uma carona para casa até que ele acabasse.

◆ ◆ ◆

Três horas depois, eu estava ligadona de carboidratos e cookies, reescrevendo minhas anotações para a prova. Chase ia tão devagar que tive tempo de me concentrar em meus próprios estudos. Eu não podia me descuidar e pegar o celular, porque ele imediatamente usaria como desculpa para fazer o mesmo.

– Essa porra de aula de História vai ser meu fim. – Chase quebrou seu lápis no meio e o jogou na lata de lixo de aço inoxidável com um barulho. – Era a única eletiva de Ciências Sociais que se encaixava no meu cronograma de treinamento.

Larguei minha caneta azul e sacudi as mãos para amenizar a câibra. Se escrever ajudasse a memorizar a matéria, eu tiraria nota máxima. Ter meu notebook teria sido legal, mas eu não tinha planejado ficar tanto tempo. Eu deveria ter um plano de contingência quando Chase estava envolvido.

Não que estivesse reclamando de passar um tempo com ele.

– Qual é mesmo sua especialização?

– Economia. – Ele virou a cadeira para me encarar, e um pequeno sorriso brincava em seus lábios.

Meu estômago revirou, e a culpa não era de todo aquele açúcar.

– Você tem que ser mais que um rosto bonito pra estudar isso.

Cursei Microeconomia no semestre passado como parte dos créditos obrigatórios para meu diploma em Jornalismo, e era como uma língua estrangeira para mim. Decisões de produção e preços, resultados de mercado e teoria de consumo. Eu mal mantive meu conceito quatro naquele período.

Ele deu de ombros.

– Eu mal sabia o que era Economia quando escolhi. Fiz uma busca na internet sobre as cinco principais graduações com menos escrita e aqui estamos.

– Ah, fala sério. Você não fez isso. – Ele provavelmente fez.

– Claro que fiz – afirmou ele. – Matemática não é difícil. É toda essa droga de leitura e escrita que me pega.

– Droga? – Engasguei, colocando uma mão no meu peito. – Blasfêmia. Você está falando com uma escritora, sabia? Esse é meu ganha-pão.

– Só não é fácil pra mim, e eu tenho uma tolerância baixa à frustração.

– Não diga.

Ele pegou um lápis novo na mesa e o jogou para cima antes de pegá-lo novamente com facilidade.

– Para minha sorte, tenho você pra me ajudar com essas coisas agora.

– Ah, esse é um acordo permanente de tutoria?

– Claro. – Ele me lançou um sorriso torto. O quarto ficou dez graus mais quente, e meu coração acelerou.

– Termine o trabalho, Carter. – Lutando contra um sorriso, balancei a cabeça e voltei a atenção às minhas anotações. Ou, pelo menos, tentei, considerando a tensão que se tornou pesada. Palpável. Sugestiva.

Em vez disso, ele veio se sentar ao meu lado, fazendo a cama ceder um pouco com seu peso. Eu podia sentir o aroma de hortelã em seu hálito, sentir o calor de seu corpo. Aquele perfume, misturado com sabonete e sabão em pó, formava algum tipo de combinação celestial que também deveria ser enquadrado na categoria arma letal.

– Então, quando vai me ver jogar? – Seu braço roçou no meu, pele contra pele, enviando um arrepio por minha espinha.

Mirei em seus olhos, escuros e atentos.

– Do que está falando? Já te vi jogar muitas vezes.

– Sim, mas quando vai torcer por mim? – Sua boca contraiu em um gesto infantil.

Quem poderia dizer não a isso? Nenhuma mulher hétero viva. Era o equivalente a uma jogada de mestre no flerte.

– Você pode se sentar com a Shiv – acrescentou com a voz suave, me cutucando com o cotovelo. – Sabe, numa noite em que estivermos jogando contra um outro time.

Teria que ser. Assistir ao Chase jogar contra Callingwood seria muito desconfortável. Imaginar isso trazia à tona muitos sentimentos confusos. Eu era leal até demais, mas, depois do que vinha acontecendo, talvez minha lealdade tivesse sido um equívoco.

Tudo o que eu achava que sabia estava aos poucos se desmoronando. Ou não tão aos poucos, quando se tratava dele.

Um calor subiu por meu pescoço e abaixei o olhar.

– Na teoria, eu ainda deveria torcer contra você, já que os dois times estão na mesma divisão e disputando pontos.

– Eu não vou contar se você não contar – ele sussurrou, a voz carregada de insinuações e impossível de resistir.

O ar pareceu carregado de eletricidade. Ergui meus olhos, encontrando os dele. Suas pupilas dilataram, e Chase fez uma pausa, estudando meu rosto, me lendo melhor do que qualquer um já fez. Meu corpo estava tenso em resposta à sua leitura, e minha respiração ficou mais curta com sua proximidade.

Quando ele inclinou o corpo para se aproximar, sua expressão mudou de contemplativa para determinada e...

– Carter! – gritou uma voz profunda, seguida por uma porta batendo. – Ei, preciso de uma mão aqui.

A euforia que eu estava sentindo desapareceu.

Chase fez uma careta, como se tivesse acontecido o mesmo com ele.

– Acho que meus colegas de apartamento chegaram. Quer conhecer o Ward?

– Claro. – Respirei fundo, tentando recuperar o controle, mas parecia estar em areia movediça. Saber como era beijá-lo era uma tortura, porque agora eu sabia exatamente o que estava perdendo.

Segui Chase pela escada de madeira até a sala de estar. Lá estava Dallas Ward, o atacante dos Falcons. Enquanto Chase era um provocador, Dallas podia arremessar e colocar qualquer um de nós no chinelo.

Ele era quase tão alto quanto Chase, com um maxilar marcado, cabelo castanho-escuro e olhos azuis impressionantes. Ao lado dele estava uma garota linda, com cabelos negros, olhos azuis-esverdeados e lábios rosados em forma de coração. Era o casal mais lindo que eu já tinha visto.

Eu achava o Luke bonito, mas ele era uma batata comparado àqueles três. Todas as pessoas do time dele eram assim, lindas, de perto? E suas namoradas? Até agora, todos pareciam ter saído direto de uma série de televisão. Com certeza eu não me encaixava ali.

– Essa é a Bailey. – Chase gesticulou para mim. – Bailey, Dallas e Siobhan. Ou Shiv.

Dallas ficou espantado.

– Esta é a famosa James?

Ah, Deus. Eu era famosa porque Chase gostava de mim ou porque vomitei nos sapatos dele?

– É tão bom conhecer você – disse Shiv, me dando um sorriso caloroso. A maioria das namoradas de jogadores que eu conhecia não gostava da presença de garotas novas, mas o cumprimento dela parecia sincero, como se realmente pensasse assim.

– Igualmente – respondi.

Dallas apontou o polegar para a porta da frente.

– Pode me dar uma mão, cara? Preciso de ajuda com uma estante.

– Uma estante pra livros? – Chase fez cara de admiração. – Shiv, você está domesticando ele ou algo assim?

– O que posso dizer? – Ela sorriu. – Ele enfim aprendeu. É um dia de orgulho pra todos nós.

– Tá, tá – disse Dallas, revirando os olhos, dando um tapa na bunda dela antes de passar pela porta.

Quando saíram, Siobhan se aproximou de mim, os olhos brilhando.

– Então, você e Chase, hein? – Ela abaixou a voz.

– Ah, somos só amigos.

Eu me perguntei quantas "amigas" ele tinha beijado. Então, me perguntei quantas "amigas" Siobhan tinha conhecido... principalmente nos últimos tempos.

Não que fosse da minha conta.

– Claro. – Siobhan piscou para mim. – Dallas e eu também somos "amigos". Há quanto tempo você e Chase estão, hum, saindo juntos?

Nós estávamos saindo? Acho que sim. O que isso queria dizer? Minha experiência amorosa se resumia a um namoro curto no Ensino Médio e ao Luke. Eu não era muito versada no funcionamento do mundo dos relacionamentos.

Mas não era *esse* tipo de encontro... era?

Como eu não sabia o que estava acontecendo?

– Cerca de um mês.

– Hum... – Assentiu ela, pensativa. – Bem, eu realmente poderia ter um pouco mais de estrogênio por aqui pra equilibrar a balança. Ele é um cara legal. Espero que fique com ele por um bom tempo.

Eu não tinha certeza se esse seria o problema.

18

Assumir

Chase

Poderia ter terminado aquele texto um pouco mais rápido? Era bem provável. Eu estava motivado para acelerar o processo com a James no meu quarto, parecendo adorável para caralho na minha cama? Na verdade, não.

Quando cheguei em casa depois de levar a Bailey, Dallas estava esparramado no sofá da sala, com uma cerveja na mão e o outro braço em volta da Shiv. No escuro, um filme de terror passava na tela gigante, com motosserras sendo acionadas e sangue espirrando. Aqueles dois eram uma combinação perfeita no paraíso dos amantes de filmes de terror esquisitos. Eu não tinha problema com tripas e sangue, mas nunca entendi o apelo desse tipo de filme. Para mim, a história tinha que ser engraçada ou ter muitas perseguições de carro e explosões. Ou, bem, contar com mulheres sem roupa.

– Ei – cumprimentei da porta da sala.

Ao fundo, houve um grito de gelar o sangue vindo da televisão.

Dallas pegou o controle remoto e pausou o filme.

– Como está seu tornozelo?

– Doendo pra caramba, mas tá melhorando aos poucos – respondi. – O que vocês dois psicopatas estão vendo desta vez?

– *O massacre da serra elétrica: o início*. – Shiv pegou um punhado de pipoca da tigela que estava ao seu lado. – É o melhor da franquia. Quer ver junto?

Parecia melhor que Teoria Econômica, mas eu tinha prova no dia seguinte, e o treinador Miller estava em cima de mim como um falcão desde a nossa última conversa. Toda semana ele me encurralava para saber atualizações, o que no fundo era um código para tentar me pegar em uma mentira, já que antes conversava com meus professores. Se eu quisesse continuar jogando, não havia muito espaço para erro.

– Ainda tenho que terminar alguns deveres, mas obrigado pela oferta.

Dallas inclinou a cabeça, me estudando.

– Deveres? Isso é influência da Bailey?

– O treinador tá pegando no meu pé por causa das minhas notas de novo. – Dei de ombros. – É melhorar ou ficar no banco, e todos sabemos que ele tá ferrado sem mim.

– Voltando à Bailey… – disse ele, enfaticamente, ignorando minha provocação e a tentativa de mudar o assunto. – Vocês estão se vendo muito nos últimos tempos. Não tá levando esse lance de provocar o Morrison longe demais?

– Não é isso. Eu gosto de passar tempo com ela.

– Porque você gosta dela – disse, apontando para mim com o gargalo da garrafa de cerveja.

Ao lado dele, Shiv arregalou os olhos e balançou levemente a cabeça, como se dissesse: "Não fui eu quem contou". Acredito nela. Infelizmente, Dallas era bom em me ler. Além disso, ficar com uma garota tanto tempo sem transar dava na cara. A única outra garota de quem eu era amigo era a Shiv.

Além disso, sejamos realistas: nem eu acreditava que minhas intenções com a Bailey eram platônicas. Mas era o que ela queria?

– Talvez.

– Nem tente fingir que é indiferente. A gente já percebeu, idiota – disse Dallas. –Mas eu queria ter certeza de que também tinha caído na real. Você nem sempre percebe o que sente.

Droga.

Tá, que seja. Eu poderia assumir.

– Tudo bem – respondi. – Eu gosto dela.

– Eu gosto dela também. Podemos ficar com ela? – Shiv fez uma carinha de filhotinho de cachorro.

– Não tenho ideia – afirmei com sinceridade.

A gente vinha se falando tanto ultimamente que era difícil imaginar minha vida sem a Bailey nela. Mas eu a conhecia havia, o quê, um mês? Não sabia ao certo para onde estávamos indo. Vai saber – ela podia voltar com o Morrison amanhã e nunca mais falar comigo.

– Ela parece ser legal – concordou Dallas.

– E é.

– O que significa que vocês não têm nada em comum. – Dallas sorriu.

– Obrigada pelos votos de confiança, cara. – Mostrei a ele o dedo do meio antes de continuar o caminho para meu quarto.

– Também te amo! – gritou ele.

Quando me deitei na cama, um pouco mais tarde, ainda tinha um cheiro que me lembrava a Bailey – algo doce, como o perfume dela, misturado com outra coisa que eu tinha certeza de que era só dela. E que, os deuses do hóquei me ajudem, eu gostei.

Eu estava muito ferrado.

◆ ◆ ◆

O treino de terça-feira chegou, e o treinador Miller fez a gente patinar sem parar na primeira parte como punição por termos jogado tão mal contra a New England U. Ele foi traiçoeiro. Não fez nada no dia seguinte ao jogo, nem no outro, então achamos que tínhamos escapado. Mas no meio da semana?

Surpresa, filhos da puta.

Agora tudo doía, e eu estava morto. Para piorar as coisas, eu fui idiota o suficiente para pegar carona com o Dallas e o Ty, o que significa que fui arrastado para o O'Connor's depois do treino. Quer dizer, o *pub* em si era tranquilo. O problema era o tipo de gente que frequentava o lugar. O O'Connor's era basicamente o ponto de encontro de Marias-patins em busca de uma transa.

– Treino pesado – disse Dallas. Ele virou até a última gota da sua Cuba-libre, colocando o copo na mesa de fórmica preta. – Tirando a parte em que metade do time vomitou na lata de lixo do rinque.

– Pelo menos nenhum de nós três vomitou. – Dei de ombros, empurrando minha cadeira para longe da mesa para esticar as pernas à minha frente. Meu tornozelo ainda não estava cem por cento para o treino, e sair de lá foi uma tortura. – Além disso, para os padrões do Miller, metade do time era só elenco de apoio.

Ty sorriu, virando sua cerveja.

– E você até conseguiu fazer uns gols em cima de mim pela primeira vez durante os treinos. Muito bem, mané.

– Acho que sua estratégia de se jogar no chão tem que funcionar uma hora – respondi. – Talvez você devesse aprender a levantar o disco.

– Talvez você devesse...

Do nada, uma mão suave tocou minha nuca e me deu um baita susto. Pulei da minha cadeira e me virei para encontrar um par de olhos azuis com maquiagem pesada me encarando.

– Oi, bonitão. – Lindsay deslizou para meu colo, passando um braço em volta dos meus ombros. Ela cruzou as pernas, fazendo com que a saia preta, que já era muito curta e apertada, subisse ainda mais.

Eu me mexi na cadeira, desconfortável. Seria rude pedir que ela saísse do meu colo? Diplomacia não era bem o meu ponto forte. Mesmo que fizesse uma ginástica mental para justificar – como lembrar a mim mesmo que eu era tecnicamente solteiro –, parecia desleal pra caramba.

– E aí? – Minha voz falhou. Do outro lado da mesa, Ty revirou os olhos e se levantou para pegar outra cerveja.

– Há quanto tempo – disse ela, meio ofegante.

Para falar sério, Lindsay era gostosa, embora de uma forma muito atirada e muito montada. Há alguns meses, investi na missão de transar com ela e flertei como um louco. Nós ficamos naquele chove não molha e chegamos bem perto, mas não rolou.

Apesar disso, não houve nenhuma reação do meu corpo aos eventos que se desenrolavam agora. Era como assistir à cena acontecendo com outra pessoa.

– Pois é. Faz tempo.

– Vamos continuar de onde paramos da última vez? – Ela mordiscou o lábio, passando uma unha rosa por meu peito. – Lembra?

Estiquei o pescoço e alcancei minha cerveja, que estava atrás dela.

– Er... não, na verdade, não.

Eu não via a Lindsay desde o verão. Entre o hóquei, a faculdade e a James, parecia que uma década tinha se passado desde então. Eu não me lembrava de como as coisas tinham ficado. Talvez eu estivesse bêbado na hora. Possivelmente, estava.

– Sobre batizar o banheiro da próxima vez que nos encontrássemos aqui?

Ah, isso.

Eu estava meio alto na hora, tentando uma conclusão depois de ficarmos nos pegando no canto, do lado das mesas de sinuca. Lindsay também estava a fim, até que sua amiga desmaiou na mesa, e ela teve que levá-la para casa. Eu tinha me esquecido disso.

Ela acenou para o corredor atrás de nós, baixando a voz.

– Você disse que ia arrancar minha calcinha e...

Estremeci e ergui a mão, interrompendo o que ela estava falando.

– Não acho que seja uma boa ideia.

– Ou... – Lindsay se aproximou, sem se deixar intimidar. Seu hálito era quente contra minha orelha e cheirava a algum tipo de álcool frutado. – Podemos voltar pra minha casa com a minha amiga Melanie, que tá ali. Ela ama jogadores de hóquei. – A garota apontou para uma morena peituda parada perto da mesa de sinuca, conversando com outros caras do time. Sua amiga nos notou e acenou de forma sedutora.

Eu, em agosto, teria considerado isso como ganhar na loteria das trepadas, já estaria em cima, provavelmente até arranjando carona para casa com as duas.

Agora, prefiro ir para casa assistir ao canal de esportes. Ou mandar uma mensagem para a James.

Isso estava mesmo acontecendo?

Lancei um olhar de "Que porra é essa?" para o Dallas, que limpou a garganta e se inclinou sobre a mesa.

– O Carter tem namorada, Linds. – E acenou com a cabeça para mim.

Ela se virou, boquiaberta, a expressão uma mistura de descrença e irritação.

– *Você* tem uma namorada?

Assenti porque achei que era o jeito mais simples de desanimá-la.

– Sim. É algo recente.

– Ah. – Os lábios brilhantes de *gloss* dela formaram um "O" por um instante enquanto ela fazia uma pausa. A garota jogou o cabelo escuro para o lado e deu de ombros. – Bem, ela não precisa saber.

Deus me ajude. Ela não sabia entender uma indireta. Nem uma rejeição direta, pelo visto.

– Estou lisonjeado, Lindsay. De verdade, estou. – Tentei empurrá-la para fora do meu colo enquanto ela resistia a meus esforços. – Mas vou passar.

Lindsay estreitou os olhos.

– Está falando sério? Depois de toda aquela encenação da última vez?

Engraçado como fiquei atrás dela por um tempo, fazendo todo aquele teatrinho de gato e rato, mas no minuto que eu perdia o interesse, ela começava a me querer.

– Não posso fazer isso.

– Ah, que seja, Carter. – Ela se levantou e saiu, furiosa.

Assim que estava longe do alcance da voz, o Dallas soltou um assovio baixo.

– Nunca pensei que viveria pra ver isso.

– Nem eu.

Os olhos dele se desviaram para a mesa de sinuca atrás de mim.

– Acho que sua perda é o ganho do Tyler. – Segui o olhar dele e vi Lindsay e sua amiga penduradas no Ty, no bar. Legal. Bom pra ele.

Lindsay me lançou um olhar desafiador, como se esperasse que eu sentisse ciúmes. Sorri de volta, porque realmente não dava a mínima.

– Mas, cara – Dallas baixou a voz, com uma expressão tão inquisitiva que me senti quase violado –, o que diabos tá acontecendo? Você ao menos já tomou alguma iniciativa com a Bailey?

– Na verdade, não – respondi, tirando o rótulo da minha garrafa. – Você e aquela porra de estante se certificaram disso.

O queixo dele caiu.

– Meu Deus. – Ele riu, os ombros tremendo. – Não é de se espantar que você parecia esquisito quando chegamos. Foi mal, cara, eu não esperava que você estivesse acompanhado naquele horário.

– Tá tudo bem – resmunguei.

– Mas você vai tomar coragem e tentar de novo, né?

– Aham. – Assenti e dei um gole na minha cerveja.

Na teoria.

– Em breve. – Ele baixou a voz, me encarando.

– Em breve.

Mas ela tinha acabado de terminar com o Morrison. E se esse sentimento fosse unilateral? Eu a assustaria por forçar a barra? Ou iria em frente e ela me rejeitaria?

Era medo de parecer oportunista por causa do término com o Luke que estava me segurando? Ou o receio de afastá-la se eu estivesse completamente errado sobre as coisas? Ou, ainda, era medo de rejeição? Era algo com o que eu nunca tinha lidado antes, e era mais assustador do que gostaria de admitir.

Talvez fosse tudo isso.

Bailey

Eu estava tendo um dia fantástico. Primeiro, convenci meu professor de Astronomia a me deixar mudar, não oficialmente, o horário da aula, citando conflitos imprevistos (e não existentes) ocorridos com o jornal da faculdade. Ainda teria que fazer a prova final com a minha turma correta – o que incluía Luke –, mas o professor Walsh concordou em me deixar assistir às aulas às quintas de manhã. Eu praticamente dancei do lado de fora do escritório dele. Era como se um gigante meteoro fosse tirado de meus ombros.

Aí, Noelle levou Zara e eu ao seu lugar favorito no campus para almoçar e saborear uma salada superfaturada – mas deliciosa – de folhas picadas do tamanho das nossas cabeças.

– Você não precisava pagar meu almoço – falei para Zara, e era verdade.

Saladas de quinze dólares eram difíceis de justificar, mas meu gigantesco frango caesar era o paraíso em uma tigela. De alguma forma, saladas sempre tinham um gosto melhor quando eram feitas por outra pessoa.

Ela deu de ombros, dando uma garfada na salada tailandesa de macarrão picante.

– É o mínimo que posso fazer por ter concordado em cobrir o jogo de vôlei de amanhã à noite com tão pouco tempo de antecedência. De novo.

– Não me importo.

Tecnicamente, eu tinha planos com o Chase. Ele tinha me convidado para o aniversário do Tyler, mas entendeu quando falei que chegaria mais tarde. Pelo menos esse jogo era mais cedo, então não avançaria muito no horário.

– Você sabe que eu teria me sacrificado pelo time se pudesse – disse ela. – Mas ninguém quer ler um artigo esportivo escrito por mim. Meu conhecimento começa e termina no fato de que a bola passa por cima da rede.

– Está tudo bem. – Eu ri. – Você tem um encontro amanhã à noite, não tem? Como estão as coisas com o Caleb?

Caleb era o encontro do Tinder da semana passada, um veterinário vegetariano um pouco mais velho que tinha uma filha de 3 aninhos. Era diferente do tipo habitual dela, mas talvez isso fosse bom. A Zara costumava sair com *bad boys*, com resultados tão maus quanto.

– Incríveis. – Os olhos de Zara brilharam. Eu nunca a tinha visto tão animada com alguém.

– É o terceiro encontro deles – disse Noelle, cantarolando. – Alguém vai se dar bem.

Zara corou, e foi a primeira vez que eu a vi ficar tímida.

– Bem, talvez. Estamos indo devagar.

Eu não estava muito certa se poderia ser muito mais lento do que Chase e eu, que nem tínhamos falado de nossas intenções ainda. Tinha certeza de que ele quase me beijou outro dia, mas, agora, estava me questionando. Talvez ele só quisesse mesmo ser meu amigo, e o flerte era de brincadeira. Às vezes era difícil de entender.

Argh.

Esse limbo em que estávamos era ao mesmo tempo emocionante e exaustivo.

– Bem, vou usar protetores de ouvido hoje à noite, só para o caso de rolar algo – disse Noelle.

As bochechas de Zara assumiram um tom de vermelho mais escuro.

– Não tenho culpa que as paredes sejam finas.

– Falando nisso – disse eu –, isso pode parecer fora de contexto, mas vocês já pensaram em como farão com o apartamento no ano que vem?

Uma rajada de vento entrou pela porta aberta, nos deixando geladas. Coloquei meu cachecol xadrez, desejando ter escolhido uma mesa mais distante da entrada.

– Na verdade, não – respondeu Noelle. – Ainda tá muito longe. Acho que depende do que acontecer com o nosso aluguel. No ano passado, a dona do imóvel aumentou em dez por cento. Se fizer isso de novo, teremos que procurar outro lugar. Por quê?

Engoli a comida que estava mastigando.

– Estava pensando se gostariam de ficar num apartamento de três quartos.

– Isso seria incrível – disse Noelle. – Nós nos divertiríamos muito.

Zara tomou um gole de chá gelado, assentindo. Ela pousou o copo enquanto uma expressão confusa tomava conta de seu rosto.

– Mas, espera, por que não quer mais ficar com a Amelia e a Jillian?

– Hum… nós não estamos nos dando muito bem ultimamente.

– Sério? – Noelle ficou intrigada. – O que tá acontecendo?

– O que não está? – Bufei. – Todo mundo me odeia por causa do Luke. E estão usando o Chase como desculpa, já que ele é supostamente o inimigo número um.

– Isso não faz nenhum sentido. O Luke terminou com você. E você é uma pessoa livre. – Zara fincou o garfo na sua salada de macarrão com agressividade.

– Nem me fale! – disse eu. – Mas é tão desconfortável. Eu não quero mais ficar lá. Se pudesse bancar um lugar, sairia amanhã.

Noelle estremeceu.

– Que droga, B. Desculpe, não sei por que estão sendo tão más.

– Luke é o líder, acho. O que ele diz é lei.

– Mas e seu irmão? – perguntou Zara. – Ele não te defende?

– Não – suspirei. – Isso é uma outra história, completamente diferente.

Definitivamente não queria entrar nessa agora. Ou nunca. Eu ainda esperava que o Derek caísse em si e terminasse com a Jillian. Do jeito que estava, eu não conseguia olhar nenhum dos dois nos olhos.

– De qualquer forma – disse eu –, se souberem de alguém que precisa de colega de quarto, me avisem. Eu superconsideraria. Tá bem complicado em casa.

Noelle sorriu.

– Que bom que o Chase distrai você.

Agora foi minha vez de ficar envergonhada.

– Somos só amigos.

Acho.

19

O que você quiser

Bailey

O JOGO DE VÔLEI terminou com a vitória de Callingwood por três *sets* a dois. Em teoria, um placar apertado assim deveria ter feito a partida ser emocionante. Na realidade, eu não fazia ideia do que tinha acontecido. Fiz anotações, mas era como se estivesse em um piloto automático bizarro. A parte consciente e pensante do meu cérebro estava presa no fato de que Chase viria me buscar. E eu, em um ciclo emocional que passava por empolgação, medo, incerteza e luxúria, mudava tão constantemente quanto uma sequência de cores em um pisca-pisca natalino, dividida entre me jogar para cima dele ou correr para o lado oposto. Meio tentada a beijá-lo para ver o que rolava, mas também bem convencida de que essa era uma péssima ideia.

Em outras palavras, eu estava um caos.

Chase já estava me esperando perto da entrada enquanto eu atravessava a multidão de espectadores que saía pela porta de vidro da arena. Entrei em sua caminhonete e prendi o cinto de segurança. A ideia do beijo apareceu de novo em minha mente no segundo em que dei uma boa olhada nele. Mas, se quisesse me beijar de novo, ele já não teria feito isso? O cara teve muitas chances.

Minha atenção caiu no celular dele. Estava no painel central, as notificações pipocando. Estava no silencioso, mas a tela acendia com mensagens a cada poucos segundos.

Certo.

Eu não deveria ficar surpresa.

Chase deu uma olhada enquanto colocava a mão no câmbio, mas parou e pegou o celular antes de colocar a picape em movimento.

– Pelo amor de Deus. – Ele revirou os olhos, balançando a cabeça. – Se importa se eu responder o Ward pra que me deixe em paz com esse lance de troca de jogador no *Fantasy hockey*? Ele me enviou uma oferta que expira em uma hora e agora fica me mandando mensagens com contagens regressivas a cada três minutos. Idiota.

Senti uma pontinha de culpa por ter julgado ele mal.

– Claro – respondi. – Vá em frente.

– Tenho certeza de que tá um pouco bêbado – acrescentou Chase. – Normalmente ele não é tão chato.

Cruzei as pernas, me virando para ficar de frente para ele.

– Qual foi a oferta?

– Não sei. – Ele passou a mão pelo cabelo escuro. – Nem olhei. Eu estava de saída e não queria me atrasar para te encontrar. Desculpe. Vou levar dois segundos.

Para fazer justiça ao Chase, ele ignorava o celular na maior parte do tempo. Quando estávamos juntos, ele ficava mentalmente presente e focava sua atenção em mim. Isso era mais do que eu poderia dizer sobre a maioria das pessoas que conhecia, amigos ou não.

– Não me importo, mas agora você tem que me mostrar. Estou curiosa com a oferta dele.

Chase desbloqueou o celular e leu a mensagem.

– Ah. – Bufou. – Até parece.

Ele me mostrou a tela para que eu pudesse ler.

– Como é o resto da sua equipe? – perguntei, depois de estudar por um momento.

Ele puxou o telefone de volta e navegou pela tela por um instante antes de entregá-lo para mim de novo. Chase obviamente sabia mais sobre hóquei que eu, mas não concordei com sua conclusão.

– Não sei – disse eu. – Acho que eu aceitaria.

Ele me lançou um olhar de dúvida.

– Smith pelo Taylor? Ward está tentando me ferrar.

– Taylor está supervalorizado e começou mal. Você viu as estatísticas dele nos últimos tempos? Ele não encontrou seu jogo desde que negociaram Petrov na temporada passada. Está relaxando. Não acho que vai mudar isso.

Bom trabalho, Bailey. Viciada em esportes. Os caras adoram isso. Eu já tinha aberto a caixa de Pandora, agora era tarde demais.

Chase olhou para a tela e depois para mim.

– Vá em frente… – Ele fez uma expressão intrigada, os olhos pensativos.

– Smith é um azarão. Ele tem sido um pouco lento pra se desenvolver, mas tem se mostrado promissor nos últimos seis meses. Acho que vai ter uma ótima temporada. Além disso, Dallas lançou uma oferta na primeira rodada do *draft*.* Com Richardson chegando em breve, eu ficaria de olho. – Parei de divagar e respirei fundo.

---

* *Draft* é o nome dado para as rodadas de ofertas por atletas universitários para o profissional. (N.T.)

E a reação veio em três... dois...

Esperei que Chase rebatesse o que eu tinha falado como o Luke – e a maioria dos caras – fazia. Para me dizer todos os motivos pelos quais minha opinião era errada ou estúpida. Derek era o único que conseguia se envolver em um debate remotamente civilizado comigo sobre esportes. Mesmo assim, meu irmão tentava dar a carteirada de jogador de hóquei quando estava em desvantagem.

Chase inclinou a cabeça, olhando como se eu fosse uma extraterrestre. Um sorriso surgiu em seu rosto.

– Quer saber? – Ele deu de ombros. – Vou apostar nisso.

Meu coração explodiu.

– Espera, tá falando sério? – Com certeza eu tinha ouvido errado.

– James, você acabou de revelar mais conhecimento do que metade dos caras do time. E faz muito sentido.

Esse pode ter sido o momento em que me apaixonei por ele, mas eu nunca admitiria isso em voz alta.

– Além disso – acrescentei –, se você aceitar a troca e eu estiver certa, Dallas vai ficar furioso por ter feito isso consigo mesmo.

Chase sorriu.

– Eu gosto quando você fala sacanagem comigo. – Ele apontou com a cabeça para o celular. – Há muito dinheiro em jogo nessa brincadeira, então, se eu ganhar muito por conta disso, compro algo legal pra você.

– Eu fico feliz com um chocolate quente.

– Eu te levo lá sempre que quiser.

O cabelo escuro caiu sobre a testa enquanto ele digitava uma mensagem para Dallas, concentrado. Ele parecia dolorosamente perfeito, mas o que havia por baixo da superfície era um emaranhado de contradições que eu não entendia. Chase era todo direto e arrogante à distância, mas, de perto, havia suavidade e vulnerabilidade também.

O homem, o mito, a lenda e, mesmo assim... humano.

Eu não sabia como lidar.

E não sabia o que estávamos fazendo.

– Você sabe patinar, né?

Ele largou seu celular no painel de novo. A tela parou de acender a cada dois segundos, o que confirmou que minha suposição inicial – de que era uma lista de contatos cheia de garotas – pode ter sido precipitada.

– Por quê?

– Só por curiosidade. Talvez eu goste de planejar o futuro. Mas se não sabe... pode me falar. – Um sorriso irônico brincou em seus lábios. Ele engatou a marcha e deu seta para sair da área de embarque. Ficamos esperando enquanto uma multidão de pessoas circulava, bloqueando a passagem.

– Com quem você acha que tá lidando? – perguntei. – Eu patino desde os 3 anos.

– Patinação artística? – Finalmente abriram caminho, e ele colocou a caminhonete na estrada, saindo para a rodovia.

– Afe, não. Hóquei.

Ele lançou um olhar de soslaio, os lábios se contraindo.

– Você joga hóquei? Isso é incrível.

– Joguei até o Fundamental. Quer dizer, não muito bem. Minha patinação era okay. Boa, até. O resto é que era um problema, como o manuseio do taco.

– Eu posso te ensinar a pegar no taco.

Reprimi uma risada.

– *Carter*!

– O quê? – Ele fez um biquinho inocente. – Sabe, acho que você tem uma mente suja, James.

Talvez eu tivesse mesmo.

◆ ◆ ◆

Vinte minutos depois, seguimos pela calçada até a casa do Chase. A rua estava lotada de carros, e uma caixa de som ecoava na rua.

Ele olhou pela janela da frente, que dava para uma sala de estar abarrotada de gente.

– Nossa, encheu desde que saí.

– Ah – comentei, já que os meus nervos tinham sequestrado meu cérebro e eu não conseguia formular nada mais elaborado. O que eu estava fazendo em uma festa da Boyd? Não conhecia ninguém além do Chase e – mais ou menos – Shiv e Dallas. E não podia esperar que ele ficasse de babá a noite toda.

Chase abriu a porta de vidro da frente e a segurou para mim.

– Pronta pra confraternizar com o inimigo?

– Não sei – respondi, lançando um olhar hesitante. – O inimigo é legal?

Talvez fossem melhores do que meus supostos aliados. E nem precisaria de muito esforço.

– Não, somos pessoas terríveis – declarou, dando-me um empurrãozinho em direção à cozinha. – Vamos pegar uma bebida.

Cruzamos o corredor e passamos pela sala de estar cheia de pessoas que eu não reconhecia. Meu pânico continuou a aumentar.

– Shiv está aqui? – perguntei, examinando a casa. – Sinto que preciso de outra garota pra me ajudar a passar por isso.

– Claro que sim – disse ele. – Não sei onde, mas podemos procurar.

Quando chegamos à cozinha, Dallas entrou pela porta dos fundos.

– Carter – disse ele, fingindo disparar uma pistola com os dedos –, estamos sem cerveja.

– Como diabos… – Chase gesticulou. – Não faz nem duas horas, Ward.

– Não durou o tanto que imaginei. – Dallas deu de ombros, encostando no balcão. Estava visivelmente embriagado, o que explicava a péssima troca que propôs ao Chase.

– Você lotou meu celular na última hora – suspirou Chase – e nem pensou em mencionar isso?

– Achei que tinha na geladeira da garagem, mas não tem, e você é o único sóbrio o suficiente pra dirigir. – Dallas fingiu dar um outro tiro no ar. Sim, bêbado. – Valeu, cara.

– Vocês, seus bostas, não conseguem planejar nada. – Chase olhou para mim, com uma expressão de pesar. – Desculpa. Quer ir lá correndo comigo?

– Ou pode ficar aqui comigo. – Shiv entrou pela porta dos fundos e a fechou atrás de si. – Dal pode ir com o Chase. Nós íamos começar um jogo de bebidas. Acho que ainda tem alguma cerveja na geladeira.

– Posso ficar – respondi –, mas tenho que ir devagar com a bebida. Acho que o Chase não quer repetir a noite em que nos conhecemos – disse, sorrindo para ele.

Ele riu e me deu um aperto leve no ombro.

– Bem, pelo menos nos trouxe até aqui.

◆ ◆ ◆

Meia hora depois, encerramos uma rodada de jogo de bebidas na qual eu bebi água em vez de cerveja porque ainda estava com medo de repetir o incidente da XS. As pessoas começaram a sair do porão, me deixando com a Shiv e Aaron, um jogador de segundo ano dos Falcons.

– Comecei sem curso definido – contou Shiv. – Aí mudei pra Psicologia quando me transferi para a Boyd, este ano.

De repente, houve um estrondo de vidro quebrado no andar de cima.

– Meu Deus – murmurou ela. – Eu juro, às vezes…

– Precisa de ajuda? – perguntei, me levantando.

– Está tudo bem. Já volto.

– Você também é formada em Jornalismo? – perguntou Aaron. – Ouvi dizer que o laboratório de Callingwood é incrível.

– É, sim – respondi. – Mas dizem que os ex-alunos da Boyd têm ótimas conexões, o que ajuda bastante na hora de conseguir um emprego depois da graduação.

– Sim, meu amigo foi contratado...

Uma sombra longa apareceu, bloqueando a luz que vinha da porta, como se fosse um eclipse solar. Nós dois nos viramos para dar de cara com um jogador de hóquei gigante nos espiando da porta. Chase arqueou as sobrancelhas, mas não disse nada. Não precisava.

Aaron empalideceu.

– Hum, acho que esqueci algo na sala. – Ele deu a volta em Chase, subindo os degraus de dois em dois.

Chase se aproximou, balançando as cervejas que estava segurando.

– E aí?

– Você é tão mau.

– Já me falaram isso. – Ele abriu uma e a entregou para mim. – É que vi a Shiv lá em cima e não te encontrei, fiquei preocupado.

– Ah, a Shiv teve que limpar vidro quebrado. Estava conversando com o Aaron sobre a faculdade.

– Claro que estava – Chase sorriu.

– Ele estuda Jornalismo também – comentei, mantendo meus olhos nos dele. – Se eu não te conhecesse bem, acharia que tá com ciúmes.

Ele fez uma expressão indiferente, mas não negou.

– Só acho que os caras podem ser muito obstinados e sujos.

– Inclusive você?

Ele se aproximou, me dando um olhar que definitivamente não era de amigo.

– Meu bem, eu sou o mais sujo de todos.

– Eu sei – concordei eu, rindo.

– Em todo caso... – Chase deu um gole em sua bebida, e o movimento em sua garganta me distraiu por um segundo.

Meus olhos pararam por um instante em seus lábios enquanto uma centelha de desejo se acendeu dentro de mim. Ele pigarreou e continuou.

– Vim ver se você ficaria por aqui ou se quer voltar pra casa mais tarde.

Meu coração deu um salto, como um carro velho e enferrujado.

– Ficar aqui? – *Talvez* eu deva ter jogado alguns itens pessoais na minha bolsa para esse caso, mas realmente não pensei que aconteceria.

– Como amigo, James. Mas, se quiser ir pra casa, vou parar de beber depois desta pra poder dirigir. É minha primeira cerveja.

Mordi meu lábio, considerando. Eu tinha quase certeza de que, se ficasse, não seria como sua amiga, apesar de suas palavras.

Eu queria isso? Claro que sim. Mas estava um pouco assustada. Tá, tá bom, muito assustada.

– Não preciso de acompanhante pra ir para casa.

Ele se encostou na parede, os bíceps saltando conforme cruzava os braços.

– Tem uma mancha azul no meu par favorito de tênis brancos que diz o contrário.

– Eu não sei – respondi à pergunta original, sentindo o constrangimento tomando conta do meu ser.

Seus olhos encontraram os meus, questionando. Tentador. Eu queria dizer sim.

– Ah, vamos – disse, cutucando meu pé com o dele. – Eu deixo você usar minha camiseta dos Falcons de novo.

– Nunca – repliquei. – Prefiro dormir nua.

Era para soar atrevida, mas saiu um *pouco* do tom. Eu culpei a proximidade com ele. Meu cérebro estava completamente fora de controle.

Sua voz baixou, ficando rouca.

– Com certeza podemos dar um jeito.

– Carter. – Estreitei meus olhos.

– James. – Ele me imitou, mas não conseguiu manter a expressão séria. Um sorriso rompeu, totalmente cativante e com a intenção de ser assim. – Além disso, se você ficar, eu posso te dar uma surra no videogame mais tarde.

– Tá bem – respondi. – Mas, se alguém vai dar uma surra aqui, sou eu. De novo.

– Ah, é? – Ele arqueou as sobrancelhas, os olhos castanhos brilhando. – Vamos deixar isso mais interessante. Se eu vencer hoje, vai ter que usar a camiseta dos Falcons pra dormir.

– O que eu ganho se eu vencer?

Nossos olhares se encontraram, um sorriso brincando nos lábios dele.

– O que você quiser.

20

Não tão rápido

Bailey

SIOBHAN DESCEU AS ESCADAS com uma bebida refrescante na mão.

– Desculpe por isso – disse ela. – Eu falo pra todos usarem copos descartáveis, mas alguém me escuta? Não. Juro que um dia vou trocar tudo nessa casa por plástico. – Seus olhos caíram em nós. Ela parou no meio da escada, com um sorriso de cumplicidade no rosto. – Nossa, me lembrei que preciso ir...

– Está tudo bem. – Chase sorriu. – Estávamos subindo.

– É – concordei.

Antes que eu pudesse me mover, ele agarrou minha mão, curvando seus dedos fortes e quentes em volta dos meus.

– Vamos – chamou. – Vou te apresentar pra todo mundo.

Algumas horas e dois copos quebrados mais tarde, Shiv e eu estávamos encolhidas no sofá da sala, conversando enquanto os caras estavam no porão, em um jogo que consistia em acertar uma bolinha de pingue-pongue em um copo de cerveja. Quando acertavam, o time adversário tinha que beber a cerveja do copo. Algumas outras pessoas estavam espalhadas pela sala, conversando, bebendo e meio que assistindo a um jogo da NBA na televisão.

– Você transferiu de faculdade este ano? – perguntei.

– Sim. – Seus olhos azuis-esverdeados percorreram a sala para verificar se alguém estava escutando. Ela se inclinou para mais perto, baixando a voz para um tom que era quase um sussurro. – Depois que terminei com o meu ex, ele saiu dos trilhos. Continuava aparecendo no meu dormitório, e a faculdade não fez nada pra ajudar. Pedir transferência acabou sendo a única opção.

De certa forma, eu até entendia – embora o Luke não estivesse exatamente nesse nível. Se aparecesse para outra noite de casais na minha casa, eu ia bater nele com uma frigideira.

– Isso é horrível. – Eu lhe dei um olhar simpático.

– Mas também é constrangedor – acrescentou Shiv, com calma, tomando um gole do seu gim tônica. Ela franziu os lábios, pintados de um tom de magenta escuro. – Tipo, como eu pude namorar alguém tão louco? É por isso que, quando me perguntam, digo que transferi pra poder mudar de curso.

– O comportamento dele não é culpa sua – afirmei. – Meu ex não é bem flor que se cheire também. Algumas pessoas escondem quem realmente são, e leva um tempo pra vermos além da fachada.

Foi o caso do Luke? Ou ignorei os sinais de alerta desde o começo? Como caloura, eu era inexperiente e ingênua, impressionada com o fato de um jogador de hóquei popular e atraente querer ficar comigo. Pensando em retrospecto, reconheci alguns pequenos sinais de alerta. Alguns nem tão pequenos assim.

Ela deu de ombros, baixando o olhar. Recomeçar devia ser difícil, especialmente em uma cidade nova. Se eu não tivesse Zara e Noelle, estaria em um isolamento social. Caramba, na verdade, de certo modo, ainda estava.

– Como está a Boyd até agora? Já escutei boas coisas sobre lá.

– É meio difícil. A maioria das coisas da orientação é pra calouros. Esperam que os alunos do segundo ano já estejam integrados.

– Ainda estamos no começo do semestre – comentei. – Tenho certeza de que vai melhorar quando começarem os projetos em grupo e esse tipo de coisa.

– Assim espero. – Ela suspirou, puxando o cabelo preto para trás da orelha. – Conheci o Dallas na academia, no verão. Mas tem sido difícil conhecer outras garotas. A maioria dos caras do time também não tem namorada.

Senti uma pontada de simpatia, já que sabia muito bem como era ficar de lado.

– Deveríamos almoçar um dia desses.

– Sim! – O rosto de Siobhan brilhou. – Eu ia amar.

– *James*. – Soou a voz de Chase. Era uma voz baixa, autoritária e áspera.

Siobhan congelou. O olhar questionador dela provavelmente espelhava o meu. Nunca o ouvi usar aquele tom de voz antes, especialmente comigo. Passos pesados ecoaram no corredor.

Ele entrou na sala, concentrando-se em mim enquanto diminuía a distância entre nós.

– Desculpe, Shiv. Preciso dela por um segundo.

– Não se preocupe – disse ela, ficando em pé. – Vou dar uma surra no Dallas no jogo.

Chase me pegou pelo cotovelo, me levando até a sala de jantar escura e vazia. Ele colocou o celular em minhas mãos e se encostou na mesa, me observando com expectativa.

Olhei para ele, examinando sua expressão.

– O que é?

– Sabe o que aquele otário tá falando de você? – Acenou com a cabeça para a tela iluminada, seu maxilar tenso.

Com uma expressão curiosa, estudei a tela. Então pisquei lentamente, processando o que tinha acabado de ler. Era um *print* do Luke, alegando que ainda estávamos juntos. E, em especial, me chamando de "sua parceira".

Que canalha mentiroso.

Cerrei meus dentes.

– De onde veio isso?

– Não somos todos inimigos – respondeu ele. – E nem todo mundo do seu time gosta do capitão.

– Tipo quem?

– Palmer, Reed – enumerou –, jogamos juntos na liga juvenil. Eles não suportam o Morrison.

– Ah – respondi. – Eu não tinha ideia.

– Não é algo que eles possam sair por aí contando se quiserem continuar jogando. Mas aquele imbecil colocou isso num grupo de mensagens com quase todo o time, menos seu irmão, então, nesse caso, ele não saberá quem o dedurou.

O time inteiro? Senti o ressentimento arder dentro de mim.

Mas me controlei. Não. Nem pensar. De jeito nenhum.

Eu não deixaria Luke arruinar minha noite – especialmente quando estava com Chase. Apertando os lábios, soltei o ar pelo nariz, expelindo pensamentos sobre Luke do meu cérebro. Sai pra lá, inferno!

Devolvi o celular ao Chase.

– Por um minuto, achei que estava bravo comigo.

– Não. – Sua testa se franziu, sua voz suavizou. – Eu estava bravo com *isso*.

Chase olhou feio para a tela outra vez. As veias em seu pescoço estavam saltadas, sua respiração irregular. Poder e força mal contidos irradiavam dele, como se fosse um animal predador, prestes a atacar.

Ele parecia dez vezes maior quando estava irritado.

– Por que acha que ele escreveria algo assim? – Ele agarrou o celular com tanta força que dava a impressão de que poderia esmagá-lo com as mãos.

– Eu estaria aqui se fosse verdade?

– Eu sei que não é verdade, James. É por isso que estou tão puto. – Ele ainda segurava meu cotovelo com a mão frouxa, como se tivesse se esquecido de soltar. – Morrison está espalhando bobagens porque tem um problema comigo.

Acabar com minha reputação era o *modus operandi* do Luke – não importava se eu era irmã do seu amigo, era tudo vingança, acima da razão; rancor no lugar da inteligência. Mesmo assim, era um movimento estranho, já que estava com a Sophie. Ele queria que ela pensasse que estava sendo traída? Ela não se importaria? Eu tinha mil perguntas, mas, para ser honesta, não estava interessada nas respostas.

– Ele tem, sim – concordei. – Mas quem se importa com o que ele diz?

O maxilar de Chase estalou, o aperto em meu braço aumentou um pouco.

– Eu me importo.

– Por quê? Ele é um perdedor. – Eu deveria estar furiosa. Ou triste. Mas não queria uma guerra contra o Luke, eu só queria que ele sumisse. Para sempre.

Meus lábios se entreabriram de surpresa quando Chase tirou a mão de meu cotovelo e a deslizou para a base das minhas costas. Ele me puxou para perto, me virando em sua direção. Por trás da raiva em seus olhos, havia algo mais suave, uma ternura misturada com desejo.

– Porque ele tá perturbando você.

– Ele só vai me perturbar se eu deixar isso me incomodar – respondi. – Além disso, qualquer um que realmente importa sabe que é mentira.

Talvez eu devesse estar chateada, mas essa situação era mais ridícula do que qualquer outra coisa. Especialmente quando eu tinha várias mensagens de Luke, tarde da noite, perguntando se poderia me encontrar para "conversar", seguidas de repetidas mensagens minhas recusando. Não faltavam provas indicando que meu ex estava falando bobagens, mas eu não sentia que precisava justificar nada.

Além disso, estava uma pouco distraída no momento. A mão de Chase continuava em minhas costas, o seu cheiro me envolvendo. A proximidade de nossos corpos era exponencialmente mais excitante, do ponto de vista físico e emocional, do que qualquer mensagem de texto.

– Calma. – Ele balançou a cabeça, olhando seu celular. Sua expressão ficou séria, como se estivesse prestes a descontar na primeira pessoa azarada o suficiente para cruzar seu caminho. – Vou acabar com ele no gelo.

– Carter. – Toquei em seu ombro.

Ele ergueu a cabeça. Nossos olhos se encontraram, e algo se encaixou dentro de mim. Sua expressão relaxou, mudando de assassina para um beicinho mal-humorado.

– Você pode, se quiser, mas eu estou bem – falei, tocando sua camiseta preta com a palma de minha mão. Seu coração batia forte. – Sério.

Além disso, se a felicidade fosse a maior vingança, eu estava cem por cento em vantagem agora.

– Ainda assim – resmungou Chase. Ele bloqueou o telefone e o colocou no bolso de trás. Girou nossos corpos, ficando na minha frente, com a mesa de jantar às minhas costas.

Perdi o fôlego quando ele descansou as mãos em meu quadril. Ele inspirou fundo e voltou a buscar meu olhar.

– Sinto muito – disse ele, com a voz gentil. – Eu não queria perder a cabeça. Acredite ou não, é raro acontecer.

– Está tudo bem. – Subi minhas mãos por seus bíceps, apertando-os de leve com os polegares. Seus músculos estavam tensos sob o calor de sua pele macia.

Ele me olhou por um bom tempo.

– Quer voltar pra festa?

Queria? Na verdade, não. Um cômodo escuro e silencioso com ele era muito mais interessante. Principalmente com o rumo que as coisas estavam tomando. Fiz uma expressão indiferente, reprimindo um sorriso.

– Não estou com pressa.

A expressão de Chase mudou, tornando-se predatória.

– Nem eu.

Ele deslizou a mão por baixo de minha camiseta, os dedos cravando em minha pele nua, e me puxou contra ele. Senti a antecipação tomando meu corpo. Inclinando-se, ele se aproximou até que nossas bocas quase se tocaram. Quase. Ele demorou, provocando. Esperando que eu diminuísse o espaço entre nós. Puxei o ar, sentindo seu cheio, o calor de seu corpo, tão próximo, então inclinei minha cabeça, unindo nossos lábios, derretendo em um beijo profundo.

Um gemido escapou do fundo da minha garganta quando sua língua roçou na minha, movendo-se mais fundo em minha boca. Ele acariciou meu queixo e moveu a mão para minha nuca. Agarrando a raiz de meus cabelos, Chase segurou minha cabeça no lugar e moveu sua boca contra a minha, intensificando ainda mais o beijo, até que me perdi completamente nele.

Uma onda de desejo diferente de qualquer coisa que eu tivesse experimentado me tomou. Era inebriante, intoxicante, implacável e persistente, ficando mais forte a cada movimento de sua língua.

Deslizei minhas mãos para a base da coluna dele, as palmas apoiadas em um feixe de músculos. Respirando fundo, Chase agarrou o cós da minha calça e me colocou sobre a mesa. Então, ele afastou meus joelhos e se posicionou entre minhas pernas até que nossos corpos estivessem se encostando, criando uma deliciosa sensação de fricção quando nos tocávamos.

Senti um calor entre minhas pernas, desejando, necessitando, enquanto ele se pressionava contra mim. Peguei o seu lábio inferior entre os dentes, e um ronco baixo emanou de seu peito. Chase roçou minha barriga nua com as pontas dos dedos, traçando o cós da minha calça jeans, e senti um pulsar entre minhas coxas.

Ao fundo, risadas vinham da sala de estar, me trazendo de volta ao presente. Eu tinha me esquecido de onde estávamos.

Nós nos separamos, sem fôlego. Senti meu coração disparado.

Ele balançou a cabeça, a voz rouca.

– Você está me matando, James.

– Por quê? – sussurrei.

Chase voltou a baixar sua cabeça, deixando uma fileira de beijos em meu pescoço.

– Porque eu não quero parar. Mas, se continuar te beijando – murmurou ele, contra minha pele –, eu não serei capaz de ficar perto de outras pessoas por um bom tempo. – Ele se afastou e alisou meu cabelo com um sorriso brincalhão. – Mais tarde, a conversa vai ser outra.

◆ ◆ ◆

Após um pouco de distração de nossa sessão improvisada de beijos na forma de comida e videogame, o humor de Chase melhorou muito. Mas eu ainda acabei com ele no NHL. Com ele e com Dallas.

Chase e Tyler acharam aquilo hilário. Siobhan estava sufocando as risadas, ou pelo menos tentando. E Dallas estava uma fera, o que só aumentou a diversão de todos.

– Essa doeu, hein? – Riu Tyler, tomando um gole de sua cerveja. – Ela deu uma lição nos dois.

– Como? – Dallas jogou o controle branco na poltrona de couro vazia ao lado dele, batendo na perna. Ele se virou para Chase e eu, erguendo as mãos. – Tipo, o que aconteceu?

Chase deu de ombros, me dando um sorrisinho presunçoso.

– Tenho certeza de que ela é uma feiticeira.

– É o que acontece quando você cresce com três irmãos mais velhos.

– Revanche – declarou Dallas, pegando o controle de novo. Ele navegou de volta ao menu principal e abriu a configuração. – Está manipulando o jogo – murmurou, apertando os olhos para a tela. – Tem algo errado com ele.

Da poltrona, Siobhan revirou os olhos, torcendo uma mecha de cabelo em volta do dedo.

– Ainda bem que você é bonito, Dal.

– É normal perder às vezes, Ward. – Tyler apoiou as pernas no pufe, sem nem tentar esconder o sorriso.

– Eu nunca perco. – Dallas balançava a cabeça.

– Na verdade, estou ficando cansada. – Abafei um bocejo, me perguntando se Chase viria para a cama quando eu fosse ou se ficaria com os amigos, como Luke fazia.

– Quer encerrar a noite? – perguntou Chase.

– Acho que sim.

Ele colocou o controle do jogo na mesa de centro de vidro e se levantou, se espreguiçando. Sua camiseta preta subiu, revelando uma faixa do abdômen tanquinho que eu fiz o melhor para ignorar. Embora, depois de eu ter sido pressionada por ele, eu soubesse que aquele abdômen era espetacular.

– Tá – disse ele. – Estou derrubado também. Vamos.

Quando disse isso, fogos de artifício irromperam do meu ventre. Nós íamos para a cama. Juntos.

Dei um impulso no sofá e me levantei, saindo da sala com Chase logo atrás.

– Até mais, perdedores! – gritou ele aos meninos quando chegamos às escadas. – Até mais, Shiv.

– Isso não acaba aqui, James – respondeu Dallas. – Quero uma revanche amanhã.

Chase riu, um som baixo e profundo. Começamos a subir, e ele colocou a mão quente na parte inferior das minhas costas, inclinando-se para murmurar em meu ouvido.

– Sabe que Ward vai ficar acordado a noite toda jogando, né?

Um formigamento percorreu minha espinha, e os pelos dos meus braços arrepiaram quando sua respiração atingiu meu pescoço, mas tentei agir normalmente. Palavra-chave: tentei.

– Está me dizendo que ele é um mau perdedor? – perguntei, baixinho. – Nossa, nem deu pra perceber.

– Não é pessoal – disse ele. – E, também, não é porque você é uma garota. É que ninguém nunca ganhou dele. Foi o que deixou tudo melhor.

Chase deixou sua mão em minhas costas enquanto continuávamos pelo corredor. Eu estava morrendo, da melhor maneira possível. Ele me seguiu para dentro do quarto e fechou a porta quando passamos.

Com o som da chave sendo virada, fui atingida por uma avalanche de medo. De repente, fiquei nervosa, assustada de um jeito que não ficava perto dele. Claro, sempre houve uma dose de tensão sexual entre nós, mas, na maioria das vezes, eram só provocações e brincadeiras, brigas e flertes.

Naquele momento, eu estava me sentindo mais tensa que uma corda de violão.

Depois do beijo de mais cedo, tudo parecia diferente.

Tínhamos saído da zona da amizade. Nossa atração mútua foi declarada, e a química entre nós provou ser explosiva.

Chase acendeu o abajur da mesa de cabeceira, banhando o quarto com uma luz amarela. Ele se afastou e pegou uma roupa na cômoda larga abaixo da televisão de tela plana. Joguei minha bolsa na cama e vasculhei o seu conteúdo.

Eu tinha uma blusa limpa, roupa íntima, shorts e, o melhor de tudo, uma escova de dentes. Depois da última noite que passei com o cara, poder escovar os dentes desta vez era um alívio enorme.

Afinal, higiene era importante. Não porque eu o beijaria de novo, ou algo assim. Mas, sabe... por precaução.

Okay, eu sabia que estávamos prestes a nos beijar de novo. Era por isso que estava tão tensa e praticamente vibrando.

– Sei que perdi nossa aposta, mas você ainda pode pegar uma camiseta. – Chase indicou a cômoda alta atrás dele. – Se quiser.

Quiser. Não precisar.

Era errado querer dormir com uma camiseta dele mesmo tendo a minha?

Provavelmente.

E, ainda assim, eu estava muito a fim.

– E por falar nisso – completou ele. – Já que você venceu, o que vai querer?

– Ainda não sei o que quero.

– Posso te dar algumas ideias – disse ele, sorrindo.

O calor se espalhou pelo meu corpo. Minhas bochechas provavelmente estavam mais vermelhas do que nunca. Ele me deu uma piscada e entrou no banheiro, fechando a porta. Sentei-me na beirada da cama, na esperança de recuperar o fôlego.

A boa notícia era que eu realmente não estava mais cansada. A má notícia era que eu estava tão nervosa que talvez nunca mais dormisse.

Eu não tinha ideia do que – se é que tinha alguma coisa – estava prestes a acontecer.

21

Acho que sim

Chase

Bailey estava no meu quarto pela terceira vez, e eu queria me beliscar. Até poderia dizer que, na terceira, dá certo, mas eu não tinha esperanças sobre ter sorte esta noite e estava mais do que bem com isso. Só de passar um tempo com ela, especialmente a sós, já estava voando mais alto do que nunca.

Quando voltei ao quarto, com dois copos de água nas mãos, Bailey saiu do banheiro usando uma camiseta azul desbotada de um dos meus times da liga juvenil. A peça abraçava as curvas de seu tronco de uma forma que me deixou com inveja do tecido. A cereja do bolo foi o shortinho preto que estava usando e que exibia suas pernas longas.

Eu devo ter feito algo certo em minha vida para acabar aqui.

Fui até a mesa de cabeceira e coloquei os copos lá antes de me virar para encará-la. Quando nossos olhos se encontraram, eu não consegui tirar o sorriso estúpido do rosto.

– Você fica muito melhor que eu em minhas camisetas.

Os lábios dela se abriram em um sorriso irônico.

– Você só quer me ver sem elas.

Bem, isso também era verdade. Mas James, na minha camiseta, ainda era muito incrível.

– Pode ter passado por minha mente.

Ficamos parados, observando um ao outro sob a luz suave pelo tempo de alguns batimentos cardíacos. Sons de uma conversa distante e de um jogo de videogame flutuavam do andar de baixo. Meu olhar pousou em seus lábios, que ela mordiscou levemente, a expressão preocupada. Ela estava nervosa, mas era difícil dizer se era de uma forma boa e animada, ou de um jeito ruim e ansioso.

– James. – Dei um passo em sua direção, pegando seu queixo. Sua pele era suave e macia sob meus dedos calejados pelo uso luvas e pelo treino na academia.

Ela me encarou, os olhos arregalados, emoldurados por cílios incrivelmente longos. Sua respiração era rápida e superficial, como se estivesse nervosa, ou excitada. Talvez os dois.

– Sim?

– Não precisamos fazer nada hoje se não estiver pronta.

Eu a queria tanto que chegava a doer – literalmente –, mas o mais importante era que a desejava do jeito certo. Até lá, eu ia compilar uma lista muito longa e detalhada de coisas que faria com ela no futuro.

Além disso, eu desconfiava que, com tempo, conseguiria despertar um lado mais ousado nela – o que, sem dúvida, valeria a pena.

– Sei – respondeu com a voz suave, abraçando meu pescoço. – Mas e se eu quiser?

Todo o sangue foi drenado do meu cérebro. Era isso. Pronto.

Cerrei os dentes, tentando colocar a cabeça no lugar. Eu tinha entrado nessa pensando que hoje só iriamos dormir, o que talvez fosse melhor, porque não queria que ela surtasse depois que ficássemos juntos.

Mas nenhum cara com a cabeça no lugar poderia olhar para ela e dizer não. E eu não estava em sã consciência, na melhor das hipóteses – muito menos assim, perto dela.

– Talvez você precise se explicar melhor. – Minha voz estava rouca. – Eu não quero pressionar.

– Tá bem – disse ela, ofegante. Seus olhos estavam enevoados, as pálpebras pesadas. – Podemos apenas nos beijar? Beijar um pouco?

– Claro – murmurei, passando meu outro braço em volta dela.

Sua expressão ficou séria, hesitante.

– Nada de sexo.

– Você tá no comando. Eu nunca pressionaria você.

Suas pálpebras se fecharam enquanto eu deslizava minha mão por seu pescoço e cobria sua boca com a minha. Ela soltou um suspiro, separando os lábios e me garantindo acesso. Minha língua entrou em sua boca, tomando posse. O gosto daquele beijo ficava cada vez melhor.

Com a boca ainda presa na dela, dei alguns passos para trás, caminhando até a cama. Puxando-a pela parte de trás de suas costas, me sentei e a coloquei no meu colo, montada em mim. Seus joelhos encostados em meu quadril, o cabelo caindo por todo lado, como uma cortina.

Com a gata nessa posição, eu esperava que ela se sentisse no controle, mas a vista também era fenomenal.

Bailey se afastou, aqueles olhos profundos, cativantes e salpicados de ouro encontrando os meus.

Ela soltou outro suspiro quando ergui meu quadril ligeiramente, movendo-me contra seu corpo. Chegando mais perto, a garota buscou novamente meus lábios, sua confiança crescendo. Em resposta, agarrei suas panturrilhas, apertando-as, minhas mãos deslizando até suas coxas. A lista mental que eu tinha criado estava se multiplicando a cada minuto, com itens como beijar cada centímetro do corpo de Bailey. Nesse momento, eu poderia encher uma enciclopédia com ideias.

Ela enroscou as mãos em meus cabelos, puxando, e eu respirei fundo, estremecendo, agarrando-a com mais força. Deslizando sob sua blusa, agarrei sua pele lisa e nua e movi minhas mãos por seu corpo, parando logo abaixo dos seios.

Bailey continuou me beijando, agora mais profundamente, e arqueou as costas, se esfregando contra mim. Foi uma tortura deliciosa. Nenhum de nós usava muitas roupas, apenas os shorts, com tecidos finos, o que significava que eu podia sentir com exatidão o quanto ela me desejava. Eu queria tocá-la, deslizar a mão abaixo de sua cintura para descobrir se estava tão molhada quando eu suspeitava, mas não quis forçar.

Para mim, essa pegação costumava ser um meio para o fim. Mas não fazer nada além de beijar Bailey era inacreditável. Talvez eu estivesse ficando mole. Se bem que estava duro pra caramba e prestes a acabar com um grande caso de dor nas bolas.

Continuava valendo a pena.

Bailey interrompeu nosso beijo, puxando o ar com força.

– Espera. – Ela estava ofegante, respirando pesado.

– Você tá bem?

– Mais do que bem. – Ela me deu um sorriso tímido. – Mas não quero que a gente se empolgue.

Assenti. Não dava para discordar. Se ela me quisesse agora, seria quase impossível negar.

– Tudo bem, já tá bem tarde.

– Sim. – Bailey suspirou e descansou a cabeça no meu ombro. Sua respiração era quente contra meu pescoço, o que me deixou mais duro. – Eu acordei cedo.

– Eu também – comentei, esfregando suas costas. – Treino de patinação no café da manhã.

Em um fim de semana. Como eu disse, o treinador Miller adorava me ferrar.

Ela saiu de cima de mim e foi para a cama, entrando embaixo das cobertas. Deslizei para o lado dela e arrumei os travesseiros.

– Vem cá. – Passei meu braço em volta dela, puxando-a para mais perto. Ela bocejou e se aninhou contra meu corpo. Bailey irradiava calor, junto com notas de seu perfume e xampu, o que criava algo tão delicioso que me dava vontade de enterrar meu rosto em seu pescoço e sentir seu cheiro a noite toda.

Tenho certeza de que me sentiria preso com qualquer outra pessoa agarrada em mim desse jeito. Mas não posso afirmar com certeza, já que nunca fui de dormir abraçadinho. Contato físico não era muito a minha praia – tirando, claro, os casos de uma noite de pegação.

Mas com Bailey era perfeito.

Ela se recostou no meu peito enquanto eu acariciava seus cabelos longos e sedosos, tendo um pequeno ataque de pânico. Estava conseguindo exatamente o que eu queria, mas definitivamente não merecia.

◆ ◆ ◆

Acordei e vi Bailey sentada na cadeira da escrivaninha, segurando uma caneca, imersa em algo que estava vendo no celular. Seu cabelo cor de caramelo estava preso em um coque bagunçado, e ela tinha ajustado uma das minhas calças de moletom cinza, virando o cós para baixo. Estava adorável pra caramba.

– Que horas são? – perguntei, me apoiando em um cotovelo.

Minha luminária de mesa estava acesa e estava escuro lá fora.

– Quase 5h30. – Ela tomou um gole na caneca branca que segurava. – Eu me servi na cafeteira lá embaixo.

– Meu Deus, James. É madrugada. O que tá fazendo acordada?

– Lendo – respondeu ela, indiferente. – Eu não consegui dormir.

Meu peito apertou, ficando cada vez mais difícil de respirar. Saí da cama e fui arrastando os pés até o banheiro para escovar os dentes. Nossos olhos se encontraram quando abri a porta de novo e parei na soleira.

– Você tem algum lugar pra ir esta manhã?

Bailey negou.

– Só depois do almoço.

Eu me aproximei e toquei seu ombro, acariciando-o com o polegar.

– Por que não tenta dormir mais um pouco? Se eu dormir mais algumas horas, vou render muito mais.

Sua expressão era cautelosa; seu olhar, desconfiado, de uma forma que eu não conseguia interpretar. Voltei para debaixo das cobertas enquanto ela mordia o lábio, me avaliando. Prendi a respiração, sentindo a tensão no meu corpo aumentar a cada segundo que passava. Em algum momento, algo tinha saído do rumo.

– Tá bom. – Colocando o café na escrivaninha, ela se levantou. Depois, veio até uma lateral da cama e se deitou ao meu lado. Os cobertores farfalharam enquanto ela ajeitava os travesseiros e puxava as cobertas sobre o peito, deixando só sua cabeça de fora. – Eu estava com um pouco de frio.

– Pode pegar um moletom. Estão pendurados no *closet*. – James com o meu agasalho provavelmente ficaria ainda mais linda do que usando minhas camisas.

– Anotado – disse ela. – Da próxima vez.

Próxima vez. Acho que é um sinal positivo. Mas tinha algo muito errado.

Eu me ajeitei para olhar para o rosto dela. Bailey se virou em minha direção, os lábios carnudos meio afastados e a respiração suave. Seu rosto era tão perfeito que eu quase morri.

– O que foi? – perguntei. – Por que não consegue dormir?

– Eu só não consigo parar de pensar. Algumas vezes acordo cedo, quando meu cérebro tá sobrecarregado. – Ela se virou de lado, os grandes olhos castanhos fixos nos meus. – Por que você ficou tão chateado com aquela mensagem que o Luke mandou pra todo mundo?

Eu não consegui desviar da pergunta ou responder com humor, porque não estava apenas chateado. Fiquei puto. Ainda estava. Eu queria fazer o cara engolir o telefone.

– Foi porque pensou que poderia ser verdade? – Ela fez uma expressão desanimada. – Achou que eu faria algo assim?

– Não, nunca. – Fiquei pensando, tentando elaborar de maneira não patética. – Eu sei que você sabe se virar, mas acho que desencadeou algo protetor em mim. Você é uma das minhas pessoas favoritas.

Seus lábios se curvaram em um sorrisinho, o olhar suavizando.

– Quem são as outras pessoas favoritas?

– Principalmente você, acho. Não sou um grande fã da humanidade em geral. – Talvez isso fosse um pouco louco, dado o tempo que nos conhecíamos, mas era a verdade.

– Ah. Bem, agora você tá preso a mim.

– Agradeça aos deuses do hóquei por isso.

Caímos em silêncio por um momento, ainda focados um no outro. Deitar ali, com ela, parecia mais íntimo do que qualquer coisa que eu já tinha experimentado. Isso fez meu coração doer um pouco, e nem sabia o porquê.

– Mais uma pergunta. – Bailey desviou o olhar. Ela respirou fundo e fez uma pausa, e aí as palavras saíram em um golpe de ar conforme voltava a atenção para mim. – Você ficou com alguém desde que começamos a sair?

Senti outro aperto no peito, porque, de repente, eu sabia que era isso que a mantinha acordada.

– Quer dizer… – Ela estremeceu. – Sei que não é da minha conta…

– Não – cortei –, está tudo bem. Mas a resposta é não, não fiquei.

Ela me olhou cautelosa, o que meio que doeu, mas eu entendi. Sabia que minha reputação me precedia.

– Olha – eu disse, tocando o seu rosto –, para ser bem transparente, não fiquei com ninguém desde que começamos a conversar.

Ela fez uma cara de dúvida.

– Me diria se tivesse ficado?

As peças do quebra-cabeças continuaram se encaixando. Ela me contou do Morrison e todo o comportamento muito suspeito dele na noite em que nos conhecemos. Ele desaparecia por dias, recebia ligações e mensagens de outras garotas tarde da noite, flertava na cara dela. Pelo hóquei, eu não era nenhum santo, mas o cara era um lixo de outro nível por tratar Bailey assim.

Fiquei um pouco incomodado ao entender que ela tinha pensado que eu seria igual, mas acho que superar leva um tempo.

– Você me viu fazendo algo diferente de honestidade pura?

– Bom ponto – respondeu ela, com um sorriso sem entusiasmo.

– Sempre vou te dizer a verdade, mesmo que não queira ouvir. – Cobri a sua mão com a minha, dando um aperto de leve e enlaçando meus dedos aos dela.

Seu olhar foi para as nossas mãos e voltou para o meu rosto.

– Tá bem – falou, reprimindo um sorriso.

Ficamos em silêncio por um instante e ela se aproximou, se aninhando em meu peito. Descansei minha bochecha contra seu cabelo, sentido o cheiro de seu xampu. Ela suspirou enquanto eu corria meus dedos para cima e para baixo, para a frente e para trás.

– Eu não quero mais ninguém, James.

– Não mesmo?

– Nem um pouco – respondi, beijando o topo de sua cabeça. – Acha que consegue dormir agora?

– Sim – murmurou. – Acho que sim.

22

Conhecidos

Chase

Depois de deixar Bailey e dar um beijo de despedida não tão breve em frente à porta de sua casa, eu me sentia voando alto demais para enfrentar os caras em casa. Estava tão cheio de hormônios que não tinha certeza se conseguiria ter uma conversa coerente. Caramba, até dirigir de volta parecia meio arriscado.

Em vez disso, fiz um desvio e peguei um café gigante no drive-thru antes de resolver um monte de pendências que vinha adiando. Com o bom humor que eu estava, tudo parecia tolerável, até ir à farmácia. Enquanto andava por aí, resisti à vontade constante de mandar mensagem para a James. Não queria parecer emocionado.

Eu provavelmente estava pensando demais nela, mas era um território desconhecido para mim. Não tinha ideia do que estava fazendo. Nenhuma mesmo.

Depois fui para o meu quarto encarar um tempo de estudo de verdade antes do treino da tarde. Até agora, meu esforço tinha valido a pena – e admito, era muito menos estressante viver sem um machado pairando sobre minha cabeça.

Depois de uma hora de Economia do esporte, uma batida forte na minha porta me tirou o foco.

– Tá pronto? – berrou Dallas. – Sua vez de dirigir.

Entramos na caminhonete, e liguei o veículo. Respirei fundo, me preparando. As perguntas inevitáveis viriam a qualquer momento, e eu já estava conformado com isso. Que venha a provocação.

Dallas se inclinou para a frente, tentando chamar minha atenção.

– Então a Bailey passou a noite aqui?

– Claro que sim.

– Você tá com um sorriso bobo – disse Ty, do banco de trás. – Só pra te informar.

Dei uma olhada no retrovisor. Ele estava certo.

– Um homem não pode ser feliz? – perguntei, me virando para checar se vinham carros e sair da garagem. – Droga, gente.

– Você pelo menos transou? – perguntou ele.

– Não que seja da sua conta, mas não. – Se eu já estava sorrindo assim hoje, imagina quando acontecesse.

Ia ser ótimo.

Caramba, agora eu estava pensando em sexo com a James em momentos inoportunos.

Dallas me encarou com seus olhos azul-claros, me trazendo de volta à realidade.

– Não acredito que você tem uma namorada. Que bizarro.

– Não sei se ela é minha namorada.

Mas, de alguma forma, me senti um idiota dizendo isso. Não era como se fosse algo ruim.

Ai, merda.

Eu realmente estava caidinho.

– Cara – disse ele, rindo –, com certeza ela é.

– Como se pudesse falar alguma coisa. – Acenei em sua direção. – Você e Shiv estão enrolando com isso tem muito mais tempo.

– Sei lá. – Dallas deu de ombros, recostando-se no banco do passageiro de couro preto. Ele pareceu magoado com meu comentário. – Isso é culpa da Shiv, cara.

– Sério? – dissemos Ty e eu em uníssono.

– É. – Ele olhou para o celular, franzindo o cenho, a mandíbula tensa. – Nós conversamos sobre o assunto, mas ela não quer rotular a relação. A bola tá com ela nessa.

Estranho. O número de garotas que adorariam amarrar Dallas Ward – tanto figurativa quanto literalmente – poderia dar a volta no quarteirão. Qual era o problema?

Aí me perguntei se Bailey sentia o mesmo que Shiv. Ela queria colocar um rótulo em nossa relação? *Deveríamos* fazer isso?

Bailey

Com tudo que tinha acontecido com o Chase, eu mal pensei sobre a minha situação com minhas colegas de quarto. Felizmente, entre trabalhos de meio período, projetos em grupo e outros compromissos, fazia dias que não as via.

A paz acabou, de uma forma um tanto rude, quando desci as escadas na segunda de manhã e dei de cara com Amelia, sentada à mesa redonda da cozinha, comendo uma tigela de mingau de aveia. Meu estômago revirou, perdi o apetite. A minha necessidade de cafeína, porém, era urgente, então eu teria que lidar com isso. Pelo menos não era a Jill.

Vagando por ali, dei a ela um aceno fraco.

– Oi. – Os lábios de Amelia se curvaram em um sorriso sem graça. – Eu mal tenho te visto ultimamente. – Seus olhos cor de mel me examinaram metodicamente, sondando. Ela me avaliava como uma espiã inimiga, as informações seriam reportadas ao comandante Luke.

– Pois é – respondi. – Ando muito ocupada com as aulas e tudo mais.

– Aonde foi na outra noite? – perguntou casualmente. – Você não voltou pra casa. – Ela tentava soar amigável, mas por trás da fachada simpática havia um tom sutil de intromissão.

– Onde acha? – Sorri, abrindo o armário para pegar uma caneca. Pensar no beijo de despedida de ontem fez com que eu sentisse calor e formigamento... Sem mencionar os beijos que vieram antes.

Quem diria que beijos poderiam ser assim? Eu tinha vivido uma mentira até agora.

A máscara de Amelia caiu, e ela me olhou boquiaberta, os olhos arregalados.

– Sério?

– Claro que sim – respondi. – E foi ótimo. Ele é ótimo.

– Então vocês estão realmente...

Servi o café e o assoprei.

– Isso mesmo.

– Carter – falou, perplexa. – Chase Carter.

– O que tem ele? – Agarrei a caneca, imitando o seu sorriso sem graça de antes.

Ela balançou a cabeça, mas não respondeu.

– E você, o que fez no fim de semana? – perguntei.

Amelia hesitou, parando com uma colher de mingau a caminho da boca. Ela olhou para a tigela de cerâmica branca, evitando meu olhar.

– Nada de especial na sexta. Fomos todos pra casa da... Sophie, no sábado.

– Legal. – E eu quis dizer isso. Realmente não me importava. – Bem, com licença, preciso me arrumar para a aula.

Quando saí do banho, tinha mensagem do Chase, e meu humor melhorou bastante.

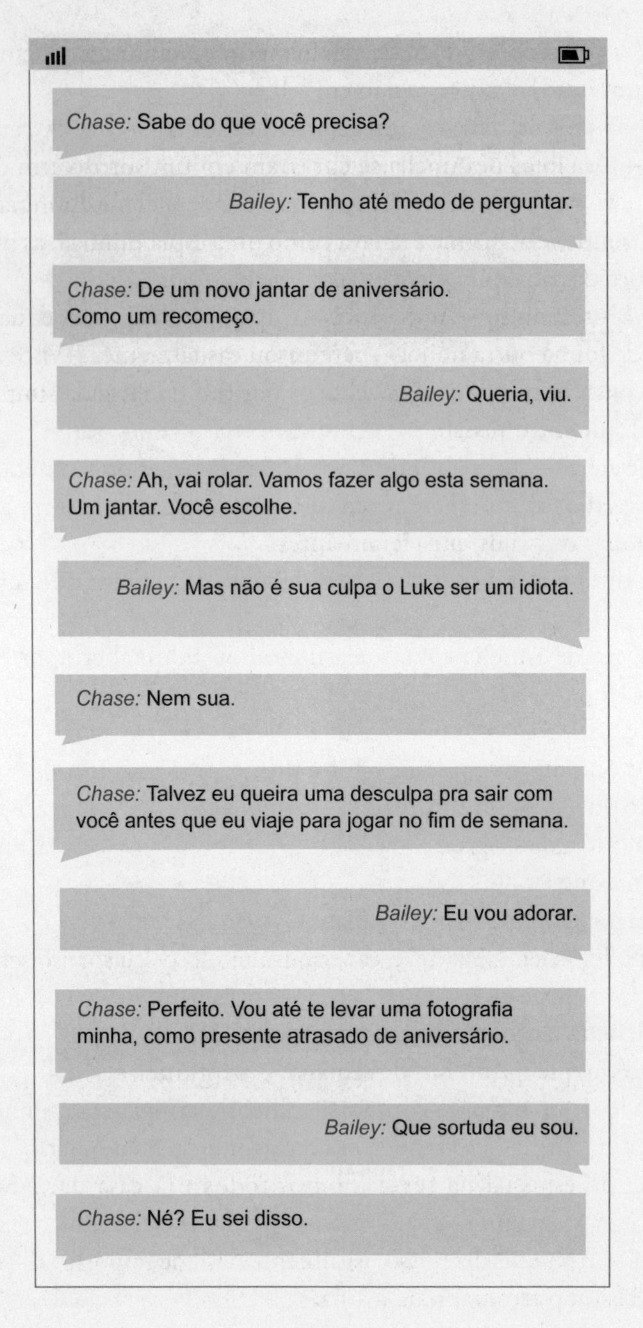

◆ ◆ ◆

Depois do interrogatório esquisito da Amelia em uma segunda-feira de manhã, eu soube que minha situação com o apartamento precisava mudar, e mal podia esperar até o próximo ano para dividir um espaço com Noelle e Zara.

Como eu poderia viver em um lugar onde Chase não fosse bem-vindo? Caramba, nem eu me sentia bem-vinda.

Morar com pessoas aleatórias estava fora de questão, então vasculhei anúncios de aluguel. Um apartamento de um quarto estava fora do meu orçamento, mas talvez conseguisse um estúdio… ou talvez estivesse iludida, com base nos preços que via. Ainda assim, tinha que ter um jeito. Mesmo que não fosse um lugar muito legal, pelo menos seria meu.

Na segunda-feira à noite, soltei a bomba em Jillian e Amelia enquanto assistiam à televisão. Elas estavam encolhidas juntas no sofá grande, dividindo salgadinhos e totalmente imersas em um programa da Netflix.

Eu não podia mais ficar pisando em ovos. O elefante da sala ocupava um espaço maior a cada dia.

Com o coração disparado, fiquei na porta da sala de estar. Tinha um nó na minha garganta. Um ou dois meses atrás, eu estaria com elas. Agora, mal conseguia ficar no mesmo cômodo.

Como não notaram minha presença, bati no batente da porta para chamar atenção e respirei fundo.

Eu odiava confrontos. Ainda mais quando eram duas contra uma.

– Oi – disse Amelia. – E aí?

– Hum, então… – Pigarreei. – Estou pensando em rescindir o contrato – falei. – Na verdade, estou planejando. Em breve.

Ambas se viraram para me encarar, como se eu tivesse sugerido que queimássemos o lugar.

Amelia pegou o controle e abaixou o volume da televisão.

– Para onde você vai?

– Ainda não sei. – Qualquer lugar, menos aqui.

Jillian colocou sua tigela com batatas fritas de lado, franzindo os lábios com um rosnado.

– Então por que quer se mudar?

Puxa, nem consigo imaginar o porquê.

– Vamos ser honestas – respondi, cruzando os braços. – Não tá funcionando pra nenhuma de nós. Eu nem me sinto confortável em chamar o Chase aqui, e isso não é justo com ninguém.

– Bem, você pode – soltou Amelia. – Ninguém te proibiu.

– Ah, pra que ele possa ficar aqui com Paul e Luke? Tô fora. E, falando no Luke, ele anda frequentando muito esta casa.

– Ele esteve aqui uma vez – zombou Jillian.

– Exatamente. Uma a mais do que deveria, no que me diz respeito.

– Mas ele ainda é nosso amigo, B. – Amelia arqueou as sobrancelhas, como se tivesse feito uma grande revelação.

– Isso é evidente – comentei. – Por isso estou dando o aviso agora, para que vocês possam encontrar uma outra pessoa.

– E se não encontrarmos? – perguntou Jillian.

– Isso parece ser um problema de vocês.

– Você assinou o contrato também – disse Amelia. – Significa que tá presa legalmente, mesmo que se mude.

– Então acho que vão ter que me processar. – Fiz uma expressão indiferente. – De verdade.

E boa sorte com isso. Eu não tinha nada em meu nome. Vivia de bolsa de estudos e auxílio estudantil. Mas elas poderiam tentar. Sinceramente, qualquer coisa seria melhor do que continuar lidando com as duas.

Jill fechou a cara, piscando para mim como se eu fosse uma alucinação.

– Isso é tão irresponsável. Mas acho que nem devia me surpreender, considerando com quem você tá namorando.

– Como é que é? – disse eu, lançando um olhar cortante. – Nem ouse.

E por falar em teto de vidro… Seria preciso só uma pedrinha para quebrar o dela em pedaços.

Jill recuou, provavelmente porque eu nunca tinha falado com nenhuma delas assim. Não tinha certeza se já tinha usado um tom tão áspero antes, talvez nem mesmo com o Luke. Mas eu estava sem paciência. Menos ainda com ela.

– De qualquer forma, estão avisadas – soltei, me virando para sair.

– Não vamos encontrar alguém no meio do semestre assim! – gritou Amelia.

Olhei por cima do ombro, dando a elas uma piscada cúmplice.

– Ah, não sei, meninas. Talvez possam perguntar ao meu irmão. Ele anda muito por aqui, né?

Ambas me encararam, perplexas, mas não responderam. Subi a escada com o coração pesado. Por baixo de minha raiva, tinha uma quantidade não tão pequena de tristeza. Por piores que elas tenham sido nos últimos tempos, perder duas amigas – ou duas pessoas que eu pensava serem minhas amigas – ainda doía.

23

Não está quebrado

Chase

Bailey estava encolhida contra meu peito enquanto assistíamos a um jogo da NHL deitados na minha cama. Papeamos, meio que acompanhando o jogo, já que nenhum de nós estava muito interessado nos times no gelo. Para uma noite no meio da semana, era perfeito. Exceto por uma coisa: precisávamos conversar.

Com certeza seria difícil, desconfortável e espero que não desastroso.

Talvez ainda fosse cedo para tocar nesse assunto, mas ele não saía da minha cabeça. E me recusei a trazer isso à tona na noite do nosso jantar, com medo de estragar o aniversário dela duas vezes em um ano.

A situação toda tinha me deixado furioso. Eu tratava ficadas e casos de uma noite só com mais respeito do que o Morrison tratou a própria namorada. Foi errado em todos os detalhes.

E lá vamos nós.

Bailey

Chase pegou o controle remoto e reduziu o volume da televisão.

– James? – Ele se virou para mim, estudando meu rosto, a voz baixa. – O que se lembra daquela nossa caminhada da XS até aqui?

– Pouca coisa – respondi. – Eu me lembro de ter passado mal. Vagamente. Acho que é isso. Por quê?

Ele fez uma expressão preocupada.

– Porque me disse uma coisa naquela noite, e eu não sabia se você lembrava.

Alarmes dispararam na minha cabeça, com sirenes estridentes e luzes vermelhas piscando. Tinha certeza de que o cerne da conversa era: ele não gostava mais de mim por causa disso e estava pronto para terminar nossa relação. Já.

Entrei em modo pânico total.

Eu me esforcei para me sentar ereta.

– Está relembrando isso *agora*? Já faz muito tempo.

– Esperei porque era algo pessoal – disse ele. – Não queria que pensasse que eu estava provocando ou sendo um idiota. Mas da forma que as coisas mudaram entre nós, parece errado saber disso quando você não tem ideia de que eu sei.

Minha respiração ficou presa, meu coração queria sair pela garganta.

Não.

Eu não fiz isso. Não poderia. Eu não diria.

– O que eu disse? – sussurrei, o pânico apertando meu pescoço como um torno. – Me conta, por favor.

– Você disse que o Morrison era péssimo na cama. – Chase fez uma pausa, hesitando de um jeito que não era típico dele. O tempo desacelerou enquanto eu prendia a respiração, esperando que continuasse. – Especificamente, que ele não ia lá embaixo e que você sempre fingia com ele.

Minha dignidade evaporou. Nem minhas amigas mais íntimas sabiam daquela segunda parte, e eu contei ao Chase na noite em que nos conhecemos? Ah, bom Deus. E tudo isso ficava ainda mais degradante considerando o quanto o cara era mais experiente do que eu.

– Tá bom. – Eu me desvencilhei do abraço dele, deslizei para a beira da cama e me levantei. – Se precisar de mim, estarei em casa, morrendo de vergonha. Diga a meus pais pra comprarem uma lápide bem bonita. Mármore cinza, algo assim.

– Espera, podemos falar sobre isso, por favor? – Ele gentilmente pegou a minha mão.

A vergonha me consumia por dentro, cáustica e abrasadora, ameaçando sair pelos meus poros. Eu me virei para encará-lo, com as bochechas queimando.

– Por que gosta de mim sabendo isso?

– O quê? – A mágoa passou por seu rosto, e seus lábios se contraíram. – Eu gosto de você por um milhão de motivos, e nenhum deles tem relação com sexo.

– Isso é um alívio – falei –, porque parece que tenho um problema nesse departamento.

Chase puxou minha mão, fazendo com que eu me sentasse ao seu lado. Ele acariciou minha pele com movimentos lentos e suaves.

– Você não tem um problema.

– Com certeza parece que tenho. – Minha voz falhou, e respirei fundo, tentando reprimir o soluço que espreitava em minha garganta.

A única coisa que seria mais embaraçosa que isso seria chorar na frente dele.

– Ai, cara. – Ele suspirou, levando as mãos à cabeça. Segundos se passaram enquanto suas costas se moviam para cima e para baixo, com inspirações e expirações longas e lentas. Suas mãos caíram para os lados quando ergueu o queixo. – Sou um imbecil. Não queria te chatear. Estou pensando em como falar com você sobre isso tem um tempo porque não queria estragar tudo.

– Você não estragou – falei, lutando contra uma onda de lágrimas. – Está tudo bem.

De alguma forma, me senti mal por ele estar mal, o que só aumentou minha angústia. Uma mistura complicada de vergonha, tristeza, remorso e medo girava dentro de mim.

E talvez, só talvez, um pouquinho de alívio.

– James. – Chase se inclinou para me encarar. Ele pegou minhas mãos nas dele, que eram quentes, levemente calejadas e reconfortantes. – Não estou julgando você. Eu juro.

Olhei para nossas mãos, evitando seus olhos.

– Pois deveria.

– Confie em mim, não é você que eu estou julgando nessa situação.

– Sinceramente, quero morrer agora – falei, balançando a cabeça enquanto olhava para o edredom cinza texturizado. – Não consigo expressar o quanto. Ninguém sabia disso. Não acredito que te contei.

– Não, estou feliz por ter contado. Não quero que sinta que precisa fingir nada comigo. – Ele se inclinou para mais perto, tirando uma mecha de cabelo do meu rosto. – Se algo que estou fazendo não tá funcionando, prefiro saber. É por isso que queria conversar sobre esse assunto.

– Falar sobre como sou problemática, é isso?

– Você não tem problema – disse ele, suavemente. – Muitas garotas não gozam só com penetração. É bem comum. Normal.

Em teoria, eu sabia disso. A internet e as revistas femininas falavam demais sobre o assunto. Mas isso não fazia com que eu me sentisse menos inadequada, como se houvesse algo de errado comigo – ou, pelo menos, com algumas partes de mim.

Chase ficou me observando, os olhos escuros esperando pacientemente por minha resposta.

Eu não sabia o que fazer, então dei de ombros.

– Tá bem.

– Pode ser o que a outra pessoa estava fazendo. – Ele arqueou as sobrancelhas, falando com cuidado. – Ou não fazendo… ou não fazendo direito.

– Não sei. – Por mais que eu gostasse da ideia de jogar o Luke debaixo de um ônibus, eu tinha certeza de que havia algo errado comigo. Respirei fundo e segurei o ar até parecer que meus pulmões fosse explodir. – É muito difícil me fazer gozar.

– Estou pronto para o desafio. – Ele sorriu. – Literalmente.

Uma risada meio triste escapou da minha garganta. Ele sabia o que dizer – mesmo quando tudo o que eu queria era desaparecer.

– Quer dizer, eu consigo... – comecei, tropeçando nas palavras enquanto tentava encontrar uma forma de explicar sem entrar em detalhes desconfortáveis. – Sinto muito. É difícil falar sobre isso sem envolver o Luke.

Ele ficava de mau humor se eu não tivesse um orgasmo – como se isso ajudasse de alguma forma. E o fato de eu ter fingido tantas vezes trazia uma implicação bem perturbadora: ou ele nunca percebeu... ou, pior ainda, percebeu e só não se importou.

– Está tudo bem – disse Chase. – Pode falar sobre ele.

– Ele reclamava porque eu só conseguia em algumas posições, ou por demorar muito. Às vezes era mais fácil deixá-lo pensar que eu tinha gozado.

Agora eu estava ali, compartilhando os detalhes mais íntimos do meu antigo relacionamento com Chase, coisas que nem Zara e Noelle sabiam. Ótimo.

– Ele fez *o quê*? – Sua expressão fechou. – Que tipo de atleta de merda faz isso? Maldito idiota. – A mandíbula dele estalou, e Chase soltou o ar pesadamente, balançando a cabeça. – Desculpe. Só me irrita saber que você foi tratada assim.

– Não sei – respondi. – Acho que o problema sou eu. – Só podia ser, considerando o quão difícil era chegar lá. Talvez houvesse duas coisas que funcionassem algumas vezes... e era isso. Mesmo assim, eram tão confiáveis quanto uma estátua de gelo.

– De jeito nenhum. – Ele afastou meu cabelo do rosto com cuidado.

Eu respirei fundo.

– Tá bom, a gente não vai concordar mesmo.

– Não dessa vez. Morrison é um idiota do caralho. Ponto. É o décimo primeiro mandamento.

Dessa vez eu ri de verdade. Ele se aproximou, roçando os lábios nos meus. A tensão no meu corpo diminuiu quando retribuí o beijo, meus lábios se abrindo contra os dele. Chase invadiu minha boca, mas de um jeito terno, gentil. Quando nos separamos, ele passou as mãos em volta da minha cintura, me puxando para mais perto.

– Você não é um meio para um fim, James.

A vontade de chorar voltou, e engoli em seco, assentindo sem palavras.

Chase se aproximou de novo, seus lábios roçando ao longo da curva do meu pescoço, o que foi uma distração bem-vinda.

– Além disso, a ideia de te fazer gozar é tão gostosa – murmurou ele.

– Sério? – Era difícil entender. Sexo sempre pareceu ser mais sobre agradar o cara.

– Com certeza. – Seu olhar encontrou o meu, e ele passou a língua por um dos lábios, assentindo. – Você tem ideia de quantas vezes eu já pensei nisso?

– Não.

– Muitas. – Os olhos de Chase brilharam.

– Ah, então você tem uma mente suja.

– Só por você.

Eu ri e balancei a cabeça.

Ele me abraçou e me moveu para trás até que estávamos apoiados contra a cabeceira da cama.

– Podemos conversar um pouco mais sobre isso? Ou você tá muito desconfortável?

– Sim e sim. – Fiz uma careta. – Vou tentar.

– Só pra esclarecer – disse ele –, você já teve um orgasmo antes, então você consegue.

– Sim. Mas é bem imprevisível. Na maioria das vezes, não rola. – Minhas bochechas queimavam de vergonha, e eu me esforcei para manter o contato visual.

– Então é uma questão de entender o que funciona. Parte disso é tentativa e erro. Mas, se fingir, eu não vou saber o que funcionou.

Bom ponto. Mas sempre existiu uma pressão absurda para corresponder a um padrão imaginário em que orgasmos aconteciam fácil e naturalmente durante o sexo, não importava a posição, a velocidade ou o ângulo. Na prática, era como tentar localizar um unicórnio que só aparecia na floresta duas vezes por ano entre 20h e 20h05, quando a lua estava cheia. Teoricamente possível, mas incrivelmente raro.

– Acho que faz sentido.

– Você sabe o que funciona? Tipo… é imprevisível até quando está sozinha? – perguntou ele, com a voz gentil.

Ah, meu Deus. Pronto, agora, sim, eu queria desaparecer. Outra onda de humilhação me atingiu, e desviei o olhar, encarando de novo o edredom.

– Não quero falar sobre isso.

– Okay – disse ele. – Não precisa ser agora.

Ele ficou quieto, acariciando meus cabelos. Mas nós tínhamos ido tão longe, então acho que nada era pessoal demais. O que eu tinha a perder?

– Sim, mesmo sozinha. – Suspirei.

– Hum – murmurou ele, com a voz rouca. – Já tentou um vibrador?

– O quê? – balbuciei, os olhos voltados para os dele.

– Como um brinquedo sexual – disse ele. – Pode ajudar.

– Durante o sexo ou sozinha? – Eu me encolhi. Com certeza tinha esgotado todas as minhas nove vidas agora. Seria um ótimo momento para um buraco se abrir e me engolir.

– Qualquer um dos dois. – Ele deu de ombros.

O ego do Luke – e suas partes íntimas também – teria murchado mais rápido do que um pneu furado se sugerisse usar um vibrador. Caramba, ele teria surtado se eu tivesse um brinquedinho desses, e esse era um dos motivos pelos quais eu não tinha. O outro é que ficava meio intimidada com essa ideia.

– A maioria dos caras não tem problema com isso?

– Não – respondeu ele, muito sério. – Por que teriam?

Às vezes, o Chase se esquecia de que nem todo mundo tinha a autoconfiança de titânio com a qual ele claramente nasceu. Principalmente quando o assunto era masculinidade. Mas tinha presença – e confiança – de sobra. Nada o abalava. Exemplo: toda essa conversa aqui.

– Não sei. – Mordi o lábio inferior. – Achei que isso podia fazer com que se sentissem ameaçados.

– Meu bem, eu posso fazer várias coisas que um brinquedinho não pode. – Ele me deu um sorriso travesso que, apesar da situação, teve o efeito que queria. Algo dentro de mim realmente, realmente, queria descobrir o que eram essas coisas.

– Aposto que sim – disse eu, de repente sem fôlego.

– Mas, neste caso, pode te ajudar a explorar, Dora. Especialmente quando estiver sozinha.

– Dora, a aventureira? Essa foi a pior piada de todas – gemi, me jogando de costas na cama e olhando para o teto.

– Eu sei. – Chase se apoiou no cotovelo ao meu lado. Ele passou o dedo devagar pela minha cintura, até chegar ao quadril. – Olha, é só uma teoria. Mas estar mais confortável com o seu corpo quando estiver sozinha pode ajudar a se sentir mais confortável quando estiver comigo. Faz sentido? Você pode me dizer se acha que estou errado.

– Não – suspirei. – Faz sentido, sim.

– Você ainda não respondeu à minha outra pergunta. – Ele buscou meu olhar, chamando minha atenção. – Respondeu?

– O que quer fazer? – perguntei, cobrindo meu rosto com as mãos.

– Ah, acho que temos que ir fazer compras. – Ele sorriu.

– Compras?

– Sim – disse ele. – Você sabe, pegar uma coisinha pra você.

– Não sei. – Enruguei meu nariz. – A ideia de um vibrador parece estranha.

– Não tem problema ser um pouco estranha. Você pode ser estranha comigo.

Fiquei um minuto com os lábios pressionados, considerando.

– Tudo bem. Vou tentar ser mente aberta.

– Ótimo – disse ele, mantendo contato visual. – E no que diz respeito a nós dois, estou nessa por você. Quero fazer com que se sinta bem. Lembra disso, tá? Pode confiar em mim.

– Eu sei.

De algum modo, eu confiava.

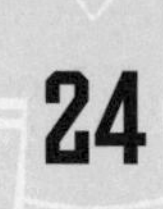

24

Loja de doces

Chase

A SEMANA SE ARRASTOU em um ciclo monótono de faculdade, treino no gelo e treino de força até o dia do jantar de aniversário da Bailey. Desde nossa conversa, ficamos mais próximos do que nunca, mas às vezes eu podia sentir que ela se segurava. Mesmo assim, eu conquistaria sua confiança, ou morreria tentando.

Depois de sofrer com as aulas da manhã, fazendo o meu melhor em tentar me concentrar e falhando, saí correndo do campus e fui até a Ice Life para afiar os patins da Bailey. Eu poderia ter feito isso no rinque durante o treino, mas queria uma desculpa para olhar as vitrines enquanto esperava.

Infelizmente, era dia de liquidação, o que eu não sabia, e o lugar estava lotado. Em uma situação normal, teria desistido na hora, mas, como tinha algumas horas livres e queria conferir vários equipamentos recém-lançados, decidi ficar e enfrentar a multidão. Além disso, estava mais do que um pouco distraído, pensando em ver a Bailey mais tarde. Concluir o trabalho de História ou fazer algo mais produtivo não eram opções.

Passei pela aglomeração até o balcão de afiação de patins, nos fundos da loja. Normalmente não havia espera, mas hoje tinha uma fila de pelo menos meia dúzia de pessoas.

Enquanto esperava, Morrison apareceu de repente, como um demoniozinho convocado das profundezas do inferno. Camisa polo azul-clara, cabelo loiro lambido para trás e uma aura de superioridade. O fato de ele ter recebido tudo de mão beijada a vida inteira estava estampado na cara dele, cheia de arrogância.

Quais eram as chances?

Fechei minhas mãos em punhos, apertando até os nós dos meus dedos ficarem brancos. Preferiria que estivessem em volta de seu pescoço. Sempre odiei esse cara, mas agora estava além disso.

Pegando meu celular, mandei uma mensagem para o Dallas sobre o plano de treino para mais tarde. Depois, coloquei um chiclete de menta na boca e mastiguei com raiva. Verifiquei todos os resultados do *Fantasy hockey* para descobrir que James estava certa sobre aceitar a troca. Depois dos jogos da noite passada, eu estava em segundo na classificação geral, enquanto o Dallas tinha caído para quarto. Legal.

Apesar da minha tentativa descarada de ignorá-lo, Morrison deslizou em minha direção, chegando perto o suficiente para que eu fosse engolido por uma nuvem de um perfume forte e desagradável. Sua presença era irritante em todos os níveis.

Ele acenou para os patins na minha mão.

– São da Bailey?

Que porra é essa?

– Alguém já te disse que você é esquisito? – perguntei.

Morrison estreitou os olhos azul-claros, e me lançou um olhar fulminante. Ou pelo menos tentou. O cara não tinha coragem o suficiente para dar credibilidade àquele olhar ameaçador.

– E alguém já te disse que você é um imbecil? – rebateu.

– O tempo todo, cara – respondi com um sorriso.

Um elogio, de fato, considerando a fonte.

A fila avançou, virando à direita, o que ergueu uma barreira de pessoas entre nós. Não conseguindo mais me provocar, Morrison perdeu o interesse e se afastou.

Depois de deixar os patins da Bailey no balcão, dei uma volta na loja, fazendo um esforço consciente de evitá-lo, não por medo dele, mas temendo a *minha* reação.

Ele falava muita merda para alguém que não conseguia sustentar o que dizia. Eu deveria dar uma surra nele só pela mensagem de texto, mas não podia me dar ao luxo de enfrentá-lo fora do gelo. Ainda bem que jogaríamos com eles em breve.

Enquanto eu passava perto dos bastões e fitas, me deparei com o Morrison de novo, parado perto da seção da CCM, a marca mais famosa de equipamentos de hóquei. Era como se os deuses quisessem que eu acabasse com ele. O destino estava quase implorando por isso.

Claro, sair da loja porque ele estava lá não era uma opção, então continuei olhando as prateleiras, como se o cara não estivesse ali.

Ele olhou em minha direção, largando o taco que estava segurando.

– Aproveita enquanto pode, Carter. – Sua voz transbordava uma presunção irritante. – Nós dois sabemos que você é um tapa-buraco.

Ah, dane-se. Estávamos escondidos em um corredor dos fundos. Ninguém estava perto para ver. Provavelmente, nem câmeras tinha.

Virei-me para encará-lo, e sua expressão mudou na mesma hora de arrogante para apreensiva. Começou a olhar em volta, confirmando que estávamos realmente sozinhos. Andei em sua direção, levando o meu tempo para diminuir o espaço entre nós. Desafiando-o a fugir e saboreando como seu desconforto visivelmente aumentava a cada passo que eu dava.

Tinha tantas coisas que eu sabia, tantas que gostaria de dizer. Mas eu não entregaria James. Morrison não valia a pena.

Invadindo seu espaço intencionalmente, parei um pouco perto demais. Ele enrijeceu e deu um passo para trás, estremecendo um pouco ao encostar na prateleira de metal às suas costas. Ficamos quase nariz com nariz, embora nariz com testa fosse uma descrição mais precisa.

– Tá irritado que ela seguiu em frente, né?

O cara cerrou a mandíbula, mas não respondeu. Claro que não, agora que estávamos sozinhos e dentro do alcance de um soco.

– Tem mais alguma coisa a dizer? – perguntei.

Um momento se passou. Arqueei a sobrancelha. Ele me olhou, ainda em silêncio.

– É – falei calmamente. – Foi o que pensei.

Meu celular soou com uma mensagem de texto. Os patins dela deveriam estar prontos.

– Até mais, seu otário. – Acenei para ele.

◆ ◆ ◆

Depois de me conter por pouco para não cometer um crime, canalizei toda a minha agressividade no treino da tarde e mandei bem. Era um bom jeito de esquecer aquele imbecil e me concentrar na noite que teria com a James. Meu humor estava nas alturas. Até que tive de lidar com a colega de apartamento dela.

Amelia atendeu a porta, me lançando um olhar mortal. Ela ficou em silêncio por um instante, soltando um suspiro longo, como se minha simples existência fosse um incômodo. O sentimento era recíproco, Amelia.

– Acho que vou chamar a Bailey. – Ela sacudiu o cabelo e sumiu, deixando a porta aberta sem me convidar para entrar. Dava para ver por que a garota se dava tão bem com o Paul, considerando o tanto que os dois eram amigáveis e charmosos.

Entrei, tomando sua ausência como um convite aberto. Um minuto depois, Bailey desceu as escadas, os olhos brilhando quando pousaram em mim. Seu cabelo estava solto em volta dos ombros, e ela estava gostosa para caralho em um jeans preto que delineava suas pernas, combinando com um suéter rosa que era justo o suficiente para continuar atraindo meus olhos para seus peitos.

Estava tentando me comportar, mas, caramba, era duro – literalmente – ficar perto dela.

Depois de um beijo longo de olá e outro em frente à caminhonete, só para garantir, enfim entramos no veículo. Fui devagar, deixando o carro em marcha lenta enquanto Bailey afivelava o cinto. Virando-se para mim, ela colocou o cabelo atrás da orelha e bateu os cílios.

– Onde está minha foto autografada, Carter?

– Foi mal. – Sorri. – Acho que teremos que fazer uma sessão de fotos privada mais tarde.

Bailey estendeu a mão, cutucando meu bíceps.

– Vai prometer as coisas e não entregar, é?

Baixei minha voz, olhando de lado.

– Ah, eu posso entregar.

Seus olhos se arregalaram um pouco, os lábios rosados se curvando no que só poderia ser descrito como um sorriso nervoso.

Era de matar de tão linda.

Ela se remexeu no banco do passageiro, com uma expressão sacana.

– Acho que veremos.

– Acho que sim.

Espero que nesta noite. Eu poderia ser paciente. Seria paciente. Mas ainda podia ter esperança, certo?

◆ ◆ ◆

Bailey me contou sobre o desastre do seu aniversário em detalhes, incluindo o restaurante francês ridiculamente pomposo. Eu a conhecia havia pouco tempo, mas já sabia que era o oposto do tipo de lugar que ela gostaria de ir. Então, de propósito, mantive a descrição quando escolhi um pequeno restaurante italiano perto do campus. Tinha paredes de tijolos aparentes, lareiras acesas nos cantos e velas nas mesas, mas não era nem chique nem metido.

– Que lugar fofo – disse Bailey enquanto a recepcionista nos conduzia à nossa mesa.

– Sim – comentei. – Tem um jeitão de caseiro. Massa ótima também.

Depois que pedimos as entradas e os pratos principais, ela saiu da mesa para usar o banheiro, e eu aproveitei para dar uma olhada rápida no celular. Dallas tinha mandado várias mensagens avisando que a Shiv agora era uma sem-teto e ficaria conosco por um tempo. Respondi e deixei meu telefone de lado enquanto a Bailey voltava.

– Ei, tenho boas notícias.

Ela afundou em seu assento, colocando o guardanapo no colo e me olhando curiosa.

– O que foi?

– A casa da Shiv pegou fogo – falei.

– Caramba. – Bailey arregalou os olhos e piscou várias vezes, surpresa. – *O quê?*

– Espera!

Ergui as mãos e balancei a cabeça. Meu cérebro não funcionava direito perto dela. E eu nem sabia ao certo por quê. Nem antes dos jogos eu ficava nervoso – empolgado, sim, mas nervoso, não. Eu conseguia contar nos dedos de uma mão as vezes em que fiquei nervoso nos últimos tempos… e todas tinham a ver com a Bailey.

Claro, não era um tipo ruim de nervosismo. Era mais como um estado de consciência elevado com um pouco de felicidade idiota adicionada. E talvez uma pitada de estupidez, como provava o que eu tinha acabado de dizer.

Às vezes, eu simplesmente perdia completamente o jeito perto dela.

– Quer dizer, essa não é a parte boa. – Fiz uma careta. – É claro. E o prédio nem chegou a pegar fogo de verdade. Teve um incêndio na cozinha de outro apartamento, e os danos causados pela fumaça no lado onde ela mora foram tão grandes que a Shiv vai ter que se mudar. Ninguém se machucou nem nada.

– Nossa! – exclamou Bailey, tomando um gole da água gelada.

– Aconteceu esta manhã, acho, então ela vai ficar lá em casa por uns dias. Ward disse que a Shiv ficou o dia todo procurando um lugar pra alugar e está quase impossível achar um estúdio ou apartamento de um quarto.

– Sim, também não consegui encontrar muitas opções. São lugares muito nojentos ou incrivelmente caros – ela disse, fazendo uma careta. – Você não acredita nos preços que estão pedindo.

– Ward também mencionou que ela está pensando em tentar uma colega de apartamento porque é mais barato dividir. Essa é a parte boa da notícia. Quer dizer, você também tá precisando de um lugar pra morar. – Parei. – Quem sabe dê certo.

Embora fosse conveniente para mim que Bailey estivesse mais perto dos meus amigos, a verdade é que eu queria que ela saísse da sua situação de vida atual. Com o Morrison aparecendo do nada e aquele caso secreto e bagunçado entre o Derek e a colega de quarto dela, o ambiente era totalmente tóxico. Isso me deixava meio preocupado, sempre que ela voltava para casa.

E, se Morrison aparecesse na sala de estar dela de novo, eu não poderia evitar cometer um crime.

– Mas a Shiv provavelmente quer morar perto da Boyd, né? – murmurou ela, pensativa. – E eu preciso ficar perto de Callingwood, já que não tenho carro.

– Talvez encontrem algo no meio do caminho. Perto da linha de trem. – Dei de ombros. – Um trajeto curto pode valer a pena se você estiver mais feliz.

– Verdade.

– É só uma ideia. Você consideraria?

– Nossa, totalmente – respondeu ela, apertando os lábios. – Mas não sei o que ela pensaria. Você pode, tipo... perguntar para o Dallas pra que ele pergunte a ela?

– Você é adorável.

– O quê? – Bailey tentou demonstrar indiferença, ficando vermelha. – A gente se encontrou duas vezes. Talvez ela me ache esquisita.

– Eu duvido muito, James. – Apertei a mão dela sobre a mesa. – Mas vou falar com ele.

◆ ◆ ◆

O jantar durou mais do que eu tinha imaginado, provavelmente porque não ficamos sem assunto. Duas horas depois, desfrutamos da sobremesa, terminando bem devagarinho uma fatia de *cheesecake* de framboesa e um *tiramisù* que dividimos.

Observei Bailey dando a última colherada no *tiramisù*, tentando manter minha mente longe de todas as coisas sujas que eu queria fazer com aquela boca.

– Gosto que você coma – soltei. Isso meio que escapou, como minha narrativa interna tinha a tendência de fazer. Ela era bem tolerante em relação a isso, considerando tudo. Às vezes era aleatório para caralho, como agora.

– Quê? – Ela fez uma pausa, o garfo pairando no ar.

– Conheço muitas garotas que parecem nunca comer – comentei, pegando a penúltima colherada do *cheesecake*. – Aí me sinto mal de comer na frente delas. Tipo, eu sou grande. E treino todos os dias. Preciso de uma tonelada de calorias. É esquisito ser a única pessoa comendo o tempo todo, entende?

– Se acha isso impressionante – Bailey sorriu –, deveria me ver respirar. Eu sou uma atleta olímpica.

Eu ri e então me peguei olhando para ela por um momento a mais do que deveria ser normal. Não consegui evitar.

– Que foi? – Ela se inclinou para mais perto, seus olhos redondos examinando meu rosto à luz de velas.

– Nada – respondi. – Está tudo bem.

Era assim que era se apaixonar por alguém? Que loucura.

◆ ◆ ◆

Depois de pagar a conta, chegou a hora do *grand finale*: patinar na Arena Northview. A perspectiva de patinar com James ao meu lado fez eu me sentir uma criança em uma loja de doces.

Entrei no estacionamento vazio, iluminado por postes de luz amarelo-clara. Parei em um lugar na frente, perto das portas, e desliguei a ignição.

– Espera – Bailey inclinou a cabeça, me estudando. – Vamos patinar no seu rinque?

– Sim.

Seus olhos cor de avelã se estreitaram, desconfiados, então se arregalaram de repente, e ela deu um suspiro.

– Vamos arrombar?

Soltei meu cinto de segurança e peguei a bolsa com os nossos patins.

– Ainda é arrombamento se você tem o código?

– Bem, temos permissão pra ficar aqui?

– Defina *permissão* – falei, jogando a bolsa preta entre os bancos da frente. – Quer dizer, vivemos num país livre. Temos o direito constitucional de ir e vir…

– Carter… – Ela fez uma carinha esquisita.

– Tecnicamente, não é *proibido*. – Dei de ombros. – Ninguém reservou o gelo. Além disso, estou de boa com o treinador Miller nos últimos tempos, vamos ficar bem.

– Então nós realmente vamos invadir – gemeu Bailey.

Ela era uma seguidora de regras. Adorável.

– A patinação pública acabou faz pouco tempo. Temos uma desculpa plausível se formos pegos, como se tivéssemos confundido o horário e não soubéssemos que tinha acabado. – Sorri, inocente.

– Você se livra de muitos problemas com esse sorriso, não é?

– Claro que sim – respondi, me inclinando para beijá-la na bochecha. A pele dela era tão macia e cheirava tão bem… Péssima ideia. Agora eu queria beijá-la na boca, e, se fizesse isso, nem sairíamos da caminhonete.

Eu realmente precisava me recompor.

– Vamos – chamei. – Dá tempo. Eles só vão preparar o gelo mais tarde.

– Tem certeza?

– Não se preocupe. Já fiz isso dezenas de vezes antes.

Ela me lançou um olhar desconfiado, como se eu tivesse trazido milhões de garotas aqui. A verdade é que nunca gostei de ninguém o suficiente para convidar para patinar, mas eu não tinha certeza se ela acharia isso reconfortante.

– Sozinho, James. Quando preciso gastar energia porque estou chateado ou algo assim.

– Então você é um criminoso reincidente – disse ela, lutando contra um sorriso. – Bom saber.

Pisquei para ela.

– Você sabia onde estava se metendo.

25

Você venceu

Chase

Nossos passos ecoavam enquanto caminhávamos pelos corredores desertos da Arena Northview. Digitei o código de segurança ao lado da entrada do vestiário sem nem olhar, e a porta de metal vermelha destrancou com um clique obediente. Apoiei o quadril nela, empurrei-a com o corpo e fiz um gesto para que a Bailey entrasse primeiro.

– Uau! – Admirou ela, examinando o logotipo 3D no centro do piso, as fileiras de armários carmesins brilhantes e a iluminação de LED personalizada.

– Bem legal, né? – Os vestiários da Boyd foram completamente reformados um ano antes de eu entrar, cortesia de uma generosa doação anônima de um ex-aluno. Também fiquei impressionado na primeira vez que os vi. Eram elegantes, modernos e botariam a maioria dos vestiários da NHL no chinelo.

Pegando-a pela mão, fomos até meu armário, no canto da sala, mais próximo a entrada do rinque. Seria difícil, mas eu tentaria manter este encontro estilo classificação livre – sem nada impróprio – enquanto estivéssemos aqui. Eu queria mesmo patinar com ela.

Por um tempo.

Depois disso, não dava para saber.

Eu poderia ter alguns planos para mais tarde.

– Tá, seu vestiário é muito melhor que o nosso. – Ela se conteve, os lábios se curvando em uma expressão sofrida. – Espera. Não conta pra ninguém que eu falei isso.

Coloquei nossos patins no banco ao nosso lado, olhando para ela.

– Quando esteve no vestiário dos Bulldogs? – Como de costume, a pergunta escapou antes que eu pudesse me conter. E não soou tão casual quanto eu esperava.

Bailey se aproximou e passou os braços em volta do meu pescoço. No mesmo momento, minha força de vontade se desintegrou. Dane-se a classificação livre. Se eu conseguisse manter isso em um nível permitido para maiores de 13 anos, já me consideraria vitorioso.

– Para fazer uma matéria para o *Callingwood Daily*, seu homem das cavernas – disse, com os olhos castanhos brilhando, com humor.

– Ah. – Passei meus dedos pelas laterais de seu corpo, abrangendo a curva de sua cintura embaixo do suéter rosa. Mesmo com sua altura, Bailey ainda era bem menor que eu, sem contar que tinha um físico mais delicado. Eu amava como a sentia sob minhas mãos: macia e feminina.

Inclinei minha cabeça e me aproximei mais, minha boca encontrando a dela, que deu um suspiro e separou os lábios, me deixando prová-la. Peguei seu lábio inferior, mordiscando-o antes de invadir sua boca com a língua.

Agarrando sua cintura, puxei Bailey para mais perto, curvas quentes pressionando o meu corpo. Ela ficou na ponta dos pés enquanto eu aprofundava o beijo, tomando, provando e reivindicando. O desejo surgiu, meu pau ficando duro a cada segundo. Aí me lembrei de onde nós estávamos. Se eu não parasse agora, nunca chegaríamos ao gelo.

Lentamente me afastei, interrompendo o beijo, embora cada célula do meu corpo estivesse implorando para não fazer isso. Bailey fixou os olhos nos meus, e eles pareciam mais dourados do que verdes na luz do vestiário.

– Só para constar – disse ela, me dando um peteleco no nariz –, você fica fofo quando está com ciúmes.

– Só estava curioso. – Tentei demonstrar indiferença, soltando-a com relutância.

– Claro, Carter – disse, contraindo os lábios.

Depois de destravar a fechadura digital, pendurei a bolsa dela e a minha jaqueta cinza de lona, e vesti um moletom leve de treino preto por cima da camiseta. A Bailey preferiu ficar com seu casaco por cima do suéter, dizendo que estava com frio. Por que garotas estão sempre com frio? A máxima de hoje foi de dezoito graus – para mim, isso é temperatura de usar bermuda. Mas eu vivo quente o ano inteiro, ainda mais quando estou em movimento.

Tiramos os sapatos e calçamos nossos patins. Reuni o resto de nossas coisas antes de fechar o armário. Talvez não fosse necessário naquela hora, mas era força do hábito. Do banco da equipe mandante, abri o portão para Bailey. Ela patinou para trás, os cabelos loiros voando soltos na brisa.

– Vamos lá, lerdinho. – Ela fez um gesto de "venha para mim", com os braços abertos.

– Você manda bem. – Pisei no gelo com um sorriso enorme. Ela era fofa pra caralho.

– Ah, eu conheço movimentos que você nem sonha.

– Aposto. – Deslizei na direção dela. – Vai me mostrar?

Bailey virou para se afastar, gritando por cima do ombro.

– Vai ter que me pegar primeiro.

Eu ganhei velocidade, me aproximando dela, mas me segurando por uns metros. Eu a deixei se afastar algumas vezes, errando intencionalmente por uma pequena margem quando a alcançava. Finalmente, não quis me segurar mais. Ela chegou a um canto, e eu ganhei velocidade, agarrando-a com delicadeza. Parei, girando nós dois e a levando para a lateral.

Ela me olhou, os lábios levemente separados.

– Acho que você venceu.

Ela estava em meus braços, então com certeza eu tinha vencido.

– É o que parece.

Eu a segurei contra o vidro de segurança, enfiando uma coxa entre suas pernas. Ela deu um suspiro, os olhos vidrados.

– Isso é muito melhor do que qualquer tipo de confronto – murmurei, minha atenção caindo em seus lábios carnudos e beijáveis –, mas agora vou ficar excitado toda vez que estiver neste canto durante o jogo.

Com a mão deslizando por seu pescoço, eu a segurei no lugar enquanto atacava seus lábios com os meus novamente. Beijá-la era um sonho, como se tudo mais no mundo desaparecesse assim que juntávamos nossos lábios.

E a cada vez ela relaxava um pouco mais. Suavizava. Talvez fosse uma questão de confiança. De qualquer modo, isso me deixava louco da melhor maneira possível.

Depois de um minuto, nos separamos.

– Carter? – Ela segurou meus antebraços, sem fôlego, com os olhos arregalados. Eu estava do mesmo modo, e não foi por patinar.

– Sim?

– Eu vou perder o equilíbrio se você continuar a me beijar assim.

– Eu te seguro – respondi, a voz rouca. – Não vou te deixar cair.

◆ ◆ ◆

A patinação não durou muito.

Entramos no vestiário em um frenesi de beijos e carícias fervorosas. Sentei-me no banco e tirei meus patins em dez segundos. Ao meu lado, Bailey lutava com os dela, não tão acostumada em calçá-los e tirá-los rapidamente.

– Vem cá. – Peguei suas pernas, girando noventa graus e colocando seus pés no meu colo. Eu soltei rapidamente os cadarços, descalçando seus patins e os colocando fora do meu caminho, no banco.

Tirei meu moletom e o joguei para o lado. Em seguida, me inclinei para a frente, a puxei pelas mãos e me levantei, trazendo-a comigo. Pressionei-a contra a parede ao lado do armário. Nossos lábios se juntaram e tudo explodiu. Foi diferente de qualquer beijo que já tínhamos trocado antes: apressado, urgente e faminto. Agarrando a parte de trás de suas coxas, eu a ergui e me apoiei em seu corpo, me contraindo entre suas pernas. Um gemido escapou de sua garganta. Bailey envolveu minha cintura com suas pernas enquanto eu a prensava de novo e inclinou seu quadril, seguindo meu ritmo.

Sua boca se moveu contra a minha, os dedos cravados em meus ombros. Eu estava absorto. Tão concentrado nela que entrei em um tipo de transe. Tão perdido que, a princípio, mal ouvi o leve barulho de rodas vindo pelo corredor. Então ficou mais alto – e mais próximo.

Afastei meus lábios, congelando ao ouvir o som se aproximando.

– O que foi?

– Droga – murmurei. – É o Roy.

– Quem é Roy? – sussurrou Bailey, nervosa.

– Nosso zelador. – Olhei por cima do ombro, calculando.

– Estamos muito ferrados – disse ela, os olhos arregalados.

– Eu lido com ele – falei. – Os banheiros têm cabines, pode se esconder lá.

– Okay.

Ela correu para o canto, e uma fração de segundo depois a porta se abriu. Roy entrou, puxando o carrinho de limpeza atrás dele.

Graças aos deuses do hóquei.

Lutando para me sentar, apoiei um cotovelo no meu joelho dobrado e tentei parecer casual. O fato de eu estar com uma ereção enorme tornou a tarefa difícil.

– Ah, oi, Roy. – Acenei para ele.

– Chase? – Ele fez uma cara de espanto, e aí olhou ao redor do vestiário, confuso. – O que está fazendo aqui tão tarde?

– Precisava de um tempo extra no gelo – respondi. – O treinador falou que eu precisava melhorar meus passes. Sabe como é, o treino nunca para.

Eu já tinha feito isso várias vezes antes, mas na única vez que esbarrei em alguém minha presença ali não era nem um pouco legítima.

Seus olhos caíram no banco, pousando no segundo par de patins. Puta merda, por que não escondi as coisas da Bailey? Sem sangue circulando da cintura para cima, eu mal conseguia manter uma conversa, muito menos criar estratégias.

– Entendo. – Roy pigarreou. Ele me lançou um olhar cúmplice, lutando contra um sorriso. – Bem, vou começar nos escritórios e deixar você sair daqui antes que eu volte. Tenha uma boa noite, filho.

– Obrigada – respondi. – Você também.

Ele saiu e fechou a porta ao passar.

– Tudo limpo – falei baixinho.

Bailey voltou na ponta dos pés para o vestiário. Seu rosto tinha uns seis tons de vermelho.

– Meu Deus – murmurou, cobrindo a boca. – Ele foi embora?

– Sim. Estamos bem. Foi por pouco.

Ela não precisava saber que tínhamos sido pegos. Mas com certeza o Roy não ia comentar com ninguém. Era um cara legal. Eu sempre dava a ele uns cem dólares no Natal por limpar a bagunça que fazíamos. Se mantivesse o segredo, eu dobraria o valor.

Nossos olhos se encontraram, e Bailey conteve uma risada, balançando a cabeça.

– Viu – disse ela. – Eu sabia que você era problema.

Bailey

A tensão sexual entre nós estava alta depois que passei a noite com Chase, no último fim de semana, mas isso não era nada comparado à atmosfera na caminhonete depois da arena.

O calor entre minhas pernas fazia com que fosse impossível focar em outra coisa.

Continuei lançando olhares furtivos na direção dele na escuridão do veículo, sua face iluminada por flashes das luzes da rua. Maxilar definido, antebraços musculosos, mãos grandes que eu queria desesperadamente em meu corpo outra vez. Isso era uma tortura. E pela tensão que seu corpo demonstrava e o jeito que segurava o volante, ele sentia o mesmo.

Foram apenas dez minutos no carro, mas, ao chegarmos em frente a sua casa, achei que entraríamos em combustão espontânea.

Sem uma palavra, ele me levou, escada acima, para seu quarto e me fez entrar na frente. Deslizei a bolsa pelo meu ombro e a coloquei na mesa de cabeceira com as mãos trêmulas. Eu congelei. Ainda não conseguia olhar para ele. O desejo corria por minhas veias, me deixando zonza, como se estivesse drogada. Ele estava hesitante comigo até agora, com medo de levar as coisas mais adiante… mas eu o queria.

Chase fechou a porta e diminuiu a distância entre nós com alguns passos longos. De repente, estava abraçado às minhas costas, um muro de músculos e calor. Seu cheiro inebriante me cercou, me deixando relaxada ao mesmo tempo que me excitava.

Ele juntou meu cabelo, colocando-o sobre um ombro para expor um lado do meu pescoço. Eu me inclinei para trás contra seu corpo e deixei minhas pálpebras se fecharem, me rendendo. Seus lábios pousaram na pele abaixo de minha orelha, deixando um rastro de beijos até minha clavícula. O calor entre minhas pernas aumentou, implorando por seu toque.

– Aqueles gemidinhos que você estava soltando no vestiário quase me mataram, James. – murmurou ele, a voz grave vibrando contra minhas costas. Palmas quentes e levemente ásperas alisavam as laterais de meus braços, provocando ondas de arrepios.

– Pena que fomos interrompidos – falei.

Ele agarrou meu quadril e me virou para encará-lo, sorrindo de uma forma feroz.

– Mas agora temos a noite toda.

Perdi o fôlego enquanto o olhava, tentando assimilar o que aquilo significava. Por melhor que a perspectiva parecesse, a pressão era enorme.

Meu semblante deve ter me entregado, porque a dele suavizou.

– Lembra da nossa conversa? – Seu tom era gentil.

Eu estava à beira do precipício agora, pensando se pularia. Mas a verdade é que eu já tinha pulado.

– Confio em você – respondi, mordiscando o lábio antes de continuar. – Eu quero... você

– Mesmo? – Os lábios de Chase se curvaram.

– Mesmo.

Seus olhos escuros como a meia-noite percorreram meu rosto, parando na minha boca. Depois, desceram lentamente, varrendo o resto do meu corpo de um jeito que me fez sentir nua, mesmo estando vestida.

Chase ergueu o olhar de volta para o meu. Meu estômago se revirou quando ele apoiou uma mão na parte de cima das minhas costas e me deitou suavemente na cama. Apoiou-se sobre os cotovelos, pairando sobre mim. O volume rígido pressionado contra meu quadril fez o desejo aumentar.

Ele roçou o rosto em meu pescoço, inalando profundamente contra minha pele e gemendo baixo.

Luke queria sexo.

Mas Chase? Ele *me* queria.

Suas mãos largas pousaram na faixa nua de pele sob a bainha do meu suéter, levantando-o um pouco.

– Posso? – murmurou.

Eu assenti.

Cuidadosamente, ele o puxou por minha cabeça e o jogou de lado. Ele se ajoelhou e reprimiu um sorriso.

– Você não faz ideia do quanto é gostosa.

Ele tirou a camiseta com uma mão e a jogou de lado. Pairou novamente sobre mim, envolvendo meus braços com os dele enquanto sua pele lisa irradiava calor contra meu tronco seminu. Chase me beijou enquanto eu corria as pontas de meus dedos pelos músculos de seu abdômen e peito, sondando e explorando.

Ele rolou para que ficássemos de lado, um de frente para o outro. Acariciou minhas costelas, pousando a mão no meu quadril. Deslizando até minha barriga, brincou com minha cintura, seus olhos em meu rosto, esperando, como se estivesse me fazendo uma pergunta. Com um braço em torno de seu pescoço, eu o puxei para mais perto e o beijei outra vez.

Com os dedos ágeis, ele desabotoou meu jeans e abriu o zíper. Então, afastou-se para me despir lentamente, antes de tocar minha região íntima por sobre o tecido da minha calcinha de renda preta. Chase gemeu quando eu o agarrei – duro como uma rocha – por cima de sua calça.

Ele puxou minha calcinha para o lado e deslizou seus dedos para dentro de mim. Meu quadril tremeu em resposta, e respirei fundo enquanto o prazer ondulava por todo o meu corpo. O calor se espalhou pela minha pele, e a tensão entre minhas pernas aumentou, a sensação de desejo se tornando uma necessidade desesperada.

Inclinando-se, ele deixou uma fileira de beijos no meu peito enquanto alcançava minhas costas para abrir meu sutiã com uma mão. Chase o tirou e segurou meus seios, beijando seu caminho de volta para o meu pescoço.

– Deixa eu cuidar de você – pediu, a boca contra minha pele.

– O que quer dizer?

Chase se afastou, seus olhos famintos, os lábios contraídos.

– Quero comer sua boceta, James.

O calor percorreu meu corpo. Meu coração batia forte contra minha caixa torácica, e eu segurei a respiração por um instante.

– Tudo bem.

O gato me lançou um sorriso malicioso antes de fazer uma trilha de beijos até a parte de baixo do meu corpo, alternando entre lambidas e chupadas. Mãos fortes roçaram por meu peito, desceram para meu quadril, pousando na parte interna das minhas coxas. Dando um beijo por cima de minha calcinha, ele deslizou as mãos por dentro do cós e a puxou.

Chase abriu minhas pernas, deixando-me exposta. Deslizou a mão até meus joelhos e voltou, os olhos brilhando de desejo.

– Porra, meu amor. Seu corpo é tão lindo. Cada centímetro dele.

Esperei, sem fôlego, enquanto ele começava a depositar beijos suaves na parte interna das minhas coxas, subindo aos poucos, cada vez mais perto de onde eu ansiava por ele. Passou, então, os braços ao redor de minhas pernas, colocando-as em seus ombros.

Movendo seu corpo, Chase se acomodou mais perto e achatou sua língua contra meu clitóris. Prendi a respiração e eu dei um pulinho.

Agarrando minha mão esquerda, entrelaçando seus dedos com os meus, o tempo todo ele me provocou e acariciou, me persuadindo com sua língua até que ficasse bom demais para focar em qualquer outra coisa. Fiquei imersa em um estado de hiperconsciência de suas mãos, seus lábios r sua língua. Era como ver as cores pela primeira vez.

Meus músculos relaxaram conforme a sensação quente no meu ventre crescia, abafando todos os meus outros sentidos. Sua boca se movia contra mim mais rápido, e seus movimentos se tornaram mais precisos, como se lesse cada reação minha. Eu me contorcia conforme a intensidade de sensações aumentava, beirando o insuportável.

– *Aimeudeus* – engasguei, as pernas tremendo.

Chase deu uma risada baixa e gutural contra meu corpo. Em seguida, soltou minha mão e deslizou o braço livre por baixo da minha perna, de modo que os dois envolviam minhas coxas. Sem alterar o ritmo nem a pressão, o cara me enlouquecia com a língua, em movimentos longos e devastadores. Um gemido ofegante escapou de mim, minhas costas arqueando em resposta. Era tão bom, quase bom demais para continuar. Eu precisava desesperadamente gozar, mas não queria que ele parasse nunca.

Minha respiração acelerou, virando arquejos. Agarrei seu cabelo escuro e sedoso com uma mão, puxando, e segurei as cobertas com a outra.

Ele continuou prendendo minhas coxas com os braços, me mantendo aberta, enquanto meus quadris se moviam, se empinando em sua direção. Ele me puxou para mais perto, me devorando enquanto eu gozava com um gemido.

Chase continuou, trabalhando meu corpo com a língua, até que eu estava sensível demais para continuar. Ele se afastou e depositou um beijo gentil entre minhas pernas, seguido por um rastro deles para cima e para baixo na parte interna de minhas coxas. Meus joelhos estavam fracos, as pernas trêmulas, embora eu não estivesse em pé.

Ele se moveu de novo até a cabeceira da cama e se apoiou em um cotovelo.

– Oi, bonita.

– Oi.

Quando voltei a mim, fiquei ciente de minha nudez, especialmente porque Chase continuava meio vestido. Ele tinha visto cada centímetro do meu corpo. Cada... um... deles.

Eu me virei, lutando para pegar meu suéter e minha calcinha do chão, e os vesti rapidamente. Ele pegou meu jeans e me entregou.

– Como está?

– Hum… atordoada? – Não precisava falar mais nada. Eu não conseguiria ter fingido nem se eu tentasse. Não estava certa sobre o que tinha acabado de acontecer. Era como uma experiência extracorpórea da qual ainda não tinha voltado.

– Bom. – Sorriu ele. – Isso foi bom pra caralho.

Chase esperou até eu terminar de me vestir e me agarrou com mãos fortes.

– Vem cá.

Ele ergueu levemente meus quadris, puxando meu corpo em sua direção sobre a cama e envolvendo-me com o braço.

Com uma expressão confusa, eu o estudei. Estava mais do que um pouco confusa.

– Sinto que estou deixando você na mão.

– De jeito nenhum – negou ele.

– Mas você não…

Chase chamou minha atenção, acariciando meu cabelo.

– Não é um jogo de hóquei, James. Não tem um placar. – Ele me deu um beijo suave nos lábios. – Mas se fosse, com certeza eu queria que você vencesse.

26

Filmes de garotas

Bailey

Nunca me mostraram que eu estava errada em tantas coisas em tão pouco tempo. E nunca estive tão feliz por me enganar.

Depois de muitos beijos – do lado de fora da caminhonete na casa dele, dentro dela e do lado de fora de novo –, Chase me acompanhou até a porta da frente e me envolveu com o calor de seu abraço. Com ele, tudo era fácil de uma forma que eu nunca pensei ser possível.

Chase se afastou, as mãos largas deslizando até minha cintura e olhando em meus olhos por um momento, e sorriu de um jeito que fez meus joelhos fraquejarem.

– Eu te ligo hoje à noite, tá?

– Tá. Boa sorte neste fim de semana.

Ficamos ali, olhando um para o outro na escada da frente, principalmente porque eu não queria que ele fosse embora, mas mais do que isso, eu não queria entrar.

Ele ficou sério, a cara fechada.

– Pode ficar na minha casa enquanto eu estiver fora, se quiser.

– Sem você?

– Sim – respondeu. – Para dar um tempo de suas colegas de quarto. A Shiv vai ficar lá sozinha, então… – Deu de ombros. – Pode ser que ela queira companhia.

– Nós combinamos que iríamos jantar.

– Para procurar apartamento? – perguntou, curioso. – Que incrível.

– Para conversar sobre o assunto. Talvez fazer uma lista de lugares pra conferir.

A ideia de me mudar me dava um alívio tão grande que eu fantasiava sobre isso o tempo todo. Agora, estava praticamente confinada ao meu quarto quando Jillian e Amelia estavam em casa. Já tinha feito mais refeições na minha mesinha do que conseguia contar. Embora, depois de nosso confronto no outro dia, elas estivessem me evitando. Se eu estava em um cômodo, as duas nem chegavam perto. Era como se eu precisasse de casaco e luvas pra aguentar o clima gelado que pairava no ar.

No caso da Jillian, ela devia estar pisando em ovos porque não queria que eu abrisse a boca. Talvez fosse o caso da Amelia também. Parecia que todo mundo era cúmplice nessa rede de mentiras.

– Viu? – Seu rosto se iluminou, um sorriso apareceu. – Pode ficar por lá até domingo, quando eu voltar. Não devo chegar tarde, talvez no horário do almoço.

– Era seu objetivo esse tempo todo, não era?

– Claro que sim. – Ele olhou para o relógio, o sorriso desaparecendo. – Ah, merda. Preciso ir, vou me atrasar para o treino. – Inclinando-se para a frente, Chase me deu um beijo rápido nos lábios e soltou minha cintura. – Conversamos hoje à noite. Vou te mandar o código da porta por mensagem.

Enquanto ele descia correndo os degraus, destranquei a porta e abri. Por favor, que ninguém esteja em casa.

Não tive essa sorte.

Jillian estava na entrada, vestindo o casaco, quando entrei. Tirei os sapatos e passei por ela, ignorando sua presença.

– Bailey – chamou, a voz tensa. – Podemos conversar por um minuto?

Meu corpo inteiro ficou tenso. Eu era uma pessoa equilibrada no geral, mais propensa a deixar as coisas para lá e perdoar do que a brigar. Quase nunca perdia as estribeiras ou erguia a voz, mas esse momento estava incrivelmente perto de se tornar uma exceção.

Virei para ela, fazendo um esforço para manter minha voz calma.

– Por quê?

Ela endireitou os ombros, hesitando.

– O que você falou outro dia. Você não... não contou a ninguém, né? – Ela me examinou, nervosa.

– Além do Chase? – Dei de ombros. – Porque ele sabe de tudo.

Com as chaves na mão, ela congelou no lugar, ficando pálida. O olhar em seu rosto era tão horrorizado que chegava a ser engraçado. Alguém que ela odiava sabia de seu segredo mais sombrio. Justiça poética.

– Mas seu irmão... o time. – Jill gesticulou vagamente.

Como se eu desse a mínima para o time.

– É, o Derek é meu irmão, e é isso que me chateou. Caso contrário, eu não me importaria com seus segredinhos sujos, Jill.

Ela apertou os lábios, a expressão culpada, mas não falou nada.

– Imagine se estivesse em meu lugar – falei. – Não é justo com ele. Com nenhum dos dois.

– É complicado.

– É o que dizem. – Pendurei minha bolsa no gancho e me virei, indo para a escada. – Sobre contar pra alguém, ainda não sei. Talvez você devesse facilitar as coisas pra nós duas. Se colocar um fim nessa bagunça, não terei que contar.

Era uma ameaça vazia. Eu nunca faria isso com o Derek. Mas ela não precisava saber.

◆ ◆ ◆

Quando cheguei ao escritório do *Callingwood Daily* depois do almoço, minha irritação com a Jill tinha desaparecido, e eu estava de volta às nuvens pela noite com o Chase. Foi uma experiência selvagem. Eu nunca tinha me sentido assim antes. Nunca.

Com Luke, achava que tinha que gostar dele porque todo mundo gostava. Meu ex era bom na teoria – ou assim eu pensava – e tinha várias garotas se jogando em cima dele. Ingenuamente, fiquei impressionada por ele ter se interessado por mim.

Mas eu nunca tinha ficado eufórica por ele ou sentido aquela paixão intensa e inevitável. Era quase daquelas situações em que você *não percebe que não sabe o que está acontecendo*.

Mas agora eu sabia. E isso era incrível.

Abri a porta, indo até Zara e Noelle na enorme mesa redonda. Eu podia sentir os olhos delas em mim enquanto deixava minha bolsa no chão e pegava o notebook e o caderno.

– Bem, alguém está de bom humor? – falou Zara, inclinando a cabeça e me examinando.

– Você praticamente flutuou até aqui – cantarolou Noelle.

– Eu diria dançou – disparou Zara. – Ou talvez saltitou.

Fingi indiferença, mas não consegui tirar o sorriso bobo da cara. As palavras me escaparam. Meu cérebro era uma sopa de hormônios e felicidade.

– Espera! – O queixo dela caiu. – Você viu Chase de novo ontem à noite, não é? Vocês enfi…

Fiz um biquinho.

– Talvez.

As duas gritaram.

– Ah, não. – Ergui as mãos. – Nada de sexo. Só brincamos um pouco.

Ou, sei lá, muito.

– Deve ter sido uma brincadeira ótima pra você estar assim. – Zara fez uma cara de espanto.

Uma onda percorreu meu corpo com a lembrança.

– Ah, foi.

– Isso é incrível. – Zara me deu um tapinha de brincadeira. – Especialmente depois do que você disse sobre o Luke.

Ah, meu Deus. Para quantas pessoas eu contei isso? Nunca mais vou beber.

– Ai, B. Estou tão feliz por você. – Zara pulou na cadeira.

– Eu também – concordou Noelle.

Ficamos em silêncio por um tempo, trabalhando em tarefas da faculdade e do jornal.

– Falando em boas notícias – disse Zara, apertando os olhos em frente ao computador –, tenho mais uma pra você. Quer dizer, uma meia boa notícia.

– E o que é? – *Será que era?*

Ela fez um sinal com a cabeça, indicando o notebook.

– Recebi um e-mail do Liam. Ele quer abrir mão de parte da cobertura esportiva. Diz que vai dividir com você, se estiver disposta, é claro.

Então eu estava parcialmente certa. Pensei que ele ia jogar a toalha de vez, mas acho que minha sorte iria só até aí. Eu deveria estar animada, mas provavelmente teria que trabalhar *com* ele.

Argh. E haveria condições. Suspirei.

– Qual é a pegadinha?

Ele queria que eu pagasse pela honra? Que colocasse o nome dele nas matérias que eu escreveria? Nada disso me surpreenderia.

– Ele quer manter exclusividade na cobertura do hóquei.

Ah, melhor ainda. Idiota. Por que Liam estava tão apegado ao hóquei quando ele era só um fã casual?

– Claro que quer. – Bufei. – Você deveria perguntar a ele qual é nosso histórico atual. Aposto que não consegue responder sem olhar no celular.

Por outro lado, eu poderia listar as estatísticas dos dez melhores times de memória. Quem está liderando, que está correspondendo às expectativas e quem está decepcionando na temporada.

Zara deu de ombros, lançando um olhar simpático. Ela sabia que eu estava certa.

– Isso é um sim ou um não?

– Sabe que é um sim – respondi, relutante. – Talvez ele perca o interesse em hóquei também.

– Você viu aquela lista de estágios de primavera? – perguntou Noelle, cutucando meu braço com a ponta da caneta. – Todos são remotos. Tem uns dez, mais ou menos. Vi um que era relacionado a esportes e pensei em você.

– Não, onde foi postado? – respondi, animada ao ouvir isso.

– No portal de carreiras. – Ela acenou para meu notebook. – Subi esta manhã. Você deveria verificar.

Com a esperança vibrando, abri meu navegador e fui até a página de carreiras da Callingwood, entrando com minhas credenciais. Rolando pelas listas, li as descrições de cargo. Havia um para um site de moda do qual nunca ouvi falar, outro de um site de comida que eu conhecia vagamente, uma estação de notícias local, uma marca nacional fitness e… a *Penalty Box Online*.

Sabe, só a principal fonte de notícias sobre hóquei.

Ai, meu Deus.

Na mesma hora, cliquei duas vezes na descrição.

Penalty Box Online

Redator de conteúdo de hóquei – estágio remunerado

✓ Carga horária: aproximadamente 5-10 horas por semana.

✓ Tarefas: criação de conteúdo para site, postagens em redes sociais e textos publicitários, além de pesquisa sobre temas do setor.

✓ Requisitos: graduação em Jornalismo ou Comunicação, com uma média alta; paixão por hóquei; profundo conhecimento sobre jogos, jogadores, equipes e ligas; capacidade de entregar trabalho consistente, de alta qualidade, com prazos curtos.

✓ Possibilidade de contratação para posição permanente de meio período a depender do desempenho.

Sem piscar, encarei a tela. Era isso. Exatamente o que eu precisava. O estímulo perfeito para enviar o currículo.

Voltei à realidade e vi o relógio atrás de Zara. Pulei da cadeira, juntando minhas coisas.

– Desculpem, tenho que ir. A Shiv vai me pegar daqui a pouco.

– Shiv?

– Ah, a namorada do colega de apartamento do Chase – respondi. – Estamos procurando por um lugar. Longa história.

◆ ◆ ◆

Uma hora mais tarde, estávamos acampadas na sala, com comida mexicana para viagem e margaritas feitas em casa. E com o plano de assistir a cada comédia romântica da Netflix que pudéssemos encontrar. Era legal ter uma noite das meninas de novo. Eu não fazia isso desde que as coisas saíram do trilho com Amelia e Jill.

– O Chase me contou do incêndio – falei, dando um gole na minha margarita de morango. – Que terrível. Ainda bem que ninguém se machucou.

– Pois é. – Siobhan puxou as pernas para baixo do corpo, no sofá, e se virou para mim. – Infelizmente a maioria das minhas coisas foi destruída, os danos da fumaça foram muito extensos. O seguro do aluguel vai cobrir, mas ainda é uma chatice substituir tudo. Ainda mais que estou tentando viver com uma mala no quarto do Dallas.

– Aposto que ele não se incomoda com essa parte. – Dei uma mordida no meu taco de frango. Magnífico. Entre o jantar com o Chase e o jantar de hoje, eu estava ficando totalmente mimada. Era uma boa mudança da minha dieta normal de estudante universitária falida.

Ela riu, afastando o cabelo escuro do rosto.

– Todos os três são legais comigo, na verdade. Acho que o Ty é o menos feliz por ter uma garota por perto o tempo todo, mas ele está se virando. De qualquer forma, não quero ficar muito.

– Teve a chance de ver algum lugar com dois quartos?

– Tenho uma lista de possibilidades que acho que podemos dar uma olhada. – Ela hesitou. – Espero não estar me precipitando. Se você tiver algo em mente, podemos olhar também.

Eu me encolhi.

– Sinceramente, não tive a chance de procurar. Estive bem ocupada esta semana.

– Foi o que eu ouvi – disse Shiv, os cantos da boca se curvando.

– O que ouviu?

– Ah, Chase disse que vocês saíram uma ou duas vezes. Ele falou do encontro de patinação. Preciso te dizer que isso é bem fofo.

– Foi divertido – comentei, ficando vermelha. – Até sermos pegos pelo zelador no meio de um amasso. – Compartilhar essa informação deve ter sido culpa da margarita.

– Ah, para. Não acredito.

– Bem, foi quase. Mais como um "escapamos por pouco", acho. – Tentei não dar muita importância. – Dallas já te levou pra patinar?

– Não. Eu sou mesmo uma garota da Flórida. Acho que nem consigo ficar em pé de patins, quanto menos deslizar com eles. Para mim, gelo é algo pra se olhar.

– Flórida? Nossa, você está bem longe de casa.

– É proposital – respondeu ela. – Meu ex e tudo mais. Eu queria uma distância de alguns estados.

Caramba.

– Ele ainda tenta entrar em contato com você? – Fiquei curiosa, mas ela tocou no assunto antes, então acho que tudo bem.

– Às vezes. – Deu uma mordida em sua *enchilada*. Depois de engolir, continuou: – Minhas redes sociais são trancadas, o que ajuda até certo ponto. Mas há um tempo ele conseguiu meu número com um amigo em comum e ligou várias vezes no meio da noite. Você precisava ter visto o Dallas quando ele atendeu. Mudei o número no dia seguinte.

Siobhan respirou fundo e expirou lentamente.

– Acho que é por isso que mantive o Dallas à distância. – Ela gesticulou para a sala de estar. – Mas, claramente, isso não funcionou muito bem. Eu sou louca por ele, mas ainda estou com um pé atrás.

– Eu te entendo – comentei. – Seu ex quase faz o Luke parecer bonzinho.

Luke era um imbecil, com certeza. E, sem nenhuma explicação lógica, decidido a complicar minha vida agora que eu tinha seguido em frente. Mas o ex dela estava em outro nível, tipo, em um meio perigoso. O dano que o Luke podia me causar se limitava, provavelmente, a espalhar mentiras ridículas e tentar irritar o Chase. Na verdade, Chase era a maior ameaça para ele.

– Não sei. Luke parece terrível. – Siobhan mergulhou uma *tortilla* no guacamole. – Ouvi falar daquela coisa da mensagem de texto.

– Pois é. Quem faz isso? – resmunguei. – Para falar a verdade, é a cara do Luke. Acho que ele estava tentando arrumar problemas entre Chase e eu.

– Ah, acho que o Chase não vai a lugar nenhum. – Ela sorriu. – Não querendo entregar ele nem nada, mas... – Ela fez uma pausa. – Tá bom, tô entregando um pouquinho, mas ele fica todo fofo quando o assunto é você.

Não consegui conter um sorriso bobo.

– Nem acredito que eu o odiava.

– Odiava? – Shiv inclinou a cabeça, curiosa.

– Eu achava que sim, não sei.

Tanta coisa tinha mudado ultimamente que parecia que meu mundo tinha virado de cabeça para baixo.

– Em sua defesa, ele realmente é um pé no saco no gelo – disse ela, rindo. – Dallas diz que ele é um daqueles jogadores que você ama se está em seu time e odeia se está em qualquer outro.

– Acho que sim – assenti, levantando para colocar meu prato vazio na cozinha. – Vamos assistir *Amor de verão* primeiro ou *Noivos por acaso*?

– Sei lá, vamos ver em ordem alfabética.

– Assistir a tudo isso no perfil do Dallas vai bagunçar o algoritmo dele na Netflix – comentei. Agora a tela inicial estava cheia de John Wick, comediantes e filmes de terror.

Ela riu, tomando mais um gole de sua margarita.

– Essa é a melhor parte. Ele vai receber notificações de filmes fofinhos até o fim dos tempos.

27

Parte do jogo

Bailey

DEIXEI MEU CELULAR na mesa ao lado da cama de Chase e deslizei para baixo das cobertas, encostando-me na cabeceira de madeira. Era estranho estar no quarto sem ele, sua presença pairava no cômodo, como um fantasma. E a cama tinha o seu cheiro – mistura do perfume intoxicante que usava e da essência natural de seu corpo.

Não que eu tivesse cheirado a fronha ou algo assim.

Ah, meu Deus, eu realmente gostava dele. Isso era assustador.

Segundos depois, meu telefone vibrou. Senti uma sensação de ansiedade quando o peguei, atendendo a chamada.

– Oi.

– Oi, meu bem – disse Chase, a voz profunda e hipnoticamente sugestiva, que mexia com meu cérebro, além de outras partes do meu corpo. – O que está vestindo?

– Você tá bêbado? – Eu ri. De alguma forma, percebia pela cadência de sua voz.

– Então... – Ele parou. – Talvez um pouquinho.

Ouvi ao fundo um dos rapazes gritarem.

– Mais do que um pouco, peso-pena de merda!

– Ignora o Ward – disse ele. – No máximo, um pouco zonzo.

– Você não tem outro jogo amanhã? – Eu me remexi no lugar, puxando o edredom cinza mais alto em volta do tronco para me aquecer. Chase era como uma fornalha portátil; eu nunca sentia frio quando ele estava na cama comigo.

– Estou bem. Sou uma máquina.

– Sei. – Meu olhar vagou pelo quarto, pousando na porta branca do *closet* de Chase. Então me lembrei do que dissera sobre seus moletons. – Está no hotel?

Saindo da cama, segurei o celular apoiado no ombro. Abri a porta, estudando o conteúdo por um segundo. Como tudo o que Chase tinha, era bem-organizado e separado em seções. Apertei a boca ao ver aquilo. Ele era tão arrumado o tempo todo.

Passando pelo terno, peguei um moletom branco dos Falcons em um dos cabides e o vesti. Era grande demais – do jeito que veste perfeitamente – e já estava gasto o suficiente para ser macio e aconchegante.

– Estou – respondeu Chase. – Uns caras saíram escondido, mas ficamos pra tomar umas cervejas aqui. Então comecei a pensar em você na minha cama e aqui estamos.

Eu não poderia mentir, isso me deixou tranquila, saber que ele não tinha saído. Não que achasse que o Chase aprontaria alguma coisa, mas muitos caras com namoradas arrumavam peguetes na estrada. Aprendi isso do jeito mais difícil possível.

– A cama parece vazia demais sem você ocupando todo o espaço.

Puxando as cobertas, rastejei de volta para baixo delas e me acomodei. A cama dele era um sonho. O colchão não era muito macio, nem muito firme, o edredom era fofo e os travesseiros eram perfeitos como nuvens. Era muito melhor que minha cama barata da IKEA.

– Eu? – Sua risada era profunda, convidativa. – James, você é adorável, mas dorme na diagonal.

Ele me pegou. Eu dormia de forma caótica. Em casa, ocupava minha cama de casal inteira. E também me virava tanto que às vezes as bordas do lençol de elástico escapavam do colchão. Apesar de o meu sono não ser tão agitado quando estava com Chase, talvez por ter menos espaço para me esparramar.

– Eu nem te contei o que estou vestindo – disse, puxando as mangas macias do moletom dele até cobrirem parte das minhas mãos geladas. Juro que os rapazes mantinham o termostato ajustado na mesma temperatura da geladeira.

Talvez Shiv e eu puséssemos aumentar um ou dois graus enquanto eles estivessem fora.

– Se tá tentando me distrair de seus hábitos de roubar a cama, saiba que está funcionando – disse ele. – Vá em frente.

– Um de seus moletons, claro.

Que ele podia ou não recuperar, mas eu não ia contar essa parte. Talvez nem notasse que desapareceu.

– Ah – suspirou Chase. – E eu nem estou aí pra ver.

– Amanhã – falei. – Como foi o jogo?

– Incrível. – Ele riu, divertindo-se. – Entrei numa briga. E ganhei, óbvio.

Meus ombros tremeram de tanto rir. Típico.

– Claro que sim.

Ele se envolveu em pelo menos uma briguinha em cada jogo que eu tinha visto. Por outro lado, a rivalidade Boyd-Callingwood era profunda, então não era só culpa dele. Provavelmente nem todos os jogos eram tão acirrados.

Exceto que ele quase tinha um doutorado em antagonismo.

– O outro time levou uma penalização de cinco minutos por isso – comemorou ele, com uma inocência fingida. – Não fui eu que começou.

– Claro que não. – Balancei a cabeça, sorrindo. – Não tem como você instigar algo assim. E o resto do jogo?

– Vencemos de quatro a três – disse ele. – Eu consegui duas assistências.

– Legal. Vai ser bom para suas estatísticas. – Embora estivessem boas o suficiente para esse começo de temporada.

– Como está a busca de apartamento com a Shiv?

– Boa – respondi, lutando contra um bocejo. Nem era tão tarde assim. Eu não tinha outra desculpa para estar tão cansada além de comida mexicana pesada e uma margarita extraforte. Shiv fazia coquetéis como se estivesse querendo tranquilizar um elefante. – Marcamos de olhar alguns na quarta. Eles são bem centrais, bem perto da área do rio. Uns dez minutos daqui.

Siobhan e eu vasculhamos os anúncios de aluguel escrupulosamente, reduzindo-os aos, no momento, três principais concorrentes. Se não dessem certo, tínhamos outros dois na lista para considerar. Mas havia um apartamento pequeno e fofo de dois quartos com varanda na Green Street que tinha a minha torcida. Foi reformado a pouco tempo, estava situado em uma boa rua, a dois minutos da estação de trem. Janelas grandes, sala iluminada e – a melhor parte de todas – dois banheiros. Era como eu imaginava o apartamento ideal para recomeçar, então estava rezando para que ninguém o pegasse antes que pudéssemos visitá-lo.

– Perfeito. Depois que terminarem pode passar no nosso jogo – provocou.

Fiquei preocupada.

– Sabe que vão jogar contra nós, né?

– Pois é. Continua esquisito? – perguntou Chase, suavizando o tom. – Tá tudo bem, entendi.

– Não tenho certeza. – Respirei fundo e prendi o ar por um momento. Era esquisito, mas talvez sempre seria. – Posso pensar nisso? Nesse momento é só sobre o Derek. É um pouco… estranho pra mim.

Para quem eu torceria? Para ambos? Para nenhum?

– Não se preocupe – comentou ele. – Se não der, talvez no próximo.

Ele estava tentando disfarçar, mas havia uma pitada de decepção em sua voz que me atingiu em cheio. De repente, me senti culpada. Eu fui a todos os jogos do Luke. Todos.

E não fui a nenhum do Chase.

– Quer saber? Eu vou – afirmei.

Shiv e eu nos sentaríamos bem, bem longe de Jillian e Amelia. Tipo, do outro lado da arena. O antes e o depois poderiam exigir um pouco mais de vigilância, mas eu daria um jeito.

Além disso, eu queria ver o Chase jogar.

– Verdade? – A voz dele ficou animada.

– Claro. – Outro bocejo surgiu quando eu falava.

– Legal – disse ele. – Você parece cansada, amor. Vou deixar você dormir. Mas te vejo amanhã, tá?

– Que bom – respondi. – Boa noite, Carter.

– Boa noite, James.

Chase

James na minha cama sem mim. Tortura autoinfligida.

Encerrei a ligação, olhando para a tela. Imaginando-a embaixo das cobertas. Aqueles lábios carnudos. Aqueles suspiros suaves. As longas pernas enroscadas nas minhas…

Então olhei para cima e vi Ward parado em minha frente, sentado na beirada da cama do hotel.

Ele me observava, os lábios erguidos em um sorriso.

– Como tá sua namorada?

Nem ia discutir esse ponto de novo, embora, para falar a verdade, não tenhamos definido dessa forma.

Eu meio que queria. Mas como tocar no assunto? Eu queria que ela fosse minha de um jeito muito simples, muito primal, tipo um estilo homem das cavernas, como ela disse no vestiário.

– Bem – respondi. – Fazendo planos para morar com a Shiv.

– É. – Sua postura enrijeceu, a expressão mudando de divertida para algo ilegível. – Shiv mencionou.

Observei sua expressão atentamente.

– Não quer que ela vá embora.

E o Ward me criticou por causa da Bailey. Esse aí, viu.

– Quê? – Dallas fez uma careta, mas ele era um ator terrível. – Não, tudo bem. Vou ficar feliz em ter meu espaço de novo… – Ele gesticulou vagamente para o quarto, o que não ajudou em nada a vender sua mentira.

– Sabe que os lugares que elas estão considerando ficam a apenas uns dez minutos da gente, né?

A essa altura do campeonato, eu estava empolgado em passar um tempo no recanto da Bailey. Não ser o inimigo público número um da casa dela seria ótimo.

– É, eu sei.

Ty se aproximou, a garrafa de cerveja âmbar na mão.

– Chega de fofoca, vadias. Vamos jogar pôquer ou o quê? Davis e Fitz estão dentro.

– Querem perder tudo de novo? – perguntei. – É como se vocês dois nunca aprendessem.

Não que eu devesse reclamar. Um pouco de dinheiro extra nunca fez mal. E eles facilitavam muito.

– Você deu sorte – resmungou Dallas.

– Nas últimas cinco vezes? – Arqueei as sobrancelhas. Levantando-me, coloquei a mão no bolso de trás e peguei a carteira.

Ty estendeu a mão livre, pedindo o dinheiro.

– Aposte ou cale a boca.

Muitas rodadas depois, restamos apenas o Fitz e eu, um dos defensores veteranos. Ele não era um jogador de pôquer ruim, embora não fosse tão bom quanto acreditava. Participava de torneios por diversão, o que lhe dava uma sensação inflada de confiança.

E fazia dele um alvo perfeito.

Ty distribuiu a carta final. O nove de espadas que eu precisava desesperadamente veio com o *river*, a quinta carta.

Lindo.

– Pague. – Fitz passou a mão por seus cabelos cor de cobre, seu sinal. Ele tinha algo, mas não grande o suficiente para me vencer.

– Vire – rebati, acenando para sua mão.

Fitz virou as cartas para revelar um *full house*: três oitos e dois reis. Nada mal.

Aí virei minhas cartas, exibindo um *straight flush* em toda sua glória: nove, dez, valete, rainha e rei de espadas.

Os olhos de Fitz se arregalaram, e ele deu um tapa na mesa redonda. Seu rosto ficou vermelho sob suas sardas, e ele fechou o punho, batendo na coxa por baixo da mesa.

– Droga, Carter!

– Mentira – murmurou Dallas. – Estava na sua manga ou o quê?

– Ham-ham – Ty pigarreou –, o *dealer* está bem aqui, idiota, e essa merda não voaria na minha mesa. Eu tenho olhos de águia.

– O quê? – Mostrei indiferença, empurrando as cartas para Tyler guardar. – Achou que eu estava blefando?

Fitz gesticulou com o gargalo de sua cerveja, ainda perplexo.

– Você apostou alto num par de dois há algumas rodadas.

– Tudo parte do jogo, amigo.

A perda do blefe foi pequena; o benefício, enorme. A jogada fez Fitz pensar que eu era um idiota imprudente, e por isso apostou tudo contra mim nessa última.

Terminei a noite duzentos dólares mais rico. E não posso dizer que não avisei.

28

Encontro duplo

Chase

A VIAGEM DE ÔNIBUS para casa pareceu durar dias.

Quando cheguei, Bailey estava encolhida no sofá da sala de estar com o notebook prateado dela apoiado ao lado. Ela estava adorável, com leggings pretas e meu moletom branco dos Falcons. Esta era uma vantagem adicional de voltar para casa.

Seus olhos castanhos pousaram em mim.

– Oi, estranho.

Ela fechou o computador e se levantou para me cumprimentar enquanto eu contornava o sofá. Passando meus braços por sua cintura, abaixei a cabeça para beijá-la. O aroma quente de baunilha dela me cercou. Bailey sempre cheirava vagamente como um biscoito ou algo tão delicioso quanto que eu queria devorar – literalmente.

Seus lábios se separaram e nossas bocas se inclinaram, aprofundando o beijo. Sua respiração era suave, os braços deslizando para descansar em meus ombros. Minhas mãos baixaram para seu tórax, passando por seus quadris, segurando sua bunda perfeita. Instantaneamente fiquei duro. Talvez eu devesse ter começado isso em outro lugar, porque eu estava ficando muito excitado na sala de estar.

A porta da frente abriu, e o Dallas entrou como um maldito rinoceronte.

– Não liguem pra mim! – gritou, passando. Para alguém tão gracioso no gelo, ele tinha pés de chumbo em casa. – Só vou encontrar a Shiv.

Estraga-prazeres.

– Desculpe por termos chegado atrasados – falei, traçando seu queixo com meu dedo. – Alguns dos caras levaram uma eternidade pra se recompor e fazer o check-out do hotel depois do jogo.

Ela piscou devagar, um sorrisinho se formando nos lábios.

– Está tudo bem.

– Vem cá. – Passei um braço em volta dela, puxando-a para o sofá comigo.

Bailey se jogou ao meu lado, soltando um suspiro, e virou para que suas longas pernas caíssem sobre meu colo.

Examinei seu rosto e deixei meu olhar vagar por seu torso, vestido com o meu moletom. Era um pouco grande demais para ela, mas do jeito perfeito. E eu sabia que as curvas por baixo dele eram fenomenais.

Eu queria devorá-la ali mesmo. Mas ao mesmo tempo não queria que ela pensasse que era só isso que me interessava – especialmente depois de alguns dias longe –, então me contive.

Nossos olhares se encontraram e foi como estar em casa. Estar com ela era como estar em casa.

– No que você tava trabalhando? – perguntei.

– Bem... – Ela cravou o dente no lábio inferior. – Eu estava lendo uma oferta de estágio que a Zara me mandou.

– De qual empresa? – perguntei.

Ela estava tímida por razões que eu não conseguia entender.

– *Penalty Box Online*. – Ela pegou o notebook, virando a tela para mim.

Dei uma olhada rápida na descrição e nos requisitos.

– James, parece perfeito. Vai se candidatar, né?

Ela fez um som de desdém e se fez de desinteressada, baixando o olhar.

– Vamos ver. Não sei se sou qualificada.

Estudei a descrição do estágio de novo.

– Meu bem, parece que criaram esta vaga pra você.

Seus lábios tremeram como se quisesse argumentar, mas desistiu. Eu odiava que ela pensasse tão mal de si mesma e de suas habilidades. E odiava ainda mais o motivo. Porra, Morrison.

– Não se sabote – pedi a ela. – Não tem nada a perder se candidatando.

– Tá. – Seu olhar ficou distante por um momento e ela assentiu. – Você tá certo. Farei o que você faria. Vou pensar que sou o máximo e que tudo vai dar certo.

– Isso mesmo. Vai dormir aqui na quarta, né? – Dei a ela um sorriso torto, um que quase sempre fazia com que me dissessem sim.

– Sim, eu posso. – Ela sorriu, de repente tímida. – Vou terminar algumas coisas mais cedo. E eu não tenho aula na quinta até as 10 horas. A menos que você precise acordar cedo.

– Tenho treino de força de manhã, mas posso voltar depois. Devo chegar por volta das 8 horas. – Rastejar de volta para minha cama para encontrar a James nela era minha ideia literal do paraíso.

– Pode ser – respondeu Bailey. – Ainda tenho um projeto em grupo pra fazer hoje à noite. Estamos com problemas entre os membros do grupo e vou dar uma de mediadora. – Ela revirou os olhos, soltando um suspiro de aborrecimento que era mais fofo do que bravo.

Eu não tinha certeza se já a tinha visto com raiva. Irritada, sim. Mas perder a cabeça, nunca. Embora, com a minha estupidez, provavelmente fosse só uma questão de tempo.

– Infelizmente, tenho um monte de tarefas pra terminar até amanhã também – comentei. – E agora que posso te beijar à vontade, não tenho certeza se seria tão produtivo com você aqui quanto fui da última vez.

– Vamos ser honestos. – Seus olhos verde-dourados passavam por meu rosto, os lábios se curvando para cima. – Você também não estava tentando ser produtivo naquele dia.

Foi tão evidente assim? Droga.

– Posso ter enrolado um pouco – admiti. – Mas Ward tem um *timing* bem ruim.

O queixo dela caiu, sua boca formando um pequeno "O".

– Então você *ia* me beijar? – Ela me deu um tapinha brincalhão no braço.

Eu sorri. Estava ferrado e sabia disso.

– Pelo menos ia tentar.

– Pode me beijar agora se quiser – murmurou, a voz saindo em um sussurro.

Aproximei-me, enrolando uma mão em seu cabelo, puxando-a para mim. Nossos lábios se uniram suavemente. Ela colocou a mão fria em meu rosto enquanto me devolvia o beijo.

Sentia como se um interruptor desligasse o meu cérebro, porque todo o resto desapareceu. O momento se estendeu para sempre. Tudo o que existia eram seus doces lábios se movendo contra os meus do jeito mais perfeito, seu corpo pressionado contra o meu.

Lentamente, nos separamos. Seus lábios voltaram a se curvar em um sorriso tímido.

– Falando em tarefa da faculdade, como tá indo a condicional?

– Graças a você e à boa nota do meu trabalho – respondi –, estou oficialmente livre dessa. – Estava tentando me manter assim. A menos que perdesse o controle e espancasse o Morrison em um futuro próximo, o que era uma forte possibilidade e com certeza valeria a pena.

O ideal, porém, seria que isso acontecesse no gelo, aí eu ajudaria o time e evitaria a prisão.

– Sério? – O rosto de Bailey se iluminou, e ela apertou minha mão. – Isso é ótimo.

– Sim, mas ainda tenho que andar na linha. Tipo no jogo contra vocês esta semana.

Talvez eu não devesse ter tocado nesse assunto. O treinador Miller tinha conversas estimulantes comigo, do tipo "Fique na porra da linha", e sabíamos que eram avisos.

Ela fez uma expressão preocupada e mudou o peso do corpo.

– Tem certeza de que não vai ser pior se eu for?

– Não, vai ficar tudo bem. – Balancei a cabeça. Isso não saiu do jeito que eu esperava. Tê-la lá seria muito mais que bom. – Vai ser ótimo – assegurei. – Estou ansioso por te ver lá. Eu consigo ficar calmo.

Acho.

Dallas entrou na sala.

– Jantar? Sim? – Ele arqueou as sobrancelhas escuras, virando-se para Bailey e depois para mim. – Eu posso cozinhar.

– Espera. Vocês ficam fora o fim de semana todo, dão duro e quando voltam cozinham pra nós? – perguntou Bailey.

Sabe, Dallas estava fazendo toda aquela cena, mas, se eu ganhasse crédito só por estar junto, não reclamaria. Fazer churrasco não era realmente um trabalho para duas pessoas, mas acho que poderia ficar ao lado da churrasqueira fingindo que estava ajudando.

◆ ◆ ◆

Duas horas depois, tínhamos bifes perfeitamente grelhados, batatas assadas recheadas e uma salada caesar que estava um espetáculo, com bacon esfarelado por cima.

A companhia também não era nada ruim.

Bailey pousou o garfo no prato e tomou um gole de água. Seus lábios carnudos pousaram no copo, chamando minha atenção. Tudo o que eu conseguia pensar era sua boca na minha. Ou, bem, em outras partes.

– Sabe – disse ela. – Seus amigos ainda não me contaram nenhuma história embaraçosa sobre você.

Engoli um pedaço de bife malpassado com apreensão. Havia histórias embaraçosas e *histórias embaraçosas*. Mas eu podia confiar que Ward não me jogaria no fogo. Não precisava que algumas dessas coisas vazassem, muito menos para a James.

Alguns dos caras do time poderiam precisar de um pequeno lembrete.

– Hum. – Dallas franziu o cenho. – Essa é difícil. Acho que estou envolvido em todas as histórias.

– Melhor ainda. – Shiv se inclinou em seu assento, cutucando-o com o cotovelo. Ela empurrou os cabelos escuros sobre o ombro e olhou para Ward com expectativa. – Começa a falar, Dal.

Ele olhou para mim. Compartilhamos um breve e silencioso entendimento de que ele não arruinaria completamente minha vida, e que eu faria o mesmo. *Valeu, cara.*

– Não sei – disse, tamborilando os dedos na mesa de madeira. – Tem algumas histórias ótimas sobre um torneio da liga juvenil na Finlândia. Como a do restaurante.

Ah, foi uma viagem divertida. Foi o verão antes de entrarmos na faculdade, a primeira vez que tivemos liberdade de verdade enquanto estávamos longe para uma competição – e, claro, acabou dando problema.

– É – concordei. – Foi meio engraçado.

E com um nível de constrangimento baixo em comparação com outras situações. Pelo menos terminei vestido naquela. *Boa defesa, Ward.*

Bailey inclinou a cabeça, parando com o garfo cheio de salada.

– Por quê? O que aconteceu?

– Na nossa primeira noite lá, deixaram que a gente saísse por conta própria – contei. – Ward e eu fomos para o centro da cidade, longe das coisas turísticas e perto do nosso hotel. Sabe, para ter uma experiência local autêntica.

– Óbvio que não falávamos nada de finlandês – acrescentou Dallas, dando uma mordida na batata recheada.

Shiv e Bailey nos observavam, extasiadas, enquanto continuávamos.

– Chegamos a um restaurante, que estava lotado, então achamos que devia ser bom – retruquei.

– Mas com a barreira do idioma, falar com a recepcionista foi um problema – continuou ele. – Ela apontou pra uma mesa, depois para um grupo de pessoas que já estava acomodado. Nós assentimos, como se falássemos que sim, que queríamos uma mesa também. Então ela nos acomodou no final dessa longa mesa, junto com essas pessoas. Achamos esquisito, mas era tipo, *tá, talvez jantar comunitário fosse uma coisa finlandesa*.

Eu soltei uma risada com a lembrança.

– As outras pessoas nos deram olhares engraçados, mas achamos que era porque éramos americanos. O garçom continuou nos trazendo pratos de comida, um após o outro. Não tivemos a chance de pedir algo do menu. De novo, foi esquisito, mas continuamos ali.

– Até vinho nos serviram sem que a gente pedisse – acrescentou Dallas. – Quando terminamos, fomos pagar e eles não quiseram pegar nosso dinheiro. – Ele fez uma pausa, dando um gole na cerveja, seus lábios curvados contra o gargalo. – Porque invadimos uma recepção de casamento por engano.

– Deixamos uma gorjeta enorme e saímos de lá – falei, rindo.

Shiv inclinou a cabeça para trás, soltando uma gargalhada.

– Como é a primeira vez que eu ouço isso? – perguntou quando se recuperou um pouco, balançando a cabeça. – Que sorte vocês serem bonitos.

– Claro que é! – Bailey mordeu o lábio. Seus ombros sacudiam sob meu moletom branco enquanto ela tentava, em vão, segurar o riso.

Acenei na direção delas, lutando contra um sorriso tímido.

– Tá bom, tá.

Dallas fixou a atenção em seu prato, cortando o bife antes de erguer a cabeça de novo.

– E teve aquela coisa em Amsterdã também, no caminho para casa.

– Amsterdã...? – indagou Bailey, virando-se para mim. Suas sobrancelhas se uniram, a expressão mais cautelosa.

Eu ri, apertando sua coxa por baixo da mesa.

– É em relação a comestíveis, James. Brownies mágicos. Não fomos ao distrito da luz vermelha.

O pai de um dos nossos colegas de time fez os arranjos de viagem para a equipe inteira. Ficamos presos em uma conexão aleatória de trinta e seis horas no meio da Holanda. Obviamente, tivemos que aproveitar a oportunidade de conhecer uma "cafeteria".

– Mas essas coisas de comer são meio complicadas e não tínhamos ideia do que estávamos fazendo. Claro que exageramos e ficamos chapados – explicou Dallas. – Tipo, chapados pra caramba.

Bailey e Shiv trocaram um olhar por cima da mesa que era algo entre divertido e *que idiotas*.

– Então tivemos fome – completei – e encontramos um McDonald's. Pedimos tudo do menu e, com a taxa de câmbio, deu uns duzentos dólares quando terminamos – lembrei. – Sabe, aposto que poderíamos ter jantado no lugar mais chique de Amsterdã com esse dinheiro.

– Para ser justo, aqueles foram os melhores nuggets que já comi. – A expressão de Dallas ficou melancólica. – Valeu os vinte e cinco dólares.

– Isso porque você estava doidão – comentei, rindo. – Você comeu os nuggets mergulhados em milkshake de morango, cara.

– Quando voltamos ao hotel, o Carter perdeu o celular. Reviramos nosso quarto procurando ... usando o telefone dele como lanterna. Finalmente usei a cabeça e resolvi ligar com o meu telefone para ver se tocava. E ele gritou quando o celular que estava segurando tocou.

Shiv riu pelo nariz, batendo a palma da mão na mesa, e Bailey caiu na gargalhada. Não foi meu melhor momento, mas agora era engraçado de lembrar. Eu já tinha ficado bem doido antes, mas essa vez foi a cereja do bolo. Ou do brownie.

– Aí ligamos a televisão para ver *O Âncora* – contei a elas. – Já estávamos vendo há meia hora antes de percebermos que a televisão estava no mudo o tempo todo.

– Meu Deus! – gritou Bailey, os olhos castanhos apertados. – Vocês dois são uma piada.

– A culpa é do Carter – declarou Dallas. – Foi tudo ideia dele.

– Acredito em você – disse Bailey.

– O quê? – Dei de ombros, pegando minha garrafa de cerveja. Debaixo da mesa, Bailey se remexeu, acidentalmente encostando sua perna na minha, me distraindo por um momento. – É legalizado lá. Em Roma, faça como os romanos... quer dizer, em Amsterdã – gaguejei.

Viu? Ela tinha um poder imenso sobre meu cérebro.

– Acho que a lição aqui é que vocês nunca podem ficar soltos na natureza sem uma vigilância apropriada – comentou Shiv, ainda lutando contra a risada.

– Em nossa defesa, nós só tínhamos 18 anos – falei. – Gosto de pensar que somos um pouco mais espertos agora.

– Espero que sim. – Bailey enxugou uma lágrima. – Você é um maconheiro enrustido, Carter?

– Hã... nem tanto.

– Isso não foi um não. – Ela ficou séria. – Mas... e os testes antidrogas?

– São só algumas vezes por ano, no máximo. Entre as temporadas. – Geralmente. O Ty era outra história: ele tinha um conhecimento enciclopédico sobre como driblar os testes antidrogas e já tinha conseguido fazer isso várias vezes.

– Ah – murmurou ela. – Você realmente é desonesto.

– Tentando entrar na linha – respondi. – Bem, mais ou menos. Por quê? Está me dizendo que nunca fez isso?

– Uma ou duas vezes – disse ela, franzindo o nariz. – Mas não gostei.

Hum. Eu não podia imaginar Bailey fazendo algo ilegal. Ou quebrando regras, no geral, para falar a verdade. Não tinha certeza de como ela acabou comigo, mas, com certeza, não estava reclamando.

– Ah, minha certinha. – Dei um tapa em sua coxa por baixo da mesa, deixando minha mão na sua perna. Ela me lançou um olhar de lado que era mais do que um pouco sugestivo, o que me deixou doido. Maldição.

Pouco tempo depois, Shiv levou Bailey para casa para que pudessem passar pelos apartamentos da sua lista. Para, citando, "Avaliar o nível de suspeita e calcular se poderiam caminhar até o Starbucks mais próximo". Prioridades de garotas, acho.

Ia demorar muito para chegar quarta-feira.

Confronto

Chase

A ARENA ESTAVA LOTADA, mas sempre acontecia isso quando jogávamos contra Callingwood. As expectativas eram grandes hoje à noite porque Bailey estava nas arquibancadas com a Shiv. Inferno, eu não queria apenas vencer, queria aniquilar os Bulldogs. Sabe, orgulho masculino e essas coisas. Sem mencionar o desejo sempre presente de esmagar o Morrison de todas as maneiras possíveis.

Infelizmente, nossos colegas de time eram um caso bem diferente. Não tinha ideia de que diabos estava acontecendo, mas os caras ficaram molengas, desorganizados e sem disciplina. Ward e eu levávamos o time nas costas – e, por isso, passando tempo demais no gelo.

Para piorar, era um dia ruim para o Ty, e os dois gols que ele tomou foram frangos. Mais um ou dois e o treinador Miller teria que tirá-lo. Se bem que, com aquela defesa que estávamos, duvido que nosso goleiro reserva se daria melhor.

Com menos de cinco minutos faltando para o fim do primeiro período, voltei para outro turno. Quer dizer, por que não? Eu bem que poderia ficar o tempo todo em jogo.

Assim que as lâminas dos meus patins tocaram o gelo, os Bulldogs perderam a posse do disco, que deslizou pela linha azul em direção à zona deles. Paul e eu corremos para pegá-lo, mas cheguei lá primeiro e, antes que eu pudesse controlar, ele surgiu como um borrão azul-marinho e me deu um empurrão forte, tentando me afastar. Ficamos presos no canto da quadra, travando uma disputa acirrada pelo disco. Tentou um *stick check* e, quando falhou, acidentalmente-de--propósito cortou minha mão com sua lâmina. Um corte feio. Respirei fundo enquanto uma dor lancinante atravessava minha mão esquerda e meu pulso.

Filho de uma puta.

Eu o odiava quase tanto quanto odiava o Morrison.

O apito soou quando o árbitro marcou uma penalidade menor, totalmente justa. E que, aliás, veio em ótima hora para a gente. Estávamos precisando da vantagem de um homem a mais no gelo. Eu não era nada menos que consistente na minha habilidade de arrancar penalidades dos times adversários.

Com as mãos latejando, fui até nosso banco para fazer a substituição, patinando pelo banco visitante no meu caminho. Quando passei, o Morrison se inclinou para a frente, acenando para o placar.

– Como é estar dois pontos atrás no primeiro período, Carter?

Isso era o que ele chamava de provocar. Apontar o placar.

– Muito melhor do que ser um jogador sem contrato com estatísticas de merda – respondi. – Deve ser estressante, cara.

Quando saiu do Ensino Médio, o Morrison era bom o bastante para entrar em Callingwood, uma faculdade respeitável da Divisão I, mas não bom o suficiente para ser convocado para a NHL. Ele tinha um enorme complexo de inferioridade por causa disso. Dado seu recente desempenho ruim, o cara estava a ponto de fracassar como um jogador sem contrato quando se formasse na próxima primavera, rezando para sobrar uma vaga para ele em algum time. Ninguém merecia mais esse destino que ele.

– Tenho muitos interessados da liga. – Ele me enfrentou com o olhar, endireitando os ombros de onde estava sentado, no banco.

– Claro – falei. – Até categorias de base precisam de uma quarta linha.

Morrison era, sem dúvida, um dos jogadores mais superestimados que eu conhecia. Teve dois anos medíocres na NCAA, seguidos por uma curta sequência de vitórias no terceiro ano, que de alguma forma lhe rendeu o posto de capitão – algo que ele definitivamente não merecia. E, no último ano, conseguiu estragar tudo de vez.

Infelizmente para o cara, um bom ano na faculdade não era suficiente para construir uma carreira profissional. Exigia consistência e crescimento frequente como jogador. Mas isso exigia trabalho duro – e foi aí, provavelmente, que a coisa desandou para o riquinho mimado. Todo o dinheiro e todos os acampamentos de treinamento do mundo não podiam compensar a total falta de culhões. Era por isso que eu já tinha meu futuro garantido e ele não – a menos que sugar os pais ricos contasse.

Seu lábio superior se curvou em um sorriso de escárnio.

– Los Angeles já se deu conta e te dispensou?

– Pelo menos eu fui convocado – respondi. – Acho que tem algumas coisas que sua mamãe e seu papai não podem comprar.

◆ ◆ ◆

Para a minha frustração, nosso jogo não melhorou no segundo período. As jogadas eram péssimas, e mal conseguíamos um lance para o gol. Na metade do jogo, Ward enfim conseguiu fazer um gol, mas, logo em seguida, levamos mais um.

Quinze minutos depois, o placar era três a um para a Callingwood. E os Bulldogs nem estavam jogando bem. Só que nós estávamos pior. Para complicar ainda mais, a arbitragem no segundo período estava um lixo, com infrações evidentes contra nós passando despercebidas. Vários ganchos em Ward, incluindo um em uma oportunidade de gol. O irmão da Bailey me deu uma trombada, na cara dura, e nem sequer recebeu um apito. *Que droga é essa, juiz?*

A única coisa que estávamos fazendo certo era apostar no jogo físico com muitos golpes. Mas não estava melhorando em nada nossas chances de gol.

Assisti a tudo do banco, orando para os deuses do hóquei enquanto corríamos pelo gelo, tentando esgotar o tempo. Se conseguíssemos passar pelo segundo período sem levar mais gols, ainda havia uma chance de salvar esse desastre no terceiro. Alguns golpes verbais padrão do treinador Miller no vestiário poderiam resolver esse problema.

Reed acabou provocando um impedimento ao passar o disco, e o árbitro de linha apitou, interrompendo a jogada, e depois foi até os outros árbitros para conversar, enquanto Ward e eu pulamos de volta para mais um turno, suados, ainda sem fôlego da entrada anterior e caindo pelos cantos.

Eu estava exausto.

Parei a alguns metros do Morrison para a disputa pelo disco. Ao contrário de mim, ele estava cheio de energia. Estava tão animado quanto uma líder de torcida, e eu nem sabia o porquê, já que tinha contribuído com zero dos três gols deles. Para falar sério, os Bulldogs estavam vencendo apesar dele.

Eu suspeitava de drogas para melhorar o desempenho, mas, nesse caso, ele teria, bem, um desempenho melhor.

Morrison patinou até mim e parou de repente, tentando me espirrar gelo e falhando. Se conseguisse chegar perto do disco por mais de meio segundo, eu o derrubaria tão forte que ele terminaria no estado vizinho. Mas eu não podia pagar uma penalidade por interferência ao acertá-lo quando o cara não tinha a posse, especialmente quando estávamos perdendo.

– Cart*er* – disse ele, arrastando o último “R” da maneira mais irritante possível. – Esqueci de perguntar como vão as coisas com a minha ex.

Era evidente que o cara estava trabalhando nessa gracinha desde nosso encontro no primeiro período.

– Bom pra caralho. – Dei um sorriso arrogante. – Obrigado por perguntar.

Morrison estava tentando me irritar de propósito. Eu era o rei em provocar meus oponentes, e era por isso que não morderia a isca. Ele precisava saber que era insignificante. Completamente insignificante. Eu tinha que ficar focado no jogo.

– Sabe – disse ele. – Fui o primeiro ali.

Meus molares cerraram tão forte que achei que iriam desintegrar.

Esqueça o que eu falei. Considere-me irritado.

Olhei para ele, quase paralisado de raiva.

– Cala a boca, cara.

O quanto o time precisava de mim rivalizava com o tanto que o Morrison precisava de um soco na cara. Mas, se eu levasse uma má conduta no jogo, não conseguiríamos virar o placar. E isso era *exatamente* o que ele precisava.

– Ah – comentou ele, rindo. – Isso te incomodou?

A parte do sexo? Não mesmo. O que James fez antes de mim não era da minha conta. Além disso, não tinha que ter ciúmes quando eu sabia tudo sobre o desempenho patético dele na cama.

Mas o cara falando dela daquele jeito? Sim, me incomodou.

Muito.

– Não – balancei a cabeça, voltando para o confronto –, mas mostre algum maldito respeito.

Morrison riu de novo, mas foi oco, forçado. Ele não tinha outra carta para jogar. Idiota.

Onde estava o árbitro de linha com o disco? Minha paciência estava se esgotando a cada segundo.

Depois de ser liberado da condicional não oficial, a última coisa de que eu precisava era voltar a isso – ou tomar um gancho de vários jogos. Ainda mais depois que o treinador Miller tinha me dado outro sermão severo esta manhã sobre "permanecer no caminho certo". Eu estava vivendo sob um maldito holofote.

Ainda assim, a tentação de causar danos físicos ao Morrison era quase grande demais para ignorar.

Eu queria usá-lo para praticar boxe.

– Hum – murmurou ele, me estudando atentamente como o idiota que era –, interessante.

– Ouviu a primeira vez que eu te mandei calar a porra da sua boca?

– Só estou surpreso que não se importe tanto com ela. – Ele fez uma expressão indiferente. – Ou talvez nem seja tão surpreendente assim, considerando sua fama.

As bordas da minha visão ficaram acinzentadas, via tudo como se estivesse em um túnel, e meus níveis de irritação atingiram o pico. Minha frustração estava em um nível recorde. Pior ainda, eu fiquei frustrado por estar frustrado.

Ninguém falava comigo assim. Nunca.

Porque eu me *importava*, e ele teve sorte por isso. Eu me importava com a James demais para jogar tudo o que sabia na cara dele. E nunca faria isso, mesmo que quisesse. Caramba, eu amaria enviar um e-mail para Callingwood com cópia para os pais dele para mostrar o lixo que ele era.

A essa altura, eu estava a ponto de acertá-lo com meu Vapor FlyLite, mas até o meu taco de hóquei merecia mais do que o Morrison.

– Você quer que eu esmague sua cara de merda?

– Ah, acho que a Bailey não ia aprovar... – retrucou ele.

No momento em que ele disse o nome dela, minha pressão subiu tão alto que eu quase tive um AVC. Tudo ficou vermelho.

Levar a penalização seria inevitável.

Meu olhar foi para o banco, onde o treinador Miller estava ocupado conversando com os rapazes. Dando uns passos rápidos, parei em frente ao Morrison, encarando-o com o maxilar cerrado como uma armadilha para ursos.

Precisei de cada resquício de autocontrole para não tirar minhas luvas.

– Escuta, idiota. Vou te avisar uma vez e apenas uma vez. – Minha voz estava cheia de ameaça e veneno. – Fique à vontade pra falar merda de mim o dia todo, mas deixa a Bailey fora disso. Não fale sobre ela, não fale com ela. Fica bem longe dela e você e eu ficaremos bem.

Morrison olhou por cima do meu ombro, provavelmente para conferir se Paul estava ali, caso ele precisasse ser resgatado. Mas Paul nunca seria rápido o suficiente para impedir que eu acabasse com ele.

– Ou o quê? – indagou, tentando passar por durão e falhando.

– Preciso desenhar? – Abaixei minha voz para que os outros jogadores não ouvissem. – Vou quebrar suas pernas, depois seus braços e sigo daí. Sua carreira patética vai terminar antes de começar.

Morrison ficou pálido, piscando lentamente. Acho que eram palavras demais para ele entender.

– Estamos entendidos? Ou devo começar agora?

– Carter! – gritou o treinador Miller. Ele ergueu as mãos em um gesto de *que porra é essa?*

– Abre o olho – falei antes de me virar.

Patinei de volta para a posição, e o árbitro, enfim, apareceu e largou o disco. Dallas venceu a disputa, devolvendo o disco para mim. Eu o dominei e fui para a lateral, antes de passar para o Davis.

Ou tentar, na verdade, porque minha mira foi muito errada, e o disco foi para a esquerda – sem querer, para um dos atacantes dos Bulldogs. Ele voou direto para nosso lado, livre, acertando um tiro direto que o Ty mal conseguiu bloquear.

Uma jogada malfeita que foi minha culpa, tudo porque não consegui completar um passe rápido.

Merda.

Morrison entrou na minha cabeça.

E agora ele sabia que eu tinha uma fraqueza.

Bailey

Eu me sentei na beirada do assento, meu corpo todo tenso como a corda de um arco. Como se assistir a uma partida dos Bulldogs contra os Falcons não fosse desgastante o suficiente para meu emocional, o jogo de hoje tinha sido incrivelmente acirrado. E físico. Como se ambos os lados quisessem ver sangue.

Faltando menos de dois minutos para acabar o segundo período, os dois times estavam mortos, exaustos de se enfrentarem no gelo pelos trinta e oito minutos anteriores. Houve mais golpes e penalidades esta noite do que eu já tinha visto antes. Chase batia em qualquer coisa que se movesse, mas os outros jogadores estavam excepcionalmente agressivos também. Derek tornou-se a fúria em pessoa, o que era muito fora de sua personalidade usual. Até alguns dos jogadores mais dóceis estavam pilhados. Os Bulldogs miravam o Ward, em particular, talvez por ser o jogador mais habilidoso. E iam atrás do Chase porque, bem… Chase.

Os árbitros começaram a deixar algumas penalidades menos sérias passarem, provavelmente para que o jogo não ficasse com quatro jogadores de cada lado nos vinte minutos inteiros de cada período.

Depois de uma perda de posse, Chase recuperou o disco do lado deles e começou a avançar. Paul foi em sua direção, acelerando com a óbvia intenção de um ataque massivo. Prendi a respiração e esperei, mas Chase olhou de relance bem a tempo e girou para fora do caminho. Paul se chocou com tudo contra as bordas da pista, fazendo um estalo alto.

Caí na risada. Ainda bem que eu não estava perto da Amelia.

– Uau! – Siobhan se encolheu, mordendo seu lábio cor de framboesa. – Que pancada.

– Uma pancada bem merecida – falei.

– Os Falcons não estão jogando bem. – Ela estremeceu, fechando o casaco azul-petróleo. A arena estava mais gelada do que o normal, o que só aumentava meu desconforto físico e mental. – Não como sempre, pelo menos. – Ela suspirou, passando a mão por seus longos cabelos escuros.

– Pois é, nenhum dos dois times está. – Os três gols dos Bulldogs foram em grande parte sorte. Me remexi no lugar, cruzando e descruzando as pernas sem conseguir ficar parada. – Estão ocupados demais tentando evitar penalidades enquanto se matam.

Assistimos a Chase passar por um dos nossos defensores direto para o Mendez. Ele se preparou e deu um lance direto para a rede. Foi de cortar o coração, mas bateu direto na trave, com um estrondo de derrota. Luke pegou o rebote e patinou para o lado oposto, indo para a zona dos Falcons.

Chase se virou e avançou direto para o Luke, como um tubarão que detectou sangue na água. Tecnicamente, alguém deveria estar cobrindo as costas do Luke, e, tecnicamente, Chase estava fora da posição. Mas isso era sobre algo que era mais que hóquei, mesmo porque os dois estavam se provocando durante todo o jogo. Essa era a maneira dele acabar com o Luke sem se comprometer completamente.

E Carter queria *mesmo* acertá-lo. Eu nunca o vi patinar tão rápido.

Uma fração de segundo antes do Chase alcançá-lo, Luke olhou para cima e percebeu que estava a ponto de ser derrubado. Em vez de reagir, ele congelou, e Chase o atingiu com o ombro, jogando meu ex de lado em um golpe devastador no meio do rinque.

Foi uma daquelas pancadas brutais que você veria na televisão, repetidas em uma compilação de vídeos de "As dez maiores trombadas de todos os tempos".

Quase em câmera lenta, Luke saiu voando e caiu de lado.

Chase continuou patinando, sem olhar para trás.

A multidão explodiu em um rugido, enquanto os jogadores no banco dos Bulldogs, incluindo Derek, protestavam em voz alta, pedindo uma penalidade.

Siobhan se virou para mim, seus olhos azuis-esverdeados arregalados.

– O cara que o Chase achatou é o seu ex idiota?

– Sim. Claro que é. – Ajustei meu cachecol cinza, colocando-o sob a gola do meu casaco. Era macio e quente, mas acho que eu deveria ter usado pelo menos mais duas camadas de roupas. Ou talvez uma segunda pele, não que fosse a coisa mais sexy para encontrar o Chase mais tarde.

– Isso não parece bom. – Shiv respirou fundo por entre os lindos dentes brancos, fazendo uma careta.

– Não – comentei. – Com certeza não.

O árbitro apitou, pausando o jogo. Vi Luke esparramado no gelo, atordoado. Por mais que eu o odiasse, não gostava de ver jogadores se machucando. Nem precisa dizer que meus sentimentos eram mistos. Luke com certeza merecia uma pancada, mas não para ficar, tipo, gravemente incapacitado.

Moderadamente incapacitado, talvez.

Mas também não queria que o Chase se metesse em problemas.

Aplausos irromperam dos torcedores dos Bulldogs quando Luke lentamente se levantou e patinou até o banco, seu equilíbrio instável, mancando muito. Quando saiu do gelo, os treinadores dos Bulldogs correram para o seu lado e o ajudaram a entrar no vestiário. Ele ficaria fora pelo resto do jogo devido aos protocolos de concussão da liga. Talvez mais, dependendo da lesão que sofreu na perna.

Mas Chase aceitaria uma penalidade? Ou pior? O golpe em si foi limpo, falando tecnicamente. Ele manteve o cotovelo dobrado e não houve contato com a cabeça de Luke. Mas não havia dúvidas de que o derrubou de propósito. Nem uma dúvida.

Shiv e eu ficamos atentas, à beira do nervosismo e com os traseiros congelando, enquanto os árbitros conversavam.

– Por favor, que não seja uma má conduta em jogo – murmurei, esfregando minhas mãos congeladas, o que foi tão eficaz quanto esfregar dois cubos de gelo.

– Espero que não – disse Shiv. – Os Falcons precisam dele no jogo.

O árbitro sinalizou, marcando uma penalidade menor de dois minutos contra Chase por investida.

– Ufa – soltei, a tensão do meu corpo diminuindo. Era mais do que justo, considerando que tinha se deslocado uma distância significativa para fora de seu caminho para dar o golpe.

– Graças aos céus – disse Siobhan.

O banco dos Bulldogs começou uma segunda rodada de reclamações, pedindo uma punição mais severa. Chase deu de ombros, patinou até a área de penalidade, sorrindo o caminho todo. Tive a sensação de que teria aceitado bem uma penalidade mais longa.

Infelizmente, tinha menos de vinte segundos restando no relógio, o que significava que os Bulldogs começariam o terceiro período com força total, enquanto os Falcons ficariam com um a menos de novo.

Eu esperava que isso não voltasse para assombrá-los.

30

Não primeiro

Bailey

Quando começou o segundo intervalo, Siobhan e eu subimos as escadas, indo para o saguão para esticar as pernas e, quem sabe, voltar a sentir os membros inferiores. Não só a arena estava fria, mas os assentos eram duros como pedra e minha bunda ficou dormente. Poderíamos muito bem estar sentadas em uma superfície de gelo.

– Talvez melhore no terceiro período – suspirou ela.

– Espero que sim. – Era difícil acreditar que seria, mas Chase dizimar Luke poderia ser bom para a moral dos Falcons. Ou para a moral do Chase, pelo menos. Apontei a placa rosa no final do corredor. – Preciso dar um pulo no banheiro.

– Tá bem – disse ela. – Vou até a lanchonete pegar um chocolate quente. Eu vou logo virar a Elsa, de *Frozen*, se não tiver algo pra me aquecer. Quer um?

– Seria perfeito, obrigada. – Não chegaria aos pés do chocolate quente do Fim do Mundo com Chase, mas Shiv tinha razão: o frio da arena tinha penetrado em meus ossos. Da próxima vez que viesse à Northview, teria que me lembrar de trazer um cobertor.

Quando virei a esquina para sair do banheiro, encontrei Amelia e Jillian do lado de fora. Um pavor gelado inundou meu corpo mais rápido do que eu conseguiria piscar. Não dava para escapar delas em casa, não dava para escapar delas na arena.

As duas usavam saias curtas, com as pernas nuas, o que me pareceu impraticável, visto onde estávamos. Caramba, nem minha roupa estava dando conta, e eu estava de jeans e camisa de flanela embaixo de um casaco acolchoado.

Os olhos de Jillian piscaram para mim, e ela cutucou Amelia, inclinando-se para dizer algo baixinho, os lábios pintados de bordô se movendo em silêncio. Eu estava dando a volta nelas quando Amelia se virou, me fuzilando com os olhos fortemente maquiados.

– Você vai ficar feliz em saber que seu namorado machucou o Luke.

Ela não estava de todo errada. Eu não estava arrasada com a saída do Luke do jogo.

Virando-me para elas, parei e endireitei o corpo. Embora fossem duas contra uma, pelo menos eu tinha a altura a meu favor. Agora que estávamos cara a cara, fiquei espantada com a maquiagem e as roupas de festa que usavam.

– E? – Dei de ombros. – Os árbitros viram tudo. Ele vai cumprir a penalização por isso.

Nada mais poderia acontecer, era tarde demais para rever a decisão. Suponho que os Bulldogs poderiam tentar fazer Chase pagar por isso no terceiro período. A palavra-chave é *tentar*. Até agora, eles não tinham conseguido acertá-lo de verdade – tirando um golpe barato pelas costas. Eu *resolveria* o assunto com o Derek mais tarde.

Amelia ergueu o queixo delicado, seus olhos escuros brilhando de raiva.

– Ele pode ficar fora de mais do que só este jogo, graças ao Carter.

– Ah. – Mantive o meu tom sem emoção, o rosto impassível. Deveria me importar? Por mim, Luke poderia se aposentar. Na verdade, eu acharia bom. Aí não teria que ver sua cara nos jogos.

Foquei minha atenção atrás delas, procurando por Shiv. Talvez eu pudesse mandar uma mensagem.

– Ele mirou o Luke. Foi um golpe supersujo – acrescentou Jillian, a voz pingando desprezo.

Disco arranhado. Vi um milhão de jogadas sujas no gelo hoje à noite, e a maioria veio dos Bulldogs.

– Está brincando? – Lancei um olhar gelado. – Você viu o Paul dar uma chance ao Chase? A única diferença entre os golpes é que o Paul errou o dele.

A expressão de Amelia fechou ainda mais. Eu tinha tocado em um ponto delicado ao trazer o Paul Perfeito à conversa. Aos olhos dela, ele não faria nada de errado. Provavelmente porque era o segundo na linha para o trono depois do Luke. Além disso, Paul se machucar sozinho por acidente era um pouco vergonhoso.

– Totalmente diferente – retrucou ela. – Todo mundo sabe que o Carter é sujo.

Quando Amelia terminou a frase, Siobhan se aproximou, segurando um suporte de papelão com nossas bebidas.

– Qual é o *seu* problema? – Shiv se irritou, encarando Amelia.

– Qual é o seu? – Jillian se intrometeu, com uma mão no quadril.

Shiv arqueou a sobrancelha esculpida, brandindo um olhar desdenhoso de *criatura inferior* que abalaria até a pessoa mais confiante. Ser deslumbrante também ajudava no fator *intimidação*.

– Chase é meu amigo. E hóquei é um esporte de contato – afirmou, como se as duas fossem as pessoas mais idiotas do planeta. – Cresçam e virem gente.

Dei uma gargalhada antes que eu pudesse impedir. Jillian abriu a boca para responder, mas depois de um instante fechou-a novamente. Amelia estreitou os olhos, nos encarando como quem procura uma resposta. Um momento se passou, e conversas de fundo de pessoas circulando preencheram o silêncio entre nós.

– Bem, isso foi desagradável – falei, alegremente. – Vejo vocês mais tarde.

Eu não estava interessada nas provocações que poderiam fazer sobre o Chase.

Shiv e eu nos viramos e ziguezagueamos pelo salão lotado. Ela me entregou um chocolate quente e pegou o outro antes de jogar o suporte na lixeira de reciclagem.

– Desculpe me intrometer – disse ela, ainda com a cara fechada. – Quem eram essas?

– Hum, ninguém importante. Só minhas colegas de apartamento. – Não seriam ninguém em breve. Eu praticamente contava os dias para isso.

– Não é de se espantar que queira se mudar – resmungou Shiv, baixinho. Então ela se virou para mim, seus olhos turquesa arregalados. – Meu Deus, espera. Eu deixei as coisas mais difíceis pra você? Puta merda, eu e minha boca grande.

– Que nada. Você não piorou nada. – Na verdade, colocá-las em seu lugar ajudava a mantê-las sob controle. Alguns meses atrás, eu teria deixado que me atropelassem e choraria a noite toda. – É bom que a gente encontre um lugar logo, ou teremos que morar com os rapazes.

◆ ◆ ◆

Na metade do terceiro período, parecia que as coisas poderiam melhorar. Chase fez um gol com um jogador a menos depois de uma assistência do Dallas. A energia da arena virou... até a linha mudou. E aí, a defesa desmoronou completamente, e eles levaram outro gol dos Bulldogs.

Do banco, Chase balançou a cabeça, frustrado.

Pelos dez minutos restantes, os Falcons fizeram um esforço admirável para uma recuperação. Chase estava se matando, mas não foi o suficiente, e o relógio parou com um placar de cinco a três para os Bulldogs.

Fiquei com o coração apertado. Droga.

Para ser justa, eles estavam em uma incrível sequência de vitórias até agora, então, uma hora, perder seria inevitável. Mas o momento não era bom. Eu esperava que isso não estragasse o humor do Chase, já que íamos sair mais tarde.

Ou fazer outras coisas mais tarde.

Eu ainda não tinha certeza do que essas coisas poderiam ser.

Quando as pessoas começaram a deixar a arquibancada, eu disse a Shiv que iria ver meu irmão e mandei uma mensagem para o Chase dizendo o mesmo. Então esperei perto do vestiário de visitantes, sem me incomodar muito com quem eu poderia encontrar. Mas o Derek, para variar, foi um dos primeiros a sair.

– B. – Meu irmão me olhou com uma expressão confusa quando saiu do corredor. – O que tá fazendo aqui?

Fiquei um pouco mais irritada. Claro que ele não saberia; a gente mal conversava havia semanas.

– Eu estava com uma amiga, vendo o Chase.

– Carter? – Ele fez uma expressão de dúvida.

– Sim, Carter. O que diabos foi aquilo? – Dei um empurrãozinho nele. Ele cambaleou para trás, claramente sem esperar.

– Do que você está falando? – perguntou, recuperando o equilíbrio.

– Acertar Chase por trás. – Joguei os braços para cima. – Foi golpe baixo.

– Os árbitros não acharam. – Derek deu de ombros, mas não conseguiu esconder a expressão de culpa. Ele tinha consciência de que estava errado.

– Você e eu sabemos que eles deixam passar coisas o tempo todo – falei.

– Por que está chateada assim por causa do outro time?

Outro time? Eu não jogava nos malditos Bulldogs, mas tudo bem.

– Por que tá arrumando encrenca com o Chase pra impressionar o Luke?

– Não estou – afirmou ele. – A pancadaria é parte do jogo.

Bati meu pé.

– Besteira, Derek! Você nunca fez isso.

Daria para contar nos dedos as vezes que Derek tinha feito um ataque daqueles. Isso, com certeza, era pessoal.

– Não entendo por que você sai com esse cara. – Derek balançou a cabeça. – Está torcendo contra nós também?

– Talvez esteja. – Inspirei fundo e soltei o ar pesadamente. – Só não faz mais isso, tá? Se não vai me apoiar, o mínimo que pode fazer é ficar fora dessa história.

Girando nos calcanhares, me virei e fui embora. Passei pela multidão que enchia o saguão da arena, sem paciência, desviando de qualquer um no caminho. O confronto com Derek tinha azedado meu humor, agora o barulho e a agitação das pessoas estavam me dando nos nervos, e fiquei ansiosa para cair fora dali.

À distância, Chase estava com um grupo. Eu não conseguia distinguir com quem ele falava, mas estava sorrindo, parecendo não ter se abalado com a derrota.

Senti um frio na barriga, as emoções se acalmando ao vê-lo. Outras partes de mim, mais primais, despertaram enquanto eu admirava seus ombros largos e a silhueta alta, vestida com um terno cinza-chumbo perfeitamente ajustado. Um metro e noventa de homem bonito e musculoso, e era todo meu. Eu estava mais do que um pouco feliz por ir para casa com ele. Embora não tivesse certeza do que poderia acontecer quando chegássemos lá.

Meu humor piorou de novo quando atravessei um espaço aberto no saguão e vi uma morena bonita à direita do Chase, praticamente se pendurando nele. Ou ao menos tentando. Ela ria, jogando a cabeça para trás para mostrar os divinos dentes brancos emoldurados por lábios vermelhos e brilhantes. Não me entenda mal, o Chase era engraçado, mas estava na cara que ela estava exagerando. Então a morena se inclinou, colocando a mão no antebraço dele. Enrijeci. Quem quer que fosse essa garota, estava confortável demais em tocá-lo. Chase retirou o braço e se afastou um passo, parecendo tão desconfortável quanto eu.

Ela não entendeu a indireta. Nem um pouco.

Meu peito apertou, meu coração acelerou. Lutei para sufocar a enxurrada de lembranças do meu antigo eu que começou a se projetar na minha cabeça. Isso não era a mesma coisa. Ele não era igual. Eu confiava nele.

Apesar disso, senti uma vontade quase irresistível de me virar e me afastar.

Com uma sensação gigantesca de apreensão, endireitei meus ombros e segui em frente. Por fim, cheguei ao lado de Chase, tocando com gentileza seu ombro firme.

– Oi – falei.

Ele se virou para mim e seus olhos brilharam.

– Oi, amor. – Abaixando-se, ele me deu um selinho e colocou o braço em volta da minha cintura, me puxando para mais perto dele. Seu cheiro familiar me envolveu, o corpo firme me aquecendo, acalmando a turbulência que eu sentia.

Chase acenou com a cabeça para a garota.

– Está é Kristen. Kristen, está é James. Minha Bailey. Quer dizer, Bailey, minha... – Ele hesitou, franzindo o cenho – ...namorada?

Seu gaguejar envergonhado era tão adorável que não consegui tirar um sorriso tolo do rosto. Parecia que eu estava em um comercial de creme dental. Chase era sempre confiante, completamente seguro de si, o que tornava seu deslize ainda mais cativante.

Sem mencionar que namorada soava bem legal.

Quando voltei minha atenção para Kristen, meu sorriso passou de real para falso. Mas eu podia fingir educação, pelo menos.

– Prazer.

– Todo meu. – Ela sorriu de volta, mas o sorriso não alcançou os olhos. Eu tinha a impressão de que teria que me acostumar com isso.

◆ ◆ ◆

Caminhamos para a caminhonete do Chase. Ele passou na minha frente e abriu a porta do passageiro para mim. As mãos dele pousaram em minha cintura, e meu corpo inteiro vibrou em resposta, o calor inundando minhas veias. Ele se aproximou mais, sua boca procurando a minha. Fechei meus olhos, enquanto meus lábios se separavam para os dele.

Quando nos separamos, olhei para Chase, arqueando a sobrancelha, provocando.

– Você se deu uma promoção agora há pouco?

Ele congelou no lugar e abriu a boca, fechando de novo rapidamente. Seu cenho franzido. Talvez fosse a primeira vez que eu o via assim. E logo me senti mal. Eu pensei que ele iria brincar de volta.

– Eu não...

– Estou brincando, Carter – falei, com carinho. – Eu gosto. Quer dizer... se você gosta.

– Eu com certeza gosto – respondeu ele, apertando minha cintura.

Uma onda percorreu meu corpo, excitação misturada com desejo. Ficamos em silêncio por um momento, ambos sorrindo.

– Noite de filme? – perguntei.

– Parece perfeito.

Nós sabíamos que não iríamos assistir a um filme. Pelo menos, não primeiro.

31

Todo seu

Chase

A NOTÍCIA RUIM é que perdemos para Callingwood.

A boa é que a James não correu para as montanhas depois daquela trapalhada que eu fiz enrolando a língua na frente de todos. E a melhor notícia de todas: nós colocamos um nome na coisa e agora eu poderia chamá-la, oficialmente, de namorada.

Ah, agora ela tinha que me aguentar.

Tirei a caminhonete da vaga, dirigi pelo estacionamento da Northview e virei para a estrada principal. Minha casa ficava a apenas dez minutos dali, mas, agora, parecia uma vida inteira. Minha mente estava presa em um único pensamento: tudo o que eu queria era levar a James para minha cama, tirar a roupa dela e ter um repeteco da outra noite. Ou um grande repeteco, conforme o caso. Talvez vários repetecos. Humm…

– O que o Luke te falou mais cedo? – perguntou Bailey, me arrancando do meu torpor feliz e excitado.

– Nada importante. – Meus dedos apertaram mais o volante. – Só falou besteira quando não deveria.

Honestidade brutal era minha configuração padrão, com intenção ou não. Mas, nesse caso, ela já sabia que o Morrison era um otário. Eu não tinha nada a ganhar a aborrecendo com detalhes.

– Você acabou com ele – falou ela.

A satisfação tomou conta de mim como um abraço quente e aconchegante. Acabei mesmo. De acordo com minhas fontes internas, ferrei legal o joelho do Morrison. Pena que não foi a cara presunçosa, mas uma lesão de joelho o manteria fora por mais tempo, então acho que foi uma vitória.

Fingi indiferença, dando uma olhada rápida para Bailey.

– Foi um golpe limpo.

– Meio duvidoso considerando a investida. – Um sorriso brincou em seus lábios, e ela fez um gesto de mais ou menos com a mão. – Não que eu esteja reclamando.

– Talvez ele aprenda a ficar atento. – Apesar de meus melhores esforços, as palavras saíram cortadas.

Bailey percebeu na hora.

– Tem certeza de que ele não disse nada? – Sua expressão ficou séria, os olhos castanhos examinando meu rosto.

– Não. Só prefiro não perder pra Callingwood. – Mesmo que eu tenha tirado o cara do jogo, perder para o time do Morrison me irritava. Ainda mais na frente da James.

– Você ainda jogou bem hoje – afirmou a gata, como se estivesse lendo minha mente. – Ninguém consegue vencer um jogo sozinho, e, mesmo com a ajuda do Dallas, era quase impossível.

Sim e não. Eu deveria ter feito mais para mudar o ritmo. Outra assistência, ou um gol, teria feito o jogo virar para o nosso lado. Mas deixei que alguém me tirasse do foco por boa parte da partida, e isso foi culpa minha.

– Você é um pouco tendenciosa, James, mas aceito o elogio. – Pisquei para ela, dando um tapinha em sua coxa. – Além disso, a única coisa que importa pra mim agora é que estou te levando pra casa.

– Cheio de lábia. – Bailey soltou um suspiro suave. Na minha visão periférica, ela passou a mão pelas ondas de seu cabelo, abrindo um sorriso tímido. Era tão fácil deixá-la desconcertada, e ficava ainda mais fofa quando estava assim.

Dei seta, virando à esquerda na via principal do meu bairro. Minha mente voltou a todas para as coisas que eu queria fazer com ela quando a levasse para cima, começando com seus lábios macios e perfeitos contra os meus – e descendo a partir daí. Ela fez um som no outro dia – uma mistura de gemido com suspiro – que eu queria desesperadamente ouvir de novo.

Qual era a cor da calcinha dela hoje à noite? Seja lá qual fosse, eu queria tirá-la com meus dentes. Poderia voltar beijando aquelas lindas pernas e fazer um belo e demorado desvio entre elas.

– Acho... – Bailey parou. Respirou fundo. – Quer dizer, falando nisso, pensei muito e acho que estou pronta – disse ela. – Para fazer sexo, quero dizer... com você.

Ao ouvir isso, quase saí da estrada.

Levei alguns minutos para reiniciar o cérebro. Mesmo que eu estivesse entretido com os pensamentos sujos, eu não esperava que ela dissesse algo assim. Mas fiquei muito feliz que tenha dito.

– Ótimo! – respondi. – Quer que eu encoste agora ou...

Ela riu, dando um tapa no meu braço.

– Não, seu pervertido. Eu queria te dizer antes que estivéssemos no calor do momento pra que você soubesse que estou falando sério.

– Bem, sou todo seu.

E eu realmente era. Em todos os sentidos.

Considerando a derrota de hoje, eu ainda tinha me dado bem.

Dane-se o jogo. O que era mesmo hóquei?

◆ ◆ ◆

Depois de cometer um monte de infrações de trânsito e executar a pior baliza de todos os tempos, chegamos à minha casa e fomos direto para o meu quarto. Segui Bailey para dentro, trancando a porta.

A primeira coisa que eu queria fazer era me livrar dessas malditas roupas. Tirei o paletó no carro, mas ainda estava com a camisa social branca, com as mangas dobradas até os antebraços, além da calça cinza do terno. Ela usava jeans com uma camisa xadrez.

Muito fofa, mas vestida com muita coisa.

As roupas teriam que sair. Agora. Pelo menos parte delas.

Quando dei um passo em sua direção, a campainha tocou lá embaixo. Uma irritação beirando à raiva tomou conta de mim. Porra, por que isso agora? Juro por Deus que, se fosse Ward interrompendo pela terceira vez, eu ia acabar com ele. Melhor amigo ou não.

– Você deveria...? – Bailey me olhou com a testa enrugada.

Definitivamente não. A menos que a casa estivesse pegando fogo, eu ficava mais do que feliz em ignorar as distrações.

Balancei a cabeça, puxando-a para mais perto.

– Não estou esperando ninguém.

Deslizei uma mão pelo seu pescoço e segurei seu queixo. Ela olhou para mim, com um olhar suave. Eu soube naquele momento que estava de quatro por aquela garota, era um caso perdido. Não apenas além da minha compreensão, eu estava bem além do ponto sem volta.

Apaixonado, caído, fodido. Da melhor maneira possível.

Inclinei minha cabeça para beijá-la, e suas pálpebras se fecharam quando nossas bocas se juntaram. Ela abriu os lábios, deixando minha língua deslizar para dentro. Um gemido suave escapou do fundo da minha garganta. Ela tinha um gosto melhor do que nunca, em todas as vezes.

As pontas dos dedos dela cravaram em meus ombros, e deslizei minha mão livre na curva de sua cintura, para baixo, para apertar sua bunda. De alguma forma, beijá-la satisfez meu desejo ao mesmo tempo que o alimentou.

A campainha tocou duas vezes, seguida por uma batida insistente na porta. Bailey pulou, assustada, e nos separamos.

– Talvez seja importante – disse ela. Naquele ponto, era melhor que fosse.

– Tá bom. – Suspirei, me afastando relutante. – Vou ver.

Corri escada abaixo, ajeitei a calça para não acabar cometendo um atentado ao pudor enquanto atendia a porta.

Não era Ward ou qualquer conhecido, nem era importante. Era um entregador de pizza com comida o suficiente para alimentar uma pequena vila e que tinha acabado na casa errada.

Apesar de minhas tentativas de explicar o contrário, ele continuava teimando, convencido de que não tinha anotado o endereço errado. Além de tudo, discutiu comigo sobre qual era meu próprio endereço. Negociar com gentileza para tirá-lo da minha porta levou muito mais tempo do que deveria e consumiu cada grama de paciência que eu tinha.

Depois que ele enfim se convenceu, corri de volta para cima e empurrei a porta do meu quarto. Parei na entrada e meu coração saltou para fora do meu peito como um disco batendo na trave. Bailey estava empoleirada na beirada da minha cama, mexendo no celular… vestindo minha camiseta vermelha dos Falcons.

E só.

– Desculpe. – Ela colocou o telefone na mesa de cabeceira, erguendo os olhos em minha direção. – Estava respondendo a Shiv. Ela disse que vão ao O'Connor's pra beber.

Ótimo.

E eu esperava que ficassem por lá. A noite toda.

Tranquei a porta de novo e me virei para escanear lentamente seu corpo de cima a baixo, me embebedando com a visão e ficando mais intoxicado a cada segundo.

O cabelo solto em volta dos ombros, os lábios carnudos entreabertos. Minha camiseta. E um short de pijama curtinho mostrando suas pernas esguias e infinitas. Pernas que poderiam estar em meus ombros daqui a pouco, de um jeito diferente da última vez. Ou dos dois jeitos, talvez.

Os dois seriam ótimos.

Dei um sorriso de lado e finalmente recuperei minha capacidade de falar.

– Bela camisa.

– Não é? – Sua boca se curvou em um sorriso sedutor. – Sou uma grande fã do número dezenove. Ele é bem gato.

– O que eu fiz pra merecer isso? – perguntei, me aproximando. O que quer que fosse, eu faria outra vez todos os dias.

Quando cheguei à cama, ela se levantou, mordiscando o lábio inferior.

– Só sendo você.

Suas mãos pousaram em minha camisa, desabotoando lentamente de cima para baixo e me ajudando a tirá-la. Ela deslizou os dedos por meu torso nu, explorando-o. Então, segurou meu cinto e o desafivelou, desabotoando minhas calças em seguida. Eu me livrei delas, tirando as meias ao mesmo tempo. De repente, eu estava em pé de frente para ela, usando apenas uma cueca boxer preta.

Agora era a vez dela. Mas primeiro...

– Está nervosa? – Afastei o seu cabelo do rosto e deslizei minhas mãos até a cintura dela, segurando-a por cima do algodão macio e gasto.

Os olhos de Bailey se fecharam por um momento antes de focar nos meus.

– Um pouco.

– Não precisa ficar nervosa comigo, James.

– Eu sei. – Sua expressão se suavizou. – Você está?

Dei um sorrisinho.

– Talvez um pouco.

Ataque de honestidade brutal de novo. Mas ela disse a verdade, então era justo. De qualquer forma, eu me sentia como se aquela fosse minha primeira vez.

– Sério? – perguntou ela baixinho, as sobrancelhas se juntando. – Por quê?

Pensei em um milhão de motivos. Porque me importava com ela, o que era um território desconhecido para mim, sexualmente ou não. Porque eu queria que fosse bom para ela. Costumava ser confiante de que tinha isso sob controle, mas de repente me vi suando. E porque ela era tão linda que me fazia sentir uma dor no peito.

Tentei capturar os motivos em uma única frase:

– Porque estou tão a fim de você que é insano.

E era. Era como uma droga. Poderia ser minha ruína.

– Eu também – suspirou ela, sorrindo.

Sem mencionar que eu estava esperando por isso havia tempos, e o que não faltava era tesão acumulado. Parte de mim queria virá-la de costas, agarrar seus cabelos e fodê-la até a próxima sexta-feira, o que definitivamente não iria acontecer hoje. Eu estava mais do que bem com isso, eu só precisava diminuir meu ritmo um pouco. De alguma forma.

Acariciei a bainha de sua camiseta – da minha camiseta – entre o indicador e o polegar.

– Sabe, isso fica muito, muito sexy em você – falei. – Talvez você possa vestir de novo mais tarde.

Bailey assentiu silenciosamente, ajudando-me a tirar a camiseta e a jogando no chão. Seu sutiã branco de renda exibia perfeitamente os seios fartos. Respirei fundo, ficando mais duro. Droga.

Tracei o dedo pela alça do sutiã, descendo pelo vale entre os seios e voltando ao outro lado. Ela respirou fundo, ficando arrepiada.

Deslizei a mão por baixo do cós do short dela, brincando com o elástico.

– Isso aqui também.

Ela o puxou para baixo e tirou. Tudo o que restava era o sutiã branco de renda e a calcinha combinando, junto com quilômetros de pele macia e irresistível ao toque. Não nua por completo, mas gostosa pra caralho.

Pousei minhas mãos em seu quadril e a ergui, deitando-a na cama para que eu ficasse em cima dela, entre suas pernas. Meu deus, Bailey era um espetáculo de se ver embaixo de mim, e ainda melhor de sentir.

Deslizei minhas mãos sob suas coxas e agarrei sua bunda grande. Ela soltou um gemido ofegante enquanto eu espalhava beijos ao longo de seu pescoço, pressionando meu pau duro contra seu corpo. Isso era perfeito. Agora precisávamos repetir, *sem* roupas.

Ainda não.

Se recomponha, Carter.

Em vez disso, agarrei suas mãos e as prendi na cama. Então, abaixei minha cabeça, buscando sua boca. Bailey riu contra meus lábios, contorcendo-se sem se esforçar muito em meu aperto.

Ainda segurando suas mãos, ergui um pouco meu corpo para dar espaço para ela se ajeitar no travesseiro.

– Parece que está presa, James. – Arqueei uma sobrancelha.

– Gosta de estar no comando, né? – provocou ela, com um sorriso nos lábios.

Claro que sim. Na verdade, nem estava segurando com muita pressão. Se ela quisesse, dava para se desvencilhar com facilidade. E, se me pedisse, eu a soltaria na mesma hora. Era mais sobre a percepção de estar presa.

– Gosto de brincar com você. – Sorri, chegando mais perto para roçar os lábios nos dela, e então me afastei novamente. Parei até que ela buscasse meu olhar. – Mas, se você disser pra parar, vai ser difícil.

– Eu sei – respondeu – e não quero que pare.

Baixei minha voz, observando sua reação.

– Mas você gosta que eu esteja no comando?

Até agora tive boas intuições quando se tratava dela. Tinha um forte palpite de que estava tudo bem, só precisava da confirmação verbal.

– Mais ou menos. – Suas pupilas estavam dilatadas.

– Mais ou menos? – perguntei. – Ou sim?

– É estranho se eu disser que sim? – Ela ficou ofegante.

– Não – falei, bruscamente. – Eu gosto. Mas eu não quero ultrapassar os limites e te aborrecer. Por isso perguntei.

– Sim. – A cor tomou suas bochechas.

Essa confirmação elevou minhas fantasias a um nível totalmente novo. Ah, as possibilidades. Tantas possibilidades.

Teríamos de ir com calma, mas talvez eu pudesse tirar um pouquinho o pé do freio.

– Hum – murmurei, olhando-a com atenção: bochechas coradas, lábios entreabertos. – Isso dá um tesão do caralho.

Os olhos de Bailey brilharam, e a timidez desapareceu.

– Por quê? – Ela puxou minhas mãos de brincadeira. – O que faria se você estivesse no comando?

Balancei a cabeça, reprimindo um sorriso.

– Ah, James. Tantas coisas.

– Me fala uma. – Sua voz saiu ofegante.

Porra, por onde eu começaria?

Dar tapas nela, usar uma venda, amarrá-la, fazer com que falasse sacanagem comigo, falar ainda mais sacanagem com ela, levá-la ao limite, fazer com que se tocasse na minha frente...

Poderia continuar com isso a noite toda. Tive muito tempo para pensar no assunto.

Mas tínhamos que andar antes de correr, patinar antes de atacar, essas coisas...

– Com o tempo.

Reclinando sobre a orelha dela, rocei meu nariz contra sua pele, inalando seu doce perfume e segurando o ar em meus pulmões por um momento. Bailey suspirou enquanto eu traçava uma linha de beijos sensuais pela curva de seu pescoço. Descendo para seu ombro, mordisquei suavemente sua carne.

– Agora, eu tenho uma coisa em mente.

– O que é? – As palavras saíram em um suspiro.

– Fazer você gozar com meus dedos.

Já que eu tinha conseguido fazer isso com a língua, estava confiante de que conseguiria com as mãos também.

E, se tudo corresse bem, com minha parte favorita do corpo.

– Tá. – Assentiu ela, me olhando.

Beijei-a novamente, passando a mão por suas costas e desfazendo o fecho de seu sutiã antes de deslizar as alças pelos seus ombros. Pegando o mamilo em minha boca, chupei, passando minha língua em volta de sua ponta rosada e perfeita. Ela jogou a cabeça para trás e deu um suspiro, passando a mão por meus cabelos. Espalmei o outro seio, apertando-o antes de soltar seu mamilo da boca e passar para o outro lado.

Com uma mão descendo por meu abdômen, Bailey me agarrou através da cueca, pressionando a palma contra mim e fazendo com que uma onda de prazer percorresse meu corpo. Puta merda. Assim, eu não ia aguentar muito tempo.

Respira. Preciso de foco.

Bailey arqueou as costas quando deslizei pela lateral de seu torso. Fui mordiscando e beijando seu pescoço, subindo até a linha do maxilar, e a beijei na boca antes de me afastar novamente.

Eu queria ver sua expressão.

Deslizei a mão pelo cós de sua calcinha, acariciando a pele macia de seu abdômen inferior. Com o contato, ela inspirou fundo, as pálpebras se fechando enquanto eu me movia para baixo e tocava entre suas pernas com a ponta do meu dedo.

Ela estava tão quente e molhada, macia como seda. Tudo o que eu queria era me enterrar nela até as bolas. Mas ainda não. Continuaria devagar, saboreando e me certificando de que estava pronta.

Meus dedos deslizaram nela mais uma vez, e ela se moveu contra minha mão, cheia de desejo e necessidade. O cabelo loiro espalhado em meu travesseiro, contorcendo-se de prazer. Vê-la assim era a coisa mais excitante do mundo.

– Meu bem, você está tão molhada.

Ela soltou um suspiro baixo, o quadril ondulando contra mim. Deslizei um dedo ao logo do seu clitóris, descendo para penetrá-la. Outro dedo se juntou, e comecei a movimentá-los com firmeza. Meu polegar se moveu para pressionar seu ponto sensível, trabalhando no ritmo de meus dedos.

Sua respiração acelerou, o rosto afogueado enquanto eu continuava a acariciá-la. Bailey soltou um gemido abafado, mordendo o canto da boca enquanto balançava o quadril no ritmo dos meus movimentos.

– Gosta da sensação?

Ela se espantou, como se eu a tivesse assustado. Virou aqueles olhos vidrados, com pálpebras pesadas, para mim, mas não respondeu.

– Você quer, James? – perguntei, baixando a voz. Quando ela não respondeu mais, pressionei-a gentilmente com meu polegar.

– S-sim. – Ela respirou fundo.

– Vai gozar pra mim, amor?

– Aham – gemeu ela, assentindo levemente.

Eu me movi um pouco mais rápido enquanto sua respiração acelerava. Sua boceta apertou meus dedos, pulsando enquanto se contorcia embaixo de mim. Ela gritou, ficando ainda mais quente e mais molhada, no limite.

Agarrando seu cabelo na nuca, puxei gentilmente, virando seu rosto e devorando sua boca. Eu a toquei, implacável, enquanto suas pernas começaram a tremer. Ela agarrou meus braços, suas unhas cravando em minha pele, gritando contra meus lábios enquanto se desfazia.

Ainda imerso em um beijo, aliviei meus dedos, devagar, saindo de seu corpo. Dando um tempo para que respirasse para não deixá-la exausta, me separei de seus lábios.

Ela respirou fundo, trêmula, me observando. O aperto em meus braços relaxou.

– Oi, amor. – Passei a mão livre pelos seus cabelos, traçando seu pescoço e descendo por seu braço.

– Oi. – A resposta veio meio sem fôlego.

– Precisa de um minuto?

Ela respirou fundo, as bochechas ainda coradas.

– Talvez um.

32

Todo meu

Bailey

QUANDO AS BATIDAS DO MEU CORAÇÃO começaram a voltar ao normal, meu cérebro voltou a funcionar e uma onda de pensamentos me atingiu.

Estava acontecendo.

De repente, fiquei nervosa de novo. Principalmente por temer não corresponder ao que Chase esperava. As experiências sexuais dele deviam encher uma enciclopédia, enquanto as minhas caberiam em um *post-it*.

Além disso, ele era grande. Muito maior que Luke. Certo, o corpo se adapta, mas... até que ponto? Doeria?

Chase se apoiou nos cotovelos, pairando sobre mim.

– Aonde você foi agora? – Seu cabelo escuro, agora bagunçado, caiu sobre a testa enquanto ele estudava meu rosto.

– Estou aqui – respondi suavemente, colocando minhas palmas em seus braços. A pele era quente e macia.

Eu queria. Ansiava por ele. Por mais razões que do que poderia contar: desejo, intimidade, curiosidade e afeto. Porque me importava e queria ficar perto dele. Eu não tinha dúvidas, era mais como uma consciência da importância da decisão. Eu não poderia voltar atrás.

Chase passou a ponta do polegar pela minha boca.

– Você tem ideia do que faz comigo?

Havia tanto carinho em seus olhos que meu nervosismo diminuiu na mesma hora.

– Não tenho ideia.

Seus lábios se curvaram em um sorrisinho.

– Não há palavras.

Passei minhas mãos por seus ombros musculosos e o puxei para mais perto. Eu podia sentir o quanto ele estava duro quando se pressionava contra mim e me beijava mais profundamente, reivindicando e exigindo.

Com sua boca ainda se movendo contra a minha, ele deslizou as mãos por meu tronco, puxando minha calcinha rendada e erguendo minhas pernas para retirá-la. Alcancei sua cueca boxer e a puxei para baixo. Ele se levantou e se livrou da peça, tudo sem quebrar o contato com meus lábios.

Afastando-se, ele sentou de joelhos e se inclinou. Abriu uma gaveta da mesa de cabeceira e vasculhou por um segundo, emergindo com uma embalagem de preservativos.

Ele fez uma expressão pensativa.

– Espera um pouco. – Ele pegou um travesseiro ao meu lado na cama e, erguendo meu quadril, deslizou para baixo de mim. – Melhor ângulo – explicou, provavelmente notando minha confusão.

Mais evidências de que ele sabia muito mais do que eu sobre o que estava por vir.

Chase voltou a se inclinar sobre mim, me envolvendo em seus braços. Ele era tão grande e tão largo, seu corpo tinha uma presença imponente me cercando por todos os lados. Um desejo mal contido emanava dele, como se estivesse se esforçando para se conter. Eu nunca tinha me sentido mais segura, ou mais cuidada.

Fixei meus olhos nos dele, sérios e questionadores.

– Tem certeza, James?

– Muita certeza. – Assenti, tocando seu queixo.

Ele deslizou seu pau para dentro de mim, lentamente, um centímetro de cada vez. Sua boca mergulhou para encontrar a minha, me invadindo com a língua. Respirei fundo contra seus lábios enquanto ele me penetrava, e a tensão do início se tornou uma vulnerável sensação de plenitude. Foi intenso, mas não doeu.

Quando estava inteiro dentro de mim, ele parou, se afastando do nosso beijo para me olhar. Passou uma mão atrás do meu pescoço, agarrando-o, me segurando firmemente sob ele. Com a outra, acariciou meus cabelos.

– Me fala se estiver sendo muito rude, amor.

– Falo.

Chase empurrou devagar, movendo seu corpo contra o meu. Minha respiração parou quando o prazer despertou entre minhas pernas. Fechei meus olhos, movendo meu quadril em círculo para encontrar seus movimentos, me perdendo na sensação avassaladora dele dentro de mim. Era ainda melhor do que eu imaginei. E ele estava certo sobre o ângulo.

– Você é gostosa pra caralho. – Sua voz era baixa e rouca, tensa.

Suas palavras só aumentaram meu frenesi, crescendo dentro de mim. Cravei os dedos em suas costas, ansiosa, desesperada por mais.

Ele afundou em mim com as mesmas estocadas ondulantes, implacáveis e exigentes. O meu prazer continuou a crescer, expandindo-se pelo meu sexo e se transformando em uma necessidade, uma urgência por liberação. Abaixando a cabeça, Chase pousou seus lábios em meu pescoço, chupando e beijando, me levando ao limite.

Era demais e não era o suficiente ao mesmo tempo, e eu estava quase gozando. Gemi enquanto o calor inundava meu corpo, a proximidade de um orgasmo se apoderando de mim como uma droga.

– Assim – choraminguei.

Chase sorriu e empurrou mais fundo, enviando uma onda avassaladora de prazer pelo meu sexo.

– Aqui? – Ele deslizou a mão para baixo até o lado esquerdo de meu quadril, me prendendo no lugar enquanto metia em mim de novo, criando uma sensação de êxtase agonizante.

– *Sim*. – Todo meu controle desapareceu, e o instinto me dominou. Enrolei minha outra perna em volta de seu torso e cravei meu calcanhar. – Por favor, não para.

– Não vou, amor.

Com isso eu me soltei. Minhas pernas tremeram e senti minha pele febril contra a dele. Chase se aproximou para outro beijo, puxando os meus cabelos. Com outro movimento de quadril, tudo explodiu. Gritei contra seus lábios, agarrando suas costas enquanto eu caía, me perdendo no êxtase.

Ele devorou meus lábios, sem parar de dar estocadas.

– Ai, meu Deus – gemi. O clímax continuou, parecendo infinito, enquanto eu o puxava mais forte contra mim, até que enfim terminou.

– Porra – gemeu Chase, aumentando o ritmo. – Você é tão gostosa.

Ele agarrou minha bunda, me puxando contra ele e bombeando com mais força. Então chocou-se em meu corpo uma última vez com um rosnado, os músculos tensos.

Chase parou, deixando a cabeça cair em meu ombro, seu coração batendo forte no peito contra o meu. Respirando fundo, ele ergueu a cabeça para olhar para mim com um sorriso cansado.

– Você é incrível. E muito sexy quando está gemendo embaixo de mim.

Ainda me recuperando, dei um sorrisinho em sua direção. Eu estava tão nas alturas que duvidava conseguir voltar.

Ele se inclinou, me dando um beijo rápido antes de sair de mim. Então se levantou e foi jogar a camisinha fora. Esperei ele voltar para baixo das cobertas e se deitar ao meu lado, me puxando para seus braços.

Nós nos aconchegamos enquanto Chase me fazia um cafuné, até que meu corpo relaxou tanto que meus músculos pareciam gelatina. Fiquei aninhada em seu peito, perdida em um transe quente e confuso. Como eu esperava, dar esse passo mudou as coisas entre nós. Um novo tipo de intimidade se formou, como se alguém me enxergasse de verdade pela primeira vez.

Meu coração estava repleto de uma forma que nunca esteve.

Chase traçou o logotipo da camiseta que eu estava usando com a ponta do dedo.

– Viu? Eu disse que minhas camisetas ficam melhores em você.

– Eu gosto muito dessa.

– É uma das minhas favoritas em você também – suspirou, ficando em silêncio por um momento. – É estranho.

– O que é estranho?

Ele descansou sua bochecha contra o topo da minha cabeça.

– Eu não sabia o que estava perdendo até te encontrar.

Meu coração ficou apertado. Eu quase quis chorar com a forma como as palavras me emocionaram. Foi como uma onda de afeição misturada com uma emoção que eu não conseguia identificar. Talvez fosse vulnerabilidade.

– Você é bem doce quando quer – falei para ele.

– Mas é sério. – Ele correu os dedos por meu braço até as pontas dos dedos e voltou.

– Estou feliz por ter você também.

– Ainda bem, porque estou apostando todas as minhas fichas aqui. Não sei se você percebeu, mas posso ser bem cabeça-dura.

Ficamos deitados por um momento, cansados e satisfeitos. Até que sua barriga roncou com insistência, quebrando o silêncio.

– Estou morrendo de fome – disse ele, com um sorriso tímido. – Não comi depois do jogo e então fiquei com fome de você. O que está a fim de fazer?

– O que você quiser. – Agora que ele tinha tocado no assunto, eu também estava com fome. A Shiv e eu tínhamos feito uma refeição entre o almoço e o jantar depois de procurar apartamentos, mas isso já fazia horas.

– Se você concordar – começou ele –, vou vetar pizza. Ainda estou irritado com aquele entregador de merda.

– Claro – respondi, rindo. – Talvez a gente possa ver um filme enquanto comemos.

◆ ◆ ◆

Chase abriu os pacotes de comida no balcão da cozinha. Examinei o conteúdo dos três sacos de papel, que provavelmente eram suficientes para alimentar dez pessoas. Tinha arroz, pratos com macarrão chinês refogado, carne com brócolis, frango com castanha de caju e vegetais, camarão picante, mais macarrão e alguns outros pratos de carne. O que todos tinham em comum? Carne.

– Será que tem comida o suficiente? – provoquei, inclinando a cabeça. – Tenho medo que acabe.

Abrindo o armário, peguei os pratos e os coloquei no balcão. Enquanto estava de costas, ele bateu em minha bunda com um pano de prato.

– Falei. Tive uma noite fisicamente desgastante. Um homem precisa comer.

– Verdade. Trabalhou duro – comentei, virando-me na direção dele.

Caminhando em minha direção, Chase me deu um sorriso maroto, me cercando contra o balcão.

– Sabe o que dizem, trabalho duro compensa.

– Ah, compensa – respondi. – Definitivamente, compensa.

Os olhos dele brilharam, travessos.

– Falando nisso, quando vamos comprar brinquedos?

Ah, então ele não esqueceu.

– Está falando sério sobre isso?

– Claro. Não consigo pensar em nada mais quente do que ver você usando um.

Soltei um suspiro involuntário. Essa cena nunca tinha passado pela minha mente. Sério?

– Ou quando estiver sozinha – acrescentou ele.

Eu achava que não ia me acostumar com isso, nunca, mas eu disse que tinha a mente aberta.

– Vamos ver…

– Ou eu poderia ir sem você. – Ele deu de ombros. – Fazer uma surpresa.

Engoli em seco. Isso seria pior que eu ir a uma *sex shop* sozinha.

– Talvez seja melhor eu ir com você.

– Ótimo – falou, dando uma piscadela –, vamos marcar um dia.

◆ ◆ ◆

Acordei com a cama afundando com o peso de Chase enquanto ele se cobria e colocava um braço pesado em volta da minha cintura. Seu corpo era quente e reconfortante junto ao meu, o cheiro de sabonete e perfume me envolvia.

Entreabri um olho e vi a luz entrando pelas frestas da cortina. Já era de manhã, o que significava que ele devia estar voltando do treino de força.

Mudando de posição, me aconcheguei a ele. Não podia pensar em uma maneira melhor de acordar.

– Desculpe. Não queria te acordar – sussurrou, me apertando.

– Tá tudo bem.

Percebi que eu deveria estar com um hálito horrível, ergui a cabeça e tentei me soltar de seu abraço, mas meu namorado me segurou com mais força, me mantendo no lugar.

– De jeito nenhum. – Seu tom ficou mais grave. – Corri pra casa para isso.

Dei risada, virando a cabeça um pouco em sua direção.

– Preciso escovar os dentes. Principalmente porque você já escovou.

– Tá – suspirou Chase, me soltando com relutância –, mas seja rápida.

Em um torpor sonolento, usei o banheiro e escovei os dentes. Quando abri a porta, ele deu um tapinha no colchão, inclinando a cabeça.

– Vem cá.

Afastando as cobertas, me arrastei até ele.

– Correu pra casa para se aconchegar?

Ele deu de ombros.

– Corri pra casa para fazer o que você quiser. Mas tenho algumas ideias, caso precise de sugestões.

33

Dois gumes

Chase

DEPOIS DE PASSAR A NOITE – e a manhã – com James, me sentia no caralho do sétimo céu. Eu a levei para a aula, dei uma passada rápida em casa e depois fui para o campus, onde passei o dia inteiro curtindo aquela perfeita euforia pós-sexo.

Tá, então eu não estava muito focado em minhas leituras. Teoria Econômica entrava por um ouvido e saía pelo outro enquanto eu sonhava com vários cenários safados – com uma tendência estranha relacionada ao hóquei –, mas pelo menos estava de bom humor.

Dallas, por outro lado, não estava tão animado. Era como se estivesse pensando sob uma nuvem carregada. Eu o tinha visto de passagem quando saí, e meu amigo estava mal-humorado pra caramba. Quando falei "Até mais tarde", ele grunhiu. Rosnou seria uma descrição mais precisa.

Na hora do treino, no final da tarde, o humor dele ainda não tinha melhorado. Dallas entrou no vestiário e jogou a mochila no banco ao meu lado como se tivesse sido pessoalmente ofendido pelo objeto.

Terminei de calçar minhas meias e dei uma olhada questionadora.

– O que foi?

– Nada – respondeu baixinho.

Certo…

– Você e Shiv estão bem? – perguntei, tentando chamar sua atenção. – Achei que tinha ouvido vocês discutindo de manhã.

Por cima do ombro de Dallas, Tyler arregalou os olhos, balançando a cabeça enfaticamente. Opa. Tarde demais.

Dallas evitou meu olhar.

– Não sei. – Ele se abaixou e abriu o zíper da mochila, tirou de lá suas meias e a segunda pele e começou a tirar a roupa.

– O que quer dizer com "não sei"? – perguntei, prendendo minhas caneleiras. – Como pode não saber?

Ty pigarreou alto e me lançou um olhar de "Que porra é essa?". Mas sutileza nunca foi meu forte, e eu estava perguntando porque me interessava mesmo.

Minha experiência com relacionamentos era muito limitada, mas... uma pessoa não saberia se o relacionamento está bem ou não? As pessoas não conversam? Principalmente quando estão juntos há tanto tempo quanto Shiv e Dallas.

– Só estou preocupado com você – acrescentei com cautela. – Ficou distante o dia todo.

– Olha – disse ele –, acho que você finalmente transou e estou feliz por você, cara, estou mesmo. Shiv e eu não estamos bem. Nós brigamos no O'Connor's. – Dallas vestiu suas calças de compressão e se levantou, arrancando a camiseta. Seu maxilar tremeu. – Um idiota estava dando em cima dela.

Dallas era, digamos, um tanto ciumento. Shiv atraía muita atenção. A combinação disso com a recusa dela em assumir um compromisso o deixava sensível, às vezes.

Tyler fez questão de virar o rosto de forma exagerada, saindo de fininho da conversa. Ele provavelmente já tinha passado por esse papo, e o seu conselho usual de "lidar com isso" deve ter sido recebido com um disco de chumbo.

– Ela estava flertando? – perguntei.

– Não. Mas nem disse que tinha namorado. Só disse ao sujeito que estava lá com "alguém". Tipo, que porra é essa? Eu sou "alguém"? Então dei o ultimato: dentro ou fora. Ela que decide.

– Puta merda. – Vesti meu calção, me virando para encará-lo. – Não é meio estranho se ela vai ficar conosco?

– Acho que vou dormir no sofá.

– Está falando sério?

– Não sei. – Dallas abaixou a cabeça. Ele passou a mão no cabelo e tornou a me olhar, a expressão tensa. Então, curvou-se ainda mais e disse, baixando a voz: – Estou cheio disso. Quer dizer, vamos lá. Tem garotas se jogando aos meus pés, mas a única que eu quero não consegue me chamar de namorado?

Era irônico. No começo, o fato de ser difícil de conquistar era parte do charme da Shiv. Enquanto muitas outras garotas tentavam fisgar o Ward de todos os jeitos – alguns envolvendo nudez ou boquetes –, a Shiv não era do tipo que achava legal a ideia de pegar um jogador de hóquei.

Eu entendia a fascinação. Gostava disso na Bailey também. Ser desejado pelo *que* eu era, e não por *quem* era, já tinha perdido a graça fazia tempo. Mas, meses depois, Dallas só tinha a Shiv, e não era o suficiente. Eu conseguia entender os dois. De um lado, era só um rótulo. De outro, era um rótulo meio legal.

– Ela deu uma justificativa?

– Algo sobre o ex dela – murmurou Dallas. – Ficou psicopata e possessivo. Ela não me dá detalhes.

Bailey tinha comentado algo sobre isso também, mas não se aprofundou no assunto. Tudo o que entendi é que o cara era pior que o Morrison, o que significava que devia ser bem terrível.

– Que difícil.

– Sim – concordou, calçando os patins e os amarrando –, mas é óbvio que ela sabe que não sou assim.

– Exceto quando se trata de jogos de videogame.

– Rá, rá. – Dallas fez uma careta. –Vai se foder.

– Não parece que o problema seja você. – O que significava que ele não poderia resolver, mas dizer isso agora não ajudaria.

– Eu sei, mas por quanto tempo aguento isso? Já faz, tipo, cinco meses. Quase seis.

– Qual é a alternativa? – gesticulei. – Vamos lá, cara. Você realmente vai terminar com a Shiv por que gosta dela demais? Percebe que isso é uma burrice, né?

Atrás de Dallas, Tyler bufou.

– Obrigada, Ty – Dallas respirou fundo. – E sua honestidade brutal é revigorante como sempre, Carter.

Puxando minhas ombreiras, dei de ombros.

– Só estou dizendo.

– Legal que você tem uma namorada há, sei lá, doze horas, e de repente se torna um guru de relacionamentos.

– Para ser justo, estou te falando de sua estupidez há anos.

Dallas revirou os olhos.

– É, e eu desisti da sua. Essa merda poderia ser um trabalho de meio período.

– Quero deixar claro que não faço nada estúpido há um mês, ou dois.

Admito, o verão foi complicado. Tomei mais do que um punhado de decisões lamentáveis. Mas o outono foi tranquilo. Principalmente por causa da Bailey. Tá, só por causa dela.

– Tenho certeza de que é um recorde – resmungou Dallas, vestindo a camisa vermelha de capitão.

– É. Tenho certeza que é.

◆ ◆ ◆

Eu estava cheio de testosterona e com uma vontade de transar não satisfeita depois do treino, o que significava que não me faltava energia. Sim, o tesão ainda estava lá, firme e forte. Levaria um tempo para isso passar. Um longo tempo.

– Carter! – gritou Dallas.

Voltei à realidade no meio do rinque.

– O quê?

– O disco – Ele gesticulou. – Vai pegar. Terminamos hoje.

– Ah, tá. – Patinei para o lado e o peguei antes de sair do gelo.

Alguém poderia sugerir que transar enfim amenizaria um pouco minha excitação, mas, em vez disso, a alimentou. Agora eu pensava na James o tempo todo. Essa parte não era nova, mas os cenários tinham ficado bem mais quentes.

Embora estivesse tentando conciliar o que ela me disse na XS com o que a gata era na minha cama, porque eram coisas muito diferentes. Parecia que prestar atenção às necessidades dela ajudava muito.

Caralho. Senti pena das garotas. Às vezes, dava vontade de mandar um mapa do clitóris e uma porra de uma dica pelo correio para alguns caras.

O lado positivo disso é que eu parecia ótimo comparado a eles.

Depois de uma chuveirada, me vesti rápido e fui para o escritório do treinador Miller. Esperava que as reuniões semanais fossem canceladas agora que a minha condicional havia terminado, mas eu ainda tinha o prazer de ver sua careca brilhante e seu rosto sério e mal-humorado para conversas individuais a cada cinco ou sete dias.

– Oi, treinador. – Deixei minha bolsa no chão, me jogando no assento de frente a ele.

Com sorte, essa seria outra reunião relâmpago para que pudesse fazer qualquer coisa que eu quisesse. Talvez ir à biblioteca antes da minha última aula para escrever meu trabalho de Economia, ou mandar uma mensagem para James, ou pensar na James em vez de escrever meu trabalho de Economia. Hum, a James como uma bibliotecária sexy... droga.

– Carter. – O treinador estendeu os dedos, franzindo o cenho. – Eu queria falar com você sobre o jogo do outro dia. Me fala sobre o golpe que deu naquele garoto da Callingwood, o Morrison. O que te fez ser penalizado.

Isso não era bom. A última coisa de que eu precisava era ficar no banco no próximo jogo contra Callingwood porque Miller achava que eu precisava pagar por isso.

Quer dizer, provavelmente eu devia. Mas ele não precisava saber disso.

Mantive minha expressão impassível, e o tom igualmente neutro.

– O que quer dizer?

Desviando da bala 101: ao sentir que tem problema vindo, mantenha a outra pessoa falando para determinar o que, exatamente, ela sabe. Dessa forma, evita se incriminar.

Aprendi isso do jeito mais difícil. Muitas vezes.

– Teve sorte de eles não terem marcado uma penalidade maior pra você por isso. Saiu da posição para acertá-lo. Por quê?

– Acho que me deixei levar. – Fingi indiferença.

– Você nunca se deixa levar – falou ele, estreitando os olhos, estudando meu rosto com a intensidade de alguém revisando fitas de jogos. – Nem pense que perdi sua conversa com ele antes. O golpe foi claramente pessoal.

– Foi um dia ruim – respondi. – Não vai acontecer de novo.

O detector de mentiras determinou: mentira.

O treinador bufou, recostando-se na cadeira reclinável.

– Certifique-se de manter a cabeça no lugar. Seu jogo também foi meio irregular.

Ele não estava errado. O resto do time não deu o seu melhor, mas isso não justificava o lapso em meu desempenho.

– Anotado, treinador.

Bailey

Depois da noite com Chase, passei o dia em completo transe. Eu viajei durante as aulas, me empolguei sobre as notícias com Zara e Noelle no escritório do *Callingwood Daily* e pensei nele com muita frequência.

Depois, tive que encontrar a Siobhan para conversarmos sobre qual apartamento escolher e fingir que estava com a cabeça no lugar.

Não estava.

E como se eu tivesse pensado sobre os apartamentos.

Não tinha.

Grosso modo, eu estava noventa por cento em êxtase e dez por cento apavorada. Não tinha motivo para esse pavor. Não tinha desculpas para me sentir assim. Tudo ocorreu de uma maneira incrível. E era isso que me assustava.

Estar nas nuvens daquele modo significava que quanto mais alto, maior o tombo.

– Então – Siobhan sorriu em expectativa do outro lado da mesa –, como estão as coisas?

Senti o calor subindo por meu pescoço. De repente, o café parecia uma sauna.

– Bem.

– Quero dizer as coisas com o Chase.

– Realmente boas.

– Dallas queria chamar algumas pessoas lá pra casa ontem à noite e eu não deixei.

– Agradeço muito – respondi, me escondendo atrás do cardápio para disfarçar o rubor. – Um tempo a sós foi bom.

– Eu o ouvi te chamar de namorada antes de vocês irem embora?

Abri um sorriso.

– Sim, com certeza ouviu.

– Que fofo – disse, fazendo cara de cachorrinho.

– Não é? É legal ser oficial. – Deixei o cardápio de lado. – E quanto a... bem, você e o Dallas. Ainda não tiveram essa conversa? Se eu estiver sendo intrometida, é só falar que eu paro. Podemos dizer que é culpa do tempo que passo com o Chase.

Shiv riu do último comentário e aí ficou séria.

– Tivemos uma briga sobre isso ontem à noite. – Ela apertou os lábios, desviando o olhar.

– Sério?

– Pois é. Um cara deu em cima de mim, e Dallas ficou puto com isso. Dispensei o sujeito, então, qual era o problema? Mas aí ele tentou me dar um ultimato. Quer dizer, não usou essas palavras. Foi mais do tipo "Tá dentro ou não?" do que qualquer outra coisa.

– E como vocês estão agora? – perguntei, respirando fundo.

– Um pouco distantes, mas já tivemos essa conversa antes. Provavelmente vai passar. – Ela se fez de indiferente. – Nem é como se eu quisesse ficar com outra pessoa.

– Mas... – Fiquei esperando.

– E se oficializar mudar as coisas? – Ela estremeceu.

– Isso não quer dizer que vai mudar pra pior – falei, gentilmente. – Pode mudar pra melhor.

Pelo menos era o que eu esperava com o Chase. Não que houvesse muita coisa para melhorar. Mas eu me sentia muito mais segura com o nosso relacionamento agora. Com sorte, poderia resolver alguns dos meus problemas restantes de confiança. Podia levar um tempo...

Shiv franziu o cenho para sua Coca-Cola Diet.

– Isso vai soar estúpido. Tipo, estúpido pra caramba, mas, honestamente, eu nunca tinha pensado desse jeito.

– Se Dallas tivesse qualquer coisa parecida com seu ex, você não estaria mais com ele.

– Eu sei. – Shiv suspirou, esfregando a testa, exasperada. – Sou louca por ele. Dallas tá sempre ali por mim. O homem é perfeito. O que diabos tem de errado comigo?

Dei de ombros.

– Gato escaldado tem medo de água fria. Eu entendo.

– Para ser sincera, estou perto de aceitar. – Ela fez um gesto com a mão, afastando o polegar e o indicador bem pouco. – Só preciso entender isso.

Depois que fizemos o pedido, nossa conversa voltou para o motivo de estarmos ali: nossos arranjos para a mudança. Nesse ponto tínhamos reduzido nossa seleção a dois lugares. Estávamos entre o que eu tinha gostado no início e outro que voltou para o mercado depois do possível inquilino desistir no último minuto. Dava cem dólares a mais por mês, o que não era decisivo, mas, ainda assim, um fator.

Shiv tomou um gole de sua bebida e se jogou de bruços sobre a mesa.

– Odeio tomar decisões – admitiu, a voz saindo abafada pelo braço.

– Eu também.

A combinação entre nós duas era complicada.

– A data de posse do primeiro apartamento é daqui a quatro semanas. Mas o novo, na Pine, já está disponível.

– Certo – disse ela. – Assim que passarmos pelas verificações de referência, acertarmos o depósito e tudo mais.

Shiv ia adiantar quase todo o depósito. Ela disse que não se importava. Chase disse que os pais dela eram ricos, então devia ser esse o motivo, mas eu odiava me sentir como se estivesse aproveitando.

Meu celular vibrou. Dei uma olhada, esperando ler uma mensagem do Chase, mas era da Amelia.

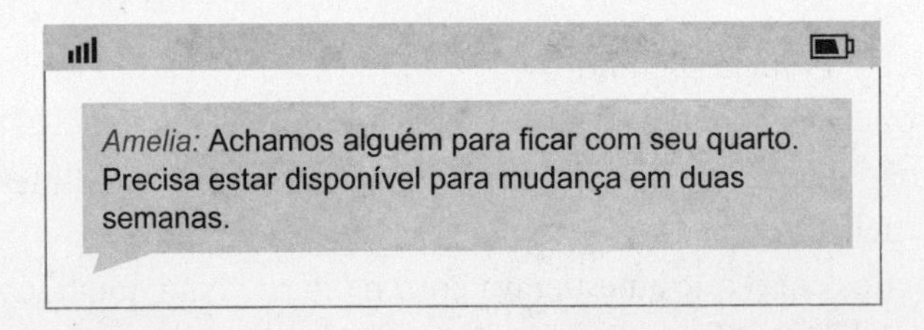

Escrevi de volta:

– Beleza. – Bloqueei o celular e o coloquei de lado. – Desculpa por isso. O que acha de pegarmos o apartamento da Pine? Era a Amelia, elas encontraram alguém pra ficar com o meu quarto. Preciso sair em duas semanas.

Não era tanto sobre dinheiro, e sim pela vontade de sair logo dali. Esse era o empurrão que eu precisava. Ficar longe daquele ambiente tóxico seria um alívio.

O garçom serviu a *quesadilla* de frango da Shiv, depois meu sanduíche de peito de frango com molho *buffalo*.

– Se isso decidir por nós, talvez seja ainda melhor – disse Shiv, mergulhando sua *quesadilla* na tigelinha de molho. – Assim a gente não precisa se preocupar.

– Temos um acordo, então?

– Temos. – Assentiu ela, dançando um pouco em seu assento. – Vou mandar um e-mail para o corretor. Estou animada.

– Eu também – falei com sinceridade, pegando meu sanduíche. Com um plano de fuga consolidado, a comida nunca pareceu tão boa.

Meu celular vibrou novamente. Eu esperava uma resposta sarcástica de Amelia, mas era uma mensagem de Zara.

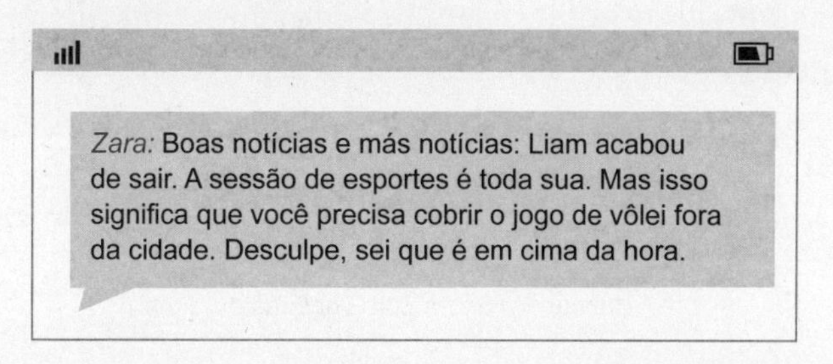

– Ai, meu Deus. – Soltei um suspiro.

– Tá tudo bem? – perguntou Shiv, intrigada.

– Tudo ótimo – respondi, olhando para a tela em um misto de euforia e incredulidade. – Acabo de ser promovida no jornal da faculdade.

Essa era exatamente a experiência que eu precisava para montar meu portfólio. Se eu conseguisse o estágio remunerado, a combinação dos dois causaria uma ótima impressão nos futuros empregadores.

Exceto... que precisaria assistir a mais jogos dos Bulldogs. E, tipo, interagir com o time para ter declarações e conseguir entrevistas.

Argh. Era praticamente um taco de hóquei de dois gumes.

Depois de terminar o jantar com Siobhan, mandei uma mensagem para o Chase sobre o torneio de vôlei. Agora que eu estaria sozinha com a sessão de esportes, era ainda mais importante que eu fosse. Embora não me importasse com uma desculpa para fazer uma viagem de um dia com ele.

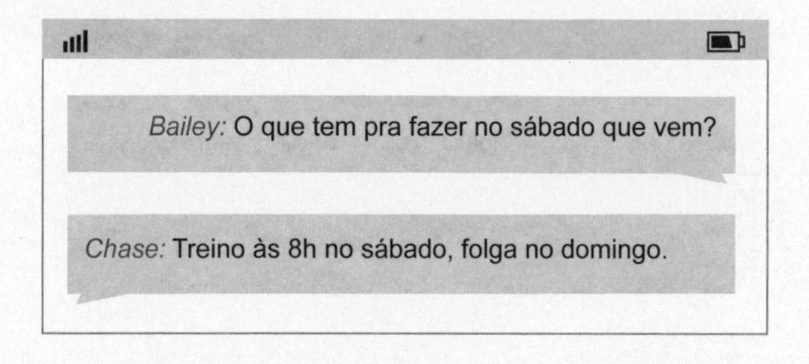

Bailey: Perfeito. Tenho uma proposta.

Chase: Continue falando..

Bailey: Tenho em mãos um par de ingressos superlegal para...

Bailey: O jogo de vôlei de Callingwood em Roseford.

Chase: E eu achando que era um cineminha...

Chase: Brincando. Se for com você, estou dentro.

Bailey: É a final. Mas... dá uma hora e meia de distância, no começo da tarde de sábado. Acha que dá? Eu pago a gasolina.

Chase: Claro que sim e sem chance.

Bailey: Você nunca me deixa pagar por nada.

Chase: E nunca vou deixar. Sinto muito, James.

34

Comprador pessoal

Bailey

Eu me debrucei na mesa no escritório do *Callingwood Daily* com Noelle e Zara, tentando terminar minha parte do trabalho em grupo para Questões Éticas em Jornalismo e Comunicação. Saber que veria Chase mais tarde sempre atrapalhava meu foco, mas hoje foi especialmente desafiador, já que ele me pegaria mais tarde para o jogo de vôlei – seguido por compras de brinquedos sexuais.

No que eu tinha me metido?

Eu não tinha contado para Noelle ou Zara, embora soubesse que as duas dariam a maior força se soubessem.

– Bailey. – A professora Johnson parou um momento na porta. – Podemos conversar um instante no meu escritório?

– Claro – respondi, erguendo os olhos do meu notebook. Guardei minhas coisas e a segui pelo corredor até a sua sala.

A professora Johnson era a imagem da descontração. Desde seu cabelo grisalho e indomável, até as saias longas e coloridas que iam até o chão. Uma hippie na juventude, ela acumulou prêmios de jornalismo por sua cobertura de assuntos internacionais. Como orientadora docente do jornal, tendia a nos deixar com rédeas soltas. Mas nos procurava às vezes, quando algo saía dos trilhos.

Ela sentou-se, gesticulando para que eu fizesse o mesmo.

– Queria ter uma conversa com você sobre assumir o cargo do Liam. Sei que foi repentino.

– Estou animada – comentei, afundando na cadeira de tecido vermelho em frente a ela. – Eu sempre quis atuar na cobertura esportiva.

– Tem certeza de que consegue lidar com isso, além de suas outras responsabilidades? – perguntou, arqueando as sobrancelhas grisalhas. – Eu sei que tem uma carga horária pesada e não quero que fique sobrecarregada.

– Não, não vai ser problema.

Só vou ter que sacrificar algumas coisas. Como meu sono. Ou, muito provável, minha sanidade. Sabe, essas pequenas coisas são negociáveis.

– Bom. – Ela deslizou um pedaço de papel sobre a mesa para mim. Era uma lista de tarefas do Liam até o Natal. – Eu não tinha certeza do que ele te passou da lista de tarefas atuais e futuras. Como pode ver, Liam começou uma matéria sobre como o capitão temporário dos Bulldogs está se destacando na liderança enquanto o capitão está lesionado.

Dei uma olhada mais atenta na lista e meu estômago revirou. Para minha consternação, lá estava, o segundo item: *Matéria dos Bulldogs com o capitão temporário.*

O capitão temporário dos Bulldogs era o Paul. Seria pouco profissional da minha parte ter ânsia de vômito?

– Liam já fez a entrevista com ele? – perguntei. – Ele deixou uma transcrição ou gravação para que eu possa usar?

– Não – respondeu ela, cruzando as mãos sobre a mesa. – Ele ainda não tinha concluído.

Por "começar" a matéria, ela queria dizer que o cara tinha *pensado* no assunto. Talvez.

O receio criou raízes em meu estômago e floresceu. Uma entrevista com Paul não estava em minha lista de desejos, mesmo que fosse uma adição ao meu portfólio de escrita.

– Como você já conhece o time – acrescentou a professora Johnson –, sabia que não teria problema em conduzir a entrevista para escrever o artigo.

Eu assenti, mas queria gritar.

– Claro. Sem problema nenhum.

– Posso enviar por e-mail as diretrizes para um artigo de destaque também, já que é a primeira vez que escreve um.

– Obrigada, seria perfeito.

Quando deixei o escritório, já estava na hora de encontrar o Chase. Saí do Centro de Comunicações e enviei uma mensagem para Amelia pedindo o número do Paul enquanto caminhava pelo campus. Depois de receber uma resposta muito fria – quase como se ela pensasse que eu ia dar em cima dele ou algo assim e, hum, sem chance – Amelia finalmente me passou.

Enviei uma mensagem e marquei um horário para nos encontrarmos em uma cafeteria no campus na segunda-feira da semana seguinte. Melhor acabar logo com isso do que deixar o assunto pairando sobre minha cabeça.

◆ ◆ ◆

Algumas horas mais tarde, Callingwood conseguiu uma vitória impressionante, Chase e eu comemos mais do que nossa cota de bobagens durante o jogo e já estávamos de volta à cidade.

Ele estacionou em frente à Lush Boutique e desligou o carro. O letreiro rosa neon piscava para nós de forma quase acusatória. Entrar ali seria anunciar ao mundo que eu estava transando. Não apensa fazendo sexo, mas sexo selvagem. Ou, pior, que estava me masturbando, o que eu também não gostava de divulgar.

– Pronta? – ele perguntou, animado.

O nervosismo tomou conta de mim – era ficar ou fugir. A sensação de apreensão era como da primeira vez em que eu peguei a receita do meu anticoncepcional – só que amplificada em um milhão.

– Não. – Balancei a cabeça, cruzando minhas pernas. – Eu mudei de ideia. Eu não posso entrar.

Ou poderia?

Chase ergueu um ombro, a expressão neutra.

– Tudo bem. Não vou forçar. Podemos ir embora se você quiser.

Uma ambivalência fervia dentro de mim. Em teoria, eu queria ir embora. Mas, na prática, a história era outra – e ele sabia disso. Chase era assustadoramente bom em me ler. Mas, como ele dizia o que pensava o tempo todo, acho que isso equilibrava as coisas.

Mordi o lábio.

– Não sei.

– Vou ficar bem aqui com você. – Ele esfregou minha coxa e deixou a mão quente ali. – Vamos entrar e sair, fácil.

– Mas temos que pagar antes de voltar pra casa. – Olhei para ele, me encolhendo. – Tipo, preciso fica ali e encarar outra pessoa enquanto compro... aquilo.

– Acha que o caixa do *sex shop* vai julgar você por comprar um vibradorzinho? – Ele arqueou uma sobrancelha. – Confia em mim, James. Essas pessoas já viram muita merda.

Olhei para a loja através do para-brisas, depois de volta para o Chase e para a loja de novo.

Parte de mim estava curiosa. E a maior parte de mim estava intimidada.

Era só uma loja. Uma estrutura simples de tijolo e vidro, inofensiva o suficiente do lado de fora. Mas quanto ao que continha lá dentro...

Chase estreitou os olhos, inclinando-se sobre o volante.

– Bom – Ele acenou para a janela –, Carl está trabalhando no caixa hoje. E ele é superlegal.

– Você conhece os caixas pelo *nome*?

– Estou brincando – disse ele, rindo. – O quanto você acha que sou pervertido?

– Prefiro não responder – brinquei, cutucando o seu braço.

– Se entrar comigo, vai poder escolher. – Ele piscou. – Mas eu posso ir sem você, se quiser. Posso fazer uma surpresa, como sugeri antes.

– Isso me parece mais assustador. – Respirei fundo e segurei o ar por um momento antes soltá-lo. Ir ou não? A pergunta de um milhão de dólares.

Chase manteve seu olhar no meu.

– James. – Ele abaixou a voz, intencionalmente, fazendo aquela coisa que de alguma forma massageava o meu cérebro, sem mencionar outras partes do meu corpo, e tornava impossível dizer não.

– Sim?

– Vamos lá.

– Tudo bem – resmunguei, mas fiquei um pouco agradecida pelo estímulo. Qual era o pior que podia acontecer? Além de morrer de vergonha

Chase

Eu tinha feito minha lição de casa para esse passeio e escolhi intencionalmente a loja mais legal e amigável para garotas, de acordo com as avaliações e fotos on-line. O interior desta tinha mais cara de loja de roupas do que de *sex shop*, com acabamentos de madeira nas prateleiras e decoração em preto e rosa.

Era o oposto de uma loja decadente, com iluminação fluorescente que alguém imaginaria ao pensar em *sex shop,* o que a tornava o lugar perfeito. Ao menos era o que eu esperava.

Entramos e fomos direto para as fantasias, os balanços sexuais e uma seção de BDSM que ocupava um canto inteiro. Felizmente, não havia outras pessoas na loja, então era uma coisa a menos para assustar a James.

Na parede mais distante, havia uma série de vibradores, plugues anais e outros brinquedos movidos a pilha. Eu a guiei até lá, me colocando de um jeito que impedia que ela visse uma prateleira adjacente com enormes dildos de ventosa. Nosso objetivo era dar pequenos passos. Caramba, alguns deles até me perturbavam um pouco. Eram gigantescos. Eu nem queria pensar na quantidade de lubrificante que exigiria.

Dei uma olhada na vitrine, procurando algo menos assustador para uma iniciante. Eles tinham uma seleção descente, ao menos. Vibradores *rabbit*, *bullet*, estimuladores de ponto G, massageadores, tudo. Logo descartei qualquer coisa muito anatomicamente correta. Estava bem certo de que ela não queria um pau roxo com veias alimentado com pilhas. O mesmo valia para brinquedos muito baratos. Esse não era o tipo de compra para economizar.

– Eu nem sei o que é a maioria dessas coisas – disse Bailey, baixinho, mexendo na manga do seu casaco de lã cinza. – Não acredito que estou fazendo isso.

Apertei a mão dela.

– É muito legal que esteja. Vai valer a pena. – E eu quis dizer para ambos.

– Se você tá dizendo... – Bailey correu a mão pelas ondas de seus cabelos loiros, dando outra olhada nervosa para mim. Depois voltou a atenção para o mostruário com um toque de curiosidade no rosto.

Viu? Eu sabia que a garota tinha um lado safado. Só estava enterrado muito, muito fundo.

E fazer com que isso viesse à tona seria apenas metade da diversão.

Meu olhar se deparou com um vibrador turquesa controlado por aplicativo que despertou meu interesse. Controle remoto. A descrição dizia que o aplicativo funcionava à distância de diferentes locais. Puta merda. Se conseguisse fazer a James gozar quando eu estivesse fora da cidade para jogos de hóquei, ia ser a coisa mais sexy de todas. Com certeza não seria hoje, mas estava em minha lista de compras para um dia.

– O que acha desse? – Peguei um vibrador de silicone rosa-choque e o examinei. Parecia, e era, sofisticado, com um formato de *bullet*, não muito maior que meu polegar. Era tão fofo e inofensivo como um brinquedo sexual poderia ser.

Bailey olhou com cautela, como se o vibrador pudesse morder.

– Não sei.

Virando o objeto, acionei o botão de base. Ele zumbia baixinho, vibrando em um padrão pulsante. Apertei outro botão, ele mudou para um ritmo mais lento e ondulante. Legal, era versátil.

– Olha, tem diferentes configurações. – Eu o estendi para ela, mudando o padrão novamente para uma vibração constante. – Viu? Não é assustador.

Ela fez uma expressão intrigada e estendeu a mão, cutucando com um dedo.

– Hum. É mais macio do que eu pensava que seria.

– Tem potencial?

– Você que sabe. – Bailey deu de ombros. – Eu nem tenho ideia do que estou olhando.

– Podemos continuar procurando se quiser. – Desliguei o aparelho e o coloquei de volta na prateleira, examinando outros. – Este parece um tubo de batom. Este cabe no seu dedo. Este tem sucção...

– O primeiro parece bom. – Ela se virou, examinando a loja em busca de curiosos, como se pudesse tropeçar em algum colega da faculdade em uma loja de brinquedos sexuais aleatória no centro da cidade. – Vamos pagar?

– Sim. Me dá um segundo pra eu ler a caixa. – Quinze velocidades, dez ritmos diferentes, anatomicamente projetado, feito de silicone médico e com carregador USB. Então, na teoria, daria para carregar na caminhonete.

Útil. Bateria com duração de seis horas, que eu não conseguiria esgotar de uma vez, mas era bom saber.

– Está agindo como se estivesse comprando um carro. – Bailey riu. Ela arregalou os olhos quando viu a etiqueta de preço. – Ah, meu Deus, você praticamente está. Custa cento e vinte dólares.

– Brinquedos bons não são baratos – respondi. – Além disso, pense ara onde ele vai. – Já tínhamos combinado que eu pagaria, e isso não estava em discussão, então não tinha muito mais que ela pudesse dizer.

Ergui a caixa.

– É esse?

– Sim.

Peguei um frasco de líquido higienizador e fomos para o caixa, perto da porta. Ao contrário da minha piada sobre o Carl, a pessoa do caixa era uma garota. Ela tinha mais ou menos nossa idade, era muito tatuada, com um piercing no septo e um crachá que dizia que seu nome era Harriet. Estranho. Ela não parecia uma Harriet.

Ela ergueu os olhos do livro que estava lendo, marcou a página e o colocou de lado.

– Encontraram o que estavam procurando?

– Com certeza – respondi, passando os itens para registrar.

Bailey deu um sorriso educado, mas desconfortável. Apertei sua mão novamente, e ela apertou em resposta. Ela veio comigo, e eu estava feliz por ter conseguido.

E ansioso para levá-la embora.

Harriet escaneou os itens, e passei o meu cartão de crédito. Tinha um mostruário com velas para massagem atrás da registradora que pareciam intrigantes, mas ficariam para mais tarde também. Minha lista ficava cada vez maior.

– Já que gastou mais de trinta dólares com esta compra, ganhou uma amostra de lubrificante saborizado – disse ela, imprimindo meu recibo e me entregando uma sacolinha preta e rosa.

– Legal – falei.

A caixa apontou para o mostruário.

– Que sabor você quer?

– Você escolhe. – Cutuquei Bailey.

– Hum? – Ela saiu de seu torpor, olhando os produtos. Manga, limonada rosa, morango, melancia. – Hum... morango? – respondeu, a voz fina, as bochechas ficando rosadas. Adorável.

A atendente jogou a amostra na sacola e deslizou pelo balcão. Bailey pegou, o que considerei uma grande vitória.

– Da próxima vez, trago óculos escuros e um chapéu pra você – comentei, jogando um braço em volta de seus ombros e dando um beijo no topo de sua cabeça. – Assim pode passar despercebida.

– Deus, não. Da próxima vez vamos comprar on-line.

– Então há a possibilidade de expandir sua coleção de brinquedos no futuro?

– Claro que você ia falar isso, Carter – disse, rindo.

– Quer dar uma olhada nas algemas na saída, ou...?

– Estou bem. Talvez na próxima.

Espera, *o quê*?

– Mesmo? – perguntei, me virando para ela.

– Falei talvez.

Empurrando a porta, segurei-a para que ela saísse e voltamos para o ar frio do outono. O clima havia mudado, nos lembrando que o inverno estava chegando.

– Hora da comida? – Minha caminhonete apitou de longe quando apertei o botão de partida remota, o motor rugindo.

– Por favor. Estou morrendo de fome.

Eu a guiei para a porta do passageiro e a encostei no carro. Minhas mãos encontraram sua cintura, e eu me inclinei, dando um beijo rápido. Tive que ser breve porque já estava excitado demais para meu próprio bem. Além disso, ela tinha um cheiro delicioso de baunilha. Bom de devorar. Literalmente.

Hum. Talvez pudéssemos pular essa refeição.

– O que tá a fim de fazer? – perguntei, estudando seu rosto.

– Não sei. – Ela deu de ombros, os lábios se curvando. – E você?

Abrir aquela caixa e testar o brinquedo, mas eu não ia forçar a sorte. Ela poderia levar para casa e veríamos o que aconteceria. Dedos cruzados.

– Ter você – respondi – sentada no meu rosto.

Seus olhos se arregalaram, e ela olhou por cima do meu ombro e depois de volta para mim.

– Carter! Estamos em público.

– Tecnicamente, estamos num estacionamento. E eu não quis dizer aqui. Só, sabe, mais tarde.

Abri a porta para ela entrar e depois fui para o lado do motorista.

– Quando vai abrir a caixa?

Engatei marcha à ré e saí.

– Não sei – respondeu ela, com indiferença. – Depende de muitas coisas.

– Dou no máximo quatro dias.

Minha aposta real era dois, mas eu estava sendo cauteloso.

– Você não é otimista?

– Sempre. Vai me contar quando usar?

A expressão dela mudou, uma mistura de constrangida e travessa.

– Você quer?

– Claro que sim – respondi.

Idealmente, eu queria um relato detalhado, com fotos e vídeos. Uma análise bem minuciosa. Mas me contentaria em apenas saber. Minha imaginação cuidava do resto.

– Vamos ver. – Ela sorriu.

35

Uma justificativa

Chase

No caminho para o jantar, consegui limpar minha mente o suficiente para poder andar em público sem correr o risco de ser preso. Contanto que eu não deixasse meus pensamentos voltarem para a tarefa que acabamos de concluir.

Essa parte exigiu certo autocontrole.

Fiz o pedido para nós dois e devolvi o cardápio para o garçom. Pegamos uma porção de aperitivos no lugar de pratos – asas de frango, molho de espinafre e alcachofra, sanduíches de pernil desfiado, o pacote completo. Bailey não era nada exigente, o que completava meu paladar aventureiro. Ou seja, ela me deixava escolher toda a comida. Era a melhor.

– Ah, queria te perguntar – falei. – Você vai pra casa no Dia de Ação de Graças?

– Ainda tenho que decidir com o Derek e meus pais. – Bailey franziu os lábios. Seu suéter escorregou um pouco no ombro, mostrando um vislumbre da alça preta do sutiã. Eu tive que fazer um esforço e reprimir a espiral de pensamentos enquanto ela ajustava o decote. – Provavelmente vou esperar até o Natal. É muito caro voar pra casa nos dois feriados.

– A casa da minha mãe fica a apenas uma hora de distância. Se não for passar com seus pais, vou te arrastar pra lá comigo. Só pra você saber.

– Sério? – O rosto dela se iluminou. – Você quer que eu vá?

– Claro. Eu nunca deixaria você passar um feriado sozinha. – Ela perguntou isso mesmo? – Além disso, vai conhecer minha família disfuncional.

Brincadeira, mas com um fundinho de verdade sobre a parte disfuncional.

– Tenho certeza de que não é tão ruim.

Fiz uma careta.

– Vai ter que moderar suas expectativas. Minha mãe é tranquila, minha irmã caçula, Seraphina, é legal. Mas, pra ser bem honesto, meu padrasto, Rick, é meio otário. Nem minha irmã nem eu nos damos bem com ele.

O Rick não respeitava os esportes profissionais como um plano de carreira válido – e nem tentava esconder isso. Acho que não é sofisticado o suficiente para o bundão metido a contador que ele era. Uma pena, porque eu preferiria morrer a passar o dia todo encarando planilhas atrás de uma mesa.

Do mesmo jeito, ele achava que a Seraphina era cabeça de vento e a tratava como tal, o que a irritava, assim como a mim.

E tinha a minha mãe, que corria como uma galinha decapitada tentando apaziguar os três. Ela falava baixo demais para ter qualquer impacto. Seus ruídos e apelos para "sermos legais" pouco adiantavam.

Ter Bailey conosco poderia funcionar como um amortecedor. Rick estaria menos confortável de fazer comentários sarcásticos e passivo-agressivos na presença de estranhos.

– Por que vocês não se dão bem? – perguntou Bailey, bebendo um gole de água.

Muitos motivos para listar.

– É uma longa história.

– Temos tempo – disse, arqueando suas sobrancelhas. – Se você quiser contar.

Me remexi na cadeira, de repente, desconfortável em todos os níveis. Eu e minha boca grande de novo. E a culpa era minha. Então era melhor abrir logo o jogo sobre alguns fantasmas da família.

A garçonete retornou, colocando nossos pratos de comida. Esperei que ela saísse antes de continuar.

– Começou quando meu pai morreu, há dez anos.

– Nossa. Você era muito novo. – Os olhos castanhos de Bailey estavam cheios de simpatia. – Nem consigo imaginar como deve ter sido difícil pra todos vocês.

Rompendo o contato visual, peguei um petisco e o coloquei no meu prato, me dando um momento para respirar. Embora suas intenções fossem puras, era por isso que eu tinha enrolado tanto para tocar nesse assunto – odiava a forma como as pessoas reagiam. Ser alvo de pena nunca me agradou. Embora não devesse, eu me sentia fraco.

– Bem… – Mantive meu olhar fixo no copo de cerveja. – Foi um acidente de helicóptero. Queria ter contado antes, mas é difícil tocar no assunto numa conversa casual.

Uma onda repentina de culpa me atingiu. Além de evitar falar do meu pai, eu evitava memórias com ele também. Eu tinha toneladas de fotos e de recordações da NHL na casa da minha mãe que deveriam estar no meu quarto, mas era duro olhar para aquilo todos os dias.

Talvez eu *fosse* fraco.

Bailey esticou a mão, pegando a minha. Ser confortado por alguém parecia estranho, mas, surpreendentemente, não odiei. Deve ser porque era diferente com ela. Tudo era diferente com ela.

– Ele estava em Nova Jersey, tentando voltar pra ver meu jogo de hóquei em Connecticut com o helicóptero de um amigo dele – acrescentei. – O amigo tinha um piloto experiente, mas enfrentaram uma tempestade inesperada e foi isso. O helicóptero caiu, e tudo o que sobrou foi a caixa-preta.

E um enxame de repórteres sanguinários invadindo o lugar do acidente. Eu ainda odiava a porra da imprensa. Isso se tornaria um problema, um dia, quando precisasse falar com ela.

Claro, ele nunca estaria naquele helicóptero se eu não tivesse feito uma chantagem emocional para que voltasse para casa. Era minha primeira temporada em um time de primeira linha, e eu só pensei em mim mesmo. Nunca deveria ter pedido que viesse.

Eu nunca vou me esquecer o jeito que minha mãe gritou quando recebeu aquele telefonema. O jeito que ela caiu de joelhos no meio da nossa cozinha. O jeito que uma luz se apagou dentro dela e nunca mais voltou completamente.

Um nó se formou em meu peito, e eu respirei fundo, mas isso fez pouco para aliviar a sensação.

– Por que ele estava em Nova Jersey? – perguntou Bailey, com suavidade na voz. – A trabalho?

Voltei à realidade. Por quanto tempo tinha me desligado?

– Ele jogava lá na época. Tinha acabado de ser transferido de Nova York e ainda estávamos tentando vender a casa.

Seu polegar deslizou pela minha pele, aliviando um pouco da tensão que eu estava segurando.

– Vocês jogavam juntos quando você era pequeno?

– O tempo todo – respondi, evitando seus olhos. Falar sobre ele me fazia ficar nostálgico, triste e desconfortável ao mesmo tempo. – Foi por ele que comecei a jogar.

– Você deve ter adorado vê-lo na televisão.

– Com certeza. – Dei um gole na minha cerveja. Hora de mudar de assunto. Era mais fácil falar do meu padrasto cretino. – Quanto ao Rick, tenho que dizer que minha mãe não é uma má pessoa. Ela nunca se recuperou por completo depois que meu pai morreu. Era como se estivesse quebrada. Perdida.

Para ser mais específico, minha mãe não saiu da cama por um mês e meio depois do acidente. E, depois disso, foi um carrossel de remédios e terapia, alguns dias bons intercalados com muitos dias ruins. Minha mãe feliz e divertida sumiu e nunca mais voltou. E minha fase adolescente rebelde não fez nenhum bem ao nosso relacionamento – ainda mais com o Rick na área.

Ultimamente, nos dávamos bem, mesmo que não fôssemos próximos.

– Eu posso imaginar. – Bailey assentiu. – Deve ter sido devastador pra toda a família.

Ela tinha razão. E acho que estou fora do rumo desde então.

– Quando ela começou a namorar de novo, um ano ou mais depois, ela saiu com uma série de perdedores. Tipo desempregados e caloteiros, provavelmente atrás do dinheiro do meu pai. Um cara, Mitch, era um alcoólatra declarado. – Hesitei, pensando se deveria continuar.

Em geral, eu raramente erguia a voz. Com meu tamanho, eu não precisava disso para passar a mensagem. Mesmo quando brigava no hóquei, não perdia a cabeça. Ficava irritado, ou pensando que o adversário precisava de um golpe baixo, mas não perdia a cabeça.

Eu podia contar em uma mão quantas vezes fiquei furioso.

Mas eu tinha um ponto sensível: homens que desrespeitavam ou machucavam mulheres. Exemplo: Morrison.

– Ele a empurrou contra a geladeira uma noite, e eu soltei o braço nele.

James podia se preocupar se eu tinha algum problema com controle de raiva, mas aconteceu, não dava para voltar o tempo. E não me arrependo, ele mereceu.

– Quantos anos você tinha? – Os olhos de Bailey se arregalaram.

– Eu tinha 13. Mas era grande pra minha idade e estava muito irritado. Ele nem sabe o que o atingiu.

– Acredito. Já vi você brigando.

– Sabe, um pré-adolescente difícil do tamanho de um adulto não era uma boa coisa. Assustei a maioria dos namorados dela, de propósito ou não. Rick não era o pior deles nem de longe. Mas o cara não queria filhos, ainda mais os que não eram dele. Aí ele ficou por perto, mas fez as regras, que eram basicamente duas: *não seja um pé no saco* e *fique fora do meu caminho*.

O que pareceu ser tristeza com uma pitada de raiva passou pelo rosto de Bailey. Era por isso que eu não falava nisso, embora com ela fosse tolerável.

– E vocês ainda não se dão bem? – perguntou, inclinando a cabeça.

– Eu tenho um fundo, que veio do seguro do meu pai. Quando fiz 18 anos, tive acesso, me mudei e as coisas melhoraram um pouco. Nós podemos meio que coexistir agora. Ele e a Sera ainda brigam muito.

– Como é sua irmã? – Bailey me deu um olhar brincalhão. – Ela é problemática igual a você?

– Ela é meio festeira, e acho que é por isso que está na Universidade do Arizona, mas é um doce. Vai gostar dela.

– Tenho certeza que sim. – Ela pegou uma asa de frango e deu uma mordida, fazendo uma careta e a colocando de novo no prato. – Puta merda. Estão muito apimentadas.

– Posso trocar se você quiser, princesa.

– Princesa? – Ela estreitou os olhos. – Posso muito bem lidar com elas.

– Isso é verdade, você é boa em lidar com as coisas.

– Ai, meu Deus, você... – Ela riu, balançando a cabeça – ...nunca perde a oportunidade de fazer uma piadinha de duplo sentido!

– Agora você sabe mais da minha árvore genealógica ferrada. E sua família? Tudo o que sei é que seu irmão me odeia. – Mordi o sanduíche de pernil desfiado, esperando a resposta.

– Eu não diria que ele odeia você. – Acenou, indiferente.

– Sei. – Abri um sorriso. – Ele com certeza odeia.

Até bem pouco tempo, eu também não era fã dele. Mas, se precisasse, eu superaria por ela.

– Meus pais são o típico casal suburbano de classe média. Vão completar trinta anos de casados na primavera. E eu tenho dois irmãos mais velhos, além do Derek.

– Ah, ótimo. – Falei, alegremente. – Então eles podem se unir contra mim quando nos conhecermos.

– Não, eles não são assim. – Bailey pegou uma *tortilla* de milho e a mergulhou no molho de espinafre e alcachofra. – Eles não gostam de hóquei, então o rancor idiota do Derek não vai se espalhar. E o Derek vai mudar de ideia, com o tempo. – Seus lábios se dobraram em uma careta. – Eu não sei o que deu nele, na verdade. A gente era próximo. – Deu outra mordida na *tortilla*, sua expressão se fechando.

– Talvez seja toda essa confusão com a Jillian. Mas isso não é desculpa pra ser um irmão ruim. Não para passar dos limites.

Amigo ou não, Derek tinha que ter enfrentado Morrison sobre a Bailey há muito tempo. Mais do que isso. Derek tinha que ter amassado a cara do Morrison. Ward era como um irmão para mim, mas, se tivesse namorado a Sera, eu nunca teria deixado que tratasse minha irmã como lixo.

– Eu não discordo – disse ela. – Mas, entre as aulas, o jornal e você, eu tô ocupada demais pra me preocupar com o Derek.

– Isso mesmo. E deve estar feliz por ter a seção de esportes só pra você. – Sorri.

– Estou... Só que isso também significa mais jogos dos Bulldogs. – Bailey respirou fundo. – Talvez seja pra isso que eu precise ir disfarçada.

Meu sorriso desapareceu, meu tom abaixou.

– Qualquer um que te cause problemas vai ter que se ver comigo.

Fiquei puto que ela estivesse desconfortável com a ideia de ficar com essas pessoas, mesmo em público. Especialmente por não ter feito nada para justificar a birra deles. A maneira que a tratavam era brutal. Um bando de covardes.

– Acho que Jillian e Amelia não se deram bem com a Shiv.

– Ouvi dizer que ela deu uma lição nelas – comentei. – Mas estou falando dos caras.

– Pois é. – Sua voz ficou monocórdica, a postura enrijeceu. – Falando nisso, estou incomodada com essa entrevista com o Paul.

Minha segunda pessoa menos favorita. Bem, empatado com Amelia e Jillian. Eles eram todos tão terríveis que era difícil até ranquear.

– Posso ir junto se quiser. Sento lá e encaro aquele traseiro murcho para mantê-lo na linha.

Não era cem por cento brincadeira. Não tinha nada que eu gostaria mais do que ser guarda-costas perto daquele idiota.

Ela pausou a mão no meio do caminho de pegar um sanduichinho.

– Não precisa, mas agradeço a ideia.

– Tem certeza?

– Acho que vou ficar bem – falou Bailey, reprimindo um sorriso. – Mas você agindo como um homem das cavernas é fofo, como sempre.

E era fofo que ela achasse que eu estava só atuando. Eu era assim, de fábrica.

36

De bobeira

Bailey

Atormentei o Chase para pegarmos chocolates quentes para viagem na "Uncommon Coffee Co." após o jantar. Não que tenha precisado insistir muito.

Voltamos para a caminhonete levando as bebidas. Os dias de outono são razoavelmente agradáveis, mas depois que o Sol se punha, as noites ficavam frias.

– Como anda a mudança? – perguntou ele, pegando minha mão livre.

Dei um gole no meu chocolate quente branco.

– Já arrumei muitas coisas pequenas. Acho que ainda é cedo, mas estou animada pra sair de lá logo.

– Eu também. O novo arranjo de moradia será bem melhor pra você. – Ele fez uma pausa, franzindo a testa. – Só não gostei que vai ter que pegar o trem à noite.

– É uma viagem de cinco minutos – respondi. – São três paradas.

Ele resmungou, mas não falou nada. Conhecendo o Chase, isso significava que ele não concordava, mas que não iria discutir comigo. Cabeça-dura.

Dei uma cotovelada nele devagarinho.

– De qualquer forma, não tenho aulas à noite. Só fico até mais tarde quando estamos em prazo de fechamento do jornal.

– Bom – começou Chase –, posso pegar você nesses dias.

– E se você tiver jogo?

– Aí você vai estar lá pra me ver – comentou, os olhos brilhando.

– Algumas vezes, Carter.

– Todas as vezes, James. – Ele sorriu. – Começando pelo próximo. Temos que ganhar. Agora é uma questão de honra.

– Eu vou – respondi, rindo –, mas, de verdade, não precisa me buscar no campus toda vez que eu ficar até mais tarde.

– Mas eu quero. – Seu tom não admitia discussão. – Além disso – acrescentou –, seria uma boa desculpa pra dormirmos juntos.

– Precisamos de desculpa?

– Acho que não. – Paramos perto da caminhonete, e ele se abaixou, seus olhos encontrando os meus. Uma onda percorreu meu corpo, elétrica e estimulante. Agarrei seu casaco e o puxei para mais perto. Ele aprofundou o beijo por um momento.

– Vamos – chamou ele, afastando-se e acenando para a picape com um sorriso torto. – Quero cumprir o que disse antes.

Não perdemos tempo quando voltamos à casa de Chase. Nós tropeçamos em seu quarto em um borrão de desejos e toques, suspiros e murmúrios. Com a boca ainda fundida à minha, ele fechou a porta e a trancou, então me guiou até sua mesa e acendeu o abajur.

Depois de mais um minuto, nos separamos, sem fôlego e atordoados.

Ele me olhou lenta e deliberadamente sob a luz fraca do seu quarto.

– Está usando roupas demais, James.

– Ah é? E o que vai fazer sobre isso? – perguntei, com um sorriso provocador.

– Eu não vou fazer nada. – Sua voz ficou sensual, suave como seda, suave como seda deslizando sobre a pele quente. – Você que vai tirar pra mim.

Nossa...

Meu pulso disparou, injetando adrenalina em minhas veias.

– Quer que tire a roupa pra você?

– *Aham* – Ele assentiu, os lábios se esticando em um sorriso libertino. – Vai valer a pena.

– Eu vou precisar de uma bebida antes – falei. – Tipo, quase a mesma quantidade que bebi na XS.

Chase deslizou suas mãos quentes por baixo do tecido do meu suéter e as correu pelas laterais do meu tronco até que chegaram à minha cintura. Aproximando-se, ele deslizou seus lábios pela curva do meu pescoço, insinuando beijos sem concretizá-los.

– Sei que não tem uma camiseta por baixo desse suéter – murmurou contra minha pele –, então há apenas duas camadas entre mim e você de sutiã e calcinha. Posso tirá-los com os dentes.

Senti o calor entre minhas pernas com aquela proposta. Ele depositou uma linha de beijos leves, começando abaixo de minha orelha, seguidos por uma mordida no topo do meu ombro. Respirei fundo, surpresa, e uma risada baixa saiu do meu peito.

– Você é linda. – Beijou meu pescoço de novo, leve como uma pena. – E gostosa. – Moveu-se mais para cima, beijando meu queixo. – E sexy.

Enrolando a mão no cabelo em minha nuca, ele inclinou meu rosto para cima para encontrar o dele, a boca encostando na minha. Respirei fundo, separando meus lábios enquanto recebia sua língua. Beijá-lo era como se meu cérebro se desligasse instantaneamente. Tudo mais deixava de existir, e a necessidade doía em meu ventre, crescendo demais para ser ignorada.

Sua outra mão deslizou para agarrar meu traseiro, apertando-o possessivamente. Uma parede de músculos quentes pressionou meus seios enquanto puxava meu corpo em direção ao dele para que eu pudesse sentir o quanto ele me queria. Coloquei as mãos em seu peito, provando os músculos abaixo da camiseta.

Então ele lentamente se afastou, girando nossos corpos bem de leve. Ainda de frente para mim, com um sorriso diabólico, deu alguns passos para trás e se sentou na beirada da cama.

De vez em quando, eu me pegava olhando para ele. Surpresa que, de algum modo, aquele garoto era meu.

Esse era um desses momentos.

Cabelo escuro e desgrenhado e um rosto perfeito. Olhos nos quais eu poderia me perder e um sorriso para o qual eu não podia dizer não. E, por mais que estivesse completamente vestido, eu conhecia o corpo que estava embaixo da camisa e do jeans. Pele macia sobre músculos tensionados, força e habilidade contidas ali.

Inclinando-se para a frente, ele colocou os cotovelos nas coxas e me lançou um olhar de expectativa. Minha atenção caiu nos antebraços fortes antes de deslizar para suas mãos grandes. Mãos habilidosas que eu queria muito no meu corpo novamente.

Brinquei com a bainha do suéter e parei, fingindo pensar.

– Quer que eu tire isso?

– Quero muito. – Chase sorriu.

Com o coração batendo forte, dei um passo à frente, observando seu peito subir e descer mais rápido conforme eu me aproximava. Ele me observava, arrebatado de desejo. Embora me sentisse constrangida, causar esse efeito nele era empoderador.

Parei um pouco, meio afastada.

– Acho que posso. – Cruzando os braços sobre o peito, levantei lentamente a bainha do suéter de malha macia e puxei sobre a cabeça antes de jogá-lo no chão.

Sua expressão ficou faminta, seus olhos traçando meu corpo da cabeça aos pés, com uma intensidade que deixava um rastro de calor em minha pele.

Com um passo, me aproximei, ficando entre suas pernas. Nossos olhares se encontraram, o dele com um brilho predatório. A energia masculina irradiava dele, cuidadosamente contida, mas pronta para atacar, para arrebatar.

– E agora? O que devo fazer? – perguntei, inclinando a cabeça para o lado.

– Foda-se. – Ele soltou uma risada baixa, sacudindo os ombros. – Este é um experimento fracassado. Não consigo manter minhas mãos paradas.

Com dedos ágeis, desabotoou meu jeans, puxando o zíper para baixo. Ele o deslizou até o chão, e eu acabei de tirar, empurrando com os pés para o lado.

Um suspiro suave escapou do fundo de minha garganta quando Chase me agarrou, me puxando contra ele. Sua boca pousou na pele sensível abaixo do meu umbigo, antes que começasse a beijar um caminho para baixo do meu corpo. Soltei um suspiro gutural, passando minha mão por seu cabelo macio e escuro enquanto ele cumpria todas as suas promessas.

◆ ◆ ◆

Os dias seguintes passaram em um borrão. Aulas, deveres de casa, o jornal e Chase ocupavam quase todo o meu tempo. Além disso, um filme com Zara e Noelle na sexta-feira e um jogo dos Falcons com a Siobhan no sábado. Ao contrário do anterior, venceram esse – incluindo uma assistência do Chase. A vitória o deixou de bom humor. Ficamos bem acordados aquela noite e dormimos até tarde no domingo para compensar.

Mas, se eu achava que a minha nostalgia de domingo era ruim, não era nada comparada a encarar uma segunda-feira quando eu tinha que ver o Paul – especialmente depois de um fim de semana perfeito. Fala sério, que jeito de começar a semana.

Com um sentimento razoável de receio, fui encontrar Paul em uma cafeteria no campus depois da minha aula de Psicologia. Com sorte, um lugar público garantiria que ele não fosse muito imbecil. Mas Paul era praticamente um Luke Diet, então a forma como se comportaria era uma incógnita.

Fui a primeira a chegar, pedi um café com leite de baunilha grande e deixei o troco para o barista. Em um dia normal, teria pedido um *muffin* de frutas vermelhas ou um pão de banana para acompanhar, mas não estava com apetite por conta da companhia que teria. Peguei uma mesa de lado, rezando para que Paul me deixasse esperando para eu ter uma desculpa e não escrever o artigo.

Nem dois minutos se passaram antes de ele acabar com minhas esperanças. Droga.

Ele puxou uma cadeira e sentou-se, colocando um cotovelo na mesa.

– E aí – cumprimentou ele, acenando com a cabeça, exalando arrogância e autossatisfação.

Falando sério, Paul era bonito. Alto, atlético e agradável, embora com características genéricas. Mas a personalidade que o acompanhava cancelava qualquer ponto favorável.

Eu nunca gostei dele, nem quando eu estava com o Luke.

– Oi. – Peguei meu café e dei um gole demorado. Essa interação era mais do que estranha, mas o açúcar e a cafeína amorteceram um pouco o golpe. Se ao menos eu tivesse um cantil com álcool, teria batizado meu café. Mesmo que ainda não fosse meio-dia.

Esta era literalmente a primeira vez que estávamos cara a cara.

E espero que seja a última.

Trabalhando metodicamente na lista de dez perguntas que eu tinha escrito – porque Liam também não tinha feito isso –, tentei ser o mais profissional possível. Como ele começou a jogar hóquei? Quando soube que queria jogar em nível universitário? Quem eram suas inspirações? O que pretendia fazer após a formatura? Tomei notas minuciosas para eliminar qualquer possibilidade de ter que falar com ele de novo para esclarecimentos ou acompanhamento.

Embora estivesse determinada a manter nossa reunião rápida, Paul estava mais do que feliz por falar de si mesmo. Ou melhor, de tagarelar sobre si mesmo. Ele continuava falando a esmo enquanto eu tentava desesperadamente aproveitar minhas habilidades de entrevista e colocá-lo de novo no caminho certo.

Paul estava mais sedento pelos holofotes do que eu imaginava e, ao que parece, ele via esse afastamento do Luke como sua hora de brilhar. Parecia que Chase tinha feito um favor a ele.

Vinte e cinco dolorosos minutos depois, dez a mais do que tinha planejado perder com ali, ele concluiu uma longa história sobre o acampamento de treinamento de hóquei no verão passado. Ou na primavera passada. Eu não sei, eu tinha me desligado. Bati minhas anotações com a lista de perguntas, rezando para não ter me esquecido de nada. Eu estava pronta para encerrar esse pesadelo de entrevista.

– Bom, acho que cobrimos tudo. – Fiquei em pé, arrumando minha cadeira e pegando meu notebook prateado. A tensão enorme em meus ombros diminuiu enquanto eu guardava minhas coisas. – Obrigada por me encontrar.

– A propósito – Paul recostou-se na cadeira, cruzando vagarosamente um tornozelo sobre o joelho –, tenho uma história engraçada pra você.

Fiz uma pausa e olhei para ele, me preparando para outra narrativa chata e autopromocional.

– Minha prima é garçonete no O'Connor's e ela conhece seu namorado, sabe, porque ele transou com uma das amigas dela.

Meu estômago embrulhou e eu reprimi um estremecimento, desejando mais do que tudo que eu pudesse não ter ouvido aquela informação. Por que ninguém tinha inventado um alvejante cerebral para apagar memórias perturbadoras como aquela? Eu não queria saber, não precisava saber e não queria pensar nisso.

– De qualquer forma – continuou –, ela disse que uma garota loira estava em cima do Carter quando ele esteve lá recentemente.

Pensamentos giravam em minha mente mais rápido do que um tornado categoria EF5.

Primeiro, o comentário de Paul sobre a amiga da prima tinha sido desnecessário. Em teoria, o passado não importava. Mas isso não significava que eu gostasse de ter isso jogado na minha cara – especialmente depois de ter dormido com Chase e estar me sentindo ainda mais vulnerável por causa disso. Não era que eu julgasse o passado do meu namorado, era que eu estava com medo de me tornar parte dele.

E ainda tinha essa garota que, supostamente, tinha se jogado para cima dele recentemente. O que aconteceu? Quando foi a última vez que Chase esteve no O'Connor's? Ele mentiu para mim sobre onde estava?

Foi como ser atingida duas vezes por uma bala.

E outra, Paul poderia estar mentindo. Especialmente sobre a segunda parte.

– Hum – falei. – Parece um mal-entendido. – Tentei manter minha voz firme.

– Duvido. – Paul sorriu. – Ela estava sentada no colo dele.

Ah, então ele tinha detalhes para comprovar. Uma sensação nauseante de *déjà-vu* me tomou. Com Luke, eu sempre ouvia de outra pessoa, sempre com detalhes. E ele sempre negava.

Mas Chase não era o Luke. Ele não parecia nada com o meu ex. Pelo menos, era o que eu pensava.

– Não acredito. – Enfiei meu notebook na bolsa e evitei o olhar curioso de Paul. Respirei fundo, tentando acalmar meu pulso acelerado.

Gatilho era pouco. Ele me atingiu bem onde doía, como um soco no coração.

Paul deu de ombros.

– Pode perguntar à minha prima. Diga a ela que te contei. Por que eu mentiria? Posso achar que Carter é um idiota, mas não tenho problemas com você.

– Tá bom. – Fechei o zíper da minha bolsa, dando uma olhada indiferente. Um triunfo mal disfarçado estava estampado em cada linha de seu rosto. – Tenho certeza de que só tá preocupado comigo.

– Achei que deveria saber.

– Que bonitinho. Você sempre fez questão de acobertar o Luke, e agora quer fingir que é o Senhor Honestidade e Transparência?

Paul mentiu e forneceu álibis para Luke inúmeras vezes. Claro, eu não sabia até Mendez ficar bêbado no último Ano-Novo e basicamente confessar fazer parte de uma conspiração de três pessoas que excluía meu irmão. Mas eu nunca entreguei o Mendez, o que significava que eu sabia mais do que Paul ou Luke sequer sonhavam.

Sabia mais que a Amelia também, mas as pessoas gostavam de atirar no mensageiro, e eu não queria levar esse tiro. De qualquer forma, ela preferia viver em um estado de ignorância intencional.

Quanto a ter aceitado o Luke de volta depois daquilo, era óbvio que meu julgamento não era dos melhores.

Talvez ainda não fosse.

Será que eu tinha cometido o mesmo erro duas vezes?

A expressão de Paul ficou dura, os olhos azul-escuros assumindo um brilho malicioso.

– Só acho que, se está determinada a ser uma Maria-patins, há opções melhores.

– Oi?

– Ir direto de namorada do Morrison pra namorada do Carter é ruim para a sua imagem, não acha?

Idiota.

Fiquei olhando para ele, buscando algo para dizer, mas voltando de mãos vazias. Chase teria algo cortante e espirituoso para revidar. Eu, infelizmente, não era tão rápida nas respostas. Ainda mais quando meu cérebro estava implodindo.

– Pode guardar sua falsa preocupação – falei. – Quanto ao artigo, tenho tudo o que preciso.

Jogando a bolsa no ombro, me virei e saí da cafeteria, quase acertando duas pessoas que estavam perto da porta e se jogaram para fora do meu caminho.

Pelo bem da minha posição no jornal e do meu portfólio, eu escreveria o artigo com diplomacia, mesmo que quisesse destruir o Paul e fazer seu ego inchado em pedaços, palavra por palavra, parágrafo por parágrafo. Com direito a uma manchete do tipo: "Capitão temporário com complexo de inferioridade se deleita com a ausência do capitão".

O título tinha um toque agradável. Claro que eu não poderia usá-lo.

Mas poderia escrevê-lo de qualquer maneira para satisfazer meu próprio prazer mesquinho.

Continuando meu ritmo rápido, acelerei pelo corredor de ladrilhos e empurrei a porta de vidro, saindo do refeitório dos alunos. O ar fresco me envolveu, e eu respirei fundo, mas isso não acalmou a náusea que sentia. Claro que eu tinha esquecido meu café pela metade na mesa. Parecia óbvio que até as menores coisas dariam errado hoje.

Eu tinha planejado ir ao escritório do *Callingwood Daily*, mas não conseguia encarar Zara e Noelle. Estava muito nervosa, e minhas mãos tremiam. Elas perceberiam que algo estava acontecendo assim que me vissem, e eu não tinha condições de discutir sobre essa entrevista infernal. Em vez disso, virei à direita e cruzei o pátio, indo para a biblioteca a fim de me esconder em uma mesa em algum lugar depois das estantes.

Enquanto caminhava, tentei pensar racionalmente. As intenções de Paul não eram sinceras. Isso era óbvio. Ele devia estar tentando mexer com o Chase, me deixando deste jeito. Mesmo assim, uma pequena parte de mim se perguntava se o que ele disse era verdade. Se o Chase tivesse flertado com uma garota... ou pior. Eu não queria que fosse verdade e queria esquecer o assunto, mas já tinha me enganado sobre essas coisas antes.

E será que eu não passava de alguém que pulava de jogador de hóquei em jogador de hóquei? Uma *Maria-patins*?

◆ ◆ ◆

Pensei que deveria tirar um dia para pensar. Um dia virou dois. Dois dias viraram três. E as coisas com o Chase estavam ficando cada vez mais tensas. Eu não estava lidando bem com a situação e sabia disso. No passado, todas as vezes que tentava resolver uma questão, deixava tudo sempre muito pior. Não sei como, eu sempre me enrolava. As coisas saíam do jeito errado, e tudo explodia na minha cara.

Sempre acabava em uma briga, e eu odiava brigar.

Talvez estivesse sendo ilógica, mas era como ter medo de uma aranha – um medo irracional e fisiológico do qual eu não conseguia me livrar.

Estava exagerando? Provavelmente. Mas eu tinha sido sugada para esse vórtice cheio de sentimentos horríveis e familiares e não sabia como sair. Era como estar presa em uma máquina de *pinball*, oscilando entre medo, esperança, desconfiança e culpa.

As palavras do Paul repetiam em minha cabeça como um disco arranhado, desencadeando um ciclo vicioso de ruminação. Eu oscilava entre descartar como uma coisa ridícula ou questionar a mim mesma, me perguntando se não poderia ser verdade. Tinha hora que considerava conversar com o Chase sobre isso, mas, se fosse verdade, ele nunca admitiria. E, se não fosse, eu não queria perturbá-lo – ou insultá-lo.

Repeti esse pensamento várias vezes na minha cabeça.

A única conclusão à qual eu chegava era a de que não tinha ideia do que fazer.

Chase

Depois de dias de tensão pesada em casa, uma briga feia e lágrimas que ouvi enquanto tentava dormir, Dallas e Siobhan finalmente oficializaram as coisas.

Ward parecia um cachorrinho com um brinquedo novo, e os dois estavam extremamente carinhosos desde então.

Fiquei feliz por ele. Sério, fiquei.

Só que algo estava acontecendo com a Bailey.

Enfiado em meu quarto depois de um treino desastroso, eu encarava o celular como se ele fosse, de alguma forma, me dar uma resposta. Reler as mensagens pela décima vez não ajudou em nada. Uma inquietação tomou conta de mim, e desci as escadas porque não conseguia ficar parado.

Quando cheguei ao último degrau, encontrei Shiv, que estava encolhida no sofá da sala, destacando algo em um livro de Biologia. Valeria a pena perguntar a ela, acho.

– Falou com a Bailey esses dias? – Eu me apoiei na parede, tentando e falhando soar casual.

Ela olhou para mim, o marcador amarelo no ar.

– Não muito – respondeu, parecendo pensativa. – Trocamos algumas mensagens, mas ela anda ocupada com as aulas e a mudança.

– Ah. – Foi a mesma desculpa que a Bailey me deu.

Repetidamente.

– O que foi? – Shiv estudou minha expressão, intrigada.

– Nada.

Exceto que ela vinha respondendo com mensagens de uma ou duas palavras há dias, dando desculpas vagas quando eu tentava planejar algo e me ignorando no geral. Uma mudança completa em relação à semana passada.

No começo, achei que estava em um dia ruim. Todos nós temos. No segundo dia, dei a ela o benefício da dúvida. Eu não queria ser irracional ou exigente. Mas agora, já passava das 20 horas do quarto dia dessa merda. Eu mal tinha conversado com minha namorada – e não por falta de tentativa.

Não entendi quando Ward não sabia o que estava acontecendo com ele e Shiv. Agora estava engolindo minhas palavras, porque não tinha ideia do que estava acontecendo com Bailey. Perguntei a ela, mas a resposta foi que estava tudo bem.

E claramente não estava.

Pior, eu nem sabia o porquê.

Passei o dia todo distraído pra caramba. Nem ouvi o que foi falado em aula, e o treino foi um desastre completo. Depois que saí do gelo, levei um sermão do treinador Miller por atrapalhar quase todos os exercícios. E alguns deles eram incrivelmente simples. Patinar em linha reta e arremessar para o gol, esse tipo de coisas. Era uma vergonha.

Não ajudava que ela estivesse em todos os lugares. No meu cérebro, na minha cama, na caminhonete, no vestiário e no canto do maldito rinque.

Droga.

37

Conte com isso

Chase

SE BAILEY NÃO VINHA ATÉ MIM, eu iria até ela.

Depois de desrespeitar o limite de velocidade e uma parada obrigatória em um cruzamento, fui até o complexo onde minha namorada morava e estacionei de qualquer jeito na vaga de visitantes. Desliguei o motor, bati a porta do motorista e caminhei até a casa dela como um míssil rastreador de calor.

Subi correndo os degraus e parei bruscamente em frente à porta azul-marinho, encarando os arranhões e as marcas espalhadas na pintura. Fazendo o meu melhor para me concentrar, respirei fundo e segurei o ar por alguns segundos antes de expirar pesadamente pelo nariz, colocando minha cabeça no lugar como quando eu entrava no gelo.

Não funcionou. Em nada.

Colocando meus ombros para trás, toquei a campainha e, em seguida, bati na porta da frente, como um policial com um mandato de busca. Esperava que ela estivesse em casa estudando, conforme me disse, porque eu precisava de uma explicação. E já.

A fechadura chacoalhou, e a porta abriu uma fresta. Um filete do rosto de Jillian apareceu.

– O que quer, Carter?

Que você saia do meu caminho. Mas eu não poderia usar minha voz para revelar esse sentimento.

– Preciso falar com a Bailey. – Acenei para a porta. – Me deixa entrar.

Jillian abriu a porta, revelando Amelia parada ao lado dela. As duas me olharam com desdém, como parceiras de esnobismo. Elas não gostavam de mim, e o sentimento era recíproco.

– B. deixaria você saber se quisesse conversar – disse Amelia, me dando um olhar mortal.

– Talvez ela tenha recuperado o juízo. – Jillian franziu o lábio.

Meus dentes se apertaram. Eu não era o maior fã das duas, para começar, mas meu senso habitual de hostilidade estava amplificado em um bilhão agora. Elas estavam se intrometendo, e não gostei disso.

Eu mal podia esperar para James se mudar. Estava contando os dias.

– Sabe – falei, usando cada resquício de paciência que tinha para não erguer a voz –, depois do jeito como trataram ela, não estou no humor pra ver esse fingimento agora.

– Não pode falar assim com a gente – Amelia bufou.

Desde quando? Talvez um jogador de hóquei dar uma bronca na namorada de outro jogador violasse algum código idiota entre eles, o que significava que eu provavelmente ouviria alguma coisa de Paul e Mendez depois. Que seja.

– Tenho quase certeza de que acabei de falar. – Elas recuaram quando avancei um passo. Inclinei a cabeça para dentro da casa e chamei: – James!

Uma porta se abriu com um rangido, seguido pelo som de passos. Bailey desceu as escadas, vestindo calças de pijama xadrez em rosa e cinza com um suéter roxo combinando, pés descalços e cabelo bagunçado solto em volta dos ombros.

Ela parecia tão perfeita que algo dentro de mim quebrou. Provavelmente o último fio que me prendia à sanidade.

Quando Bailey chegou à metade da escada, seu olhar pousou em mim, seus olhos arregalaram. Provavelmente porque eu parecia um maluco movido a adrenalina, frustração e tesão – uma mistura que tinha se transformado em algo parecido com cocaína no meu corpo. Algo assim. Eu nunca tinha usado cocaína, mas estava ligado pra caramba.

Apesar de todo o orgulho que eu tinha em ser, na maioria das vezes, calmo e centrado, agora eu definitivamente não estava.

Bailey se aproximou até ficar ao lado de Jillian e Amelia na porta.

– Chase. – Sua expressão era de espanto. – O que você está…

– Precisamos conversar.

Ela congelou, seus olhos indo de mim para Jillian e Amelia, e então voltando a mim. Se ficasse do lado delas, eu nunca superaria. Não, definitivamente não superaria.

– Agora. – Arqueei minhas sobrancelhas.

– Tá. – Bailey deu um passo para a frente e acenou para que eu entrasse. – Vamos conversar no meu quarto.

Bailey

Posso ter cometido um pequeno erro de cálculo, porque agora havia um homem das cavernas enorme e muito bravo na minha porta.

Sua camiseta preta marcava os ombros largos, sugerindo os músculos que estavam por baixo. E a calça de moletom cinza ficava baixa em seus quadris, revelando o "V" em seu quadril. Ele parecia, em cada detalhe, o Destruidor de Corações que eu temia que fosse.

Chase entrou e pegou minha mão. Ondas de tensão radiavam dele com uma intensidade que enchia o cômodo, palpáveis e quentes.

Amelia revirou os olhos e se afastou, indo para a cozinha com Jillian atrás dela. As duas fingiram estarem ocupadas com a geladeira e a lava-louça enquanto eu levava Chase para o andar de cima. Na verdade, elas logo iriam nos bisbilhotar. Aí poderiam relatar os detalhes íntimos da minha vida pessoal para os outros. Ótimo.

Ele me seguiu escada acima e pelo corredor até meu quarto, iluminado pelo brilho amarelo do pequeno abajur na cabeceira. Meu iPad estava em cima do meu edredom branco, ainda pausado no programa da Netflix que eu estava assistindo em vez de estudar, que foi a desculpa que lhe dei. Mas eu não conseguia me concentrar em nada havia dias.

E não sabia se estávamos prestes a conversar, brigar ou terminar.

Ele fechou a porta atrás de si, sem ruídos. Antes que eu pudesse me sentar em minha cama, Chase reduziu a distância entre nós e suas grandes mãos me viraram pelos quadris, para que ficássemos frente a frente.

Com os olhos ainda nos meus, ele deu um passo à frente, seguido por outro, até me encostar na porta. Seu perfume divino e familiar me envolveu, subindo direto à minha cabeça e atravessando todas as minhas defesas. Meu olhar pousou na pulsação na base de sua garganta por um instante, então viajou pelas cordas tensas de seu pescoço antes de voltar ao dele.

Chase me prendeu no lugar, encurralando-me – figurativa e literalmente. Eu não conseguia desviar minha atenção. Era vítima de sua presença dominante. Quinze centímetros a mais na altura eram bem significativos quando acompanhados por dezoito quilos de músculo.

Ainda mais quando estava irritado.

– O que foi, James? – perguntou ele, baixinho.

– Do que tá falando?

– Por que está me ignorando? – O maxilar de Chase travou.

– Não estou. – Pelo menos não de propósito. Começou de uma forma inocente quando busquei um tempo para pensar. Agora virou algo catastrófico, e eu tinha certeza de que tinha exagerado muito, muito nas coisas.

– Está. E eu não dei duro pra ganhar sua confiança para agora você jogar tudo fora sem explicação.

Desejo, culpa e arrependimento. Tudo isso se chocava dentro de mim como uma bola de demolição. Levantei a mão para tocá-lo, mas ele segurou meus pulsos e os prendeu contra a porta.

– Não.

– Por que não?

– Por que quer me tocar quando não quer nada comigo?

Eu não sabia como responder a isso. Eu queria ficar com ele. Queria tanto que chegava a doer, e esse era o problema.

Isso não era o tipo de coisa da qual eu sairia inteira.

– Não é isso.

As pupilas dele dilataram enquanto me observava atentamente.

– Então explique.

Era uma ordem, não um pedido.

– Não sei como – falei, ficando um pouco ofegante.

Toda vez que eu tentava falar com o Luke, ele me fazia pensar que eu era louca, ou torcia a narrativa para fazer com que eu fosse a errada. Com o tempo, parei de tentar. Estava deixando o passado interferir em meu futuro. Mas saber disso e superar eram coisas bem diferentes.

– Tenta. – Ele enfiou uma coxa musculosa entre minhas pernas e abaixou a boca para pairar sobre a minha, quase tocando-a.

Ergui meu queixo e seus lábios caíram sobre os meus, sua língua abrindo caminho para minha boca. No minuto em que nos beijamos, todas as dúvidas que eu tive, todas as questões, toda insegurança, desapareceram.

Nossas bocas se moviam uma contra a outra, indomáveis e selvagens, enviando uma onda de desejo por meu corpo. Ele se afastou de meus lábios, deixando um rastro de beijos frenéticos no meu pescoço e elevando meu desejo ao limite. Eu me contorci contra seu aperto, tentando tocá-lo, mas tudo o que aconteceu foi que meu namorado pressionou a coxa com mais força enquanto eu me movia contra ele em resposta.

– Se essa é sua ideia de me convencer a falar – falei sem fôlego –, não tenho um bom incentivo pra aceitar.

Mas eu estava em sobrecarga sensorial. Chase estava pressionado contra mim, e eu não podia colocar minha mão em seu corpo. Eu queria senti-lo com minhas mãos, mapear os músculos sob sua pele, correr meus dedos por aquele cabelo escuro e sedoso.

Cheguei a um ponto de ruptura.

– Chase.

– Quer que eu pare? – Ele se afastou, olhando para mim incisivamente, como se quisesse provar algo.

– Não. Só me deixa tocar em você.

Ele soltou meus pulsos e segurou meu queixo, inclinando meu rosto para o dele.

– Responda a minha pergunta primeiro – falou, calmamente.

Mordi meus lábios, buscando seu rosto. Ele deslizou a mão do meu queixo para meu pescoço. Com qualquer outra pessoa, eu teria ficado assustada, mas Chase não aplicou qualquer pressão. Era um movimento de poder.

Ele pararia na mesma hora se eu pedisse.

Mas eu não queria.

Com sua mão livre, ele arrastou a ponta do polegar por meu lábio inferior, o olhar preso no movimento. Então traçou minha bochecha e seguiu para a curva de meu pescoço. Respirei fundo, as pálpebras fechadas enquanto arrepios percorriam meu corpo.

– Senti sua falta. – Ele deu um beijo logo abaixo de minha orelha. Inclinei a cabeça, cedendo para lhe dar mais acesso. – Faz apenas alguns dias e eu sou como um viciado precisando de uma dose.

Eu também tinha sentido a falta dele, e era por isso que estava derretendo como uma manteiga sob suas mãos, incapaz de pensar com clareza ou formar frases coerentes. Ele espalmou meu peito, segurando-o e apertando-o, e eu derreti um pouco mais.

– Hum – murmurei, meu cérebro desligando.

Chase deslizou mais para baixo, passando por meu tórax. Perdi o fôlego quando ele começou a brincar com o cós do meu pijama, mas ele não se moveu mais. Afastou-se de repente, tirando as mãos. Meus olhos se abriram.

– Estou confuso. Sabe o que eu penso? – perguntou, em voz baixa. – Acho que você quer ficar comigo.

Chase estava certo. Não só queria. No momento, precisava dele como do ar que respiro, mas me apaixonar tanto, e tão rápido por alguém, era aterrorizante. A coisa mais assustadora que já tinha me acontecido. Sem dúvida.

Queria acreditar que era um risco calculado, mas, na verdade, nunca tive escolha.

– Então me diga. – Ele se apoiou acima da minha cabeça com as mãos, elevando-se sobre mim. – O que diabos está acontecendo?

Meu cérebro voltou a funcionar agora que ele não estava me tocando.

– Sabe que Amelia e Jillian podem ouvir tudo? – Acenei para a porta. – As paredes deste lugar são finas como papel.

– Não tô nem aí. Acho que gastei toda a minha preocupação com você.

Ele abriu minhas pernas com o joelho e eu obedeci, flexível contra seu toque. Agarrando a parte de trás das minhas coxas, ele me ergueu e pressionou minhas costas contra a porta. Suspirei quando senti seu pau duro como uma rocha pressionando em cheio o ponto entre minhas penas.

Segurei seus ombros, tentando puxá-lo para um beijo.

– Primeiro, explique. – Ele se afastou, a expressão severa. – Você estava na minha cama alguns dias atrás, me deu um beijo de despedida como se tudo estivesse bem quando te deixei na aula e está me evitando desde então. Por quê?

Seu tom era afiado como uma navalha, mas havia mágoa em seus olhos. Ele inclinou seu quadril, pressionando contra meu corpo outra vez e criando um choque de prazer que irradiou por meu ventre. O calor inundou meu corpo, se desfazendo de desejo. Eu estava a cerca de dois segundos de tentar tirar suas roupas, mas a pequena parte do meu cérebro que ainda estava funcional sabia que Chase estava certo. Antes, precisávamos conversar.

– Teve alguma garota que sentou no seu colo no O'Connor's recentemente? – Finalmente soltei. – Porque foi isso que ouvi.

– O quê? – Chase franziu o cenho.

Lentamente ele me abaixou até que eu estivesse em pé. Deixei minhas mãos em seus ombros, absorvendo o calor sob a camiseta preta macia.

– Respondi sua pergunta. Agora, responde a minha, por favor.

– Foi isso que aconteceu? – perguntou ele, incrédulo. – É por isso que está me evitando?

– Preciso de um sim ou um não, Carter. – Agora que ele estava ali, na minha frente, eu sabia a resposta, mas ainda queria ouvir dele.

Ele deslizou as mãos por baixo de meu suéter, dedos ásperos, quentes e reconfortantes na minha cintura.

– Isso foi por, tipo, dois segundos. Lindsay pulou no meu colo do nada. Eu prontamente a recusei e ela saiu. Fim.

– É isso? – Meu corpo relaxou, a capacidade de respirar voltando ao normal.

– Sim. Nada aconteceu – disse ele, a voz gentil. – E não foi esses dias, foi antes da festa do Ty.

A explicação era autêntica. Eu era uma idiota. Uma que tinha sido induzida a exagerar na reação pelo comparsa do Luke.

– Quem te contou isso? – perguntou Chase, apertando os olhos.

– Paul...

– Minha nossa! – exclamou ele, balançando a cabeça em negação. – Considere a fonte, James.

– Mas ela sentou no seu colo. Mais ou menos. – Eu não sabia por que estava discutindo esse ponto, exceto para dizer que me senti boba por ter ficado magoada. E pior ainda pelo jeito que eu tinha lidado com o assunto.

– Paul distorceu as coisas para se adequar ao papinho dele, e você sabe. Por favor, não deixa esse idiota enfiar minhoca na sua cabeça.

– Paredes finas. – Abaixei minha voz e gesticulei atrás de mim. – Amelia?

Chase se aproximou mais da porta, elevando a voz um pouco.

– Eu disse, o Paul é um idiota. E ele também não sabe patinar. Fique à vontade de falar que fui eu que disse.

Apesar da situação, eu ri. Chase era um provocador nato. Em algum momento, isso me conquistou. Pelo menos, ele era *meu* provocador.

Ele se voltou para mim, seu tom suavizou.

– Paul disse mais alguma coisa?

– Hum... bem... – Respirei fundo. – Ele disse que você dormiu com a amiga da prima dele.

E então me chamou de Maria-patins desesperada. Mas isso deixaria Chase mais irritado, e eu não achava que precisava jogar mais lenha nessa fogueira.

– Alguma chance de ter sido a história do sexo que te deixou assim?

– Talvez um pouco – admiti. Mas não era justo usar o passado contra ele.

– Só porque transei com alguém sem compromisso no passado não significa que vá fazer isso com você. Definitivamente não vou. Sabe disso, né?

– Sim – respondi. – Eu sei.

– Quanto a outra coisa, posso te contar sempre que outras garotas derem em cima de mim se você quiser, mas parece meio sem sentido, já que não dou atenção. Além disso, sei que os caras dão em cima de você o tempo todo.

Na verdade, não. Meu pequeno círculo de aulas de jornalismo, jornal da faculdade e sair com o Chase não facilitava para eu ser alvo de muitas tentativas de paquera. Mas era fofo ele pensar assim.

– Provavelmente não tanto quanto com você.

– Você vai ter que confiar em mim pra que funcione – disse ele, secamente.

– Estou tentando. Se não confiasse, não teria dormido com você. – Minha voz vacilou. De repente, eu estava perigosamente perto das lágrimas. Eu as segurei com cada grama de autocontrole que tinha. – Talvez esteja um pouco abalada, mas isso é muito importante pra mim.

Seus olhos castanhos suavizaram, brilhando com afeição.

– Eu sei. Eu não trato isso com indiferença. – Chase colocou meu cabelo atrás da orelha, seus lábios puxando os cantos. – Eu acho que, no fundo, você sabe que pode confiar em mim. É que você não confia em seu próprio julgamento.

As coisas se encaixaram.

– Ai, meu Deus. Acho que você está certo.

Chase se aproximou e me deu um beijo rápido, suave e doce. Afastou-se e roçou minha bochecha com os dedos.

– Então pode falar comigo na próxima vez? Por que isso de me afastar é uma droga. Se não me falar o que está acontecendo, não há nada que eu posso fazer.

Certo. Se eu tivesse sido capaz de falar sobre o assunto de forma racional, provavelmente seria isso que eu teria feito: falado com ele. É o que eu faria no futuro. Mesmo que fosse difícil.

– Vou tentar. Não sou boa conversando como você. – Olhei para o chão e depois para ele. – Você pode não ter um filtro, mas eu tenho um extraforte de nível industrial. Com um reserva do reserva.

– Você pensa demais, né? – Chase me deu um meio-sorriso. – Percebi.

Segurei seu braço, puxando-o em direção à cama, que cedeu sob seu peso quando ele se sentou e se virou para mim. Chegando mais perto, coloquei uma mão em sua coxa.

– Sei que é minha bagagem e estou tentando não descontar em você. Mas esse sentimento não vai embora da noite para o dia.

– Eu entendo – disse ele, esfregando a parte inferior de minhas costas. O calor da sua mão se espalhou pelo tecido da minha camiseta, marcando o caminho do seu toque. – Mas eu também tenho sentimentos, e essa merda toda doeu.

A culpa se instalou em meu estômago, pesada como um saco de discos de hóquei. Apesar de toda a minha preocupação, talvez eu fosse a única que estragaria as coisas.

Toquei seu ombro musculoso, as pontas dos dedos descansando em sua camiseta.

– Sinto muito.

– Tá tudo bem. Mas não vamos lidar com as coisas desse jeito de novo, tá?

– Tá.

Ficamos em silêncio por um momento. Chase abaixou a cabeça e olhou para mim, com a expressão concentrada.

– Eu tenho sido bem aberto com você, mas sinto que ainda está se segurando.

– Segurando como?

A questão era que ele estava certo. Eu estava segurando um pedacinho de mim, só por precaução. Talvez isso não fosse justo com nenhum de nós. Não estava funcionando muito bem, de qualquer forma.

– Às vezes não tenho certeza de onde sua mente está.

– Eu estou... – Vacilei, tentando reunir coragem para ser vulnerável. Ele já tinha se esforçado muito mais do que eu, mais de uma vez. Senti o calor em meu rosto e a ansiedade tomou conta de mim – ...louca por você. Com certeza. Só estou com medo.

Ou melhor, aterrorizada.

– Tá, mas eu não vou a lugar nenhum. É por isso que estou aqui, agora. – Ele deu um sorriso, gesticulando para nós dois. – Cabeças-duras, lembra?

– Graças a Deus por isso. – Peguei meu celular para ver a hora e senti uma pontada de tristeza. – Pode ficar mais um pouco?

– Posso passar mais uma hora ou mais, mas eu deveria arrumar minha caminhonete primeiro.

– Por quê?

Chase riu, levantando-se e indo até a porta.

– Estacionei do jeito que você dorme: na diagonal.

– Quando você voltar – respondi –, podemos continuar de onde paramos. – Danem-se as paredes. Dava para eu ligar uma música, ou algo do tipo. Ou elas poderiam sair. Realmente, não dava a mínima.

– Conte com isso, meu bem – disse, com um sorriso brincalhão.

38

Perdi essa

Chase

Precisei me esforçar para estacionar corretamente na segunda vez. Eu estava tão distraído que tive que dar marcha à ré e endireitar meu carro três vezes para entrar na vaga – ridículo para alguém cujo sustento dependia literalmente de mira e percepção de profundidade. Mas havia uma boa chance de eu ficar mais do que a hora que tinha prometido, então levei um tempo para estacionar certo e não ser multado ou rebocado.

Correndo de volta, ignorei os olhares venenosos de Jillian e Amelia e resisti à vontade de lhes mostrar o dedo do meio. Considerei isso um autocontrole vencedor e um sério crescimento pessoal de minha parte.

Quando entrei no quarto, Bailey estava sentada com as pernas cruzadas em seu edredom branco, com o longo cabelo loiro caindo como uma cortina enquanto olhava para seu celular. Fiquei com um tesão louco.

– Ei, linda. – Fechei a porta e rapidamente passei a chave, verificando duas vezes para garantir.

Ela ergueu os olhos da tela e a bloqueou, colocando o telefone na mesa de cabeceira.

– Oi. – Os lábios dela se curvaram em um sorrisinho enquanto seus olhos de corça percorriam meu corpo, a expressão era uma mistura de afeto e luxúria.

Porra.

– Só pra você saber – falei, sentando-me ao seu lado na cama –, suas colegas de quarto estão lá embaixo assistindo à televisão num volume excessivamente alto.

– Devem estar querendo mostrar que não estão ouvindo.

– Provavelmente, mas estão reclamando muito pra que eu acredite. – Meu olhar viajou ao redor do quarto, examinando com atenção. – Bem, tem um alto-falante? Podemos colocar uma música pra abafar seus gritos.

– Você tá me provocando, né? – perguntou com voz baixa. – Eu não grito na cama… grito? – Um rubor tingiu suas bochechas.

Eu sorri, porque Bailey era adorável e, bem, ela meio que gritava.

– Você chega bem perto. – Esfreguei a mão no rosto, pensando. – Sinto que deve ter uma boa piada suja escondida aqui em algum lugar. Mas, no momento, não tem sangue suficiente indo para o meu cérebro pra conseguir ligar os pontos.

Bailey balançou a cabeça e bufou uma risada fofa e tímida. Ela pegou o iPad que estava de lado e escolheu uma *playlist* aleatória no Spotify sem olhar muito. A música saiu de um alto-falante roxo sem fio na mesa de cabeceira. O som era alto o suficiente para criarmos um barulho de fundo e nos dar um pouco de privacidade.

No entanto, só a música ajudaria até certo ponto. Provocações à parte, ela era bem barulhenta às vezes. Mas, na pior das hipóteses, eu poderia beijá-la para abafar seus gritos. E meus lábios nos dela a deixavam no limite quando Bailey estava perto de gozar, o que dava muito tesão.

Nossos olhos se encontraram, e a energia mudou, o ar ficando mais denso de expectativa. Com a mão em sua nuca, puxei-a para mais perto. Suas pálpebras se fecharam quando juntamos os lábios, as bocas se explorando.

Mudando de posição, eu a deitei de costas, embaixo do meu corpo, e me acomodei entre suas pernas. Agarrei-a pelas mãos e enrosquei seus dedos nos meus, prendendo-a na cama. Ela deu um suspiro suave, apertando minha mão e beijando de volta, mais ávida.

Uma onda percorreu meu corpo, mas era mais do que física. Toda vez que estávamos perto, eu me apaixonava um pouco mais. Sexo com a Bailey era de outro nível. Todos os encontros casuais, ou os de uma noite, nunca poderiam ter me preparado para isso.

Eu me afastei do beijo, chamando sua atenção.

– Ei, James? Vou passar a noite aqui. – Soltei uma mão e tracei um dedo ao logo do pescoço dela, até os seios, por sobre seu suéter de tricô macio.

Seus olhos, salpicados de ouro, me estudaram, atentos, os cabelos loiros espalhados pelo travesseiro abaixo dela.

– Vou programar meu alarme e me certificar de acordar a tempo do treino de amanhã.

– Mas você não tem nada do que precisa aqui – comentou Bailey, preocupada.

– Posso acordar mais cedo e passar em casa antes – respondi. – Se vamos transar, seria errado sair depois. – Errado era um eufemismo. Eu me sentiria um lixo. Eu quase preferiria não transar do que fazer isso com ela.

– Eu também meio que penso assim. Mas não queria parecer carente.

Senti uma pontada no estômago quando a ouvi dizer isso.

– Quero que você peça o que quiser. Ou, bom... que exija, se preferir. – Dei de ombros, com o olhar fixo no dela. – Porque isso é excitante pra caramba.

– Eu não me importava com uma inversão de papéis em que ela mandasse de vez em quando.

Bailey mordicou a parte inferior da boca por um momento e o soltou.

– Bem, eu quero que fique.

– Então eu fico. – Olhei para o colchão abaixo de nós que era relativamente menor do que o meu. Para duas pessoas altas, seria um ajuste apertado. – Mas como sua cama é bem pequena, acho que vamos ficar de conchinha a noite toda.

E por "conchinha" eu quero dizer que ela acordaria comigo pressionando aquela bunda perfeita e redonda. Mas isso acontecia, da mesma forma, em minha casa.

– Tudo bem, eu gosto.

– Eu também – admiti. E nunca pensei que diria isso.

Agarrei a bainha da minha camiseta e a puxei pela cabeça e daí pairei sobre ela de novo. Suas pálpebras ficaram pesadas enquanto suas mãos macias deslizavam ao longo do meu tronco, seus dedos agarrando meus músculos. Abaixei a cabeça e soltei um gemido, saboreando a sensação daquele toque. Esses dias longe pareceram uma eternidade.

– Continuando onde paramos, acho que estava dizendo o quanto senti sua falta.

– Sim? – Os lábios de Bailey se contraíram em um sorriso. – Continue falando.

– Senti falta disso. – Abaixando a cabeça, mordisquei o topo do pescoço dela, abaixo do queixo, alternando com beijinhos enquanto descia pela extensão de pele perfeita e macia.

Ela soltou um zumbido, passando as palmas das mãos por minhas costas.

– E disso – murmurei contra sua pele, saboreando o perfume de baunilha combinado com um cheiro que era só dela. Uma onda enorme de desejo me atingiu, travando uma guerra entre minha necessidade de tomá-la e o desejo de ir aos poucos. Mas esta noite ela precisava de calma, e eu estava mais do que feliz em fazer isso. Segurei seu maxilar, inclinando sua cabeça para que seus olhos encontrassem com os meus. – E, com certeza, disso. – Trouxe meus lábios contra os dela, tomando sua boca.

Bailey suspirou, arrastando suas mãos para cima para agarrar meus ombros e fazendo uma onda de prazer percorrer a minha espinha. Eu poderia beijá-la o dia inteiro, explorando cada toque, cada sabor, com toda a calma do mundo. Em teoria. Na prática, com a situação atual, eu precisaria de um pouco de alívio em algum momento, porque estava tensionado pra caramba depois de tanto tempo longe dela.

Ainda beijando, segurando seu rosto, alcancei o suéter com a outra mão, acariciando sua pele por baixo da roupa para encontrar nada além de uma blusinha fina sobre uma extensão de pele infinita. Ela não estava usando sutiã. Merda. Que tesão.

Bailey deslizou seus dedos sob o cós da minha calça cinza, e eu a ajudei a puxá-la para baixo. Fiquei só com a cueca boxer preta. E ela usava algumas peças ainda.

Afastei-me um pouco para levantar seu quadril e puxar a calça do pijama para baixo. Passei as mãos pelas curvas da coxa, descendo até as panturrilhas lisas e torneadas.

– Senti falta dessas pernas também.

Tirando o pijama dela, um pé de cada vez, deslizei as palmas das mãos de volta para cima, acariciando a pele quente. Minhas mãos pousaram no quadril, ainda vestido com uma calcinha preta de algodão. Droga. Era uma peça simples, mas sexy pra caramba. Minha namorada sentou-se, tirando o suéter e a blusinha. Num piscar de olhos estava quase nua, e eu, no paraíso.

Segurei aqueles seios empinados, apertando-os.

– Não posso me esquecer deles.

Ela inclinou a cabeça para trás enquanto eu roçava meus lábios ao longo da clavícula, deslizando mais para baixo para beijar o volume dos seios.

Meus dedos viajaram por sua barriga, mergulhando para dentro de sua calcinha, indo até mais para baixo, entre suas pernas, onde minha gata já estava encharcada.

– E você sabe que senti falta da sua boceta.

Bailey inspirou, trêmula, o quadril se inclinando em resposta ao meu toque. Eu a acariciei, e ela agarrou minha mão por cima da calcinha, enviando outra onda de prazer por meu corpo. Ela se contorceu embaixo de mim, empurrando a pélvis contra minha mão. A maneira como se movia, como se soubesse exatamente o que queria, me deu uma ideia.

Eu a segurei pela cintura e a ergui um pouco da cama.

– Segura firme, amor. – Depositando outro beijo em seus lábios, subi uma das mãos para a curva suave entre seus ombros. Ela riu baixinho contra minha boca quando, num único movimento, eu nos virei, colocando-a sobre mim, montada nos meus quadris.

– Exibido. – Bailey arqueou uma sobrancelha.

– Só um pouco – comentei. – Mas a vista é ótima.

James, sentada em cima de mim, com nada além daquela calcinha preta. Os cabelos caíam em volta dos ombros, emoldurando seus seios empinados. Perfeição em todos os sentidos.

Ela me deu um sorriso torto, examinando meu torso.

– Não sei. Acho que a minha é melhor.

Meus dedos envolveram sua cintura, puxando-a para baixo enquanto eu me projetava para encontrá-la. Bailey deu um gemido baixo e fechou os olhos, movendo sua pélvis, esfregando-se contra mim em resposta.

– Também senti falta dos sons.

– Aham. – Ela assentiu, mordendo o lábio inferior.

Ergui meu quadril de novo e suas mãos voaram para meus bíceps, cravando as unhas a cada movimento. Eu a observava, hipnotizado.

– Você é tão gostosa.

Seus olhos se abriram, a expressão beirando a constrangimento. Provavelmente porque nós dois estávamos pouco vestidos, em uma esfregação de adolescentes. Mas era isso que tornava tudo tão incrível – eu adorava vê-la gozar. E com nossos corpos alinhados como estavam, o estímulo, com certeza, estava lá.

Eu meio que me sentei, envolvendo uma mão em seu pescoço e a puxando para mim. Ela se inclinou em minha direção, passando a mão por meu cabelo e puxando-o, enquanto me beijava e movia sua pélvis contra mim.

– James. – Ergui meu corpo em direção ao dela, que soltou um gemido ofegante. – Está bom pra você?

Suas bochechas estavam rosadas, seus olhos vidrados, quando se voltou para mim.

– Talvez.

Cara, se eu ainda tivesse forças para continuar… Aposto que a faria gozar. Mas nesse ritmo, nós dois terminaríamos antes de tirarmos as roupas. Talvez na próxima vez, depois de aliviar essa tensão.

– Isso é um sim pra você ficar por cima? – perguntei.

Bailey congelou.

– Você quer que eu fique por cima?

– Ah, se quero. – Reprimi um sorriso. – Se você quiser.

A ideia dela me cavalgar me dava um tesão inimaginável, mas eu não a forçaria. Se ela se sentia insegura com isso, provavelmente era melhor eu nem saber o motivo – porque tinha grandes chances de me dar ainda mais vontade de acabar com o Morrison.

– Eu não sei… – Bailey franziu a testa.

Sim, eu sabia o que estava acontecendo aqui. Endireitei meu corpo segurando as suas costas, levando-a comigo.

– James. – Descansando minha testa contra a dela, coloquei uma mecha de cabelo atrás de sua orelha. – Olha pra mim.

Ela assim o fez, os olhos meigos e os lábios entreabertos. Sua respiração estava um pouco ofegante, poderia estar excitada ou nervosa. Talvez as duas coisas. Esfreguei as palmas das mãos para cima e para baixo em seus braços, apertando suavemente.

– Quando estamos juntos, tudo o que você faz é bom pra mim – falei. – Não se preocupe. Tipo, nunca. Eu só quero você.

Quer dizer, pelo amor de Deus. Era quase impossível para um cara não gozar durante o sexo. Era simples. Fazê-la gozar primeiro e aí mudar o ritmo no final, se necessário. Não era a porra de uma ciência espacial.

– Tá – respondeu, hesitante, desviando o olhar por um instante para aí voltar aos meus. – Mas consegue ficar sentado um pouco assim? Para eu te alcançar melhor? E te beijar?

– Claro. – Eu me mexi, arrumando os travesseiros atrás de mim e me apoiando na cabeceira. – Melhor?

– Muito. – Ela me deu um doce sorrisinho.

Bailey saiu de cima de mim e deslizou sua calcinha preta pelas pernas. Então, se ajoelhou ao meu lado, me beijando e puxando o cós da minha cueca enquanto eu a tirava e a jogava para o lado.

– Camisinha? – Alcancei sua mesa de cabeceira.

Suas sobrancelhas se juntaram e seus olhos se arregalaram.

– Não tem. Luke e eu não... – Um tom rosado tingiu suas bochechas. – Quer dizer, a gente usava. Eu não confiava nele o suficiente pra ficar sem. Mas ele nunca veio aqui.

– Tá tudo bem. Não precisamos...

– Eu tomo pílula.

Meu pau se contraiu, e contive um gemido só de imaginar estar dentro dela, sem nada entre nós. Embora fosse incrivelmente tentador, não queria que ela oferecesse algo que a deixasse desconfortável.

– Estou bem com isso se você estiver – acrescentou com timidez.

– Estou limpo – declarei. – Fazemos testes no início das temporadas, e não fiquei com mais ninguém.

– Confio em você. – Seus dentes afundaram em seu lábio inferior enquanto ela me observava, esperando uma resposta.

– Se tem certeza...

– Tenho.

A vulnerabilidade brilhou em seus olhos quanto tornou a me montar. Afastei seus cabelos e a observei, hipnotizado. Não pelo ato, mas por ser com ela.

Tudo o que eu sabia é que estava mais perdido do que nunca.

Assim que se ajeitou em minhas coxas, agarrei sua cintura e passei a outra mão em volta do meu pau. Com as palmas das mãos nos meus ombros, Bailey desceu sobre ele com um gemido suave. Depois de encaixar totalmente, ela ficou imóvel.

– Tá tudo bem, amor? – Fiquei preocupado e ergui seu queixo para poder ver melhor seu rosto.

– Tá. – Respirou fundo. – Só preciso de um segundo. Você é… grande.

Ela devia estar tensa por estar por cima, isso não devia ajudar. Corri minhas mãos por suas costas para acalmá-la, beijando seu ombro, e logo seus músculos relaxaram e ela assumiu o comando, rebolando e soltando um suspiro ofegante.

– Isso. – Eu a puxei para mais perto de mim. – Você é perfeita.

Inclinando-me mais, peguei sua boca na minha enquanto aumentava o ritmo. Ela estava quente e encharcada, e eu tive que respirar fundo para me controlar.

– Você é tão gostoso – choramingou contra meus lábios.

Eu gemi, a ponta dos dedos cravando em seus quadris.

– Você não tem ideia. – Pele contra pele, nada entre nós. Eu estava muito perto de ser um daqueles caras que gozam em um minuto. Contanto que Bailey gozasse primeiro, meu orgulho poderia lidar com uma performance mais curta que o habitual.

Seus movimentos ficaram mais confiantes, e ela encontrou um ritmo constante. Eu a observei cavalgar em mim, maravilhado como seu rosto se contorcendo de prazer.

– Estou perto – gemeu, aprofundando para me levar ainda mais fundo. – Ah, nossa. *Chase*!

A maneira desesperada que ela gritou me levou quase ao limite. Fiquei tenso, cerrando os dentes para segurar minha liberação.

– Estou gozando – Bailey ofegou, jogando a cabeça para trás.

E isso foi o suficiente para me fazer perder o controle.

– Porra, amor. Eu também.

Ela me beijou enquanto se derretia, suas unhas cravando na carne dos meus ombros enquanto terminava. Deslizei uma mão até sua nuca, agarrando seu cabelo, me perdendo nela e gozando logo depois. O prazer aumentou e transbordou quando a segurei pela cintura, puxando mais para baixo e metendo com força dentro dela. O momento foi intenso, profundo e nos consumiu.

Em sintonia, nós dois desaceleramos, nos beijando suavemente enquanto nos acalmávamos.

Bailey deixou a testa cair em meu ombro por um momento, suspirando. Então, ela levantou e queixo e me espiou pelos cílios longos.

– Uau.

– Nem me fale. – Beijei sua bochecha.

Envolvendo meus braços em volta de seu corpo, eu a mantive imóvel por um momento, nossos corações trovejando, nossas respirações lentamente voltando ao normal.

Após nos limparmos rapidamente, nos acomodamos na cama, aconchegados sob as cobertas. Enquanto ela se aninhava contra mim, seus cabelos fazendo cócegas no meu peito nu, meu cérebro tentava processar o que tinha acontecido.

No intervalo de poucas horas, eu tinha passado do medo de que tivéssemos acabado para estar mais envolvido do que nunca. Apesar do pequeno contratempo, eu sabia, lá no fundo, que estávamos firmes, com os pés no chão. E talvez o sexo tenha ajudado a me acalmar, mas foi mais do que isso. O jeito que Bailey me olhou esta noite, uma combinação de admiração e adoração. A maneira que me tocou. A maneira como tudo se encaixou quando nos deitamos aqui onde estávamos, sem uma palavra, sabendo que o mundo estava certo de novo.

Ela bocejou, se enterrando em meu ombro.

– Ai, estou cansada.

– Eu também.

Meu coração acelerou quando a puxei para perto. Eu queria dizer mais, mas não sabia como colocar meus pensamentos em palavras.

Bailey

Acordei com um braço forte e musculoso na minha cintura, e um corpo grande e quente encostado em mim.

Ah, não. Peguei meu celular e verifiquei freneticamente as horas, apertando os olhos para ler o visor. Quase 6 horas.

Dei um cutucão gentil em Chase.

– Ei.

– Hum? – murmurou, sonolento. Ele me apertou mais forte, aninhando-se contra meu pescoço antes de ficar quieto de novo.

Se ao menos eu pudesse ceder à tentação aconchegante de voltar a dormir enrolada nele, na minha cama quentinha. Era muito tentador. Mas ele tinha treino.

– Já é de manhã. – Cutuquei-o outra vez –. Acho que adormecemos antes de programar o alarme. Que horas é seu treino?

Ele já tinha dito, mas meu cérebro não estava funcional naquele momento.

Ele soltou um gemido baixo, rolando de costas.

– Hum... começa às 8 horas. Que horas são?

– Quase 6 horas. Consegue dormir mais um pouco se eu programar o alarme?

– Acho que não. – Seu peso mudou ao meu lado, uma mão pousando em meu quadril, deslizando mais para baixo. Lábios macios e quentes roçaram meu ombro. – Mas é tempo o suficiente pra outra coisa.

39

Assunto de família

Bailey

Depois de acordar mais cedo do que o normal com o Chase, aproveitei para ir ao *Callingwood Daily* para escrever um pouco e estudar.

Mas, em vez disso, conversei – e talvez tenha fofocado um pouco – com Zara e Noelle. Não deu para evitar, eu estava nas nuvens para escrever um artigo técnico sem graça para a aula de Comunicação Profissional.

– Não tem aparecido aqui, B. – Zara se inclinou sobre a mesa, os olhos brilhando com malícia. – Chase está te mantendo ocupada?

– Ah, ando trabalhando muito. – Olhei para ela por cima da tela do meu notebook.

– Trabalhando duro – disse ela, em tom de brincadeira.

Arrastei minha atenção de volta para a tela em branco do editor de texto, o calor se espalhando por meu rosto. Ainda bem que não tinha mais ninguém no escritório com a gente.

Com sorte, não estaria escrito *sexo matinal incrível* na minha testa. Ou, mais precisamente, *só tive uma noite e uma manhã incríveis de sexo, que venho revivendo em minha mente há horas enquanto anseio por encontrar com ele novamente e questiono minha sanidade, porque não consigo me concentrar em mais nada.*

O que está acontecendo comigo? Eu nunca me senti assim antes. Nunca.

Preciso domar isso antes das provas finais ou seria reprovada na faculdade.

– Talvez um pouco. – Pigarreei, certa de que meu rosto estava vermelho como uma camisa dos Falcons.

Zara e Noelle trocaram sorrisos, do outro lado da mesa.

– E você? Como estão as coisas com o seu carinha?

Zara já tinha esmagado mais do que sua cota de egos frágeis masculinos – e corações. Dessa vez era diferente. Era o relacionamento mais duradouro que ela já tinha tido sem perder o interesse. E parecia estar mesmo feliz.

Seus lábios cor de ameixa brilhante se abriram em um largo sorriso.

– Ele é incrível.

– Ai! Adoro isso, Zar. – Eu a cutuquei de brincadeira.

Noelle franziu a testa para a tela do notebook.

– Hum… ah! – Ela tamborilou os dedos na mesa, pensativa. – A professora Johnson quer que você cubra o jogo dos Bulldogs amanhã pra que a gente possa mudar o destaque artístico pra sábado e preencher esse espaço vazio. Desculpe, sei que está em cima da hora. Tudo bem pra você?

Eu queria? Na verdade, não. Eu deveria fazer isso de qualquer maneira? Provavelmente. Mesmo que eu devesse assistir ao jogo do Chase naquela mesma noite.

– Tudo bem – menti.

◆ ◆ ◆

Se tinha algo para matar aquele meu entusiasmo pelo Chase era lidar com o Derek.

Nós mal nos falamos nas últimas semanas, e, quando acontecia, a conversa era tensa. Tentei ignorá-lo, outra vez, quando ele mandou mensagem pedindo para me encontrar, mas enfim cedi quando ele insistiu que era importante e jurou que não era nada relacionado ao Chase ou à Jill.

Café com o meu irmão deveria ser tranquilo, né? Não poderia ser pior que a reunião desastrosa com o Paul.

Mas, agora, eu tinha minhas dúvidas.

Escolhemos uma mesa perto da entrada do Starbucks do campus enquanto eu o olhava com cautela. Era triste, estranho e reconfortante ao mesmo tempo ficar com ele.

Derek estava vestido como sempre, com calças de ginástica e o uniforme dos Bulldogs – hoje, um moletom com capuz. Seu armário inteiro era um borrão quase monocromático de cinza e azul-marinho.

Ele olhou seu copo de papelão branco antes de me encarar. Jurei por Deus que, se ele dissesse algo sobre o Chase, eu iria embora e só conversaria com ele de novo no Natal.

– Então… a mamãe e o papai estão vendendo a casa – disse Derek.

Senti meu estômago embrulhar.

– O quê? Como assim?

O sobrado aconchegante de tijolos não era nada impressionante. Ele foi bem aproveitado, com certeza. Precisava trocar os carpetes, a madeira gasta precisava ser reparada e os banheiros eram ultrapassados.

Mas era a casa onde eu cresci. A casa para onde voltávamos nas férias. O lugar que minha mãe amava mais do que tudo, com o jardim que ela cultivava ano após ano, passando horas de seu dia cuidando de peônias e roseiras.

Era confortável e acolhedora, reconfortante quando necessário. E um dos meus lugares favoritos no mundo inteiro.

– Acho que o papai tá sem trabalho há um tempo. Eles não conseguem mantê-la.

Tudo desabou. Uma onda de náusea me atingiu. Forte.

– Pera lá – falei. – *Papai está desempregado*? Desde quando?

Por que quando uma coisa entrava nos trilhos na minha vida, outra saía?

Derek hesitou.

– Junho. Eles não o chamaram de volta no outono. Cortes no orçamento da Educação, acho. Demitiram um monte de professores mais velhos e experientes pra contratar recém-graduados, que eram mais baratos.

– E por que só está me contando agora?

– Eu soube agora, B.

Olhando feio para Derek, do outro lado da mesa, tomei um gole do meu café com leite de baunilha. Não queria mais, mas não ia desperdiçar.

– Tem certeza? – Se tivessem me deixado de fora dessa, eu ficaria furiosa.

– Sim – insistiu. – Não queriam que a gente ficasse preocupado.

Franzi o cenho, ainda o encarando com um olhar severo. Algo não fazia sentido.

– E porque é que você que tá me contando, e não a mamãe e o papai?

– A mamãe queria que eu te contasse pessoalmente. Ela achou que você ficaria irritada – revelou ele, com cautela.

Ela estava certa. Ainda mais considerando que a casa já estava quase quitada, até eles refinanciarem o imóvel para pagar minhas contas médicas. Era, basicamente, culpa minha. Não, era mesmo culpa minha.

– Deve fazer sentido que eles peguem uma casa menor agora que nós já saímos de lá.

– Nunca ouvi os dois falarem em casa menor antes – respondi. – Até onde eu sei, eles pretendiam ficar lá pra sempre.

– Não sei – falou, dando de ombros. – As coisas mudam.

Ficar sem dinheiro faria isso. Minha mente entrou em alerta, procurando por possíveis soluções ou maneiras de ajudar, embora eu só tivesse uns dez dólares no bolso.

– E Mitch e Steven? Eles não podem ajudar?

– Já estão ajudando. – Derek inclinou a cabeça, em uma tentativa de soar compreensivo, mas que acabou beirando à condescendência. Ainda fazendo o papel de irmão mais velho. – Foi por isso que conseguiram manter a casa por tanto tempo. Mas eles também não têm muito dinheiro. Tá todo mundo duro.

– Certo. – Assenti, engolindo um enorme nó na garganta. Agora eu não queria que a gente tivesse se encontrado em um lugar tão público. Eu meio que senti vontade de chorar. – Então, vão vender depois do Natal?

– Bem, não. Já está à venda. Na pior das hipóteses, passaremos o Natal na casa do Mitch. – Derek fechou a cara e pegou sua bebida.

Certo. Meu irmão mais velho morava em uma casa pequena com a esposa e três filhos. Meu outro irmão, Steven, era um solteirão que morava em um apartamento de um quarto. Esse cenário colocava Derek e eu dormindo no sofá, porque não tínhamos como pagar um hotel.

Sem mencionar meus pais. Onde eles iriam morar?

– Mamãe e papai já têm um lugar novo em vista?

– Ainda não – respondeu ele, dando de ombros outra vez. – Eles não podem comprar nada até que a casa seja vendida. Além disso... quer dizer, o crédito deles também não anda lá essas coisas depois de tudo isso. Talvez precisem alugar algum lugar.

– Meu Deus. – Esmaguei levemente o copo que estava segurando. Meus pais não eram tão jovens. Deveriam estar pensando em aposentadoria, não em perder a casa.

– Vai ficar tudo bem, B.

Mas Derek estava tentando convencer tanto a si mesmo quanto a mim.

– Não vejo como – respondi. – Espero que a casa seja vendida se é disso que precisam. Mas ficarei triste se não tivermos o Natal lá. Pelo menos uma última vez. – Fiquei com a respiração presa.

– É. Eu também. – Sua garganta balançou, e ele fez uma pausa.

Usei a pausa na conversa para inspirar fundo, reprimindo a vontade de chorar. Por enquanto, pelo menos.

– Outra coisa...

Meus sentidos de irmã formigaram. *Alerta, alerta, ataque chegando.*

– Nem começa. – Eu estava emocionalmente tensa, e era provável que explodisse se ele começasse a falar do Chase.

– Não vou – respondeu com suavidade. – Queria saber como você está.

Eu desinflei, baixando um pouco a guarda, disposta a dar uma chance a ele, mas ainda pronta para uma briga.

– Estou bem. As coisas estão bem.

– Aulas?

– Indo bem. Só notas A. – Não que eu tivesse escolha se quisesse manter minha bolsa de estudos.

– Carter tá bem? – Ele me estudou, o cenho franzido.

– Está ótimo. – Senti um sorriso bobo surgir em meu rosto. Não pude evitar. Sempre acontecia quando eu falava dele.

– Fico feliz – comentou Derek. – Quer dizer, ainda não entendi, mas se ele te faz bem, vou tentar.

Não foi bem uma aprovação entusiasmada, mas já era alguma coisa. Se eles pudessem coexistir pacificamente, eu consideraria uma vitória.

– É tudo o que peço. Se vocês tivessem a mente aberta e deixassem essas coisas de lado, tenho certeza de que se dariam bem. Pelo menos fora do gelo.

Ele me lançou um olhar que dizia que não acreditava em mim nem um pouco, mas não disse nada.

– E quanto a... você? – perguntei.

Fiquei com medo da resposta.

– Terminei com a Jill.

– Ah, graças a Deus. – Pelo menos uma boa notícia. E Jill estava insuportável nos últimos tempos. Talvez fosse por isso. – Você tá bem?

– Estou. – Ele terminou o café, pousando o copo vazio. – Sinceramente, não entendo como fui sugado pra algo tão errado. Foi uma espécie de ladeira escorregadia esquisita.

De certa forma, eu entendia. Não a parte do caso, claro. Mas a da ladeira escorregadia, com certeza. Era como se eu tivesse acordado um dia presa a um relacionamento horrível e controlador com o Luke, e não conseguisse acreditar que tinha deixado chegar àquele ponto. E só fui entender de verdade o quão ruim era depois que saí dele.

– Ótimo. Você merece mais do que isso.

Agora, se Mendez a deixasse, a retribuição cármica seria completa.

– Vou sair com uma garota da minha aula de Finanças nesse fim de semana, vamos ver no que vai dar.

– Até ficar sozinho é melhor do que estar num relacionamento tóxico. Eu queria saber disso há mais tempo.

Ele mudou de posição, parecendo desconfortável.

– Luke ainda tenta contato com você?

– Às vezes. – Tentei mostrar indiferença. Ele era imprevisível.

Chase queria que eu o bloqueasse, mas esse tipo de coisa só faria meu ex tentar contato de outra forma. Se o Luke achava que estava me afetando – e não estava –, isso o manteria na coleira.

Derek balançou a cabeça, seu rosto contraído.

– Eu disse pra ele parar.

Bom saber que ele tentou, pela primeira vez, acho. Eu não tinha certeza se meu irmão sabia das mentiras que Luke tinha contado para o time, mas não entraria no assunto agora.

– O Chase também. Muitas vezes.

– Foi por isso que ele o acertou?

– Um pouco. Luke é um pedaço de merda – falei. – Muito provável que tenha merecido.

– Provavelmente. – Derek riu.

A tela do meu celular acendeu com um lembrete. Eu tinha um compromisso com meu orientador acadêmico do outro lado do campus em meia hora.

– Ai, droga, preciso ir. – Eu me levantei, empurrando a cadeira para trás.

– Estou feliz por conversar com você – disse ele.

– Eu também.

Tínhamos mais coisas a resolver, mas foi um passo na direção certa.

40

Te falei

Bailey

TIRAR UM DIA DE FOLGA para me desintoxicar da euforia causada pelo Chase provavelmente não era uma má ideia. Depois de passar todo o dia anterior nas nuvens, eu precisava colocar os pés de volta no chão.

Só que, ao que parece, hoje não ia ser esse dia.

Tinha planejado tudo certinho, mas não adiantou. A chuva batia forte no telhado de vidro do átrio enquanto Chase e eu nos empoleiramos em uma mesa de metal preta escondida no canto da praça de alimentação do campus da Callingwood, terminando o último de nossos burritos. Não tínhamos nada marcado para hoje, e eu tinha planejado trabalhar em algumas tarefas durante meu intervalo, enquanto meu namorado estava em sua rotina pré-jogo habitual após a última aula da tarde. Naquela noite, estaríamos em duas arenas diferentes para dois jogos distintos.

Mas, quando um dos professores de Chase cancelou no último momento por estar doente, ele me mandou uma mensagem para almoçarmos juntos, e todos os meus planos foram para o ralo. Finalizar a tarefa sobre o Coro Sinfônico de Callingwood para a edição do fim de semana teria que esperar, porque passar um tempo com ele era muito mais atraente.

Era demais para a autodisciplina que eu me orgulhava de ter.

Virei-me para Chase, observando a maneira adoravelmente desajeitada como ele tentava encaixar seu corpo enorme na cadeira presa à mesa pequena. Suas pernas eram longas demais, forçando-o a dobrar os joelhos em um ângulo esquisito.

– O mundo não foi feito pra pessoas do seu tamanho, é?

Chase olhou para as pernas vestidas com um jeans azul, os lábios contraídos.

– Não – concordou. – Por isso que eu gosto que você seja alta também. Sabe como é ser mais alta do que os outros.

– Eu me sinto mal por você ter vindo até aqui pra me ver quando tem que voltar tão rápido.

Ele jogou o braço ao longo das costas da minha cadeira, os dedos roçando na parte superior de minhas costas.

– O que mais eu ia fazer com minha tarde livre? Estudar? *Sozinho*?

– Bem, sim. – Eu ri, dando a última mordida em meu burrito. – Provavelmente seria uma boa ideia. E quanto à sua rotina de cochilo antes do jogo?

– Por que eu iria querer dormir sabendo que poderia ficar com você aqui?

Apontei para ele com o meu garfo.

– Você nem estuda aqui.

– E daí? – Chase deu de ombros. – Eu ainda sou estudante.

Justo. Pelo menos ele estava vestindo um casaco com capuz preto em vez do uniforme vermelho escarlate dos Falcons. O pássaro carmesim era proibido por aqui.

– Tá, mas assim que terminarmos de comer, temos que estudar de verdade. – Eu tentei, e falhei, manter uma cara séria, um tom severo. – E por nós, quero dizer você. Estude. Não flerta comigo do outro lado da mesa.

– Que tal os dois? – Ele me lançou um sorriso brincalhão. – Sabe, um acordo.

Incrivelmente charmoso e impossível de recusar.

– Qualquer coisa que te mantenha estudando e longe da condicional.

– Quero que saiba que estou tirando notas B neste semestre. – Ele tomou um gole de água mineral, me dando um olhar inocente que quase me convenceu. – Tenho sido um perfeito anjo.

– Você quer dizer substituído por um impostor? – perguntei, pegando meu prato vazio, guardanapo e talheres, enquanto Chase fazia o mesmo.

– Mais pra reabilitado por sua boa influência.

Nós nos levantamos e levamos nosso lixo até as lixeiras, e então o levei para minha sala de estudos favorita no segundo andar. Era acolhedora, com cadeiras confortáveis e o aquecimento funcionava, o que era mais do que dava para falar de outras áreas de estudo da Callingwood.

– Hum – murmurei, parando com minha mão na maçaneta da porta de aço inoxidável. – Se eu sou boa influência, isso torna você má influência?

– Com certeza. – Chase afastou meu cabelo do ombro. Um arrepio percorreu minha espinha com aquele toque. Ele tirou meu cabelo do caminho e se aproximou, acariciando minha orelha. – E por falar nisso – murmurou –, mal posso esperar pra colocar minhas mãos em você amanhã à noite.

Eu perdi o fôlego. Estava esperando um beijo na bochecha, não conversa sacana no meio da área dos alunos. Mas era com Chase que eu estava lidando.

– Por que isso? – perguntei, a voz ofegante.

– Porque vou fazer você gozar tão forte que vai acordar seus novos vizinhos.

Um choque percorreu meu corpo, e virei minha cabeça para encará-lo, com os olhos arregalados.

– Meu Deus, Chase, tem gente em todo lugar.

– Eu sei. – Ele me deu um sorriso de lobo. – É por isso que eu te disse baixinho.

– Mas agora eu fiquei…

– Excitada?

– Em *público*.

Examinei os arredores em busca de bisbilhoteiros. A área de estar atrás dele estava cheia de alunos comendo, andando, carregando bandejas de comida e falando ao celular. Claro que nenhum deles tinha percebido. Ninguém sabia que eu estava ficando excitada e inflamada. Mas, ainda assim.

– Esse é o ponto, James. Preliminar é metade da diversão. – Ele me cutucou, abrindo a porta e a segurando para mim.

Balancei a cabeça, abaixando minha voz.

– Você é um provocador.

– Claro – respondeu. – Eu amo provocar você.

– Eu poderia provocar você também, sabia?

Seu olhar prendeu o meu, seus olhos castanhos eram uma mistura de diversão e desejo.

– Sim, por favor.

– Cuidado com o que diz, Carter.

Eu ia pegar ele algum dia. Só tinha que criar coragem.

◆ ◆ ◆

Depois de uma hora estudando, ou tentando, enquanto Chase aproveitava a sala vazia para fazer piadinhas e me acariciar com o pé, ele me acompanhou até a aula no lado oposto do campus.

Atravessamos o pátio com rajadas de vento, um céu nublado e sombrio pairando sobre nós. Pelo menos tinha parado de chover. Em geral eu amava o outono, mas o clima de hoje estava deprimente, indicando o inverno que chegava.

– Adivinha quem me ligou outro dia – disse Chase, tomando um gole de café. Sua outra mão estava enlaçada com a minha, o calor de sua pele me aquecendo.

– Quem?

– O subgerente geral do Los Angeles.

– O quê? – Congelei com meu copo a meio caminho da boca. – Que incrível. O que ele queria?

– Conversar. Saber como está indo a faculdade, treinamento e nutrição, como estão meus treinadores, falar sobre gravações de jogos e coisas que os olheiros notaram.

Como foi convocado antes de começar a faculdade, Chase estava na situação ideal para um jogador de hóquei universitário. Uma vaga no time era sua, a não ser que ele não quisesse.

Por outro lado, Derek não tinha sido convocado. Ele ainda não sabia quem, se é que alguém o contrataria depois da formatura. Provavelmente não teria uma definição até o próximo verão. E mesmo assim, poderia ser a NHL, AHL ou a ECHL, ou mesmo nenhuma delas, o que significava procurar um emprego comum, como todo mundo. Essa era a possibilidade que o deixava mais assustado. Meu irmão queria demais ser um jogador profissional depois da faculdade.

– Tá muito no começo da temporada pra entrarem em contato, né? – perguntei com a testa franzida. Eu não estava tão familiarizada com os detalhes do processo de contratação quanto com os outros aspectos do hóquei.

– Acho que sim. Devem estar começando a me sondar.

– Para o ano que vem? – Meu coração apertou. Eu queria dizer que era porque estava feliz por ele, mas meus sentimentos não eram tão altruístas.

– Talvez. – Chase deu de ombros. – Isso, ou querem saber se sou um problema e estão de olho. Pode ser ambos.

Eu ri, mas logo fiquei séria.

– Você deixaria a faculdade um ano antes? Sem se formar?

– Com certeza.

– Por aqui. – Virando à esquerda, puxei sua mão em direção ao prédio de tijolos de Ciências Sociais. Acho que sabia por que Chase era tão desmotivado quando se tratava de estudos. Ele não tinha planos de ficar o suficiente para se formar.

– E você iria embora? Assim?

– É claro.

De repente, eu fiquei sem fôlego.

– É uma grande decisão.

– Eu sei, mas já pensei muito sobre isso. Se chegasse a hora, eu pularia do barco. Posso terminar meu curso mais tarde, se precisar.

– Mas a maioria das pessoas acaba não voltando. – Era difícil encarar a queda no padrão de vida que isso significaria

– Provavelmente não – admitiu.

Um milhão de coisas passaram pela minha cabeça, mas eu não tinha certeza se era da minha conta.

– Falando em hóquei – disse Chase –, ainda estou liderando no *Fantasy*. Em parte, por sua causa. – Ele apertou minha mão, esfregando as costas delas com seu polegar áspero. Estava tentando mudar de assunto.

– Isso é incrível. – Mas tudo no que eu conseguia pensar era no que aconteceria conosco se ele fosse embora. Sabia que era muito cedo para me preocupar com isso, mas a ideia de que nosso relacionamento fosse algo temporário era angustiante.

Poucos minutos depois, nos acomodamos em um banco de madeira ao lado do saguão de Ciências Sociais, terminando nossos cafés. Em uma reviravolta com um *timing* terrível, eu tinha uma palestra em menos de dez minutos – e agora estávamos presos em uma discussão sobre hoje à noite.

– Você não me disse que iria sozinha ao jogo dos Bulldogs. – Chase fechou a cara. – Não gosto disso.

– Vai ficar tudo bem – falei, colocando uma mão em sua coxa musculosa. – Vou poder acabar de fazer as malas depois que chegar em casa e podemos fazer minha mudança amanhã.

– Ainda acho que você não deveria ir lá sem companhia. Morrison me dá arrepios, James. Já viu o jeito que o cara te olha? Sinto como se ele fosse aparecer a qualquer hora com uma van branca e te jogar dentro. Não estou brincando.

Luke era um monte de coisas – e coisas muito ruins –, mas ele não era perigoso. Meu ex nunca me machucou fisicamente. Apesar de que as pessoas conseguem machucar sem erguer um dedo.

– Você está ficando um pouco dramático – falei. – Vai ter gente em todos os lugares da arena. Derek vai estar lá.

– E? – perguntou rispidamente. – Quando foi a última vez que seu irmão te defendeu?

Dei a ele um olhar fulminante.

– Você não acha que meu próprio irmão ia impedir alguém de me sequestrar?

– Quem disse que ele ia perceber? Derek está bem absorvido no que quer que esteja fazendo.

Aquilo veio como um tapa. Parte de mim sabia que meu namorado tinha razão, mesmo que tenha doído escutar. Mas Derek e eu estávamos fazendo progresso em reconstruir nossa relação. As coisas não estavam perfeitas, nem de longe, e, se eu me permitisse pensar muito sobre tudo, poderia deixar minha frustração tomar conta de mim.

– Você foi um pouco duro – falei. – E ele terminou com a Jill.

– Bom, agora seu irmão pode tentar compensar as merdas que fez com você.

– Droga, Carter. Solta o que você quer falar de uma vez.

Sim, Chase tinha um instinto protetor do tamanho do mundo, mas às vezes podia pegar mais leve na forma como falava.

– Lembra quando te disse que sempre falaria a verdade? – Seu tom era inexpressivo. – Se a verdade dói, eu não deveria ser o alvo da sua raiva.

Ele abriu o zíper do moletom, expondo a camiseta branca que usava por baixo. Chase estava sempre quente. Discutir não ajudava. Inspirando fundo, soltei o ar aos poucos para acalmar a frustração que crescia dentro de mim.

– Voltando ao assunto, você tá exagerando com isso do jogo.

Chase balançou a cabeça, os tendões do pescoço tensos.

– Não estou. Precisa de alguém com você. Eu até mandaria o Ward se ele não tivesse que estar no jogo comigo.

– Eu vou embora antes mesmo que os jogadores saiam do vestiário.

– Não é só o Morrison. Tem a Amelia e a Jillian. E se elas te encurralarem e tiver um confronto? Sem mencionar naquele filho da puta do Paul.

– Eu já tenho que lidar com Amelia e Jillian em casa, lembra? – Senti um gosto amargo na boca. – Além disso, Zara, Noelle e Shiv estão ocupadas.

Eu estava quase envergonhada de não ter ninguém para convidar. No passado eu tinha amigos de sobra, até que descobri que não eram mesmo meus amigos.

– Acho que dá pra contratar um guarda-costas. A menos que você tenha outra solução.

– Na verdade, tenho. Uma muito simples. Não vá.

– Eu vou ficar bem.

Sua mandíbula ficou tensa.

– E se não ficar?

Tive vontade de arrancar meus cabelos. Chase falou sério quando disse que era teimoso. Eu estava aprendendo rápido que, quando ele se impunha, era quase impossível argumentar.

– Meu Deus. É um jogo de hóquei. Em público. Por que tá sendo tão cabeça-dura?

– Porque eu estou certo – respondeu em voz baixa. – Ele é um idiota completo.

Eu conhecia aquele timbre. Era o tom de fim de discussão. Eu gostava dele no quarto – muito –, mas era frustrante pra caramba fora dele.

– Pera. – Ergui a mão, franzindo a testa. – Tem certeza de que não tá bravo porque não estarei no seu jogo? Minhas atividades também são importantes, sabe?

– Primeiro, não estou bravo, estou chateado. Tem uma diferença. E é claro que suas coisas são importantes. – Sua expressão se suavizou. – Não tem nada a ver se você tá me vendo ou não. Mas vou ficar preocupado a noite toda.

– O que vai atrapalhar o seu jogo.

– O que vai atrapalhar a minha sanidade, James. – Ele afastou meu cabelo, colocando uma mecha atrás da minha orelha, e descansou a palma da mão em meu rosto. – Eu me importo mais com você do que com o jogo.

Meu coração apertou de novo por razões totalmente diferentes desta vez.

– Eu me importo com você também. E é muito fofo que esteja preocupado. Mas vou ficar bem. Juro. Vou te mandar atualizações por mensagem pra provar que estou viva. – Olhei o relógio. – Desculpe, tenho que ir pra aula.

Ficamos em pé, cara a cara, e Chase envolveu minha cintura com suas mãos largas, quentes e fortes. Ele abaixou a cabeça e tocou meus lábios, a tensão entre nós evaporando. Sorrindo contra minha boca, ele soltou uma risada baixa quando nos separamos.

– Acho que eu precisava disso – disse ele. Seu sorriso desapareceu e uma carranca voltou ao seu rosto. – Me liga se algo acontecer.

– Mas você vai estar no gelo.

– Mesmo assim, tá?

– Tá. – Ele se inclinou, dando um beijo em minha bochecha. – Vejo você amanhã, linda.

◆ ◆ ◆

Já que os Bulldogs não jogariam contra os Falcons naquela noite, não torci ativamente contra eles – pelo menos, nem tanto. No final, venceram por três a dois, o que era bom para o Derek.

Mas torci contra o Paul. Com entusiasmo. Ele não fez nenhum ponto, e isso me deixou bem satisfeita. Luke continuava fora do jogo com a lesão de joelho, e isso era uma bênção adicional, já que eu não tive que ver ele no gelo.

Já anoitecia quando fui para casa. Tinha percorrido metade da minha caminhada de vinte minutos, em um ritmo acelerado para me aquecer no frio da noite. Então, do nada, o carro do Luke parou ao meu lado. Foi como se a previsão do Chase sobre a van branca se tornasse realidade, mas com um BMW esportivo azul-marinho.

Senti meu estômago embrulhar quando Luke diminuiu a velocidade e abaixou o vidro, inclinando a cabeça para fora.

– Bailey, podemos conversar?

O universo tinha acabado de me dar o maior "eu avisei" de todos os tempos.

41

Caidinho

Bailey

Ignorei o Luke, acelerando meu passo para uma quase corrida. A rua era ladeada por casinhas antigas, em grande parte alugadas por estudantes, então não tinha lojas onde eu poderia me refugiar, ou outras rotas de fuga. Além de correr, claro, mas isso não tinha cabimento. Eu tinha quase certeza de que Luke estava só sendo irritante.

Quase.

Não podia afirmar com certeza.

– Perguntei se podemos conversar. – Luke ergueu a voz, a frase assumindo um tom familiar.

– Não! – gritei por cima do ombro.

Por que não tinha outros pedestres por perto? Se tivesse uma testemunha, ele iria embora. Luke não era propenso a mostrar seu outro lado para estranhos. Ele tinha uma imagem a manter – ou assim pensava.

– Eu te levo pra casa – disse ele, moderando sua voz para parecer calmo. Eu conhecia aquele padrão de cabo a rabo.

– Nem pensar.

– Vamos – insistiu ele, ainda me seguindo. – Não me faça sair do carro.

E fazer o quê? Talvez eu estivesse errada sobre ele não ser perigoso.

– Não me faça gritar por socorro – retruquei.

Com as mãos trêmulas, procurei meu celular no bolso e confirmei a hora. Eram 21h09. Chase ainda devia estar no gelo. Talvez, a caminho do chuveiro. De qualquer forma, não conseguiria falar com ele. Sei que pediu que eu ligasse, mas, se fizesse isso e não conseguíssemos nos falar, ele ficaria mais chateado.

– Bailey. Fala comigo por um segundo.

Para quê? Para brigar? Não tínhamos nada para conversar. Não teria algo que ele amaria mais do que me sugar para aquele ciclo de drama.

– Não. – Eu me recusava.

Parando na esquina, olhei para os dois lados antes de correr. Ele passou no sinal vermelho, acompanhando meu ritmo.

– Depois de um ano e meio, é assim que você quer deixar as coisas?

– Sim. E Chase está a cerca de um minuto de distância – menti –, então deixar as coisas assim seria bom pra você também.

Tremi quando o frio cortou ainda mais meus ossos, sem saber se era culpa da temperatura ou da minha resposta de luta ou fuga entrando em ação.

– Por que tá sendo uma vadia?

E era isso. Finalmente explodi. Se estivesse segurando uma pedra, acho que teria jogado no para-brisa dele. Pisei no meio fio e parei de repente.

– Eu não sou vadia. Você que é um cretino! – Ergui minha voz. – Me deixa em paz, não consegue entender o recado?

Infelizmente, para mim, parece que era isso que meu ex-namorado queria, já que parou o carro na rua deserta.

Eu deveria ter pensado melhor.

Luke debochou, apoiando o antebraço na janela aberta do carro. Seu Rolex prateado brilhava na luz da rua.

– Estava tentando consertar as coisas com você, mas nem sei por que me incomodei com isso, já que foi pra cama do Carter assim que terminamos. – Ele nem imaginava o quanto estava certo. Mas isso não era da conta dele. Sem falar no lance com a Sophie do lado dele. – Você é uma vagabunda – acrescentou.

– Claro. Que seja. – Dei de ombros e voltei a andar.

– Então você admite?

– Não me ligo para o que você pensa. – Fingi verificar meu celular. – Você deveria ir. Chase vai chegar a qualquer momento. Não acho que vai acabar bem pra você.

– Esse cara não é quem você pensa – disse ele. – E eu vou provar.

Os pneus do carro cantaram quando ele arrancou.

Eu tinha uma boa ideia de quem o Chase era, para o bem ou para o mal. O bom, o mau e o teimoso. A energia do Luke seria melhor gasta fazendo uma terapia *hardcore*.

Pouco tempo depois, cheguei em casa – meu lar pela última noite, pelo menos –, que estava vazia. Com as mãos ainda tremendo, destranquei a porta e olhei para trás antes de entrar. Encostando na porta, acendi a luz do corredor e respirei fundo. Segura. Pronto. Acabou.

Assim que meu coração voltou a bater na velocidade normal, enviei uma mensagem para o meu namorado avisando que estava em casa e deixei por isso mesmo. Nem sabia o que dizer sobre o Luke. Eu deveria contar. Contaria, talvez amanhã. Eu não conseguiria lidar com isso essa noite.

Peguei uma bebida e subi para terminar de arrumar minhas coisas. Sair daquele lugar dava um sentimento agridoce. Eu estava de luto por perder duas amizades. Ainda que fosse cada vez mais complicado de me lembrar de como eram antes, Amelia e Jillian nem sempre foram como agora.

Mas acho que nunca houve uma amizade de verdade, se levar em consideração a rapidez como as duas mudaram. Uma pena que eu não consegui entender isso antes que fosse tarde demais.

Uma notificação piscou na minha tela enquanto eu dobrava a última peça de roupa.

Linha Lateral

Dizem por aí que tem um vídeo íntimo envolvendo um jogador de hóquei e uma garota de Callingwood. Oferecemos uma grande recompensa monetária para quem puder fornecer uma cópia.

Vídeo íntimo? Meu estômago revirou enquanto minha mente pulava para a pior explicação possível, como sempre. A garota de Callingwood era eu? Luke não teria nos gravado escondido… teria?

Aquele *post* poderia estar se referindo a qualquer pessoa. Poderia até ser Jillian ou Amelia. Ou uma dos milhares de outras alunas de Callingwood. Eu estava sendo paranoica, não é?

Chase

Com certeza não foi o meu melhor jogo. Mas vencemos, quatro a três, então estava tudo bem.

Empurrando vários dos caras que ficaram em meu caminho e recebendo muitos xingamentos em resposta, corri direto ao meu armário e peguei meu celular. Desbloqueei a tela sentado no banco, ainda vestido com o equipamento completo.

Dallas se jogou do meu lado e me deu uma cotovelada meio bruta.

– Carter, que porra foi aquela lá fora.

– Espera um pouco. – Ergui minha mão, olhando a tela. Bailey me mandou mensagem há uns dez minutos.

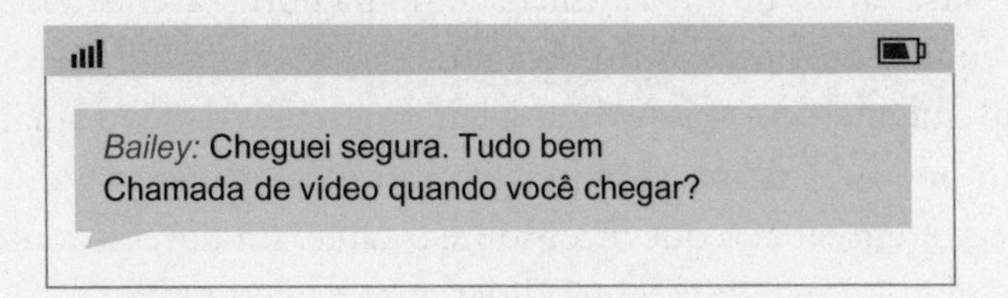

Respondi rápido.

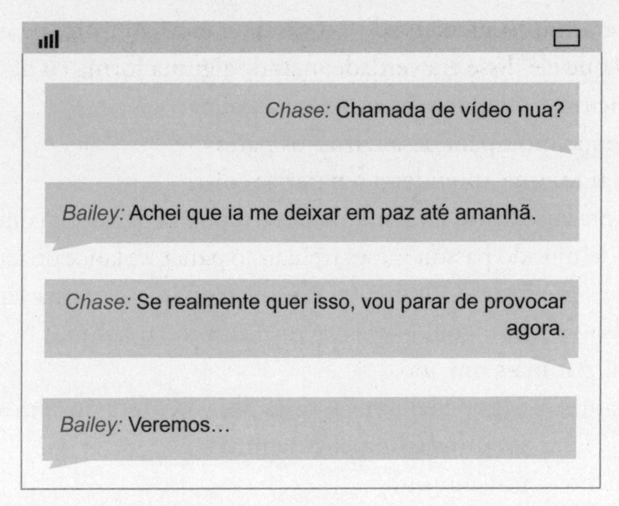

Não sei se ela estava brincando comigo – provavelmente era uma vingança por mais cedo –, mas tinha uma chance de que estivesse falando sério.

E talvez eu tenha exagerado um pouco. Em minha defesa, ainda achava que o Morrison era um perseguidor.

– Terra chamando Carter.

Bloqueei meu celular e olhei de volta para Dallas. Seus olhos azul-claros me prenderam no lugar, queimando os meus, seu maxilar mais apertado que os cadarços dos meus patins. Ele estava irritado comigo como há muito tempo eu não via.

– O que foi? Vencemos, não foi? – Arranquei a camisa e soltei minhas ombreiras.

– Por pouco – soltou ele. – E não graças a você. – Dallas abaixou a voz, o cenho franzido. – Onde diabos estava com a cabeça? Uma hora você quase patinou para o lado errado.

– Eu te disse, estava preocupado com a Bailey. Ela foi sozinha ao jogo dos Bulldogs.

E, por preocupado, eu queria dizer que estava imaginando todos os tipos de cenários catastróficos. Costumava usar minha imaginação para bons – e safados – pensamentos, mas eu era ótimo em elaborar os piores resultados possíveis também. Não tinha percebido isso até pouco tempo atrás.

– Ela chegou bem em casa?

– Acabou de chegar.

– Bom. – Ele tirou as cotoveleiras, me dando um olhar fulminante. – Mas sabe que se preocupar não resolve nada, né?

Isso vindo do cara que fazia coisas como checar a previsão do tempo três vezes antes de sair de casa com medo de tomar chuva com seus tênis de camurça de grife. Fofo.

– Acho que sim.

Eu não era muito preocupado no geral, então não tinha pensado muito sobre isso. O que ele disse era verdade, mas de alguma forma eu não conseguia fazer isso funcionar quando o assunto era a Bailey.

Dallas se inclinou para desamarrar os patins.

– Você vai ter que aprender a separar as coisas.

– É fácil pra você dizer. Teve muito mais tempo pra descobrir como fazer isso. Nem todo mundo passou meses treinando para esse lance de ser namorado como se fosse a porra das Olimpíadas do Relacionamento. Fala sério.

– Eu acho – resmungou. – Mas se você continuar assim, Los Angeles vai te deixar aqui por mais um ano.

– Você também jogou mal por causa da Shiv. Lembra do começo da nossa temporada? – Tirei os patins e limpei as lâminas.

– Vagamente – murmurou.

Dallas tinha teto de vidro e sabia disso. Aquele jogo foi um puta desastre. Eles tiveram uma briga feia naquele dia – provavelmente a conversa do namorado/namorada –, mas graças aos céus isso já estava resolvido. Nosso capitão reserva, Maxwell, teve que assumir o controle porque Ward estava no mundo da lua o tempo todo. Na verdade, meu amigo tinha sido um risco absoluto no gelo. E, ao contrário de hoje à noite, perdemos aquele jogo.

– Além disso – falei –, Miller já me deu um sermão.

– Da próxima vez que você errar um passe como esse, eu mesmo vou te dar um chute na bunda.

– Justo.

Depois que tomamos banho, o humor do Dallas melhorou. Ele tendia a explodir em um piscar de olhos e se acalmar tão rápido quanto, depois que soltava o que queria dizer.

– Ainda podemos fazer a mudança da Bailey amanhã de tarde? – perguntei. – Ela não tem muita coisa, vai ser rápido. É basicamente uma cômoda, a cama e a escrivaninha.

– Tá. Por volta das 15 ou 16 horas? Vou levar a Shiv pra jantar com meus pais às 19 horas. – Ele fechou o zíper da calça jeans e fez uma pausa. – Se bem que eu acho que posso tomar um banho na casa das meninas.

Aí eles nunca chegariam ao jantar. Nós tínhamos banheiros individuais em casa, ainda bem, mas não me salvou de saber – e é informação demais – que Shiv e Ward tinham uma queda por sexo no chuveiro. Infelizmente, embora os ladrilhos de mármore do chão ao teto fossem bonitos de se ver, a acústica fazia com que certos sons ecoassem. Muito.

– Olha isso! Shiv vai encontrar Maggie e Stewart? – Soltei um assovio baixo. – Grande passo.

Os pais de Dallas eram incríveis. O pai era um advogado de litígios da velha guarda, sócio sênior de um dos maiores escritórios do país e um animal no tribunal. Na vida pessoal, por outro lado, era tranquilo. Contanto que não mexessem com ele. Havia pouquíssimas pessoas que me assustavam, mas Stewart Ward estava no topo da lista.

A mãe era do tipo maternal e calorosa, que se preocupava com todo mundo. Era uma *espécie* de esposa troféu – e Dallas com certeza puxou a aparência dela, *não* do pai. Maggie sempre flertava comigo também. Não de uma forma assustadora, mas divertida. Deixava o filho louco, o que era ainda mais hilário.

– Já era hora, né? – perguntou. – Vamos ao Allegro.

– Chique.

Essa conta daria uns quinhentos dólares, fácil. Mas isso era o equivalente a uma conta do Chipotle para eles.

– Meus pais vão pagar. É melhor aproveitar enquanto ainda posso. – Dallas deu de ombros.

– É, quando você entrar na liga, é capaz que te façam pagar o próprio aluguel.

Seus lábios se curvaram em um sorriso irônico.

– Como se você pagasse aluguel de mercado, idiota.

Isso era verdade. Nosso acordo de aluguel era fortemente subsidiado pelo Banco Stewart Ward. Eu tinha como pagar mais, mas seus pais insistiram em algo "mais razoável para um estudante". Tentei argumentar, mas não quiseram ouvir.

– Eu faria, se eles deixassem – comentei. – Não posso evitar se os seus pais têm uma queda por mim.

– Ainda não te conhecem bem o suficiente. – Dallas vestiu a camiseta azul-marinho de manga comprida.

Só que eu passei a maior parte dos últimos quatro verões em sua casa de praia à beira-mar. Ward era filho único, então eu era a coisa mais próxima que ele tinha de um irmão.

– Você tá com ciúmes porque eles gostam mais de mim. – Vesti meu moletom preto.

– Se isso fosse verdade, eu me deserdaria na hora, de tanta vergonha.

– Eu também te amo, cara. – Sorri para ele enquanto terminava de me arrumar.

– Quem disse que eu gosto de você? – Ele sorriu. – Vai sair pra beber?

– Não. Não quero estar cansado amanhã. Dia grande de mudança… e do que mais vier depois.

Além disso, eu tinha esperança em uma certa chamada de vídeo…

– Você tá caidinho.

– Com certeza!

42

Dia de mudança

Chase

NÃO ROLOU UMA CHAMADA DE VÍDEO sem roupas, mas tinha uma chamada de vídeo com decote, e isso era ainda mais quente. E, enfim, a Bailey estava saindo da sua situação de vida infernal com as amantes de Satanás.

O sábado começou muito bem.

Depois de um almoço rápido, voltamos para seu futuro antigo endereço. Bailey sentou-se à mesa, listando com um cuidado meticuloso o conteúdo de cada caixa só porque ela era organizada de uma forma adorável e obsessiva. Nem tinha muita coisa para levar, mas funcionava.

Enquanto Ward não chegava para me ajudar com as coisas maiores, fui organizando itens menores, empilhando o que eu conseguia colocar na carroceria da caminhonete.

– Puxa – pensei alto, pegando outra caixa de papelão de tamanho médio. Era uma das últimas e, então, poderíamos partir para os móveis –, vai ser tão estranho pra você morar num lugar onde eu seja realmente bem-vindo.

– Não é? Mal posso esperar.

Ao lado dela, na mesa, o celular lilás vibrou. E aí, vibrou de novo. Ela olhou para baixo e fez um som de desgosto.

Ah, tomara que não fosse quem eu estava pensando.

Larguei a caixa que estava carregando.

– Aquele imbecil tá escrevendo de novo?

– Sim. – Ela virou de frente para mim, puxando o cordão do moletom turquesa. Seus olhos arregalados, a expressão vagamente culpada. – E eu estou ignorando.

Ela deveria ter bloqueado aquele imbecil, mas Bailey tinha medo que ele piorasse. Conversamos sobre isso, mas acabei deixando quieto para não brigar por alguém que não valia a pena. Hoje, assim que minha gata se mudasse para a nova casa – sendo que o cara não sabia o endereço –, talvez ela mudasse de ideia.

– O que ele quer agora?

Bailey suspirou e prendeu a respiração por um momento.

– Ele tá bravo porque eu não dei papo pra ele ontem à noite.

Senti minha pressão subir até o limite.

– *O quê?*

Eu não estava paranoico, estava *certo*. Eu sabia. Aquele maldito perseguidor.

– Não foi nada – disse ela. – Ele queria conversar, e eu disse que não, trocamos ofensas. Aí chamei ele de idiota e ele foi embora.

Trocaram ofensas? Com certeza parecia grande coisa para mim. Fechei minhas mãos em punhos enquanto reprimia a irritação que crescia em meu peito. Eu só estava irritado porque me importava. Começar uma briga não resolveria o assunto.

E, ainda assim, que droga, James.

– Você não me ligou.

Ela fez um biquinho, o que foi fofo o suficiente para diminuir minha frustração.

– Você ainda estava no gelo.

– Mas você disse que me ligaria de qualquer jeito. – Arqueei as sobrancelhas.

– Eu ligaria se precisasse.

Na minha opinião, esse incidente se enquadrava firmemente na categoria "precisasse". Estava na cara que eu não era o único cabeça-dura do relacionamento.

Balancei a cabeça em negação, meus lábios apertados em uma linha fina.

– James.

O celular dela vibrou outra vez.

Sentando-me na beirada da cama, assenti.

– Se importa se eu ler?

Eu gostava de ficar de olho no que Morrison estava falando e fazendo porque acionava meu radar louco – que, falando de modo geral, era bem preciso. Medir a temperatura de como o cara estava se comportando em dado momento era importante. Só por precaução.

Era disso que o Ward estava falando ontem à noite? Tanto faz. Era necessário. Justificado também.

– Claro – respondeu ela com indiferença. Bailey se levantou e veio se sentar ao meu lado, me entregando o celular. Mas sua expressão estava estranha, quase como se houvesse algo que ela não queria que eu visse. Estranho.

A última dizia: *Responde*.

Apertei o celular com mais força. Ah, vou te dar uma resposta fodida. Voltei para a sequência de mensagens anteriores.

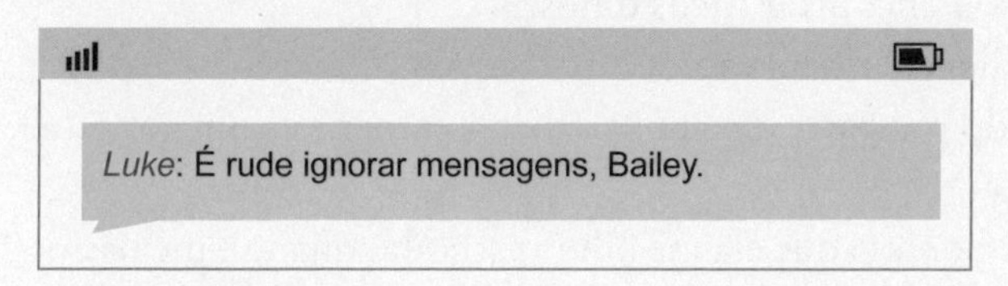

Rolei de novo.

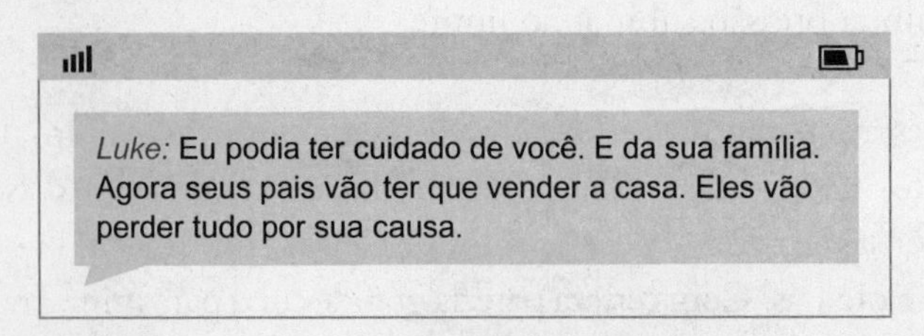

O sangue em minhas veias virou lava. Que merdinha. Que cara de pau a desse cara. Eu estava bravo demais para ler o restante. Grandes chances de eu quebrar o celular dela se eu fizesse isso.

Com o aparelho apertado na mão, olhei para ela.

– Posso, por favor, responder a esse filho da puta?

– Fique à vontade.

Pode apostar que eu iria.

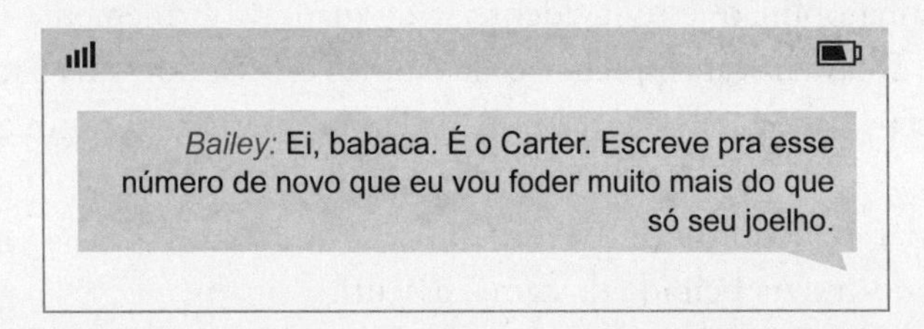

Enviei a mensagem e bloqueei a tela, devolvendo o celular dela. Duvido que isso detenha o canalha. Mudar o número talvez seja mais eficaz do que bloquear.

Feito isso, tinha algo mais urgente em questão.

– Não quero ser intrometido – falei com cautela –, mas é verdade que seus pais estão vendendo a casa? – Ou perdendo a casa, pelo que parecia, mas eu estava tentando ser delicado. Não era meu ponto forte, mas estava tentando.

– Sim.

– Morrison sabia disso e eu não? – perguntei, colocando meu braço em volta dos ombros dela e a puxando para mais perto. Seu cabelo cheirava a algo tropical, talvez coco ou abacaxi.

Bailey olhou para baixo, colocando as palmas das mãos em seu jeans escuro e se recusando a encontrar meus olhos.

– Derek deve ter contado.

– Voltando pra parte de eu não saber – comentei com gentileza. – Por que não me contou?

Devia ser por isso que ela me olhou estranho quando me passou o telefone.

– Não sei. – Ela mordeu o lábio, me olhando de lado. – Descobri outro dia. Meu pai foi demitido não faz muito tempo, e eles não têm como manter a casa.

Senti um aperto no peito. Bem, que droga. Eu acho que era por isso.

– Sinto muito, James.

– Não é importante. – Bailey ergueu um ombro, com um gesto de pouco caso que não foi convincente.

Mas era evidente que era. Eu podia dizer pela maneira como ela falava sobre como seu lar importava. Era onde Bailey tinha crescido. Ela disse que sua mãe tinha um jardim enorme no quintal; que passavam o Natal lá todo ano; que as alturas dela e dos irmãos estavam marcadas no batente da porta da cozinha, todas essas coisas sentimentais.

– Para onde vão?

– Vão pegar alguma coisa menor lá por perto – respondeu. – De qualquer forma, não precisam de tanto espaço agora que crescemos. Acho que faz sentido.

Talvez, mas fazer uma escolha ou ser obrigado a aceitar isso eram duas coisas bem diferentes.

– O mercado está péssimo onde eles moram, então a casa não tá tendo procura – acrescentou.

E continuou piorando.

– Eles ficarão bem se não venderem por um tempo?

– Acho que sim. Meus irmãos podem ajudar se precisarem de dinheiro. Tenho certeza de que meu pai logo encontra um emprego como professor.

– Certo.

Para o bem ou para o mal, Bailey não era uma boa mentirosa. O jeito como mordiscava o lábio e mantinha a cabeça abaixada me dizia que as coisas não ficariam bem. E ela também não me contou a história completa, não pela forma com que o Morrison escreveu o texto. Dinheiro era uma coisa delicada para a minha namorada, então eu não queria me intrometer.

Eu precisava refletir um pouco. Ainda tinha algo aí que eu não sabia o que era.

Ficamos em silêncio por um momento. O quarto já estava bem vazio, exceto por algumas caixas e pela mobília, mas o clima estava pesado.

– Está animada para se mudar? – Cutuquei seu braço com o cotovelo, tentando aliviar a tensão.

– Estou. Mais ou menos.

– Mais ou menos?

Se eu fosse ela, estaria usando um chapéu de festa e deixando para Amelia e Jillian eu grande "danem-se" na saída.

– Bem… – Bailey hesitou –, acho que uma pequena parte de mim se pergunta se estou deixando minha vida girar em volta de outro jogador de hóquei, entende? Toda essa conexão de você-Dallas-Shiv. Parece uma coisa de… Maria-patins.

Ai. Eu tinha uma pele tão grossa quanto um equipamento de hóquei, mas essa tinha doído.

– Você se considera uma Maria-patins? – Olhei fixamente para ela, até que Bailey fizesse contato visual, tentando entender de onde isso tinha vindo. – E eu sou só mais um jogador de hóquei? Não somos bonecos de papelão. Somos pessoas de verdade.

E se, Deus me livre, a gente terminasse, eu nunca seria um idiota louco como o Morrison e dificultaria a vida dela. Mas não consegui pensar nesse cenário com mais detalhes. Não ia acontecer, de qualquer modo.

Bailey pegou minha mão, sua pele fria e macia contra a minha.

– Você não acha que eu meio que tenho um padrão? Fui de um jogador de hóquei pra outro.

– Não é como se você tivesse ido atrás de mim porque sou um jogador de hóquei. Eu te persegui. Do meu jeito um pouco atrapalhado.

Um sorrisinho surgiu em seus lábios.

– Mesmo assim…

– Você ainda gostaria de mim se eu saísse do time amanhã?

Seus olhos castanhos se arregalaram, e seu tom ficou baixo.

– Claro que sim.

– Então você não é uma Maria-patins. Problema resolvido. – Eu a estudei. – De onde saiu isso?

Ela afastou uma mecha de cabelo e deu de ombros, com um ar de "não sei".

– Alguém te chamou de Maria-patins?

– Paul pode ter falado algo. Naquele dia.

Uma trilha de palavrões explodiu em meu cérebro.

Minha lista de alvos tinha, oficialmente, crescido para duas pessoas.

Vamos jogar em Callingwood de novo em algumas semanas, e meu time inteiro estaria pronto para dar uma lição naqueles dois idiotas. Sem parar.

– Não deixe que ele entre na sua cabeça. É exatamente o que o cara quer.

– Mas ele não tá errado. Primeiro, eu estava com o Luke Morrison; depois, virei namorada do Chase Carter.

Ai de novo. Mas agora eu sabia de onde estava vindo.

– Você não é *só* a minha namorada. Há muito mais em você que apenas esse rótulo. Qualquer um com dois neurônios pode entender isso. – O que excluía o Paul.

Além disso, o jeito como Bailey falou fez com que soasse terrível. Eu, com certeza, continuaria amigo dela mesmo que nada tivesse acontecido entre nós.

Eu teria que lidar com a parte da atração insana de alguma forma, claro. Mas ainda assim, faria questão de tê-la na minha vida.

– Eles entenderiam? – Ela franziu o cenho.

– Se não entenderem, é porque são estúpidos demais pra que a gente se importe. – Suspirei. – Gostaria que você pudesse se ver do jeito que eu te vejo.

– Como assim?

– Você é uma escritora talentosa, uma deusa jogadora de videogame, leal até demais e tão linda que às vezes dói um pouco.

– Acha isso mesmo?

– Claro.

◆ ◆ ◆

Enquanto Bailey arrumava suas roupas de cama, levei as últimas caixas para a caminhonete, ignorando os olhares de Amelia e Jillian enquanto eu ia e voltava. Elas não poderiam ter saído por um maldito dia? Era como se estivessem ali de propósito para serem espectadoras da mudança.

Simplesmente as piores.

Abutres.

Voltando para o quarto, peguei uma das últimas caixas, mas esta parecia estar cheia de tijolos.

– Puta merda, James. O que tem aqui? Pesos de musculação ou algo assim?

– Não, alguns livros. A maioria de capa dura... – Ela se virou para olhar para mim e parou, os olhos ficando um pouco vidrados.

Eu conhecia aquele olhar.

Eu era um grande fã daquele olhar.

Bailey

– Você tá me secando? – Chase baixou a caixa, um sorriso presunçoso brincando em seus lábios.

Eu estava. Totalmente. Umedeci os lábios em modo sedento.

Fui pega.

– O quê? Eu só... Você sabe. – Gesticulei com um braço estendido, o calor inundando minhas bochechas. – Você tá sendo todo másculo. Levantando coisas pesadas. Músculos.

Pelo que parece, meu cérebro tinha decidido fazer uma pausa para o café enquanto outras partes do meu corpo tomavam o controle.

Mas, sério, olha o cara. Calça preta de corrida de cintura baixa, camiseta branca vestindo perfeitamente o corpo atlético, músculos salientes cobertos por uma pele lisa e firme…

Chase fechou a porta e deu alguns passos em minha direção, o sorriso se intensificando conforme ele se aproximava.

– Então, você tá comigo só pelo meu corpo?

– Com certeza é um ponto forte. – Lutei contra um sorriso tímido.

Era óbvio que tinha outras coisas que eu gostava nele. Mas a vista era bem legal.

– Agora, quem tem a mente poluída?

– Acho que é muito tempo com você. – Ri suavemente, me afastando dele para encarar a mesa.

Tentei olhar para minha lista outra vez, mas a proximidade de Chase tornou impossível focar em qualquer coisa além dele. Meu namorado estava perto o suficiente para que eu pudesse sentir o cheiro da combinação inebriante do corpo dele e do seu perfume, e meu cérebro desligou por completo.

Uma aura de calor me envolveu enquanto ele se pressionava contra mim por trás, as mãos largas pousadas em minha cintura. Chase juntou meu cabelo e o jogou sobre o ombro oposto. Lábios suaves contornavam o arco do meu pescoço, desenhando uma linha de beijos leves. O desejo se acumulou entre minhas pernas e senti uma pulsação familiar em meu ventre.

Uma mão puxou o botão do meu jeans, abrindo-o agilmente e puxando o zíper para baixo.

– Falando em mentes poluídas… Eu tava pensando em você. – Ele deslizou a mão para baixo, passando pelo cós da minha calcinha de renda branca. – Como está o brinquedinho, amor? – Seus dedos habilidosos se moveram contra mim, me fazendo sentir uma onda de prazer.

– Hum… – Arqueei minhas costas, inspirando irregularmente em resposta ao seu toque. – É bom.

– Você é tão gostosa – murmurou Chase, os lábios pressionando contra meu pescoço. – Pensa em mim enquanto tá usando?

– Talvez – suspirei.

– Isso não é resposta. – Sua voz retumbou.

– S-sim.

– Boa, gata.

Sua outra mão deslizou por baixo da minha camiseta preta, sua palma áspera roçando a lateral da minha caixa torácica. Ele apertou por cima do tecido fino do meu sutiã. Quando pegou meu mamilo entre o polegar e o indicador, não consegui deter o gemido suave que escapou de meus lábios.

O desejo que surgiu um momento antes se transformou em necessidade total. Nada mais existia a não ser o corpo dele pressionado contra o meu e suas mãos me conduzindo suavemente.

– Vai me deixar assistir um dia?

– Se você quiser. – Naquele momento, eu teria concordado com qualquer coisa.

– Ótimo. Isso se enquadra nas minhas cinco principais fantasias.

Ele me acariciou de novo, provocando. O calor inundou meu corpo e suspirei novamente.

– Quais são as outras quatro?

Ele nem perdeu o ritmo.

– Te amarrar, você de saia sem calcinha, sexo na caminhonete, fazer você falar muita sacanagem comigo e te provocar até você implorar para eu te comer.

– Não eram cinco? – Talvez não fossem. Não tenho certeza se conseguiria contar até três, muito menos até cinco, com o que ele estava fazendo agora.

Ele deslizou por baixo de meu sutiã, tocando a pele nuca.

– As duas últimas estão relacionadas, então estou contando como uma.

– Pensou muito sobre isso.

– Claro que sim. – A mão dentro da minha calcinha vagou ainda mais baixo. Um dedo deslizou para dentro, seguido por outro.

Meus joelhos ficaram moles e respirei fundo, me apoiando nele.

– As paredes são finas como um papel aqui, lembra?

– E daí? Isso não nos impediu antes.

Lá embaixo, a campainha soou.

Bem, isso com certeza impediria.

Nós congelamos e depois nos afastamos.

Chase suspirou.

– Deve ser o Ward, meia hora adiantado, o que significa que tá na hora certa pra cortar meu barato. Juro que ele tem o pior *timing*.

– Acho que teremos que compensar isso na casa nova.

– Mais tarde? – Ele sorriu. – Com certeza. Quero dizer, aquilo que te falei ontem.

Ah, minha nossa.

Rapidamente fechei meu jeans, endireitei minha camiseta e ajeitei meu cabelo. Mas ainda estava preocupada que fosse óbvio o que estávamos fazendo.

Chase pegou a caixa pesada de antes.

– Vou levar pra baixo e deixar ele entrar.

Descemos as escadas e, na metade do caminho, fizemos a desagradável descoberta de que não era Dallas na porta – era Paul. Estava aqui para visitar Amelia ou só para provocar.

Fiquei meio desajeitada no pé da escada enquanto Chase ignorava Paul completamente, passando por ele em direção à porta da frente.

Ele ergueu o queixo, sua voz assumindo um tom cortante.

– Ouvi dizer que você tava falando mal de mim, Carter.

Chase parou e se virou para encará-lo com a caixa ainda em seus braços. Ele sorriu.

– Eu disse que você não sabe patinar, caso sua namorada não tenha passado a mensagem inteira.

Paul fez uma pausa, como se esperasse que Chase fosse negar.

– Vá se foder.

Essa resposta ridícula, ele claramente aprendeu com o Luke.

– Vá se foder você por falar merda pra Bailey. – Chase se aproximou, fechando a cara.

– Nada que não fosse verdade.

Chase cerrou a mandíbula, encarando o Paul e balançando a cabeça. Eu tinha quase certeza de que meu namorado ia atropelá-lo na primeira oportunidade que tivesse perto do disco.

Ou, possivelmente, agora.

– Chase. – Eu me aproximei, tocando seu braço.

– Palavras corajosas – disse Chase. – Estúpidas, mas corajosas. Vamos ver como isso se desenrola no gelo em algumas semanas.

– Você nem me acertou no último jogo – zombou Paul. – Não tenho medo de você.

Provavelmente deveria ter, mas ninguém nunca o acusou de ser inteligente.

– Isso mesmo – bufou Chase. – Por que que eu ia me preocupar se você fez um trabalho tão bom em se matar sozinho?

Dallas caminhou até a porta aberta nesse momento, me dando um sorriso amigável que desapareceu quando viu Chase e Paul parados cara a cara, com mãos cerradas e mandíbulas tensas.

– E aí, Carter? – perguntou Dallas bruscamente. – Algum problema?

Chase olhou para ele e endireitou os ombros para trás.

– Nada que valha o seu tempo. Bora tirar a James daqui, porra.

43

Diga

Bailey

DEPOIS DE VÁRIAS VIAGENS para cima e para baixo de elevador, eu estava acomodada no meu novo lar. Nem de longe desempacotada, mas todas as minhas caixas estavam em meu quarto, junto com minha cama, cômoda e escrivaninha. Siobhan, felizmente, já tinha comprado móveis para as áreas compartilhadas com o pagamento do seguro da moraria anterior. Foi uma boa, já que eu não tinha nenhum outro móvel. Ou dinheiro.

Tudo o que Shiv comprou combinava lindamente. Um elegante sofá azul-marinho, um conjunto de jantar de madeira clara e algumas peças de destaque. Tudo era muito chique e parecia adulto, o que era um ganho em relação aos móveis de segunda mão que tinha na minha antiga casa, com uma mesa de centro surrada e um sofá marrom sujo e desgastado com enchimento nas costuras.

Considerando uma colega de apartamento muito mais legal, o prédio muito mais novo e a possibilidade de finalmente receber o Chase, a mudança foi um *upgrade* em todos os sentidos.

Incluindo o preço do aluguel. *Mas, quem precisa comer?*

Depois de trazer o último conjunto de caixas, Chase me seguiu até a cozinha para beber água. Enchi um copo no *dispenser* da geladeira enquanto ele encostava no balcão, lendo uma mensagem.

– Dallas e Shiv vão à casa do Penner beber. – Ele bloqueou o celular e o colocou de volta no bolso. – É um cara do nosso time. Ty e algumas outras pessoas também vão. Quer ir?

– Claro. Que horas? – Deixei o copo na pia de granito preto, me virando para ele.

– Quando quiser. Eles estão indo agora, mas se quiser relaxar um pouco podemos sair em meia hora, mais ou menos.

– Fico pensando no que dá pra fazer nessa meia hora. – Inclinei a cabeça e sorri. – Tem um jogo passando. Chicago contra Boston.

– Dane-se o jogo. Vamos voltar pra minha lista. – Chase se aproximou, os olhos escurecendo. O calor irradiava de seu corpo enquanto ele me cercava contra o armário com seus braços, segurando a borda do balcão atrás de minhas costas.

– Infelizmente todas as minhas saias estão nas caixas. E sua picape não cabe nesse apartamento. Está sem sorte.

Sua expressão ardente se desfez, a boca puxando.

– Cuidado, ou vou fazer questão de te provocar ainda mais.

– Já me atiçou uma vez hoje.

– Ah, mas eu só comecei. – Ele afastou minhas pernas com seu joelho.

Soltei um suspiro suave quando Chase se roçou em mim, acendendo uma centelha de desejo em meu peito. E em outras partes.

– Tenho todos os tipos de planos pra você. – Ele traçou vagarosamente um dedo por minha clavícula, mergulhando no decote da minha camiseta verde-escura. Um formigamento percorreu meu corpo. Seu tom de voz baixou. – Mas você pode pedir pra parar se for demais.

– Eu sei. – Nunca precisei, mas sabia que ele faria isso sem pensar.

– Que tal isso: fale vermelho se quiser que eu pare... – Chase abaixou a cabeça e seus lábios encontraram os meus. Agarrei seus braços enquanto sua língua abria caminho para dentro da minha boca. Uma mão desabotoou meu jeans com agilidade, e ele se afastou um pouco, interrompendo o beijo. – Amarelo pra esperar ou ir devagar – murmurou contra meus lábios, puxando meu zíper. – E verde pra continuar.

– Hum... – Passei a mão por seu cabelo sedoso. – Verde.

Uma palma áspera deslizou pela lateral do meu corpo e então parou.

– Você é tão linda – Ele levou a ponta do polegar ao longo da minha bochecha, erguendo meu queixo. Sua voz ficou áspera. – Mas agora está em apuros.

– Por quê? – Perdi o fôlego.

– Por não me ligar.

Eu deveria saber que ele não ia deixar essa passar tão fácil.

– Eu não queria que você se preocupasse.

– Fiquei preocupado do mesmo jeito.

– Er... vermelho?

Ele negou, o maxilar tenso.

– Não funciona assim, James. – Seus olhos castanhos e profundos examinaram meu rosto. – Você minimiza as coisas. Por quê?

– Não sei. – Era um instinto. Eu não sabia como não fazer isso. Se cavasse fundo o suficiente, poderia inventar algumas teorias, mas nenhuma que eu quisesse discutir.

– O caso é – disse ele – que eu estava certo em me preocupar.

– Acho que sim.

– Não quero que nada aconteça com você. – Mãos grandes e fortes se estenderam por meus quadris, os polegares acariciando a pele nua acima da minha cintura.

– Não vai.

– Parece que quase aconteceu – respondeu, arqueando as sobrancelhas escuras.

Era difícil dizer. Luke realmente representava uma ameaça? Ele nunca teria se incomodado em aparecer e se comportar daquele jeito enquanto estávamos namorando, então fazia ainda menos sentido agora que não tínhamos nada.

Chase me observou, esperando uma resposta. Passei a língua nos lábios e seu olhar caiu em minha boca, as pupilas dilatando.

– Sorte sua – falou, erguendo os olhos rapidamente para encontrar os meus – que estou excitado demais pra discutir isso agora. Mas ainda não terminamos.

– Tá.

Ele pressionou seu corpo contra o meu.

– Já está molhada pra mim, não é? – murmurou em meu ouvido.

– Talvez.

– Deixa eu ver. – Ele deslizou a mão por dentro do cós da minha calcinha e me acariciou, desencadeando uma explosão de prazer. – Ah, sabia. Você tá molhadinha.

Eu respirei fundo enquanto ele continuava a me tocar, apertando cada ponto da maneira certa.

– Gosta quando te toco assim?

– Aham. – Minhas pálpebras se fecharam e choraminguei de novo, a pelve se inclinando contra sua mão. Eu mal conseguia ficar em pé, muito menos responder a ele com palavras de sacanagem.

A pressão aumentou entre minhas pernas enquanto ele continuava a me provocar com a forma mais requintada de tortura. Inclinei meu corpo contra o balcão, soltando outro gemido.

– Cacete. Amo quando faz esses sons pra mim.

Agarrei sua mão, arqueando meu corpo contra seu toque. Eu estava tão perto de um orgasmo que praticamente poderia tocá-lo. Chase desacelerou, me mantendo à beira, e um rosnado de frustração escapou do fundo da minha garganta em resposta.

– Ainda não. – Seu hálito soprou em meu pescoço. – Mas estou quase.

– Eu sei. – Chase sorriu. – Você deu uma pista.

Dei?

– O que é?

Ele negou, os olhos castanhos brilhando.

– Não posso revelar todos os meus segredos. Eu só sei.

Inspirei fundo quando seus dedos deslizaram contra mim novamente, me segurando na beira, sem liberação. Outro rosnado de frustração se seguiu.

– Você fica fofa quando está frustrada.

– Meu Deus – choraminguei. – Você é mau.

Eu não estava acostumada a ser atiçada daquela forma. Antes de Chase, a frustração vinha de tentar alcançar o sempre escorregadio orgasmo. Agora ele estava me negando isso de propósito?

– Você pode dizer vermelho e eu vou parar de te provocar. Te dou o que você quer agora. Se não disser, não vou deixar você gozar até que eu deixe.

– Quando?

– Quando eu te comer. Mais tarde. – Ele me deu um beijo no rosto. – Mas precisamos sair. Quero passar em casa pra trocar de roupa.

Soltei um suspiro. Como era possível ficar excitada e irritada ao mesmo tempo?

– Acho que te odeio.

– Não, não odeia. – Chase sorriu.

◆ ◆ ◆

– Vamos dar uma passada na loja de bebidas – disse Chase, dando seta e virando à esquerda quando saímos de sua casa.

– Mas você tá dirigindo.

– Não estou planejando beber muito. É só que eu tenho uma política de não aparecer em lugares de mãos vazias.

Minutos depois, ele entrou no estacionamento e buscou uma vaga com uma careta. Estavam todas ocupadas, provavelmente por causa do cinema que ficava no mesmo complexo comercial. Finalmente, ele encontrou uma vaga a quase um quarteirão de distância.

Uma chamada cortou o programa esportivo que estávamos ouvindo.

"Notícias de última hora sobre o escândalo do vídeo de sexo do jogador da NHL Matthew Stevens", disse o locutor. "Stevens supostamente gravou uma segunda mulher não identificada sem seu consentimento enquanto estavam envolvidos em atividade sexual. As acusações criminais estão sob investigação."

Mathew Stevens era um prodígio do hóquei em ascensão, um ano mais velho do que o Chase. Ele estava a caminho de ser o próximo Sidney Crosby em termos de habilidade e estilo de jogo. Agora a impressão que dava é que sua carreira terminaria antes de começar.

– Caramba. – Abaixei o volume rápido. Definitivamente, não precisava pensar nisso agora. Ou nunca.

– Sério. – Chase fez uma careta ao estacionar na vaga solitária. – Algo assim pode acabar com a carreira dele.

E a dela também, quem quer que fosse. Por enquanto, as notícias estavam mantendo sua identidade anônima, mas, se as acusações criminais fossem adiante, em algum momento isso viria à tona. Então os advogados dele arrastariam o nome dela na lama de todas as maneiras possíveis.

Sem mencionar que todos que ela conhecia poderiam ir ao Pornôtube – ou seja lá qual é o nome – e assistir seus momentos mais íntimos. Horrível.

Uma pontada de ansiedade voltou ao centro do meu cérebro. Eu tinha empurrado o papo do vídeo de sexo para o fundo da minha mente até agora, mas estava ficando paranoica de novo.

Não tinha como ser comigo. Não podia.

Assim eu esperava.

◆ ◆ ◆

Quinze minutos depois, Chase parou em frente a uma casa azul de dois andares em um condomínio mais novo. Não era tão impressionante quanto a que ele morava com Dallas e Ty, mas ainda era melhor do que as acomodações comuns de estudantes universitários.

Ele estacionou rente ao meio fio e desligou a ignição. Soltando meu cinto de segurança, me mexi no assento, me aproximando dele e colocando uma mão em sua coxa.

Hora da vingança.

– Antes de entrar – falei –, me conta mais sobre sua fantasia sexual na caminhonete.

Seu olhar caiu em minha mão, depois seguiu para meu rosto. Chase me lançou um sorriso diabólico.

– O que tem ela?

– Onde isso aconteceria? – Deslizei minha palma mais para cima em sua perna vestida de jeans. – Quer dizer, em teoria.

– Tem muito lugar tranquilo onde minha mãe mora. Talvez perto do Dia de Ação de Graças a gente possa fazer um pequeno desvio…

– Hum – cantarolei, movendo um pouco mais a mão. – Com certeza a gente pode fazer isso.

Chase mudou seu peso, inspirando fundo. Peguei!

– Droga. – Ele balançou a cabeça.

– O que foi?

– Você sabe o quê. Está me deixando de pau duro antes da gente entrar.

– Chamo isso de vingança, Carter. – Dei um olhar de soslaio. – Além disso, você tá sempre de pau duro.

– Claro que estou – respondeu. – Olha pra você.

◆ ◆ ◆

Todos estavam bêbados quando chegamos. Dallas e Siobhan tinham enchido a cara com vinho caro no jantar com os pais dele – Shiv em particular. Ela estava falando tão alto que eu podia ouvir a conversa do cômodo ao lado. E, pelo que parecia, a maioria dos convidados estava jogando aquela coisa da bolinha de pingue-pongue no copo de cerveja por boa parte da noite. Com base no barulho, estava óbvio.

Chase me levou até a cozinha e me apresentou ao Kyle Penner. Ele tinha o cabelo loiro-avermelhado e ondulado e não me pareceu familiar, mas muitos dos caras pareciam diferentes fora do gelo.

Porém, a garota com ele era familiar. Cabelo escuro, muito bonita e baixinha. Era a que agarrou o meu namorado no rinque depois do jogo contra Callingwood. Kristen. Eu não era a maior fã dela, e ainda tinha a história entre ela e o Chase.

Depois de uma conversa estranha, fomos para a sala de estar, onde um grupo de pessoas disputava uma partida de cartas com bebida. Tyler e a garota que ele trouxe estavam se agarrando em um sofá no canto, com a mão dele subindo perigosamente por baixo da saia curta que ela usava. Tive que desviar os olhos para não ver o que usava por baixo.

– Bailey! – gritou Shiv, acenando. Nós nos esprememos no sofá ao lado dela e de Dallas. – Ainda vamos às compras pra festa de gala no próximo fim de semana?

Certo. A festa de gala. Com o caos da mudança, eu tinha até me esquecido. Era um grande evento de caridade que a comunidade do hóquei organizou para a Fundação do Hospital das Crianças. Nós iriamos dividir a mesa com Dallas, Shiv, Ty, sua convidada e outro casal.

Parecia legal. E chique, o que era um problema para mim em termos de código de vestimenta. Mas eu daria um jeito. Talvez atacando o armário da Zara ou da Noelle.

– Vamos.

Por *nós*, eu quis dizer que a acompanharia e daria apoio sem gastar um tostão.

– Mal posso esperar – disse ela. – Amo comprar vestidos.

– Você ama fazer compras e ponto-final. – Dallas brincou. – Até fazer supermercado pra você é um evento.

– Você tem mais sapatos que eu, Dal. – Shiv revirou os olhos, tomando um gole de cerveja.

– Vai comprar algo sexy pra mim? – Chase me cutucou.

Claro, com minha conta bancária no negativo.

– Hum, não. – Limpei a garganta. – Tenho certeza de que tenho algo. Só vou acompanhar.

Entramos na brincadeira de bebida, jogando juntos e dividindo uma cerveja, porque eu não entendia as regras e não queria ficar bêbada. Algumas rodadas depois, pedi licença para usar o banheiro. O do andar principal estava ocupado com alguém vomitando, então Kyle me direcionou para o outro, no andar de cima.

Depois de secar minhas mãos, abri a porta e saí para o corredor. Uma parede de músculos sólidos com travessos olhos escuros me deteve.

– Oi. – Chase me deu um sorriso sacana.

– Oi. – Perdi o fôlego quando ele colocou as mãos em meus quadris e deu um passo para a frente, me guiando para o banheiro. – O que você tá fazendo?

– Ficando sozinho com você.

– Por quê?

– O que você acha? – Ele fechou a porta atrás de si e a trancou, então acendeu a luz, iluminando o local com um brilho fraco.

– Mas tem gente lá embaixo.

– Não sei se percebeu, mas estão bêbados demais pra sequer perceber que saímos. – Seus olhos percorreram meu corpo. – E outra, é isso que aumenta o tesão.

– Eu... – Inspirei fundo.

– A menos que você não queira que eu te provoque. – Mãos quentes deslizaram por baixo da minha camisa, dedos cravando na minha pele.

Senti um líquido quente entre minhas pernas.

– Mas, provocar você também me deixa excitado, então, ou aqui, ou na caminhonete, eu preciso te comer. E sei que você sente o mesmo.

Mordi meu lábio inferior e assenti.

Chase me encostou no balcão.

– Você pode ficar quieta pra mim, meu bem?

– Não sei se consigo.

– Acho que vai ter que tentar.

Com seus lábios nos meus, ele me tirou do chão com um beijo exigente. O tempo acelerou, nossas bocas e mãos se movendo como em um borrão. O desejo me tomou enquanto eu me atrapalhava para desabotoar sua calça jeans. Suas mãos deslizaram pela curva de meus quadris, levando minha calça e calcinha com elas.

Agarrando a parte de trás das minhas coxas, Chase me colocou no balcão e abriu minhas pernas. Passei minhas mãos pela lombar dele, tentando puxá-lo para mais perto, mas ele parou de repente.

Chase abaixou a cabeça, a boca ao lado da minha orelha.

– Fala.

– Fala o quê?

– Fala "Me come, por favor". Ou talvez "Quero seu pau metendo bem fundo em minha boceta". Preciso de instruções específicas sobre o que quer que eu faça.

A pulsação entre minhas pernas quase doía. Eu queria essas coisas. Muito. Mas colocá-las em palavras era outra história.

– Eu não sei se consigo – suspirei.

– Ah, consegue. – Ele espalmou meus seios e os apertou. – Senão nós dois ficaremos no zero a zero. E acho que nenhum de nós quer isso.

– Eu… quero você.

Seu olhar prendeu o meu, predatório e expectante.

– Quer o quê?

Ofegante, eu o observei por um momento. Ele colocou a mão na parte superior de minhas coxas nuas, esperando. Meu coração batia descompassado em meu peito. Eu estava excitada demais para ficar constrangida. Eu precisava dele.

– Quero que me come.

– Isso, gata. – Agarrando meus quadris com força, Chase me puxou para mais perto da borda do balcão enquanto metia em mim. Senti uma onda de prazer instantâneo, indo de zero a cem pela terceira vez hoje.

– Oh – sussurrei, arqueando minhas costas contra ele.

Uma mão se espalhou pela minha lombar, me segurando no lugar enquanto a outra deslizou para minha nuca e agarrou um punhado de cabelo. Tentei abafar um gemido quando ele se moveu contra mim, permanecendo fundo e atingindo o ponto perfeito.

– Posso puxar seu cabelo um pouco mais forte? – perguntou, a voz baixa.

– Aham.

Seu aperto aumentou, puxando de uma forma que me aproximou mais dele, para o êxtase que ele criou.

– Você deixa isso tão bom pra mim – murmurou em meu ouvido.

Chase empurrou com mais força, mudando o ângulo e fazendo com que o prazer extrapolasse os limites do que eu poderia tolerar. Minha visão ficou turva e eu enterrei meu rosto em seu ombro para me acalmar.

Quando gozei, ele inclinou meu rosto para o dele e depositou um beijo escaldante em meus lábios, abafando meus gritos. Cravei minhas unhas em sua pele enquanto o prazer transbordava. Era brilhante, ofuscante e avassalador. Perdi a consciência de tudo, exceto do que Chase estava fazendo com meu corpo.

Assim que estava começando a me acalmar, ele meteu em mim com mais força. Ambas as mãos voaram para minha cintura, e ele me puxou contra ele.

– Porra, porra, porra.

Então ele parou, deixando sua testa cair contra a minha. Respirando fundo, coloquei minhas palmas em seu peito, sentindo seu coração bater no peito. Embora não fosse tão picante, foi a coisa mais pública que eu já fiz – na vida. E eu gostei.

Afastando-se, ele me estudou, mordendo os nós dos dedos com um sorriso.

– Parece que você foi bem comida, meu amor.

– Você deveria se olhar no espelho antes de ficar muito convencido, Carter.

– Bom ponto. – Ele olhou para seu reflexo e riu.

44

Claro que sim

Bailey

No caminho de casa, algumas horas mais tarde, fiquei encolhida contra a porta do passageiro, as pálpebras pesadas de sono. Mas isso não impediu Chase de me interrogar sobre meu encontro com Luke.

Enquanto dirigíamos, os postes de luz projetavam sombras tremeluzentes sobre o perfil de Chase. Com relutância, contei a história toda, incluindo a parte em que Luke me chamou de vagabunda. Quanto mais eu falava, mais seu rosto ficava nublado de raiva. Não só raiva – fúria. Seu aperto no volante ficava cada vez mais forte, o pescoço visivelmente tenso.

– Aí ele foi embora – terminei.

– Porra! – Chase bateu no volante com a palma da mão aberta. – Vou quebrar o pescoço dele como se fosse um galho.

Respirei fundo, e ele soltou um rosnado baixo.

– Talvez quebre as pernas antes – resmungou, balançando a cabeça –, ou os dedos. Um de cada vez. Arrancar alguns dentes com um alicate, também.

Depois da fúria verbal, Chase ficou em silêncio por um tempo. Dei uma olhada rápida para ele, mas não sabia o que dizer. Meu namorado estava prestes a explodir, o que era ainda mais perigoso, considerando que estava ao volante. Não que estivesse perdendo o controle, pelo contrário. Uma calma assustadora e silenciosa se instalou nele. O tipo que significava que havia algo letal se formando sob a superfície.

– Espero que não pense que estou zangado com você – disse Chase em voz baixa. – Só com ele e com o que fez.

– Eu sei. – Mas parte de mim se sentiu culpada de um jeito estranho por ele estar tão chateado.

– Ele mandou mensagem depois que respondi no seu telefone? – Seu tom estava uniforme demais. – Preciso da verdade.

– Não. – As ameaças de Chase tinham a tendência de afastar Luke por um tempo. Só que nunca durava.

– Tem certeza?

– Prometo. Posso te mostrar se quiser.

– Meu bem, você tem que bloquear o número dele.

– Boa ideia. – Bocejei. – Posso fazer isso agora que me mudei.

– Melhor ainda, troca o número – acrescentou Chase. – Assim ele não pode ligar do celular de outra pessoa. E, pelo amor de Deus, chega de ir a jogos sozinha. Por favor.

– Combinado. Para os dois casos.

Ter um número novo seria um incômodo, e por isso resisti no começo, mas Chase estava certo – Luke não se importava de usar o celular de outras pessoas para falar comigo. Eu sabia disso por experiência própria. Começar de novo valia o inconveniente.

Isso dos jogos poderia ser mais complicado, mas eu daria um jeito. Eu também não queria passar de novo por aquela situação com o Luke.

Chase embicou na rampa de acesso à rodovia. Depois de verificar o acostamento, ele entrou na faixa do meio. Fechei os olhos, me aconchegando em um moletom preto que eu tinha encontrado no banco de trás e dobrado como um travesseiro improvisado. Tinha o cheiro dele. E eu provavelmente não devolveria. Desculpa, Carter.

Mais alguns segundos de silêncio se passaram, então ele respirou fundo.

– Desculpa, não consigo deixar isso quieto. Por que não me ligou? E se ele te machucasse?

– Tem alguns motivos – respondi, os olhos ainda fechados.

– Tipo…

– Acho que senti que a culpa era minha.

Culpa minha por ter namorado o Luke em primeiro lugar; culpa minha por não ter lidado com ele direito e tê-lo provocado; culpa minha por ter ido sozinha ao jogo de hóquei.

– James – sua voz se suavizou –, isso não é verdade.

– Como não é?

– Você não é responsável por nada que esse filho da puta faça.

Não parecia ser assim.

– Além disso, não quero que você se meta com problemas – falei.

– Um dia desses vou ter que cumprir minhas promessas, ou as ameaças não vão significar nada.

– Não consegue se limitar a resolver isso com ele no gelo? Assim não acaba preso.

– Confie em mim quando digo que estou tentando muito, muito mesmo, fazer isso. Estou contando os dias até poder acabar com ele. Mas, se o cara fizer algo assim de novo, ele vai acabar num saco de cadáveres.

– Chase – gemi.

– Não se preocupe. Eu posso pagar um advogado de primeira linha. Falar que foi legítima defesa, ou algo assim, tanto faz.

Ele fez uma pausa.

– Ou talvez eu devesse contratar um assassino de aluguel. Seria um dinheiro bem gasto.

Eu não sabia se ele estava falando sério.

Chase

Bailey cochilou depois de me contar toda a verdade amarga, o que me deu quinze minutos para respirar e acalmar antes de chegarmos na casa dela.

Ou pelo menos para planejar em silêncio o desmembramento do Morrison enquanto tentava me comportar como um ser humano normal.

Eu não estava chateado com ela – especialmente depois que Bailey disse que sentia como se a culpa fosse dela. Essa confissão me atingiu como um tiro de disco na face.

Eu o odiava mais por fazê-la pensar assim.

E realmente o odiava por assustá-la.

Amanhã seria meu dia sem treino, e agora Morrison tinha ferrado com isso também, porque eu tinha uma quantidade séria de agressividade para trabalhar no gelo ou na academia. Ou em ambos.

Ou, ainda, poderia descobrir o endereço dele e descontar direto na fonte...

Também pensei em consultar Ward e Ty sobre orquestrar o golpe mais prejudicial possível no gelo que não rendesse uma suspensão ou expulsão da liga. Ainda precisava pensar sobre isso. Talvez pegar uma lousa e desenhar alguns diagramas avaliando potenciais planos de ação, otimizando a velocidade e avaliando ângulos. Assistir a alguns vídeos on-line, como compilações dos ataques mais devastadores da NHL. Sabe, pesquisar essa merda e realmente acertar.

Entrei no estacionamento para visitantes do prédio da Bailey e parei o carro. Quando fiz isso, a caminhonete balançou de leve, fazendo com que se mexesse. Ela soltou um gemidinho adorável e se endireitou, espreguiçando-se, sonolenta.

– Desculpe – falei baixinho. – Chegamos.

Ela soltou o cinto de segurança e se virou para mim, ainda com os olhos turvos de sono.

– Você tá bem?

– Estou. – Eu tinha que deixar essa coisa do Morrison de lado por enquanto. Não deixaria aquele canalha estragar nossa noite.

Subimos as escadas para nos trocar e nos preparar para dormir em um padrão quase automático agora. Eu conhecia tudo sobre ela, até a cor da escova de dentes. Bailey tinha sua própria gaveta na minha casa. Eu não me reconheci, mas isso era bom.

Entrei debaixo das cobertas, passei um braço em volta dela, que se aninhou contra mim, com a mão espalmada em minha barriga. Ela estava usando uma das minhas camisetas; já tinha um monte delas e era, como sempre, fofo pra caralho. Seu cabelo cheirava a xampu frutado, o que era estranhamente excitante. Devia ser porque aquilo trazia visões dela nua e enroscada em mim quando eu o puxava.

Nossa, eu estava caidinho.

– Sei que falamos que teria um segundo *round* – murmurou –, mas estou bem cansada pela mudança e pelo horário.

– Imaginei, depois que você dormiu a caminho de casa. – Eu ri. – Eu também estou acabado, por mais que odeie admitir.

O trabalho pesado da tarde cobrou seu preço. Eu poderia dar um jeito se ela quisesse – não é como se eu fosse rejeitá-la, nunca –, mas também estava cansado.

Bailey puxou o edredom branco mais para cima, tremendo. O quarto parecia bom para mim, mas, como sempre, minha namorada estava com frio. Os pés gelados me diziam isso, pressionados contra minha panturrilha, parecendo um bloco de gelo.

– Obrigada pela ajuda de hoje.

– Sem problema – respondi. – Estou feliz que tenha se mudado.

Ela se virou de bruços e se apoiou em um cotovelo para me encarar. Seu cabelo loiro caiu em frente ao resto, e ela o afastou com a mão livre.

Nossos olhos se encontraram, seus lábios se ergueram nos cantos, um sorrisinho se formando naquela boca perfeita.

Tudo mudou, como a Terra se movendo em seu eixo.

Parecia o momento antes de nosso primeiro beijo, antes da primeira vez que dormimos juntos de verdade, antes da primeira vez que transamos. Um daqueles instantes que marcam para sempre – que começam com você sendo uma pessoa e terminam te transformando em outra.

Sua expressão ficou séria quando seus olhos castanho-esverdeados traçaram meu rosto, os lábios ligeiramente entreabertos. Ela pareceu nervosa por uma fração de segundo e franziu a testa antes de falar.

– Eu te amo – disse, suavemente.

Ela foi mais rápida do que eu.

Uma onda percorreu meu corpo. A única vez que senti algo remotamente parecido com isso foi quando fui convocado, mas nem se comparava – em parte porque, de algum modo, eu sempre soube que aconteceria.

Mas, no esquema da minha vida pessoal, eu não esperava.

– Eu te amo, James. Já sei disso há algum tempo.

Pela primeira vez na vida, eu tinha conseguido me controlar.

Estava razoavelmente certo de que tinha chegado lá primeiro, embora tenha demorado um pouco para entender o que diabos estava acontecendo.

O rosto dela brilhou, o sorriso voltando.

– De verdade?

Ela se moveu para mais perto, colocando uma mão macia e quente no meu peito nu.

– Sim. – Afastei o cabelo de seu rosto. – Eu queria ter certeza de que você também sentia o mesmo antes de dizer qualquer coisa. Mas não é um grande segredo. Tenho certeza de que metade do estado sabe o que eu sinto a essa altura. – Inclinei-me, minha boca pairando sobre a dela. – Mas é bom dizer em voz alta.

Ela sorriu, contra meus lábios.

– Claro que é.

◆ ◆ ◆

A semana passou voando entre as aulas, treinos de força e treinos no gelo. Além da carga de trabalho pesada de sempre, Bailey estava acabada com a inscrição gigantesca de sua bolsa de estudos, que exigia uma redação, referências e um milhão de outros itens que tomavam muito tempo. Com nossas agendas conflitantes, mal tínhamos tempo de nos ver.

Para piorar as coisas, o treinador Miller estava no meu pé de novo, o que eu não conseguia entender, já que minhas notas estavam boas e meu desempenho também. Eu mal podia respirar sem que ele olhasse em minha direção.

Mas, mesmo me mantendo ocupado, meus pensamentos pesavam. Era como carregar uma bolsa pesada de equipamento de hóquei a semana toda, metaforicamente falando.

Passei vários dias remoendo esse impasse. Pesei prós e contras. Considerei falar com a Bailey primeiro. Descartei essa possibilidade. Tentei ouvir minha consciência. Lutei contra o que ela dizia e contra o que meu cérebro sabia. Fiquei travado em uma batalha interna. Perguntei ao Ward… e imediatamente ignorei o conselho dele, porque não era o que eu queria ouvir.

Enfim, eu me decidi e agi.

Depois de pedir o contato do Derek para o Palmer, tive que dar o braço a torcer e escrever uma mensagem o convidando para uma cervejinha.

Idiota.

Me sentei no banco de plástico verde-escuro, de frente para a rua, para poder ver quando Derek chegasse. Talvez isso fosse um pouco hipócrita depois da bronca que dei na Bailey sobre ter escondido a história com o Morrison, mas era por uma boa causa. Ela entenderia.

Assim eu esperava.

Além disso, avisei que era intrometido.

Dez minutos depois do horário combinado, Derek abriu a porta dupla de madeira do O'Connor's e cruzou o salão até minha mesa. Ele se jogou na minha frente, me dando um olhar cauteloso. O uniforme azul e cinza dos Bulldogs da cabeça aos pés provavelmente foi intencional, para me lembrar de que estávamos em lados opostos.

– O que quer, Carter? É sobre a Bailey?

Uma recepção bem fria para quem – de acordo com a minha namorada – estava disposto a me dar uma chance, mas tanto faz. Acho que ele assumia outro tom quando ela estava por perto.

– E eu aqui pensando que a Bailey tinha dito que você ia ser legal.

– Ainda não confio em você – respondeu ele.

Idem. Mas, enfim. Eu estava disposto a ser civilizado. Não precisávamos ser melhores amigos.

Nosso garçom apareceu, e cada um pediu uma cerveja. A mesma marca, na verdade – Half Moon Pale Ale, da Rockwood Brewery local.

Talvez ele relaxasse depois de tomar uma bebida. Ah, provavelmente não. Tirando Morrison e Paul, eu não guardava rancor dos outros, mas Derek levava as coisas muito mais para o pessoal que eu. Nossa rivalidade também era antiga – desde o começo do meu primeiro ano, quando descobri que ele se irritava fácil no gelo. Além disso, o cara ficou puto da vida depois que foi expulso de um jogo na primavera passada.

Eu não queria ir direto ao assunto, então fiz uma tentativa meia-boca de conversar sobre hóquei e o clima enquanto esperávamos as bebidas chegarem. Foi terrível. Eu não era fã de jogar conversa fora, mesmo quando a pessoa não me odiava tão abertamente.

Minha paciência, já curta, se esvaía rápido.

– O que tá acontecendo com seus pais? – Coloquei meus antebraços na mesa e me inclinei para mais perto.

Derek franziu o cenho.

– O que quer dizer?

– A situação da casa e do dinheiro – falei. – Sua irmã foi bem vaga comigo. Está muito ruim?

– Bem... não está ótimo.

Nosso garçom voltou, colocando dois porta-copos de papelão e deixando a cerveja na mesa antes de sair de novo.

– Elabore.

Derek olhou para sua cerveja, hesitante.

– Não quero contar nada que a Bailey não queira que você saiba.

– Me conta assim mesmo. Talvez eu possa ajudar.

– Como? – Bufou. – Você tem uma árvore de dinheiro?

Não sei, idiota. Um fundo fiduciário robusto conta? Puta merda. Será que ele sempre foi assim tão azedo ou só eu que tinha esse privilégio?

– Talvez eu tenha. Ruim quanto?

A expressão de Derek mudou da hostilidade aberta para um constrangimento.

– Eu não sei detalhes. Só sei que estão atrasados com todas as contas. – Ele deu de ombros, pegando o copo. – Viver com uma renda só por seis meses deu nisso.

Então o pai dela não tinha perdido o emprego havia pouco tempo. Fiquei pensando, já que ele era professor e estávamos no meio do ano letivo. Maldição, James. Por que ela tentava esconder as coisas de mim?

– Além disso, eles usaram todas as economias quando a Bailey... – Ele se conteve.

Hum, o que é isso agora?

– Quando a Bailey o quê? – Eu me inclinei sobre a mesa, os cotovelos abertos no topo, deixando-o alerta.

Derek me encarou de olhos arregalados, como um goleiro pego no caminho de um disco vindo em sua direção sem as proteções. Acho que a incapacidade de mentir era de família.

– Er, nada. Deixa pra lá.

Tomei um gole da minha cerveja, fingindo deixar passar essa coisa da Bailey. Mas não ia ficar assim.

– Estão em execução hipotecária?

– Ainda não.

– Estão atrasados com o pagamento dos empréstimos?

– Estão devendo a hipoteca. Eles têm mais algumas semanas antes que ela entre em execução hipotecária.

Em outras palavras, bem antes do Natal. Cacete.

Um sentimento ruim se instalou na boca do meu estômago. Eu nem queria ir para casa no Natal para lidar com o pesadelo que é minha família. E, ainda assim, era tudo o que a Bailey queria – mas talvez nem conseguisse.

– Então, é por isso que estão vendendo a casa.

– Sim. Eles esperam vender antes que o banco a tome.

Caramba, que merda. Eu não era corretor de imóveis, mas até eu sabia que quase ninguém comprava casas na época do Natal. Especialmente em meio a uma recessão econômica.

– Eles podem resolver a inadimplência antes do prazo? – perguntei. – Tem alguém que possa ajudar com o dinheiro?

Derek suspirou, evitando meus olhos.

– Acho que não. Mas meus pais não vão aceitar sua caridade, se é o que você tá tentando dizer.

– Eles aceitariam um empréstimo sem juros?

– Duvido.

Ele realmente duvidava ou não queria que *eu* ajudasse?

– Eles podem me pagar quando venderem a casa.

Supondo que a casa fosse vendida e que conseguissem me pagar depois. Com sorte, também não estariam atolados em dívidas. Mas eu não ofereceria nada que eu não estivesse disposto a abrir mão.

Ele olhou para mim com cautela, estudando-me com aqueles olhos que eram uma versão mais escura e opaca dos da Bailey – mais castanhos, menos verdes. Ele então balançou a cabeça levemente, como se estivesse descartando a possibilidade.

– Para deixar claro – falei –, ao contrário do idiota do seu amigo Morrison, minha ajuda não virá com algemas. Eu não quero que a Bailey tenha que se preocupar com isso. E com certeza não quero que os pais dela percam a casa no Natal.

O maxilar de Derek ficou tenso, provavelmente por causa da provocação com o Morrison.

Eu queria perguntar se ele sabia das mensagens que aquele filho da puta enviava para sua irmã. Ou das milhões de outras coisas terríveis que tinha feito com a Bailey. Mas falar sobre tudo isso levaria a noite inteira – e isso era só o que ela tinha me contado. As mensagens eram a ponta do taco de hóquei.

– B. vai ficar uma arara por você conversar sobre isso pelas costas dela – comentou ele.

Derek estava certo, mas era melhor do que não fazer nada. Eu esperava que Bailey concordasse, pelo menos depois que me perdoasse. Ela nunca tinha ficado brava de verdade comigo antes, era difícil prever a reação.

– Deixa que eu lido com isso – respondi. – Sabe quanto é a hipoteca?

– Uns três mil por mês.

– Acha que quinze mil ajuda?

– Vai assinar um cheque de quinze mil como se não fosse nada? – perguntou, com os olhos arregalados.

Por que todo mundo achava que o Morrison era o único cara do mundo com dinheiro? Por ele esfregar na cara dos outros o tempo todo? Não éramos todos idiotas cafonas. E quinze mil dólares não era tanto dinheiro. Seria um bom gasto.

– Ajudaria ou não? – Se ajudar, talvez, eles possam aguentar e vender a casa no ano que vem. – Ou precisam de mais?

– Olha, sim. Quinze ajudaria. – Derek mudou de posição, claramente desconfortável com a ideia de aceitar.

– Tá. Veja se consegue que eles aceitem.

– E vou falar que arrumei onde?

– Fala que pegou com um amigo. Ou ganhou num cassino. – Dei de ombros. – Diga que ganhou um concurso de beleza, não ligo. Isso é você que tem que pensar.

Ele realmente teve a coragem de me encarar. Olhei de volta. Por que estávamos discutindo por causa disso?

– Qual é a alternativa? – Gesticulei. – Aceita logo, vai.

No fim das contas, ele podia recusar, mas eu não conseguiria viver comigo mesmo se não tentasse.

– Se quer ajudar, acho que deveria pelo menos contar pra Bailey – retrucou. – É o certo.

A irritação queimava dentro de mim, e reprimi a vontade de discutir com Derek sobre o que era certo, como defender a irmã de um monstro. Agora minha prioridade era o dinheiro. Falar com ele sobre o Morrison não ajudaria a trazê-lo para o meu lado.

– Para quê? Para ela negar? – Arqueei minhas sobrancelhas, esperando, mas ele não tinha resposta para dar.

Houve uma pausa pesada.

– Olha – falei. – Vou te emprestar uma grana. Entre nós. O que fizer com ela depois disso é problema seu. Me pague quando puder. Sem pressa.

– Está falando sério? – perguntou, espantado.

– Sim. Posso te enviar a transferência hoje mais tarde.

– Tá bem – suspirou Derek, desviando o olhar por um instante. – Mas isso não significa que estamos bem. Estou fazendo isso pela minha irmã.

– E eu também. Me dá seu e-mail e seus dados bancários. – Desbloqueei meu celular e passei para ele sobre a mesa. Derek o pegou, tocando na tela, e devolvendo com um olhar azedo no rosto.

– Envio quando chegar em casa.

– Obrigado – agradeceu ele.

45

O mais sujo

Chase

Que marcação ridícula!

Onze minutos do segundo período contra o Coastal U Sharks, e fui parar no banco de penalidades. Dois minutos cumprindo punição. Por quê? Por nada. Gardiner me segurou com o taco durante um contra-ataque, e, de algum jeito, eu é que acabei penalizado. Dane-se essa decisão, e eu não tão educadamente comuniquei isso aos árbitros. Então Miller me repreendeu por ter batido boca com eles.

Tanto faz.

Perto do fim do terceiro período, Gardiner pegou o disco de novo e correu direto para o Ty. Estávamos vencendo por dois, mas isso não significava que podíamos nos dar ao luxo de abrir mão de nossa vantagem. Nossa defesa estava mal posicionada, no mundo da lua, então eu cavei no gelo e corri em direção a ele.

Segundos depois, batemos, ombro a ombro, liberando o disco enquanto ele voava para a barreira de proteção do rinque. Foi um golpe perfeitamente limpo – embora brutal.

Tá, tudo bem. Pode ser que eu tenha retribuído a gentileza pelo lance anterior.

Gardiner se equilibrou, girou e patinou atrás de mim. Corremos para pegar o disco, mas, quando ele me alcançou, agarrou minha camisa e me puxou. O cara não costumava ser tão agressivo no gelo, então isso me pegou desprevenido e, antes que eu pudesse reagir, ele me acertou na cara.

Ele acertou o primeiro golpe.

Mas eu acertei mais.

Apesar disso, quando os árbitros nos separaram, eu tinha um machucado feio na sobrancelha esquerda. O sangramento logo parou, mas eu podia o sentir inchando a cada segundo.

Quando o apito final enfim soou, eu tinha sangue na minha camisa – que não era meu –, além de ter batido o recorde da temporada em penalidades cometidas e sofridas em um único jogo. Talvez um recorde da carreira.

Sem me olhar no espelho, eu conseguia dizer que meu maxilar também estava machucado. Provavelmente ia doer muito quando beijasse a James mais tarde. E quando estivesse no meio das pernas dela – que era o plano.

Pela primeira vez, fiquei feliz que Bailey estivesse na faculdade tentando cumprir um prazo em vez de me assistindo nas arquibancadas. Não foi meu melhor jogo. Eu tinha marcado um gol e uma assistência, mas perdi o disco muito mais do que deveria e errei alguns passes básicos.

Miller disse que meu desempenho tinha sido irregular, e ele estava certo.

Depois de uma chuveirada, fiquei um pouco mais estável emocionalmente. Mas ainda tinha essa irritação com tudo, enterrada bem fundo dentro de mim, como se houvesse uma pedrinha no meu sapato. Ou nos meus patins, melhor dizendo. De alguma forma, isso tornava toda a pressão que eu sofria sem parar muito menos tolerável.

Vesti minha roupa em silêncio, a mente girando como um furacão de pensamentos e preocupações de categoria 5. Bailey, hóquei, faculdade, treinador Miller, nosso próximo jogo contra Callingwood, Bailey de novo e Los Angeles. Bailey *e* Los Angeles – porra. Nem tinha começado a pensar sobre isso.

– O que tá acontecendo, Carter? Está mais esquentadinho que o normal esta noite. – Dallas vestiu as calças de seu terno cor de carvão e examinou meu rosto com aqueles olhos azuis glaciais. – Já faz um tempo que anda assim. As coisas estão bem com Bailey?

Abaixei o olhar, abotoando a camisa branca.

– As coisas estão bem. Estão ótimas, na verdade. Acho que estou com alguma agressividade reprimida depois daquela merda que Morrison fez com ela.

E por "alguma" quero dizer uma raiva homérica. Por mais que eu tentasse deixar para lá, não conseguia. O que Morrison fez estava pesando na minha mente desde que Bailey me contou. O fato de ele ter se safado sem qualquer consequência imediata estava me deixando louco.

– Ainda não acredito que o cara fez isso. Ele teve sorte de você não ter aparecido. – Dallas balançou a cabeça, o maxilar contraído.

– Sortudo pra caralho. – Embora James estivesse certa, tinha sido uma sorte para mim também. Morrison não conseguia brigar pra merda nenhuma. Eu o teria massacrado. Literalmente.

Dallas me deu um tapa nas costas com força suficiente para quase me derrubar.

– Não se preocupe. Vamos esmagar Callingwood na próxima vez que jogarmos. Vou garantir isso. Já estou preparando o terreno com os outros caras.

– Vai me ajudar a planejar o golpe perfeito naquele filho da puta também – falei. – Vamos tirar ele do jogo de novo.

Eu fantasiava sobre isso mais vezes do que queria admitir.

O impacto, o trituramento e a queda.

Talvez um leve respingo de sangue deixado no gelo. Seria espetacular.

– Ah, eu tenho algumas ideias – concordou Dallas.

– Eu também. – Ty entrou na conversa. – Eu vi aquele golpe doentio que Stevens levou do Younger na semana passada. Procura o vídeo. Younger acabou com ele. O Stevens vai ficar fora por semanas.

– Duvido que o Stevens volte a jogar. Ele tá suspenso por tempo indeterminado por causa daquele escândalo do vídeo de sexo. Ouviram sobre isso? – Dallas soltou um assovio baixo. – Que merda, cara.

– Eu ouvi – falei. – Que idiota.

Não tem nada pior do que um cara tirando vantagem de mulheres assim.

– Sério. – Ty bufou, vestindo seu paletó azul-marinho. – Todo mundo sabe que, se você vai filmar alguma coisa, tem que fazer o outro assinar um termo de responsabilidade.

– Hum, *o quê*? – Dallas olhou para ele.

Meu celular tocou, e olhei para baixo, esperando uma mensagem da Bailey, mas vi o nome do Derek.

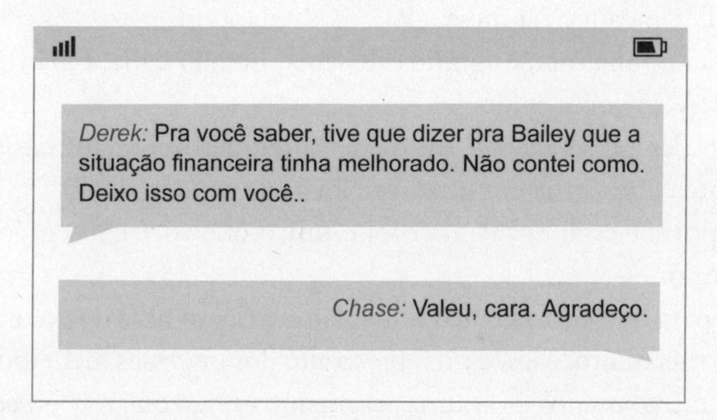

Merda. Eu esperava adiar essa conversa, mas agora provavelmente teria que abrir o jogo antes que ela juntasse as peças sozinha.

Mas talvez eu ainda conseguisse ganhar um pouco mais de tempo. Acho que consigo avaliar o clima quando a encontrar.

– Ainda vai jantar com a gente? – perguntou Ty.

– Sim, só tenho que sair depois pra pegar a James.

◆ ◆ ◆

No meio do meu sanduíche de frango com bacon, Penner deslizou para o assento ao meu lado no O'Connor's.

– Carter, faz séculos que não te vejo.

– A gente se viu no último fim de semana, lembra? – Talvez não. Ele estava bêbado e desmaiado, com a língua na garganta da Kristen. Quando ela não estava me olhando, claro. Penner não pareceu notar essa parte. Espero que James também não.

Eu queria poder voltar atrás e apagar todas com quem dormi antes dela. Isso ia simplificar muito a minha vida.

– Ah, sim. Sua namorada é gostosa pra caramba – falou, a testa franzida.

– Eu sei. – Peguei meu copo de cerveja e tomei um gole. – E você e a Kristen? É sério? – *Por favor, diga que sim para que ela saia do meu pé.*

– Veremos. Vamos manter as coisas casuais por enquanto.

Sim, boa sorte com isso. Eu tentei fazer o mesmo, e ela bancou a psicopata.

Sua atenção deslizou para a porta, por onde Kristen tinha acabado de entrar. Falando na diaba... Um grupo de amigas dela que estavam em uma mesa, do outro lado da sala, chamou seu nome, acenando. Com alguma sorte, ficariam por lá. Pelo menos até eu ir embora.

– É melhor eu ir – disse ele –, mas nos vemos na festa de gala.

– Na festa de gala?

– Sim. Estamos na sua mesa.

Controlei minha cara, fingindo que sabia. Eu não sabia. E não estava feliz.

– Certo. Vejo vocês então.

Quando Penner se afastou, eu me levantei, deslizei meu prato alguns assentos adiante e me sentei em uma cadeira vazia ao lado do Ty.

– Que porra é essa, Ty? Penner foi o único que você conseguiu pensar? – sibilei baixinho.

A mesa para oito custou cinco mil dólares. Era por uma boa causa, então eu não me importei muito. Mas, com o preço alto dos ingressos, nem todos os caras puderam ir, muito menos levar uma acompanhante, o que tornou complicado preencher os dois últimos lugares na nossa mesa. Ward e eu deixamos Ty cuidar disso, e ele disse que resolveria. Mas Kristen? Tyler tinha perdido a cabeça?

Ty largou seu hambúrguer e arqueou as sobrancelhas, evidentemente irritado com o tom combativo.

– Que foi?

– Você não acha que isso pode ser um pouco estranho pra mim? – Mergulhei a batata frita no ketchup e dei uma mordida.

A culpa surgiu em sua expressão.

– Porra, cara. Ele não me disse quem era a acompanhante.

Tyler não dava a mínima para a vida amorosa dos outros, então essa desculpa fazia sentido.

Segurando meu copo, respirei fundo.

– Olha, eu sei que não liga pra essas coisas de namoro, então você não entende. Mas pra futura referência, dividir uma mesa com alguém que ainda tenta trepar com você não é o ideal. Especialmente quando sua namorada tá presente.

Devo avisar a Bailey sobre a Kristen antes? Ou ficar tranquilo e rezar? Se eu avisasse, ela ficaria nervosa a noite toda. Se não a avisasse, ela ficaria se perguntando que diabos estava acontecendo.

– Desculpe. – Ele soltou um suspiro e me encarou. – Eu só queria me livrar dos ingressos. Quer que eu veja se ele consegue trocar com alguém?

– Tá tudo bem – respondi, balançando a cabeça. – Isso vai se tornar um problema ainda maior. – Dando uma mordida agressiva no meu sanduíche, mastiguei e engoli antes de continuar. – A verdade é que estou preocupado que o Morrison esteja lá também. Ele foi no ano passado. Com esses dois lá, a noite pode acabar em confusão.

Isso quase me fez pensar duas vezes, mas os ingressos já foram pagos e, em teoria, seria uma noite agradável com Dallas e Shiv, além de Ty e quem quer que ele leve. Contando que essas outras coisas não saíssem dos trilhos.

– É um evento beneficente – disse Ty. – Acho que todos vão andar na linha. Mas você ouviu… – Sua voz ficou baixa, ele franziu o cenho, os olhos escuros correndo pela mesa para ver se alguém estava ouvindo.

– Ouviu o quê?

– Deve ser só um boato. Mas alguém me disse que Los Angeles estava falando com ele.

Quase caí duro.

Mas. Que. Porra. É. Essa?

– Tá de brincadeira.

Los Angeles precisava de alguns corpos para preencher a quarta divisão. Eu é que não jogaria lá. Com certeza.

Mas Morrison? Se eu acabasse no mesmo time que aquele idiota, seria expulso ou preso. Talvez os dois.

Bailey

Depois de duas provas, um artigo enorme e um projeto de grupo desastroso, eu quase tinha sobrevivido à semana. Infelizmente, isso significava que mal tinha visto o Chase. Nós dois estávamos sentindo o peso disso. Seu fluxo constante de mensagens picantes e doces me dizia isso.

Meu celular vibrou na mesa do escritório do *Callingwood Daily*.

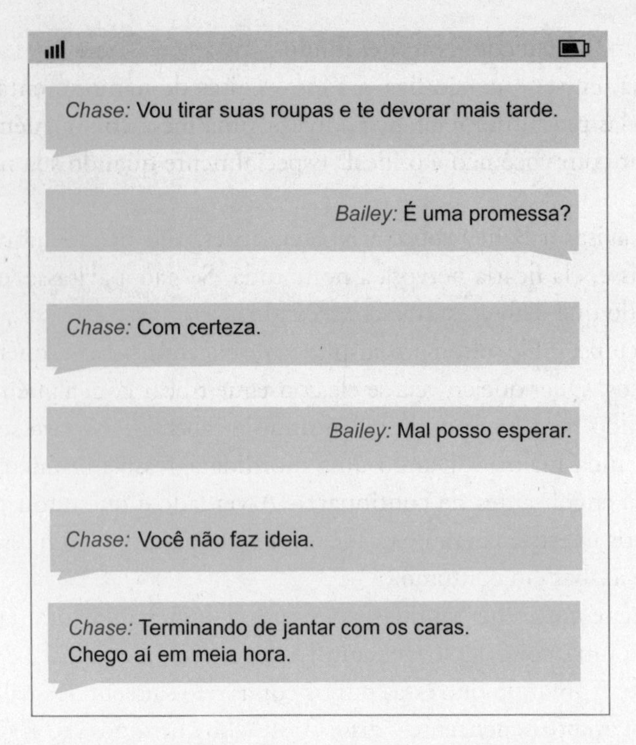

Contendo um sorriso, bloqueei meu celular, deixando-o na mesa com a tela para baixo. Eu ainda tinha algumas tarefas para terminar antes de deixar minha mente vagar para aquela direção. Mesmo que o calor na minha virilha dissesse que era tarde demais.

Senti falta daquelas mãos fortes. Daqueles lábios exigentes. Da voz baixa em meu ouvido. Daquela parede de músculos pressionada contra meu corpo…

Ah, Deus. Se recomponha, Bailey.

– Aqui. – Apertei o "enviar", e meu notebook apitou, avisando que o e-mail tinha sido mandado. – Mandei o texto da exposição de arte pra sua análise, Noelle. Acho que tá bem limpo, mas me avise se precisar de edição ou corte.

– Valeu, B. – Noelle não desviou os olhos da diagramação que estava finalizando. Quando se concentrava, não mudava a ritmo nem por um segundo. Passou a mão por seu cabelo curtinho, os fios grossos indo de volta para o lugar.

Estendi a mão, peguei meu café – agora já frio – e engoli o resto. Eu tinha passado a semana à base de doses excessivas de cafeína, pura força de vontade e grandes quantidades de comida nada saudável. Provavelmente estava ultrapassando os limites do consumo seguro de café a esta altura, mas precisava estar funcional por mais algumas horas.

Dava para começar hábitos saudáveis outra hora, tipo, depois da formatura.

Olhando a hora, fiz um cálculo mental rápido e concluí que dava tempo de enviar minha inscrição para estágio antes que o Chase chegasse. Eu já tinha um currículo atualizado por causa das inscrições para a bolsa, então tudo o que tinha que acrescentar era uma carta de apresentação. Escrevi, cruzei os dedos e prendi a respiração, então enviei para o endereço que estava marcado no edital. Soltei um suspiro pesado, tentando acalmar meus nervos. Talvez um dos dois acabasse dando certo.

◆ ◆ ◆

Antes que eu percebesse, um beijo inocente de oi se transformou em uma sessão de amassos completa no estacionamento.

Chase enroscou os dedos no meu cabelo, me puxando para mais perto. Meu peito vibrou quando seus lábios encostaram nos meus, tornando-se acalorados e exigentes. Ele aprofundou o beijo enquanto me agarrava pelos quadris e me erguia, me puxando para cima dele.

Estava literalmente montada em suas pernas, com o volante cravado em minha bunda. E outra coisa pressionando entre minhas pernas. Era apertado demais, sem mencionar que era um lugar bem público.

Eu não me importei.

Pelo menos estávamos nos fundos do estacionamento.

Com a boca ainda presa à minha, ele deslizou as palmas das mãos por meu corpo e agarrou minha bunda, puxando-me contra dele. A sensação em minha virilha se intensificou, o prazer se enrolando em meu sexo. Cravei minhas unhas em seus ombros, agarrando o músculo firme para me apoiar. Cada toque e cada movimento que ele fazia, aumentava meu desejo, me deixando mole, quase tonta.

Só voltei à realidade quando suas mãos deslizaram por baixo da bainha da minha camiseta e subiram por minha pele nua.

– Carter! – Eu ri e me afastei, agarrando seus pulsos grandes.

Ele abaixou a cabeça, pegando meus lábios nos dele novamente.

– Foi mal – murmurou contra minha boca, mordiscando o canto da boca e soltando. – Por um minuto me esqueci onde estávamos.

Nós nos separamos, e estudei seu rosto, incluindo o corte vermelho e brilhante acima de sua sobrancelha. Com cuidado, segurei seu queixo e virei sua cabeça para encontrar um hematoma recente aparecendo do lado direito de sua mandíbula. Acariciei a pele com dedos gentis, temendo pressionar com força e provocar mais dor.

– Dói? – Estremeci.

– Um pouco. – Ele me deu um sorriso torto. – Mas não tanto quanto o que eu fiz com os outros caras.

– Você não contou que tinha entrado numa briga.

Chase era daqueles que jogavam as luvas de lado e partiam para um confronto – e não recuava quando outro jogador partia para cima. Mas ele não entrava em brigas com tanta frequência assim. Era mais do tipo que provocava e desestabilizava o adversário, fazendo o time rival errar passes e cometer outras besteiras. De vez em quando, se envolvia em empurrões ou em uma pequena confusão, mas sem chegar as vias de fato.

O hóquei universitário era mais rigoroso, o que significava que pancadarias não aconteciam tanto quanto na NHL. Se aquilo era um presságio do que vinha pela frente, eu tinha motivos para me preocupar. Nunca o vi tão desgrenhado depois de um jogo.

– Entrei em algumas – respondeu –, mas imaginei que você ia sacar quando me visse.

– Por quê? O que tá acontecendo?

– Nada. – Chase deu de ombros. Ele estava sendo evasivo. – Não fui eu que comecei a maior parte delas.

Tentei lutar contra um sorriso e falhei.

– Quer dizer que não deu o primeiro soco?

Nós dois sabíamos que as brigas começavam muito antes disso.

– Quase. – Uma mão deslizou pela lateral do meu pescoço, puxando meus lábios para os dele novamente. Eu derreti um pouco, o desejo tomando o controle do meu corpo. – Acho que é abstinência de James. Ouvi dizer que isso é muito sério. Com potencial risco de morte.

Meu coração disparou. Ele sabia como me tocar – por dentro e por fora.

– Você está mudando de assunto – disse eu, entre beijos. – E tá funcionando.

Depois de mais um minuto e de outra tentativa frustrada dele de começar a tirar minhas roupas, a impaciência falou mais alto e não conseguimos mais ficar no estacionamento.

– Vamos pra casa – sussurrei, apoiando minha cabeça em seu ombro. – E continuamos de onde paramos.

– Fechado.

Saí de cima dele e coloquei o cinto de segurança enquanto Chase se ajeitava para engatar a marcha à ré. Pelo menos eu não era a única que estava com tesão.

– A propósito – disse ele, olhando para a câmera de ré –, você foi paquerada enquanto vinha pra caminhonete?

– Acho que sim. – Demonstrei indiferença.

– E você que diz que nunca é paquerada. O que aquele cara disse?

– Perguntou se eu sabia respiração boca a boca. Disse que deixei ele sem fôlego.

– Que cantada fraca.

Era. Dava para perceber que o cara estava perambulando pelo campus, jogando isso em cada garota sozinha que encontrava.

– Se você diz, Senhor Aspirante a Piloto de Avião. – Estendi a mão e dei um cutucão em sua costela.

Ele se encolheu e segurou minha mão, colocando-a com a palma para baixo em sua coxa. Minha mente viajou na mesma hora para nosso beijo, minutos atrás, e para todas as coisas que aconteceriam em vinte minutos.

– Ei, isso fez você conversar comigo por um tempo. Melhor que ser rejeitado de cara.

– Tenho certeza de que dei um corte em você – falei, apertando sua perna. – E você continuou falando. E falando.

– O que funcionou, já que caiu no meu charme.

Que safado arrogante. Safado, arrogante e gostoso. Mas ele não estava totalmente errado.

– Acho que minhas palavras para Zara e Noelle foram algo como "ele é um idiota gostoso".

– E também ameaçou me esfaquear com uma coisa de mexer drinques. – Ele sorriu. – E ainda assim voltou.

– Verdade. Mas, pelo tanto de metáforas que você soltou na hora, eu devia ter percebido que sua mente era bem poluída.

Ele abaixou a voz, seus olhos percorrendo meu corpo e deixando um rastro de calor em sua passagem.

– Quando se trata de você? A mais suja de todas.

Mordi meu lábio inferior.

– Ah, é? Prove.

– Depois não diga que eu não avisei, James.

46

O mais malicioso

Bailey

Em algum momento do trajeto de volta para minha casa, o clima mudou – passou de brincalhão para sério. Algo pesava na cabeça do meu namorado e, fosse o que fosse, provavelmente explicava as várias confusões em que ele se meteu no último jogo. Fiquei tentada a perguntar, mas, quando ele ficava assim, reservado, insistir não adiantava de nada. Então resolvi esperar.

Depois de cinco minutos de silêncio, Chase disse:

– Falou com o Derek esses dias? – Ele deu seta e entrou na minha rua. As veias de seus antebraços saltaram enquanto segurava o volante com mais força. De repente, Chase ficou tenso e, agora, eu também estava. Era raro falarmos do meu irmão, por razões óbvias.

– Sobre o quê?

– Encontrei com ele outro dia.

Alarmes soaram em minha cabeça. Quando o Chase era vago sobre os detalhes e demorava para chegar ao ponto, era uma tentativa de sondagem para descobrir o que eu já sabia. O que, nesse caso, era nada, já que fui pega de surpresa por essa revelação.

Se bem que Derek agiu estranho da última vez que nos falamos.

– Por que fez isso?

Chase encostou o carro e desligou o motor. Ele soltou o cinto de segurança, virando-se para mim com uma expressão indecifrável. Se tivesse que chutar, diria que ele parecia nervoso, o que não era seu habitual. Chase sempre era confiante, quase sempre comunicativo.

Senti uma onda de inquietação. Por favor, que os dois não tenham discutido sobre o Luke ou sobre mim.

– Eu posso ter emprestado um dinheiro pra ele. – Ele baixou o olhar para o volante.

– Você *o quê*? – Eu o encarei sem piscar. Não era, nem de perto, algo que eu esperava que ele dissesse. – E por que só estou sabendo disso agora?

Mas... tudo se encaixou. Isso explicava o comportamento evasivo do Derek por telefone. Ele me disse que o Natal seria na casa dos nossos pais e que as coisas estavam menos terríveis financeiramente, mas não conseguiu me explicar o motivo. Depois de várias tentativas frustradas de obter respostas, desisti. Meu irmão era um péssimo mentiroso, mas, quando se fechava, era impossível arrancar alguma coisa.

– Pedi para o Derek não contar. Mas é um progresso, já que a gente conseguiu se dar bem. Certo? – Chase arqueou as sobrancelhas, tentando fazer carinha de inocente. Ele ainda usava o terno cinza-escuro do jogo, sem a gravata, os botões de cima da camisa branca desabotoados. Era muito difícil ficar brava com meu namorado assim. E ele sabia.

– Não mude de assunto.

Mas, de novo, ele estava certo. Derek e Chase concordaram em se encontrar, se envolveram em uma discussão que deve ter sido pelo menos civilizada e chegaram a algum tipo de acordo. Foi estranhamente encorajador, mesmo que eu não estivesse muito certa sobre como me sentia em relação ao dinheiro.

Franzi a testa, torcendo a alça da minha bolsa de couro nas mãos.

– Por isso que o Natal voltou pra casa dos meus pais? Eu estava quebrando a cabeça pra entender como isso era possível pela questão financeira. Tá me falando que foi você?

– Talvez? – Chase me lançou um olhar envergonhado que derreteu minhas defesas como uma faca quente na manteiga.

Ele era ótimo em evocar uma combinação específica de emoções em mim – frustração misturada com diversão e afeto. Para a sorte dele, isso acabava levando a sexo quente. Se eu não tomasse cuidado, Chase me seduziria para não responder minhas perguntas e iríamos direto para a melhor parte.

– Foi? – repeti, tentando me manter firme. Graças a Deus estávamos na caminhonete dele e não no apartamento. Se a conversa estivesse acontecendo no meu quarto, estaria tomando um caminho dramaticamente diferente.

– Em teoria, ofereci ao seu irmão um empréstimo de longo prazo. O que ele fez depois disso eu não sei.

Assenti, mas não comentei nada. Minha mente estava tentando processar a situação, mas eu estava andando em círculos sem nenhuma ideia sobre o que sentir.

– James. – Chase me cutucou. – Tá brava?

Eu me virei em sua direção.

– Não sei?

Brava não era a palavra certa. Irritada, talvez. E uma guerra de outras emoções se alastrou em minha mente depois disso. A situação toda fez com que eu me sentisse vulnerável, e por isso hesitei em contar a ele desde o começo.

Considerando tudo, eu tinha perdoado Luke por fazer coisas muito piores – repetidas vezes. Coisas que fez sem pensar, coisas dolorosas e horríveis.

Isso distorceu meu senso de certo e errado para tudo. Não sabia se valia a pena ou não, ficar chateada. Em especial de algo bem-intencionado de alguém que só tinha sido carinhoso e prestativo.

– Estou vendo o que tá tentando fazer, mas não posso acreditar. – As últimas palavras tinham sido duras, mas o tom não. Passando a mão por meu cabelo, desmanchei os nós das pontas com nervosismo. Estava adiando um corte que eu não podia pagar, o que era irônico, dado o tópico em discussão.

– Se quer saber, sinto muito por ter feito as coisas pelas suas costas. – Esticando a mão para o console central, Chase pegou minha mão. Sua pele estava quente e áspera enquanto acariciava minha palma com o polegar, movendo-se para a frente e para trás.

– Agradeço o pedido de desculpas. – Meus ombros relaxaram em resposta à combinação de suas palavras e contato físico. – Quanto deu para o Derek?

– Quinze mil.

Perdi o fôlego. Tipo, quinze, seguido de três zeros?

– Carter. – Fiz uma careta. – É muito dinheiro. – Eu poderia viver com aquela quantia por muito, muito tempo. E, na verdade, vivia com muito menos que isso.

– Já gastei com coisas bem menos importantes.

Arregalei os olhos.

– Coisas que valiam quinze mil dólares?

– Bem, não – admitiu. – Sei que eu brinco dizendo que sou um idiota, mas sou responsável quando se trata de finanças. Não vou ser um daqueles atletas que torram o salário e acabam quebrados. Meu pai enfiou na minha cabeça a ideia de ser econômico antes mesmo de eu aprender a contar.

– Isso não é o que eu chamaria de ser econômico.

Mas a menção ao pai deixou muito mais difícil eu me irritar com ele. Sempre que o assunto surgia, indícios de vulnerabilidade afloravam. Como Chase raramente tocava nesse tema, eu não queria arriscar calar seus sentimentos.

– Quer entrar no assunto do dinheiro? – perguntou, com um tom gentil. – Porque podemos. Estou bem com isso, mas não quero fazer você ficar desconfortável.

Não me deixar desconfortável? Eu já me sentia assim. Comprimi os lábios, examinei meu prédio. A maioria das janelas estavam escuras. Um frio se infiltrava na caminhonete agora que o motor tinha sido desligado. Eu não tinha certeza do porquê estávamos ali ainda – do lado de fora – em vez de entrar, mas era difícil interromper a conversa agora que tínhamos começado.

– Não preciso de detalhes – falei, voltando a atenção a ele. – Só estou confusa.

– Vamos colocar nesses termos: esse tanto de dinheiro não é o bastante pra se preocupar. Eu juro.

– Quinze mil dólares é *muito* dinheiro, de qualquer forma – respondi, balançando a cabeça em negação.

– Não tenho como contestar isso sem entrar em detalhes. – Chase soltou uma mistura entre um suspiro e um rosnado de frustração, afundando mais no assento.

Eu não queria dar a impressão de que queria saber o saldo bancário dele, porque não era isso, então mudei de assunto.

– Por que não me procurou?

– Porque você falaria não.

Fiquei na defensiva e abri a boca para protestar.

– Fala que não é verdade.

Era verdade. Cem por cento verdade. E nós sabíamos.

Apertei a ponte do meu nariz, respirando fundo.

– Você é a pessoa mais teimosa que conheço. Realmente, tudo o que você quer você faz?

– Mais ou menos. Faço isso há quase uma década. – Ele olhou para onde nossas mãos estavam entrelaçadas no console de couro preto. Sua testa franziu, e ele respirou fundo antes de me olhar de novo. – Depois que meu pai morreu, minha mãe perdeu o chão. Eu já falsificava assinaturas em autorizações escolares e preenchia meu próprio registro de hóquei on-line quando tinha 12 anos. E tenho gerenciado tudo desde que me lembro.

Meu coração se apertou. Mais vulnerabilidade, mais dificuldade em ficar brava com ele. E, honestamente, isso explicava muito o jeito do Chase. Teimoso, independente e determinado.

Eu sabia, no fundo do meu coração, que meu namorado tinha feito isso porque se importava e achava que era a coisa certa. Era a parte de resolverem as coisas e me excluírem que me incomodava.

– Temos que ser um time. Sabe, tomar decisões juntos.

– Eu sei. – Chase puxou minha mão em sua direção. – Sei que alguns hábitos são difíceis de abandonar. Vou fazer o meu melhor. – Ele ergueu meu queixo e seus olhos castanhos prenderam os meus, tão cheios de atenção que meu coração quase explodiu. – Te amo.

– Eu te amo.

Ele se inclinou sobre o console, roçando os lábios nos meus por um segundo. Tempo suficiente para me derreter, mas breve o bastante para me deixar querendo mais. Chase sabia o que estava fazendo – aquele simples gesto me deixou muito menos irritada e muito mais distraída. Um arrepio percorreu meu corpo, não sei se pelo frio ou pelo beijo. Provavelmente ambos – a temperatura na picape tinha caído para um nível quase insuportável, e meus dentes estavam quase batendo. Como meu namorado estava a um milhão de graus o tempo todo, ele não tinha notado, mas eu estava me transformando em um bloco de gelo.

– Estou congelando – falei. – Vamos entrar e terminar de conversar. – Ou não, como eu suspeitava que aconteceria.

Assim que estávamos em segurança dentro do meu apartamento – com o luxo de isolamento térmico e aquecimento central –, tirei minhas botas e fui para a sala de estar, esperando que ele me seguisse. Chase me agarrou pelos quadris, me parando. Ele me fez recuar alguns passos, então encostei na parede da entrada. Seus lábios se esticaram em um sorriso irresistível.

– Sabe… – Ele abaixou a cabeça, depositando um rastro de beijos suaves ao longo do meu pescoço. Uma mão deslizou para meu traseiro e o apertou. Uma onda de calor percorreu meu corpo da cabeça aos pés, eliminando qualquer vestígio restante de frio –, eu poderia te compensar.

– Ah, é? Como?

Seus lábios viajaram pela curva do meu pescoço, pairando sobre minha orelha.

– Para isso você precisa ficar nua.

Chase

Ter Bailey em cima de mim na caminhonete tinha me instigado da melhor maneira possível, mas agora a coisa era real.

Tirei meu paletó e o joguei na cadeira da mesa, seguido pela minha gravata. Com meus olhos fixos nos dela, cruzei o cômodo até onde Bailey estava. Suas pupilas dilataram quando coloquei uma mão em suas costas, caminhando até a cama. A parte de trás de suas pernas bateu na borda do colchão e paramos.

Ela me lançou um olhar brincalhão, piscando os olhos para mim.

– Então, o que você tinha em mente?

– Não sei. O quanto tá brava?

– Ah, bem brava. – Ela franziu a testa e tentou me olhar sério, mas sua boca repuxou os cantinhos.

– Então acho que tenho muito trabalho pela frente. – Quando eu terminasse com ela, o assunto que conversamos seria esquecido. Eu me aproximei para beijá-la outra vez, mas parei quando minha namorada congelou, o sorriso desaparecendo.

– E quanto ao seu… – Ela mordeu o lábio inferior, dedos frios traçando com todo o cuidado da minha testa até meu queixo – …seu rosto. Dói? Eu não quero te machucar.

– Nada – neguei. – Estou prestes a ficar tão distraído que nem vou lembrar que tá assim. – Na verdade, já tinha me esquecido dos ferimentos. E do jogo. Agora, eu estava focado em uma coisa, e apenas nessa coisa.

Bailey abriu os botões da minha camisa social e passou para meu cinto e calças. Meus dedos pousaram na bainha de seu suéter preto e macio, e eu o puxei para cima, tirando-o por sobre sua cabeça. Seu sutiã preto rendado exibia seus seios perfeitos – e sugeria que ela talvez estivesse usando uma calcinha mínima combinando. Em um piscar de olhos, estávamos seminus, e eu estava todo duro, pronto para virá-la sobre a cama, mas eu tinha planos antes de deixar as coisas irem tão longe. Desabotoei o jeans dela e me ajoelhei para deslizar a calça por suas pernas, jogando-a, com as meias, para o lado. Eu estava certo – Bailey não estava usando nada além de um pedaço de renda minúsculo pra caralho. Como diabos tive tanta sorte?

– Adoro tirar sua roupa – murmurei, ainda de joelhos em frente a ela. – É como desembrulhar um presente.

Lentamente, fui subindo pelo seu corpo com beijos, acariciando a pele macia entre suas pernas. Com um toque suave, afastei-as ainda mais, segurando suas coxas internas para ter acesso. Ela soltou um suspiro suave e gutural quando meus lábios encontraram sua virilha, e eu a circulei sem tocar seu sexo. A respiração ficou ofegante, o corpo tenso. Minha namorada esperava que eu passasse ao seu ponto mais sensível, mas levei um tempo. Provocá-la era metade da diversão.

– É muito, muito sexy. – Corri um dedo pelo cós da calcinha preta.

Minha boca pousou em seu sexo, por cima do tecido fino, e Bailey soltou um suspiro suave, afundando as mãos em meu cabelo, me puxando para mais perto.

– Eu vesti pra você – falou ela, com a voz tensa.

– Nesse caso, podemos deixá-la vestida por mais um tempo. – Arrastei o tecido de lado e coloquei minha boca em seu clitóris, chupando suavemente.

Ela gemeu, jogando a cabeça para trás enquanto minha língua a lambia, e eu saboreava cada centímetro. Estar entre suas pernas era uma das minhas coisas favoritas no mundo.

– Chase… – Meu nome era um suspiro em seus lábios. – Eu acho que não consigo me segurar com você fazendo isso.

Com minhas mãos em seus quadris, puxei mais um pouco seu corpo para que se sentasse na beirada da cama, abrindo suas pernas. Ela se apoiou nos cotovelos, me observando com uma expressão atordoada. Houve um momento em que minha gata se sentia totalmente constrangida em se exibir assim. Agora, estava confiante na minha frente, e eu adorava. Às vezes, não conseguia acreditar na sorte que eu tinha.

Meu olhar recaiu sobre o cinto jogado no chão, ao lado dos meus joelhos, e eu o peguei.

– Confia em mim? – perguntei, segurando a tira de couro com as duas mãos.

Bailey pensou por um momento, e seus olhos se ergueram para encontrar os meus.

– Sempre.

Enfiei a ponta do cinto na fivela para fazer uma primeira algema, dando uma volta para fazer a segunda. Em um piscar de olhos, tínhamos um conjunto improvisado de amarras, e eu estava prestes a me divertir.

– Impressionante – falou.

– Fiz meu dever de casa.

Ela observou enquanto eu me levantava, olhando para mim com uma mistura de desejo e adoração. Eu a peguei e a reposicionei na cabeceira da cama antes de pegar seus pulsos em minhas mãos e prendê-los acima de sua cabeça.

– Verde? – perguntei antes de continuar.

Sua boca abriu em um sorriso.

– Verde.

Passei um pulso de cada vez no cinto e apertei para que ela não pudesse escapar. Assim que os pulsos foram presos, ajoelhei ao lado dela.

– Seu brinquedo tá carregado?

– Sim. – Os olhos dela se arregalaram ligeiramente.

Peguei o vibrador de silicone na mesa de cabeceira e liguei, ajustando a intensidade para uma das mais baixas. Isso significa que eu teria espaço para aumentar, deixando Bailey gradualmente mais e mais louca.

Dedos, língua e brinquedo, eu a provoquei até que ela tremesse. Bailey gritou, lutando contra as restrições do couro. Deslizei um dedo em seu calor úmido, seguido por outro. Ela se movia ao ritmo de minhas estocadas, a pélvis inclinando e suas paredes apertando meus dedos enquanto se aproximava do pico.

– Amarelo. – Ela soltou um suspiro.

Minha cabeça se ergueu em alarme. Logo desliguei o vibrador, rastejando por seu corpo para ver como minha namorada estava.

– Você tá bem?

O lábio de Bailey se projetou em um beicinho.

– Quero um beijo.

Reprimi uma risada. Como alguém poderia ser tão fofa e indisciplinada ao mesmo tempo?

– Pensei que estava ficando superestimulada.

– Não, eu estava ficando solitária aqui em cima.

– Bem, não podemos deixar isso acontecer. – Abaixando minha cabeça, levei meus lábios aos dela. Bailey suspirou quando minha língua invadiu sua boca, nós dois imersos em um beijo profundo.

– Quer que eu te desamarre? – murmurei, deixando um rastro de beijos em seu pescoço.

– Ainda não, mas espero que termine logo com essa provocação, ou vou perder a cabeça.

Ah, agora ela estava tentando dar ordens? Fofo.

Pressionei um polegar onde minha língua estava antes e desenhei pequenos círculos.

– Quer gozar?

– Sim – choramingou ela, bochechas rosadas e olhos vidrados.

– Peça por favor.

– *Por favor.*

Ligando o vibrador outra vez, coloquei-o em seu clitóris e seu corpo estremeceu. Levei meus lábios àquele feixe de nervos inchado, devorando-a com a ajuda do brinquedo. Com mais alguns golpes de língua, suas costas arquearam e suas pernas tremeram sem controle. Ela gritou, mais alto dessa vez, implorando para que eu não parasse, se desfazendo em minha boca. Seus quadris balançavam contra mim sem parar. Mais um tempo, e então Bailey desacelerou, pouco a pouco, até que parou de se mover completamente. Eu me afastei assim que tirei cada grama de prazer disponível, dando um descanso antes que ela ficasse muito sensível.

Apoiando-me em um cotovelo ao lado dela, estudei seu rosto.

– Ainda tá brava?

Sua pele estava úmida; sua expressão, atordoada; e seu cabelo, emaranhado. Ela sempre parecia tão gostosa depois de um orgasmo.

Ela riu.

– Não, mas estou me sentindo meio estranha por ter feito tanto barulho.

– Não se sinta. Foi tão gostoso que vou me lembrar disso todos os dias.

Erguendo a mão, soltei o cinto e liberei seus pulsos. Acariciei a pele delicada, inspecionando com cuidado qualquer sinal de ferimento ou hematoma e não encontrei nenhum.

– Mas, e você? – Ela passou os dedos por meu corpo e abaixo de minha cintura, e então envolveu o meu pau com a mão. O prazer disparou em resposta ao seu toque.

– Quero te virar de bruços nessa cama e te fazer gozar de novo.

Bailey me deu um sorriso malicioso e me empurrou de costas.

Seus seios roçaram minha pele enquanto ela beijava todo o caminho por meu peitoral e abdômen e se abaixava enquanto eu a ajudava a tirar minha boxer preta.

– Mas tô gostando da ideia de um desvio no caminho, se é o que tá sugerindo.

Ela me agarrou com uma mão e me levou para dentro de sua boca, a língua deslizando sobre a ponta de uma forma que enviou uma onda agonizante de euforia por meu corpo.

– Porra. – Respirei fundo, enfiando minha mão em seu cabelo longo. – Sua boca é tão gostosa.

Bailey cantarolou uma risada baixa, a boca vibrando contra mim. Depois de mais um ou dois minutos observando o que fazia, eu estava muito perto de perder o controle.

– Amor – apertei seu ombro –, vai ter que parar agora se quiser continuar depois.

– Tá bom – Bailey me olhou com um sorrisinho sacana.

Ela se arrastou até a cabeceira da cama, eu puxei sua calcinha para baixo com uma renovada sensação de urgência. Me ergui para pairar sobre ela mais uma vez, nossas bocas se chocando. Meu plano era transar com minha gata de quatro, mas, de repente, eu não queria nada mais do que ver seu rosto quando a fizesse gozar de novo.

A emoção tomou conta de mim, e deslizei o dedo por sua garganta, me afastando de nosso beijo.

– Olha pra mim.

Bailey me fitou e piscou para mim. Seu olhar permaneceu preso no meu, e ela respirou fundo enquanto eu metia nela. Estoquei uma, duas vezes, e ela soltou um gemido gutural, um som feminino e vulnerável, e, de alguma forma, quase me desfez.

Fiquei imóvel em cima dela, observando, inúmeros pensamentos girando em minha mente.

– O que tem de errado? – sussurrou ela.

Nada estava errado. Tudo estava certo. Tudo.

– Eu simplesmente te amo. – Abaixei minha cabeça e mordisquei seu pescoço com suavidade. – E amo trepar com você.

47

Juntos

Chase

Meu plano era voltar para a cama com a Bailey e dormir mais algumas horas. Tínhamos uma rotina bem legal, que costumava envolver acordar para um sexo matinal da melhor maneira possível. Mas não tinha esperança de voltar a dormir hoje. Apesar do treino exaustivo e dos inúmeros *burpees* que tive que fazer, eu estava animado.

Quando cheguei ao apartamento, pensei por um instante em avisá-la, mas minha namorada estava trabalhando tanto com as aulas, o jornal e a inscrição para a bolsa de estudos que achei melhor deixar que dormisse um pouco mais.

Isso me levou à decisão impulsiva de fazer o café da manhã. O único problema era que, por estar animado e faminto após o treino, me empolguei e superestimei a quantidade de comida necessária – mesmo para o meu apetite. E poderia contar com o Dallas para comer um pouco quando ele acordasse. E era provável que Shiv estivesse por aqui também, então era mais alguém para alimentar, o que ajudaria a acabar com o rango.

Tirei o bacon do forno e o coloquei em um descanso de panela para proteger o balcão. Quando me virei, Bailey estava saindo do quarto, ainda de pijama azul-claro, com o cabelo dourado e ondulado ainda bagunçado. Adorava vê-la logo pela manhã. Era muito mais agradável que eu ao acordar, sem mencionar que era mais fofa.

Bailey bocejou, grogue, examinando a cozinha.

– Você fez o café da manhã? – Seu olhar pousou na máquina de *waffle*, seus olhos arregalaram. – Meu Deus. Eu amo *waffles*.

– Então tá com sorte, porque faço os melhores *waffles* do mundo. Sou um homem de muitos talentos. E não falo somente do gelo… ou do quarto.

Sua boca se curvou em um sorriso irônico.

– Estou começando a entender isso. – Ela se aproximou para ficar ao meu lado e dar uma olhada nos *waffles* que eu estava cozinhando. Passei minhas mãos por sua cintura, chegando mais perto para um beijo rápido com sabor de creme dental de menta.

– Além disso, eu estava aceso demais pra voltar a dormir.

– Treino pesado? – Ela deu uns passos e se sentou em um vão livre do balcão ao meu lado. Tirando um elástico do pulso, a gata me olhou, esperando uma resposta e juntando o cabelo em um coque bagunçado.

– Não muito. Mas falei com o subgerente geral do Los Angeles no caminho de volta e fiquei bem empolgado, então... aqui estamos.

Apontei para a comida enfileirada no balcão. *Waffles*, bacon em fatias grossas, chantili, morangos e mirtilos. E uma garrafa de xarope de bordo de verdade, porque meu pai era canadense e me ensinou a fazer as coisas direito.

– Ah. – Ela subiu o timbre da voz, mas estava tensa. – Então a ligação foi boa?

Bailey estava fingindo estar animada por mim, isso era óbvio, mas dava para perceber uma pontinha de apreensão assim que o assunto veio à tona, como no dia em que conversamos sobre isso no almoço em Callingwood.

– Foi.

A máquina de *waffles* apitou, e eu me virei para tirar o último que fiz e colocá-lo no prato. Assim que a desliguei e larguei o pano de prato, me virei para minha namorada e diminuí a distância entre nós. Fiquei na frente da Bailey, com a mão em suas coxas.

Ela me olhou, a expressão neutra. Ela não era boa em disfarçar seus sentimentos. Suas pálpebras tremeram enquanto eu deslizava meus dedos por seu queixo e segurei seu rosto.

– Tá preocupada com o que vai acontecer com a gente se eu for embora, James?

– Mais ou menos. – A incerteza brilhava em seus olhos. – Você não tá?

– Acho que imaginei que faríamos dar certo.

Talvez eu tenha sido estúpido por pensar isso, mas não me ocorreu que havia uma alternativa. Eu não via a presença dela em minha vida como opcional. Espero que Bailey também sinta isso.

– Como? – perguntou, cabisbaixa, a voz hesitante.

Boa pergunta. Eu ainda não tinha pensado em detalhes. Estava focado em coisas que aconteceriam antes disso. Mas não parecia tão complicado – nós poderíamos nos visitar quando nossa agenda permitisse e conversar o tempo todo. Talvez essa linha de pensamento fosse ingênua, considerando que todos os caras que eu conhecia que tinham relacionamentos à distância contavam algo diferente. Ouvi histórias de terror sobre tudo, de brigas constantes até traição. Um dos meus antigos colegas de quarto viu uma foto da namorada beijando outro cara no Instagram. Mas nós não éramos assim, nenhum dos dois pensaria em uma atitude daquela. Essa era minha teoria, e eu estava certo dela.

– Acumulando muitas milhas em viagens de um lado para o outro? Chamada de vídeo? Teimosia pura? Sabe que sou especialista nessa última, então deve servir pra alguma coisa.

– Tá. – Ela olhou para o balcão e deu de ombros. Por que não acreditava que iria funcionar? Ou não queria tentar?

Escolher partir antes era o equivalente a assinar uma sentença de morte para o nosso relacionamento? Talvez eu estivesse errado sobre a habilidade dela de esconder seus sentimentos, porque, de repente, eu não conseguia mais entender o que se passava na cabeça dela.

Arqueei as sobrancelhas, tentando ler seu rosto.

– A menos que você não queira.

– Não. – Bailey negou, fechando as pálpebras por um momento antes de reabri-las. O brilho castanho em seu olhar pousou em mim, e sua postura era rígida, como se tivesse uma parede invisível erguida. – Eu só... não sabia se você ia querer. A distância parece difícil.

– Quem mais vai me aturar? – Provoquei, alisando seus braços. No entanto, tocá-la pode ter sido um erro, já que agora minha mente estava indo para outra direção.

Foco, Carter.

– Boa observação – respondeu, reprimindo um sorriso.

– Brincadeiras à parte, prefiro ter você comigo do que não ter, independentemente de como seja. Por que deixar uma situação temporária arruinar o que temos? Quero ficar contigo por muito mais tempo do que os nove ou dez meses que ficaríamos separados.

E lá vamos nós. Eu, novamente, supondo. Mas ela não se opôs, apenas assentiu, então talvez eu estivesse no caminho certo.

– Estamos juntos. Certo? – Meus pais eram loucamente apaixonados. Nunca pensei que encontraria isso antes de conhecer a Bailey. Agora que eu a tinha, iria lutar.

A tensão em seu corpo diminuiu, e enfim ganhei um sorriso aberto e genuíno.

– Você acha?

– Eu tenho certeza. – Olhei para o meu relógio. – Se corrermos, podemos dar um pulo na cama. E não seria pra dormir.

Minutos depois, eu tinha comida o suficiente para alimentar um pequeno exército em meu prato. Bailey sentou-se à minha frente com uma quantidade mais razoável, mas não me julgou por comer o equivalente a três refeições de uma vez.

– Ainda vai às compras com a Shiv?

– Vou. – Bailey espetou um morango com o garfo e passou no chantili. – Antes preciso trabalhar na inscrição pra bolsa. É pra segunda. O processo tá me matando. Redação, referências, revisão de histórico escolar e, então, se eu chegar à fase final, tenho que fazer entrevistas com um time inteiro de pessoas. – Ela fez uma pausa, a boca contraída em uma careta. – Eu deveria parar de falar assim. Não quero ter azar.

Mordi um pedaço de bacon e engoli.

– Acho que você vai conseguir. – Se alguém conseguisse, seria ela. Tinha um ótimo currículo, notas boas e era qualificada. Claro, eu não era parâmetro, mas mesmo levando isso em consideração, estava confiante de que Bailey estaria no grupo dos melhores candidatos.

– Você é um doce, mas sua opinião é tendenciosa.

– Se tem tantos obstáculos pra superar, a maioria das outras pessoas não tem chance. Já viu a média dos alunos?

– Vamos torcer – disse ela. – Vai ser um longo dia de compras, acho. Tenho a sensação de que a Shiv é daquelas que fazem compras como se fosse uma maratona.

Alerta de *spoiler*: de acordo com Dallas, ela era exatamente assim. E o cara gostava de fazer compras, então, se ele choramingava, deveria ser terrível. Além disso, quando Shiv morou conosco, ela voltou para casa carregada de sacolas mais vezes do que posso contar. Eu tropeçava nelas na entrada com frequência.

– Está animada com a festa?

– Sim. – Ela franziu os lábios e me lançou um olhar pensativo. – Quem vai com o Ty?

– A amiga dele, Zoe. Estão no mesmo curso.

– Eles são "amigos" como nós éramos? – perguntou, as sobrancelhas arqueadas.

Teve um tempo que pensei isso, mas a rotatividade de mulheres em seu quarto sugeria o contrário.

– Não. Ty não é do tipo que se compromete. Mas vai ser divertido. É um evento bem legal, a comida sempre é boa. Além disso, serei par da mais gostosa de lá, então é um bônus. – Fiz uma pausa, lembrando a festa anterior. – Você não foi com o Morrison ano passado, né?

– Não. – Ela respondeu em um tom de voz que indicava existir uma história por trás disso, mas não deu mais detalhes, e não quis perguntar. Era impossível que isso não tivesse a ver com o cara sendo um completo idiota.

– Imaginei. Eu teria me lembrado de você.

Bailey me deu um sorriso torto.

– Você teria dado em cima de mim?

O gelo é frio? Quero dizer, é claro que sim!

– No minuto em que te visse.

Não era só bajulação. Era uma conclusão precipitada, independentemente do lugar em que eu a encontrasse pela primeira vez – um baile de gala, XS, um jogo –, inferno. Eu teria dado em cima dela em um consultório médico. Com alguém como a Bailey, você dá seu tiro, não importa o cenário.

– Para irritar o Luke?

– Não. Porque você é gostosa pra caramba.

– Ah, seu par não teria gostado disso. – Ela deu uma mordida em seu *waffle*, me lançando um olhar provocante.

– Com quem acha que tá falando? Eu não tinha um par – respondi. – Ward e eu fomos juntos.

Naquele ponto, Dallas ainda não tinha conhecido Siobhan. E até a Bailey, eu não tinha conhecido uma garota que eu gostasse o suficiente para convidar para esse tipo de evento – ou para qualquer outra coisa. Pagar 625 dólares por pessoa também ajudou. Definitivamente Bailey não precisava saber disso, ou desmaiaria. Ou tentaria discutir como iria pagar. Não precisava tocar no assunto do dinheiro.

– Tenho certeza de que formaram um casal bonito.

– Claro que sim. – Pisquei, empurrando minha cadeira para trás e retornando ao balcão para encher o prato de novo. – Mas vai ser mais legal com você lá. Ano passado, fomos pra nos encontrar pessoalmente e apoiar uma boa causa. – Era sempre bom reencontrar ex-alunos de Boyd e conhecer jogadores da liga, além de técnicos, dirigentes e outras pessoas do meio.

– E ficou bêbado com bebidas caras do *open bar* chique?

– Quem, eu? – Brinquei, passando manteiga em um *waffle* e o encharcando com calda. – Nunca.

Bailey arqueou uma sobrancelha. Ela me conhecia muito bem. Antes dela, eu passava todos os fins de semana – e muitos dias da semana – fora de órbita. Meu fígado deveria estar feliz por tê-la conhecido. E meus pulmões. Minhas estatísticas também melhoraram com isso. Eu até que me virava bem antes, mas era impressionante a diferença que fazia não estar de ressaca o tempo todo.

– O Ward pode ter arrastado minha bunda bêbada pra fora do Uber. – Dei um sorriso envergonhado. – Não vou fazer isso de novo.

Bailey me olhou por cima do copo de suco de laranja, lutando contra um sorriso.

– Espero que não. Acho que não ia dar conta de te fazer subir os degraus da sua casa. Ia ter que dormir no quintal.

– Não se preocupe, quero estar sóbrio para o que vai acontecer depois da festa. – Puxei minha cadeira e me recostei, mantendo meu foco nela. Droga, eu não deveria ter deixado minha mente vagar de novo para o rumo que estava tomando.

– E o que seria? – Ela se inclinou sobre a mesa com expectativa, um cotovelo na mesa, e apoiou o queixo na mão.

– Sexo de gala.

Sua testa franziu de leve.

– E o que é sexo de gala?

– Exatamente o que parece – respondeu ele, arqueando as sobrancelhas de um jeito malicioso. – Sexo depois que estamos todos arrumados. Eu arranco sua roupa e bagunço seu cabelo e sua maquiagem impecáveis.

– Você tem um cérebro e tanto.

– Não é bem daí que as ideias vêm.

Ela riu.

– Eu sei.

Bailey

Pelo restante da semana, trabalhei para reunir todos os itens da inscrição para a bolsa, e, quando chegou sábado de manhã, todos os formulários estavam preenchidos, as redações estavam prontas; e as cartas e referências, reunidas. Perfeito ou não, eu tinha que tomar coragem e enviar em algum momento, em vez de editá-los pela enésima vez.

Como recompensa por terminar a tarefa, eu me permiti desviar um pouco do orçamento. Afinal, se eu tinha gastado em um vestido para meu jantar de aniversário desastroso com o Luke, podia justificar a compra de algo para a festa.

Antes de ir às compras, Siobhan e eu paramos no Starbucks para uma dose necessária de cafeína e açúcar.

– Tá congelando lá fora – disse Shiv, acenando para pegar um *macchiato* de caramelo gelado para mim, assim que o barista o deslizou pelo balcão. – Como pode beber algo frio?

– É que é melhor assim. – Dei de ombros. O café com caramelo frio superava o quente, não importava a temperatura externa. Eu não fiz as regras.

– Não entendi. – Siobhan estremeceu, dramática. – Eu praticamente preciso carregar um aquecedor pessoal pra onde quer que eu vá para sobreviver ao inverno.

– Essa é a Flórida em você. Vai acabar se adaptando aos invernos daqui.

– Ou congelar até a morte tentando. – Bufou.

Pegamos nossas bebidas, saímos do Starbucks e fomos para o shopping. Tinha acabado de abrir e já estava enchendo com os compradores de fim de semana. Fazer compras com multidão era um saco – na verdade, multidões em geral eram um saco –, e eu esperava não demorar muito. Chase me fez acreditar que não seria o caso, então me preparei psicologicamente para ficar ali o dia todo.

– Sei que disse que não ia comprar nada, mas acho que vou ter que ceder.

Shiv se virou para mim, seus olhos brilhando, um sorriso enorme se espalhando pelo rosto.

– *Sério*? Sim! Vai ser muito mais divertido se nós duas estivermos experimentando coisas.

A definição dela de diversão era bem diferente da minha nessa situação. Encontrar roupas que servissem direito e que não me fizessem parecer ainda mais gigante sempre foi um desafio, mas peças como vestidos eram, de alguma forma, sempre desproporcionais – ou no comprimento, ou na largura.

– Mas tenho um orçamento apertado. Tipo, muito apertado. Não posso passar desse valor. – Eu realmente não deveria gastar dinheiro, mas nós só vivemos uma vez, né? Mesmo que eu tenha que sobreviver de miojo.

– Amo um desafio. – Seus olhos verdes brilharam. – É pra isso que eu vivo. É como um *reality show*, em que temos que competir pra encontrar o melhor negócio.

Bom, porque a ideia de vagar pelas araras de uma loja sozinha era muito assustadora.

Parando no diretório do shopping, minha nova amiga examinou a lista de lojas, franzindo a testa em concentração.

– Certo, vamos traçar um plano de ataque. – Ela apontou para a tela, desenhando um caminho no ar com a unha roxa bem cuidada. – Vamos começar com as lojas de departamento. Encontrar vestidos. Depois voltamos pra comprar sapatos.

– Parece bom. Também preciso de sapatos. – Meu orçamento iria explodir, mas eu poderia usar os sapatos e o vestido de novo. Ou, pelo menos, foi o que eu disse para mim mesma. Sem parar.

– Para ser justa, não *preciso*. Meus pais vão me matar se virem mais uma loja de calçados na fatura do cartão. Mas Dal fez um pedido. – Shiv bufou uma risada, passando a mão pelo cabelo escuro. – Mais precisamente, ele pediu que eu comprasse sapatos bem sensuais.

Tomei um gole do meu *macchiato*, tentando traduzir.

– O que isso significa?

– Provavelmente um salto agulha. – Ela deu de ombros. – Você sabe, salto "me devora aqui e agora".

– Isso existe?

Agora eu estava questionando seriamente meus próprios sapatos. Eu tinha sapatos "me come"? Eu queria tê-los? Eu não tinha certeza de nada disso. No entanto, sabia a opinião de Chase sobre a segunda pergunta.

Os lábios vermelho-cereja de Siobhan se abriram em um sorriso perplexo.

– Como você é tão inocente? Pensei que Chase já teria te corrompido.

– Ah, isso já tá bem encaminhado.

Ela assentiu.

– Vamos começar na Nordstrom e seguir para a Bloomingdale's.

– Parece caro. – Respirei fundo, fazendo uma careta.

– Você tá com a rainha das prateleiras de promoção. Me dê seu orçamento e eu dou um jeito.

Passamos pelo mar de compradores até a Nordstrom. Siobhan olhou seu Apple Watch azul-marinho, franzindo o rosto pensativa.

– A propósito, você vai, hum, ao próximo jogo contra Callingwood? – Ela hesitou. – Tudo bem se não quiser, só estou pensando se devo falar com alguma das outras garotas para ter com quem me sentar.

Entrando na loja, fomos para a escada rolante no fundo.

– Sim, eu quero ir. – E vou até rezar antes.

– Ótimo. – Shiv acabou seu *mocha* e jogou o copo no lixo. – Você mudar de casa pode ter ajudado a dar um fim às picuinhas. Não tem como ser dramático igual à última vez, não é?

– Sim. – Assim eu esperava.

48

Descobrindo

Bailey

A SEMANA FOI PASSANDO com as aulas, jornal, jantar com Zara e Noelle, e tentando encaixar algum tempo com o Chase. Ênfase em *tentar*, porque o universo parecia determinado a fazer nossas agendas serem incompatíveis. Se não passássemos as noites juntos, nós nunca nos veríamos.

A preparação para a festa consumiu metade do meu sábado. Talvez por que Siobhan fez disso um evento. Pedimos comida no almoço, fizemos um esquenta – que no meu caso se resumiu a uma bebida pela minha intolerância zero a álcool – e ouvimos música enquanto nos aprontávamos. Eu até fiz cachos no meu cabelo, que era um evento que acontecia só duas vezes ao ano. A Shiv teve que me ajudar com a maquiagem, porque eu ainda não tinha dominado as habilidades finas necessárias para traçar uma linha com meu delineador. E, provavelmente, nunca dominaria.

Quando chegou a hora de sairmos, Chase entrou pela porta e seu queixo caiu.

– Com certeza eu deveria tentar uma rapidinha com você antes, por que agora eu poderia morrer esperando.

– Bem, olá pra você também.

– Acha que tem alguma chance de nós... – Seu celular vibrou, e ele olhou para baixo, franzindo o cenho. – Acho que não. O *timing* de Ward funcionou de novo.

◆ ◆ ◆

Quando Chase disse que a festa era "legal", foi um eufemismo enorme. Era de longe o evento mais luxuoso do qual participei. Para ser justa, a minha lista consistia principalmente de casamentos em família, o que, para um círculo suburbano de classe média, significava que eram realizados em salões comunitários e, às vezes, colaborativos. Eram bem legais, à sua maneira, mas não sofisticados como este.

Além de me sentir deslocada em um evento tão formal, eu fiquei muito impressionada. O lugar estava lotado de jogadores universitários, jogadores da

AHL, da NHL, e gerentes de times de todos os níveis. Tive que me segurar para não dar uma de fã várias vezes.

E a comida? O filé mignon estava incrível. O salmão de Siobhan também parecia ótimo, apesar de eu sempre preferir carne a frutos do mar.

Depois que o jantar terminou, Chase pediu licença para ir ao banheiro e buscar outra rodada de bebidas para nós, me deixando com Shiv, Zoe e Kristen. Siobhan e Zoe estavam imersas em um papo acalorado sobre designers de bolsa, o que me deixou com a Kristen.

Estranho.

Ficamos em silêncio por um momento e aproveitei para examinar o salão em busca de rostos familiares, tentando encontrar uma desculpa para sair. Para minha consternação, os únicos que reconheci foram o meu ex e o Paul. Olhei rápido para o outro lado, uma pontada de náusea quando notei o olhar de Luke em mim do outro lado do salão, atento.

Acho que estava sem opções. Algo em Kristen me deixava desconfortável, mas ainda era melhor do que o Luke. Dadas as circunstâncias, eu faria um esforço para ser amigável.

– Kristen, né?

Ela olhou para mim, e uma leve carranca passou por seu rosto antes que a garota assumisse uma expressão mais neutra.

– Sim. Você é Hailey? Hannah?

– Bailey. – Ela já tinha me visto várias vezes. Nesse ponto, a atitude dela parecia nada além de passivo-agressiva.

– Certo.

– Estuda na Boyd com os rapazes?

– Sim.

Infelizmente, o resto das minhas tentativas de puxar papo foram respondidas do mesmo modo. Eu teria ficado melhor falando com a orquídea no centro da mesa.

Felizmente, Shiv e Zoe terminaram a conversa sobre moda um minuto depois e puxaram um assunto que envolveu toda a mesa sobre o último jogo dos rapazes, que eu infelizmente tinha perdido. A partir daí, o papo fluiu muito melhor e dissipou a maior parte da tensão.

Então, Shiv começou a contar os momentos mais engraçados e dignos de nota. Teve algumas verdadeiras joias, como a vez em que um cara de um time adversário tentou brigar com o Chase, tropeçou e caiu de bunda no chão antes mesmo de a briga começar. Outra vez, o arremesso de Dallas atingiu as bordas da pista, ricocheteou e acertou a rede do time adversário. E Ty foi expulso de um jogo na temporada passada depois de entrar em uma disputa com muitos empurrões com um jogador que deu um golpe baixo em Dallas.

Enquanto eu fazia o meu melhor para prestar atenção, a pele na parte de trás do meu pescoço formigou. Olhei para cima, esperando ver Chase me observando de perto. Mas era o Luke. De novo. Imediatamente desviei, fingindo que não o tinha visto. Porque eu queria não tê-lo visto. Eu mal podia esperar que ele se formasse nessa primavera para que nunca mais precisasse vê-lo.

Chase

No meio da noite, eu tinha conseguido evitar qualquer desentendimento com o Morrison. As coisas estavam um tanto estranhas com a Kristen, mas ela estava sendo amigável o suficiente com a Bailey. Eu tinha esperança de que tudo continuasse a correr bem.

Na volta do banheiro, fui arrastado para uma conversa com uns caras dos Bulldogs – Palmer e Reed, além de alguns outros que não eram uns merdinhas. Começamos falando sobre estatísticas, o que logo virou um debate animado sobre qual jogador da NHL tinha sido a maior decepção da temporada até agora. Era Hancock, é claro. Mas tente dizer isso a eles.

Quando enfim me afastei, Bailey estava em nossa mesa conversando com Shiv e Zoe. Shiv inclinou a cabeça para trás, gargalhando, enquanto Bailey cobria a boca, seus ombros tremendo de tanto rir. Como ela estava adorável naquele vestido preto. Droga! Quem diria que costas poderiam ser tão sensuais? Com aquele decote tão baixo e toda aquela pele à mostra, minha mente foi invadida pelos pensamentos mais safados. Mas, para ser justo, minha namorada sempre conseguia me fazer pensar essas coisas.

Talvez eu possa pedir para que ela fique com aqueles sapatos mais tarde.

Meu olhar permaneceu em Bailey por outro segundo. Então me lembrei de que supostamente deveria levar bebidas. *Foco na missão, Carter.*

Continuei passando pelos grupos de mesas, seguindo para o bar do canto. Conforme me aproximava, avistei Morrison com uma bebida na mão, observando minha namorada como um perseguidor. Ele estava afastado do balcão, fingindo olhar para o celular e não enganando ninguém, porque seu olhar estava colado na Bailey.

Só podia ser brincadeira.

Ele tinha uma acompanhante? Sophie, ou Sophia, algo assim? Por outro lado, duvidava que uma companhia o impediria de ser um pervertido. Provavelmente secaria James bem na frente da própria namorada.

Chamei a atenção do barman, fiz meu pedido e coloquei umas notas no pote de gorjetas enquanto esperava.

Então, coloquei aquele filho da mãe no lugar dele.

– Nem pense nisso. – Eu me encostei na bancada de madeira, de frente para as costas de Morrison.

Ele girou na minha direção e deu uma olhada arrogante.

– Do que tá falando? É médium ou algo assim?

Não precisava ser um médium para saber que ele era um cretino.

– Minha namorada. – Acenei para a Bailey. – Faça um favor a si mesmo e fique bem longe.

– Da última vez que verifiquei, este era um país livre.

– Não. Para você, não é.

– Calma, psicopata. – Ele zombou, mas uma pitada de medo brilhou em seus olhos azul-claros. Ele fingiu ajeitar o terno para evitar meu olhar penetrante. – Talvez eu queira consertar as coisas com ela.

– E talvez eu seja a porra da Mary Poppins.

Ele só queria uma de duas coisas: machucar a Bailey ou conquistá-la de volta. A primeira não aconteceria sob minha supervisão, e a segunda não aconteceria nesta vida, nem na próxima, o que significava que não havia motivo para que interagissem.

Os olhos de Luke dispararam para a esquerda, onde Paul estava parado com alguns de seus companheiros de equipe – uns canalhas. Aprumou a postura, endireitando os ombros. Certo. Ele estava se sentindo corajoso agora que sabia que tinha reforços por perto. Pena que eu não me importava com isso.

– Melhor cuidar da própria vida.

– Cara – falei, rindo. – Bailey é a definição da minha vida.

O barman trouxe minha cerveja e o drinque de vodca da Bailey. Agradeci antes de me virar para encarar Morrison novamente.

– Finja que tem uma ordem de restrição contra você. Porque deveria ter. Entendeu? – perguntei, arqueando minhas sobrancelhas. – Eu sei que você é um pouco lento, então quero ter certeza.

Ele tomou mais um gole de sua bebida. Suspeitei que o álcool estava deixando-o ainda mais desagradável que o normal. Difícil dizer, acho, quando o padrão já era tão alto.

– Até onde sei, Bailey é adulta e capaz de tomar suas próprias decisões. – Sua voz transbordava uma arrogância que combinava com seu rosto presunçoso. Eu apostaria uma boa grana que era o jeito que ele falava com garçons em restaurantes também. Idiota.

– E ela tomou suas próprias decisões. Repetidamente. Você só não as respeita. – Meus dedos ficaram brancos quando apertei as bebidas que estava segurando.

Ele sempre era um covarde quando estávamos em ambientes onde achava estar a salvo da minha ira. A cada palavra que proferia, a cada respiração que dava e a cada segundo que aquele cara continuava existindo, a raiva constante que eu sentia pelo Morrison se aproximava perigosamente de uma explosão.

Tê-lo ao alcance das mãos não ajudava em nada a controlar meus impulsos. Eu queria socá-lo – e já fazia tempo. Mas precisava me segurar até o próximo jogo. Seria uma satisfação imensa destruí-lo como da última vez.

Dando um passo mais perto, abaixei minha voz.

– Sei sobre sua pequena façanha com o carro, seu pedaço de merda. Eu deveria arrastar sua bunda pra fora agora mesmo só por isso.

– Sabe, toda essa atitude de durão é muito vulgar – disse Luke. – Mas acho que combina com o seu terno barato.

Tenho certeza de que ele não reconheceria um Brioni se eu o estrangulasse com um. Morrison era um exemplo ambulante de como o dinheiro não pode comprar bom gosto, ou classe. Mas tanto faz. Discutir sobre roupas de grife com o cara seria uma perda de tempo. Eu não deixaria que ele estragasse a minha noite. Ou a dela. Então eu o manteria na coleira por enquanto. Desde que não se aproximasse da Bailey.

Respirei fundo, me firmando.

– Usa a cabeça e fica longe dela. Nenhum de nós quer uma cena. Afinal, estamos aqui pelas crianças.

– Exatamente. – Luke sorriu, tomando um gole do seu uísque. – Nem você seria grosseiro o suficiente pra começar algo hoje à noite.

– Olha, é aí que você se engana – disse eu. – Não começo as coisas. Eu termino.

– O que diabos quer dizer com isso? – Ele fez uma careta.

– Mexe comigo pra ver o que acontece.

Eu me virei e caminhei em direção à minha garota.

49

Sorte extra

Chase

MINHA ESPERANÇA de que a noite continuasse tranquila talvez tenha sido ilusória. Primeiro, minha conversa com o idiota do Morrison, depois Kristen deu de cara comigo. Literalmente. Quando me virei para sair do bar, a garota esbarrou direto no meu peito. Considerando que eu estava parado ali o tempo todo... seria muito difícil não me ver, parecia suspeito.

– Kristen. Ei... – Dei um passo para trás para colocar alguma distância entre nós. Bailey estava em nossa mesa, de costas para mim, absorta em uma conversa com a Shiv e a Zoe. Onde diabos estava o Penner?

Ela estava me olhando de forma maliciosa, e eu estava tentando ignorar.

– Como vai? – ela ronronou.

– Bem. – Era difícil, mas jurei fazer um esforço para ser civilizado. – E você?

– Ótima. – Ela tomou um gole de sua bebida, envolvendo o canudo com os lábios vermelho-cereja de uma forma que pretendia ser sugestiva, mas que me deixou muito mais desconfortável.

– Então, você e Penner, hein? Bom pra vocês.

Penner era um cara decente, o que provavelmente significava que ela o comeria vivo. Pensei em avisá-lo, mas o cara provavelmente não me ouviria, e me meter assim tinha o potencial de causar um drama do qual eu não precisava. Era mais fácil evitar aquela história.

Kristen olhou para onde ele estava com um grupo de caras do nosso time. Seu rosto estava impassível.

– É, acho que ele é bom.

Droga, isso foi frio. Considerando que Penner a trouxe como acompanhante esta noite, eu esperava que ela ao menos gostasse dele um pouco.

– Como tão as coisas com sua namorada? Hailey? – Suas sobrancelhas arqueadas se uniram. – Kailey?

– Bailey – disse eu, pela milionésima vez. – Ela é ótima.

Uma expressão de desgosto passou por seu rosto, e a garota forçou um sorriso sem graça.

– Ah, legal.

Houve uma pausa estranha. Foi desconfortável até para mim, e eu tinha um limite alto de desconforto. Isso acontecia com a mesma frequência com que eu errava – ou seja, quase nunca.

Atrás de Kristen, Luke estava em pé na frente de sua mesa com Paul e os outros Bulldogs. Seus olhos estavam em nós, e ele nos observou por um momento, com uma expressão arrepiante. Ótimo. Era só o que me faltava – Morrison pensando que eu estou conversando com outras garotas na frente da Bailey.

Já em movimento, girei para longe da Kristen.

– Vou pra mesa com as bebidas. Vejo você depois. – Infelizmente.

Nota mental: matar o Ty por colocá-la na nossa mesa.

◆ ◆ ◆

Quando voltei para a nossa mesa, Dallas e Ty também estavam lá. Ty estava com o braço em volta da cadeira de Zoe enquanto ela tinha uma conversa animada com Siobhan.

Coloquei nossas bebidas na mesa e puxei a cadeira ao lado da Bailey. Fiquei esperando se me perguntaria algo sobre minhas interações com o Morrison ou a Kristen.

– Obrigada. – Bailey pegou o drinque e tomou um gole. – Ouvi a história da vez que você derrubou um cara sem encostar um dedo nele.

– Está falando do Paul? – Espero que aquele idiota repita a cena quando jogarmos contra eles daqui a alguns dias.

– Não – disse Shiv. – Quando jogaram contra o Blizzards na temporada passada. O cara tentou brigar com você, escorregou e caiu.

– Ah, sim! – Eu ri.

Foi incrível. Ele me acertou com o taco e saiu patinando, os árbitros não viram. Quando o acertei em resposta, que era uma coisa razoável a se fazer, ele ficou irritado e começou uma briga. Mas, antes que a gente trocasse golpes de verdade, o cara perdeu o equilíbrio, caiu e teve uma concussão. Eu adorava quando as pessoas vinham com jogo sujo para o meu lado. Evitar uma punição por briga também foi um bônus.

Bailey me deu um sorrisinho irônico, balançando a cabeça em negação.

– Eu sempre soube que você era desonesto, mesmo antes de te conhecer.

– Acho que a palavra certa é genial.

Bailey soltou uma risadinha. Do outro lado da mesa, Dallas bufou e revirou os olhos, mas não disse nada.

– Bem, preciso ir ao banheiro. – Bailey se levantou e empurrou a cadeira para trás. – Já volto.

Com Morrison aqui, fiquei tentado a ir junto, mas isso seria um exagero. Eu a observaria de longe como um namorado normal e nada superprotetor faria. Enquanto Bailey cruzava o salão, examinei a multidão, mas não consegui localizar o Morrison.

Enquanto esperava ela voltar, me virei para falar com o Ward por um momento.

– Que horas quer ir embora?

– Depende da Shiv. – Dallas deu de ombros.

– Olha – chamou Ty, às minhas costas – tenho certeza de que Greenfield tá dando em cima da sua namorada.

Estiquei o pescoço, examinando o salão sob o brilho fraco dos lustres de cristal. Em uma lateral, perto de uma árvore artificial coberta de luzes cintilantes, avistei pernas longas, longos cabelos loiros e aquele vestido que eu queria arrancar mais tarde. Bailey estava sendo paquerada por Mason Greenfield, atacante do Boston Storm, da NHL.

Ele estava com os cabelos escuros penteados para trás, um terno ridiculamente chamativo e luxuoso e um relógio de ouro tão caro que eu quase conseguia ver as horas do outro lado do salão. Um clichê ambulante de novo-rico para atrair garotas que, francamente, funcionava na maioria das vezes. Já era o suficiente ser um atleta profissional, a decoração da vitrine era só um complemento.

E, com certeza, estava dando em cima da Bailey. Ele deveria estar bem ciente de que ela estava ali com alguém, mas não se importava. Greenfield tinha se formado na Boyd, na primavera passada, e fazia com que eu parecesse um maldito santo.

– Parece que sim.

Acho que não fui o único que gostou do jeito que aquele vestido caía nela.

– Ela acha que ele tá sendo legal, né? – murmurou Shiv, observando-os.

– Provavelmente. – Tomei um gole da minha cerveja.

Bailey me disse que não levava muitas cantadas. Mas – deixando de lado o fato de ser tendencioso – ela era atraente. Tinha longas pernas, cabelo lindo, um sorriso matador e olhos cativantes. O pacote completo.

Então passei mais tempo com ela e descobri que, na maioria das vezes, minha namorada não percebia quando um cara queria pegá-la. Ela achava que o sujeito estava sendo amigável.

Minha linda, doce e avoada namorada.

– Você vai ao resgate? – perguntou Dallas.

– Vou esperar um segundo pra ver o que acontece.

Eu não queria ser um namorado pegajoso que fica louco de ciúmes a cada momento, embora, por dentro, eu meio que ficasse. Quer a Bailey percebesse ou não, ela atraía muita atenção masculina. Eu não gostava, nas, no final das contas, confiava nela. Sei que nunca me trairia e que, em geral, sabia se virar. As únicas vezes que me meti foi com o ex-namorado ou quando ela parecia desconfortável.

Greenfield se aproximou um pouco demais para meu gosto e disse algo a ela. Bailey balançou a cabeça em negação, e o que parecia ser a palavra "namorado" saiu de seus lábios, e, embora eu não pudesse ouvir o papo, vi que ele inclinou a cabeça e respondeu. Conhecendo Greenfield, a resposta provavelmente foi algo como "meu pau é maior". Ela desviou o olhar e examinou a multidão, os olhos fixos nos meus. Chegamos ao nível *desconfortável*.

– Essa é a minha deixa. – Eu me afastei da mesa e atravessei o salão para me juntar a eles.

Quando eu me aproximei, vi um alívio estampado no rosto da Bailey. Eu provavelmente deveria ter me metido antes. Difícil avaliar, já que estava tentando não agir como um homem das cavernas. Se fosse por mim, eu nunca sairia do lado dela. Ou deixaria qualquer outro cara a olhar. Aí minha tentativa de ser contido.

– Que bom ver você. – Acenei para ele. Nossa, cara, eu podia sentir o perfume dele de onde eu estava.

– Carter! Há quanto tempo. – Ele estendeu a mão, me oferecendo um aperto firme. Muito mais do que o necessário. Era assim que faríamos agora? Talvez pudéssemos pegar uma régua na sequência.

– Vejo que conheceu minha namorada. – Deslizei um braço em volta da cintura de Bailey, dando um leve aperto.

A compreensão surgiu em seu rosto.

– Conheci. Você é um cara de sorte.

– O mais sortudo de todos.

Seu olhar disparou de um lado para o outro entre nós, como se o cara estivesse tentando encontrar o caminho para sair de um beco. E, para o Greenfield, era justamente esse o cenário.

– Bem, vou socializar um pouco. Mas foi bom conhecer você, Bailey. E foi ótimo vê-lo de novo, Carter.

Ele não quis dizer essa última parte.

– O mesmo pra você.

Nem eu.

Com um aceno de cabeça, Greenfield se virou e passou ao nosso lado, indo para o bar para encontrar o próximo alvo em potencial. Fiquei curioso para saber se conseguiria furar os olhos de outro cara naquela noite. Inferno, ele bem que podia tentar a acompanhante do Morrison.

– Obrigada. – Bailey me olhou com um sorrisinho. Seus cílios pareciam longuíssimos, emoldurando seus olhos redondos cor de avelã de uma forma que eu não conseguia desviar minha atenção. Às vezes, como agora, eu me perdia um pouco nela.

Ela mudou o peso do corpo, estremecendo e me trazendo de volta à realidade.

– Meus pés estão ficando cansados. Não estou acostumada com saltos. Podemos sentar?

– Claro. – Passei a mão por suas costas, um pouco mais abaixo do que era apropriado, e a guiei pelas mesas até chegarmos à nossa, no centro. Todos tinham se afastado, provavelmente para dançar ou para pegar bebidas, deixando a mesa vazia. Puxei a cadeira de Bailey para que ela se sentasse antes de afundar na minha, ao seu lado.

Coloquei meu braço no encosto da cadeira, descansando a mão em seu ombro. Ela se moveu para mais perto, aninhando-se contra meu corpo, e seu perfume de baunilha e especiarias me atingiu como uma droga, mexendo muito com meu autocontrole. O vestido também não ajudou. Ele abraçava cada curva de uma maneira que me deixou com inveja do tecido. Eu queria levantá-lo e tomá-la ali mesmo, apoiada na mesa.

– O que o Greenfield disse?

– Hum… ele me chamou pra ir embora com ele.

Claro. Bem a cara do Greenfield.

– Por quê? – Ela inclinou a cabeça, com um olhar questionador.

– Porque vi sua expressão e sei como ele é.

Passei o braço de seus ombros para sua coxa, onde deixei minha mão repousar. A calor de sua pele irradiava através do tecido fino, derretendo o resto do meu autocontrole.

– Não esquenta. – Seus lábios se curvaram. – Não foi nada comparado às coisas que você sussurra em meus ouvidos em público o tempo todo.

Espero que não, porra. Eu já disse umas coisas bem sacanas para ela. Se outro cara falasse com ela daquele jeito, eu arrancaria a língua dele.

– Bom mesmo.

Sob a toalha de linha branco, deslizei minha mão por sua perna e mergulhei sob a bainha de seu vestido. Bailey respirou fundo enquanto eu passava meus dedos pela pele macia e sedosa da parte interna de sua coxa. Pena que não era minha boca. Mais tarde…

– Com ciúmes, Carter? – Sua voz ficou ofegante, levando minha mente para lugares ainda mais poluídos.

– Só queria garantir que ele fosse minimamente respeitoso.

Meus dedos viajaram mais uns centímetros, perto de atingir meu objeto de desejo. Bailey mordeu o lábio, cruzando as pernas e prendendo minha mão com a coxa para que eu não pudesse me mover mais para cima. Ela me lançou um olhar de soslaio, lutando contra um sorriso. Eu definitivamente a tinha deixado com tesão, ficando duro no processo. Havia um armário de casacos em algum lugar por perto, ou...?

– Só pra constar, Senhor Homem das Cavernas, peguei várias garotas te observando esta noite. Uma delas quase te comeu com os olhos.

Provavelmente Kristen. Ela me secou de cima a baixo. Estranho.

Bailey levou isso na esportiva. Eu não teria ficado feliz no lugar dela. Para falar a verdade, nem eu estava confortável com aquilo.

– Tem outras garotas aqui?

– Boa jogada. – Ela sorriu. – Você deve estar querendo contar com a sorte hoje à noite.

– E eu já não ia ter sorte antes?

– Ah, eu quis dizer *muita* sorte.

Que droga. Seria um milagre se eu saísse desse evento sem ser preso por atentado ao pudor.

– E o que significa ter *muita* sorte? – Abaixei minha voz, inclinando meu corpo para me aproximar dela. Qualquer um que voltasse para nossa mesa antes que eu descobrisse a resposta receberia um olhar mortal.

O rosto de Bailey se iluminou sob a luz quente.

– Não sei. O que quer que signifique?

– Tem certeza de que quer saber a resposta pra isso?

O que eu *não* quero que significasse? Com certeza essa lista seria muito mais curta.

– Diga e veremos. – Ela se inclinou, trazendo seu ouvido mais para perto da minha boca. Deus, como ela cheirava bem. Talvez pudéssemos encerrar a noite mais cedo. Tipo, agora.

– Peguei aquelas algemas de velcro que vimos outro dia.

– Hum. – Ela tentou mostrar indiferença. – Talvez, se você for legal.

– Eu sempre sou legal, meu bem.

◆ ◆ ◆

Infelizmente, para mim, depois de algumas horas e três bebidas, Bailey não estava em condições de ser amarrada – ou de fazer muita coisa além de desmaiar.

Quando Siobhan entregou a última bebida para minha namorada, tive um palpite de que isso poderia deixá-la louca. Não disse nada, mas talvez devesse ter dito, porque, quando saímos do táxi, a bebida já tinha feito efeito, e ela mal conseguia andar em linha reta. Tropeçou na calçada. Duas vezes.

Eu a amparei com o braço na parte inferior das costas enquanto subíamos a escada.

– Tá se sentindo bem?

– Tô, por quê? – Bailey desequilibrou enquanto subíamos o último degrau.

– Calma.

Eu estava tendo um *déjà vu* da noite na XS, embora as circunstâncias fossem muito diferentes. Melhor em todos os sentidos – eu estava com a Bailey agora e ninguém estava vomitando. Pelo menos, ainda não.

– Estou bem – insistiu.

Eu a levei até minha cômoda e a soltei quando tive certeza de que Bailey tinha recuperado o equilíbrio.

– Você vai ficar bem assim que dormir, minha fraquinha pra bebida.

– Dormir? – Ela olhou para cima, fazendo um beicinho que era adorável e triste ao mesmo tempo. – Não achei que a gente fosse dormir. Você disse que a gente podia...

– Eu te amo, mas está a poucos minutos de ver tudo girando. Não vai ser bom pra nenhum de nós.

Bailey fez um som de aborrecimento, como se soubesse que eu estava certo, mas não queria admitir. Beijei o topo da sua cabeça e fui ao banheiro para escovar os dentes. Enquanto ela se preparava para dormir, fui à cozinha pegar dois copos de água. Quando voltei, Bailey estava na cama, com as cobertas puxadas até o queixo, parecendo acabada.

Ela rolou para o lado, e o cobertor se moveu um pouco, revelando um pedaço da minha camiseta vermelha dos Falcons.

– Eu me sinto nojenta.

– Vai estar melhor de manhã. – Coloquei a água na mesa de cabeceira e deslizei para a cama ao lado dela.

– Aí vou ficar de ressaca.

– Beba um pouco. Vai ajudar. – Entreguei o outro copo de água, e ela bebeu metade antes de colocá-lo do seu lado na cama. Quando se acomodou embaixo das cobertas, puxei-a para mais perto, e ela deslizou para meus braços, aninhando-se em meu peito.

– Arruinei sua noite.

– De jeito nenhum. É claro, não vai escapar de ser amarrada outro dia, mas isso pode esperar. Você se divertiu?

– Sim... – Ela gemeu, cobrindo os olhos. – Mas por que eu tô tão bêbada? Nem bebi muito.

– Acho que você não bebe muito.

– Nem você.

Não mais. Dava para contar nos dedos desde que estávamos juntos. Talvez eu ainda tivesse uma tolerância residual.

– Eu também sou, tipo, o dobro do seu tamanho.

– Nem um pouco. – Bailey riu.

– Tá, uma vez e meia seu tamanho.

Ela se aninhou mais a meu lado, soltando um longo suspiro. Conforme se aquietava, sua respiração ficou mais lenta e uniforme, como se tivesse adormecido, mas, um momento depois, Bailey falou de novo.

– Minha orientadora acadêmica vai falar bem de mim no comitê de bolsas. Ela tem muita influência como chefe de departamento. Além disso, recebi uma ligação sobre uma entrevista por videoconferência para aquele estágio... – Ela parou. – Eu não ia te contar sobre nada disso porque estava com medo de dar azar. Mas, se você for embora, talvez pelo menos essas coisas deem certo.

Meu peito apertou e senti uma pontada no coração. Isso devia estar girando na cabeça dela, mas eu não sabia o que fazer para ajudar. Ainda nem era uma coisa certa.

– Não se preocupe com isso de eu ir embora por enquanto, James.

– É difícil não me preocupar.

Beijei sua testa, apertando o abraço.

– Estou aqui agora, certo?

– Eu sei.

50

Dia de jogo

Chase

As FAIXAS DE LUZ dourada da tarde filtravam-se pelas frestas entre minhas persianas, rudemente me lembrando de que era meio-dia e eu estava bem acordado. Soltei um suspiro pesado de frustração, olhando para o teto branco. A casa estava silenciosa; o ar, parado. Os caras deviam estar desmaiados – como eu deveria estar. Como queria estar.

Infelizmente, eu estava vibrando com excesso de energia desde o momento que acordei esta manhã. Minha raiva antiga, mas controlada, em relação a Morrison se misturou a um toque desagradável de ansiedade, tornando impossível relaxar, muito menos dormir. Odiava me preocupar, quase nunca me preocupava e me ressentia profundamente por estar com esse sentimento. Mas isso era pessoal de uma forma que nenhuma disputa havia sido antes.

Eu ia vencer ou morrer tentando.

Provavelmente desmaiaria de cansaço assim que o jogo acabasse, mas, contanto que saíssemos vitoriosos, eu não me importava.

Por causa das aulas e da preparação pré-jogo, não consegui ver a Bailey. Tinha relaxado na minha rotina rígida pré-jogo nos últimos tempos, mas não podia correr riscos hoje. Ty, Dallas e eu executamos todos os rituais supersticiosos que tínhamos, por menores ou mais bobos que fossem. Até mesmo os mais idiotas, como Dallas usando seu par de meias da sorte ou decidir quem de nós ia dirigir até o rinque.

Se houvesse alguma chance de isso pender a balança a nosso favor, nós tentaríamos.

Bem, exceto pelo meu cochilo pré-jogo – e não por falta de tentativa. Eu amava dormir, nunca tive problema de insônia e, normalmente, estaria em sono profundo há uns vinte minutos. Em vez disso, eu estava obcecado por jogadas e fantasiando sobre infligir danos corporais graves ao Morrison. Seria outro tranco em espaço aberto ou o esmagaria contra as barreiras do rinque? Planejei os dois cenários, pronto para agir assim que surgisse a oportunidade. Com sorte, eu o tiraria do jogo de novo e não teria que ver seu rosto estúpido e presunçoso por um momento a mais do que o necessário.

O sono fugiu do meu alcance enquanto minha raiva subia mais um nível. Porra, o Morrison estava vivendo em minha cabeça sem pagar aluguel quando eu deveria estar descansando e recarregando as energias. Ou, pelo menos, fantasiando sobre a Bailey nua.

Acabei saindo da cama e afundei na cadeira da escrivaninha, pegando meu livro de Economia Urbana. Estudar era a última coisa que eu queria fazer antes de um jogo – e era algo que nunca tinha feito –, mas eu não sabia mais o que fazer comigo mesmo.

Aguentei três minutos antes de desistir e procurar estatísticas de hóquei on-line, reorganizando minhas linhas no *Fantasy*. Eu ainda estava na liderança e queria continuar assim. O jogo ocupou meu cérebro inquieto por um tempo, mas mesmo assim o zumbido baixo de ressentimento permanecia no fundo da minha mente.

Passos soaram no corredor, me trazendo de volta à realidade.

– Pronto? – Dallas bateu à porta.

Olhei para o relógio na minha mesa, a eletricidade correndo pelas minhas veias. Hora de ir.

– Sim! – gritei. – Já desço.

Com o corpo zumbindo, levantei-me, empurrei a cadeira e peguei minhas coisas ao sair. Corri escada abaixo e encontrei os caras esperando no corredor, seus rostos tensos. A atmosfera estava tão pesada que era como se estivéssemos indo para um funeral em vez de um jogo.

– Prontos pra botar pra foder? – perguntei.

– Sabe que sim.

– Sei que você quer esmagar o Morrison – disse Tyler com cautela –, mas não deixa ele tirar sua cabeça do jogo.

– Não vou – respondi.

◆ ◆ ◆

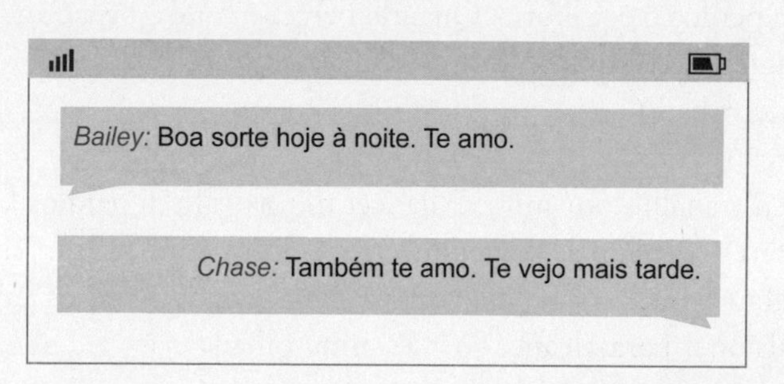

◆ ◆ ◆

Enquanto o relógio mostrava o tempo para o lançamento do disco, Miller nos fazia um discurso motivacional lendário no vestiário que nenhum de nós precisava – estávamos mais que animados para jogar contra nosso maior rival. Quando saímos, estávamos prontos para um banho de sangue.

Outra overdose de adrenalina atingiu minhas veias assim que vi o gelo. Tanto que temi ter uma parada cardíaca antes mesmo de o jogo começar. Saber que Bailey estava assistindo me fazia querer vencer muito mais.

Esquece isso. Eu não *queria* ganhar – eu precisava.

Dallas e eu entramos para um turno contra a primeira linha da Callingwood. Morrison, é claro, não estava em lugar algum porque devia estar na terceira linha outra vez. Conforme o jogo avançava, porém, inevitavelmente nos cruzaríamos, e eu não desperdiçaria uma única chance de destruí-lo.

Os primeiros dez minutos foram apertados, com várias oportunidades de gols – que não se concretizaram – para os dois lados. Ty estava defendendo bem, mas Mendez também. Cada minuto que passava sem gols, a tensão na arquibancada, e no nosso banco, aumentava. Parecia ser um jogo de um só gol, pelo ritmo que ia, e esse gol precisava ser nosso.

Alguns turnos depois, o Morrison e eu entramos no gelo juntos pela primeira vez. O momento que eu estava esperando. O disco voou, indo para a zona deles, e ambos corremos em sua direção. Tecnicamente, o cara deveria ter se mantido mais recuado e deixado que um dos defensores deles me marcasse, mas ele queria me provocar – e eu estava mais do que disposto a cair na armadilha.

Lutamos pela posse do disco junto às bordas do rinque. Morrison me empurrou, e eu o empurrei para trás com o dobro da força. Normalmente, eu não era do tipo que dava golpes baixos ou furtivos, mas abriria uma exceção para ele e o acertaria bem nas costelas, onde os árbitros não conseguiriam ver.

Antes que eu pudesse encostar nele, um de seus patins prendeu no próprio taco e o cara perdeu o equilíbrio. Quando percebeu que estava caindo, exagerou na queda, agitando os braços, e se estabacou no gelo. E lá ficou, fingindo que tinha sido derrubado.

Simulação? Total.

Fez meu trabalho por mim. Balancei minha cabeça para os lados e girei, correndo com o Derek pelo disco, que agora estava atrás da rede, mas ele tinha uma vantagem significativa e me venceu. Sem fôlego, cravei os patins no gelo e me impulsionei para alcançá-lo. Dei uma olhada para o Luke, que estava patinando para o banco enquanto segurava o ombro, fingindo uma lesão.

Para meu espanto, um apito soou uma fração de segundo depois, e o árbitro marcou um pênalti atrasado. Contra mim. Morrison tropeçou sozinho, e eu fui punido. Ele merecia a porra de um Oscar por essa atuação. Talvez possa seguir carreira de ator quando suas aspirações no hóquei não derem em nada.

Com a mandíbula cerrada, deslizei até a área de penalidades para cumprir minha pena. Normalmente, eu teria discutido com os árbitros, mas consegui segurar minha língua. Não podia arriscar irritá-los quando as apostas eram tão altas. Algumas decisões ruins podiam resolver ou acabar com um jogo.

Assisti, impotente, do banco enquanto o jogo continuava conosco em desvantagem de um homem. Uma mudança de linha depois, Morrison misteriosamente se recuperou e voltou para o gelo. De repente, nossa defesa falhou e perdemos a posse do disco. Penner olhou para o lado errado, procurando-o em vão. Era evidente que precisava da porra de um exame de vista.

Paul passou para Morrison enquanto nossa defesa continuava no outro lado do gelo, dando a ele uma boa vantagem – e, infelizmente, ficou sozinho em nossa zona.

Não. Qualquer um, menos esse idiota.

Nossa defesa se esforçou para recuperar o atraso enquanto eu prendia a respiração, observando e rezando. Nos últimos tempos, os arremessos de Morrison estavam ruins, então essa era uma vantagem.

Com nossos jogadores em seu encalço, Morrison patinou até nossa rede e desviou o disco tentando enganar o Ty, que não se deixou tapear por sua manobra e reagiu rápido como um raio, agarrando o disco a tempo, mas ele pulou em sua luva e entrou na rede. Alguns gols eram pura sorte, e esse foi um deles.

A campainha soou, e o placar marcou um a zero para Callingwood, com oito minutos e seis segundos restantes no período.

Luke gritou, fazendo uma dancinha desagradável no gelo antes de bater o punho com todo o seu time.

Dei um tapa na minha coxa, frustrado.

– Puta merda.

Como marcaram quando estavam em vantagem numérica, a penalidade foi encerrada e voltei ao nosso banco. Dallas e eu trocamos um olhar rápido enquanto eu me jogava ao seu lado, bebendo um gole de água.

– A gente tem que virar o jogo.

Eu não tinha feito nada para levar uma penalidade, mas ainda estava frustrado pra caralho. Terminar esse período perdendo por um gol deixaria Callingwood na vantagem para vencer o jogo.

– A gente vai – disse Dallas. – Eles não têm resistência. Vamos dar uma canseira.

Dois minutos depois, Derek levou uma penalidade injustificada. Ele mal olhou para o Penner, muito menos encostou nele. Soltei um suspiro de alívio. Parecia que os árbitros estavam dando tratamentos iguais com suas decisões de merda.

Miller mandou Dallas e eu para o gelo, nesse momento de vantagem numérica, acompanhados de uma a ameaça nada sutil de empatar o placar ou mais. E era o que eu pretendia. Com Derek no gancho, os Bulldogs tinham perdido seu melhor defensor, e isso nos dava a chance perfeita de marcar.

Depois de uma jogada lindamente executada de nossa parte, consegui a posse do disco e corri para o Mendez como um trem de carga. Um de seus defensores do segundo ano se lançou, tentando me parar. Foi uma boa disputa, mas com um rápido deslizar de dedos eu fiz uma transição de *forehand* para *backhand* e o enganei para avançar no lado errado. Sua confusão me deu uma janela para lançar para o Dallas, que estava totalmente livre, em frente à rede.

Dallas recebeu o passe e fingiu um arremesso, convencendo o goleiro que o ataque seria no canto inferior, mas ele trocou de lado enquanto puxava o disco. Dallas, que tinha as melhores mãos da divisão, se moveu tão rápido que Mendez não conseguiu se recuperar a tempo. Nenhum goleiro conseguiria. Dallas afundou o disco no canto oposto, empatando o placar.

O sinal sonoro foi música para meus ouvidos.

– Boa. – Cumprimentei Dallas com um soquinho enquanto patinávamos para o banco.

– É um começo – disse ele. – Agora vamos acabar com eles.

◆ ◆ ◆

Quando começou o segundo período, saímos animados e prontos para a batalha. O empate nos revigorou e abalou a confiança de Callingwood.

De um jeito estranho, depois de apitarem por qualquer coisa no primeiro período, os árbitros estavam deixando passar mais e mais. As infrações se acumulavam sem serem marcadas, no começo de uma forma sutil, mas se tornando cada vez mais escancaradas conforme o jogo avançava. Trombadas, ganchos, rasteiras e golpes com o taco. Nada.

Miller saiu do planejado e dividiu as linhas, me separando do Dallas. Mas talvez ele soubesse o que estava fazendo, porque Dallas marcou outro gol no Mendez em seu primeiro turno sem mim. No meu turno, aumentei a diferença, um arremesso forte que elevou o placar para três a um.

A cada gol, os Bulldogs pareciam mais derrotados.

Não poderia acontecer com time mais merecedor.

Assisti do banco quando Dallas dominou o disco e o trouxe para seu lado, buscando a oportunidade de passar para Martin, na frente da rede. A esperança dançou em meu peito quando ele fez o passe. Quatro a um seria um ótimo placar.

Martin deu um golpe de pulso no disco, que quicou na luva de Mendez. Uma ótima tentativa, mas falhou.

Cinco segundos depois do passe, Luke patinou e o atingiu por trás. Forte. Dallas se chocou contra as bordas da pista com o ombro e, depois de ricochetear, caiu no gelo.

Quase quebrei meu taco no meio.

Morrison era um filho da puta sujo.

Meu olhar foi para os árbitros, esperando que marcassem a falta, mas eles ignoraram. Que porra é essa? O golpe foi tão na cara que não tinha como não ver. Era uma clara interferência, no mínimo, e possivelmente trombada, se o Dallas estivesse machucado.

Com o peito apertado, observei meu amigo se levantar e se sacudir, e então patinar devagar até a rede. Ele parecia ileso depois do golpe baixo, mas não era esse o ponto. Além das regras e dos regulamentos oficiais, havia uma série de normas não escritas que eram implícitas. Uma das principais é que não aplicávamos golpes baixos em jogadores decentes. E, se acontecesse, a pessoa responderia por isso.

E eu iria atrás dessas respostas.

Alguns minutos se passaram sem penalidades, embora infrações voassem de um lado para o outro, nos dois times. A tensão estava no auge. Estávamos perigosamente perto de uma briga generalizada.

O jogo de Luke estava menos ruim como de costume. Isso significava que os Bulldogs estavam rendendo uma boa luta. Mas também me deu a chance de acertá-lo sempre que pegava no disco, e eu aproveitei ao máximo. Já o tinha atingido três vezes desde o início do segundo período, embora nenhuma com a colisão devastadora que eu esperava. Por mais que tivéssemos na frente no placar, eu não ficaria satisfeito até que o esmagasse.

Treze minutos depois, dei um quarto golpe em Morrison – uma bela ombrada contra as bordas do rinque. Ele bateu no vidro, mas permaneceu em pé, equilibrando-se, e jogou os braços para cima, choramingando com os árbitros sobre "abordagem violenta" e apontando para mim. O árbitro mais próximo de nós negou com a cabeça e acenou para prosseguirmos o jogo.

Luke patinou de volta para onde eu estava posicionado, como se fosse me marcar.

– Golpe baixo – cuspiu.

– Você conhece bem essas coisas. – Olhei para longe, reprimindo a vontade de dar um soco nele que não passava. Eu não poderia atacar diretamente, não importa o quanto quisesse.

– Vai se foder.

Sabendo que isso o irritaria mais do que tudo, eu ri.

– Não, valeu.

Antes de virar para patinar de volta ao nosso banco, derrubei o taco do Luke. Ele caiu no gelo com um estrondo enquanto eu seguia meu caminho. Mesquinho? Com certeza. Mas era melhor do que arrebentar a cara dele, como eu queria, e ser expulso do jogo. Ele gritou algo que não entendi, mas não olhei para trás.

Quatro mudanças de linha depois, o placar ainda estava três a um. Os Bulldogs estavam a poucos momentos de perder a cabeça, distribuindo golpes baixos a toda hora em nossos jogadores mais jovens e menos combativos. Um dos nossos calouros, um garoto desengonçado, saiu do jogo sem um dente depois de um confronto com o Paul, e ainda assim os Bulldogs não levaram nenhuma penalidade por tirar sangue.

Apesar de minha tentativa de manter a calma, minha coleira estava perigosamente próxima de arrebentar. Até Dallas estava puto, e era bem difícil tirá-lo do sério em um jogo. Uma luta aberta era iminente.

Eu estava na zona ofensiva quando Paul pegou o disco e se preparou, arremessando contra Ty, que defendeu com sucesso. O disco bateu em sua roupa acolchoada, saindo da área do goleiro. Penner virou um foguete e patinou direto para ele. Do outro lado do gelo, Morrison mudou de direção e foi para a rede.

Ele não tinha a menor chance de chegar ao disco antes do Penner. E sabia disso. Mas o que estava tentando fazer era óbvio: atacar o nosso goleiro.

O mais baixo de todos os golpes baixos.

Ao que parece, o seu novo lema era *se não pode vencê-los, trapaceie*.

Por mais que eu tentasse, não conseguiria cruzar o gelo a tempo. Assisti a tudo acontecer como se fosse em câmera lenta. Morrison correu para a rede e fez uma tentativa meia-boca de parar a centímetros da área do goleiro. Ele bateu em Ty, derrubando enquanto tombava.

Esperei por uma penalidade que não veio. Ele ia se safar.

Não no meu turno.

51

Sangue ruim

Bailey

Eu não queria tirar os olhos do jogo, mas não dava para segurar mais. Corri no banheiro e devo ter ficado fora, no máximo, uns dois minutos, mas, quando voltei, todos os jogadores de ambos os times estavam envolvidos em uma briga generalizada. Eles gritavam, apontavam e gesticulavam uns para os outros enquanto os árbitros ficavam no meio, tentando segurá-los.

Um deles era o Chase. Ele e o Luke estavam discutindo – de novo. Outros caras trocavam farpas, nada muito bom, mas o rosto de Chase estava distorcido de raiva, e ele gesticulava descontroladamente.

Com o coração acelerado, desci as escadas correndo e me joguei no assento ao lado de Siobhan. Tentei cronometrar minha ida ao banheiro com a troca de turno de Chase, mas parece que não consegui.

– O que aconteceu? – Peguei minha metade do cobertor xadrez azul e roxo que estávamos usando para nos aquecer, cobrindo minhas pernas.

Shiv acenou para a confusão.

– Seu ex acertou o Ty.

Meu estômago se contraiu. Claro que ele fez isso.

– Ty está bem? – perguntei, os olhos ainda grudados em Chase. Meu peito estava apertado; minha respiração, ofegante. O que ele faria? Não tinha como ele deixar Luke escapar de um golpe baixo desses.

O árbitro se inclinou e disse algo. Chase balançou a cabeça e respondeu com o que parecia ser um não.

– Sim, ele foi derrubado, mas parece estar bem. – Shiv apontou para o canto mais distante do gelo, onde Ty batia boca com Mendez.

Goleiros respondiam a outros goleiros, mas Mendez era de fala mansa e provavelmente não tinha culpa de nada. Enquanto os outros jogadores estavam exaltados e se deleitavam com o caos, Mendez estava quase imóvel, falando com calma, como se só quisesse voltar para sua posição.

Meu olhar buscou Chase, cujos movimentos não eram mais tão irados. Ele ainda estava gritando com o Luke, mas o árbitro não estava mais se esforçando para segurá-lo.

– Agora é questão de princípios – acrescentou Siobhan, puxando as mãos para dentro das mangas do moletom vermelho dos Falcons.

– Pois é – concordei, com um aceno de cabeça.

Goleiros estavam fora dos limites. Todo mundo sabia disso. Acrescente a isso o golpe baixo que o Dallas levou, então não era surpresa que o meu namorado quisesse arrancar a cabeça do Luke.

O lado bom era que o Derek não estava no gelo, então eu tinha uma pessoa a menos com que me preocupar.

– Acha que alguém vai levar penalidade?

– Não – respondeu ela. – Não houve golpes.

Depois de um tempo, os árbitros negociaram algum tipo de acordo de paz, e os jogadores voltaram para seus respectivos bancos. Um dos árbitros tentou conduzir Chase até a área dos Falcons, mas ele afastou o braço do juiz e saiu do gelo por conta própria.

Minha respiração se acalmou, e a tensão em meus ombros relaxou um pouco. Era quase o fim do segundo período, e talvez as coisas esfriassem durante o intervalo. Depois, era só aguentar mais vinte minutos de jogo sem derramamento de sangue. Se Deus quiser.

Em vez de voltar ao banco dos Bulldogs, Luke fez uma curva fechada e patinou até o Chase, que estava na metade do caminho para o banco dos Falcons. Eles estavam lado a lado, no gelo aberto, afastados de seus companheiros de equipe e dos árbitros.

Senti meu coração na garganta.

Luke se inclinou para perto e fez um comentário. Chase balançou a cabeça, e tiveram uma rápida troca de palavras. Em um piscar de olhos, a expressão de Chase mudou de irritada para homicida. Ele jogou seu taco, tirou as luvas e acertou Luke bem no rosto. Antes que meu ex pudesse reagir ao golpe, Chase o agarrou pela camisa e o jogou no gelo como se ele não tivesse peso.

Não, não, não.

Observei enquanto o árbitro apitava e patinava em direção a eles, se enfiando entre os dois enquanto segurava Chase para trás. Ou tentando, pelo menos, já que meu namorado se debatia para alcançar o Luke. Um segundo árbitro apareceu, tentando ajudá-lo a conter Chase, mas também com pouco sucesso.

Luke se levantou e recuou alguns passos, tropeçando. Ele nunca tinha lutado. Nunca. Caramba, ele nem *sabia* lutar. O que significa que Chase o esmagaria e se meteria em sérios problemas no processo.

Dallas pulou por cima das bordas do rinque e se juntou aos dois, tentando acalmar Chase enquanto o continha. Meu namorado balançou a cabeça, o tempo todo gritando com o Luke. Eu nunca o tinha visto tão furioso. Não tinha como não o expulsarem. Talvez levaria até suspensão por vários jogos.

Depois de mais uma fração de segundos rezando, eu não aguentei mais. Eu me levantei e desci correndo as escadas até o nível do gelo.

– Para! – Bati no vidro. Não conseguia chamar a atenção dele, mas não desisti. – Carter!

Chase enfim se virou e olhou na minha direção. Nossos olhos se encontraram e fiz um gesto de "pare com isso".

– Por favor – murmurei.

Ele assentiu e parou de resistir ao árbitro. Com a cabeça baixa e os ombros caídos, saiu patinando para o lado, em direção aos vestiários. Subi as escadas de volta para nossos assentos, trocando um olhar com Siobhan.

– O que diabos foi isso? – perguntou Shiv.

– Não faço ideia.

◆ ◆ ◆

Esperar o Chase sair do vestiário foi uma tortura. Era como se o tempo se movesse para trás.

Passei o intervalo andando de um lado para o outro no saguão com a pobre da Shiv ao meu lado, fazendo o possível para acompanhar meus passos. Eu não podia esperar. Estava preocupada demais com o Chase.

Siobhan e eu ainda estávamos no saguão – quase sozinhas, felizmente – quando a campainha soou, anunciando o início do terceiro período. Shiv olhou para mim, em dúvida, os profundos olhos azuis-esverdeados estudando meu rosto.

– Vai assistir – falei. – Tá tudo bem. Vou esperar por ele.

– Tem certeza?

– Tenho. Chase pode demorar um pouco.

Ele devia estar levando uma bronca, ou sendo forçado a participar da conversa motivacional com o restante do time.

Não estava nem de longe tão frio aqui no saguão, então abri o zíper do meu casaco acolchoado e me sentei em um desconfortável banco de metal azul, matando o tempo com uma troca de mensagens de texto com Noelle e Zara sobre coisas rotineiras. Não me atrevi a contar o que acabara de acontecer porque ainda não tinha entendido.

Dois minutos depois, Chase apareceu no corredor. Seu rosto estava tenso; e sua postura, mais rígida. Guardei meu celular e me levantei para falar com ele.

Chase se inclinou, me deu um beijo sem entusiasmo nos lábios e se afastou rapidamente. Sua expressão era tempestuosa, uma mistura de emoções que eu não conseguia ler. Ele pegou minha mão, quieto, andou em silêncio até uma área mais silenciosa e isolada perto das portas e nos sentamos em uma mesinha.

– O que aconteceu? – Abaixei o queixo tentando capturar seu olhar, mas ele desviou, focado na mesa branca entre nós. Como de costume, Chase era alto demais para a mobília, e seus joelhos estavam dobrados desajeitadamente.

– Coisa de jogo.

– Pareceu mais do que só "coisa de jogo". Por que ficou tão furioso? – questionei, com a voz baixa para não sermos ouvidos, embora estivéssemos sozinhos, visto que o terceiro período tinha começado, e os torcedores estavam todos na arena. – Fiquei com medo de você cortar a garganta do Luke com os patins ou algo assim.

Chase balançou a cabeça.

– Morrison falou besteira de novo. Ele tá me provocando há algum tempo, e eu surtei. Só isso.

Estiquei meu braço sobre a mesa e peguei sua mão. Chase acariciou meus dedos com o polegar, mas não olhou para mim.

– O que ele disse?

– Não foi nada, James. – Como se fosse possível, os tendões em seu pescoço ficaram ainda mais tensos. – Não esquenta com isso.

Seu desvio de assunto aumentou minha preocupação.

– Por que tá tão estranho?

– Não quero repetir – disse Chase, os olhos escuros me encarando. – Deixa pra lá, tá?

– Por quê? Era sobre mim? – *Claro que sim.* Eu nem precisava perguntar.

– Bailey. – Seu queixo ficou rígido. Agora eu sabia que era sério porque ele nunca me chamava pelo primeiro nome. – Não quero repetir. É nojento e desrespeitoso.

O que diabos o Luke disse?

– Agora *tem* que me contar.

As sobrancelhas de Chase se franziram, e ele não respondeu. Teimoso como sempre. Mas eu tinha o direito de saber o que o meu ex estava dizendo sobre mim, especialmente se era tão ofensivo.

Apertei sua mão, reprimindo minha frustração.

– Carter, me conta, por favor.

– Tudo bem. – Ele afrouxou a gravata e contrabalanceou seu peso no assento. – Mas que fique claro que só estou contando pra que você não se chateei comigo.

– Para de enrolar.

Chase engoliu em seco.

– Luke disse que terminou com a Sophie. Aí eu respondi: "E porque diabos isso me interessa?". Então ele disse...

– Ele disse...?

– Aí Luke disse, e estou repetindo as palavras dele... – Chase respirou fundo, as narinas dilatando. – Que era porque parecia que eu gostava das sobras dele.

Senti como se tivesse levado um soco no estômago.

– *O quê*?

– É, meu plano é quebrar os dois joelhos dele com um pé de cabra na próxima vez que eu o encontrar fora do rinque. – Ele fez uma pausa. – Se você pudesse me dar o endereço da casa dele, ajudaria muito.

Abri a boca para responder, mas nenhuma palavra saiu.

– Carter! – Uma voz profunda gritou. O treinador Miller estava em pé, com as mãos na cintura, na entrada do vestiário.

Meu coração afundou ao vê-lo. Seu rosto estava mais vermelho que o boné dos Falcons que estava usando, e a fúria irradiava de seu corpo.

– Tenho que voltar e falar com o treinador.

– Tá – respondi. –Vou esperar por você. Boa sorte.

Chase

– Carter! – O treinador Miller gritou, entrando no escritório. Ele se jogou na cadeira, me dando um olhar venenoso. – O que *diabos* foi aquilo?

– Nada, treinador. Só perdi a calma. – Afundei no assento à sua frente. – Não vai acontecer de novo.

Tecnicamente, era verdade. Da próxima vez, eu ficaria calmo e metódico enquanto destruía o Morrison. Eu não cometeria o erro de surtar e dar ao cara um sinal de alerta.

– Você esteve prestes a cometer um crime lá fora. – Ele me encarou, com olhos arregalados, a expressão severa. Então, suavizou um pouco. – O que aquele garoto disse?

Cruzei os braços e fiz o meu melhor para manter minha voz nivelada.

– Prefiro não discutir isso. Foi pessoal.

O treinador Miller franziu o cenho.

– Se foi uma calúnia ou um comentário inapropriado, pode ser denunciado à liga, e as faculdades se envolverão.

– Desculpe. Não posso dizer.

– Posso reduzir a suspensão de três jogos pra dois se eu demonstrar circunstâncias atenuantes.

– Eu agradeço, mas vou aceitar os três.

Mesmo que minhas estatísticas caiam.

Ele suspirou e olhou para seus dedos unidos na superfície de sua mesa. Depois de um longo momento, soltou outro suspiro e voltou sua atenção para mim.

– Vou pegar leve com você porque acho que realmente melhorou muito este ano.

– Obrigado.

– Vou deixar isso de lado por enquanto. Mas, se olhar pra esse Morrison de novo, a suspensão será muito maior do que três jogos.

– Entendido, treinador.

– E, se começar uma briga com ele de novo, está fora o resto da temporada.

Puta merda. Nós dois sabíamos que eu não poderia correr esse risco.

– Não vou – disse eu. – Tem minha palavra.

Tudo bem. Então eu não poderia ir atrás dele no gelo.

Mas meus companheiros de equipe estavam do meu lado.

◆ ◆ ◆

A bronca do Miller não demorou muito. Mas Bailey e eu tínhamos que esperar o jogo acabar para ir embora, porque Shiv levou a Bailey, e eu estava de carona com o Dallas.

Matamos o tempo falando de tudo, menos de hóquei. Ou tentando falar, porque Bailey estava estranhamente quieta quando voltei, provavelmente chateada com o que eu tinha contado. E era por isso que eu não queria ter falado nada.

O alívio tomou conta de mim quando os jogadores de ambos os times começaram a sair do vestiário. Tudo o que eu queria era dar o fora dali.

De repente, minha namorada enrijeceu, seu foco fixo na direção da cantina da arena. Eu girei na direção em que ela estava olhando.

Morrison.

Minha visão ficou turva, e cada promessa que eu fiz ao treinador Miller foi para o ralo.

Cerrei meus punhos.

– Se me der licença, vou acabar com aquele filho da pu…

– Não! – Bailey colocou uma mão firme em meu peito. – Deixa eu lidar com ele.

Resmunguei, pressionando meus lábios em uma linha fina, a respiração ofegante e irregular. Morrison estava tão perto que eu quase podia ver meu punho acertando seu rosto. Seria tão bom. O estalo seria música para meus ouvidos.

– Carter – chamou ela. – Olha pra mim!

Eu me virei, encontrando seus olhos castanhos. Minha pressão arterial caiu alguns níveis com aquela visão.

– Eu te amo – falou. – E acho muito legal que queira me defender, mas não quero que tenha problemas com o Luke. Ele não vale a pena. Eu cuido disso.

Suspirei.

– Tá bem. – Eu não discutiria com ela por causa daquele imbecil.

Ela colocou os braços em volta do meu pescoço e me puxou para mais perto. Fui de bom grado até que nossas bocas se juntaram, os lábios se separando. Eu já estava cheio de adrenalina e testosterona, e o contato me fez querer colocá-la sobre uma superfície dura e comê-la ali mesmo. Mas eu podia me segurar até que estivéssemos em casa.

Então ela me pegou pela mão e me puxou até a metade do caminho para onde o Luke estava com seus amigos.

– Espera aqui um segundo, tá?

– Tá – murmurei.

Inquieto, e sem a mínima ideia do que ela planejava fazer, me apoiei em um pilar e observei Bailey marchar até Morrison. Minha gata se aproximou e deu um tapa tão forte nele que ecoou pelo saguão.

Ah, droga. Eu não esperava por isso. E ele também não. Otário.

Deus, eu a amava pra caralho.

Luke levou a mão para a bochecha, a boca aberta em choque. Ele olhou por cima do ombro da Bailey, e nossos olhos se encontraram. Ela ainda estava de costas para mim.

– Você tá morto – murmurei, fazendo um gesto de cortar a garganta.

Desculpe, James. Minha capacidade de me controlar também tinha limite.

Ele empalideceu, voltando seu olhar para a Bailey.

– Nunca mais fale comigo. – Ela girou nos calcanhares e caminhou em minha direção.

Luke abaixou a mão, expondo uma marca vermelha em seu rosto. Foi lindo. Realmente, combinava com ele. Eu tinha que admitir, ver a Bailey dar uma surra no Morrison foi mais satisfatório do que fazer isso com minhas próprias mãos.

– Bailey! Que diabos foi isso? – gritou Derek, correndo para alcançá-la. Mas ela não parou.

– O Luke sabe – respondeu Bailey por cima do ombro, com o cabelo longo balançando. – Por que não pergunta a ele? – Ela agarrou minha mão e me puxou, inclinando a cabeça para a porta. – Vamos.

– Não. – Derek nos alcançou. Ele tocou no braço dela, abaixando-se para encontrar seu olhar. – B., me diz o que tá acontecendo.

Bailey e eu trocamos um olhar. Ela apertou os lábios e arqueou as sobrancelhas, como se estivesse em dúvida. Dei de ombros. Este não era um assunto meu.

– Tudo bem. – Ela suspirou. – Na verdade, por que você não conta a ele, Chase?

Então, eu contei.

Quando terminei, o rosto de Derek se contorceu de raiva.

– Que porra é essa?

Ele voou para a direção do Morrison e o empurrou, fazendo-o cair de bunda no chão.

– Qual é o seu problema? – gritou Derek, pairando sobre ele.

Paul assistiu ao confronto a alguns metros de distância, a expressão dividida. Provavelmente porque, no final das contas, embora fosse um bom amigo dos dois caras, era um idiotinha que não queria entrar em uma briga.

Luke se levantou, se sacudindo.

– Do que você tá falando?

– O que disse a Carter sobre minha irmã. Você é um idiota, cara. – Derek o empurrou de novo, mas, desta vez, o cara manteve o equilíbrio. – Bailey nunca fez nada pra você.

Eu assisti, mal segurando o riso. Não conseguia conter minha alegria com essa reviravolta. Duas pessoas da família James batendo no Morrison esta noite. Fantástico!

Mas, se um desses idiotas fosse defender o Morrison e tocasse no Derek, eu ia limpar o chão com todos eles.

– O quê? – zombou Luke. – Por que confiaria no Carter? Ele tá mentindo.

Mendez pigarreou.

– Na verdade, cara... Escutei você falar isso no vestiário também.

Ah, como o mundo gira. Minha noite estava melhorando a cada segundo que passava.

Amelia e Jillian se encaravam, os olhos arregalados, como se não soubessem o que fazer com todos se voltando contra o líder. Agora, em que direção Paul iria?

O rosto de Luke continuava vermelho, e ele olhou para Mendez.

– Com certeza você ouviu errado.

– Vai se foder, cara. – Derek balançou a cabeça. – E pensar que te dei o benefício da dúvida um monte de vezes porque somos amigos há um tempão.

Até que enfim, porra! Já estava mais do que na hora. Derek estava, finalmente, ficando do lado da Bailey.

– Derek – disse Luke. – Qual é...

– Já deu. – Derek fumegou. – É melhor se cuidar no gelo contra a Boyd da próxima vez, porque eu não vou mover um dedo se vierem pra cima de você. E nem o resto da nossa defesa.

Derek veio em nossa direção de novo, e nós três nos afastamos da multidão. Quando paramos, na entrada da frente, ele balançou a cabeça para os lados, suspirando pesadamente.

– Sinto muito, Bailey. Eu não tinha ideia... – Ele parou. – Por que não me contou?

Ela entrelaçou os dedos, a cabeça baixa.

– Quer que eu deixe vocês conversarem? – perguntei a Bailey, pensando que os irmãos precisavam de um pouco de privacidade para essa conversa. – Eu posso ir procurar o Ward.

– Não, tá tudo bem. – Bailey deslizou seus dedos entre os meus e apertou minha mão. – Podemos conversar sobre isso outra hora. Tudo bem, Derek? Eu só quero ir pra casa.

– Certo. – Ele assentiu, virando-se para mim. – Obrigado por defender minha irmã. Vejo vocês depois. – Ele se virou e foi em direção ao saguão.

Uma ruiva bonita o encontrou, e ele se inclinou, dando um beijo nela. As sobrancelhas da Bailey se arquearam um pouco.

– Namorada nova? – perguntei.

– Não tenho certeza – murmurou. – Mas estou feliz que ele tenha seguido em frente.

Bailey se virou para mim outra vez, estudando meu rosto. O zumbido baixo das pessoas andando ao fundo preencheram o silêncio. Nenhum de nós disse nada por um minuto.

– Aquele tapa foi muito foda – falei, incapaz de esconder um sorriso.

Seus lábios se contraíram.

– Foi, não é?

– Ei – disse Dallas quando ele e Shiv se aproximaram, timidamente. Sem dúvida meu amigo queria me interrogar sobre o que aconteceu com o Miller, mas não faria isso na frente das meninas.

– Vocês estão bem? – perguntou Shiv, olhando para nós dois.

– Sim – respondi. – Vamos dar o fora daqui.

52

Me pegou

Bailey

O AR ESTAVA MUITO FRIO, fazendo minha respiração sair em baforadinhas brancas enquanto eu andava pelo pátio a caminho da biblioteca. Depois do jogo de hóquei mais dramático da minha vida, assistir às aulas do dia seguinte foi quase um alívio.

Minha mente estava girando, e eu ainda estava tentando processar os eventos da noite anterior. Eu realmente significava tão pouco para o Luke? Por outro lado, ele fez um monte de coisas enquanto estávamos juntos que também foram desrespeitosas. Coisas que, na época, eu relevei. Era estranho como alguém pode estar envolvido em uma situação dessa e não perceber.

E como seria o relacionamento do Derek com o time depois da briga com o Luke? No entanto, pareceu que meu irmão não era o único puto com essa merda toda. Paul ainda estava ao lado dele, mas muitos outros não. A essa altura do campeonato, Luke era capitão só no nome.

No meio do caminho para a biblioteca, desviei para o refeitório dos alunos para usar o banheiro. Quando empurrei a porta, meu estômago revirou e eu congelei.

Sophie estava parada na pia, soluçando. Tipo, um choro feio, como se alguém tivesse morrido. Ela tentava secar os olhos com um lenço de papel, mas chorava tanto que era impossível evitar que a maquiagem borrasse.

Depois dos dois cafés que tomei mais cedo, minha bexiga estava prestes a estourar. O caso era: ver Sophie já era estranho o suficiente. Mas chorando? O que eu deveria fazer? Ignorar? Procurar outro banheiro? Se ela notasse eu me virar e ir embora, pareceria estranho.

– Hum, você tá bem? – perguntei, me aproximando, timidamente.

Houve uma sobreposição de relacionamento de nós duas com o Luke, se não uma traição descarada. E a Sophie provavelmente era uma cúmplice consciente. Mas terminar com o Luke foi a melhor coisa que me aconteceu, o que tornava difícil sentir raiva naquele momento. Além disso, ela parecia tão... triste. O azulejo antigo em um tom de marrom-rosado e a luz fluorescente fraca tornavam toda a situação ainda mais trágica.

Sophie deu um pulo, virando-se para mim.

– Bailey! – Ela colocou a mão no peito e suspirou. – Meu Deus, você me assustou.

Uma lágrima escorreu por sua bochecha, levando seu rímel junto e deixando um rastro cinza. Os longos cabelos loiros perfeitamente cacheados e sua roupa estilosa combinavam, mas o que uma vez foi uma maquiagem impecável, agora era um desastre completo.

– Desculpa, não foi minha intenção. Você tá… bem?

Um soluço irregular escapou antes que ela jogasse os ombros para trás e limpasse a garganta.

– Você não precisa ser legal comigo. Sei que me odeia. E deveria. – Ela se virou e enxugou os olhos no espelho de novo, trabalhando para limpar o rímel que tinha escorrido.

– Quem eu odeio é o Luke. Mas, pelo menos, nós duas nos livramos dessa, né? – respondi, tentando aliviar o clima, mas um segundo depois, me encolhi. Ela provavelmente estava chorando por causa do término.

– Nós duas não. – Ela soltou uma risada trêmula que ecoou pelo banheiro vazio. – Estou grávida.

Meu Deus.

– Não sei por que estou te contando – continuou Sophie. – Eu acabei de descobrir. Comprei um teste e fiz aqui porque tinha certeza de que daria negativo. E aí descobri que estou grávida no maldito banheiro da faculdade. – Sua voz aumentou, e ela agarrou a borda da pia, caindo em lágrimas novamente.

Uma longa e pesada pausa se seguiu. Eu fiquei parada perto dela, desconfortável, tentando encontrar alguma palavra que a consolasse. Dizer algo como "Tenho certeza de que o Luke vai te apoiar" estava fora de cogitação. O Luke só se importava com ele mesmo e com a própria carreira.

– Vai ficar tudo bem. É só um choque grande agora.

– Luke já disse que é pra eu abortar. – Sophie passou a mão pelo cabelo freneticamente. – E isso quando eu disse que estava atrasada. Ele vai surtar.

Que otário. Isso era baixo até para ele.

Contrabalanceei meu peso, ajustando a alça da minha mochila no ombro. Com o peso do meu notebook e dos livros didáticos, estava começando a cravar em minha pele.

– Não é escolha dele. É o seu corpo.

– Ele deixou clara a opinião dele. O que posso fazer, lidar com tudo sozinha?

– Ele teria que pagar pensão alimentícia. – E, se entrar na NHL, teria mais que o suficiente para fazer isso. – Não deixa ele te forçar a tomar uma decisão que não quer.

– Não quero ter que brigar por isso.

Eu não a culpava. Brigar com o Luke era um pesadelo – ele sempre atacava para machucar o máximo possível.

– É pra isso que existem os advogados.

– É, eu acho. – Sophie assoou o nariz alto, parecendo mais um elefante do que uma garota. Ela olhou para mim. – Não sei por que está sendo tão legal comigo. Eu não mereço.

O que ela não merecia era a merda do Luke. Mas agora estava presa a ele, e isso só me fazia sentir ainda mais pena dela.

– Por favor, não conta pra ninguém. – Ela pediu.

– Não vou. Por que não liga pra alguma das suas amigas? Não pense no Luke agora. Fale com alguém em quem confia.

– Obrigada, Bailey. – Ela fungou. – E realmente sinto muito pela forma como as coisas aconteceram.

– No fim das contas, foi melhor assim. Espero que aconteça o mesmo com você. – Eu abri a porta e saí para o corredor. Só quando estava do lado de fora foi que percebi que não tinha usado o banheiro, mas voltar não era uma opção.

Chase

Suspensão é um saco.

E o jogo contra a AWU desta noite marca o primeiro de três jogos que eu tenho que assistir do banco.

É uma tortura.

Não importa o que o treinador Miller tentava, o time não conseguia se acertar. No final, perdemos de cinco a dois. Talvez eu não fizesse a diferença, mas não saber se poderia ter ajudado era extremamente frustrante.

Estava congelando lá fora, então, depois do jogo, saí do vestiário e fui até a entrada. Apertei o botão que ligava o motor no controle da caminhonete, observando pela janela. No canto mais distante do estacionamento, as luzes se acenderam enquanto o motor rugia para a vida.

Voltei para a multidão para encontrar Dallas, Shiv e Ty. Era para a Bailey estar ali, mas ela estava ocupada, se preparando para a entrevista de estágio, e eu não podia entrar no gelo, então a ausência dela não poderia ter vindo em hora melhor.

Localizei Dallas e Ty com alguns caras do time. Eu estava a cerca de três metros do grupo quando Kristen apareceu do nada.

Jesus.

Ela usava uma maquiagem pesada e uma saia curta preta, o longo cabelo castanho cacheado. Estava vestida mais para uma balada do que para o rinque, e é provável que a produção tenha sido feita para mim. Será que um dia a garota ia entender que eu não queria mais nada?

Meu radar de loucura, que costumava funcionar, devia estar com defeito quando a conheci, há cerca de um ano, porque escolhi uma psicopata como parceira de sexo casual. De alguma forma, eu tinha perdido todos os sinais de alerta. Deveria ter mantido minha política de "uma vez e pronto" até conhecer a Bailey.

– Ei. – Ela passou a mão em meu antebraço.

Eu me afastei, dando um passo para trás e olhando em volta para ver se alguém tinha visto aquilo. Por sorte, estavam todos em volta do Dallas, escutando o relato do seu gol de contra-ataque. Foi a única coisa boa que aconteceu esta noite.

– Você tem que parar com essa merda, Kristen. Penner vai sair a qualquer momento. E você sabe que eu tenho namorada.

Mesmo que não tivesse, não tinha chance de eu sair com ela de novo. Kristen tinha queimado essa ponte até virar cinzas. Encharcado com querosene e acendido o fósforo sozinha.

– Isso nunca te impediu quando estava comigo. – Kristen deu de ombros, ajeitando o cabelo escuro.

É como comparar maçãs com discos de hóquei, Kristen.

– Você nunca foi minha namorada. – Dei outro passo para trás, mantendo minha voz baixa.

– Nós ainda poderíamos compartilhar... como fizemos com a Nikki na sua festa.

– Não é assim com a Bailey. – Abaixei minha voz. – Além disso, aquela noite não traz boas lembranças.

Ela sorriu.

– Ah, qual é, Chase. Foi sexy.

Fechei minhas mãos em punhos, minha pressão subindo.

– Você sequer me perguntou se eu concordava com isso, porra.

Porque ela sabia que eu recusaria. Eu podia ser idiota, mas não a ponto de deixar provas por aí – ainda mais de uma transa aleatória.

– Tanto faz. – Os lábios vermelho-escuros dela se dobraram em uma careta. – Nikki estava de boa com isso.

Essa conversa me pareceu estranha. Por que essa garota estava trazendo o assunto à tona agora? E então fez sentido.

Puta merda.

Kristen planejou isso?

E o mais importante, ela apagou o vídeo?

Meu coração disparou. De repente, meus pulmões não conseguiam absorver oxigênio rápido o suficiente.

Peguei Kristen pelo cotovelo e a puxei para mais longe do grupo, abaixando a cabeça para encontrar seu olhar.

– Você apagou, não é?

Kristen bateu seus cílios longos, os olhos escuros para mim.

– Você me viu apagando.

Eu pensei ter visto, mas estava bêbado demais. Não conseguia enxergar direito, muito menos verificar se ela tinha deletado o arquivo do celular.

– Tem certeza de que não mandou pra alguém primeiro? – perguntei, arqueando as sobrancelhas. – Ou uma cópia pra você mesma por e-mail?

– Tenho certeza. Desde quando você é tão tenso?

– Desde o começo do ano letivo, quando o treinador me deu uma bronca sobre algumas fotos que ele tinha ouvido falar. Falou que foram tiradas na minha festa na primavera passada. As coisas meio que se encaixam, não acha?

Kristen fez um gesto de pouco caso com as unhas vermelhas e pontudas.

– Ele disse *fotos*, não vídeo. E provavelmente estava tentando te assustar.

Pensando nisso, sua palestra foi específica demais para ser uma tática de medo. Eu tinha descartado como boato e esquecido. A ignorância era uma bênção. Não tinha voltado para me assombrar – ainda. Mas a maneira como Kristen estava agindo agora enviou uma onda de desconforto por meu corpo. Eu poderia estar ferrado de verdade.

Sem mencionar que, quando o treinador tocou no assunto, eu mal conhecia a Bailey. Não me perturbou porque, naquele momento, eu não ligava para, tipo, nada. Agora, porém, esse era um problema catastrófico.

Esta era uma bola de demolição que mirava minha vida – uma vida que não se parecia em nada com a da primavera passada. Eu tinha muito mais a perder agora do que naquela época.

Se eu pudesse voltar para abril e me dar um soco na cara, eu faria.

– Então porque há rumores sobre um vídeo de sexo circulando nas duas faculdades?

– Por que você tá tão paranoico? – zombou ela. – Pode ser qualquer um.

Podia sim, mas todos os sinais apontavam para mim, ela e Nikki.

– Nenhum de nós precisa que essa merda venha à tona. Já pensou em como isso vai ficar em suas inscrições pra faculdade de Medicina? – Arqueei minhas sobrancelhas. – Ou sobre como o namorado da Nikki pode reagir?

Eu não sabia que a Nikki estava namorando um dos caras dos Bulldogs na época. Não precisava que isso, entre outras coisas, se voltasse contra mim. Além disso, ela foi pra Callingwood, então as chances de isso chegar a Bailey eram muito maiores.

– Relaxa. – Kristen olhou para baixo, ajustando o decote. – Não tem nada pra vazar.

– É melhor mesmo.

– Quer me revistar, policial? – Ela me lançou um olhar entediado.

Como se isso fosse um tipo de jogo? Eu nunca fiquei tão bravo com uma garota.

– Isso não prova nada. Pode estar na porra da nuvem em algum lugar.

– Não está. – Kristen revirou os olhos. – Acalme-se. Não tem com o que se preocupar.

Dei uma olhada rápida onde estavam meus amigos, mas eles estavam rindo de algo que o Ty dissera. Penner também não estava em lugar nenhum, o que, nesse caso, era uma coisa boa.

– Como posso ter certeza disso? –Me aproximei, prendendo-a com um olhar penetrante. Ela me encarou de volta, os olhos azuis arregalados com uma falsa inocência.

Eu não acreditei.

– Acho que vai ter que confiar em mim.

Certo. Acreditar nela foi o que me colocou nessa confusão. Pois ela pegou um celular e me gravou sem minha permissão.

Eu balancei a cabeça, os dentes cerrados.

– É melhor que esteja dizendo a verdade.

– Se tá tão preocupado – disse Kristen –, talvez devesse ser mais legal comigo.

– Não me ameace.

Girando nos calcanhares, corri para meus amigos. Eu estava muito ferrado. Se isso vazasse, seria um desastre total na minha vida. Sem contrato, sem namorada, sem nada.

Porra, porra, *porra*.

Shiv se virou para mim com uma cara feia. Suas mãos estavam puxadas para dentro das mangas de seu moletom branco enorme dos Falcons.

Medo e raiva se misturaram, transformando-se em combustível de foguete por meio da reação química. O saguão da arena estava gelado, como sempre, mas eu estava quase derretendo de tanto suar.

– Tudo bem? – Ela olhou para cima, os olhos azuis-esverdeados me estudando.

– Sim – respondi entredentes. A raiva era impossível de esconder.

Sua voz ficou baixa.

– Tem certeza?

– É só que a Kristen não aceita um não como resposta. – Afrouxei minha gravata. Ela me prendia como uma forca.

Shiv bufou de desgosto.

– Ah, ela é persistente.

– É – respondi. – Vou dizer aos caras que ela não tem permissão de ir a nossa casa. Isso saiu do controle.

Embora eu corresse um risco de cutucar a onça com vara curta com essa decisão. Kristen teria mesmo uma cópia? Se tivesse, eu não ia querer irritá-la. Precisava pegá-la de alguma forma e destruí-la.

– Tudo bem pra mim. Nunca gostei dela. Quer ir com a gente beber no O'Connor's?

Sem chance. Minha cabeça estava girando demais para bater papo. Bailey me daria um pé na bunda no segundo que isso vazasse. Quem iria querer namorar um cara que tinha um vídeo de sexo circulando por todo lugar? Especialmente um assim. Um *ménage* enquanto eu estava chapado? Boa ideia, Carter.

– Valeu, mas vou pegar leve hoje à noite.

– Okay. – Ela franziu a testa, preocupada. – Me avise se precisar de alguma coisa, tudo bem?

Tipo uma máquina do tempo?

– Pode deixar. Obrigado, Shiv.

Não pode ter os dois

Chase

Ao raiar do dia seguinte, dirigi quase três horas para me encontrar com o Stewart, pai do Dallas e meu futuro advogado. Ele não só me encaixou de última hora, mas também não me cobrou nada por seu tempo. Caramba, eu pagaria de bom grado mil dólares por hora ou quanto ele pedisse se tivesse uma varinha mágica para fazer tudo desaparecer.

Precisava conversar com a Bailey. Eu falaria com ela em algum momento. Mas, primeiro, precisava entender a situação e quais seriam as possíveis consequências. Pelo menos eu teria mais informações quando conversássemos.

Depois de espremer a caminhonete em na garagem subterrânea aquecida, peguei o elevador até o trigésimo primeiro andar. Uma placa de aço inoxidável colada na parede que dizia WARD, MYERS E TRENTON LLP me recebeu.

Eu não entrava no escritório de um advogado desde quando tivemos de lidar com todas as questões relacionadas com a morte do meu pai. Foi uma tempestade de merda na mídia, naquela época. *Paparazzi* acamparam do lado de fora da nossa casa, da minha escola, e até mesmo das casas dos meus amigos.

A náusea constante e leve que eu tinha desde a noite anterior aumentou. Eu não queria reviver aquilo, mas poderia acontecer se vazasse.

Porra. Talvez eu devesse contar para minha mãe, mas essa conversa tinha a possibilidade de ser ainda pior do que quando eu contasse para a Bailey.

A assistente do Stewart me levou para seu enorme escritório. Janelas do chão ao teto exibiam uma vista panorâmica da cidade. Vestindo um terno, sua figura imponente estava sentada atrás de sua mesa de vidro. Ele acenou para que eu me sentasse, sem levantar os olhos da papelada espalhada a sua frente.

– Obrigada por ter conseguido um horário pra mim. – Eu me acomodei na cadeira de couro elegante e cruzei um tornozelo sobre o joelho.

– Sem problemas. – Stewart reuniu os papéis e os colocou de lado. Ele olhou pra mim e juntou seus dedos grossos, inclinando-se com o cenho franzido. – Dallas disse que você tinha uma situação de emergência nas mãos. O que está acontecendo?

Se ao menos eu soubesse.

– Eu não tenho certeza. Pode haver… fotos. De mim. Fotos comprometedoras. Ou um vídeo, talvez. – Fiquei enjoado, como se emitir aquelas palavras de alguma forma tornasse tudo mais real.

Ele assentiu.

– Elas contêm algum ato não consensual? Porque, se tiverem, você precisará de um tipo diferente de advogado. Posso encaminhá-lo para um advogado criminal.

Estremeci. Ele estava falando sério sobre isso? Como minha resposta física, sua expressão suavizou, passando de profissional para simpática.

– Eu tenho que perguntar – apaziguou Stewart. – É só pra garantir. Não é nada contra você, filho. Eu perguntaria a mesma coisa ao Dallas.

– Nada disso – respondi. – Mas eu não consenti em ser gravado, se isso conta.

Meu telefone apitou. Era uma mensagem da Bailey. A culpa me tomou. Ignorei-a e deixei o celular no silencioso.

– Você soube disso na época?

– Mais ou menos. Peguei a garota com a câmera do celular ligada e fiquei puto. Ela disse que apagou. Achei que tinha apagado mesmo. Mas eu estava bem… hum… alterado.

– É um crime gravar alguém num ato sexual sem permissão.

Isso confirmou o que eu tinha reunido em minha pesquisa na internet, mas era de pouco conforto agora. Não queria prestar queixa depois que a minha vida explodisse, eu queria desarmar a bomba.

– E se elas passarem adiante? – Engoli em seco, a boca de repente seca como um deserto.

– O estado não tem leis específicas que regem a pornografia de vingança. Mas chantagear sobre a divulgação seria uma infração. Essas são questões criminais. Para isso, você teria que ir à polícia e registrar uma declaração pra prestar queixa.

Policiais. Ótimo. Se havia um grupo de pessoas que não gostava de mim, era esse.

E como se um jogador de hóquei grandalhão prestando queixa contra uma garota metade do seu tamanho fosse pegar bem. Ótimo para a minha carreira.

– Tá.

– Tenho que avisar, no entanto, que seria confuso e público. Se surgir um processo civil, ou se quiser iniciar um, é aí que eu entro. Também confuso e público. – Ele examinou meu rosto. – Mas presumo que você não queira cutucar o vespeiro agora.

– Correto.

– De modo geral, é o que eu aconselharia – disse Stewart. – Espere até termos uma melhor compreensão da situação.

– Estou tentando descobrir, mas acho que a garota está mentindo pra mim. Ela diz que o vídeo não existe, mas há rumores circulando que me preocupam. Parece uma coisa do tipo "se tem fumaça, é porque tem fogo".

– Trabalhamos com excelentes investigadores particulares. Pode valer a pena ver o que eles podem desenterrar.

Do jeito que estava minha vida? Contratar um detetive particular?

– Contanto que não chamem ainda mais atenção pra isso.

– Não vão. Eles não vão abordar ninguém sem sua autorização, mas farão muito trabalho de campo, discretamente, e pesquisa de antecedentes. – Ele fez uma pausa, me dando um olhar significativo. – E, talvez, pagando o preço certo, uma investigação de dispositivos eletrônicos.

– Investigação de dispositivos eletrônicos? Que diabos isso significa?

– Hackear – respondeu, em voz baixa. – Mas isso seria ilegal, então eu nunca disse isso, nem tolero. Tudo são alegações, hipóteses, entendeu?

Era uma ideia. Hackear o celular da Kristen. Talvez o e-mail dela também.

– O problema é se ela tiver enviado pra alguém.

– Para efeito de argumentação, digamos que o vídeo seja encontrado. O que teria nele? Sei que é um assunto desconfortável, mas me dê uma ideia geral para que eu possa avaliar a extensão do dano. O quanto seria comprometedor? – Ele pegou sua caneca e tomou um gole, me observando por cima dela.

– Não sei em que momento a Kristen pegou o telefone. – Suspirei. – Estava transando com uma garota, a Nikki. Ela estava em cima de mim. Então eu a parei e ela me chupou enquanto eu fumava um baseado.

– Então consentimento é fácil de estabelecer.

– Espero que sim. – O consentimento nem sequer me ocorreu como um problema potencial.

– Isso é positivo, é um dos seus possíveis maiores problemas. Um escândalo sexual não é tão ruim quanto alegações de agressão sexual.

A bile subiu por minha garganta. Ele estava certo, um vídeo de sexo era melhor do que uma acusação de estupro. Se estivéssemos pensando no menor dos males.

– E o baseado?

– É o último dos seus problemas agora – respondeu ele. – Podia ser um cigarro caseiro. Não faz muita diferença no conjunto da coisa. Mas houve uma terceira pessoa que tirou as fotos?

– Certo. Kristen. Nós também estávamos transando, mas, até onde eu sei, não aparece na câmera. – Mas, porra, vai saber. Ela podia ter ficado com o celular ligado por um tempo antes de eu perceber. Eu estava chapado.

– Ao contrário dessa situação, gravar áudio com consentimento de uma parte é legal. Se você falar com alguém sobre esse assunto, grave a conversa e faça a pessoa falar o máximo possível. Assim podemos avaliar se há alguma evidência que possa usar em processos civis, ou criminais.

Ótimo. Mas o que eu queria mesmo era evitar esses processos.

– Vou fazer isso. E meu contrato com a liga? Você acha...? – Eu parei, incapaz de forçar o resto das palavras. Eles me deixariam de lado? Havia cláusulas de moralidade no meu contrato.

– A situação é muito diferente de quando aquele jogador da NHL filmou mulheres sem o consentimento delas. Não acho que estão inclinados a punir você, a vítima, nesse cenário. Especialmente comigo ao seu lado. – Sua voz assumiu um tom cortante.

Eu esperava que não. Se isso afundasse minha carreira, minha vida estaria acabada. Não tinha plano B.

– E se vazar?

– Um passo de cada vez – respondeu ele. – Mas, se isso acontecer, os responsáveis vão se arrepender amargamente. Eu te asseguro.

Não tanto quanto eu faria.

Ele me olhou com simpatia.

– Tira um tempo pra você. Nunca quero que meus clientes ajam sob forte estresse. Tente esquecer isso. Passe um tempo com sua namorada. Converse com alguém em quem possa confiar.

Não funcionaria. Ninguém mais sabia. E eu queria que continuasse assim.

Engoli em seco.

– Qual conselho daria ao Dallas?

– Que enterrasse isso. – Stewart gesticulou enfaticamente com as mãos gorduchas. – Encontre, enterre e elimine o problema.

– Como?

– Descobrimos se há uma cópia e, se houver, colocamos alguns acordos de confidencialidade em prática. Aí destruímos os arquivos de forma adequada.

– Tá. Isso faz sentido. – Suspirei.

– Olha – recomendou ele –, em noventa e cinco por cento das vezes, os clientes entram com dinheiro pra adoçar os acordos, e os problemas desaparecem por completo. Nós dois sabemos que você pode se dar ao luxo de fazer algo assim.

Sim, mas eu não achava que deveria.

– Quer que eu pague pra manter a história em segredo? Mesmo que eu não seja o errado? Você disse que ela cometeu um crime.

– Falando como advogado e como seu amigo, em uma situação assim, eu recomendo que faça o que precisa ser feito. – Ele arqueou as sobrancelhas. – Pense em quanto vai custar se for de outro jeito.

Balancei a cabeça em negação, o olhar fixo no brilhante piso de ladrilho preto.

– Isso é muito difícil.

Puta merda. Não era o que meu pai esperava quando me deixou amparado financeiramente. Tenho certeza. Que eu precisaria usar o dinheiro para uma situação dessas. Que maravilha. Ele ficaria tão orgulhoso.

Se meu pai estivesse aqui, eu teria com quem conversar. Ter seus conselhos. Eu o queria de volta mais do que qualquer coisa. A constante dor de saudade dele estava quase insuportável agora. Estava perdido. E precisava dele. Precisava de alguém ao meu lado – alguém que me dissesse o que diabos preciso fazer, porque eu, com certeza, não sabia.

– Eu sei, filho. – Stewart plantou os cotovelos na mesa, me dando um olhar paternal, severo, mas de alguma forma gentil. – Você quer estar certo ou fazer isso desaparecer?

– Acho que não posso ter os dois.

– Não. Você não pode.

◆ ◆ ◆

Minha mente girava no caminho de volta para casa. No rádio tocava música atrás de música, mas eu não ouvia uma única palavra.

Enviei uma resposta à mensagem da Bailey quando entrei na caminhonete. Tínhamos planos para esta noite, e eu não tinha ideia de como jogar essa bomba nela. Ainda estava processando tudo.

Assim que voltei para a cidade, eu fiz um desvio rápido. Não queria, mas precisava ter certeza.

Andei pela calçada até a casa com revestimento verde e toquei a campainha da unidade vinte e dois. Liguei o gravador do meu celular.

Perdão, James.

Kristen abriu a porta com um sorriso tímido.

– Oi.

Ela usava uma blusa tão decotada que eu quase conseguia ver seu mamilo, e as calças de ioga pareciam pintadas no corpo. A garota tinha se trocado quando mandei mensagem ou sempre ficava vestida assim? Eu não fazia ideia.

– Tenho treino daqui a pouco, não posso ficar muito tempo – falei, entrando. – Queria falar com você sobre a noite passada.

– O que tem? – Ela olhou com suspeita, fechou a porta atrás de mim e a trancou.

Eu encostei na parede, tentando fingir calma.

– Talvez eu tenha sido precipitado. Estava de mau humor. Você tava certa, aquela noite com a Nikki foi bem quente. – Engoli minha náusea para não vomitar na frente dela.

– Eu sei! – Kristen piscou para mim.

Deus, ela era tão fácil de enganar.

– Pena que eu não consegui ver o vídeo – acrescentei.

– Achei que só pensava na sua namorada nos últimos tempos. – Ela fungou.

– Isso não significa que eu não queira relembrar um pouco o passado.

Era difícil fazer as palavras saírem, amargas, da minha boca.

– Então não deveria ter me feito deletar.

Charlotte, a colega de quarto, passou ao fundo. Ela sabia?

Abaixei minha voz, na esperança de que Charlotte não pudesse ouvir.

– Vamos, Kristen. Aposto que pode encontrar pra mim.

– Hum. – Ela deu de ombros, brincando com uma mecha de seu cabelo escuro. – Eu poderia desenterrar se eu tentasse.

Eu sabia. Porra, eu *sabia*.

– Tenta? – Dei a ela um sorriso sedutor enquanto me odiava por dentro. – Pelos velhos tempos.

– Tudo bem. – Kristen revirou os olhos. – Espera. – Ela pegou o celular e desbloqueou a tela.

Meu coração disparou enquanto eu esperava. Depois de um minuto, Kristen me entregou o celular e lá estava. Vi a gravação completa com o volume baixo, fingindo interesse. Lutei contra o instinto de quebrar o aparelho em pedaços. Eu não podia revelar minhas cartas. Ainda não.

Como suspeitava, o vídeo tinha quatro minutos de mim trepando com a Nikki, ela me chupando enquanto a gente fumava um baseado. A filmagem foi interrompida antes do momento em que peguei a Kristen e disse para ela parar de gravar, convenientemente me pintando como um participante disposto e eliminando todas as referências a ela.

A garota tinha cortado o vídeo. Merda! Eu precisava do original. De alguma forma.

Era a única coisa que poderia me livrar da culpa.

– É isso? – Olhei para ela, as sobrancelhas arqueadas, e devolvi o telefone.

Sua mão roçou na minha no processo, e lutei contra a vontade de afastá-la.

O arco perfeito acima de seus olhos se franziu.

– O que quer dizer?

Cuidado, Carter.

– Achei que era mais longo. – Dei de ombros. – E você não tá no vídeo.

– Talvez na próxima.

– Talvez. – Nunca, porra, nunca. – Ninguém mais sabe sobre isso, sabe?

Ela piscou rapidamente, dando um passinho para trás.

– Não...

Mentira.

– Me faça um favor e continue assim, tá? É mais quente desse jeito.

– Super – respondeu ela, sorrindo.

– Obrigado, Kris. Tenho treino, mas te envio uma mensagem. – Menti. Voltei para a picape, entrei e liguei a ignição. Então, me afundei no volante revestido de couro. Meus pensamentos estavam uma bagunça emaranhada. Como eu contaria isso à Bailey? O que poderia dizer a ela?

Parte de mim achava que ela iria me ouvir. Mas e se não ouvisse? O conteúdo do vídeo era condenatório – eu com duas garotas, uma das quais era comprometida com outro cara. Na época, eu não sabia que ela tinha namorado, mas ainda assim parecia ruim. Bailey estava tão chateada com Derek e Jillian... Minha namorada perderia o respeito por mim? Ia decidir que eu não era quem ela imaginava?

Sem mencionar o efeito catastrófico que o vídeo poderia ter na minha vida – e na da Bailey por associação. Sua reputação como namorada *daquele cara* poderia colocar em risco sua bolsa de estudos, seu estágio e sua carreira. Ela ficaria ressentida comigo por arrastá-la para essa fofoca cruel?

Meu Deus, eu nem tinha conhecido os pais dela, e agora eles me odiariam. E era demais para qualquer progresso que tivesse feito com o Derek.

Uma batida forte na minha janela me assustou. Olhei para cima, esperando ver Kristen.

Não era.

24 Horas

Chase

ABRI A JANELA.

– O que você quer?

– Vamos conversar. – Luke me lançou um sorriso de merda.

Sem hesitar, destranquei a porta. Por que não? Meu dia já estava uma bosta mesmo. Minha vida estava ferrada. Sério. Além disso, ele me pegou saindo da casa da Kristen, então o cara estava em vantagem.

Mas eu também tinha alguns truques na manga. Meu celular ainda estava na minha mão, então liguei o aplicativo de gravação e coloquei o aparelho no console central, com a tela virada para baixo.

Luke abriu a porta e entrou no assento do passageiro. O fedor insuportável de seu perfume chegou até mim, ampliando ainda mais o meu enjoo.

– Carro sem personalidade. Bem a sua cara.

Inclinando-se, me entregou um pedaço de papel branco dobrado.

Eu o arranquei da sua mão.

– Que diabos é isso?

– Me diga você.

Transcrição de vídeo

– COMEÇO DA GRAVAÇÃO –

[música, barulho de fundo]

CHASE: Porra. Segura aí. Cadê o isqueiro?

MULHER 1: Você vai mesmo parar bem agora? Que inferno.

CHASE: Calma aí, Nikki, só vou acender isso.

[ruído de fundo]

[tosse]

MULHER 1: Ai, meu Deus [tosse]. É forte.

CHASE: Eu sei. Meu fornecedor é o cara.

MULHER 2: Vai guardar um pouco pra mim?
MULHER 1: O baseado ou o Chase?
MULHER 2: [risos] Os dois.
CHASE: Relaxa, eu aguento a noite toda. Não posso dizer o mesmo desse bagulho.
[risos, ruídos de fundo]
– FIM DA GRAVAÇÃO –

Senti meu sangue gelar. Lendo assim, as coisas pareciam ainda piores. O mundo virou ao meu redor, e eu cheguei mais perto do que nunca de esvaziar o escasso conteúdo do meu estômago no piso da caminhonete. Eu mal tinha comido o dia todo, então não teria muita coisa.

E ainda era apenas um trecho do vídeo. Mesmo com sua aparente investigação, Luke também não conseguiu descobrir a coisa toda.

Segurando o papel, li a transcrição mais duas vezes. Era como ler a história de outra pessoa. Eu não era mais aquele cara e mal me lembrava daquela noite. Quando tentava revivê-la em minha mente, era tudo um borrão. Minha ressaca durou dois dias depois da festa.

– Estava pensando se o *Callingwood Daily* gostaria de publicar isso. Talvez na primeira página.

Olhei para cima, mantendo a expressão neutra.

– Onde conseguiu?

– Caiu no meu colo. Que tipinho aquela vagabunda da Nikki, né? – Ele bufou. – Ou a Mulher Um, devo dizer.

– O que você quer? – Joguei a transcrição no console entre nós.

– Meu investigador particular fez um bom trabalho – disse ele, ignorando minha pergunta. – E tenho uma cópia do vídeo também, mas certamente você já viu.

A essa altura, eu já me perguntava quem ainda não tinha visto.

– Caso esteja curioso – acrescentou –, só tive que pagar três mil pra Kristen te entregar. Aposto que está disposto a desembolsar muito mais que isso pra manter isso em segredo, não é?

Cem vezes mais.

– Vá direto ao ponto.

Luke inclinou a cabeça e coçou o queixo com um olhar arrogante no rosto.

– Bailey não tá numa disputa por uma bela bolsa de estudos? Achei que tinha ouvido algo sobre um estágio importante também. Parece o tipo de coisa que vai realmente ajudá-la depois da formatura.

Meu estômago revirou. Bailey era uma das cinco finalistas selecionadas para a bolsa de estudos. A *Penalty Box Online* entrou em contato com suas referências e a convidou para outra entrevista na sexta. Minha namorada ficou nas nuvens com as duas notícias na mesma semana.

Se Luke conseguiu rastrear o vídeo, acho que eu não deveria estar tão surpreso que ele soubesse de outros detalhes íntimos não apenas sobre minha vida, mas também sobre a da Bailey.

– E o que isso tem a ver?

Ele fez uma pausa e ajustou a gola de sua camisa polo amarelo-clara sob sua jaqueta. Um silêncio opressivo encheu o veículo enquanto o cara intencionalmente se demorava, saboreando o meu medo. Olhei para o Luke sem demonstrar meus sentimentos, me recusando a dar essa satisfação.

– Essa filmagem é interessante, sabe? A Mulher Dois está longe das câmeras o tempo todo. Seria uma pena se as pessoas pensassem que essa voz é da Bailey. – Luke me lançou um olhar de pena. – Vídeos de sexo com o namorado acabariam com suas chances de conseguir essas oportunidades. Poderia atrapalhar o futuro da carreira dela também.

O pânico subiu por minha garganta, me deixando sem ar. Precisei de cada grama de força que tinha para manter minha voz nivelada.

– Sabe muito bem que essa voz não é da Bailey. Eu nem a conhecia naquela época. E ela ainda estava namorando com você.

Luke deu de ombros.

– Boa sorte provando isso. Não há registro de data e hora no vídeo. Ela tá com você agora, e será culpada por associação. E uma vez que o boato se espalha, sempre tem a desconfiança.

A culpa se agitou em meu estômago. Todo esse tempo, eu me preocupei em protegê-la do Luke, mas era de mim que ela precisava ser protegida. Por minha causa – e pelas escolhas que fiz –, Bailey seria arrastada para as consequências das minhas escolhas. Prestes a pagar o preço por algo que fiz antes mesmo de conhecê-la. Algo feito *contra* mim.

– De novo, que porra você quer? Eu sei que não é dinheiro.

– Quero que termine.

As palavras me apunhalaram como uma lâmina enferrujada.

– O quê? – Eu já deveria saber, mas uma parte de mim, pequena e desesperada, esperava por outra coisa. Qualquer outra coisa.

Seus olhos azuis seguraram os meus, frios.

– Eu gaguejei?

– Ela nunca vai voltar com você. – Minha pulsação rugia em meus ouvidos. – Isso é sobre controle. Você nem a ama. Se amasse, não faria isso.

Luke fez um gesto de pouco caso com as mãos.

– Podemos brincar de psicologia barata o dia todo. Não importa. A questão é: está disposto a destruir a vida dela?

A faca em meu peito foi torcida, me rasgando por dentro, me estripando em minha caminhonete. Me matava pensar na Bailey perdendo algo que merecia. Mas devastava pensar em perdê-la.

Luke tinha o futuro dela em suas mãos e sabia disso.

Eu precisava do restante do vídeo, a parte em que fiquei bravo e chamei Kristen pelo nome. Se não servisse para mais nada, pelo menos tiraria Bailey dessa. O investigador particular de Stewart começaria a cavar, mas quem sabe quanto tempo levaria para descobrir – se descobrisse – algo? E depois? Vazar o meu vídeo para provar que não era a Bailey? Mesmo que eu encontrasse, as soluções eram uma merda.

– Por que faria isso com a Bailey? – perguntei, procurando desesperadamente um resquício de humanidade escondido bem fundo dentro dele. – E a Nikki?

Eu poderia lidar com as consequências da minha própria vida, mas os danos colaterais nesse cenário eram criminosos. A culpa que eu estava sentindo era indescritível.

– Quem se importa com a Nikki? – Luke zombou. – Quanto à Bailey, se você fizer a escolha certa, não faço nada.

– E se eu negar? – perguntei, com a voz rouca.

– Vou garantir que, ao pesquisarem o nome dela, achem que ela dirige pornô amador. Futuros empregadores, possíveis namorados... porque, sejamos honestos, nós dois sabemos que vocês não vão durar, e até mesmo os professores dos filhos que ela tiver no futuro. – Ele se recostou, colocando vagarosamente um tornozelo sobre o joelho, como se fôssemos velhos amigos conversando.

A negação tomou conta de mim.

– Isso pode ser apagado.

– Não completamente. – Luke sorriu, seu tom ainda mais condescendente do que o normal. – A internet nunca esquece, Carter.

Nem eu. De algum jeito, eu daria o troco por isso. Mas, primeiro, eu precisava impedir que minha vida desabasse. Ou, pelo menos, tentar minimizar os danos.

Morrison não era nada além de um covarde, então mudei de tática.

– Sabe que chantagem é crime, né? E um crime grave, na verdade.

– Ah, não estou esquentando com isso.

Puta merda, o cara tinha enlouquecido.

– Por que não? – retruquei. – Acha que seus pais advogados vão te pagar fiança? – Corri o risco de irritá-lo, mas estava tão cheio de raiva que não conseguia me conter.

Luke permaneceu estranhamente calmo, como o psicopata que era.

– Falando em pais, já conheceu os da Bailey? Pessoas adoráveis. – Ele franziu o cenho, me estudando com desaprovação. – Não sei o que vão dizer sobre você quando o vídeo chegar às mãos deles.

– Está disposto a arriscar ir pra cadeia para me derrubar? – Cuspi. – Eu poderia chamar a polícia agora mesmo.

– Você não é estúpido o suficiente para achar que essa é a única cópia. Se fizer isso, ela explode na mesma hora. Me colocar na cadeia não vai consertar a reputação dela. Está disposto a arriscar?

A resposta era não, e ele sabia. Pelo menos agora eu tinha as ameaças gravadas. O problema era que isso não o impediria de atacar a vida inteira da Bailey primeiro.

– Se arrastar a Bailey pra isso, a cadeia será a menor de suas preocupações. Não terei mais nada a perder.

Apesar de minhas fantasias violentas sobre o Morrison, eu nunca tinha pensado de verdade em matá-lo. Até agora.

– Ah, isso não sei. Você tem muitas coisas em jogo. Deluca e eu temos conversado ultimamente. Talvez ele esteja interessado em ver a estreia do seu filme.

– Vá em frente! – gritei. Tom Deluca era parte da equipe de gestão do Los Angeles, e eu também falava com ele regularmente. – Faça isso e deixe a Bailey fora dessa história.

– Que nada!

Agarrei o volante, os nós dos meus dedos ficando brancos.

– Por que não? Sou eu que você quer punir.

– Você arruinou a minha vida – zombou ele.

Possivelmente, ele falava da repercussão negativa que sofreu após o último jogo. Luke nunca havia assumido responsabilidade por nada em toda sua existência miserável e, com certeza, não mudaria agora.

– É justo que eu retribua o favor.

– Você arruinou a própria vida.

Luke soltou uma risadinha sarcástica.

– Posso falar o mesmo de você.

Ele não estava errado, embora eu nunca tenha consentido com aquele maldito vídeo.

– De qualquer forma – Luke fingiu um bocejo –, rascunhei um e-mail detalhado pra todos que a Bailey conhece, completo e com o vídeo anexado. Termine ou vou enviar.

A dor no coração me atingiu como nunca antes, misturada com raiva pura e absoluta. Meu cérebro entrou em um modo frio e calculista, me deixando sem palavras.

– Outras pessoas têm cópias, então nem tente nada. E nem pense em fingir um término e me enganar. Tenho olhos em todos os lugares – ameaçou ele. – Foi assim que te encontrei aqui.

– Se eu concordar, você a deixará em paz? – Meu coração se apertou quando forcei as palavras.

– Vou. – Ele abriu a porta, saiu do carro, mas ficou parado ali por um momento. – Você tem vinte e quatro horas pra fazer isso.

Bailey

Desviei o olhar do artigo em que estava trabalhando e chequei de novo o horário no canto inferior do notebook. Chase estava mais de meia hora atrasado. Não era do seu feitio não avisar, mas ele estava agindo de forma estranha nos últimos dois dias. Distante e desanimado, diferente de seu habitual. Sem mensagens de flerte ou sensuais, que costumávamos trocar várias vezes ao dia.

Quando lhe escrevi para perguntar o que havia de errado, ele me ignorou completamente. Só podia imaginar que ainda estava remoendo a suspensão de três jogos. Ele pareceu não se incomodar, mas percebi que ficar no banco realmente o incomodava. Ainda mais por terem perdido tão feio no último jogo.

Ainda assim, não conseguia me livrar da sensação de que algo mais estava acontecendo.

O desconforto se instalou em meu peito, e voltei minha atenção para o texto sobre a feira de arte da faculdade. Ao meu lado, na mesa, meu celular vibrou, e a tela acendeu com uma nova mensagem.

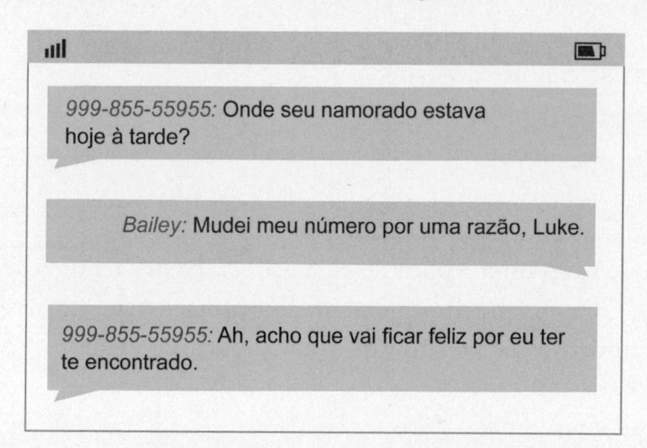

Uma foto anexada apareceu. O medo surgiu enquanto eu arrastava os dedos pela tela, dando *zoom*. Era Chase, na varanda de uma casa verde. A porta estava aberta, e Kristen estava em pé na entrada.

Não.

Uma sensação familiar de agonia se instalou: traição. Igual aconteceu com o Luke. Saber disso pelo meu ex era mais do que irônico, como se um ciclo estivesse se completando. Minha mente recuou, procurando freneticamente por uma explicação razoável. Talvez a foto fosse antiga, mas, então, por que Luke a teria?

Do meu quarto, ouvi Shiv atender a porta e deixar o Chase entrar. Quando meu namorado cruzou a soleira do meu quarto, sua postura estava rígida; e seus olhos, assombrados. Ele até parecia culpado.

– Oi. – Ele enfiou as mãos no bolso da calça jeans, encostando-se no batente da porta.

Mais alarmes dispararam na minha cabeça quando Chase não chegou perto nem me deu um abraço, ou um beijo de olá.

– Onde você tava mais cedo? – Chateada demais para ser estratégica na hora de abordar o que estava acontecendo, senti um pânico crescer ainda mais com o comportamento indiferente dele.

– No treino – respondeu. – Olha, precisamos...

Meu coração apertou. Primeiro golpe: ele mentiu.

Eu o interrompi, dando um olhar frio.

– Tem certeza disso?

– O que quer dizer? – Chase franziu a testa, mas a culpa brilhava em seus olhos.

– Você fez outras paradas no caminho?

Por favor, me diga a verdade, por favor, assuma.

– Tive que resolver algumas coisas.

Empurrando minha cadeira para trás, fiquei em pé, observando seu rosto com atenção. Meu pulso acelerou.

– Kristen era uma delas?

Chase desviou o olhar e focou no chão, balançando a cabeça em negação.

– Claro – murmurou em um tom quase inaudível.

– O que diabos tá acontecendo, Carter?

Tinha que haver uma explicação para isso. Tinha que ter uma boa razão para ele estar lá, e Chase ia me dizer qual era. Eu confiava nele. Eu acreditava nele.

Meu namorado me encarou de volta com tanta angústia nos olhos que lágrimas brotaram nos meus.

– Não aconteceu nada. Juro.

Sim, eu já tinha ouvido essa frase antes – muitas vezes. Mas nunca dele. Nada disso fazia sentido.

E a pior parte era que parecia que ele estava dizendo a verdade.

Respirei fundo e engoli em seco para me impedir de chorar.

– Então por que estava lá?

– Eu... – Ele hesitou, balançando a cabeça. – Não posso.

Minha voz falhou.

– Por favor, me diga. Eu quero a verdade.

Isso não estava acontecendo. Não podia estar acontecendo. Esse era o cara que esteve ao meu lado, incondicionalmente, mesmo quando eu tentei afastá-lo. Que não tinha sido nada além de paciente e gentil e, acima de tudo, honesto comigo. Às vezes de forma brutal.

– Não – disse ele, com mais firmeza. Um lampejo de sua autoconfiança de sempre apareceu, mas desapareceu quase no mesmo instante. – Eu não olhei pra mais ninguém desde que te conheci. Acho que sabe disso.

– Eu pensava assim, mas eu preciso de uma explicação melhor.

Dei um passo, seguido de outro, e me aproximei dele até ficarmos a um braço de distância. Seu maxilar tremeu enquanto me observava, mas Chase não se moveu. Procurei seu rosto, sondando-o, como se pudesse ver seus pensamentos se tentasse bastante.

– Preciso que confie em mim, James. – Os músculos do seu pescoço estavam tensos, combinando com sua voz.

Um soluço estrangulado escapou da minha garganta.

– Como posso confiar em você se não me dá uma resposta?

– Eu te amo mais do que qualquer coisa neste mundo, mas não posso te dar isso. – Seus olhos buscaram os meus, doloridos, mas ilegíveis. – E não podemos... – Ele soltou um suspiro pesado. – Não posso ficar com você agora.

Meu mundo ruiu a meus pés.

– *O quê*? – Eu me afastei, colocando espaço entre nós como se isso, de alguma forma, protegesse meu coração. – Como você pode... como pode dizer que me ama e então fazer uma coisa dessas? Não quer mais ficar comigo? Simples assim?

Chase começou a andar em minha direção, mas se conteve. Ele fechou as mãos em punhos, flexionando e soltando.

– Isso não... Eu quero ficar com você mais do que qualquer coisa.

– Tá – retruquei com raiva. – Exceto que escolheu não ficar.

Uma dor rasgou meu peito, tão intensa que pensei que poderia estar tendo um ataque cardíaco. Eu o amava. Chase me amava. Eu sabia que isso era verdade, mas, então, o que estava acontecendo?

Foi como entender que tudo o que eu pensava ser verdade não era.

– Sinto muito – disse ele. – É o melhor pra nós.

Abri a boca para responder, mas as palavras não vieram. Nós nos encaramos, banhados em palavras não ditas e em perguntas não respondidas.

O silêncio se estendeu enquanto meu coração sangrava no chão do quarto, uma batida de cada vez.

Finalmente ele limpou a garganta.

– Preciso ir.

Com outro olhar de dor, ele se virou e foi em direção à porta do meu quarto. Ainda congelada, com descrença, eu o observei sumir pelo corredor. Momentos depois, ouvi o som da porta da frente se fechando.

Lágrimas irromperam com força, acompanhadas por soluços sufocantes. Eu não conseguia deter as lágrimas, não conseguia recuperar o fôlego e não conseguia entender o que Chase tinha dito. Tudo o que tínhamos se foi. E eu ainda não entendia o porquê.

– Bailey – chamou Shiv. – Você tá bem?

– Não.

Segundos depois, ela entrou em meu quarto. Quando me viu, minha amiga correu e jogou os braços ao meu redor.

– O que aconteceu?

Minha voz falhou.

– Não sei.

55
48 Horas

Chase

Foda-se a minha vida.

Ah, acho que acabo de fazer isso.

◆ ◆ ◆

Pensa nisso, James. Nós teríamos filhos muito altos. Eles poderiam ser gigantes.

Você está bêbado, Carter. Fofo, mas bêbado.

Bailey

Piscando em descrença, reli o e-mail na tela.

> Prezada srta. James, temos o prazer de informar que foi selecionada para receber o financiamento integral da mensalidade para o próximo ano acadêmico.

Meu peito se apertou enquanto as palavras se confundiam. Eu consegui. Consegui a bolsa.

Foi uma vitória amarga, já que o Chase explodiu meu mundo recentemente. Eu ainda não entendia o que tinha acontecido. Ele apareceu com cara de velório, terminou tudo sem aviso prévio, não me deu qualquer explicação e foi embora. Simplesmente saiu sem olhar para trás.

Desde então, silêncio total. Nenhuma ligação, nenhuma mensagem, nada.

Eu andava perdida, tentando compreender o que tinha dado errado, o que fazer agora e como dar sentido àquilo tudo. Peguei o celular e busquei o seu contato pelo menos uma dúzia de vezes – seja por puro hábito ou porque uma onda de ressentimento me atingia e eu queria respostas. Inferno, eu *merecia* respostas, muito melhores do que as desculpas esfarrapadas que ele me deu. Mas toda vez que meu dedo pairava sobre seu nome, eu congelava. Mágoa, raiva, confusão, orgulho... um milhão de coisas me seguravam.

Peguei meu café na mesa de cabeceira, esvaziando a segunda xícara da manhã. Eu não tinha dormido mais do que três ou quatro horas desde que terminamos – e, mesmo assim, o sono era interrompido por pesadelos e crises de choro. Comer também não tinha qualquer graça. Neste ponto, eu estava sobrevivendo à base de cafeína, tristeza e vento.

Depois de ficar encolhida debaixo das cobertas com meu notebook por mais meia hora, finalmente me arrastei para fora da cama e entrei no chuveiro. Deixei a água quase no máximo de quente, esfreguei xampu no cabelo e chorei bastante sob o jato d'água. Quando minha garganta ficou rouca; e a pele, enrugada, peguei uma toalha e me sequei, depois vesti um pijama limpo. Eu não ia sair do apartamento hoje, então, para que me preocupar com roupas de verdade? Só de ter tomado banho já era uma grande melhoria em relação aos dias anteriores.

Mesmo que eu me sentisse morta por dentro.

Por fora também, na verdade. Todo aquele choro tinha deixado minha pele manchada e os olhos vermelhos e inchados. Eu mal tinha me alimentado nos últimos dias. Não por falta de tentativa, mas, só de olhar para a comida, o meu estômago revirava, e forçar era pior.

Minhas amigas viviam ao meu lado, mas, de algum modo, os esforços delas eram o oposto de reconfortante. Eu queria ficar sozinha. Siobhan tinha cozinhado e tentado me convencer a comer. Derek não parava de enviar mensagens perguntando se eu estava bem. E Zara e Noelle gentilmente interviram e se ofereceram para assumir minhas tarefas no jornal por um tempo. Tê-las por perto era angustiante, mas eu não tinha muita escolha. Não estava bem para ser vista em público, muito menos para assistir a jogos e tomar notas.

E, mais para o fim da semana, eu teria uma segunda entrevista para o estágio na *Penalty Box Online* por videoconferência. Como eu poderia me manter firme quando estava em frangalhos por dentro?

Quando saí do meu quarto, Siobhan estava no sofá, assistindo a um documentário sobre crimes reais. Parecia uma escolha estranha às 9h30 da manhã, mas eu já tinha entendido que seu gosto por mídia era eclético, para dizer o mínimo.

Chorar por dias seguidos tinha cobrado o seu preço, e, mesmo depois do banho quente, eu estava toda dolorida. Fui até a cozinha e completei meu café. Comer alguma coisa seria uma boa ideia, mas eu não tinha o menor apetite.

De pé, atrás do balcão, debati se deveria falar com a Shiv sobre o que estava pensando. O que mais eu poderia perder? Chase já tinha ido embora.

Fui até a sala e me sentei no sofá, ao lado dela.

– Posso perguntar uma coisa?

– Claro. – Shiv pausou o programa e se virou em minha direção. Ela examinou meu rosto, sua expressão se suavizando. – Você tá bem?

– Na verdade, não – admiti. Um nó se formou em minha garganta, e eu o engoli, desejando que desaparecesse. – Mas tenho uma pergunta. Mas só se conseguir manter isso entre nós. Se você e Dallas não guardarem segredos um do outro, tudo bem, eu simplesmente não pergunto.

– Pergunta. Não vou contar a ele, prometo.

Eu confiava nela. Ao contrário da Amelia ou da Jillian, que eram incapazes de guardar segredos uma da outra, ou de seus namorados, eu acreditava que Shiv ia honrar meu pedido.

– Pode me arrumar o número da Kristen? Ou talvez descobrir onde eu posso encontrá-la no campus? Eu preciso falar com ela.

Siobhan franziu o cenho.

– Acho que posso descobrir isso. Por quê?

– Por isso.

Desbloqueei meu celular e mostrei a ela a foto que Luke tinha me enviado. Só então me dei conta de como era estranho que ele tivesse essa foto. Entre as mensagens dele e a chegada de Chase – e a imediata implosão da minha vida –, eu estava em um choque tão profundo que não tinha levado isso em consideração. Será que Luke estava seguindo o Chase? Ele estava me seguindo também? Senti um enjoo com o pensamento.

– Isso é estranho – disse Shiv, com o rosto contraído, estudando a tela.

– Não é?

Bloqueei o celular e o coloquei no colo, tentando não olhar para a tela de descanso, que ainda tinha uma foto minha e do Chase no baile de gala. Eu não consegui me forçar a mudar, mas, toda vez que a via, mil cortes, daqueles de papel, arranhavam meu coração. Deixei o telefone de lado e dei um gole no meu café escaldante, rezando para que a cafeína compensasse a falta de sono e a ressaca emocional. No ritmo que eu estava indo, eu precisaria da garrafa inteira para atenuar minha exaustão.

Siobhan apoiou o queixo na mão e respirou fundo, hesitando antes de falar.

– Não quero me meter em algo que não é da minha conta e causar mais problemas, mas eu vi... bem, vi Chase e Kristen tendo uma briga depois do último jogo. Quando eu perguntei, ele disse que ela não aceitava um não como resposta. Pode ser que ele tenha ido até lá pra tentar pôr um fim nisso.

Mais uma coisa sobre a qual eu tinha sido mantida no escuro. Chase não tinha me contado sobre essa discussão com a Kristen. Nós tínhamos falado ao telefone naquela noite, e ele parecia diferente... distante. O suposto confronto entre os dois coincidiu com o momento em que ele começou a se comportar de forma estranha. Como se um interruptor tivesse sido acionado.

Mas...

– Por que ele iria até a casa dela pra isso? E por que não me contou? Quando perguntei, Chase não conseguiu explicar por que estava lá.

Quanto mais eu pensava, menos eu achava que tinha alguma chance de Chase ter feito algo com a Kristen. Ao contrário do Luke, que podia tentar enfiar as mentiras goela abaixo, mas, no fundo, eu sabia quando ele estava me traindo ou mentido. Esse sentimento doentio e desconfortável revirava o meu estômago. Uma espécie de radar de desonestidade.

Chase nunca me fez sentir isso, mesmo agora. Tinha algo muito errado, mas não era traição.

Ou talvez eu estivesse em negação. Ainda não tinha aceitado o término. Não podia ser real. Ia contra tudo o que eu achava que sabia.

– Eu não sei – disse Shiv, meio cantarolando. Seu olhar caiu em suas unhas rosa-claras e, então, de volta para mim. – Estou preocupada com o Chase. Principalmente com a forma como ele terminou com você e saiu daqui. Não faz nenhum sentido.

– Ainda bem que não sou a única que achou isso muito estranho. – Bufei e tomei mais um gole de café.

Ela mordeu os lábios, os olhos azuis-esverdeados ficando sérios.

– Provavelmente estou quebrando todas as regras do manual de namorada, mas vou te contar de qualquer jeito.

– Me contar o quê? – Meu coração disparou.

– Depois do jogo na outra noite, fui dormir cedo. Os caras ficaram acordados jogando videogame e bebendo. Quando me levantei pra usar o banheiro, Chase e Dal estavam conversando no corredor. Chase disse que precisava falar com o pai do Dallas sobre algo urgente.

– O pai do Dallas? Não entendi.

– Bem... ele é advogado.

Fiquei preocupada.

– Por que precisaria de um advogado?

Estaria com problemas?

– Não tenho certeza. Eu estava meio dormindo. Não pensei muito na época e não fiquei por perto pra ouvir.

– Qual o ramo do pai do Dallas?

– Litígio. Mas talvez Chase precisasse de conselhos jurídicos pra outras coisas. – Ela torceu os lábios em uma linha. – Mas o *timing* é estranho, não acha?

Em que tipo de problemas ele poderia estar? Nunca foi preso por nada, pelo menos que eu soubesse. Luke ainda estava vivo, então não era isso. Chase não estava processando ninguém, nem sendo processado. E não se envolveu em nada muito fora da lei, além de um uso ocasional de maconha.

Será que falhou em um teste antidrogas? Ou poderia estar usando drogas para melhorar o desempenho? Isso eu duvidava muito.

Kristen também não se encaixava em nada disso, a menos que fosse a traficante.

Nada fazia sentido.

Bem, nem Chase terminando tudo do nada. As coisas entre nós não estavam só bem, estavam ótimas. Estávamos falando sobre o futuro. Falávamos sobre a eternidade. Meu coração apertou, e meus olhos se encheram de lágrimas. Suspirei lentamente, tentando me acalmar para afastá-las.

– Dallas não mencionou nada disso pra você?

– Não. – Siobhan negou com a cabeça. – Eu não perguntei por que estava bem claro que eu não deveria ouvir. Eles falavam baixo.

– Talvez seja bom que você não tenha perguntado. Dessa forma, Chase não sabe que eu sei.

– O que vai fazer?

Eu não sabia ao certo. Algo. Qualquer coisa.

– Descobrir que diabos está acontecendo.

◆ ◆ ◆

Qual é a aposta?

Se eu ganhar, você tem que assistir a um romance água com açúcar.

E, se eu ganhar, você tem que assistir Operação Vingança.

Dez minutos depois…

Legal, Carter. Você me venceu pela primeira vez.

Claro que venci.

Ótimo. Operação Vingança, então.

Não, podemos assistir seu filme.

Sério? Não precisamos.

Eu sei.

Chase

Olhei fixamente para meu livro de Economia Esportiva sem conseguir focar. As provas eram na semana seguinte, mas, toda vez que eu o abria para rever a matéria, as palavras borravam.

Eu só conseguia pensar na Bailey. Sentia a falta dela, me perguntava se estava bem, esperando que não me odiasse... mesmo que devesse.

Queria ligar para ela. Não, eu queria ir até lá e contar tudo. Mas não podia arriscar que a Bailey fosse pega no fogo cruzado.

Se eu conseguisse passar uma semana ou duas sem arruinar a vida dela, talvez eu pudesse encontrar um jeito de sair desse abismo em que me enfiei.

Uma batida forte na porta me trouxe de volta para a realidade. Dallas não esperou que eu respondesse antes de entrar, como um homem em uma missão. Sentou-se na beirada da minha cama, em frente à minha escrivaninha, me encarando. Fechei o livro por impulso, mas logo me arrependi e o abri de novo em um capítulo aleatório. Precisava focar em outra coisa – qualquer coisa – que não fosse a provável enxurrada de perguntas que estava prestes a enfrentar.

– E aí, cara? – Seus olhos me perfuraram.

Evitando contato visual, eu fingi estar fascinado com um gráfico na página 256.

– Nada. Só estudando. – Virei a página.

– Claro que tá. – Seu tom ficou áspero. – Agora que já passamos da fase da enrolação, fala sério: o que tá realmente acontecendo?

Sem erguer a cabeça, dei de ombros. Tinha dificuldades em mentir para o Dallas porque ele me conhecia bem demais. Mas também não queria contar a verdade. Quanto menos pessoas soubessem, melhor.

Ele arrancou o livro das minhas mãos e o fechou com força. Ergui meu queixo, relutante, e, quando enfim fiz contato visual, ele me lançou um olhar de reprovação.

– Você não sai de casa há três dias – ressaltou. – Se não reaparecer logo, Miller vai vir aqui e arrastar sua bunda para o treino. E, nesse ponto, eu vou ajudar.

– Vou amanhã – menti.

– Temos um jogo em dois dias.

– Eu sei. – Não sabia. Nossa agenda era a última coisa em que eu pensava. – Vou estar pronto. – Outra mentira, mas estava fazendo muito isso ultimamente. Depois de mal comer ou dormir, eu seria inútil no gelo. Uma desvantagem, na verdade.

Dallas apoiou os cotovelos nos joelhos, me dando um olhar que parecia demais com o do pai dele.

– Sabe, a Shiv me mandou mensagem perguntando sobre você algumas vezes no dia.

– Mandou? Por quê?

– Nossa, não sei, Carter. – Ele abriu os braços. – Talvez porque a gente esteja preocupado com o estado da sua saúde mental desde que você largou a Bailey sem motivo aparente?

Uma mão invisível envolveu minha garganta.

– Ela tá bem?

– O que você acha? – O tom dele era duro.

A culpa caiu sobre mim como uma tonelada de tijolos. Eu estava enterrado tão fundo que talvez nunca saísse. E nunca me perdoaria por isso.

A voz do Dallas se suavizou.

– Tem a ver com o motivo de ter visitado meu pai?

Soltei um longo suspiro. Ele não ia deixar isso quieto.

– Sim.

– Por que não fala comigo? Você sabe que pode. Eu não conto pra ninguém, nem pra Shiv.

– Porque eu estraguei tudo, Ward.

◆ ◆ ◆

Sabe que vou te pedir em casamento um dia, né?

Vai?

Pode apostar. E você vai aceitar?

Claro.

56

Zona de impacto

Chase

QUANTO MAIS EU CONTAVA AO DALLAS, mais a postura dele se tensionava.

Na metade da recapitulação da minha conversa com o Luke, ele pulou da minha cama.

– Puta merda – disse, me interrompendo. – Por que não me contou antes?

Boa pergunta.

– Hum. Eu meio que entrei em choque. Minha vida passou de algo normal pra um pesadelo completo no intervalo de vinte e quatro horas. Ainda não tô pensando com clareza, caso isso não tenha ficado óbvio.

Voltei a detalhar a sórdida cadeia de eventos. No final da história, Dallas estava andando de um lado para o outro no meu quarto, quase tão angustiado quanto eu.

– Você não fez nada de errado. – Ele girou nos calcanhares e deu outra volta. – Eu me lembro de como você ficou chateado no dia seguinte quando disse o que a Kristen tinha aprontado.

Meu amigo tinha razão, mas eu ainda estava chateado comigo mesmo por ter acreditado nela.

– Isso não muda a situação em que estou agora.

Dallas balançou a cabeça em negação, passando a mão pelo cabelo escuro.

– Você tem que contar pra Bailey.

– Não ouviu o que eu disse? Morrison vai espalhar a história pra todo mundo.

Dallas tinha boas intenções, mas eu já vinha me torturando e me consumindo com essa decisão havia dias. Se fosse tão simples contar, eu já teria feito isso.

– Como ele saberia que contou?

Essa era a pergunta de um milhão de dólares. Mas o preço a se pagar seria alto demais. Bailey perderia tudo pelo qual tinha lutado nos últimos três anos. Seu futuro. A chance de ter a carreira que merecia, de ser financeiramente independente, o que importava muito mais do que ela queria admitir.

Sem mencionar o efeito colateral em sua vida pessoal. Eu tinha o couro tão duro quanto o de um jacaré, mas a Bailey não.

– Não sei – respondi, sentindo um desconforto espinhoso me invadindo. – Morrison sabe todo tipo de merda que não deveria. Como o cara sabia sobre o estágio? É de arrepiar.

Quando me encontrei com o investigador particular do Stewart, o Vincent, ontem, a primeira coisa que pedi é que ele garantisse que o Luke não perseguisse a Bailey. Vicent pediu que eu ficasse calmo, então me mantinha grudado no celular, aguardando alguma atualização, desde então. Esperando para saber se o investigador tinha conseguido o vídeo completo ou descoberto quem o tinha, qualquer coisa.

Até agora, nenhuma notícia. Eu também não podia entrar em contato com o Stewart novamente até que o Vincent me desse sinal verde.

Sentar, esperar e enlouquecer.

– Talvez você devesse deixar a Bailey decidir o que quer fazer – sugeriu Dallas.

– Acha que não quero? Dar a ela a escolha pode acabar sendo o mesmo que escolher por ela. Se eu contar e o Morrison descobrir, ele vai surtar. Fim de jogo.

Os possíveis desdobramentos passavam na minha cabeça como um filme de terror que se repetia sem parar: aquele e-mail de merda chegando aos amigos dela, à família, a todos os envolvidos no programa de bolsas e no estágio. A vida da Bailey desmoronando como um castelo de cartas. Tudo por minha causa.

Morrison poderia puxar o gatilho de qualquer maneira, com ou sem envolver a Bailey. Se Deus quiser, seria sem ela. No fim das contas, eu podia assumir as coisas que fiz, mesmo que nunca tivesse pretendido que se tornassem públicas.

Mas a Bailey ficaria comigo se soubesse do vídeo? A resposta a essa pergunta me assustava.

– Se não contar – disse Dallas, a voz baixa –, vai ficar sem ela.

Foi como se um taco de hóquei tivesse acertado meu estômago. Mais uma vez, ele estava certo, mas eu não podia aceitar essa possibilidade. Não podia ser a razão de seus sonhos virarem fumaça. Daí o purgatório infernal em que eu estava preso.

Estava ansioso para pegar o celular. Melhor ainda, para ir até lá e encontrá-la. Sentia falta dela mais do que qualquer coisa no mundo. A distância que eu havia colocado entre nós era uma verdadeira tortura. Era como se me faltasse um membro – e tinham se passado apenas alguns dias. Quanto mais eu aguentaria?

– Estou tentando mantê-la fora da zona de impacto. Não me importo com o que vai acontecer comigo, mas não posso deixar que ela seja arrastada pra essa merda. O que faria se fosse a Shiv?

– Eu a protegeria – admitiu Dallas. – A todo custo.

– Exatamente. A prioridade é tirar ela do caminho desse trem de carga que está vindo. Se tiver outra ideia além dessa, sou todo ouvidos.

Ao lado da minha cama, a tela do meu telefone acendeu.

◆ ◆ ◆

Você vai no meu primeiro jogo na NHL?

Não perderia por nada no mundo.

◆ ◆ ◆

As horas que precisei esperar para me encontrar com o Vincent pareceram uma eternidade. Dallas tentou ficar comigo, mas o nível de ansiedade dele alimentava o meu, então eu o forcei a sair de casa e manter seus planos originais com a Shiv.

Nesse meio-tempo, o investigador me deu sinal verde para falar com o Stewart. O que eu esperava que fosse uma conversa construtiva acabou sendo *destrutiva*, porque o pai do Dallas e eu concordamos que ele informaria o Los Angeles preventivamente sobre a situação. Havia uma chance de eu acabar com o meu contrato e arruinar minha futura carreira no hóquei, mas Stewart me garantiu que me adiantar era o melhor caminho. Eu não tinha escolha a não ser confiar nele.

Já passava das 8 horas quanto me encontrei com o Vicent. O *pub* sujo em que nos encontraríamos pela segunda vez ficava do outro lado da cidade, em um parque industrial. O investigador alegou que era um "local seguro", mas a área era mais do que um pouco obscura. Ele obviamente sabia o que estava fazendo, então fiquei de boca fechada. Talvez as baratas fizessem um bico como seguranças.

Fui até o canto dos fundos e me sentei na cabine, em frente a ele, que estava vestido de preto da cabeça aos pés, com as feições duras amplificadas por uma cicatriz irregular na bochecha esquerda. Como se misturava tão bem para ser um detetive particular era um mistério, mas o Stewart disse que o apelido do homem era *O Fantasma*. Tomara que faça jus a ele.

Vincent tinha os dedos entrelaçados sobre a mesa, olhando para mim por cima de sua caneca de chope pela metade, com uma expressão sombria. Era uma nova adição à minha lista de pessoas assustadoras – uma abaixo do Stewart. Tive a sensação de que, se eu pedisse para ele matar o Morrison, o cara daria o preço e iniciaria o planejamento.

Eu estaria mentindo se falasse que o assunto não passou pela minha cabeça.

– Antes de prosseguirmos – disse Vincent –, temos uma política de "não pergunte, não conte" em relação às fontes. Ou seja, essa prova não pode ser usada oficialmente em tribunal.

– Tudo bem. – Meu pé pousou em algo pegajoso no chão, embaixo da mesa, e fez um som de algo rasgando enquanto eu reposicionava minhas pernas. – Eu preciso saber.

– Como falei, consegui uma cópia do vídeo completo – disse Vincent. – Ou melhor, tenho os dois vídeos, já que ele foi dividido digitalmente.

Senti meu estômago se revoltar.

– Posso ver o segundo?

Do outro lado da mesa, ele esticou o braço, me oferecendo seu celular. Deixei o volume mais baixo, hesitando brevemente. A repulsa tomou conta de mim quando apertei o *play*.

Transcrição de vídeo 2 de 2

Localização: Residência privada, 9516 32nd Ave

Data salva: Sábado, 21 de abril, às 1h27

– COMEÇO DA GRAVAÇÃO –

[1:35:02]

NICOLE: Vamos logo.

CHASE: Espera, preciso pegar outro… Que porra é essa, Kristen? Há quanto tempo tá gravando? Guarda essa merda.

[barulho de fundo]

CHASE: Sai de cima de mim, Nikki.

NICOLE: [ininteligível]

KRISTEN: Não tá ligado, Chase. Estou só brincando.

CHASE: Não me importo. Me deixa ver seu celular.

KRISTEN: Mas você fica tão bem na câmera.

CHASE: O quê? É melhor você não estar gravando isso.

[barulho de fundo]

KRISTEN: [risos] Ou o quê?

CHASE: Não estou brincando. Me dá o telefone.

CHASE: Agora, Kristen. Não preciso que o meu treinador veja isso.

KRISTEN: Você é tão chato. Relaxa, vou apagar. Viu?

[1:36:09]

– FIM DA GRAVAÇÃO –

O vídeo terminou, e eu fiquei olhando para a tela congelada sem piscar. Exatamente como me lembrava.

Uma mistura obscura de sentimentos girava dentro de mim. Protesto, raiva e arrependimento. Eu estava tão focado em canalizar minha raiva no Morrison que nem tinha começado a pensar no que faria com Kristen. Primeiro, ela gravou tudo – e editou o maldito vídeo para me ferrar ainda mais –, aí me vendeu por alguns centavos.

Pelo menos eu tinha a outra metade, com marcação de hora e tudo. Se acontecesse o pior cenário, pelo menos a Bailey seria poupada de algumas das consequências. Não havia como alguém a ligar ao vídeo agora.

– Se você fornecer à polícia um motivo razoável ao prestar queixa, às vezes eles mesmos desenterram essas coisas. – Vincent acenou para seu celular, ainda em minha mão, a tela já apagada. – Sua gravação de áudio, que foi obtida legalmente, já dá a eles um bom ponto de partida pra irem atrás disso. Não deve ser muito difícil encontrar, a menos que o policial responsável seja um completo idiota. – Ele deu um suspiro, cansado. – Embora, infelizmente, muitos sejam.

Com a sorte que eu tinha, acabaria com um monte de idiotas trabalhando no meu caso. Problema para outra hora.

Devolvi o aparelho para ele.

– Tinha alguém seguindo a Bailey?

– Não, mas acho que já sabe que você estava sendo seguido.

Uma sensação gelada percorreu minha espinha.

– Tive um pressentimento.

Confirmar isso não deixava a situação menos perturbadora.

– Outra empresa de detetives. Travers Mill. Preços de prateleira alta, nível inferior e trabalho desleixado. Foram contratados por... – Ele olhou para baixo, conferindo suas anotações. – Lucas Morrison.

Zero surpresa.

– Há quanto tempo estão me seguindo?

– Um mês.

Puta merda. Desde que ele cercou a Bailey com o carro.

Vincent deu de ombros, levando a caneca à boca.

– Como eu disse, são desleixados. Praticamente deixaram um rastro de migalhas pra trás.

– Ainda tão me seguindo?

– Não. – A caneca bateu contra a mesa com um som sinistro. Seus lábios finos se curvaram. – E não farão de novo. Eu cuidei de tudo.

– Espera, se ninguém estava seguindo a Bailey, como o Morrison sabia de tudo aquilo da vida dela?

– Ah, a Travers Mill com certeza estava bisbilhotando a vida dela também.

Outra corrente gelada passou por meu corpo com a ideia dos capangas de Luke fuçando os assuntos pessoais da Bailey. Tentei tirar isso da mente, concentrando minha atenção na mensagem principal. Eles não fariam mais isso.

– Mas não estavam a seguindo como faziam com você – acrescentou. – E também não vão mais bisbilhotar a vida dela. O investigador deles descumpriu várias leis e foi descuidado demais pra encobrir isso direito. Com esse tipo de vantagem, você pode esperar que eles os deixem em paz daqui pra frente.

– Então é seguro falar com ela?

– É. A Travers Mill vai ter que avisar o Luke que eles foram expostos, mas você tem uma pequena janela de oportunidade até isso acontecer. Vou te acompanhar pessoalmente nos próximos dias pra garantir que eles realmente recuaram.

Uma lufada de ar inundou meus pulmões, como se eu estivesse prendendo a respiração sem perceber.

Eu poderia vê-la. Falar com a Bailey. Contar tudo. Implorar seu perdão, ou, pelo menos, tentar.

– Stewart tá cuidando da parte legal das coisas enquanto falamos – acrescentou o investigador.

Além de falar com a gerência do Los Angeles, o pai do Dallas planejou "manter aquele merdinha sob controle", indo direto à fonte do dito controle: os pais do Luke. Ele sentiu que, como advogados, eles seriam bem receptivos com a apresentação da gravação na caminhonete e a ameaça de um processo público e conturbado.

Se funcionaria ou não, eu não podia esperar mais para descobrir. Se a barra estivesse limpa, nada me impediria de ver a Bailey.

◆ ◆ ◆

Amarelo.

Está tudo bem?

Quero um beijo.

Pensei que estava ficando superestimulada.

Não, eu estava ficando solitária aqui em cima.

Bem, não podemos deixar isso acontecer. Quer que eu te desamarre?

Ainda não. Mas espero que você termine logo com essa provocação, ou vou perder a cabeça.

Bailey

Insisti que a Siobhan mantivesse os planos com o Dallas, percebendo tarde demais que seria muito estranho encontrar com ele.

Abri a porta do quarto com cuidado e fiquei atenta a qualquer sinal de vida. Quando tudo o que ouvi foi silêncio, caminhei na ponta dos pés até a cozinha e peguei um copo no armário. Chorar sem parar era desidratante pra caramba. Nunca tinha bebido tanta água quanto nos últimos dias.

Para aumentar meu estresse, a Shiv conseguiu o número da Kristen para mim mais cedo. Eu estava tentando formular a coisa certa a dizer antes de ligar. Se é que tinha uma coisa certa a dizer naquela situação. Quando me virei para encher meu copo no *dispenser* da geladeira, uma mensagem apareceu na tela. Luke novamente. Foi por isso que hesitei em mudar o número no começo. O procedimento foi um saco, e eu sabia que ele ia me rastrear mais cedo ou mais tarde. Acontece que eu estava certa.

Olhei a tela. Senti a irritação dentro de mim, junto com outro lampejo de mágoa. A faca já estava enterrada tão fundo, torcê-la era desnecessário.

Com meu telefone desbloqueado, naveguei pelas mensagens para excluir a dele. Minha intenção era apagar sem abrir, mas a pré-visualização me atraiu e mordi a isca.

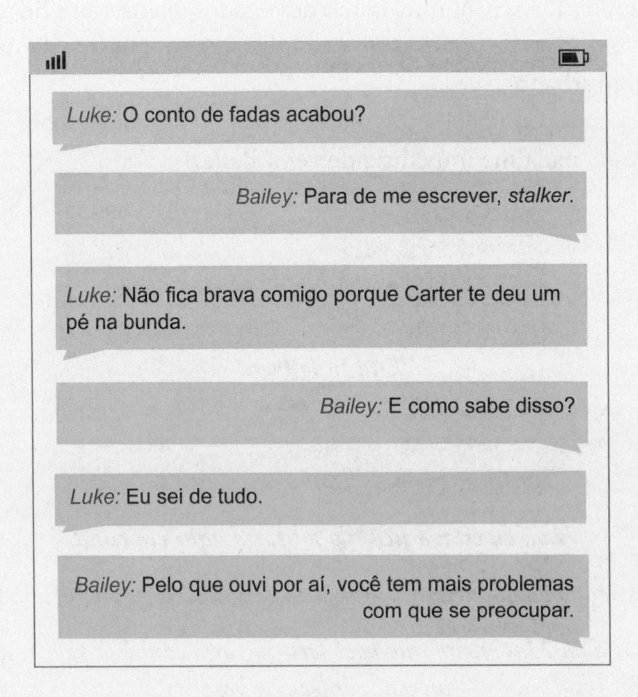

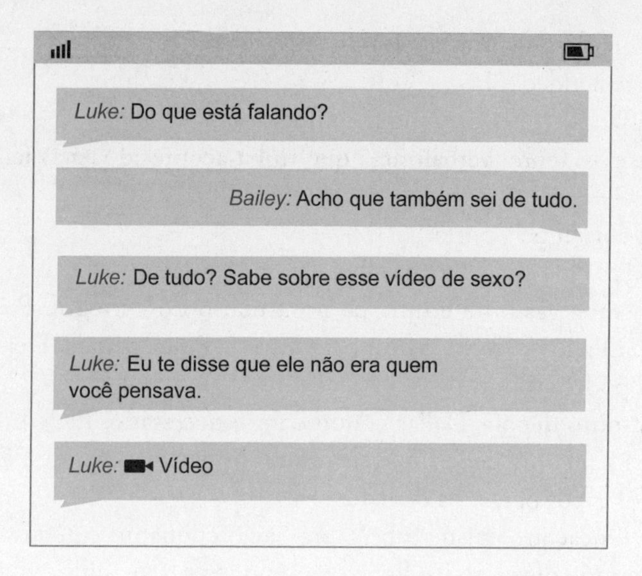

Senti o sangue pulsar em meus ouvidos enquanto eu olhava para a mensagem.

Vídeo de sexo? *O quê*?

A imagem em miniatura me disse tudo o que eu precisava saber. Era de um cara com cabelos escuros beijando uma garota enquanto segurava um baseado em uma mão. Seu rosto estava quase escondido pela fumaça.

Mas eu conhecia aquele perfil... aquele queixo e o nariz. Conhecia aquele cabelo. E aquelas mãos.

Um estrondo ensurdecedor reverberou ao meu redor. Quando olhei em volta para encontrar a origem, vi os restos do meu copo vazio espalhados pelo piso de azulejos cinza-escuro. Meus pés descalços estavam cercados de um mar brilhante de vidro azul-claro. O copo não apenas quebrou. Ele se estilhaçou.

– Ai, meu Deus. – Siobhan correu para a cozinha. – Ouvi você gritar, o que foi?

Eu tinha gritado?

Seu foco foi para o chão na minha frente, e ela estremeceu.

– Você está bem?

– Eu... – Balancei a cabeça para os lados. – Não.

Ondas de choque ressoaram pelo meu cérebro. Nada fazia sentido. Por que ele não me contou?

Ainda segurando meu celular, levantei um pé para ir até o corredor.

– Não, não se mova. – Ela ergueu a mão enquanto contornava a bagunça, avaliando até onde os cacos tinham viajado. – Tem vidro por toda parte. Espera eu limpar primeiro.

Senti meu estômago se apertar.

– Tem um vídeo, Shiv.

– Que vídeo? – Ela me olhou, confusa.

– Chase. – Tentei verbalizar o que tinha acontecido, mas falhei. – Tem um vídeo.

Dallas correu pela porta.

– Merda. – Ele congelou, os olhos azuis arregalados. – Onde tá a vassoura?

– Tem uma vassoura e uma pá no armário do corredor. Pode trazer o aspirador também? – Shiv se virou para mim. – Fique parada. Deixa eu varrer para o Dal poder aspirar.

Um minuto depois, Dallas voltou com o necessário. Ele entregou a vassoura e a pá para Shiv depois que ela juntou os pedaços maiores. Em seguida, ela varreu os cacos para a pá de lixo.

A sala ameaçou virar de cabeça pra baixo enquanto eu estava parada no lugar, respirando ofegante. Tudo ficou um pouco turvo; minha visão, borrada.

Meu celular tocou na minha mão. Assim que vi que não era o número do Chase, apertei recusar. Tocou novamente e deixei cair no correio de voz. Imediatamente pipocou uma série de mensagens de texto e chamadas sem parar. Derek, Zara, Noelle, seus nomes borrados no visor. Respondi ao meu irmão e às minhas melhores amigas para que soubessem que eu estava bem, mas que não podia falar agora. Depois disso, coloquei o telefone no "não perturbe".

Enquanto Siobhan varria os pedaços maiores, chamei a atenção do Dallas.

– Você sabia sobre o vídeo?

Ele ficou branco.

– Hum…

– Dallas – implorei, o desespero vindo à tona –, por favor, me diz o que tá acontecendo.

– Se tem algo assim circulado, é antigo. De muito antes do Carter conhecer você. É tudo o que posso dizer.

Eu assenti devagar. O que Dallas falou fazia sentido. Na foto, o cabelo do Chase estava mais longo do que eu já tinha visto. Mas essa não era minha preocupação. Por que Chase não me contou? Ele sabia que estava prestes a vazar?

Então percebi. Ele sabia. E foi por isso que terminou nosso namoro.

A dor surda em meu coração se transformou em uma dor lancinante e penetrante. Ele achava que eu não o amaria mais?

Quão sozinho ele deve ter se sentido para fazer algo assim?

– Que vídeo? – perguntou Shiv, virando-se para ele.

Dallas balançou a cabeça, dando a ela um olhar direto.

– Bailey – ela chamou, a atenção fixada em meus pés –, você tá sangrando.

– Hum? – Segui seu olhar. Uma poça vermelha se formou sob meu calcanhar esquerdo. – Ah!

– Precisa de ajuda pra fazer um curativo?

– Não, eu consigo. Assim que sair daqui.

Dallas ligou o aspirador, e ele zumbiu. Assim que criou um caminho livre, pulei para as toalhas de papel em um pé e peguei uma folha para meu corte e uma para o piso. Com um frasco de limpador multiuso que eu tinha alcançado no armário, ajoelhei e limpei o ladrilho. Pelo menos o sangue não tinha manchado o rejunte. A única coisa boa da minha semana.

Com um pedaço de papel toalha enrolado de qualquer jeito em meu calcanhar, abri o armário embaixo da pia e guardei o limpador, depois joguei os papéis usados no lixo.

Mantendo o peso em meu pé bom, endireitei e encarei o Dallas e a Siobhan. Tudo o que eu pensava é que eu precisava chegar até Chase.

– Ele tá em casa?

– Deve estar – disse Dallas. – Não sai pra lugar nenhum além dos treinos e da faculdade. – Ele coçou a nuca. – E nem lá tem ido. Não está num bom estado de espírito desde… tudo.

– Alguém pode me levar até ele, por favor?

– Vão vocês dois. – Shiv gesticulou para nós. – Vou terminar de limpar.

Um silêncio caiu. De lados opostos da sala, a Shiv e o Dallas trocaram olhares. Ela arregalou os olhos para ele, como se quisesse incitá-lo a agir.

Dallas hesitou por um momento, o cenho franzido, e esfregou a mão no rosto.

– Tá. Hum, eu posso. Só preciso…

Uma batida na porta nos interrompeu. Shiv franziu a testa, indo até o olho mágico.

Ela se virou para nos encarar.

– É o Chase.

57

O motivo

Bailey

MEU CÉREBRO LUTAVA para acompanhar.

– Chase? – perguntei.

Achei que teria um tempo no caminho para organizar meus pensamentos e pensar na coisa certa a dizer e em como fazer isso.

Agora, eu estava cambaleando. Era como se tivesse ficado em pé após uma colisão em alta velocidade, avaliando os danos deixados para trás. Fumaça no ar, vidro quebrado no chão e buzinas tocando. Descobrir sobre o vídeo, perceber que o Chase tinha conhecimento dele, mas que não me contou, Luke o enviando para meus amigos e família – e Deus sabe para quem mais – estava me dando uma pane mental.

O instinto de proteção tomou conta de mim, misturado a uma corrente amarga de culpa. Não importava a animosidade que existia entre os dois antes – não tinha como negar que aumentou drasticamente depois que o Chase e eu ficamos juntos. Luke disparou aquele vídeo porque o provoquei em nossa conversa de agora? Estava punindo o Chase por que tinha raiva de mim? Cerrei os dentes enquanto uma fúria vertiginosa se acendeu. Era um golpe baixo, mesmo para os padrões do Luke.

Colocando uma mão no balcão para me firmar, abri a boca, mas a fechei de novo. Eu não tinha palavras. Um milhão de coisas faziam ou não sentido. Siobhan estava parada na porta, me dando um olhar encorajador enquanto esperava minha decisão. Lentamente, minha capacidade de pensar foi reiniciada.

– Pode deixar ele entrar? – Acenei para o banheiro atrás de mim e manquei para lá, tentando não manchar o carpete bege com sangue. – Preciso colocar um curativo neste corte.

– Claro – respondeu ela. – Estávamos prestes a sair, de qualquer maneira. Para… hum… fazer um lanche. Certo, Dal?

Seus olhos azul-claros se voltaram para ela, e ele assentiu.

– Certo.

Era uma mentira descarada. Eles fizeram planos ficar em casa para uma maratona de uns cinco filmes de mistério. Ela havia feito lanches e ambos estavam no "modo vegetariano". O cabelo longo e grosso da Shiv estava preso em um coque bagunçado e, em vez de lentes de contato, ela usava os óculos de tartaruga, que nunca colocava fora de casa. Além disso, Dallas estava de moletom cinza. E ele não usava moletom em público.

Eu estava basicamente expulsando os dois de casa sem aviso prévio, mas apreciei a privacidade, ainda mais quando não tinha ideia de o porquê Chase estar aqui. Estávamos prestes a fazer as pazes... ou terminar as coisas para sempre. Cada fibra do meu ser esperava que eu estivesse certa e que ele tivesse terminado daquele jeito por causa do vídeo, mas eu não saberia até conversarmos.

Estava com medo de criar esperanças e me recusei a tirar conclusões precipitadas, ou tomar as coisas como garantidas.

Quando fechei a porta do banheiro atrás de mim, ouvi a chave sendo virada e a porta da frente rangeu ao abrir. Na entrada, houve uma troca abafada entre Chase e Dallas, mas tudo o que ouvi foi um deles dizendo "foda-se".

Com as mãos tremendo, fucei o kit de primeiros socorros, abrindo uma nova caixa de curativos e procurando o tamanho certo. Meus pensamentos voltaram àquela gravação, e uma sensação de mal-estar surgiu na boca do meu estômago. Fiquei apavorada quando pensei que o vídeo poderia ser comigo por causa do Luke. Agora que era real, e acontecera com o Chase, fiquei arrasada. Mais do que tudo, queria poder fazer isso desaparecer por ele.

Quando saí do banheiro, o Dallas e a Shiv já tinham ido. Chase estava encostado na parede, ao lado da cozinha, o rosto contraído para o telefone, com o maxilar tenso. Ele estava tão preocupado que não percebeu que eu estava lá.

Devorei-o com o olhar da cabeça aos pés, como se ele fosse água e eu estivesse sedenta. Estrutura alta, cabelo desgrenhado e perfil perfeito. Mas, por baixo disso, quando olhei um pouco mais de perto, seu rosto estava tenso, sua pele, normalmente dourada, estava pálida e sua postura rígida.

Uma onda de mágoa e desejo me atingiu, trazendo consigo a vontade inexplicável de sorrir e chorar ao mesmo tempo. Tudo o que eu queria era estar em seus braços, com meu rosto enterrado em seu pescoço. Tocá-lo, beijá-lo e cheirá-lo.

Inspirei o ar para me firmar, dando alguns passos hesitantes em sua direção.

– Oi.

Chase bloqueou o celular e o colocou no bolso de trás. Ele olhou para cima e, quando nossos olhos se encontraram, meu coração disparou. A tristeza em sua expressão doeu em mim. Congelei no lugar, do outro lado da sala. Um par de passos era tudo o que nos separava, mas a distância era como um abismo.

Ele passou a mão nos cabelos castanhos, com a expressão de dor.

– Tentei te ligar.

Olhei para o meu telefone, desbloqueei a tela e rolei pelo registro de chamadas perdidas. Ele tinha mesmo ligado. Seis vezes.

– Desculpe, estava no silencioso. Eu não tava te evitando.

– Aquele vídeo… – disse ele – é antigo. De antes…

– Eu sei.

Ele engoliu em seco, e seus olhos permaneceram em mim, indecisos. Nós nos encaramos por um instante, minha pulsação aumentando a cada segundo que passava, mas nenhum de nós se moveu. Então, finalmente, a adrenalina correu por minhas veias, fazendo com que eu me mexesse. Com o coração martelando no peito, dei um passo, seguido por outro, me aproximando dele.

Eu não tinha um plano. Não tinha um nem quando pedi a Dallas que me levasse até ele, além de forçar uma conversa. Mas agora, eu não queria falar.

Eu o queria.

Chase me observava, o maxilar tenso, com esperança cautelosa e medo estampados no rosto. Com um passo final, fiquei diante dele, queixo erguido para poder estudá-lo. Por baixo da camiseta preta, seu peitoral largo se movia para cima e para baixo a cada respiração. Nenhum de nós se moveu para diminuir a distância que nos separava. Só então notei as olheiras embaixo de seus olhos, que combinavam com as minhas. Fazia apenas alguns dias, mas parecia que não dormíamos havia semanas.

Tudo doía.

Não deveríamos estar separados.

Pousei minhas mãos nos seus ombros musculosos, e ele piscou devagar, deixando escapar um pequeno estremecimento com o contato. Seu perfume me envolveu, me acalmando, enquanto, ao mesmo tempo, alimentava a dor em meu coração. Ele era sólido e pesado sob meus dedos, o calor de seu corpo irradiando através de sua camiseta de algodão. Voltar a tocá-lo já era um presente.

Respirei fundo.

– Carter.

Lágrimas quentes brotaram em meus olhos, quase transbordando.

Agora que ele estava na minha frente, eu podia respirar de novo, mas isso também tornava o fato de ter sentido a falta dele muito pior. Eu precisava dele. Carter era meu lar, meu coração e minha pessoa.

– Sinto muito, James. – Chase tocou minha testa com a sua. – Sinto tanto.

Ele segurou meu rosto e acariciou minha bochecha com a ponta do polegar. Fechei os olhos, lutando para conter os soluços ofegantes que ameaçavam irromper.

– Senti sua falta – ele murmurou. – Não conseguia dormir ou comer. Eu não conseguia respirar sem você.

Com isso, acariciei os ombros dele.

– Também senti sua falta.

Enquanto sentíamos um ao outro, o apartamento ficou tão silencioso que eu podia ouvir o aquecimento aumentando, o ar quente zumbindo pela ventilação do piso ao nosso lado. A vontade de chorar diminuía e fluía, e enfim passou. Abri os olhos depois de um longo momento, me afastando para encará-lo. Apesar da minha aparência – cabelo bagunçado, pele manchada e pijama –, ele me fitou de volta com tanta suavidade e reverência que eu quase conseguia me esquecer de tudo.

A mão dele encontrou minha cintura com um aperto tão suave que ele mal roçou o tecido da minha blusa cinza. Cada movimento que fazia era tingido pela incerteza, como se ele não soubesse se eu queria ser tocada.

Passei meus braços em volta do seu pescoço, puxando-o para mais perto e inclinando minha cabeça. Ele fez o mesmo, chegando mais perto com cautela. Sua boca encontrou a minha, suava e hesitante. Com um suspiro, separei meus lábios em resposta, deixando sua língua deslizar para dentro. A tensão derreteu no meu corpo, substituída pela sensação de completude.

O beijo disse mais do que as palavras poderiam. Compensou as lágrimas, o tempo perdido e o medo de nunca mais beijá-lo.

Seu aperto na minha cintura ficou mais firme enquanto ele movia sua boca contra a minha, intensificando o beijo. O calor inundou meu corpo, e a dor surda dentro de mim explodiu em uma necessidade desesperada. Chase respirou fundo, as mãos ásperas deslizando por baixo da minha camisa. De alguma forma, seus dedos em minha pele nua nos acalmaram e a loucura, a urgência do nosso beijo diminuiu. Com os lábios ainda unidos, nós desaceleramos, lentamente.

Depois, ele se afastou, me examinando, seus profundos olhos castanhos cheios de arrependimento.

– Desculpa – disse ele, acariciando meus cabelos. – Eu te amo mais do que qualquer coisa no mundo.

– Eu te amo, mas preciso que me diga o que tá rolando.

Chase assentiu, mas a expressão apreensiva voltou.

– Vou contar.

Pegando a mão dele, eu o puxei para a sala de estar. Chase se arrastou até o sofá em um ritmo glacial. Para alguém que costuma ter uma ótima disposição, a trepidação de cada passo que dava era muito diferente do normal.

Afundamos nas almofadas, virando nossos corpos para ficarmos de frente um para o outro. Pegando minhas pernas, ele as colocou em seu colo e me puxou para mais perto.

– Não sei por onde começar. – Ele passou a mão ao longo do queixo, balançando a cabeça em negação.

Em vez de continuar, como eu esperava, ele desviou o olhar e ficou em silêncio. Segundos se passaram. Nada. Essa foi a primeira vez que via o Chase parecer assustado.

– Não quero brigar. – Apertei a mão dele, fazendo o meu melhor para manter minha expressão aberta e não combativa. – Eu só quero saber por que não me contou. Achou que eu ficaria brava? Que te julgaria?

Chase fixou sua atenção em nossas mãos entrelaçadas e deu de ombros.

– Sim e não. Quer dizer, sim. Mas esse não era o problema principal. Eu estava tentando proteger você.

– Do quê?

– De mim e da minha decisão idiota – murmurou.

– Partindo meu coração?

Sua expressão se contraiu, e ele enterrou o rosto na palma da mão.

– Não. Fazendo você ficar longe dessa confusão pra não ser arrastada para baixo comigo.

– Está tomando decisões por mim de novo, Carter. – As palavras eram duras, mas meu tom não.

– Olha... – Ele parou. – Você assistiu ao vídeo?

– Não – respondi. Enjoo girou em meu estômago só de pensar nisso. – Deus, não. E nem planejo.

– Você pode se sentir diferente quando souber o que tem nele.

Chase

James estava ao meu lado, segurando minha mão. Eu não merecia isso, nem um pouco, mas estava muito agradecido por ela estar aqui, comigo.

Pelo menos por enquanto.

– Duvido. – As sobrancelhas da Bailey se uniram, seus olhos castanhos suaves. – Quando isso aconteceu, exatamente?

– Abril.

Nem fazia um ano ainda, embora parecesse uma vida inteira atrás. Ou como se tivesse acontecido em outra vida completamente diferente. Eu gostaria que fosse.

– Foi muito antes de eu te conhecer.

– Sim. – Cerrei os dentes, buscando coragem para contar os detalhes sórdidos, mas as palavras ficaram presas em minha garganta. Será que isso mudaria para sempre o jeito como ela me via?

Sua expressão ficou pensativa.

– O *Linha Lateral* publicou uma insinuação sobre um vídeo de sexo do hóquei há um tempo, mas disseram que era de alguém da Callingwood. – Bailey pegou o celular e navegou pelo site. Procurou por um tempo e sua boca se contorceu em uma careta. – Disseram que era uma garota da Callingwood, mas não falaram nada da outra pessoa.

– Eu soube disso, mas não tinha certeza se você tinha visto. – Esfreguei sua coxa com minha mão livre, saboreando o contato que eu sentia tanta falta.

Bailey manteve o olhar fixo no celular em vez de encontrar meus olhos quando respondeu.

– Eu não queria tocar no assunto porque estava preocupada. Achei que era algo que o Luke tinha feito sem que eu percebesse.

Minha mão congelou em sua perna.

– Meu Deus, isso seria o fim da vida lamentável dele.

Só a ideia já me deixava com instintos homicidas. Teria aceitado na hora a oferta do Vincent para dar cabo dele. Ou feito o serviço eu mesmo.

– Você acha que eles estavam falando de... – A voz de Bailey falhou.

De mim.

– Talvez – falei. – Uma delas estuda na Callingwood.

Seu telefone escorregou de sua mão e caiu na almofada ao seu lado.

– *Uma delas*? – Ela piscou lentamente, balançando a cabeça. – Desculpa. Não queria parecer... que tava julgando... só estou confusa.

– Tem duas garotas no vídeo, James. – Eu esfreguei a nuca.

Ouvir as palavras de mim poderia ser pior do que assistir ao vídeo ela mesma. Quando Dallas disse que Bailey sabia, pensei que tinha visto.

Por outro lado, se houvesse um vídeo dela, eu não teria estômago para ver.

– Tá. – Bailey respirou fundo. – Tá bom... Tá. Você pode... hum... me dar um pouco do contexto? – Ela acrescentou, rápido. – Não quero saber de tudo. Por favor, poupe sua honestidade direta de sempre. Pode me dar uma ideia do que aconteceu?

Soltei um longo suspiro.

– O vídeo não passa a melhor imagem de mim. Estava completamente chapado, como acontece todo ano no aniversário da morte do meu pai. Eu e essa garota, a Nikki, estávamos nos divertindo e fumando um baseado. E Kristen também tava lá.

Ela franziu a testa.

– Nikki? A namorada do Kevin Richmond?

– Sim. Eu não sabia que eles estavam juntos naquela época.

Bailey assentiu, sua expressão neutra e seu comportamento muito mais compreensivo do que eu merecia. Ela me observou em silêncio, então superei o desconforto e forcei as palavras a saírem.

– Então Kristen pegou o celular e começou a gravar sem minha permissão. Fiquei puto e disse pra parar. Ela disse que tava só brincando e me falou que ia apagar. Depois fingiu que apagou, mas eu estava tão fora de mim que nem percebi que ela não tinha feito isso.

Que idiota do caralho. Como não percebi?

– Então você sofreu um abuso. – A voz de Bailey era afiada como lâmina de patins.

– Bem… acho que sim.

– Foi sim, Chase. Está hesitante em admitir porque é um cara ou porque havia três pessoas envolvidas? Acha que merecia? – Seus olhos salpicados de ouro procuraram os meus. – Você ainda tem direito à privacidade.

– Foi o que pensei. Acho que a Kristen tinha outras ideias.

– Aquela vagabunda louca – disse ela baixinho. – Quando descobriu?

– Depois do último jogo. Aí me encontrei com o pai do Dallas pra discutir questões legais. Meu plano era enterrar isso e encontrar coragem para te contar quanto tudo estivesse resolvido. – Minha voz tremeu, o receio aumentando.

– Mas… – incitou ela.

Hesitei. Seria como jogar uma bomba na cabeça dela de novo.

De acordo com as mensagens que o Vincent enviou enquanto eu esperava pela Bailey, não parecia que o Luke tinha divulgado do jeito que ameaçara. Até agora, o cara só tinha enviado o vídeo para pessoas conhecidas dela para me fazer parecer um cretino – e, provavelmente, para colocar o último prego no caixão do nosso relacionamento. Mas isso não tornava mais fácil contar a ela como seu mundo quase tinha sido destruído por minha causa.

– Luke conseguiu uma cópia. Ele me disse que, se eu não terminasse as coisas com você, enviaria para os seus orientadores e para o comitê de bolsas e diria que você era a outra garota no vídeo. Kristen não aparece na cópia que ele tem. É apenas uma voz na câmera.

O corpo de Bailey ficou rígido.

– Luke fez *o quê*? – Seus olhos se arregalaram, e suas mãos se fecharam em punhos. – Meu Deus, vou matar ele *e* a Kristen.

Eu nunca tinha ouvido Bailey ameaçar alguém fisicamente.

Isso devia significar que ela estava passando muito tempo comigo.

– Finalmente consegui encontrar a segunda metade do vídeo hoje – continuei. – Nela, eu chamo a Kristen pelo nome, para que todos saibam que não foi você. Há uma marcação de data e hora nos metadados também, junto com a geolocalização. Isso deve acabar com as ameaças dele contra você.

Bailey mudou de posição, se aproximando de mim, e acariciou meu rosto.

– Mas por que não me contou? A gente podia ter fingido o término. Poderíamos ter resolvido isso. – Seus olhos estavam tão arregalados e cheios de tristeza, a expressão tão séria, que outra onda de arrependimento me atingiu.

Talvez ela estivesse certa. Mas eu não estava pensando com clareza, e minha única prioridade era protegê-la. A aposta era astronomicamente alta, e eu não queria arriscar o futuro dela.

– Entrei em pânico, James. Tive medo de que o Luke soubesse. Não queria que atrapalhasse tudo pelo que você trabalhou tanto. Acontece que ele tinha um detetive particular me seguindo, então provavelmente teria descoberto se tivéssemos fingido. Além disso... – Parei de falar para limpar a garganta, forçando as palavras a saírem. – Para ser sincero, não tinha certeza se ficaria comigo depois que descobrisse. Achei que você ficaria melhor sem mim e essa bagunça que criei. – A última parte foi a mais difícil de admitir, mas eu queria dar a sinceridade que ela pediu.

– Chase, você tem que saber que isso não é verdade. Não existe cenário onde eu fique melhor sem você. Nunca.

– Tem certeza? Quer eu tenha concordado ou não em ser filmado, há um vídeo circulando de mim fumando enquanto participava de uma transa a três. Isso seria motivo de rompimento pra muitas pessoas. Eu entenderia se você se sentisse assim.

Isso me mataria por dentro. Mas eu não a culparia. Nem um pouco.

– Kristen se aproveitou de você – disse Bailey, com firmeza. – Você não deu consentimento. Imagine como reagiria a essa situação se eu estivesse no seu lugar.

– Eu não estaria aqui. – Bufei. – Estaria na cadeia. Literalmente. – Teria sido algemado e colocado em uma cela poucas horas depois de descobrir, e o cara estaria vestindo um paletó de madeira.

Com os dedos em meu queixo, ela virou meu rosto em sua direção e me deu um olhar amoroso, o semblante sério.

– Não entendo como você consegue ver esse lado da história e não ter a mesma empatia por si mesmo. Eu te amo – disse ela. – Isso não muda nada. Você é a mesma pessoa que era ontem. Ou cinco minutos atrás, para falar a verdade.

Quanto mais compreensiva ela era, pior eu me sentia.

– Espero que saiba que eu só estava tentando te proteger.

Bailey assentiu lentamente.

– Agora eu entendo, apesar de não concordar com sua tática.

– Eu não conseguiria viver comigo mesmo se você perdesse a bolsa porque estava ligada a mim.

– Não quero a bolsa se isso significa que não posso ter você. Eu vou pegar empréstimos estudantis. Não me importo. Isso dá pra consertar. Perder você não. – Sua voz vacilou, quebrando algo dentro de mim com ela.

– E o estágio? Você disse que era o tipo de coisa que poderia alavancar ou destruir o início de sua carreira.

– Haveria outros.

– Ainda seria minha culpa se você perdesse esse.

Suas sobrancelhas se uniram.

– Primeiro, não ia ser culpa sua. E, se alguém te culpar depois do que a Kristen te fez, eu não quero estar relacionada a essa pessoa. – O lábio inferior da Bailey tremeu, e ela passou a mão por meu rosto. Meu coração se encheu com o amor que transbordava em seus olhos. – Dá pra substituir tudo isso, Chase, mas só existe um você. E é de você que eu preciso.

– E se isso vier a público? – perguntei. – Há uma boa chance de ficar ainda mais feio do que agora. Processos, acusações criminais e publicidade ruim. Você sabe que o Luke vai atacar com tudo. Se eu for arrastado pela lama, não quero te levar comigo.

Quem sabe quais outros esqueletos Luke poderia desenterrar? Nenhum seria tão prejudicial quanto este, mas a longa lista de garotas com quem eu tinha dormido já era, por si só, algo que pegava mal. Também não duvidaria que ele contratasse pessoas para mentir na cara dura.

– Leal até o fim, lembra? – Ela beijou minha bochecha. – Você não é o único teimoso. Se for preciso, eu mesma pulo nessa lama com você.

58

Como eu sou

Chase

NA MANHÃ SEGUINTE, embora relutante, me arrastei para fora da cama rumo a um treino matutino no gelo. Depois de cair duro e dormir pela primeira vez em uma semana, deixar o conforto do corpo da Bailey sob os cobertores quentes e aconchegantes foi uma luta. Eu tinha voltado àquela fase em que tudo era novidade entre nós e me esforçava para não ser um namorado grudento. Exceto que, agora, eu não estava tentando lutar contra isso. Me tornei irremediavelmente apegado. E não queria que ela saísse da minha vista.

Terminado o treino, voltei à casa dela para buscá-la, porque, de novo, eu fiquei um grude.

Depois de pular para abrir a porta dela e dar um beijo rápido de oi, deslizei de volta para o lado do motorista. Nosso plano era almoçar cedo assim que resolvêssemos uma tarefa desagradável, mas completamente necessária. Depois, eu faria o meu melhor para me esquecer de tudo por um tempo.

Fiquei esperando com o motor da picape ligado enquanto ela afivelava o cinto.

Erguendo o queixo, ela deu um sorrisinho.

– Como foi o treino?

Bailey estava se esforçando um pouco demais para soar casual, como se fosse mais um dia comum.

– Foi tudo bem.

Isso foi uma mentirinha. Ou uma grande mentira, porque o treino foi um desastre. Eu não pisava no gelo havia quase sete dias, e isso fez diferença. Fazia anos que eu não ficava tanto tempo sem calçar patins.

Para piorar as coisas, o treinador Miller fez eu me exercitar até quase cair no gelo – provavelmente para se vingar por meu desaparecimento. As coisas pioraram a partir daí, e depois fui levado até seu escritório e grelhado como um bife em um churrasco. Assim como o mundo inteiro, o treinador ouviu sobre o vídeo, mas estava claro que ele não sabia da história completa. Seu interrogatório foi tão invasivo que fiquei surpreso que ele não tenha me revistado, ou enfiado uma agulha no meu braço para um teste antidrogas ali mesmo para garantir. Se bem que eu não ficaria surpreso se recebesse uma ligação nos próximos dias para marcar um.

Ele começou a citar cláusulas de moralidade, o que se esperava do comportamento de um atleta universitário e o código de conduta de nosso time. Nossa conversa fez um desvio drástico quando expliquei a natureza não consensual do vídeo, e então ele foi mais simpático do que eu esperava. Encurtei a conversa e dei ao treinador as informações de contato do Stewart, caso ele tivesse mais perguntas. Parece que desconsiderar a palavra do *advogado* poderia trazer problemas para ele e para a administração da faculdade.

– Mas você tá bem? – Cutucou Bailey, a preocupação estampada em seu rosto.

Dei uma olhada rápida em sua direção antes de desviar o olhar e dar de ombros.

– Sim, claro. Estou bem.

Ela fez um biquinho, deixando claro que não acreditava nisso, mas não disse nada. Minha namorada sabia quando e quanto me pressionar, e eu a amava por isso.

Nossa viagem foi em grande parte silenciosa, em especial porque eu estava exausto em todos os níveis imagináveis. Ter o Stewart do meu lado – e, francamente, o time precisar de mim – fazia com que eu não estivesse tão preocupado com meu lugar nos Falcons. Los Angeles era outra história. Meu futuro para o ano que vem ainda estava em aberto.

Fazer parte de um time de hóquei da Primeira Divisão era como estar sob uma lupa. Jogar profissionalmente era como viver sob um microscópio de alta precisão. O escrutínio era de outro nível. A mídia, o público, todos estavam constantemente em cima dos atletas. Eu sabia disso em primeira mão por causa do meu pai. Eles acamparam em frente a nossa casa por semanas depois que ele morreu, enfiando suas câmeras na nossa cara e gritando conosco, tentando conseguir entrevistas e frases de efeito. Abutres. E agora, com toda a atenção em cima daquela gravação, eu estava revivendo tudo aquilo.

Além disso, eu tinha sentimentos confusos sobre a possibilidade de ficar, mas sabia que as coisas podiam ser muito piores. Para falar a verdade, manter meu contrato e passar mais um ano com a Bailey era o melhor cenário possível.

Dez minutos se passaram como dez segundos, e chegamos ao nosso destino antes que eu estivesse pronto. Entrei em uma vaga para visitantes e desliguei a caminhonete. O prédio atarracado de tijolos cinza me encarou através do para-brisa como uma montanha intransponível.

A apreensão tomou conta de mim, e eu cerrei o maxilar. Minhas mãos grudaram no volante como se estivessem presas por uma força invisível.

– Chase. – Bailey soltou o cinto e se aproximou de mim. – Vai ficar tudo bem. – Ela cobriu minha mão com a dela, sua pele macia e fria contra a minha. – Stewart disse que é simples. Entramos, damos a declaração, entregamos as cópias das mensagens de texto e as gravações e logo, logo a gente termina.

– Tá – disse eu. – Vamos acabar logo com isso.

Ela pegou a bolsa bege que tinha deixado no console e a segurou no colo, esperando por mim. Eu me mexi no assento, mas não afrouxei o aperto no volante de couro. Meu cérebro sabia que eu precisava sair, mas o corpo não cooperava.

A frustração correu por minhas veias, ainda mais alimentada pela injustiça da situação. Hoje não seria, nem de longe, o fim da história. Era apenas o começo, o pontapé inicial de um processo criminal que ainda estava por vir. Buscar justiça significava que eu seria forçado a reviver abril e a semana passada sem parar, como um pesadelo em modo repetição. Pior de tudo, no minuto em que registrássemos os depoimentos, a Bailey seria arrastada mais fundo nessa confusão – a mesma que eu tinha tentado evitar o tempo todo.

Além disso, tinha o processo civil liderado pelo pai do Dallas. Eu levaria o Morrison e sua fortuna para o fundo do poço, e então doaria todos os ganhos para qualquer instituição de caridade que ele mais odiasse – que provavelmente era qualquer uma, já que o cara era um pedaço de merda.

Bailey colocou os braços em volta do meu pescoço e me deu um abraço. Minha ansiedade diminuiu um pouco, e minha respiração foi voltando ao normal.

– Estou com você – murmurou ela.

– Eu sei. E tenho sorte por isso.

◆ ◆ ◆

Estávamos aconchegados sob um cobertor no sofá da minha sala de estar, assistindo ao jogo do New York contra o Boston. Era uma prorrogação com morte súbita, mas não consegui reunir nem um pingo de empolgação. Fazia menos de vinte e quatro horas, mas o vídeo já estava por toda a internet. Luke foi silenciado tarde demais, e a caixa de Pandora já tinha sido aberta.

Eu nem havia falado com a minha mãe ainda. Do jeito que as coisas iam, ela logo ouviria sobre o assunto se eu não contasse, o que seria muito pior. Ainda assim, era uma conversa que eu não queria ter.

Bailey se inclinou para a frente, apoiando as mãos nos joelhos.

– Caramba. Viu aquele arremesso? Foi insano.

– Hein? – respondi, distraidamente. – Ah, sim. Loucura.

Com aquele gol, o jogo acabou. Eu não fazia ideia do que acontecera ou de quem tinha vencido. Minha mente continuava a rodopiar, voltando para tudo o que tinha acontecido hoje.

O escritório do Stewart estava trabalhando dobrado para conter os danos, disparando notificações extrajudiciais para empresas e indivíduos, entrando em contato com mecanismos de busca para remover o conteúdo dos seus bancos de dados e lidando diretamente com provedores de hospedagem para tentar tirar o material do ar, mas era como um jogo de gato e rato. E tudo isso não fez nada para impedir que cópias circulassem no privado por mensagens.

Todo mundo sabia o que tinha acontecido. E eu quero dizer *todo mundo* mesmo. Meu celular estava lotado com um fluxo constante de chamadas e mensagens de pessoas com quem eu não falava havia anos – ou até de quem eu não conhecia. Ia ter que mudar meu número logo pela manhã. Também não tinha entrado nas redes sociais e já estava pensando em excluir minhas contas sem nem conferir.

Pelo menos Derek foi compreensivo quando a Bailey confirmou que eu não a tinha traído com duas garotas. Depois que ela explicou, o cara ficou quase tão bravo quanto eu. Pelo que nos contou, Luke foi suspenso por tempo indeterminado do time. Foi uma pequena vitória, mas, a essa altura, eu aceitaria qualquer uma, sem pensar no tamanho.

O ponto mais positivo disso foi que o Morisson não arrastou a Bailey para essa confusão como tinha ameaçado. Talvez seus pais o tivessem contido antes que o cara fizesse isso, ou talvez tenha sido uma ameaça vazia o tempo todo. De qualquer forma, eu agradecia por isso.

Ainda assim, Bailey seria conhecida com a namorada *daquele cara* de agora em diante. E, por mais que dissesse que não ligava, *eu* me importava.

Ela pegou o controle da televisão sem dizer uma palavra e abaixou o volume. Subiu no meu colo, montando em mim, e abaixou a cabeça. Quando não conseguiu que eu a olhasse, cutucou meu abdômen.

– Carter.

Eu acabei cedendo e a encarei, emburrado.

Suas pupilas dilataram, e sua expressão suavizou.

– Eu queria que você se visse do jeito que eu te vejo.

Apesar do meu péssimo humor, não consegui conter o sorriso.

– Agora tá roubando minhas falas?

– Talvez. – Ela se aproximou mais. Senti o aroma de cereja e baunilha do seu protetor labial quando minha namorada roçou os lábios nos meus. – Mas é verdade. Eu acho você bem legal.

No momento eu me sentia de muitas formas. Legal não era uma delas.

– Você é meio tendenciosa, James.

Bailey colocou a palma da mão em meu peito. Meu coração batia forte contra o toque dela, a tensão penetrante no meu corpo diminuindo a cada batida. Ela tinha esse efeito sobre mim desde que nos conhecemos, como um tipo de superpoder que só era destinado a mim.

– Então minha opinião não importa? – Com os lábios entreabertos, ela me observou. Naquele momento, Bailey parecia perfeita. Eu não podia acreditar que era minha. Eu não entendia como tinha tido essa sorte, mas eu faria tudo o que pudesse para que ela continuasse comigo.

– Claro que sim, mas… – Nenhuma resposta me faria parecer menos idiota. Era óbvio que a opinião dela contava. Mas, nesse caso, Bailey estava errada.

Ela traçou meu maxilar com a ponta do polegar, estudando, atenta, minha expressão.

– Minha opinião conta mais, porque eu sei quem é você por dentro. – Seus olhos castanhos prenderam os meus, estampados como um caleidoscópio de verde e dourado que eu conhecia de cor. – Você foi mais do que paciente e gentil comigo. Ninguém nunca fez com que eu me sentisse cuidada como você.

Pelo menos uma coisa eu consegui fazer direito.

– É claro – respondi, acariciando a parte inferior de suas costas –, eu te amo. Acho que parte de mim sempre soube que te amaria.

Nunca me importei com nada antes da Bailey – nem comigo mesmo. Eu meio que só existia. Vivia no piloto automático, jogando hóquei, indo mal nos estudos e ficando louco todo fim de semana. Imaginei que seria assim até entrar na liga. E, mesmo assim, provavelmente continuaria fazendo as mesmas coisas, só que com mais dinheiro.

Sua respiração ficou mais pesada, e seus olhos brilharam com lágrimas não derramadas. Ela mirou para cima, tentando piscar para afastá-las.

– Droga. – Senti a culpa rodando em meu estômago. – Eu não queria te fazer chorar. – Peguei um lenço de papel na caixa que estava no canto da mesa e o entreguei para ela.

Bailey soluçou uma risada, enxugando os olhos.

– Não é um choro ruim. Mas tá atrapalhando minha tentativa de te seduzir.

– Vou parar de falar. – Recostei-me no sofá. – Me seduza. – Eu não era digno, nunca seria. Mas não era burro o suficiente para discutir.

– Ah, é? – Seus lábios se curvaram em um sorriso torto que era meio sexy e adorável ao mesmo tempo. Diabos, eu amava aqueles lábios. Eu queria beijá-la pelo resto da vida.

– Com certeza.

Nós estávamos tão cansados na noite anterior que caímos em um estado de quase coma sem nem mesmo pensar em sexo de reconciliação. Naquele momento, eu a queria tanto que doía. E tê-la em cima de mim estava agravando isso de uma forma significativa.

Eu sentia a falta dela. Precisava dela. Eu a amava.

Com as pálpebras pesadas, Bailey inclinou a cabeça, e sua boca encontrou a minha, suave e doce. Uma onda percorreu meu corpo, e tudo voltou ao seu lugar.

Respirei fundo, intensificando o beijo, e ela abriu os lábios para mim, seus dedos cravando em meus ombros. Com minhas mãos na pele macia e nua de sua cintura, eu a fiz suspirar baixinho. Então, deslizei-as sob sua blusa, explorando seu corpo como se fosse a primeira vez. Saboreando cada centímetro sob meus dedos, cada curva, ombros, seios, estômago e quadris.

Agarrei-a por trás, e a abracei com mais força. Ela se encaixava perfeitamente em meus braços, se encaixava perfeitamente em meu corpo, como sempre. Soltando um gemido, Bailey se moveu contra mim, enviando uma onda de prazer por meu corpo. Meu desejo por ela disparou. De repente, eu estava dividido entre a necessidade frenética de tocá-la, prová-la – reivindicando cada parte do desejo dela – e a compensação do tempo perdido. Mais do que qualquer coisa, eu queria ficar perto dela, ter seu corpo contra o meu sem nada entre nós.

Bailey se esfregou de novo contra mim, e eu agarrei a bainha da sua blusa, deslizando por cima de sua cabeça.

Ela congelou.

– Colegas de apartamento? – suspirou contra meus lábios.

– Bom ponto. – Dallas estava com Shiv, mas eu não tinha ideia de quais eram os planos de Ty. Abaixei minha cabeça e dei um beijo em seu pescoço. – Vamos lá pra cima.

Por você

Bailey

Começamos a subir as escadas às cegas, com as bocas entrelaçadas e as mãos tateando em um borrão frenético e necessitado. Sem pensar direito, achei que tinha chegado ao patamar e dei um passo para trás, quase perdendo o equilíbrio no último degrau.

A mão de Chase voou para minhas costas, me firmando antes que eu caísse. Ele riu, baixinho, interrompendo nosso beijo.

– Continua desajeitada – disse. – E tão adorável como sempre.

– Ou talvez você tenha me deixado nervosa.

Nervosa era pouco. Eu estava fora de mim. Meu nível de desejo tinha disparado, como se Chase tivesse pisado no acelerador e cortado os freios ao mesmo tempo. Não fazia muito tempo, mas ficar afastada dele tinha sido uma tortura.

– Esse é o objetivo. – Com suas mãos em minha cintura, ele me apertou, provocador. – Sem a parte de cair, claro.

Com outro passo, agora mais cuidadoso, chegamos ao topo da escada e Chase me guiou até seu quarto, fechando a porta atrás de nós. Meus ombros bateram na porta do quarto e respirei fundo quando senti a superfície fria contra minha pele.

– Tem uma queda por portas, Carter? – Olhei para ele, reprimindo um sorriso. – Sinto um padrão se formando: porta de carro, porta de quarto…

Ele sorriu.

– Não posso evitar se elas são perfeitas para te encurralar.

O ar foi puxado de meus pulmões quando seus lábios caíram sobre os meus novamente. Ele me beijou como se fosse a primeira vez, como se fosse a última, como se fôssemos as únicas pessoas na face da terra. Eu me perdi nele, meu desejo se intensificando a cada carícia de sua língua.

Chase me prensou contra a porta com seu corpo largo, passando as mãos pela parte de baixo de minhas costas, me segurando com força por trás. Com as palmas de minhas mãos sob a bainha de sua camiseta preta, absorvi o calor de sua pele macia. Agora que eu tinha minhas mãos nele, não conseguia parar de tocá-lo. Queria recuperar o tempo perdido, as pontas de meus dedos mapeando avidamente cada centímetro de músculo firme. Ele era sólido ao meu toque, duro e implacável.

Ainda pressionado contra meu corpo, ele desabotoou meu jeans com habilidade e, então, recuou um passo para puxá-lo abaixo de meus quadris, me deixando só com um conjunto de lingerie de renda amarelo-claro. O sutiã tinha alças finas e um decote V profundo na frente, e a calcinha era pouco mais que um retalho fino de tecido.

– Cacete – murmurou, mais para si mesmo do que para mim. Seu olhar voltou para cima, me encontrando, a boca se abrindo em um sorriso predatório. – É novo?

Com as pontas dos dedos, ele traçou meu osso do quadril, deslizando por baixo do material delicado. Eu me arrepiava no rastro de seu toque, meu corpo clamando para que suas mãos se movessem mais para baixo.

– Claro que sim.

Eu tinha comprado o conjunto duas semanas antes, e ele estava em minha gaveta esperando para ser bem utilizado. Alguns dias atrás, eu nem sabia se esse momento chegaria. Fiquei muito feliz por estar errada.

Chase soltou um rosnado baixo de aprovação, sua atenção permanecendo em meu corpo.

– Isso é um tesão.

Passou seus dedos por minha barriga, parando por um momento na faixa de meu sutiã e, então, continuando mais para cima. Com meus mamilos entre o polegar e o indicador, apertou suavemente através do tecido amarelo-claro, fazendo-os endurecerem sob seu toque, a necessidade crescendo entre minhas pernas. Toda aquela atenção – e ele sabia *exatamente* como fazer isso – me deixou a segundos de derreter.

– Isso também. – Ele deslizou as alças do meu sutiã pelos ombros. – Muito sexy. Vai ficar ótimo no chão do meu quarto. – Deslizando a mão por minhas costas, Chase abriu o fecho e deixou a peça cair aos meus pés. Com as mãos, ele roçou a lateral do meu corpo e apalpou meus seios nus. – Deus, você é tão perfeita.

Ele nos virou e deu alguns passos, me colocando na cama. Deu um beijo suave em meus lábios antes de se erguer e se livrar de suas roupas.

Engoli em seco e examinei seu corpo vagarosamente, maravilhada com cada centímetro de uma perfeição de deixar com água na boca. Músculos esculpidos sob a pele lisa e perfeita. Reentrâncias em forma de V em seu torso, nos quais eu queria cravar meus dentes, e um leve rastro de pelos levando ao cós de sua boxer preta, que mal continha sua ereção. Um calor úmido se acumulou entre minhas pernas, minha impaciência crescendo a cada segundo.

Chase arqueou uma sobrancelha, sorrindo.

– Tá me secando, James?

Secando, cobiçando, de queixo caído, em descrença vertiginosa de que ele era meu. Dava na mesma.

– Com certeza. – Minha voz saiu em um suspiro.

Ele se ajoelhou na cama, o colchão afundando sob seu peso. Assim que se acomodou entre minhas pernas, Chase pairou sobre mim, seus braços musculosos me cercando. Seu cheiro fresco e limpo invadiu meus sentidos, ao mesmo tempo me confortando e alimentando o incêndio que queimava dentro de mim. Nunca me senti tão enlouquecida e tão calma ao mesmo tempo.

Chase afastou uma mecha do meu cabelo para trás da minha orelha.

– Senti sua falta, meu bem.

– Eu senti mais.

Os dias que passamos separados pareceram uma eternidade – provavelmente porque eu estava com medo de que fosse uma mesmo eternidade. Pensar nisso fez meu coração doer de novo, mesmo com ele ali em cima de mim.

– Impossível – murmurou, dando um beijo em minha orelha. Arrepios percorreram a parte superior de meus braços em resposta. Ele arrastou os lábios por minha pele e os pousou em minha clavícula, com outro beijo suave. – Me desculpa pelo mau humor de antes.

Meu coração apertou. Depois do que meu namorado passou, pedir desculpas era a última coisa que precisava fazer.

– Nem pense nisso. Tem muita coisa acontecendo. Eu entendo.

– A boa notícia é que agora eu me sinto melhor. – Ele enrolou os dedos no cós da minha calcinha e a puxou devagarinho para baixo. Ergui meus quadris ligeiramente, ajudando a tirá-la, e ele a jogou de lado.

– Por ter tirado minha roupa? – sussurrei.

Ele se ajoelhou na minha frente, seus olhos percorrendo meu corpo.

– Porque estou com você.

Nós nos encaramos, e sua expressão se tornou terna, os lábios se curvando em um sorriso.

Apesar de exausta depois dos últimos dias – e eu parecia muito cansada, pelo que vi no espelho do banheiro mais cedo –, eu me sentia bonita por causa do jeito como Chase me olhava. Por causa do jeito como ele *sempre* me olhava.

Com reverência.

Chase agarrou a parte de trás das minhas coxas, me puxando para baixo e me enroscando ainda mais em seu corpo. A única coisa que nos separava era a fina camada da sua cueca. Antes eu teria me sentido exposta, constrangida. Mas agora, tudo o que eu sentia, da melhor maneira possível, era o desejo dele.

Ele acariciou meu pescoço e suspirou.

– Notou que nos encaixamos com perfeição?

Eu me pressionei contra o travesseiro e afundei meus dedos em seus cabelos sedosos, puxando-os levemente. Ele cantarolou baixinho, em resposta, um sorriso surgindo contra a pele sobre a minha clavícula.

– Aham. Quase como se fosse um sinal.

– Ah, definitivamente é um sinal.

Chase apertou minhas mãos nas dele e as levou acima da minha cabeça. Dedos fortes algemaram meus pulsos, prendendo-me no colchão. Eu me contorci contra seu peito, em falsa resistência, mas ele não cedeu nenhum centímetro.

– Vermelho? – Ele me olhou, a expressão brincalhona.

– Verde.

Ele se inclinou mais em minha direção, nossos lábios se juntaram em um beijo breve e casto.

– Verde brilhante – adicionei, levantando-me um centímetro e lhe dando outro beijo. – Ou verde-escuro. Seja lá qual for o verde mais verde.

Chase bufou uma risada baixa e rouca, mas então franziu o cenho, sua expressão ficando séria. Mudando seu peso, ele abaixou o queixo e soltou algo entre um rosnado e um suspiro.

– O que foi?

– Nada. De verdade. – Ele balançou a cabeça e olhou para mim, me dando um sorriso totalmente devastador. – Só estou com sentimentos conflitantes.

– Por quê?

Chase puxou minha mão até seus lábios, beijando as pontas de meus dedos.

– Porque, por um lado, quero passar um tempo desfrutando você. – Ele sorriu, afundando a mais suave das mordidas em meu indicador. – Mas, por outro, quero te virar de bruços e te foder até afundar você no colchão.

Eu podia ver seu dilema. Ambas as opções pareciam muito atraentes. Parte de mim queria que ele fosse devagar, que fosse carinhoso e gentil. A outra parte queria ser tomada.

– Voto em ambos.

– Mesmo? – Seus olhos dançaram.

– Mesmo. – Minha voz ficou ofegante. – Definitivamente, os dois.

– A gente tem a noite toda.

Chase capturou minha boca com a dele, respirou fundo, agarrou meu cabelo na nuca e o puxou. Soltei um gemido, e uma longa queima de fogos de artifício explodiu em meu corpo como resposta. Sua língua entrou mais fundo em minha boca, trabalhando com uma precisão intencional que me lembrou de todas as coisas que a sua boca podia fazer.

Sua outra mão viajou abaixo de minha cintura, mas parou na minha barriga. A vibração entre minhas pernas se intensificou, crescendo em uma pulsação deliciosa e agonizante. O calor inundou minhas veias, a minha pele ficou febril, apesar do ar frio do quarto.

Os olhos de Chase ficaram escuros como a meia-noite, enquanto eu arrastava meus dedos pelos músculos em seu torso. Continuei minha viagem até que alcancei abaixo do cós da boxer. Tirando sua mão do meu estômago, ele me ajudou a abaixá-la. Agarrei seu pau duro, arrancando um gemido baixo do fundo de sua garganta.

Ele retribuiu o favor, deslizando os dedos contra minha entrada escorregadia. Soltei um suspiro suave, um véu cintilante de prazer caindo sobre mim. Chase deslizou um dedo dentro de mim, depois outro, e me acariciou em um padrão lento e torturantemente divino. Choramingando, aumentei minha pegada nele, fazendo que emitisse outro gemido em resposta.

Rapidamente se transformou em um jogo de quem poderia provocar mais o outro, e ele estava ganhando.

Um arrepio percorreu meu corpo, fazendo minhas pernas tremerem.

– Você é muito provocante. – Seu toque me deixou tão absorta que a minha fala saiu arrastada.

– Eu sei – ele respondeu, a voz rouca. – Adoro te provocar, mas agora eu preciso estar dentro de você.

– Sim – gemi. Meu quadril se moveu contra sua mão enquanto outro som carregado de desejo escapava de mim. – Por favor, preciso de você.

– Eu te amo.

Nós nos beijamos de novo, lábios queimando juntos, respirando o mesmo ar. Meu corpo zumbia com antecipação. Eu estava desesperada por sua pele contra a minha, pela sensação dele dentro de mim, pelo jeito que falava meu nome quando estava à beira do orgasmo.

Quando ele entrou em mim, nós respiramos fundo. Uma mistura de alívio e desejo percorreu meu corpo com a sensação de ser preenchida por ele. Chase se deteve, e eu me mexi embaixo de seu corpo com impaciência, encorajando-o a se mover.

Ele pressionou sua testa contra a minha, sua respiração irregular.

– Me dá um segundo – disse, rindo um pouco. – Eu estava excitado demais.

Acariciei seus ombros, dando tempo para meu namorado se recompor. Depois de alguns segundos, se retirou parcialmente e mergulhou de volta para dentro de mim, cutucando o ponto perfeito que só ele tinha encontrado. Uma forte dose de prazer desligou por completo meu cérebro. Tudo o que existia era este momento. Seu corpo no meu, nós dois, juntos.

O prazer em meu ventre começou a aumentar, deixando tudo um pouco nebuloso. Acompanhei seus movimentos, nós dois em um ritmo perfeito.

– Eu podia fazer isso o dia todo. – Chase se lançou contra mim de novo, mais fundo, arrancando um gemido suave de meus lábios. – Ainda mais quando você faz sons assim.

Com sua próxima investida, o prazer tomou meu corpo. Fechei os olhos e afundei meus dentes em meu lábio inferior, cedendo à sensação. Ele parou novamente, e eu forcei minhas pálpebras a se abrirem. O que vi foi Chase estudando meu rosto, os olhos castanho-escuros sérios.

– Você é minha, James?

Meu peito apertou, e o dilúvio de sentimentos que me atingiu não tinha nada a ver com sexo.

– Completamente – respondi. – Você é meu? – Segurei seu queixo quadrado. Ele se inclinou contra minha mão, sua expressão se suavizando. Pude ver a ternura brilhando em seus olhos.

– Pelo tempo que você me quiser.

– Vai ficar preso a mim por muito tempo, então.

Soltei um suspiro quando ele flexionou o quadril, enviando outra onda de prazer.

– Essa é a ideia. – Sua voz estava tensa.

Chase moveu uma mão sob minha coxa, me erguendo um pouco da cama. O ângulo fez tudo se intensificar mil vezes. Ele acertou o ponto novamente, fazendo minhas costas arquearem e minha respiração ficar ofegante. A cada estocada, eu me aproximava mais do esquecimento.

Choraminguei, lutando para puxá-lo com mais força contra mim.

– Estou tão perto.

– Porra – rosnou Chase. – Eu também.

Estendendo a mão, ele acariciou a lateral do meu pescoço. Depois abaixou a cabeça, roçando minha orelha com os lábios, seu hálito quente sobre minha pele.

– Seja boazinha e goza pra mim primeiro.

Ao ouvir suas palavras, quase perdi o controle. Fiquei tensa ao redor dele, cravando as unhas em suas costas enquanto Chase investia outra vez, fazendo tudo ao meu redor desaparecer – tudo, menos ele e a maneira como se movia sobre mim. Ele continuou se movendo, implacável, repetidamente, até me transformar em uma massa confusa e balbuciante.

As sensações ficaram intensas e prazerosas demais, insuportáveis de tão boas. Uma sequência de palavras saiu de meus lábios. Poderia ser uma prece ou uma súplica, eu não tinha certeza. Tudo o que sabia era que, se ele parasse, eu poderia morrer. Não fazia o menor sentido, mas eu tinha certeza disso.

– *Chase*.

Assim que o mundo ao redor de nós explodiu, olhei para cima e o encarei.

Ele investiu contra mim uma última vez, seu corpo tremendo em liberação antes de ficar imóvel. Com um gemido, Chase desabou, seu corpo pesado sobre o meu. Seu coração martelava em seu peito com tanta força que eu podia senti-lo contra o meu.

– Você é muito gostosa. – Ele enterrou o rosto em meu cabelo espalhado no travesseiro. – Isso deveria ter durado muito mais.

– De jeito nenhum. Foi perfeito. Eu amo quando gozamos juntos. – Corri minhas mãos por seus braços, traçando as ondulações definidas de seus músculos.

Ele abafou uma risada baixa e me deu um beijo na bochecha.

– É uma ótima maneira de gozar.

Depois de mais um segundo, nos separamos com relutância e corri ao banheiro para me limpar. Quando voltei, ele estava sentado contra a cabeceira com o lençol puxado na cintura. Eu me aproximei, e Chase me puxou, envolvendo meu corpo com seu calor.

Lábios suaves pousaram em meu ombro e viajaram pela curva de meu pescoço. Suspirei, me derretendo contra ele. Sua palma áspera e quente alisou a lateral de minhas costelas até minha coxa e voltou. De repente ele parou, me soltando de seu abraço.

– Olha pra mim um segundo.

Eu me afastei de seus braços e me virei para encará-lo. Seus dedos seguraram meu maxilar, erguendo meu queixo. Algo que parecia ser preocupação passou pelo rosto dele por uma fração de segundo.

– Perder você teria sido o pior erro da minha vida – falou. – Nunca mais vou deixar você ir.

– Perfeito. Então eu nunca mais vou precisar sair desta cama. É confortável.

Realmente era. Edredom fofinho, lençóis limpos e travesseiros que eram uma mistura perfeita de maciez e firmeza. A companhia era um bônus. Caramba, eu dormiria no chão se estivesse com ele.

Sua expressão mudou, e Chase deu um meio-sorriso travesso.

– Isso combina com meus planos para a segunda rodada. E talvez para a terceira, depois de comermos alguma coisa.

– Nesse ritmo, eu não vou conseguir andar amanhã.

– Também é parte do meu plano pra te manter na minha cama. Você não pode ir embora se não puder andar.

Eu me aninhei na curva do seu pescoço, inspirando seu cheiro. Um zumbido baixo e satisfeito retumbou em seu peito.

Fechei os olhos, desfrutando do conforto que ele sempre me trazia. Quando os abri novamente, meu olhar caiu sobre seu celular, que estava na mesa de cabeceira. A pequena rachadura do canto da tela tinha desaparecido.

– É novo?

– Sim – respondeu. – O antigo quebrou.

Olhei para ele.

– Deixou cair?

Talvez eu não fosse a única desajeitada.

– Hum... – Chase parou de falar, parecendo envergonhado. – Na verdade, joguei na parede.

Arqueei a sobrancelha, esperando que ele elaborasse. Eu nunca o vi perder a paciência e descontar em um objeto inanimado como aquele. Era difícil imaginar.

Chase deu de ombros.

– Eu te disse. Tenho baixa tolerância à frustração, o que inclui ficar separado de você.

Um amor fácil

Bailey

Eu me encostei em um pilar no saguão da Arena Northview, esperando Chase sair do vestiário enquanto fãs animados dos Falcons deixavam o local, conversando sobre a vitória por três a um. Um dos gols tinha sido do meu namorado – felizmente, o tempo afastado pela suspensão não prejudicou seu desempenho em nada.

Por coincidência, o primeiro jogo de Chase foi em casa e contra ninguém menos que a Callingwood. Foi bem menos dramático do que as partidas anteriores entre as duas faculdades, principalmente porque Luke estava fora. Poucos dias depois do vazamento do vídeo, seus pais vieram e levaram o idiota de volta para o Texas. Pelo que parece tiveram que fazer um acordo com o promotor público para que meu ex pudesse deixar o estado.

Com sua partida, um peso invisível foi tirado de meus ombros. Eu não tinha percebido como estava nervosa com a chance de encontrar com ele até que isso não fosse mais uma possibilidade.

Pelo que o Derek disse, havia rumores de que os pais do Luke o tinham colocado para trabalhar em um restaurante de fast-food em que investiam. Era justiça poética, dado o quanto o Luke menosprezava serviços de atendimento. Isso além de ser expulso de Callingwood e ser praticamente desconsiderado pela NHL. Nenhum time sequer falava com ele.

Kristen também tinha ido embora – suspensa por tempo indeterminado, o que certamente viraria uma expulsão após sua audiência.

Aos poucos, o escândalo estava perdendo a força, talvez pelo relativo sucesso da equipe do Stewart em conter o vídeo. Ao longo da semana anterior, as coisas começaram a voltar ao normal. Hoje quase parecia um dia comum. Quase.

Nada disso apagava a dor, mas era um começo.

Examinando o saguão, vi um banco vermelho vago e fui até ele. Verifiquei meu celular para ver se tinha atualização de *status* da Shiv, que estava em casa se esforçando para acabar um trabalho de Sociologia que deveria ser entregue até meia-noite. Ela era a rainha da procrastinação. Essa devia ser uma maneira muito estressante de se viver, mas as notas dela eram ótimas, então, acho que, para ela, funcionava. Por outro lado, se eu usasse a mesma estratégia, seria reprovada na faculdade, além de internada com um colapso nervoso.

Sua última mensagem de texto informava que estava quase terminando e que começaria a fazer as malas para nossa viagem de fim de semana para o chalé dos pais do Dallas. Como minha amiga conseguiu escrever um artigo de dez páginas em um dia, eu nunca saberia.

Eu tinha uma forte suspeita de que a Shiv não era o tipo de pessoa que viajava com pouco, e que demoraria até que ela e Dallas estivessem prontos para sair.

Olhei para cima assim que Derek apareceu. Quando seu olhar caiu sobre mim, sua expressão se iluminou. Guardando meu telefone, me levantei e o encontrei na multidão.

– Ei! – disse. – Como foi seu primeiro jogo como capitão?

Assim que Luke se meteu em problemas por causa do vídeo, ele jogou a culpa no Paul. Não ficou claro se o cara realmente estava envolvido ou se o Luke só estava tentando se livrar da responsabilidade. Derek foi convidado a intervir e assumir o papel de capitão do time.

– Bem – Derek deu de ombros –, o time tá se ajustando, mas estamos nos recuperando. A energia está muito menos tóxica, hum, agora que o Luke saiu.

Eu não duvidei.

– Vocês jogaram bem, considerando tudo.

– Sim, nada mal. – Derek me deu um sorriso sem entusiasmo. Seus olhos castanhos e calorosos examinaram meu rosto, e sua boca se torceu em uma carranca que lembrava, de uma forma assustadora, nosso pai. – Mas eu queria me desculpar de novo. – Ele esfregou a nuca e limpou a garganta. – Eu estava errado.

Espera. Pisquei, fazendo uma dupla, ou tripla, verificação. Derek estava admitindo que estava errado? E se desculpando? O inferno tinha, oficialmente, congelado.

– Sobre o quê?

Claro que eu sabia, mas eu o faria dizer de qualquer jeito.

– Carter – respondeu ele. – Estava certa. Ele é bom pra você, e você tá feliz.

Feliz era um eufemismo.

– Loucamente feliz. – Um sorriso bobo surgiu em meu rosto. Eu não conseguia nem tentar esconder. – Ele é meu par perfeito.

– Isso é ótimo, B.

Eu o cutuquei com meu pé.

– Você ainda vai encontrar a sua pessoa um dia.

Alguém esbarrou em mim por trás, me empurrando de leve. Derek agarrou meu cotovelo e me firmou, me dando um sorriso tímido de uma forma atípica.

– Na verdade, estou meio sério com uma garota que estou saindo, a Kim.

Meu queixo caiu.

– Ah, para! E tá escondendo isso de mim? Quando vai me apresentar?

– Quando você quiser. – Ele deu de ombros. Estava se esforçando para parecer casual, mas era óbvio que estava nervoso.

– Amanhã? Fala um dia e uma hora. – Entrelacei meus dedos, esticando minhas mãos e rolando meus ombros para trás. – Vou levar uma lista de perguntas. Tenho que desempenhar o papel de irmãzinha protetora.

– Acho que você confundiu os papéis. – Derek riu.

– Não. – Balancei a cabeça, negando. – Depois da Jill, quero ter certeza de que essa é a certa. Ou ela vai se ver comigo.

Eu ainda estava sorrindo para meu irmão quando Chase veio da outra direção e passou um braço em volta dos meus ombros. Ele me aquecia como uma fornalha a todo vapor, como sempre acontecia depois dos jogos, e o calor reconfortante do seu corpo irradiava através da camisa social.

– É verdade – disse Chase. – A James é bem assustadora.

Derek franziu os lábios e olhou para longe, fingindo pensar um pouco.

– Bem, ela teve uma fase de morder na pré-escola.

Ah, meu Deus. Foi só uma vez. Jenny Martin começou quando roubou minha Barbie e me empurrou para o chão. Eu só me defendi.

Tá, talvez eu tenha aumentado um pouco o nível da agressão. Mas eu tinha 4 anos.

– Não diga! – Chase apertou meu ombro, mal conseguindo conter o riso.

– Eu vou te matar, Derek. – Estreitei os olhos para o meu irmão, depois para o Chase, que mudou a expressão, fingindo inocência, o que foi inútil. Eu podia ver as engrenagens girando em seu cérebro.

– Não. Nunca – falei. – Não pensem que vão ficar íntimos e se unir contra mim.

Chase piscou.

– Tarde demais.

– Ah, definitivamente já tá acontecendo – disse Derek.

– De jeito nenhum!

Era evidente que eu teria que me tornar amiga da nova namorada do Derek e me vingar.

– Isso significa que pode me mostrar fotos antigas dela? – Chase coçou o queixo, pensativo. – Mais precisamente as do Ensino Fundamental? Ela nunca me deixa ver, fala que são embaraçosas demais.

E por um bom motivo. Eu usava aparelho, tinha acne e o pior corte de cabelo que uma menina já usou. Ele ficava acima dos ombros, e as ondas naturais faziam com que as pontas se erguessem, parecendo um triângulo. Por mim, essas fotografias seriam descartadas de modo permanente. De preferência, com fogo.

Eu já tinha visto todas as fotos de infância do Chase, e ele nunca passou por uma fase estranha. Saiu de um adorável bebê gorducho para uma criança fofa e um adolescente gostoso. Era muito injusto, e, para ser honesta, parecia impossível. Todo mundo já teve uma fase esquisita, era o que mantinha as pessoas humildes.

E aí, de novo, a falta de uma fase assim explicava muito sobre Chase.

– Vou matar vocês dois – ameacei.

Derek se desculpou e foi encontrar os caras do time, e Chase abaixou a cabeça, acariciando minha bochecha com o nariz.

– Pode me morder quando quiser.

Chase

Com meu braço ainda em volta dos ombros da Bailey, caminhamos pelo estacionamento em direção à minha caminhonete. Segurei a porta para ela entrar, sentindo-me mais leve do que estava nos últimos dias. Talvez semanas. Eu estava de volta no gelo, nós ganhamos, e agora a Bailey e eu estávamos saindo da cidade para um fim de semana com Dallas e Siobhan no chalé dos pais dele.

Meus planos se resumiam a comer, beber e tentar convencer a James a entrar pelada na banheira de hidromassagem comigo. O chalé ficava no meio do nada, então vizinhos não eram um problema. E poderíamos fazer um cronograma, ou algo assim, com Dallas e Shiv, não é? Reservar alguns horários?

– Como é o chalé? – perguntou Bailey, afivelando o cinto de segurança.

Saí da vaga de estacionamento e parei a picape para deixar um grupo de fãs dos Falcons passar. Seus rostos estavam pintados de vermelho. Incrível. Eu amava superfãs.

– Tá mais para mansão que pra chalé, sendo bem honesto. Quatro quartos e cinco banheiros, acho. Fica de frente para um lago, tem uma hidromassagem incrível. Sabe, tem de tudo.

A casa de "escapadinha de fim de semana" deles era dez vezes melhor do que a casa em que morávamos. E nossa casa era muito legal.

– Por que não estou surpresa? – Ela riu, então sua expressão ficou melancólica. – Ah, ter dinheiro…

Se dependesse de mim, ela pelo menos ficaria confortável algum dia. Se Bailey me deixasse pagar pelas coisas. Ainda era uma batalha na maioria das vezes. Nesse ritmo, eu enfiaria dinheiro debaixo do travesseiro dela, como a porra da fada do dente.

Dei a seta para a esquerda ao sair do estacionamento.

– Ward mandou mensagem e disse que a Shiv ia tomar um banho rápido antes de eles saírem também.

– Sério? – gemeu Bailey. Nós dois sabíamos que não tinha a menor chance de ela tomar banho sozinha. E o banho a dois deles não era exatamente rápido e econômico. – Ela nem terminou de fazer as malas ainda. Você disse que é o quê? Umas duas horas de viagem? Eles devem demorar um pouco.

Bailey estava certa. Planejamos fazer o jantar quando estivéssemos todos lá. A programação deles faria com que chegassem mais tarde, mas isso significava mais tempo para nós dois sozinhos.

– Parece que temos uma boa folga. – Coloquei minha mão em seu joelho. – Quer dar uma desviada no caminho?

Bailey me olhou desconfiada.

– Ainda tá tentando fazer sexo na caminhonete?

Esse não era meu plano original. Mas se ela estava oferecendo...

– Estou sempre tentando transar na caminhonete, mas eu estava pensando em chocolate quente.

◆ ◆ ◆

Meia hora mais tarde, subimos as escadas do Fim do Mundo com dois copos de chocolate quente com caramelo salgado na mão. Naturalmente, eu tinha convertido a Bailey para a única escolha de sabor apropriada. Embora seus boquetes fossem muito melhores do que o caramelo salgado.

Era um dia frio e revigorante, e não tinha ninguém por perto, o que nos permitiu escolher o banco. Pegamos o que tinha a melhor vista, mas, no instante em que nos acomodamos, meu telefone vibrou no bolso do meu casaco. Eu o peguei, esperando que fosse o Ward, mas era o pai dele.

Bailey olhou para o aparelho. Deslizei a tela e coloquei o Stewart no viva-voz. Era mais fácil do que ter que contar tudo depois.

– Oi, Stewart.

– Chase! – ele exclamou. – Como está?

A atenção da Bailey se voltou para meu rosto, como se ela estivesse se perguntando a mesma coisa.

– Estou levando. – Considerando tudo. Minha vida não tinha desmoronado totalmente. As pessoas estavam falando sobre mim, mas sempre falaram. Agora só estava um pouco mais intenso.

– Tenho novidades. Acabei de sair de uma ligação com o Los Angeles.

Fiquei tenso. Bailey apertou seu copo de chocolate quente com mais força e prendeu a respiração. Nós congelamos, esperando o Stewart continuar.

– Eles gostariam de ver você ficar e terminar seu quarto ano de faculdade.

Eu devo ter prendido a respiração também, porque soltei um suspiro pesado.

– Tá bem – disse, assentindo em seguida.

Stewart, claro, não podia me ver, mas era mais por reflexo do que qualquer coisa.

Depois de algumas conversas com ele, eu já esperava por isso – e, de certa forma, já tinha feito as pazes com a ideia.

Claro, eu estava decepcionado. Meu futuro caminhava para uma direção que eu não tinha planejado, mas uma pequena parte de mim aliviou-se com o resultado. Eu gostava da minha vida do jeito que estava agora, então receberia bem mais um ano assim.

Lancei um olhar para a Bailey e, pela primeira vez, não consegui ler sua expressão. Mas eu tinha um palpite de que ela se sentia do mesmo modo que eu.

– Não é uma punição – enfatizou ele. – Eles querem protegê-lo da atenção negativa enquanto o caso estiver em andamento. Como novato, a mídia te comeria vivo. Esperar um ano vai dar tempo pra poeira baixar.

Ele estava certo. A última coisa que eu queria era ser conhecido por um escândalo em vez da minha jogabilidade. Provavelmente isso sempre me perseguiria, mas, no ano seguinte, pelo menos, seria notícia velha.

Quando desliguei, contrabalanceei meu peso e me virei para encarar a Bailey.

Ela tocou meu braço, me estudando com preocupação.

– Como você tá?

– Poderia ser pior. – Dei de ombros. Eu poderia ter perdido o contrato de vez, então isso foi uma vitória. – E isso significa mais tempo com você.

Se não fosse pela James, eu provavelmente ficaria arrasado. Mas eu poderia continuar jogando hóquei de alto nível e ainda moraria com Dallas e Ty no ano que vem. E o melhor: eu ficaria aqui com minha namorada.

– Ainda assim – disse ela –, está tudo bem ficar chateado. Eu não levaria para o lado pessoal se você ficasse.

– Talvez um pouco, mas estou bem, juro.

Bailey escaneou meu rosto e respirou fundo como se fosse falar algo. Em vez disso, ela lentamente soltou o ar e me deu um sorriso suave. Ela não acreditou em mim.

– Juro, James. Quando foi que eu escondi como me sentia?

Ela riu.

– Justo.

61

A lua

Chase

Exatamente como eu suspeitava, chegamos antes do Dallas e da Siobhan ao chalé. Ainda tivemos a chance de pegar comida para viagem e comer. E, de quebra, deu tempo de comer a Bailey de sobremesa e colocá-la na hidro depois.

Nua.

Com, é claro, a ressalva de que o Ward me mandaria uma mensagem quando estivessem a quinze minutos de distância para que desse tempo de ficarmos decentes.

O vapor da água subia no ar frio da noite, e as estrelas cobriam o céu acima de nós, muito mais vibrantes do que na cidade. A luz colorida da hidro mudava em um padrão lento e contínuo, tingindo a água de todos os tons do arco-íris. Estava silencioso, exceto pelos jatos borbulhantes da hidro.

Bailey se aninhou contra meu peito e caímos em um silêncio fácil e confortável. Eu estava relaxado além da conta... até que me lembrei da data. Estava tão concentrado no hóquei, no escândalo do vídeo e em todas as merdas da semana passada que não tinha ligado os pontos.

Mudando de posição, coloquei minha garrafa de cerveja no suporte de bebidas ao meu lado.

– Você não ia saber o resultado do estágio esta semana?

Fiel à minha personalidade, as palavras saíram antes que eu pudesse pensar nelas, e me arrependi um instante depois. Tinha sido um erro trazer isso à tona agora, quando o momento estava tão perfeito? Nesse caso, imaginei que a falta de notícias era um mau sinal – e que a Bailey não queria me contar.

– Hum, na verdade, eu soube. – Bailey estendeu a mão e abaixou os jatos. Ela me encarou, seus olhos dançando no crepúsculo. – Eu consegui.

Um alívio tomou conta de mim. Porra, enfim tínhamos algo para comemorar.

– James, que incrível. – Beijei sua têmpora, sentindo o cheiro de cloro da água em sua pele. – Por que não me contou?

Ela deu de ombros e prendeu uma mecha no coque.

– Descobri esta tarde. Estava esperando terminar o jogo pra te contar, aí o Stewart ligou e não pareceu que era o momento certo, considerando as notícias que ele te deu, então…

– Tá brincando? – Ergui o queixo dela para que ficássemos cara a cara. – Eu sempre quero ouvir suas boas notícias. Se bem que eu já sabia.

Bailey se afastou do meu olhar e abaixou a cabeça. Ela era muito mais modesta do que deveria. Se eu pudesse cortar um pedaço do meu ego e dar a ela, nós dois ficaríamos bem. Mas eu me contentaria em encher a bola dela sempre que tivesse chance.

– Sim, eles bateram o martelo quando mandei meu artigo sobre masculinidade tóxica em esportes de equipe. Querem publicar como um destaque de primeira página.

Meu peito se encheu com um sentimento irracional de orgulho, embora eu não tivesse feito nada mais do que torcer e ser um ouvinte ocasional.

– Que incrível.

– É, né? – Ela sorriu. – Eles querem publicar até o fim da semana que vem. Devo começar a trabalhar nisso em breve, mas imaginei que nós dois precisávamos de um fim de semana de folga.

– No mínimo. – Um mês de folga, juntos, teria sido ainda melhor. Quem sabe neste verão.

– Posso entrevistar você como fonte? – Bailey tomou um gole de sua cerveja, me observando com o canto do olho. Tentei não me distrair com a forma como seus lábios carnudos envolviam o gargalo da garrafa. E falhei.

– De jeito nenhum.

Seu queixo caiu.

– Sério?

– Brincadeira. – Coloquei minha mão em sua coxa debaixo d'água e acariciei sua pele macia com meu polegar. – E também vou fazer todos os caras do time te contarem qualquer coisa que queira saber.

Ela arqueou uma sobrancelha, claramente lutando para se manter séria.

– Não sei se coerção é a melhor maneira de obter fontes, Carter.

– *Shhh*, ninguém precisa saber.

Ao lado da minha bebida, meu celular acendeu com uma notificação do Ward. Pelo menos o péssimo *timing* não tinha atacado de novo.

– Eles estão a uns vinte minutos daqui – falei. – Quer sair e tomar um banho? – Nós já estávamos lá havia um tempo, e o calor estava subindo para minha cabeça. Mas todos os nós em meus músculos tinham se soltado.

– Claro.

Assim que me arrastei para fora da água, peguei duas toalhas brancas grossas na cadeira próxima e entreguei uma à Bailey, que a enrolou em volta do peito. O calor fez suas bochechas ficarem tão vermelhas que era visível até mesmo no brilho fraco da luz da banheira. A visão dela daquele jeito me fascinou, e tudo o que eu podia fazer era olhar em sua direção. Como tive tanta sorte?

– O que foi? – Seus lábios se curvaram em um meio-sorriso.

Fui pego.

– É que você é linda. Só isso.

◆ ◆ ◆

Depois de uma ducha, fizemos várias rodadas de um jogo de tabuleiro com o Ward e a Siobhan, em que ele defendeu seu título de Pior Perdedor de Todos os Tempos.

– Não tem graça jogar com vocês – resmungou, guardando as cartas.

Atrás dele, a Shiv revirou os olhos e foi à cozinha. Voltou momentos depois com uma garrafa de champanhe nas mãos.

Dallas olhou para ela.

– Onde encontrou isso?

– Na adega refrigerada. Stewart vai ficar bravo se abrirmos?

– Não, eles fazem festas aqui o tempo todo, e as pessoas trazem mais bebida do que são capazes de beber. – Ele estendeu a mão, pedindo a garrafa. – Só deixa eu ver se esse é muito caro. – Dallas examinou o rótulo, a testa franzida. – Esquece. Vai em frente.

– O que estamos comemorando? – perguntou a Bailey, seguindo a Shiv para a cozinha. Ela pegou quatro taças de champanhe em um armário alto.

Para ser justo, estávamos todos meio altos e provavelmente não precisávamos de mais álcool. Mas só se vive uma vez.

– Não precisa de desculpas pra champanhe. – A Shiv apontou para ela com a garrafa. – Mas você conseguiu a bolsa, o que é motivo pra comemorar, né?

– Precisa de ajuda com isso, Shiv? – perguntou Dallas, olhando para ela com cautela.

Esvaziei o resto da minha cerveja, pensando nas chances disso dar errado.

– Eu sou uma profissional experiente.

De alguma forma, isso não me inspirou muita confiança. Eu amava a Shiv, mas ela já tinha tomado quatro drinques e tinha a resistência da Tinkerbell.

Ela tirou a proteção de papel alumínio em volta do gargalo, pegou um pano de prato branco e puxou a rolha.

– Você tem cert... – Ao mesmo tempo que Dallas perguntou, sua mão escorregou, e a rolha saiu da garrafa, voando pelo cômodo. Com um estrondo, ela bateu em um pendente turquesa acima da ilha.

Felizmente, nós quatro escapamos ilesos.

Siobhan, com os olhos arregalados, se virou para a luminária quebrada. A expressão da Bailey era praticamente a mesma. Espuma branca do champanhe saiu da garrafa, derramando-se no chão, mas ela estava muito focada na luminária quebrada balançando no teto.

– Hum... Stewart vai ficar bravo com *isso*?

Dallas balançou a cabeça em negação, lançando a ela um sorriso sem graça enquanto lutava para não rir.

– Não. Essa é por minha conta. Mas chega da Shiv de pileque abrindo garrafas de champanhe.

◆ ◆ ◆

Bailey saiu do banheiro usando shorts de pijama cinza-escuro e regata. Era só pernas e puro charme. Talvez não precisássemos ir direto para a cama.

– Sei que é tarde – disse ela –, mas estou muito agitada. Podemos ficar acordados e nos aconchegar um pouco?

– Claro. – Deslizei para o lado para dar espaço na cama, e a envolvi com meu braço. Então, um pensamento surgiu na minha cabeça, provavelmente alimentado pela bebida e por uma curiosidade antiga e incômoda. – James. – Acariciei seu cabelo macio.

– Sim.

– Vai soar meio esquisito, mas eu continuo pensando nisso. O que aconteceu quando era mais nova? Seu irmão falou algo sobre contas médicas. Não quero me intrometer, mas geralmente você me conta tudo.

Bailey se contorceu ao meu lado, como se estivesse desconfortável. Ficou em silêncio por um tempo.

– Um acidente feio de carro.

Senti uma angústia. Ela já tinha lidado com tanta coisa na vida. Eu odiava saber que tinha acontecido algo assim.

– Foi muito ruim?

– Hum... – Ela deu um suspiro. – Eu tive uma concussão. Costelas machucadas. Quebrei o fêmur.

– Que merda. – Minha mão congelou. – Fêmur quebrado é um problemão.

– É. Fiquei numa cadeira de rodas por um tempo. Meu pai tirou licença no trabalho pra cuidar de mim. Mas a pessoa que bateu na gente não tinha seguro, então tivemos um problema financeiro.

Droga, ela tinha levado tanta pancada da vida – sem trocadilho – que às vezes eu não conseguia aguentar. Queria consertar tudo, mesmo não sendo possível.

– Por isso que parou de jogar hóquei? – perguntei, com cautela.

– Não. Foi uma outra questão financeira... antes do acidente.

Meu coração apertou no peito.

– Sinto muito.

– Foi assim que acabei em Callingwood. Eu queria ir para USC e fui aceita, mas não tinha grana pra isso. Mesmo com os empréstimos, não era viável. – Bailey pigarreou, como sempre fazia quando a emoção tomava conta e ela queria disfarçar. – É um programa incrível... Fica aquela sensação ruim de não ter conseguido ir.

Ela estava minimizando.

– Aposto que eles têm um bom programa de pós-graduação.

– Têm, sim. – Assentiu, pensativamente, e sentou-se, virando-se para mim. A incerteza se estendeu por seu rosto. – Ando pensando bastante na pós nos últimos tempos. Se eu conseguir entrar, claro.

De novo, lá vinha a modéstia fora de lugar. Se ela não conseguisse entrar em um bom programa de pós-graduação, não havia esperança no inferno para mais ninguém.

– Sabe que tem notas pra isso, James.

Seus lábios se abriram em um sorrisinho.

– Talvez, mas o programa de pós da USC é ainda mais difícil de entrar do que a graduação.

– Bem, de qualquer forma, com certeza tem um monte de boas faculdades de Jornalismo na Califórnia. Especialmente em Los Angeles.

– Verdade – murmurou, o sorriso se alargando. – Há algumas.

– Eu fico me perguntando se há outras vantagens na Califórnia.

Bailey mudou a posição e se ajoelhou. Colocando as palmas das mãos em meus ombros, ela montou em minha cintura.

– Hum... não sei. O clima é uma vantagem. Não ter que limpar a calçada no inverno ou usar botas de neve seria legal.

– O clima, é? – Apertei seu traseiro, e ela riu.

– Boas lojas? Rodeo Drive, ou seja lá qual for o nome?

– Não consigo me lembrar da última vez que você foi às compras.

– Ver celebridades...? Ouvi dizer que tem uns ônibus de turismo que passam pelas casas das Kardashians.

Minhas mãos subiram para sua cintura, passando por baixo da bainha da blusa.

– Continua tentando, James.

– O que mais? – Ela suspirou e fez um biquinho, olhando para longe como se estivesse imersa em pensamentos. Voltou sua atenção para mim, a expressão ficando tímida. – Bom, conheço um cara bonitinho que vai se mudar pra Califórnia depois da formatura.

– Só bonitinho?

– Lindo. Doce. Incrível na cama. – Ela fez uma pausa. – Sério, ele é um em um milhão.

– A questão é: você vem comigo?

Uma onda de nervosismo que eu nunca tinha sentido percorreu meu corpo. Prendi a respiração, esperando sua resposta.

Bailey abaixou a cabeça, trazendo sua boca para pairar sobre a minha.

– Com toda a certeza.

Epílogo
Para toda a vida

Bailey

Três anos depois
Los Angeles – Califórnia

A PÓS-GRADUAÇÃO FOI BRUTAL. Todos os alunos da minha turma eram cultos, experientes e brilhantes. Com históricos profissionais impressionantes que cobriam tópicos como correspondentes internacionais, reportagens de campanhas políticas e até jornalismo médico. Eu não era uma amadora – tinha conquistado um nicho respeitável no mundo do jornalismo esportivo –, mas era intimidador. A pressão para acompanhar tudo era insana. E não apenas para assimilar, eu queria estar entre os melhores, como tinha sido na minha graduação.

Possível na teoria, extenuante na prática.

Gemi, desabando sobre meu livro *Números, estatística e jornalismo de dados*, aberto sobre a mesa. Estava estudando havia tanto tempo que as palavras já estavam se confundindo. Quanto mais eu relia, menos sentido fazia. Era como olhar para uma palavra por tanto tempo que ela não parecia mais real.

E, infelizmente, as tarefas não davam trégua para ninguém – nem para uma mulher no dia do seu aniversário, que era hoje.

Lá embaixo, a porta da frente bateu. Olhei para o meu celular para descobrir que tinha perdido a noção do tempo. Chase estava alguns minutos atrasado, e eu nem estava vestida. Ouvi passos soarem no piso de madeira e, momentos depois, ele apareceu na porta do meu escritório, com as chaves na mão.

Ele me lançou um sorriso de parar o coração.

– Desculpa o atraso. Tive que fazer uma parada rápida. – Seu sorriso desapareceu, e ele me estudou com uma cara fechada. – Estudou o dia todo?

– Talvez. – Eu odiava admitir. Ele já se sentia mal por ficar fora o dia todo para treinar.

– James. – Ele cruzou os braços, encostado no batente da porta. – Você pelo menos comeu alguma coisa? Descansou?

Chase tinha saído cedo para a arena, e eu levantara da cama logo depois, tomado uma ducha rápida antes de ir direto para meu escritório no final do corredor. Eu havia até instalado uma cafeteira em uma mesa lateral perto da minha escrivaninha para nem precisar sair para fazer café. Foi uma ideia brilhante, mas perigosa, da minha parte.

E eu não tinha exatamente tomado café da manhã. Mas almocei. Isso contava como "alguma coisa", né?

– Não se preocupe – respondi. – Almocei na varanda e estudei lá fora um pouco.

Ou tentei, até que os filhos dos nossos vizinhos e seus amigos entraram na piscina para uma brincadeira de Marco Polo a plenos pulmões. Depois de sairmos de um condomínio cheio de pessoas na casa dos 20 anos que faziam festa todo fim de semana, achei que teríamos paz e sossego garantidos no subúrbio. Nunca imaginei que aqui seria mais barulhento, mas era exatamente o caso entre às 15 e 20 horas. Acho que era o preço por ter comprado uma casa em um bairro familiar.

Chase sempre ria e dizia que logo seriam nossos filhos fazendo barulho. Justo. Especialmente se puxassem a ele – com base no que sua mãe dizia, dariam trabalho.

Ou nossos filhos poderiam ser iguais a mim, que era quieta e estudiosa quando criança. Mas provavelmente não seria assim.

– Fez uma pausa? – repetiu Chase, arqueando as sobrancelhas escuras.

– Sim, fiz uns descansos ao longo do dia.

Ele estreitou os olhos.

– Aham.

Chase, ainda parado na porta, tinha acabado de tomar banho depois do treino e usava uma camiseta preta justa e sua calça jeans mais nova. Eu, por outro lado, estava descalça, usando uma calça de ioga preta e uma regata qualquer cor-de-rosa, com o cabelo bagunçado. Ele manteve meu presente em segredo, mas, independentemente do que fosse, o jeito que eu estava vestida não era adequado.

– Me dá uns minutos pra eu me trocar? Estou horrível.

– Você tá bonitinha. – Ele deu um passo em minha direção, me ajudou a levantar e me deu um beijo. – E eu preciso fazer um lanche.

Zero surpresa. O homem estava sempre comendo. Nossa conta de mercado era astronômica.

– Tá bom.

Em vez de me soltar, ele inclinou a cabeça e me deu outro beijo, agora mais profundo. Cravei minhas unhas em seus ombros, minha respiração ficando ofegante. Assim que comecei a me perder no beijo, ele me afastou, me dando um olhar cúmplice. Se continuássemos com isso, não sairíamos tão cedo, se é que sairíamos.

– Agora – disse ele, me guiando para fora do escritório e para o corredor –, vai se arrumar. Vou te dar quinze minutos. – E me deu um tapa na bunda antes de ir embora.

Parei um pouco, o cérebro queimado tentando se recuperar do beijo e de um dia inteiro de estudo. Só quando ele já estava fora de vista que me lembrei da minha pergunta.

– Pode me dar uma pista de como devo me vestir? – chamei.

Sua voz ecoou da cozinha.

– Use uma calça.

Calça? Okay, era vago, mas melhor do que nada.

Entrei no banheiro principal, todo branco, e lavei meu rosto rapidamente antes de passar um pouco de maquiagem e dar uma borrifada do meu perfume novo. Fiquei no meio do nosso *closet* enorme, olhando para as fileiras de roupas meio sem rumo. Depois de três trocas, eu escolhi um jeans surrado, uma regata branca e um suéter leve de malha bege – era outono, e eu tinha me tornado tão fresca com o frio que dava até para me confundir com uma californiana.

Dentro de seu SUV preto, o ar-condicionado estava a todo vapor – como sempre –, e rapidamente diminuí a intensidade do ventilador e aumentei a temperatura do lado do passageiro para não morrer congelada no caminho. Chase engatou a marcha à ré e colocou uma mão no encosto do meu assento, olhando para trás antes de sair da garagem.

– Como foi o treino? – indaguei, colocando meus óculos escuros com aro de tartaruga. Foi um presente de aniversário adiantado que ele me deu. Em casa tivemos uma "semana de aniversário".

Chase deu de ombros.

– Foi bom. É sempre um pouco difícil voltar ao ritmo.

– Um pouco difícil? – Agora ele ficava contando mentirinhas inocentes sobre seu dia. Ele estava cansado, e dava para ver.

– Um inferno na terra – admitiu. – Mas odeio reclamar quando você está se esforçando tanto que eu mal te vejo.

Entre o treino para a pré-temporada e o começo das aulas do programa de pós em Jornalismo, o tempo de qualidade juntos tinha sido escasso. Foi uma mudança abrupta do nosso verão tranquilo, em que passamos a maior parte do tempo relaxando à beira do lago a algumas portas de distância do Dallas e da Shiv, saindo de barco e dormindo até tarde. Ter zero responsabilidades da vida real para me preocupar tinha sido um alívio, mas agora elas voltaram com força total.

Além disso, com a gente em Los Angeles e o Dallas e a Shiv no Colorado, estávamos em abstinência de melhores amigos. Tinha até feito algumas amizades aqui, especialmente entre as namoradas e esposas dos colegas de time dele, mas não era a mesma coisa. Nem beber vinho por vídeo chamada.

– Esse programa é pesado. – Passei a mão por meu cabelo, que eu tinha cortado recentemente na altura dos ombros. Ainda parecia curto demais, como se eu estivesse sem um membro. – Já estou exausta.

– Ei. – Ele passou a mão em meu joelho, o calor de sua pele irradiando através do jeans. – Entendo a sensação de peixe pequeno em lagoa grande. Mas você foi aceita por um motivo.

– Isso é o que você diz.

Chase ficou intimidado por cinco minutos em seu primeiro jogo na NHL. Então, ele patinou como se fosse o dono do gelo e continuou assim.

– O que não torna menos verdadeiro.

Do lado de fora da janela do SUV, a rodovia passava rapidamente, mas eu ainda não tinha ideia de para onde estávamos indo.

– Quando vai me contar o nosso destino?

Chase me olhou de soslaio, seus lábios se contraindo.

– Já vai ver.

Três saídas depois, uma enorme estrutura cinza apareceu à distância. As letras em sua enorme placa vermelha ficaram mais claras conforme nos aproximávamos. Estávamos indo para o mesmo lugar que ele tinha estado havia apenas algumas horas.

– Vamos pra arena?

– Patinar – disse ele. – Tradição de aniversário.

◆ ◆ ◆

A nova arena do Los Angeles no centro – uma maravilha arquitetônica moderna composta de aço e vidro – havia sido concluída dois anos antes.

Chase segurou a porta aberta da entrada de jogadores e entrou depois que passei. A enorme instalação estava quase silenciosa demais, exceto pelos ecos distantes da equipe de limpeza. Ele nos conduziu pelos corredores sinuosos como se aquela fosse sua segunda casa, parando em frente a uma porta de metal, onde digitou sua senha.

Em sintonia com o resto da instalação de nível mundial, o vestiário do Los Angeles Blades envergonhava o da Boyd. Bancos de madeira maciça ocupavam a área de troca dos jogadores, com janelas altas posicionadas no topo das paredes externas, para entrar a luz natural.

Depois de um corredor que saía à esquerda, havia um *lounge* para jogadores com sofás de couro, lareira e uma lanchonete. À direita, havia uma sala de vídeo com assentos de couro preto para trinta pessoas, e no mezanino havia uma área de corrida e treinamento, além de banheiras de imersão, quentes e frias.

Era um espaço único para recuperação, refeições e exercícios. Existiam no máximo mais um ou dois assim na liga. Eu não podia imaginar a decepção que os jogadores que eram negociados deveriam sentir ao entrar em uma instalação padrão depois de chamar isto de lar. Eu já tinha ido ali antes, mas me impressionava toda vez que entrava.

Chase me levou até seu armário e colocou nossas bolsas no chão, em frente a ele. Afundei no banco e observei com expectativa.

A visão de Chase de joelhos, vasculhando sua bolsa de equipamentos preta, trouxe a lembrança da vez em que ele me levou para patinar na arena da Boyd. As coisas eram tão recentes entre nós naquela época. Parecia que tinha se passado uma vida inteira desde então. Eu ficava nervosa só de ficar ao lado dele. Aquela sensação de ansiedade ainda estava aqui, mas de uma forma muito mais simples, mais confortável.

– Não vamos ser pegos como da última vez, né? Não tem um Roy à espreita nos bastidores?

– Desta vez eu tenho permissão.

– Ah, tem? – Cutuquei-o com o pé.

Ele me olhou com um sorriso, o cabelo escuro e bagunçado caindo no rosto.

– É sério.

Ainda ajoelhado, ele me entregou meus patins. Calcei o pé esquerdo, mas, quando fui colocar no direito, meus dedos bateram em algo duro. Provavelmente um rolo de fita que tinha ficado solto na bolsa dele.

– Espera aí. – Enfiei a mão em um dos patins, encontrando um pequeno objeto quadrado preso em seu interior. – Tem uma coisa presa no meu... – Quando puxei, era uma caixinha de madeira polida.

Meu coração pulou uma batida – ou três – *Era o que eu pensava*? Não queria me precipitar, então respirei fundo para me recompor.

– Ah, está aí – disse Chase. – Eu estava procurando por isso.

Ele pegou a caixinha da minha mão e abriu a tampa articulada. Soltei um suspiro quando meus olhos pousaram no que havia dentro. A pedra central do anel de sua mãe, agora cravada em uma aliança de ouro simples.

– Carter – sussurrei.

Minha respiração ficou presa, e meus olhos se encheram de lágrimas, que ameaçavam transbordar. Era isso. Meu amor, minha vida e meu futuro. Meu tudo.

Um pequeno indício de nervosismo cruzou seu rosto, tão tênue que ninguém além de mim teria notado.

– Cometi muitos erros ao longo do caminho, mas você é a única coisa que sempre esteve certa. Casa comigo, James?

– Sim. – Uma lágrima quente escorreu por meu rosto. Eu funguei, limpando-a com as costas da minha mão. – Claro que sim.

Ele colocou o anel no meu dedo anelar esquerdo, e só então percebi que suas mãos estavam tremendo. Segurando meu rosto, Chase se inclinou e me beijou, como se eu nunca tivesse sido beijada. Era gentil, mas firme, pedindo, mas reivindicando, uma promessa de eternidade.

Nós nos separamos, e ele descansou a testa na minha, arrastando o polegar ao longo do meu maxilar. Meu coração estava acelerado, violando alguma lei da natureza. O tempo parou, como um momento que eu me lembraria para sempre.

– Estou tão animado. Mal posso esperar pra me casar com você.

– Mas isso vai me tornar uma Carter? – provoquei.

– Você sempre vai ser minha James. – Ele deu um suspiro pesado, e sua postura relaxou, suas mãos largas envolveram minha cintura.

– Você tava nervoso – sussurrei.

Os lábios de Chase se curvaram em um meio-sorriso, seu olhar prendendo o meu.

– Um pouco. Você é aquela pessoa que a gente só encontra uma vez na vida.

Ele estava certo. Nunca pensei que conheceria alguém como ele.

– Você sabia que eu diria sim.

– Sim. – Ele abriu um sorrisão. – Como eu sempre disse, nós somos o fim de jogo.

Playlist

- End Game – Taylor Swift feat. Ed Sheeran, Future
- Lose You To Love Me – Selena Gomez
- Stunnin' – Curtis Waters feat. Harm Franklin
- Monster – Shawn Mendes feat. Justin Bieber
- Rumors – Sabrina Claudio feat. ZAYN
- This Is What Makes Us Girls – Lana Del Rey
- There's No Way – Lauv feat. Julia Michaels
- The Bones – Maren Morris feat. Hozier
- Do Me – Kim Petras
- Anyone – Justin Bieber
- Cherish You – Mikky Ekko
- Gladiator – Zayde Wølf
- Unlearn – Benny Blanco feat. Gracie Abrams
- False God – Taylor Swift
- Exhale – Sabrina Carpenter
- If Our Love Is Wrong – Calum Scott
- Baby – Bishop Briggs
- I.F.L.Y. – Bazzi
- Look What You Made Me Do – Taylor Swift
- Own Me – Bülow
- Tear Myself Apart – Tate McRae
- Hold On – Chord Overstreet
- You Are The Reason – Calum Scott
- As I Am – Justin Bieber feat. Khalid
- Eyes For You – Ellery Bonham
- Get You The Moon – Kina feat. Snøw
- Lifetime – Justin Bieber

Quer mais? Para a playlist completa de *Fora de jogo*, escaneie a imagem abaixo no Spotify com a câmera do seu celular.

Quer ler os capítulos extras desta história?
Acesse abaixo e divirta-se!

Agradecimentos

Para meu marido, que é o meu Chase. Obrigada pelo apoio incondicional e por me mostrar o que realmente é o amor incondicional.

Para meus filhos, adoro vocês dois e espero que nunca leiam este ou qualquer outro livro meu.

Para minhas duas editoras, Mel e Beth. Eu não poderia ter feito isso sem vocês. As duas são incrivelmente talentosas; tenho sorte de chamá-las de minhas amigas. Obrigada por serem tão compreensivas comigo enquanto eu trabalhava neste livro durante um momento difícil da minha vida.

E para todos os meus leitores, especialmente aqueles que pularam no barco Carter-James enquanto esse livro estava sendo escrito: obrigada por amarem meu antagonista doce e de boca suja tanto quanto eu.

Este livro foi composto com tipografia Adobe Garamond Pro e
impresso em papel Off-White 70 g/m² na Formato Artes Gráficas.